《中国外国文学研究年鉴》学术委员会

◆ 国家社科基金项目资助（批准号：18ZDA284）

中国外国文学研究年鉴

聂珍钊　吴　笛　王　永　总主编

（2018）

ZHEJIANG UNIVERSITY PRESS
浙江大学出版社

浙江大学世界文学跨学科研究中心主任聂珍钊教授在工作会议上做"年鉴编纂方案报告"

《中国外国文学研究年鉴》第一次工作会议部分专家合影

《中国外国文学研究年鉴》第一次工作会议与会者合影（2018-01-13）

《中国外国文学研究年鉴》第一次工作会议大会讨论-1

《中国外国文学研究年鉴》第一次工作会议大会讨论-2

2019年3月开题论证会场1

2019年3月开题论证会场2

2019年3月重大项目开题合照

2020年7月19日中期成果研讨会1

2020年7月19日中期成果研讨会2

前　言

　　中国外国文学研究，对于中西文化的交流和中国文化的繁荣发展，一直起着无可替代的促进作用。目前，我国恰逢一个经济发达、文化繁荣、学术昌明、民族复兴的新时代，在这一新的历史语境下，总结我国外国文学研究成果，展现外国文学研究领域的辉煌成就，为进一步发展提供必备的研究资源，无疑显得十分重要。

（一）

　　正可谓"文明因交流而多彩，文明因互鉴而丰富"①，中国外国文学随着时代的发展而发展，随着时代的进步而进步。每当中国民族文化繁荣之时，中国外国文学便呈现繁荣；每当中国民族文化停滞不前之时，中国外国文学便停滞不前，甚至首当其冲。可见，中国外国文学事业与中国民族文化事业的建设休戚相关。所以，外国文学不仅是我们自己的学术家园，更是外国文学学者为祖国文化强国事业做出贡献的一个重要领域。

　　中国外国文学包括译介和研究两个部分。外国文学译介是外国文学事业的有机组成部分。正因为如此，中国外国文学研究的学术历程，与中外文化交流以及中国民族文学密不可分。

　　中外文化交流历史悠久，有据可考的汉译佛典，迄今已有近两千年的历史。尽管开始的时候只是东方文化圈之间的互补性交流，但这些交流拓展了文化的疆域，开启了中外文化交流的窗口，如公元7世纪玄奘的《大唐西域记》便是研究中古时期印度等国历史地理的重要著作。需要说明的是，我们这里所说的中国外国文学译介与研究，一般不包括佛典翻译和西方传教士以宣传基督教义为主要内涵的西学译介，而是指近代翻译文学兴起之后的中国外国文学译介与研究——只有从这时起，不仅是外国文学作品作为艺术样式被国人所接受，而且中外文化交流开始突破东方文化圈，逐步拓展到中西文化交流。可以说，中国外国文学译介与研究发展历程大体上经历了四个发展阶段。而作为中国民族文学组成部分的真正意义上的翻译文学，往前可以追溯到19世纪中下叶。因此，中国外国文学第一个发展阶段便是清末民初，大约从19世纪70年代到五四运动时期。

　　在中西文化交流史上，西方的一些文学经典在相当长的时期内不为我国学界和普通读者所知晓，仅在少数传教士的著作中偶有提及或者引用。如明清之际的意大利传教士利玛窦（Matteo Ricci，1552—1610）、西班牙传教士庞迪我（Diego de Pantoja，1571—1618）等，都在自己的著作里引用了伊索寓言中的故事，但是，这些少量的引用不仅算不上纯粹的文学翻译，而且所发挥的中西文学交流的作用也是相当有限的。而1840年前后在广州出版的《意拾喻言》（即《伊

---

　　① 习近平：《在联合国教科文组织总部的演讲》，《人民日报》2014年3月28日第3版。

索寓言》）、1852 年在广州出版的《金屋型仪》，以及 1853 年在厦门出版的彭衍（即班扬）的《天路历程》，则是相对完整的外国文学译著了，也是西方文学最早的中文译介。

　　然而，尽管有些学者对这些翻译作品大加赞赏，甚至有人认为《金屋型仪》是中国"第一部翻译小说"①，但是，因为是外国传教士所译，所以，根据学界对翻译文学约定俗成的定义，这些作品难以归于我国翻译文学之列。《意拾喻言》是古希腊的一部寓言集，该书的中文译者是英国人蒙昧（Mun Mooy）和其学生罗伯聃（Robert Thom）。《金屋型仪》是德国作家赫曼·鲍尔（Hermann Ball）的一部书信体长篇小说，出版于 1840 年，原文题为《十字架的魅力》（*Thirza, order die Anziehungskraft des Kreuzes*），译者则是传教士叶纳清（Ferdinand Genahr），而且，该中译本是从英译本转译的，英译本的译者是伊丽莎白·玛丽亚·劳埃德（Elizabeth Maria Lloyd）。英译本于 1842 年出版于伦敦，该译本书名仍遵循原著，名为《十字架的魅力》（*Thirza, or, the Attractive Power of the Cross*）。《天路历程》是英国文学史上的杰作之一，可是该中译本译者也是传教士，名为威廉·彭斯（William Burns，1815—1868）。

　　可见，这些译著出自传教士之手，而且，除了《意拾喻言》之外，《金屋型仪》和《天路历程》都在译本中突出其中浓郁的宗教色彩，是传教士用来传教的材料。如《金屋型仪》说的是一个犹太女孩信奉基督教的故事——讲述了她如何改变信仰，如何带领家人信主归真。而长篇小说《天路历程》尽管是一部严肃的文学经典，但是，传教士们崇尚这部作品，主要是因为它宣扬如何经历各种艰难险阻，最终获得灵魂拯救。

　　所以，这些被传教士翻译的作品，即使有些原著属于文学经典，也都不是严格意义上的翻译文学，难以归入我国的翻译文学的范畴，因为中国翻译文学是指"中国人在国内或国外用中文翻译的外国文学作品"②。于是，它们也同样难以归为中国外国文学。翻译文学是民族文学的一个有机组成部分，如王哲甫的《中国新文学运动史》、郭子展的《中国小说史》，以及中华人民共和国成立后王瑶的《中国新文学史稿》、唐弢的《中国现代文学史》等，书中都专门列有翻译文学专章，《中国近代文学大系》更是设有《翻译文学卷》。可见，翻译文学是民族文学的拓展。"翻译文学直接参与时代文学主题的建构，与创作文学形成互动、互文关系。"③ 没有翻译文学，我国现代文学的发展甚至无从谈起，正如陈平原所指出的那样："域外小说的输入，以及由此引起的中国文学结构内部的变迁，是 20 世纪中国小说发展的原动力。可以这样说，没有从晚清开始的对域外小说的积极介绍和借鉴，中国小说不可能产生如此脱胎换骨的变化。对于一个文学上的'泱泱大国'来说，走出自我封闭的怪圈，面对域外小说日新月异的发展，并进而参加到世界文学事业中去，并不是一件轻而易举的事情，特别是在关键性的头几步。"④

　　由于文化圈的缘由，按照学界的共识，我们论及的翻译文学，不仅有别于宗教层面的翻译（包括佛教），而且特别是就中西文化交流而言的。于是，学界认为："中国的翻译文学，滥觞于清末民初。"⑤ 翻译文学还在一定意义上有别于文学翻译，它是一种价值尺度，所强调的是与民族文学的关联，正如我国学者的论述："中国翻译文学是研究中外文学关系的媒介，它实际上已经属于中国文学的一个特殊而又重要的组成部分，成为具有异域色彩的中国民族文学。"⑥ 由此可见，翻译文学是沟通中外文学的桥梁。正是鉴于以上原因，可以被称为我国第一部翻译

　　① Patrick Hanan. "The Missionary Novels of Nineteenth-Century China", *Harvard Journal of Asiatic Studies*, Vol. 60, No. 2 (Dec., 2000), p. 434.

　　② 郭延礼：《中国近代翻译文学概论》，武汉：湖北教育出版社，1998 年版，第 23 页。

　　③ 谢天振、查明建主编：《中国现代翻译文学史》，上海：上海外语教育出版社，2004 年版，第 4 页。

　　④ 陈平原：《二十世纪中国小说史》第 1 卷，北京：北京大学出版社，1989 年版，第 28 页。

　　⑤ 孟昭毅、李载道主编：《中国翻译文学史》，北京：北京大学出版社，2005 年版，第 32 页。

　　⑥ 孟昭毅、李载道主编：《中国翻译文学史》，北京：北京大学出版社，2005 年版，第 80 页。

小说的，是 1873 年年初开始刊载的英国长篇小说《昕夕闲谈》（*Night and Morning*）。《昕夕闲谈》原著作者爱德华·布尔沃-利顿（Edward Bulwer-Lytton，1803—1873）在当时的英国文坛是与狄更斯齐名的作家，著有《庞贝城的末日》等多部长篇小说，而且在政界担任过议会议员及殖民地事务大臣。利顿在世时，其作品就被翻译成德语、法语、西班牙语、俄语等多种语言，1879 年，他的作品被首次译成日语。利顿的政治小说《欧内斯特·马尔特拉夫斯》（*Ernest Maltravers*）由日本译者丹羽纯一郎译成《花柳春话》在日本出版。西方有学者认为，利顿的"《欧内斯特·马尔特拉夫斯》是第一部从西方翻译成日文的完整的长篇小说"[①]。《昕夕闲谈》原著 *Night and Morning* 是在 1841 年出版的，分为 5 卷（5 books），共 68 章（68 chapters）。该小说通过一个贵族私生子的生活经历，描写了法国波旁王朝后期伦敦和巴黎上流社会的光怪陆离的生活场景和种种丑恶现象，具有成长小说和现实批判等多种内涵。

　　《昕夕闲谈》的中文译本于 1873 年年初开始刊载。当时，《昕夕闲谈》原著名以及原作者名都没有体现，译者也是署的笔名"蠡勺居士"。译者翻译这部小说的主要动机还是出于此书"务使富者不得沽名，善者不必钓誉，真君子神采如生，伪君子神情毕露"[②]，因而用传统的观念来肯定其思想和艺术的价值。《昕夕闲谈》分 26 期于 1873 年到 1875 年发表在上海的《瀛寰琐记》月刊上。1875 年的晚些时候，该作品以书的形式出版，编入"申报馆丛书"第 73 种。

　　翻译文学自清末民初开始真正呈现之后，在世纪转折之际，取得了突出的成就。一些以翻译为主体的机构纷纷成立。如文廷式、康有为在北京创立的"强学会"（1895），张元济在上海创立的"南洋公学译书院"（1896），梁启超创立的"大同译书局"（1897），以及同年创办的商务印书馆，都在出版翻译著作方面发挥了积极的作用。清末民初，严复在翻译《天演论》（1897）中提出的我国近代最为著名的"信、达、雅"这一翻译标准，被译家所认可。张元济等人就曾高度赞赏这一翻译标准。此外，蔡元培的"横译""纵译"与"一译"的基本主张，以及这一时期翻译文学界流传的"文言文意译"，都是在我国翻译文学开创时期的可贵探索。而且，这一时期的一些翻译家，已经开始形成自己的明确的翻译思想。林纾认为，只有发展翻译事业，才能"开民智"，才有可能抵抗欧洲列强，否则，就像"不习水而斗游者"一样愚蠢。[③]张元济也强调，"取泰西种种学术，以与吾国之民质、俗尚、教宗、政体相为调剂，扫腐儒之陈说，而振新吾国民之精神"[④]。可见，当时的译学思想主流是极力主张"洋为中用"的。正是有了正确的指导思想，我国外国文学译介在开创时期，便成就斐然，尤其是林纾的文学翻译独树一帜。林译外国文学名著包括第一部译成中文的美国小说——美国作家斯托夫人的《黑奴吁天录》（即《汤姆叔叔的小屋》，1901），此外还有《吟边燕语》（即兰姆的《莎士比亚故事集》，1904）、《撒克逊劫后英雄略》（即司各特的《艾凡赫》，1905）、《孝女耐儿传》（即狄更斯的《老古玩店》，1907）、《块肉余生述》（即狄更斯的《大卫·科波菲尔》，1908）等一些重要作品。为了推动社会进步、启发民智，强调"翻译强国"[⑤]，梁启超则在政治小说翻译方面成就卓著。同样，沈祖芬为了借小说冒险进取之精神"以药吾国人"[⑥]，翻译了《绝岛漂流记》（即笛福的《鲁滨孙漂流记》，1902）等作品。在众多译家的努力下，莎士比亚、狄更斯、笛福这些外国著名作家和经典名著，开始被以文言文"意译"方式首次译介到我国。这些作品对我国文化界产生了深

① Donald Keene. *Dawn to the West: Japanese Literature of the Modern Era*. New York: Holt, Rinehart and Winston, 1984, p. 62.
② 阿英编：《晚清文学丛钞·小说戏曲研究卷》，北京：中华书局，1960 年版，第 195－196 页。
③ 陈福康：《中国译学理论史稿》，上海：上海外语教育出版社，2000 年版，第 122 页。
④ 陈福康：《中国译学理论史稿》，上海：上海外语教育出版社，2000 年版，第 131 页。
⑤ 孟昭毅、李载道主编：《中国翻译文学史》，北京：北京大学出版社，2005 年版，第 43 页。
⑥ 葛桂录：《中英文学关系编年史》，上海：上海三联书店，2004 年版，第 119 页。

远的影响。

　　进入 20 世纪之后，尤其是到了五四运动时期，我国外国文学事业显得格外辉煌，是我国外国文学翻译与研究历程中达到的第一次高潮。茅盾、钱玄同等人发起的文学研究会，郁达夫参与发起的创造社，鲁迅等人组织的未名社，梁实秋、徐志摩等人组织的新月社等，既是新文学社团，又是翻译文学社团，特别是以茅盾为首的文学研究会和以鲁迅为首的未名社，在译介外国文学方面的贡献尤为突出。各文学团体竞相译介外国文学作品，译者队伍日益壮大。这时，以白话文"直译"占了上风，这在文学翻译的发展以及新文化运动中起了一定的积极作用。正是有了外国文学的译介，中国新文化运动才得以形成和发展。

　　中国外国文学的第二个发展阶段是 20 世纪 20 年代至 40 年代。"1919 年的五四运动是中国历史发展的转折，也是中国文化和文学发展的转折，并且迎来了它的转型期。经过晚清资产阶级改良派提出的'诗界革命''文界革命'和'小说界革命'运动，以及辛亥革命期间的近代文学变革，过渡到五四新文化运动的现代文学之实质性变革，这种变革始终同民族的解放和个人的解放交织在一起，即同反帝反封建以及那个时代对于科学民主的基本诉求紧密相连。"① 此外，由于十月革命的爆发，以及中国共产党的建立，文学革命运动深入发展，因而这一时期的外国文学译介与研究，具有一定的政治倾向性，尤其对俄国革命民主主义文学以及十月革命之后的新文学非常重视，同时，关注东欧、北欧等被压迫民族的文学，以及其他弱小民族的文学。以茅盾所主编的《小说月报》为例，"从 1921 年 1 月 10 日的第 12 卷第 1 期起，到 1925 年 9 月 10 日的第 16 卷第 9 期止，共发表了弱小民族的短篇小说、戏剧、诗歌计 80 余篇，约占翻译总数的百分之四十"②。

　　这一时期主要以鲁迅、李大钊、胡适、郑振铎、茅盾、巴金、林语堂、戴望舒、傅东华、朱生豪、夏衍、耿济之等学者和翻译家为代表。外国文学研究成就也是多方面的。其中，郑振铎主编的《世界文库》是我国最早有系统、有计划地介绍世界各国文学名著的大型文库，得到了蔡元培、鲁迅、茅盾等文化名人的支持。仅从 1934 年到 1936 年，该文库共刊出十多个国家的百余部文学名著，对我国翻译文学的发展起了积极作用。与此同时，鲁迅在 20 世纪 30 年代创办的外国文学杂志《译文》，在外国文学的译介和研究方面做出了卓越的贡献，并为新中国成立之后的外国文学研究和期刊建设事业奠定了坚实的基础，尤其是现实主义、浪漫主义以及现代主义等各种思潮的文学译介和研究方面，为中国文学的发展以及批评模式的形成，提供了重要的借鉴。

　　五四运动后，随着翻译文学的蓬勃发展，翻译方法和翻译理论的探索也进入了新的阶段。在这一时期，关于翻译标准和翻译方法，各学派意见出现了严重的分歧。以鲁迅为代表的"直译"派的观点，相对于"文言文意译"，是一个有利于翻译文学健康发展的重要的进步。鲁迅主张直译是为了"形似"，为了保存原作的丰姿。他声称："我是不主张削鼻剜眼的，所以有些地方，仍然宁可译得不顺口。"③ 鲁迅倡导"直译"，还有一个目的，就是强调吸收外国语言文化的养分，他在《关于翻译的通信》中说，要通过翻译，让汉语"装进异样的句法"，从而可以"据为己有"。④ 郁达夫则坚持"信、达、雅"的翻译标准。1924 年 6 月，他在《晨报副刊》上发表了《读了珰生的译诗而论及于翻译》一文。文中写道："翻译比创作难，而翻译有声有色的抒

---

　　① 吴元迈：《中国外国文学研究的学术历程·总序》，见陈建华主编《中国外国文学研究的学术历程》第 1 卷，重庆：重庆出版社，2016 年版，第 3 页。

　　② 马祖毅等：《中国翻译通史·现当代部分》第 2 卷，武汉：湖北教育出版社，2006 年版，第 4 页。

　　③ 鲁迅：《且介亭杂文二集·"题未定"草》，见王锡荣主编《鲁迅文萃》第 4 卷，上海：百家出版社，2001年版，第 372 页。

　　④ 鲁迅：《关于翻译的通信》，见王锡荣主编《鲁迅文萃》第 3 卷，上海：百家出版社，2001 年版，第 209 页。

情诗，比翻译科学书及其他的文学作品更难。信、达、雅三字，是翻译界的金科玉律，尽人皆知……不过，这三字是翻译的外的条件，我以为没有翻译之前，译者至少要对于原文有精深的研究、致密的思索和完全的了解，所以我在上述的信、达、雅三字之外，更想举出学、思、得三个字，作为翻译者的内的条件。"①

20世纪三四十年代，在外国文学成果辉煌的同时，对翻译标准、翻译方法以及翻译理论的探讨和研究也达到了一个新的高度。郑振铎在1935年写的《〈世界文库〉编例》中，对"信、达、雅"三者之间的关系做了重新理解，认为"信"是第一信条，能"信"便没有不能"达"的，而不能"达"的译文，其"信"是值得怀疑的。而对于"雅"，他则认为不应当是译者首先考虑的问题。

这一时期，茅盾等人提出的"神韵"的翻译观，颇具代表性，也是一个重要的理论贡献。茅盾在赞同"信、达、雅"的同时，于1921年2月和4月的《小说月报》上两次发表文章，对翻译提出"神韵"的观点，认为"与其失'神韵'而留'形貌'，还不如'形貌'上有些差异而保留了'神韵'"②。

朱生豪也提出了翻译中要保持原作的"神味"和"神韵"的标准，在1944年所写的《〈莎士比亚戏剧全集〉译者自序》中，朱生豪认为"拘泥字句之结果，不仅原作神味荡然无存，甚至艰深晦涩"，并且明确表示："余译此书之宗旨，第一在求于最大可能之范围内，保持原作之神韵，必不得已而求其次，亦必以明白晓畅之字句，忠实传达原文之意趣；而于逐字逐句对照式之硬译，则未敢赞同。"③

在翻译文学的发展过程中，以上这些观点具有重要意义，驱使翻译艺术趋于成熟，也促使翻译标准趋于科学。

中国外国文学的第三个发展阶段是新中国成立至"文革"时期。1949年新中国的成立揭开了这一阶段中国外国文学发展历史的序幕，我国的外国文学事业从此进入一个新的发展时期。这一时期内，中国外国文学翻译和研究者，都以新的姿态、新的热情投入这一工作，为繁荣外国文学事业做出了自己的贡献。在这一时期，许多著名外国作家的著名作品，开始较为系统地被译家译成中文出版，如梁实秋译莎士比亚《莎士比亚戏剧全集》（37种）等。而在外国文学研究类著作中，如金克木的《梵语文学史》（1964）、杨周翰等学者所著的《欧洲文学史》（1964）等，都具有开拓性的价值。

从新中国成立到"文革"开始的十七年中，中国外国文学在理论上进一步探索，开创了一个新的局面。对翻译标准也出现了多元化的理解倾向。总体上说，与翻译文学的发展一样，翻译理论以及翻译研究的水平日渐提高。著名翻译家茅盾在这一时期所体现的文学翻译观具有代表性。1954年，在全国文学翻译工作会议上，茅盾做了题为"为发展文学翻译事业和提高翻译质量而奋斗"的报告。茅盾在总结新文化运动以来的翻译经验的基础上，提出必须把文学翻译工作提高到艺术创造的水平。茅盾认为，对于一般翻译的最低要求，至少应该是用明白畅达的译文，忠实地传达原作的内容；但对于文学翻译则还很不够，而是应该"用另一种语言，把原作的艺术意境传达出来，使读者在读译文的时候能够像读原作时一样得到启发、感动和美的感受"④。应该说，强调"艺术创造性的文学翻译"并且把"艺术创造性的文学翻译"作为衡量译本的价值尺度，对我国的翻译文学来说，是一个新的挑战、新的目标。

① 转引自：姜治文、文军：《翻译标准论》，成都：四川人民出版社，2000年版，第15页。
② 转引自：姜治文、文军：《翻译标准论》，成都：四川人民出版社，2000年版，第19页。
③ 中国翻译工作者协会《翻译通讯》编辑部编：《翻译研究论文集（1894—1948）》，北京：外语教学与研究出版社，1984年版，第365页。
④ 陈福康：《中国译学理论史稿》，上海：上海外语教育出版社，2000年版，第375页。

前十七年，外国文学研究尽管取得了很大的成就，但是也有过分地以苏联的学术观点和研究方法为参照的倾向。新中国成立以后，由于中苏经历了一个蜜月期，我国的外国文学研究是以俄苏文学研究为主体的，20世纪60年代，中苏蜜月期结束以后，在整个"文革"期间，外国文学研究几乎成了一片空白，仅有的译介和研究，也都是以批判苏联文学为主，尤其是批判肖洛霍夫。例如，肖洛霍夫的《静静的顿河》被视为"复辟资本主义、攻击无产阶级专政的大毒草"；《一个人的遭遇》是"为社会帝国主义效力的黑标本"。

中国外国文学的第四个发展阶段是改革开放以来的外国文学研究。"文革"结束之后，随着经济建设高潮的到来，文化建设高潮也出现了。特别是改革开放以来，我国的外国文学得到了空前的发展，出现了极为繁荣的局面。

以改革开放为标志，中国外国文学研究开创了一个崭新的时期。这一新时期，可以说是五四运动精神在新的历史条件下的复兴和发展。正是改革开放这一具有历史性的事件，使得外国文学学科真正得以建立。

自1978年改革开放四十多年来，外国文学研究突破了一系列禁区，不断拓展自身的研究范畴，向着全方位全领域方向发展。尤其是中华民族伟大复兴的新时代，以及"一带一路"倡议的提出，给外国文学学科提供了更为广阔的领域。在具体的研究参照中，外国文学学科不断突破国别文学的桎梏，逐渐形成世界文学意识。外国文学研究方法也从现实主义和浪漫主义开始，一步一步地形成了我国自己的特色，尤其是在文学跨学科研究方面，无疑走在世界的前列。这一切，也是与我国的教育同步发展的。四十多年前，大学的外语系，语种极为有限，大多只有英俄两个语种。如今，大学本科专业的外语语种大为增加，如北京外国语大学本科专业的外语语种已经达到百种之多，因而极大地拓展了我们的研究视野。

中国外国文学研究与改革开放同步发展，1978年改革开放，同在1978年，《外国文学研究》创刊。在改革开放的起始阶段，外国文学还是以译介为主，批评方法的运用还十分有限。我们从《外国文学研究》的创刊号目录便可以看出自改革开放以来我国外国文学研究在研究范畴上的演变。1978年，中国外国文学学会等全国性和地方性学术社团和学术组织开始建立，中国的外国文学研究从此进入其发展的全新时期，逐步出现了一大批优秀的成果，为祖国的文化事业做出了卓越的贡献。2010年以来，国家社会科学基金外国文学类多项重大招标项目的立项，以及陆续面世的系列成果，更是代表了中国外国文学研究的辉煌。如果说百年之前中国外国文学译介是中国外国文学研究的根须和萌芽，那么，百年以来，她茁壮成长，如今已经长成枝繁叶茂的参天大树。

<h2 style="text-align:center">（二）</h2>

中国外国文学研究有着辉煌的发展历程，总结、归纳和运用这一资源，服务于我国的文化事业，就显得十分必要。而年鉴的编撰是发挥其学科学术资源的重要体现。年鉴通常按年度编撰出版，以全面、系统、准确地汇集一年之内的重要成果和事件为主要内容，分类编排，按年度连续出版。年鉴在形式上具有编年性、连续性和检索性的特征，从内容上看，具有科学性、资料性、全面性、权威性的特征。

迄今为止，国内出版的与外国文学研究相关的年鉴主要有《中国学术年鉴》（人文社科版）、《中国翻译年鉴》和《中国比较文学年鉴》。《中国学术年鉴》旨在推介优秀学术成果，总共出版了2004和2005两卷。就2005卷（汝信、赵士林主编，中央编译出版社，2006）而言，其中的"外国文学"部分，仅占总篇幅的2.8%，包含了2005年的中国外国文学研究综述以及该年度的重要著作和论文等学术成果，并附有大事记。《中国翻译年鉴》由中国翻译协会编写，外文出版社出版，共出版了 2005—2006、2007—2008、2009—2010、2011—2012 四卷。《中国翻译年鉴》偏行业翻译，主要介绍这些年间我国译界重大活动、国际往来、理论研究、学术研究、学科建设、行业管理、翻译服务、人才培训等方面的基本情况。涉及文学翻译的成果非常少。《中国比较文学年鉴 1986》由北京大学比较文学研究所该书编委会编（杨周翰、乐黛云主编，张文定编纂），北京大学出版社 1987 年出版，设有评述专文、理论和方法、论文选介、科研机构、学术活动、学者简介、纪事、资料等 12 个栏目。此后，由于种种原因，该年鉴一直未能续编。直至《中国比较文学年鉴 2008》（曹顺庆主编，中国社会科学出版社，2010）出版。编者在该年鉴出版时指出，这是一部"旨在补齐 1987—2010 年来《年鉴》编纂空缺的先声之作"。

可见，目前我国文学领域已经出版的年鉴较为丰富，但唯独缺少《外国文学年鉴》。

正是鉴于外国文学年鉴的缺失，我们在有关部门的支持下，决定启动《中国外国文学研究年鉴》编撰工程。同时，这一工程作为主体部分，获得了国家社会科学基金重大项目立项，题为"中国外国文学研究索引（CFLSI）的研制与运用"（批准号：18ZDA284）。根据前述我国外国文学研究的学术历程，该项目分为 1949 年新中国成立之前的外国文学研究、新中国成立至改革开放之前的外国文学研究、1978 年改革开放至 2016 年的外国文学研究等若干子课题。而子课题"2017 年之后的中国外国文学研究"有别于其他子课题：前面的几个子课题主要以数据库的形式呈现，而后一个子课题在接续了本课题的其他子课题的研究阶段后，将我国最新的外国文学研究现状以及发展趋势，以最为直观的书的形式进行系统的汇集、整理与呈现。这项工作以 2017 年度为起点，在未来五年以及更长的时间将以每年一卷年鉴的形式，持续地追踪我国外国文学界日新月异的研究图景。

《中国外国文学研究年鉴（2017）》在国家社会科学基金规划办、中国外国文学学会和浙江大学等单位的支持下，已如期完成并面世。《中国外国文学研究年鉴（2018）》也即将付梓。

我们编撰的《中国外国文学研究年鉴》，与现已出版的《中国文学年鉴》及其他年鉴相比，侧重点有所不同。它不是一套强调内容全面和系统的参考书，而是一套对年度研究成果进行总体评价的参考指南，旨在强调研究特点。具体而言，主要有以下几个方面的特征。

首先，《中国外国文学研究年鉴》以年度外国文学研究的成果为主要收录内容，不强调全面和系统，而强调研究成果的学术性及重要参考价值。

其次，《中国外国文学研究年鉴》的性质是学术评价工具书，是中国外国文学研究的年度评价指南，不是由概况综述和研究资料汇编而成的参考书。

最后，《中国外国文学研究年鉴》的功能是评价，是以收入年鉴的方式体现学术评价，而不是对年度外国文学研究的全部记述和介绍。在某种意义上说，它是对 C 刊论文及学术出版的质量评价索引。所收录的内容经各专题主编组织学者遴选，由编委会最终讨论决定。

《中国外国文学研究年鉴（2018）》聚焦于 2018 年度发表在我国境内的期刊及各主要出版社的外国文学译介与研究成果。基于该年度外国文学研究的全部数据，我们从中遴选出优秀的外国文学研究成果代表，汇编成由研究论文、专著、译著与外国文学大事记等部分构成的这部年鉴。

《中国外国文学研究年鉴》于 2017 年正式启动，2017 年对于中国的外国文学译介与研究具有重大的历史意义。百年之前的 1917 的 1 月 1 日，胡适先生在《新青年》上发表文章，主张破除旧的文学规范，创造一种全新的文学面貌。五四前夕不断蓄力的新文化运动，主要以《新青年》为革命阵地，通过大量翻译与引介国外重要并著名的作家作品，启发民众的民主与科学觉悟，推动中国社会向现代过渡，为马克思主义在中国的传播与五四爱国运动的爆发奠定了坚实的思想基础。

在 2016 年五四青年节前夕，中共中央总书记、国家主席习近平向全中国的知识分子发出召唤，并在随后的哲学社会科学工作座谈会上发表重要讲话，明确指出："哲学社会科学是人们认识世界、改造世界的重要工具，是推动历史发展和社会进步的重要力量，其发展水平反映了一个民族的思维能力、精神品格、文明素质，体现了一个国家的综合国力和国际竞争力。一个国家的发展水平，既取决于自然科学发展水平，也取决于哲学社会科学发展水平。一个没有发达的自然科学的国家不可能走在世界前列，一个没有繁荣的哲学社会科学的国家也不可能走在世界前列。坚持和发展中国特色社会主义，需要不断在实践和理论上进行探索、用发展着的理论指导发展着的实践。在这个过程中，哲学社会科学具有不可替代的重要地位，哲学社会科学工作者具有不可替代的重要作用。"① 习近平的这番指示明确了哲学社会科学理论研究在实现中华民族伟大复兴的历史进程中的重大作用。

2017 年，是新文化运动百年纪念、五四运动即将百年之际。我们应当以此为契机，回顾一个世纪以来我国对于外国文学的译介与研究状况，通过全方位的回顾与总结、梳理与分析，厘清外国文学研究对我国现代化建设的影响与意义，以此推进我们下一个百年的外国文学研究工作。可以说，这项工作是一项功在当代、利在千秋的基础性工程。

在 2017 年度，我国的外国文学研究领域分别在译介、研究论文与专著三个大类上取得了突破性成果。其中，重要的外国文艺理论与批评专著超过 30 种，重要的译著超过 80 种，重要期刊发表的外国文学研究论文超过 700 篇。总体来看，研究现状呈现出以下四个特征。

一是研究范围的地理性前所未有地得到拓展。就目前我们掌握的 2017 年度我国外国文学研究成果汇总来看，西欧与美国文学研究作为传统的外国文学研究重镇地位依然稳固，但是亚洲、加拿大及其他美洲国家文学等以往较为弱势的洲域的外国文学研究有了明显的增加，而东欧、北欧文学，中欧、南欧文学，非洲文学与大洋洲文学的研究也有了迅猛的发展，这体现了我国外国文学在范围上有了横向的地理性拓展。这既是世界全球化进一步加深影响的结果，也是我国外国文学研究者立足本国、放眼世界的明证。

二是研究理论的国际化进一步提升。在过去一年发表与出版的外国文学研究论文与专著中，当代西方文论中的热点问题得到不断强化，特别是文学伦理学批评、空间理论、女性主义理论、后殖民主义理论等在国内学界的发展甚至有超越西方学界的势头。

三是研究成果的中国化程度不断增强。研究外国文学的最终目的是为我国文学研究的建设与发展提供更多前瞻性视野与材料。在目前收集与整理的年度研究成果中，外国文学研究非常显著地向我国国内文学的研究与创作迁移，特别是对我国青年作家的影响的聚焦。

四是研究视野的跨学科性收效显著。在年度外国文学研究成果中，学科之间的交融与影响的趋势日渐彰显。法学、心理学、政治学、传媒学、教育学、民俗学、生物学、地理学等多种学科彼此交融，使得我国的外国文学研究拥有了更多不同的批评视角，文学跨学科研究呈现出良好的发展态势。

为便于统计与分析，《中国外国文学研究年鉴（2018）》分为"论文索引""专著索引""译著索引""外国文学大事记"等部分，同时，在"论文索引"中，以研究对象（作品）所归属的国家地区为基准，大致划分为亚洲文学，西欧文学，东欧、北欧文学，中欧、南欧文学，非洲文学，大洋洲文学，美国文学，加拿大及其他美洲国家文学，以及文艺理论与批评研究等九大版块。在充分搜集与整理归纳相关文献资料的基础上，本研究对 2018 年度我国外国文学研究的特点与趋势做出系统性的考察，制定出一个论文及学术出版的质量评价索引体系，作为我们面向未来制定外国文学研究发展战略的基石。

---

① 习近平：《习近平在哲学社会科学工作座谈会上的讲话》，《人民日报》2016 年 5 月 19 日第 2 版。

　　中国外国文学一百多年来的发展历程，是中华民族近代以来文化建设和发展的一个缩影。研究和总结中国外国文学的研究成就，总结中国外国文学学者和翻译家的学术贡献，对于探索中国文学走向世界文学的艺术足迹，以及探讨全球化语境下的地域文化与世界文化的相互关系和相互作用，都无疑有着相当重要的理论价值和现实意义。外国文学是中华文明与世界文明进行交流的重要平台。"交流互鉴是文明发展的本质要求。只有同其他文明交流互鉴、取长补短，才能保持旺盛生命活力……我们应该以海纳百川的宽广胸怀打破文化交往的壁垒，以兼收并蓄的态度汲取其他文明的养分……"[①] 可见，中国外国文学研究任重而道远。《中国外国文学研究年鉴》的编撰正是为了集中总结和汇集我国外国文学研究的优秀成果，同时为外国文学研究者提供学习与借鉴的学术资源。我们期待《中国外国文学研究年鉴》与我国外国文学学科相向而行、共同成熟，更期待学界各位同仁批评指正，使之不断完善。

聂珍钊　吴　笛　王　永

[①] 习近平：《习近平在亚洲文明对话大会开幕式上的主旨演讲》，参见：http://m.people.cn/n4/2019/0515/c190-12707278.html（2019 年 5 月 15 日访问）。

目 录

一、论文索引

（一）亚洲文学研究论文索引

Acculturation and Identity: Appraising Santhals' Transition through Folktales

【作　者】Upasana Sinha；Nirban Manna

【单　位】Department of Humanities and Social Sciences，Indian Institute of Technology[①]

【期　刊】《世界文学研究论坛》，第 10 卷，第 2 期，2018 年，第 245－260 页

【内容摘要】The Santhal tribe，one of the most significant tribes in India，with all pride，have been trying to keep their tradition，culture and language alive but over the time，their transactions with the neighbouring communities has changed their way of life. Their close association with the Hindus and the Christians has developed a new set of attitudes towards their cultural，social，political，and religious practices. The present paper investigates these partial changes that came about in the process of acculturation. Folktales have been used as means to explore the changes which would help the readers in gauging their evolved liquid identity. The paper analyses them in the light of acculturation of the Santhals as a subaltern group. It is largely based on the works of Rev. P. O. Bodding and A. Campbell who managed to collect and translate the Santhal folktales with the purpose of giving voice to the voiceless.

【关键词】assimilation；culture；folklore studies；South Asian studies；tribal literature

Changes to Literary Ethics of Tanka Poets on the Korean Peninsula during the Japanese Colonial Era

【作　者】Bohyun Kim；Inkyung Um

【单　位】The Global Institute for Japanese Studies，Korea University

【期　刊】《世界文学研究论坛》，第 10 卷，第 4 期，2018 年，第 763－776 页

【内容摘要】This paper focuses on ethical changes among Tanka (短歌) poets in Joseon literary circles on the Korean peninsula during the Japanese colonial era. Joseon Japanese poetical literary

---

① 单位名称这一项，由于各书报刊在刊发时有些用全称，有些用简称，有些用习惯性称呼，有些随着时间的推移产生了变化，因此不尽相同。因为情况复杂，我们尊重刊物与作者的选择，基本原样照录，不做更改。

circles lasted some 40 years from the beginning of the 1900s until Japan's defeat，changing across periods. The main characteristic of these circles was the emergence of local Joseon forms of Tanka between late 1920s and 1930，at the height of the Joseon literary circles. This was the period when the exploration of Joseon was carried out by the Tanka poets，with multiple publications of Tanka magazines issuing collections of Joseon-related Tanka. However，in the 1930s，the number of Joseon Japanese poetical circles shrank，and Tanka became identified with national literature in the lead-up to the War of Resistance against Japan in China and the Pacific War. These events influenced both the flow of the Joseon literary circles and the creative beliefs in individual Tanka poets. Based on these observations，this paper focuses on Ryo Michihisa，a leading Tanka poet in Joseon literary circles. The analysis of Tanka reveals a wavering of individual ethical and creative beliefs towards the war that manifested between local aesthetics in Joseon literary circles and national literature.

【关键词】Joseon Japanese poetical literature；Tanka poets；Joseon literary circles；ethical beliefs；local aesthetics

Cultural Enlightenmenon and Construction of Subjectivity: The Topographical Writings of Hsu Yun-Tsiao

【作　者】Liau Ping Leng
【单　位】Institute of Chinese Studies，Tunku Abdul Rahman University
【期　刊】《世界文学研究论坛》，第 10 卷，第 4 期，2018 年，第 608－630 页
【内容摘要】Hsu Yun-Tsiao (许云樵，1905－1981)，or Hsu Yu，was born in Jiangsu Province of China. He left for South East Asia in 1931 to involve himself in historical research as well as editorial and education activities. Hsu devoted all his energy to Southeast Asia Studies，and gained great reputation with significant research outcomes，especially in the research area of Southeast Asia studies. This paper looks into Hsu Yun-Tsiao's massive travel genre and topographical writings，examines the literature traits influenced by his living and travelling experiences from his homeland to Southeast Asia as well as his conscious and unconscious sense of history in the text and his life，all of which are in fact a way of identity construction. To a certain extent，travelogues which emphasized on rational narration and transmission of information represented by Hsu，restoring and testifying some collective experiences of Chinese migrants in Southeast Asia after World War II.

【关键词】Hsu Yun-Tsiao；topographical；travel literature；cultural enlightenment；construction of subjectivity

Exploring Literary Multilingualism in Indian Diasporic Writing

【作　者】Urjani Chakravarty
【单　位】Faculty，Department of Communication，Indian Institute of Management Indore
【期　刊】《世界文学研究论坛》，第 10 卷，第 3 期，2018 年，第 528－552 页
【内容摘要】The present paper explicates some main characteristics of the function related to literary multilingualism in Indian Diasporic literary discourse. Literary multilingualism can be defined as a phenomenon where word groups whose structures and meanings cannot be derived

from a single language directly as they occur in two or more languages. In particular，it focuses on selective multilingualism especially features of spoken discourse that authors like Amitav Ghosh，Chitra B. Divakaruni，Kiran Desai and Rohinton Mistry recurrently use in their novels，and generally which has not been accounted for within linguistic research. By collating Relevance Theory with the use of literary multilingualism，it is proposed that writers who adopt such an approach are dissolving the boundaries between spoken and literary discourse for multiple reasons. This claim will be elucidated through the analysis of the novels within the framework of the concept of a 'cognitive environment' as explicated by Sperber and Wilson in their discussion of Relevance Theory. The paper explores functions of literary multilingualism in Indian Diasporic literary discourse thus adding a new perspective to the typologies which often have been set up mainly to account for multilingualism in spoken discourse.

【关键词】literary multilingualism；spoken discourse features；literary discourse；Relevance Theory；popularity

From a La-tzu Woman to Rain from the Sun: A Discourse on Chinese Malaysian Literature in the Transnational Context and the Construction of Its Canon

【作　者】Loh Saychung；Wong Lihlih
【单　位】Loh Saychung：Department of Chinese Language and Literature，Fudan University
　　　　　Wong Lihlih：Department of Chinese Studies，Tunku Abdul Rahman University
【期　刊】《世界文学研究论坛》，第 10 卷，第 4 期，2018 年，第 647－663 页
【内容摘要】Chinese Malaysian Literature is not only made in Malaysia but there are a number of transnational literary productions which took place in Taiwan and Hong Kong of China, and other places abroad. This research endeavors to discuss Chinese Malaysian Literature in the transnational context and the construction of its canon. By incorporating an actual subject (Li Yongping) and supplementing the research with the framework which combine the model of speech communication and model of transnational communication，this paper aims to make inferences on the evolution of Chinese Malaysian literary canon from its roots，and gradually deduce the basic elements in the process of canonisation. It highlights the phenomena of interaction between the different literary systems which cross-system，cross-boundary，and cross-context were also involved，and the relevant key medium in the encoding and transcoding processes. In the different stage of interaction，we can see that the relation between an addressee and an addresser is not simply a passive one，as both entities are able to mutually interact. By analysing the distribution of Li Yongping's works in a transnational context，these elements in the construction of Malaysian Chinese literary canon in Taiwan of China can be clarified.

【关键词】Chinese Malaysian Literature；transnational；canon；Li Yongping

Malaysian Tamil Children Literature: Its Journey and Accomplishments

【作　者】Mohana Dass Ramasamy；S. Sivakumar；Krishanan Maniam
【单　位】Department of Indian Studies，University of Malaya
【期　刊】《世界文学研究论坛》，第 10 卷，第 4 期，2018 年，第 664－683 页

【内容摘要】Literature as a common reading material has been accepted as authoritative forms that carve and shape the thinking of children. They are called children literature and treated as an important source of formal writings. Regardless of race，colour，and education，every child is in needs of this form of literature to shape up their thinking that would assist in their development. In a multiracial nation like Malaysia，it is even important to foster better understanding and acceptance among each and other through such literature. Being a multiracial and multicultural nation，with each racial component having its own cultural traditions and practices，Malaysia faces a greater challenge to come into a term of agreeing of what it ought to be treated as Malaysian tradition in children's literature. To our wonder，among the four main languages trending literature，the Malay，English and Chinese versions of children literature are almost available with notable significance，but the children literature in Tamil is yet recognized or made known for acceptance properly. Without acknowledging the true representation of the genre，we could not be painted off the Malaysian Literature in whole. This study is offering an alternative by showing how far the literature for children in Tamil has been developed to be part of the Malaysian children's literary tradition. Its journey and accomplishments in the past 200 years of the trajectory are revisited to cast the trending nature of Malaysian children literature in Tamil.

【关键词】children literature in Tamil；Malaysian Literature；Malaysian children's literary tradition

Nirvāna Beckoning：The Sacred，the Prophane，and the Sublime in Kārma Cola

【作　者】Saumya Bera；Rajni Singh
【单　位】Saumya Bera：Haldia Institute of Technology
　　　　　Rajni Singh：Department of Humanities and Social Sciences at IIT (ISM)
【期　刊】《世界文学研究论坛》，第 10 卷，第 4 期，2018 年，第 728－745 页
【内容摘要】The present study is an exploration of the concept of transcendence in Kārma Cola by Gita Mehta. It is a deconstructive investigation aimed at delegitimizing and destabilizing the grand narrative of the innate nature of the human self as it operates within the framework of a discourse that generates，operates，disseminates and manages myths about Eastern spiritual tradition. The theoretical tool for illustrating the insincerity of the notion of self-actualisation and the consequential Angst is，for the present study，existentialism.

【关键词】transcendence；existentialism；self；East；West

Normative Femininity and Motherhood as Redemption：The Life Writing of Indonesian [ex] Nude Model Tiara Lestari

【作　者】Aquarini Priyatna
【单　位】Department of Literature and Cultural Studies，Padjadjaran University
【期　刊】《世界文学研究论坛》，第 10 卷，第 3 期，2018 年，第 509－527 页
【内容摘要】When Tiara Lestari posed naked in Spanish *Playboy* magazine in the August 2005 edition，only few people actually knew her. She had been working mainly abroad. However，the publication immediately created waves of controversy as she is not only an Indonesian but a Muslim，too. The adverse resulting from the controversy was the impetus of Tiara Lestari's blog. The blog

eventually became the fetus of her auto/biography，*Tiara Lestari Uncut Stories : Playboy，Ibunda dan Kafila*. This paper investigates both forms of the life writing，namely the blog and the auto/biography as two interconnected works，which at times merge as one. As Tiara Lestari describes in her writing，she wished to be able to present the public with what is considered to be a more accurate representation of herself，particularly post-*Playboy* episode. This paper examines how the auto/biography is used to reconstruct Tiara Lestari's life in a way that negotiates the local Indonesian and global construct of femininity and womanhood. It also argues that while Tiara Lestari has been portrayed to transgress the boundaries，through her auto/biography she manages to reconstruct her image and recreate a new self that embraces the more conventional notion of femininity and womanhood as a form of redemption following the nude pictures.

【关键词】Tiara Lestari；celebrity；auto/biography；femininity；womanhood

Psychosis in Hybridity：Locating the Identity of the Postcolonial Subject in Kiran Desai's *The Inheritance of Loss*

【作　者】Dina Yerima；Damian U. Opata
【单　位】Department of English and Literary Studies，University of Nigeria

【期　刊】《世界文学研究论坛》，第 10 卷，第 3 期，2018 年，第 449－462 页

【内容摘要】The cultural hybridity is a burning issue in recent times especially for the postcolonial individual whose contemplation of culture and the creation of new cultural forms is characterized by a form of coercion to adopt Western mores. This issue finds expression in postcolonial literature across various continental and cultural regions. This paper is therefore an attempt to explore the cultural formations and expressions of the postcolonial individual to ascertain whether they result in a form of self-realization or perpetual conflict and dissatisfaction. In doing this，aspects of the postcolonial and psychoanalytic theories will be employed to the characters in Kiran Desai's *The Inheritance of Loss*. The various stages from lack of confidence in indigenous culture，a preference for Western culture，and a complete denial of indigenous culture will be explored as phases in the identity formation and expression of characters in the text，leading up to unbalanced hybridity. Consequently，an explication of these phases will result in the demonstration of psychosis of postcolonial individuals in a state of failed hybridity. In light of this，the paper presents as a major conclusion the idea that a postcolonial individual's failure to incorporate in a balanced manner aspects of the dual cultures confronting him or her results in a conflicted identity which leads to dissatisfaction and in its highest state，could result in psychotic behaviour.

【关键词】conflict；psychosis；postcolonial subject；self-realization；failed hybridity

Re-discovering the South Seas：Diaspora，Memory and Modernity in the Literary Works of Wong Yoon Wah

【作　者】Zhang Songjian
【单　位】School of Humanities，Nanyang Technological University

【期　刊】《世界文学研究论坛》，第 10 卷，第 4 期，2018 年，第 684－704 页

【内容摘要】A Malaya-born Chinese writer，王润华 (Wong Yoon Wah) is internationally recognized as a leading figure in the Chinese literature of Southeast Asia. This paper aims to elucidate how Wong represents "南洋" (the South Seas) by focusing on four interlinked dimensions，i.e. colonial history and decolonization，the Cold War，the Chinese diaspora and the localized identity，and postcolonial modernity. Combining textual analysis and conceptualization with contextualization，this paper intends to re-read Wong's literary works through the looking glass of postcolonial and diaspora studies. By drawing theoretical discourse from Sinophone studies to Wong's case，this paper illuminates his blindness and insight as he addresses the cultural identity of Chinese diaspora. In the conclusion，the paper holds that Wong's literary works paves the path for rewriting the South Seas in an age of globalization.

【关键词】Wong Yoon Wah；the South Seas；diaspora；identity；modernity

Romanticism and Nostalgia from Afar：Signification of Home for a Political Exile in Leila S. Chudori's *Home*

【作　者】Wigati Dyah Prasasti；Putu Suarcaya

【单　位】Wigati Dyah Prasasti：Bintang Wasa Acitya Education Foundation
　　　　　Putu Suarcaya：Ganesha University of Education

【期　刊】《世界文学研究论坛》，第 10 卷，第 3 期，2018 年，第 493－508 页

【内容摘要】The aftermath of Indonesian 1965 political riots left deep consequences for the parties involved or those considered to have had political affiliation. The world was prospectively promising for a particular group but doomed for the other group of people. The previous group had the rights to determine whether members of the latter might stay alive or might not both literally and metaphorically. The latter group whose lives were in the hands of the previous had only two hard choices—if they were lucky enough：to stay or to flee. To stay means to be stigmatized as partisan of PKI (Indonesia Communist Party) for the rest of their lives and consequently alienated from social and political activities. To flee means to be stateless people with even more social，economic，and political hardships. Suddenly，they became pariahs. It is in the context of being exiles around which Leila S. Chudori's *Home* is centred. The lives of the displaced people considered to be affiliated with PKI are recounted. The signification of "home" for the main character，Dimas Suryo，who lives miles away from his birthplace becomes the focus of this paper.

【关键词】exiles；homeland；identity；politics；Indonesian contemporary novel

Sarawak Chinese Literature in Taiwan [of China] or Local Sarawak Chinese Literature：A Perspective from Regional Experience towards Rainforest Writing

【作　者】Chai Siawling

【单　位】Department of Chinese Studies，Malaysian Chinese Research Center

【期　刊】《世界文学研究论坛》，第 10 卷，第 4 期，2018 年，第 631－646 页

【内容摘要】In this new century, the ideology of literary history is no longer stringent；as a result, the geographical view of literature should be changed accordingly. When we agree that Sarawak Chinese Literature cannot be categorised under Mahua Literature，can we then classify all Sarawak Chinese Literature into one category? This is the main argument of the paper. This paper consists of three parts. The first part discusses what constitutes Sarawak Chinese Literature with enhanced local characteristics，in reference to Bornean features. The second part divides Sarawakian Chinese authors in two groups，namely "Taiwan-based authors" and "local authors" and further examines how regional experience affects their works. It is，however，difficult to distinguish which part is affected by Taiwan's influence and which part is their self-creation，especially in this era of globalisation. In spite of that，we can narrow the scope of study down to the works of rainforest writing of Sarawakian Chinese writers to gain a more refined study. Therefore，through a comparison between the fictional works of Li Yong Ping and Chang Kuei Hsin，who have long since taken up the citizenship of Taiwan，China，and rainforest writing of local authors，the differences and individual complexity between both will then be investigated and deliberated. Finally，the dialogues or contrasts between Sarawak Chinese Literature in Taiwan of China and local Sarawak Chinese Literature will be analysed.

【关键词】Sarawak Chinese Literature；Taiwan-based experience；regional experience；rainforest writing

The Dalit of All Dalits：An Insight into the Condition of Women as Portrayed in Dalit Literature

【作　者】Marjana Mukherjee；Joydeep Banerjee
【单　位】Department of Humanities and Social Sciences，National Institute of Technology
【期　刊】《世界文学研究论坛》，第 10 卷，第 1 期，2018 年，第 154－169 页
【内容摘要】This paper highlights the emergence of Dalit autobiographical literature as a means of voicing not only the woes and pitiable plight of the Dalit women but also highlighting various instances of Dalit women who have fought against this unjust system and attained fame and respect for themselves in particular and their society at large. Throughout the world women face the ubiquitous problem of subjugation which gets heightened in case of the subaltern women. Only the pen has the voice to bring forth a massive change in the entire structural set up. Literature is not the platform for evoking sympathy from others but it's a means by which fervor for change can develop in the minds of those who have been subjugated. It is universalising a personal pain by making it a literature of the oppressed. A reference is drawn from Baby Kamble's autobiography *The Prisons We Broke*，to show how the Dalit women were oppressed by their own community as well.

【关键词】Dalit autobiographical literature；Dalit women；fame；voice；universalism；*The Prisons We Broke*

The Pioneering Poet of Nanyang Chinese：The Spirit and Homeland Concern of Qiu Shuyuan's Classical Poems

【作　者】Lai Chinting；Fan Pikwah；Keok Leanhock
【单　位】Lai Chinting：Department of Chinese Language and Literature，Peking University
　　　　　Fan Pikwah，Keok Leanhock：Department of Chinese Studies，University of Malaya
【期　刊】《世界文学研究论坛》，第 10 卷，第 4 期，2018 年，第 591－607 页
【内容摘要】Qiu Shuyuan was better known in Singapore as a literary pioneer in late Qing Dynasty. He called himself a 'Singapore Resident' while always regarded himself as a Chinese nationality. As

most traditional scholars，he defended the tradition and cared about the state of the country，and actively supported the Hundred Days' Reform. He was highly concerned about the situation of his motherland. He helped to develop political consciousness and cultural literacy among the Chinese immigrants through the founding of Chinese press，literature societies and Chinese schools. He was one of the political and cultural movement leaders of the Nanyang Chinese. *The Poems of Qiu Shuyuan* is his work. His poems contain strong personal feelings and had their propagative and demonstrative influences over the cultural circle of Nanyang Chinese. This article is to examine Qiu's homeland feelings and the refuge of his homeland concern and self-identity.

【关键词】Qiu Shuyuan；homeland concern；self-identity

"闭塞"与"浮华"：明治汉学者眼中的北京和上海

【作　者】叶杨曦
【单　位】山东大学文学院
【期　刊】《社会科学》，第 2 期，2018 年，第 185－191 页
【内容摘要】梁启超在致函日人山本宪时曾称"北京乃最闭塞之区，上海乃最浮华之地"，认为晚清日本人来游禹域者多不得实情，实因皆至京沪，而京沪无法代表全中国。本文拟从任公此论出发，通过明治三大汉文体中国行纪中的城市书写，切入考察明治汉学者眼中的晚清北京和上海，探讨文学视野下的城市历史。

【关键词】北京；上海；城市书写；明治汉学者；中国行纪

"不拿武器"的侵略：日本对华"宣抚工作"与"宣抚文学"研究刍议

【作　者】黄彩霞；王升远
【单　位】黄彩霞：东北师范大学外国语学院
　　　　　王升远：复旦大学外文学院
【期　刊】《山东社会科学》，第 6 期，2018 年，第 84－90 页
【内容摘要】20 世纪 30 年代，日军故意借唐代"宣抚"一词创建"宣抚班"对华实施"宣抚工作"，并在对外侵略战争的时代语境中炮制出大量的"宣抚文学"。所谓"宣抚工作"其实是越界、变质了的"宣抚"，表明了日本帝国主义欲置沦陷区于其统治之下的侵略野心。"宣抚工作"是一项组织化、体系化、专门化了的系统工作，是与军事行为相配合的文化战、思想战。"宣抚文学"可在一定程度上折射出"宣抚工作"的实际样态，是日本战争文学中不可或缺的重要组成部分。将承载历史记忆的"宣抚文学"文本挖掘出来进行研究，不仅对战时及战后日本文学史及思想史的研究具有重要意义，而且对进一步梳理日本侵华史亦具有重要的史料价值。

【关键词】"宣抚"；"宣抚班"；"宣抚工作"；"宣抚文学"；日本侵华史

"老獭稚"故事的中国渊源及其东亚流播——以清初《莽男儿》小说、《绣衣郎》传奇为新资料

【作　者】潘建国
【单　位】北京大学中文系
【期　刊】《民族文学研究》，第 36 卷，第 3 期，2018 年，第 112－124 页
【内容摘要】"老獭稚"故事广泛流传于东亚地区，近百年前引发了东亚学者的共同关注与研究。

1935 年，钟敬文提出该故事发源地在中国的学术观点，惜因缺乏早期文献证据而难获定谳。文章介绍了新发现的清初小说《莽男儿》和清初传奇《绣衣郎》，确认它们是目前所知东亚"老獭稚"故事中问世时间最早的例证，不仅为钟敬文的"中国发生说"提供了文献铁证，也将东亚"老獭稚"故事文本的形成时间提前到了清代初期。文章还结合传世文献与口传资料，对"老獭稚"故事在东亚地区的流播及其演化，进行了较为深刻细致的学术考察。

【关键词】"老獭稚"故事；东亚文学；《莽男儿》；《绣衣郎》

"儒""道"之间：《源氏物语》的女性意识

【作　者】张楠
【单　位】南京理工大学外国语学院
【期　刊】《人文杂志》，第 10 期，2018 年，第 78－84 页
【内容摘要】《源氏物语》意蕴丰富深刻、思想博大精深，不仅具有文学价值，也具有思想史价值。尤其是关于女性的性别意识、心理结构、行为规范、品性修养、婚姻恋爱等一系列问题的看法，都体现在小说的人物塑造、心理描写、情节构架之中，既表现了女性性别意识的自觉，也反映了中国儒家与道家思想的影响，内含着紫式部对道家哲学"上善若水"之女性特质的深刻领悟，从而成为中国思想影响日本的一个值得分析的典型文本。

【关键词】紫式部；《源氏物语》；女性观；水之道

"三不朽"思想与李齐贤的咏史怀古诗创作

【作　者】刘辉
【单　位】延边职业技术学院
【期　刊】《东疆学刊》，第 35 卷，第 4 期，2018 年，第 18－23 页
【内容摘要】咏史怀古诗是韩国古代文人李齐贤诗歌中较有特色的一类，诗中记录了李齐贤在中国的行迹，及其对中国历史人物、故事的感知。李齐贤的咏史怀古诗创作，特别是其中所涉及的中国历史、人物及其典故，一方面显示了其对于中国文化的熟识，并为其诗歌注入了深厚的思想意蕴；另一方面他还用这些历史典故来表明其对于"立功、立德、立言"的伦理与生命价值的追求。

【关键词】李齐贤；咏史怀古诗；"三不朽"；生命价值追求

"神战"与"神国"——以《百合若大臣》中的"蒙古袭来"叙事为中心

【作　者】谷惠萍
【单　位】北京联合大学；北京师范大学文学院
【期　刊】《外国文学评论》，第 2 期，2018 年，第 5－25 页
【内容摘要】元朝时忽必烈两次东征日本，日本史称"蒙古袭来"。在此前后紧张的形势下，鼓吹神明皆兵的"神战"思想伴随日本的"神国"阐述频频出现。室町时期的幸若舞曲《百合若大臣》便呈现了人神合战的荒诞想象。该作对镰仓宗教文学《八幡愚童训》（甲本）的"神战"思想多有继承，也是处于生存危机中的宇佐八幡宫的宣教手段。《百合若大臣》的出现表明中世后期"神国"观念实现了对民众心理的渗透，同时，日本紧张的对外关系记忆在高涨的本国优位意识中进一步演化为主动进攻他国的侵略野心。这种民族主义思潮成为之后丰臣秀吉入侵朝

鲜以及近代日本一系列侵略战争的催化剂和帮凶。

【关键词】"神战"；"神国"；《百合若大臣》；"蒙古袭来"；《八幡愚童训》

"我"与逝去的帝国——论"生命故事文学"与《寂静的原野》的作者形象

【作　者】李暖
【单　位】北京外国语大学俄语学院
【期　刊】《外国文学》，第 4 期，2018 年，第 64－72 页
【内容摘要】亚历山大·戈尔德施坦是当代重要的以色列俄语作家。其"生命故事文学"的创作观以"个体人生故事"与文体创新为基础，探讨作者、文本、历史之间的血肉联系，主张凸显作者的地位，与维诺格拉多夫的作者形象说有诸多契合之处。长篇小说《寂静的原野》凝结了戈尔德施坦对 20 世纪文学和文论的思索，自传色彩浓郁，立场鲜明，讲述人"我"与作者本人的形象高度重合。通过"我"之话语的两个语层，作者探讨了口述录文体、书面文本和修辞手法与塑造自我形象的关系，并通过"我"的写作实践与多重文本之间的互文，对后殖民语境中俄罗斯文学的立场及命运发表了看法。

【关键词】亚历山大·戈尔德施坦；"生命故事文学"；《寂静的原野》；作者形象

《东文选》首篇诗作《织锦献唐高宗》辨证

【作　者】褚大庆
【单　位】韩国外国语大学；延边大学中文系
【期　刊】《东疆学刊》，第 35 卷，第 4 期，2018 年，第 70－77 页
【内容摘要】《东文选》收录的第一首诗作题为无名氏的《织锦献唐高宗》，据现存收录此诗的其余 15 种中、韩古代文献，可知其为唐高宗永徽元年（650）六月新罗真德女王敬献高宗之作。而诗题应为《太平颂》或《太平诗》。在与中韩其他文献的比对中，本文发现作者和诗题两处谬误，以期引起比勘和订正研究的注意。

【关键词】《东文选》；《织锦献唐高宗》；无名氏；辨证

《格比尔百咏》与格比尔文本传统

【作　者】张忞煜
【单　位】北京外国语大学亚非学院
【期　刊】《外国文学》，第 2 期，2018 年，第 31－38 页
【内容摘要】泰戈尔的《格比尔百咏》英译本出版后反响巨大，多次再版并被译为多种外语。它为格比尔在全球范围内收获了不计其数的读者，更改变了格比尔研究的方向，推动了印度国内印地语学者接纳、认同格比尔在印度文学史上的地位和贡献。该译本是泰戈尔在孟加拉年轻学者查克拉瓦蒂和英国作家安德希尔的帮助下，根据森的四卷本《格比尔》选译。其底本主要源自格比尔诗歌的西传本，继承发扬了格比尔文本传统动态发展的特点，更好地反映了格比尔诗歌在当时的流传演变情况。因此，泰戈尔《格比尔百咏》英译本成为中世纪印地语诗人格比尔诗歌庞大文本传统中极具重要意义的一环。

【关键词】泰戈尔；格比尔；《格比尔百咏》

《摩诃婆罗多》与大使厅东壁壁画

【作　者】王静；沈睿文

【单　位】王静：中国人民大学历史学院

　　　　　沈睿文：北京大学考古文博学院

【期　刊】《故宫博物院院刊》，第 3 期，2018 年，第 54－70、159 页

【内容摘要】本文在梳理撒马尔罕阿夫拉西阿卜（Afrasiab）大使厅东壁壁画相关研究的基础上，重新复原了壁面内容，对壁画诸元素、各单元内容进行辨析，认为东壁壁画主题是印度史诗《摩诃婆罗多·初编》所载福身王故事中有关毗湿摩诞生的情节。

【关键词】摩诃婆罗多；福身王；毗湿摩；恒河女神

阿拉伯伊斯兰核心价值观的内涵及其当代审视

【作　者】薛庆国

【单　位】北京外国语大学阿拉伯学院；北京外国语大学扎耶德阿拉伯语与伊斯兰研究中心

【期　刊】《阿拉伯世界研究》，第 2 期，2018 年，第 3－16、118 页

【内容摘要】阿拉伯伊斯兰价值观可以从信仰和生活两个层面加以考察。在信仰层面，"认主独一"是阿拉伯伊斯兰价值观的信仰核心，"代治人间"和"两世兼顾"蕴含着深刻且积极的思想内涵。在生活层面，伊斯兰教倡导教徒追求美德，遵循中正、求知、仁爱、平等、公平、宽容、诚信、和谐等价值观。阿拉伯伊斯兰价值观是一个复杂、多元的体系，其中既包含优良传统和可贵品质，同时也存在某些制约社会进步的弊端。因此，阿拉伯伊斯兰国家和社会应该通过重估、扬弃、吸纳等手段，实现阿拉伯伊斯兰价值观在当代的重建与升华。

【关键词】阿拉伯；伊斯兰教；核心价值观；价值观重建

爱神颂诗：极度世俗与极度神性的融合——印度古典艳情诗的双重解读

【作　者】张远

【单　位】中国社会科学院外国文学研究所梵文研究中心

【期　刊】《国外文学》，第 3 期，2018 年，第 51－56、157－158 页

【内容摘要】印度古典艳情诗是典型的具有印度文学文化特征的题材。一方面，艳情诗以浓烈而直白的手法描绘了男女之间世俗的欢爱；另一方面，一些学者相信它们包含着某种宗教哲学的隐喻。本文从印度历史文化的语境入手，从爱欲与爱神、爱欲与苦行、世俗即神性三个方面探讨艳情诗世俗与神性交融的文化隐喻。

【关键词】艳情诗；爱神；爱欲；苦行；印度文学；丝路文化

百年日本私小说研究评述

【作　者】周砚舒

【单　位】内蒙古大学外国语学院

【期　刊】《外语与外语教学》，第 4 期，2018 年，第 140－146、151 页

【内容摘要】从"私小说"的概念产生至今，日本私小说的历史已有百年。百年中，围绕私小

说的评论、研究从未间断过。"私小说研究"甚至成为一个独立的研究对象，被称为"私小说评说"，在私小说的嬗变中扮演着重要的角色。本文将日本百年来的私小说研究分为五个时期加以横向梳理和纵向评述，分析每个时期私小说研究的课题和特点，特别评述 21 世纪以来日本私小说研究的现状。通过梳理发现，进入 21 世纪以来私小说研究仍是日本文学研究中广受关注的课题，并开始进入全新的、多样化的研究时代；从叙事学与"自我"认知的角度探讨私小说仍是私小说研究的两大主题；从文化研究的角度重新探讨私小说的起源、历史，范畴、定义、理念与方法是私小说研究的新课题。

【关键词】私小说；私小说研究；自我；"私"论

波斯花园：琐罗亚斯德教与伊斯兰教文化元素的融合

【作　者】穆宏燕
【单　位】北京外国语大学亚非学院
【期　刊】《回族研究》，第 4 期，2018 年，第 109－115 页
【内容摘要】波斯－伊斯兰园林是世界三大园林体系之一，其最早渊源可以上溯到古波斯帝国阿契美尼德王朝最早都城帕萨尔加德中的御花园。该御花园乃居鲁士大帝依照琐罗亚斯德教经书《阿维斯塔·万迪达德》中的相关描述而建，是一种围墙封闭式园林。围墙内的主体部分为"四重花园"结构，即由四个等面积的方形构成四个对称小花园，由此形成波斯艺术几何对称的审美原则，该原则成为波斯艺术的牢固规范。波斯伊斯兰化之后，波斯－伊斯兰花园在水流的布局设计上显然受到了《古兰经》中"天园由四条河滋润"说法的影响。然而，波斯人以他们业已形成的根深蒂固的审美观念，把波斯－伊斯兰花园的流水走向设计与四重花园的几何对称原则相结合，由此形成"十"字交义、对称平衡的四条流水。这种几何对称结构成为伊斯兰园林和建筑的典型结构，并对欧洲园林艺术产生了十分深远的影响。

【关键词】几何对称；波斯园林；伊斯兰文化；琐罗亚斯德教文化

朝鲜半岛诗歌中的金首露王陵及其发展历史

【作　者】张哲俊
【单　位】北京师范大学文学院
【期　刊】《东疆学刊》，第 35 卷，第 4 期，2018 年，第 1－8、111 页
【内容摘要】据 13 世纪的《三国遗事》记载，金首露王是朝鲜半岛南端伽耶国的开国君王，从公元 1 世纪开始后人一直都在祭祀王陵。但根据诸多诗文的记载来看，13 世纪到 15 世纪后期之前，金首露王陵一直都是荒陵。15 世纪后期开始，金首露王的后人才开始祭祀金首露王陵，并将其作为开国君王的陵墓，但实际上金首露王陵的墓主是何人，并不明确。

【关键词】金首露王；王陵；荒陵；诗文

朝鲜朝金时习《和渊明饮酒诗二十首》中的取象思维研究

【作　者】于春海；刘烨曈
【单　位】于春海：延边大学人文社会科学学院中文系
　　　　　刘烨曈：延边大学
【期　刊】《东疆学刊》，第 35 卷，第 1 期，2018 年，第 46－51、111 页

【内容摘要】朝鲜朝诗人金时习拟和了陶渊明的饮酒诗，创作出《和渊明饮酒诗二十首》。诗作广泛运用了取象思维方式，通过选取一定的"象"，来表达其"真意"，或抒愤懑，或言志节，或悟哲理，充分体现了金时习对中国《易经》中取象思维方式的熟知与运用。

【关键词】朝鲜朝；金时习；《和渊明饮酒诗二十首》；取象思维；抒愤言志

朝鲜朝诗人李尚迪与晚清诗人王鸿交游行述

【作　者】温兆海
【单　位】延边大学中文系
【期　刊】《东疆学刊》，第 35 卷，第 4 期，2018 年，第 9—17 页
【内容摘要】李尚迪和王鸿的交往长达 30 余年，直到二人先后离世。在交往过程中，李尚迪和王鸿首先建立了天涯知己之情，尤其是在风雨飘摇的历史动荡中，他们的友谊还包含了家国情怀。文学艺术是二人交流的重要内容，后期常州词派的重要词集《同声集》由王鸿编辑，李尚迪为该词集撰写题词，成为《同声集》的重要组成部分，具有重要的文献价值和文学价值。李尚迪为王鸿的诗集删定刊行，成为中韩文学交流史上一项重要的内容。

【关键词】李尚迪；王鸿；交游

朝鲜朝燕行使者视野下的清代中国东北地区民众生活习俗

【作　者】王广义；张宽
【单　位】王广义：吉林大学马克思主义学院中国近现代史教研室
　　　　　张宽：吉林大学马克思主义学院
【期　刊】《东疆学刊》，第 35 卷，第 1 期，2018 年，第 27—33、111 页
【内容摘要】《燕行录》是朝鲜燕行使者在前往中国途中的见闻。作为特殊地域和区位的中国东北，燕行使者高度重视这一地区，并在《燕行录》中进行了详细的记录，其中包括民众的生产、生活活动及其习俗，体现了其地域性、多元性、流变性的特征，反映了这一时期中国东北社会历史的变迁。

【关键词】《燕行录》；燕行使者；清代中国东北地区；生活习俗

朝鲜古典诗学"诗味论"探微

【作　者】韩东
【单　位】南昌大学人文学院中文系
【期　刊】《中央民族大学学报（哲学社会科学版）》，第 45 卷，第 2 期，2018 年，第 143—149 页
【内容摘要】"诗味论"是朝鲜古典诗学理论中的一项重要命题，它继承了中国"诗味论"中强调"味外之味"的旨趣，同时，也呈现出一些朝鲜化的嬗变特征。总的来说，朝鲜文人的"诗味论"体现了他们对"义理之味""古淡之味"与"复合之味"的推崇。朝鲜文人"古淡"之味的内涵与范畴比中国要小得多，而他们所推崇的"复合之味"也不包含对融合多种风格的审美追求。

【关键词】朝鲜；诗味；义理

朝鲜流亡文人的身份认同与中国朝鲜族移民文学

【作　　者】张春植
【单　　位】中国社会科学院民族文学研究所

【期　　刊】《民族文学研究》，第 36 卷，第 6 期，2018 年，第 60－68 页

【内容摘要】朝鲜朝后期或大韩帝国末期，朝鲜著名文人金泽荣、申桱和申彩浩在 1910 年来到中国，在中国渡过了漫长的流亡生活。三位作家在中国一直从事文学创作，因此将他们的文学当作朝鲜族作家文学起步阶段的特殊现象是无可非议的，绝大部分朝鲜族文学史都浓墨重彩地阐述他们的创作，也是出于这个原因。虽然在他们的作品中仍然流露出朝鲜人或者韩国人的感觉和情感，也带有相当浓郁的朝鲜情结和身份认同，但已不同程度地流露出与中国和中国人相同或者相似的情感，以及自我同一性。同样，虽然他们的文学里包含着很多朝鲜文学或者韩国文学的成分，因此朝鲜文学史或者韩国文学史写入他们的文学成果也不足为奇，但是这种身份认同的变化是不可否认的，我们之所以把他们当作朝鲜族作家中最早的移民作家，关键的理由也在于此。

【关键词】金泽荣；申桱；申彩浩；流亡文人；身份认同；移民作家

朝鲜使臣所见 18 世纪清代东北社会状况——以《燕行录》资料为中心

【作　　者】刘铮
【单　　位】东北师范大学历史文化学院

【期　　刊】《郑州大学学报（哲学社会科学版）》，第 51 卷，第 2 期，2018 年，第 116－121、159－160 页

【内容摘要】清代朝鲜使臣通过燕行，见证了 18 世纪清代中国东北社会的繁荣与发展景象。在朝鲜使臣眼中，清代中国东北地区的军政设置充分体现着崇满的原则，在行政制度方面，具有二元分治的特点；朝鲜使臣通过对所经过的凤城、辽东和盛京地区经济状况的描述，反映出东北地区经济繁荣背后的商业习俗——即对关帝的崇拜与信奉；在文化方面东北地区依旧保持着传统的尚武精神，主张"国语骑射"，文化教育相对落后；民俗特征显著，具体表现在东北特色的满族服饰、以肉食为主的饮食习俗和一字屋的居住风俗。

【关键词】《燕行录》；朝鲜使臣；清代中国东北社会状况；社会史

朝鲜战争文学 1950 年代《光明日报》文献考辨

【作　　者】常彬；王雅坤
【单　　位】常彬：华侨大学文学院
　　　　　　王雅坤：河北大学文学院／期刊社

【期　　刊】《河北大学学报（哲学社会科学版）》，第 6 期，2018 年，第 146－154 页

【内容摘要】中国朝鲜战争文学是新中国文学的开篇之作，继承了革命战争年代的文学传统，以极其有效的举国体制，应对强敌威胁国家领土安全的挑战与危机，在抗美援朝问题上形成庞大的文学生产线和强大的传播体系。通过对 20 世纪 50 年代《光明日报》的刊载进行系统的文献考辨，发掘共和国文学构建的生成方式，同构性前提下作家身份多重性因素的介入对内容选取的侧重和作品的刊用。

【关键词】《光明日报》；朝鲜战争文学；文献考辨

冲破宗教藩篱和伦理困境的霹雳——瓦拉赫诗歌的女性主义倾向

【作　者】于健；赵沛林
【单　位】东北师范大学文学院
【期　刊】《上海大学学报（社会科学版）》，第 35 卷，第 6 期，2018 年，第 113－121 页
【内容摘要】约拿·瓦拉赫是 20 世纪 60 年代兴起于以色列特拉维夫的"特拉维夫诗派"的主要成员。她的人生经历坎坷多难，折射出以色列建国前后一代青年女性投身社会变革的足迹；她的诗歌创作在现代希伯来诗歌史上独树一帜，显示了可贵的探索精神和艺术追求。在诗歌内容上，她大胆突破传统的宗教教义（无论是犹太教还是其他宗教）和伦理信条，具有振聋发聩的表现力度。同时，她对创作方法的大力开拓也表现出对形式的功能有着深刻理解。从赓续传统的意义看，她的诗所包含的终极关怀依稀透露出古老的犹太经典的余韵。
【关键词】瓦拉赫；诗歌；女性主义；宗教；伦理

冲绳女性群像的创伤与主体性建构——以喜舍场直子的《织布女之歌》为中心

【作　者】丁跃斌
【单　位】吉首大学外国语学院
【期　刊】《东疆学刊》，第 35 卷，第 2 期，2018 年，第 22－26 页
【内容摘要】冲绳女性，因冲绳特有的历史与文化，而常常被迫陷入性别、战争、种族冲突所导致的各种压迫之中，进而丧失其卑微的话语权，最后彻底沦为沉默的"他者"。通过对第十届"新冲绳文学奖"（1985）的获奖作品《织布女之歌》中三代女性不同创伤的分析，逐层拨开冲绳女性深重而悲恸的创伤，可以揭示出冲绳女性创伤的"普遍性"，并可以再现冲绳在三个转型期所经历的多舛命运，以及冲绳作家在文学书写中所寄托的深远忧思。
【关键词】冲绳女性；创伤弥合；主体性建构

川端康成《千羽鹤》的伦理价值论

【作　者】李俄宪
【单　位】华中师范大学外国语学院
【期　刊】《文学跨学科研究》，第 2 卷，第 4 期，2018 年，第 634－646 页
【内容摘要】《千羽鹤》是川端康成 1952 年获得诺贝尔文学奖的代表作，代表了他一贯的文学理念和美学思想。对这部作品研究界历来众说纷纭、莫衷一是，甚至呈现出善恶两端的价值判断现象。三岛由纪夫、山本健吉和梅原猛等日本研究者基本上在唯美主义、罪恶意识、人性救赎、官能审美等角度审视其作品的价值。以叶渭渠等为代表的中国学者也基本上集中在对该作品的美学探究和宗教魔界意识研究，与日本学者有异曲同工之处。本文以川端的诺奖获奖词为切入点，运用聂珍钊文学伦理学批评的理论与方法重读《千羽鹤》文本，发现川端康成是借用日本传统美的背景和氛围，表达他更为深沉的伦理思考和对人类的关心，从伦理和道德层面赋予了作品特殊的主题和文学价值。
【关键词】《千羽鹤》；伦理环境；伦理身份；伦理意识；伦理选择；伦理价值

从《春香传》到《春香》——一个朝鲜族文学文本的"跨国别重述"及意义分析

【作　　者】王光东
【单　　位】上海社会科学院文学研究所

【期　　刊】《中国比较文学》，第 3 期，2018 年，第 96－104 页

【内容摘要】《春香传》是在民间传说故事的基础上形成的朝鲜族文学经典，在朝鲜半岛有着广泛的传播。《春香》是中国作家对这一故事的重述和再度创作。从《春香传》到《春香》的"跨国别重述"，通过神话原型的置换和重构，一方面继承了民间文化中的民族精神，另一方面又呈现出东亚文化背景下知识分子与传统、民间的复杂联系和精神思考，作家"跨国别重述"和文化想象的思想资源则与中国的当代问题和西方女性主义密切相关。

【关键词】《春香传》；《春香》；神话原型；跨国别重述

从《蹇蹇录》看日本侵华的诡秘逻辑

【作　　者】孙立祥
【单　　位】山东师范大学历史与社会发展学院

【期　　刊】《华中师范大学学报（人文社会科学版）》，第 57 卷，第 1 期，2018 年，第 120－128 页

【内容摘要】中日甲午战争期间担任日本外务大臣的陆奥宗光撰写的个人外交回忆录——《蹇蹇录》，不仅自供了当年日本决策层策划、发动、推进甲午战争的"真相"和"奥秘"，而且揭示了日本完胜中国的真正原因。前者包括："师出有名"的欺世说辞；排除"干涉"的狡黠手法；危机公关的下作手段；逼吞苦果的鬼蜮伎俩。后者系指：日本获胜除了靠坚船利炮等军事"硬实力"外，还靠外交运作、人才储备、舆论宣传、情报刺探、国际法运用等"软实力"。这一探讨，不仅有助于评估陆奥宗光及"陆奥外交"在这场战争中的地位和作用，而且对总结和汲取中日甲午战争的惨痛历史教训，尤其对洞察日本侵华的诡秘逻辑，均有裨益。

【关键词】《蹇蹇录》；陆奥宗光；甲午战争；中日关系

从《摩诃婆罗多》看印度以"正法"为核心的价值观——兼与中国天道观比较

【作　　者】侯传文
【单　　位】青岛大学文学院

【期　　刊】《中国高校社会科学》，第 3 期，2018 年，第 60－69、158 页

【内容摘要】印度史诗《摩诃婆罗多》集中表现了印度教的人生四大目的，即法、利、欲、解脱，其中又以"正法"为核心。"正法"有多方面内涵，类似中国文化中的"天道"。二者的相通之处在于其宗教道德属性，不仅在来源、依据、目的意义和价值诉求等方面具有一致性，而且都在宗教体系内规范人与人之间的关系，都有对人欲的约束。二者的差异体现了中印文化的不同特点：前者基于自然规律，后者基于神的创造；前者由外在转向内在，后者始终具有外在性；前者基本没有出世思想，后者有系统的以"解脱"为核心的出世法。宗教性的"正法"和"解脱"分别成为印度全民性的入世法和出世法的核心价值观，是宗教文化与世俗文化互动的结果。

【关键词】《摩诃婆罗多》；正法；天道；解脱

从《越甸幽灵集录》和《岭南摭怪列传》中的高骈形象看越南民族意识的觉醒

【作　者】韦凡州
【单　位】广西民族大学东南亚语言文化学院越南语系
【期　刊】《世界民族》，第 1 期，2018 年，第 103－110 页
【内容摘要】中越两国学界对高骈收复并治理安南的历史关注不够，这段历史是越南的民族意识觉醒时期，是越南历史的转折点。本文运用普洛普的民间故事形态学和列维-斯特劳斯的结构主义神话分析理论，对《越甸幽灵集录》与《岭南摭怪列传》这两部越南现存最古老的民间神话传说故事集所保存的传说中的高骈形象进行分析，深入探究在高骈治理安南时期（公元 9 世纪后期）的社会矛盾与安南民众民族意识觉醒的状况，认为越南民族意识觉醒于公元 9 世纪后期（相当于中国唐代末期），对当代越南部分学者认为雄王时代就形成民族意识的观点提出商榷意见，为越南民族形成于公元 10 世纪以后的观点提供佐证，对于构建新型中越关系亦具有重要意义。
【关键词】越南；民族意识；高骈；民间故事形态学；结构主义神话分析理论

从爱欲到离欲：论印度《苏尔诗海》艳情诗中的宗教哲思

【作　者】王靖
【单　位】北京大学外国语学院
【期　刊】《文学跨学科研究》，第 2 卷，第 2 期，2018 年，第 337－346 页
【内容摘要】"爱欲"与"离欲"是印度黑天派文学经典《苏尔诗海》艳情诗所体现的两大主题，但究其根本，"离欲"才是黑天信仰者的最终目的。《苏尔诗海》的艳情诗体现的是黑天信仰者由"爱欲"到"离欲"的过程。从"爱欲"到"离欲"是黑天信仰者获得"喜乐解脱"的必由之路。黑天信仰是实现人类天然欲求与充满压抑的社会现实和谐共存的"乌托邦"，是对印度世俗居家之士的"心灵补偿"。
【关键词】《苏尔诗海》；艳情诗；黑天信仰；爱欲

从韩国巫俗神话透视朝鲜民族的生命价值观

【作　者】彭少森；潘畅和
【单　位】彭少森：延边大学国际研究生院
　　　　　潘畅和：延边大学政治与公共管理学院
【期　刊】《东疆学刊》，第 35 卷，第 1 期，2018 年，第 15－20 页
【内容摘要】韩国巫俗神话蕴含着朝鲜民族的生命价值观，它主要包括三个方面：一是生命的生成价值，这种价值存在于人的生命动态生成的过程本身；二是生命的创造价值，它主要表现为人的非凡创造力；三是生命的超越价值，它集中体现在人"成人"过程中所展现出的"爱"的精神。而且，由这三种价值维度所建构的生命价值观，不仅深刻地影响了朝鲜民族的文化精神取向，而且还指引着今人去重新认识生命。
【关键词】韩国巫俗神话；朝鲜民族；生命价值观

从社会弃老到众生厌世："姨捨"母题的现代流变——解读井上靖的小说《姨捨》

【作　者】刘素桂

【单　位】兰州大学外国语学院

【期　刊】《北京社会科学》，第 10 期，第 34－47 页

【内容摘要】井上靖的短篇小说《姨捨》(《姨舍》)多被解读为描写以家人"出家遁世之志"为主题、带有私小说性质的自传体小说。然而，剖析小说发表的时代背景就会发现，小说假借传统弃老传说"姨捨"这一文学母题范式，以"我的家人"为例，深刻揭示了战后初期日本社会急剧转型时期人们思想和情感深处彷徨无助的精神面貌。由此可以认为："姨捨"俨然已成为当时人们孤独感、被抛弃感的代名词；"厌世"则是在那样的社会现实中人们的无奈和挣扎，一种积极寻求自我的个体表达。

【关键词】井上靖；姨捨；厌世；社会转型；现代流变

村上春树的文学创作与灾难讲述——新作《刺伤骑士团长》论

【作　者】尚一鸥

【单　位】东北师范大学日本研究所

【期　刊】《东北师大学报（哲学社会科学版）》，第 6 期，2018 年，第 58－63 页

【内容摘要】村上春树的第 14 部长篇小说《刺杀骑士团长》于 2017 年 2 月在日本问世，被出版界誉为"村上阔别 7 年的、真正意义上的长篇小说"。新作中村上一如既往地持续着对社会问题的关注，记载了关于战争的思考，再现了苦难，并呈现出了反省的姿态和为历史作证的价值。《刺杀骑士团长》清晰地显示出了"村上要素"，仿佛是一部村上春树小说的"二次创作"。

【关键词】村上春树；《刺杀骑士团长》；文学创作；战争认识

对"明治一代"的追责与"大正一代"的诉求——《近代文学》同人战争责任追究的细节考辨

【作　者】王升远

【单　位】复旦大学外文学院

【期　刊】《外国文学评论》，第 3 期，2018 年，第 103－132 页

【内容摘要】战后初期，《近代文学》同人在日本文坛发起的战争责任追究对日本战后文学史、思想史影响深远。他们在《文学时标》上发起对 40 位曾协力战争的文坛元老的责任追究，又在"文学家的职责"座谈会中将战时远离政治或曾有小过而战后悔过的文学家也纳入追责讨论范围。以战争责任为论题，"大正一代"对"明治一代"的讨伐实则指向了对战后文学领导权的争夺。然而，由于罪责追讨最终落实到了暧昧的"良心问题"，判断尺度莫衷一是，使得其责任追究无法在同人内外获得广泛共识，也未能推动这项议题在反思日本近代思想的胎记与痼疾的路径中走向深入。

【关键词】《近代文学》；《文学时标》；战争责任；战后文学

对日本古典文学中"棣棠花"的相关考察：以棣棠花的形象变化为中心

【作　者】李炫瑛；申寅燮

【单　位】建国大学日本语教育系

【期　刊】《文学跨学科研究》，第 2 卷，第 3 期，2018 年，第 457－474 页

【内容摘要】日本人自古就歌颂雪月花的自然之美，本文旨在考察日本古典文学中对"棣棠花"的描写，以探索日本人的审美意识。从万叶时代到现代，棣棠花在日本人的日常生活中都扮演着重要角色，其形象也随时代发展不断变化。万叶时代初期，棣棠花的黄色让人联想到黄泉，盛开在岸边的棣棠花是人们观赏的对象，还会引发乡愁。进入平安时代，和歌作品多关注棣棠花的姿态、颜色、香味等，而在物语作品中，棣棠花或是用来比喻花容月貌的年轻女子，或是作为回忆从前与爱人共度美好时光的媒介。除此之外，棣棠花同樱花一样还被作为供花呈献给菩萨，其栀子色的花色也成为贵族服饰的配色之一。在近代初期的俳谐作品中，常用棣棠花来比喻黄金，棣棠花开始与金钱产生联系。另外，在这一时期，人们的关注点已不仅仅是棣棠花的香气或蕴含的回忆，还包括通过花的颜色和姿态引发的即兴表达。这与当时新兴城市兴起，经济飞跃发展，町人积累大量财富，以及町人的消费、生活、经济观念等有密切关系。这一时期的棣棠花不再被用来表达对即将逝去的春天的感叹，也不再用来比喻花容月貌的美妙女子了。在此之后，松尾芭蕉在他的俳谐作品中基于棣棠花的传统形象又赋予了它独特形象。棣棠花所蕴含的日本人的审美意识随时代变化而不断变化。由此，我们可以真切地了解到日本人在各时代独具特色的审美情怀。

【关键词】日本古典诗歌；和歌；俳谐；棣棠花

多重镜观：《日本的觉醒》中东西方形象的辩证解读

【作　者】林帜；张红玲

【单　位】林帜：上海外国语大学；美国杜克大学；大连海事大学外国语学院

　　　　　张红玲：上海外国语大学跨文化研究中心

【期　刊】《中国比较文学》，第 4 期，2018 年，第 126－136 页

【内容摘要】日本旅美作家冈仓天心的英文著作《日本的觉醒》（*The Awakening of Japan*）诞生于明治维新这一东西方文化的激烈交锋时期，是一个推崇亚洲传统又深受欧美影响的日本艺术家对不同文化历史性撞击演变的诠释，其人其文对在全球视野下洞察文化势差形成的多重民族形象镜观具有独特的价值与意义。本文采用形象学理论与继解释学派、社会科学派以及批判学派后的跨文化辩证观研究范式解读冈仓天心，尤其是他对西方文化偏见的批判以及对"亚洲一体""以和为贵"等论述中的悖论。"内与外""异与同""古与今"三组辩证框架被用以对比分析身处文化交汇激流中的冈仓天心对西方列强，中国、印度等亚洲国家，尤其是日本形象的不断解构与重塑，探究他在试图超越种族中心主义的理想与难以做到中立客观之间的挣扎与妥协。可印证辩证观对复杂的跨时域跨文化形象解塑的描述力与解释力，可为多元文化背景下同为观察者与被观察者非线性的心路历程与因果研究提供历史注脚与实时借鉴。

【关键词】跨文化研究辩证观；《日本的觉醒》；冈仓天心；形象学

吠陀哲理诗与古印度哲学核心理念的源头

【作　者】姚卫群

【单　位】北京大学哲学系暨外国哲学研究所

【期　刊】《中国高校社会科学》，第 3 期，2018 年，第 41－48、158 页

【内容摘要】吠陀哲理诗在印度思想史上最早提出了一些重要的哲学概念或观念，如原人、有、

无、太一、金胎、否定形态的表述方式等。这些内容是印度历史上许多核心哲学理念或思想体系的理论源头。梳理和分析这些概念或观念及其与后世印度哲学重要思想的关系，对于我们勾勒印度文化的基本发展线索、认识东方哲学特色有积极意义。

【关键词】吠陀；哲理诗；印度哲学；东方文化

佛教譬喻"二鼠侵藤"在古代欧亚的文本源流（上）

【作　者】陈明
【单　位】北京大学东方文学研究中心
【期　刊】《世界宗教研究》，第 6 期，2018 年，第 45－58 页
【内容摘要】敦煌出土的一些实用型文书（患文、佛文、邈真赞、斋文等）以及疑伪经《法王经》中，作者在描述人生短暂、生命易逝时，常使用"四蛇毁箧"和"二鼠侵藤"两个譬喻。本文以"二鼠侵藤"这一譬喻为研究对象，追溯该譬喻在古代印度的多个源头，分析该譬喻以佛教文献为中介在中国、日本和朝鲜半岛的流变，同时考察该譬喻在西亚民间故事集《凯里来与迪木奈》以及欧洲《伯兰及约瑟夫书》等文献中的传播，梳理该譬喻在古代欧亚的双向与多维度的传承，比较该譬喻的含义在不同时空的宗教与文化场域中的异同，为古往今来的人们在跨文明语境中的相互理解提供一个具有丰富内涵的实例。

【关键词】"二鼠侵藤"；佛教譬喻；文本流变；文化交流

附和、颠覆与超越：小泉八云与东方主义

【作　者】张瑾
【单　位】大连外国语大学比较文化研究基地／日本语学院
【期　刊】《东北师大学报（哲学社会科学版）》，第 5 期，2018 年，第 150－155 页
【内容摘要】小泉八云的文学创作是否具有东方主义倾向，一直是学界热议的焦点。小泉八云赴日后，先后创作的三部代表作都与东方主义有关联。《陌生日本之一瞥》中对"异国情调的营造"实为对东方主义的附和；《怪谈》中对女性"他者"形象的解构则是对东方主义的颠覆；《日本试解》中追求东西方多元文化的融合则实现了对东方主义的超越。可以说，小泉八云东方认识的逐渐成熟已然超越了人种与文化的壁垒，在人们探讨文化多元化与统一性的今天，极具前瞻性和现实意义。

【关键词】小泉八云；东方主义；异国情调；女性；融合

高丽爱情歌谣抒情主人公的伦理困境与伦理选择

【作　者】池水涌
【单　位】华中师范大学外国语学院
【期　刊】《外国文学研究》，第 40 卷，第 6 期，2018 年，第 103－114 页
【内容摘要】高句丽（别称"高丽"）爱情歌谣是高句丽国语歌谣的重要组成部分。高句丽爱情歌谣以妇女为抒情主人公，表现了她们在父权制伦理秩序下的伦理困境与伦理选择。高句丽爱情歌谣抒情主人公遇到的伦理困境，是夫君或心上人的离去或一去不返。面对这种伦理困境，她们曾以挽留或哀求来表达自己的伦理诉求，但在大多数情况下这种伦理诉求很难改变无情的现实。面对无法解决的伦理困境，她们所能做出的伦理选择便是对悲剧现实的忍耐与坚守。在

这个意义上，高句丽爱情歌谣与其说是倾诉男女爱恋之情的爱情歌谣，不如说是抒发弃妇或痴情女之悲情的爱情悲歌。高句丽爱情歌谣所表现的爱情悲剧，并不是抒情主人公个体的爱情悲剧，而是那个时代妇女群体的社会伦理悲剧。值得一提的是，高句丽爱情歌谣抒情主人公的伦理诉求与伦理选择中蕴含着"恨"这一朝鲜民众特有的文化心理，它为高句丽爱情歌谣赋予了其特有的伦理价值与美学意蕴。

【关键词】高句丽（高丽）爱情歌谣；伦理困境；伦理诉求；伦理选择

共鸣与成长：申京淑小说《哪里传来找我的电话铃声》中的创伤叙事

【作　者】崔昌劳；凌云
【单　位】崔昌劳：南京大学外国语学院
　　　　　凌云：扬州市人民政府外事办公室
【期　刊】《湖南科技大学学报（社会科学版）》，第21卷，第5期，2018年，第48－52页
【内容摘要】申京淑的长篇小说《哪里传来找我的电话铃声》以20世纪80年代韩国民主化斗争时期为背景，讲述了当代年轻人的心理创伤与内在成长历程。身处成长礼仪中的主人公们饱受缺失之痛，尽管努力寻找摆脱痛苦的方法，却又陷入缺失链的重重束缚中。为探索"成人礼"的出口，他们由互相依靠走向独立，由爱的客体转化为主体，并最终构建出独立完整的主体自我意识。小说充斥着浓重的哀伤氛围与凝重感，突出刻画了缺失造成的精神创伤，强调心灵共鸣的重要性和成长的永恒价值。

【关键词】申京淑；《哪里传来找我的电话铃声》；共鸣；成长；创伤叙事

古代朝鲜人眼中的俄罗斯人——以《燕行录》为考察中心

【作　者】潘晓伟
【单　位】黑龙江大学历史文化旅游学院
【期　刊】《东疆学刊》，第35卷，第1期，2018年，第34－39页
【内容摘要】在"华夷秩序"框架内，古代朝鲜人对包括俄罗斯在内的"秩序"外世界的认识是以中国为媒介进行的，中国人对俄罗斯人的认知程度决定了朝鲜人对俄罗斯人的认知情况。早期东正教驻华传教士团教俗人员及俄罗斯商人、外交人员的劣行导致中国人对俄罗斯人的印象不佳，并间接地影响了朝鲜人心目中的俄罗斯人形象。从18世纪下半叶开始，随着朝鲜"北学运动"的兴起和来华俄罗斯人素质的提高，俄罗斯人技艺精湛的形象出现在了朝鲜朝燕行使臣的笔下。

【关键词】朝鲜人；俄罗斯人；《燕行录》

关羽崇拜东传与朝鲜汉文小说的关圣叙事

【作　者】赵维国
【单　位】上海师范大学人文与传播学院
【期　刊】《河北学刊》，第38卷，第6期，2018年，第133－139页
【内容摘要】壬辰抗倭战争后，朝鲜王朝虽然在南原、汉城（首尔）等地先后兴建了六座关王庙，但却备受冷落。自肃宗朝开始，由于特殊的政治文化因素，关羽渐为朝鲜人民所推崇，一度成为朝鲜王朝的保护神，关王庙的祭祀等级也上升到国家层面。朝鲜半岛的"关羽崇拜"不仅是一种值得重视的历史现象，还是一种重要的政治文化现象。本文以朝鲜半岛的关羽接受以及关

圣故事的小说叙事为研究对象，探讨关羽崇拜的接受过程，解析汉文小说关圣叙事的文化内涵。

【关键词】关羽崇拜排斥；关羽崇拜接受；关圣小说叙事

海东四家中国体验叙事中的近代意识

【作　者】朴雪梅；金刚
【单　位】朝鲜－韩国学学院
【期　刊】《东疆学刊》，第 35 卷，第 2 期，2018 年，第 11－16 页
【内容摘要】18 世纪末的朝鲜朝文化出现了一片繁荣景象。北学派，包括李德懋、柳得恭和朴齐家等著名文人都以向中国学习为口号，并借着出使中国的机会与中国文人进行多方交流，他们或以乌托邦化的中国，或以意识形态化的中国为例提出了许多改革思想。从 1778 年李德懋与朴齐家出使中国到 1801 年柳得恭与朴齐家出使中国，他们共计出使中国四次，其间他们与中国一百多位文人进行了交游。他们在与中国文人的交游中表现出中世纪文人"士"的情结和觉醒的近代意识。

【关键词】李德懋；柳得恭；朴齐家；燕行；交流

韩国作家李孝石小说的"俄罗斯"形象塑造

【作　者】曾思齐
【单　位】华中师范大学外国语学院
【期　刊】《江汉论坛》，第 5 期，2018 年，第 80－84 页
【内容摘要】日本殖民时代的韩国（朝鲜）作家李孝石，在 20 世纪三四十年代创作的小说中都塑造了俄罗斯形象。前期表现了当时朝鲜半岛知识分子对苏维埃政权和对社会主义的想象，后期以作家在哈尔滨的旅行经历为素材展开，通过刻画当地白俄的生存困境，委婉地表达了对日本殖民统治的抗议。俄罗斯形象的形成以及变化的过程蕴含深刻的时代背景，体现了作家在殖民语境中对朝鲜半岛社会的认识，具有一定的文学价值和历史意义。

【关键词】韩国近代文学；李孝石；日本殖民统治；"俄罗斯"形象；比较文学形象学

汉字的魔力——朝鲜时代女性诗文新考察

【作　者】张伯伟
【单　位】南京大学文学院
【期　刊】《中国社会科学》，第 3 期，2018 年，第 162－183、209 页
【内容摘要】语言学家和历史学家往往将汉字在东亚与拉丁文在欧洲的地位和功能相提并论，但若进一步追问这两种文字"魔力"的范围、机制、结果有何异同以及何以异同，既有的学术积累尚未能提供答案。若专从女性和区域角度切入，可以发现在东亚汉字世界中，朝鲜时代女性诗文具有"男性化"特征。朝鲜女性一旦有能力将汉字作为写作工具，无论是其自我感觉还是家族内外男性的态度，都会发生很大改变。她们不仅可以与男性作家同处一个知识共同体，而且因此可以在相当程度上改变其家庭地位和社会地位，这与拉丁文世界中对女性的排斥，恰成鲜明对照。汉字的功效是由社会赋予的，在东亚的知识社群中，来自中国本土的人士尤其是男性发挥了最初的重要推力。

【关键词】汉字；朝鲜时代；女性诗文

横光利一《微笑》中的精神病理学

【作　者】奚皓晖
【单　位】南宁师范大学初等教育学院
【期　刊】《外国文学》，第 4 期，2018 年，第 43－54 页
【内容摘要】本文从思想史的脉络出发，通过《微笑》文本之下的社会政治学，重审横光利一及昭和知识分子在"战败"历史事件下的抉择。《微笑》裸呈了战中至战后转型时代的紧张性，用回归这一时代紧张性的方式，置身于"战败"这一历史性的瞬间。横光利一以主人公遭受战争创伤的心理扭曲为契机，见证了战后文学的起点，指出在从属性伦理支配下，缺少个人为主体的责任伦理引发了战后一系列深刻的社会转型问题，揭示了现代日本国家在反民主、反自由、"超越现代"的思维方式背后存在着根深蒂固的精神误区。
【关键词】横光利一；战后文学；现代日本；自由主义；从属性伦理

横光利一的新感觉文学理论与实绩——以家庭题材小说为中心

【作　者】王天慧
【单　位】大连海事大学外国语学院
【期　刊】《东北师大学报（哲学社会科学版）》，第 4 期，2018 年，第 53－57 页
【内容摘要】20 世纪 20 年代，日本新感觉派作家横光利一以家庭为题材创作了一系列的短篇小说与戏剧，构成了脍炙人口的"病妻系列"文学。其中，《春天乘着马车来》与《花园的思想》最具代表性，是横光利一后期创作中将传统文学题材与新感觉派的写作方式加以融合的两部作品。作品一经问世便受到日本文学界的高度关注，从文体到内容都成为当时日本学界的研究焦点。横光的家庭题材小说既使用了崭新的修辞手法，又将新感觉文学理论贯穿始终。同时，通过对外部场景的铺叙，形象地展现出人物复杂多变的心理状态。以创建新感觉派文学为开端，在近30 年的文学创作生涯中，横光利一始终践行着他所追求的文学理念。
【关键词】横光利一；新感觉文学；文艺理论；现代文学

混响的声音：朝鲜朝燕行使与安南、琉球使者的文学交流——以李睟光《安南使臣唱和问答录》和《琉球使臣赠答录》为中心

【作　者】付优；黄霖
【单　位】复旦大学中国古代文学研究中心
【期　刊】《东疆学刊》，第 35 卷，第 1 期，2018 年，第 40－45 页
【内容摘要】明朝万历年间，朝鲜朝使臣李睟光先后与安南使臣冯克宽、琉球使臣蔡坚等在北京笔谈交流、诗文酬唱，留下了《安南使臣唱和问答录》和《琉球使臣赠答录》两部具有代表性的文献，体现出朝鲜朝使臣对安南与琉球同属中华文化圈的认同以及对两国风俗人物的好奇与书写，客观上起到了为参与唱和之使臣播扬声名的作用，同时记录下了三国使臣文化竞赛中"隐形的在场者"的巨大影响。
【关键词】朝鲜朝燕行使；朝贡制度；文学交流

混杂性书写：林宝音小说与新加坡"本土性"

【作　者】赵志刚

【单　位】燕山大学外国语学院

【期　刊】《外国文学评论》，第 4 期，2018 年，第 153－166 页

【内容摘要】新加坡华裔作家林宝音的本土文学实践，以当地华裔族群文化为素材，聚焦新加坡社会中的核心问题。林宝音有意识地使用新加坡式英语，将其当作摆脱英国后殖民文化束缚、建构新加坡性的重要手段。在其小说中，混杂的文化语境是人物冲突的文化根源，表明新加坡人在寻找共同的"国家身份"过程中的认同困惑；其中所创设的混杂的文化意象，更是华人传统文化和英国经典文学双重影响的结果。值得注意的是，在混杂性文化书写中，林宝音并没有盲目地认同东方或者西方，而是将二者作为新加坡的镜像或参照，以此来思考和审度新加坡社会所面临的现实问题。

【关键词】新加坡；林宝音；混杂性书写

疾病的美学化与医药的风雅——从《源氏物语》看古代日本人对中医药的受容

【作　者】姜毅然

【单　位】北京工业大学外国语学院；北京师范大学文学院

【期　刊】《社会科学研究》，第 1 期，2018 年，第 189－195 页

【内容摘要】研究中医药在日本的传播，特别是在日本文学中的描写和表现，是中日文化交流研究的重要环节。《源氏物语》中出现的疾病基本反映了日本平安时代的疾病状况，但该书对疾病的描写并不是从医学的理性角度，而是从美学的角度将疾病加以美学化，把寻医问药这一过程加以风雅化。所以治疗疾病基本排斥了医药途径，而主要依靠佛教的加持祈祷。只有在迫不得已的时候才服用汤药，并对中医药的名称做了美学化的处理。《源氏物语》描写贵族女性的病弱之美，含蓄的语言淡化了疾病带给读者的恐惧感，反映了平安时代日本审美文化、感性文化高度发达与理性文化极为微弱之间的矛盾和文学作品中宗教、美学与文化的对立统一。

【关键词】《源氏物语》；日本文学；美学；疾病；中医药

加朗与《一千零一夜》及其他

【作　者】宗笑飞

【单　位】中国社会科学院外国文学研究所；阿拉伯文学研究会

【期　刊】《东吴学术》，第 2 期，2018 年，第 124－130 页

【内容摘要】在加朗之前，《一千零一夜》像一捧珍珠散落各地。而加朗正是那个首次将这些珍珠汇聚起来串成精美项链并传至西方世界的人。因此，他是《一千零一夜》口传／抄本时代和印刷／出版时代的分水岭。由于他的努力，《一千零一夜》率先在西方发行，并引起轰动；继而又牵动东方文学的神经。本文意在梳理加朗译本及其产生前后东西方文坛奇妙的互文效应，而这理应成为新全球化时代关注的一个焦点。其中，《辛德巴》不失为是有趣的个案。

【关键词】加朗翻译；《一千零一夜》；《辛德巴》

街上的白围裙与战地的红头巾：林芙美子小说中的女性身体

【作　者】张杭萍
【单　位】上海师范大学外国语学院
【期　刊】《外国文学评论》，第 1 期，2018 年，第 38－57 页
【内容摘要】林芙美子战前出版的《放浪记》中挑战社会规范、游离于家庭之外的文学女青年在其战时出版的《战线》《北岸部队》中一变而为响应政治父权号召、穿梭于战地的随军女作家，且企图依附国策话语来重塑女性的身体，而在战后出版的《河沙鱼》《骨》等作品中，女性身体则回归本能，扮演起解构权威话语的角色。叙述上的这种断裂不只是林芙美子创作思路的脱轨，也反映出不同的历史时空中日本女性身体的描摹如何被时代话语所界定，又如何破茧而出这一社会现象。
【关键词】林芙美子；女性身体；母性隐喻；战争遗孀

芥川龙之介"苏州游记"的文人话语与文化心理

【作　者】刘克华
【单　位】东南大学外国语学院
【期　刊】《外语研究》，第 35 卷，第 6 期，2018 年，第 90－94 页
【内容摘要】芥川龙之介在"苏州游记"中记录了其参观苏州著名景点的见闻与感想。该文本具有文人话语和殖民主义话语的双重特征。作为一个"中国趣味"爱好者及新兴文艺的代表作家，芥川关于苏州游记的书写体现了怀古伤今、寄情于景的文人话语特征。但中国古典文学作品中的中国与现实中国的巨大反差也使芥川的"中国趣味"破灭。另外，芥川对苏州自然环境的"脏"的夸大、对苏州人的怜悯和厌恶、对苏州景点的不屑以及对街头卖艺人的嘲讽等等，都体现了他排斥中国并将中国他者化的殖民主义者的文化心理。
【关键词】苏州游记；文人话语；殖民主义；文化心理；芥川龙之介

金裕贞家庭小说中女性伦理身份的探寻与哲思

【作　者】肖丽艳
【单　位】吉首大学外国语学院
【期　刊】《东疆学刊》，第 35 卷，第 4 期，2018 年，第 85－89 页
【内容摘要】金裕贞是 20 世纪 30 年代朝鲜著名作家，其大部分小说都是以家庭中的夫妻关系、血亲关系等为描摹对象，形成了独具风格的金氏家庭小说。金裕贞家庭小说中的女性特点鲜明，她们既受到封建男权的压迫，又遭遇殖民强权的压榨，因此在这种非正常家庭模式中成长的女性，其伦理身份注定会颠覆社会传统的公众标准，这也变相地映射出了金裕贞对朝鲜社会转型阶段的文学哲思与社会批判意识。
【关键词】金裕贞；朝鲜；家庭小说；女性；伦理

近代东亚中国行纪里的张謇——以山本宪《燕山楚水纪游》为中心

【作　者】叶杨曦

【单　位】山东大学文学院

【期　刊】《东疆学刊》，第 35 卷，第 3 期，2018 年，第 35－41 页

【内容摘要】张謇是中国近代史上的重要人物，在东亚地区同样具有重要意义，其域外行旅经历对日后实业救国、教育兴邦的社会实绩产生了重要影响。同时，不少"域外人"的中国行纪作品中都曾记录与张謇的交流情况。以明治后期来华日人山本宪撰写的《燕山楚水纪游》为中心，可发现近代东亚中国行纪里的张謇形象，以及蕴藏在文本背后双方笔谈对话的态度和政治立场，在揭开历史面纱的同时，亦涉及史实背后的逻辑可能性。

【关键词】张謇；中国行纪；近代东亚；山本宪；《燕山楚水纪游》

井上靖小说《敦煌》的生命境界建构

【作　者】李玲

【单　位】北京语言大学人文学院

【期　刊】《福建师范大学学报（哲学社会科学版）》，第 6 期，2018 年，第 33－40、169 页

【内容摘要】井上靖小说《敦煌》所传达的，主要不是作家对宋代中国人生存状态的还原和理解，而是作家对人的存在境界的崭新开拓。《敦煌》融合东西方多种文化资源，从事功、伦理、情爱、信仰四个维度共同建构了一种既超然淡漠又执着坚忍的生命境界。主人公赵行德淡然于一般中国传统士人孜孜追求的功名成就和念念不忘的家国伦理，却执着追求超功利性的知识、经验，忠诚于偶遇的岗位职守；他以随缘的态度对待生死，却执着于爱情的忠贞；他不把财产放在眼里，却珍爱佛经。《敦煌》以理解的态度展示赵行德的种种人生选择，作品由此显示出了不同于中国作家西域题材创作和历史题材创作的独特价值取向。

【关键词】井上靖；《敦煌》；中国题材；西域；日本文学

抗争与治愈：朱耀燮的中国体验与跨界叙事

【作　者】崔昌笀；王孟青

【单　位】南京大学外国语学院

【期　刊】《东疆学刊》，第 35 卷，第 3 期，2018 年，第 68－74 页

【内容摘要】20 世纪二三十年代，韩国作家朱耀燮先后旅居上海与北京，以十余年的中国体验为蓝本创作了小说及散文等共计二十余篇。他不仅发现了不同于韩国的另一个"现代"，亦发现了京沪两地不同的场所意义，即上海成为殖民地人民直面西方的抗争性场所，北京则成为重新发现东方传统价值的治愈性场所。

【关键词】朱耀燮；中国体验；抗争；治愈；跨界叙事

堀田善卫的《历史》和战后日本文坛的中国表述

【作　者】陈童君

【单　位】中山大学外国语学院

【期　刊】《外国文学》，第 2 期，2018 年，第 158－165 页

【内容摘要】1953 年 11 月由新潮社发行的长篇小说《历史》是日本战后作家堀田善卫创作的所有中国题材小说中篇幅最长、叙事结构最复杂、出场人物最多的作品，在日本文学史上有"战后最宏大的政治小说之一"的评价。本文的研究目标在于通过最大限度地利用创作笔记、作家

手稿以及其他相关一手档案资料，深入解读《历史》的创作手法、创作过程、文本结构以及作者对茅盾《子夜》和马尔罗《人的状况》的模仿和重构；本文还试图以堀田善卫的《历史》为案例研究战败后日本文坛的"中国"表述及其特质，尝试由一项具体的文本分析出发，管窥战后初期日本社会在对华表述和对华认知上所表现出的特点。

【关键词】堀田善卫；战败后日本文坛；中国表述；茅盾；马尔罗

历史真实与文学虚构——《犹滴传》的叙事结构与意义

【作　者】王立新；屈闻明
【单　位】南开大学文学院
【期　刊】《外国文学研究》，第 40 卷，第 4 期，2018 年，第 95－106 页
【内容摘要】希伯来《次经》中的《犹滴传》在犹太民族"第二圣殿时期"产生的诸多作品中具有独特而重要的价值。文本叙述中的人物、地域及事件孤立起来看显示着历史的真实性，但以希伯来民族史相对照，由这些元素所构成的文本的历史时空却并不真实。作者拣选历史元素精心构造出的叙述背景并非出自历史认知方面的谬误，亦非刻意告知读者《犹滴传》只是虚构而成的普通故事。结合作品著述时犹太民族面对的希腊化时代语境，就可看出作者乃是将历史元素有意错置重构，给读者搭建一座文学叙述意义上的"真实"历史舞台，隐喻当下发生之事。对《犹滴传》叙述特质的分析，不但有助于我们解读"第二圣殿时期"希伯来文学在希腊化时代背景下的独特意义，也为我们认识从希伯来文化到基督教文化传统的嬗变提供了某种启发。

【关键词】《犹滴传》；历史真实；文学虚构；希腊化时代；隐喻与诠释

立春之"霞"与和歌季节咏

【作　者】隋源远
【单　位】华东师范大学中文系
【期　刊】《华东师范大学学报（哲学社会科学版）》，第 50 卷，第 5 期，2018 年，第 113－119、175－176 页
【内容摘要】立春之"霞（kasumi）"这一和歌意象的成立，包含着中日两国文化的冲突与融合。从文字表记上看，日本歌人以"霞"表意"kasumi"的做法受到了中国诗歌中"烟霞"一词流行的影响。从季节认识上来看，"kasumi"直接来源于日本本土自然历中"春（haru）"的季节感，带有鲜明的地域性色彩。立春与"kasumi"的组合，则是在持统朝颁历的大背景下，为缓和本土季节感与历法四季观之间的紧张关系，由宫廷歌人柿本人麻吕创造而出的。这一意象的诞生标志着和歌季节咏的成立，同时将立春的和训导入和歌的做法也对古代和歌泾渭分明的四季观的形成产生了重要的影响。

【关键词】和歌；季节咏；自然历；中国历法；文化接受

乱世之中的人文关怀——2017 年阿拉伯文学

【作　者】尤梅
【单　位】北京外国语大学阿拉伯学院
【期　刊】《外国文学动态研究》，第 4 期，2018 年，第 20－28 页
【内容摘要】2017 年阿拉伯文坛成果颇丰。"革命"已成为近年作家们思考的固定主题之一，

相关作品不断问世，其创作手法和思想深度也逐步提升。作家们依旧关注国家和民族的前途命运，持续思考"革命"、战争等当前阿拉伯世界面临的重大议题。这一年，强烈的人文关怀成为阿拉伯文学的主要特征之一。在复杂动荡的乱世之中，作家们记录、分析社会心态与个体心理的瞬息变化，体现了文学自始至终的担当使命和对人类命运与情感的深切关照。其中，《所有这些废话》《狗的第二次战争》《天鹅绒》等作品尤其值得关注。

【关键词】阿拉伯文学；"革命"主题；人文关怀

论《海边的卡夫卡》中的拟似性伦理犯罪

【作　者】任洁
【单　位】华中师范大学文学院
【期　刊】《外国文学研究》，第 40 卷，第 4 期，2018 年，第 119－126 页
【内容摘要】在《海边的卡夫卡》中，日本作家村上春树采用了与古希腊悲剧《俄狄浦斯王》互文的写作策略，却不局限于传统的伦理犯罪题材，而是借助平行叙事结构和大量隐喻塑造了一个实施拟似性伦理犯罪的人物形象。所谓拟似性伦理犯罪，即未在现实世界中真正触犯伦理禁忌，而是将内心中想要触犯伦理禁忌的愿望以拟似性方式实施的伦理犯罪，采取的方式不是现实的、直接的、有针对性的，而是非现实的、变相的、替代性的。本文运用文学伦理学批评关于本能、自由意志、理性意志的理论对小说中的拟似性伦理犯罪进行了分析，并认为本能是导致拟似性伦理犯罪的根本动力来源，而理性的不成熟是造成自由意志脱离理性意志控制并通过变相方式自由释放的根本原因。所以，拟似性伦理犯罪属非理性范畴，它不仅无法给施行主体带来真正救赎，反而可能导致实际性伦理犯罪的发生。

【关键词】村上春树；《海边的卡夫卡》；拟似性伦理罪；文学伦理学批评

论《穆护歌》源于弄摩睺罗——丝路交流视域下的歌舞戏研究之曲考篇

【作　者】陈文革
【单　位】河南大学艺术学院
【期　刊】《中国音乐》，第 2 期，2018 年，第 45－54 页
【内容摘要】《穆护歌》的源流恐非简单的单一流向问题。印度教摩酰首罗神与火祆教维什帕克神有血缘联系，唐宋之际二神相混，摩睺罗兼具弄化生与祭亡灵的功能与"摩酰首罗—维什帕克"兼具生命与死亡双重性格正相吻合。"穆护"与"摩睺"的中古读音接近，所谓"穆护砂"原是"摩睺罗煞"。苏偰所作《穆护歌》应源于演傀儡所唱之《摩睺罗歌》。从偶仪工具，到以偈颂说法的"弄傀儡"、唐代的弄化生、宋代七巧习俗、僧侣作《穆护歌》、宋元戏曲以除煞降妖为主题的杂剧，到傀儡"净台"仪式戏的活态传承，摩睺罗沟通宗教与世俗的工具，始终体现出浓厚的佛教与祆教混合色彩。《穆护歌》《穆护砂》源于印度教（佛教）—祆教的弄摩睺罗。

【关键词】化生—摩睺罗；戏弄—穆护砂；穆护歌—木瓠—摩睺罗

论朝鲜朝奇大升性理学思想观照下的文学观

【作　者】权美花
【单　位】延边大学外国语学院
【期　刊】《东疆学刊》，第 35 卷，第 4 期，2018 年，第 78－84 页

【内容摘要】高峰奇大升作为 16 世纪朝鲜朝著名的性理学者，他的文学观深受性理学思想的影响。通过探析奇大升的性理学思想，进而观照其文学观的核心范畴——"道""文""物""兴"及它们之间的关系，可以明晰奇大升文学观的基本立场及其审美意识。

【关键词】朝鲜朝；奇大升；性理学；文学观

论日本汉文学对杜诗的接受——以江户硕儒林罗山为中心

【作　者】李慧；郭建勋
【单　位】湖南大学
【期　刊】《贵州社会科学》，第 10 期，2018 年，第 52－58 页
【内容摘要】杜诗流传到日本后经历了一个缓慢接受的过程，从受到个别诗人青睐到成为"诗圣"，江户时期硕儒林罗山无疑是重要的传播者。林罗山为杜甫的高贵品格和精湛诗艺所征服，他不仅继承了日本五山文学对杜甫的研究成果，而且发展了舶来的中国杜甫学。他模仿杜甫创作的上百首诗歌，不仅是诗题和内容的接受，更是一种精神上的相通和契合：他们都怀着儒家的博爱精神和对建功立业的追求，但生不逢时，无法获得应有的社会地位，他们的抑郁不得志在诗歌中表现为沉郁顿挫的艺术风格。作为熟稔中日两国传统文化的林罗山，他的诗歌还融入了日本特有元素，具有中日两种美学风格，从而成为一代文化巨子。

【关键词】林罗山；杜甫；诗歌；江户时期文学

论丝路意识与戴小华的游记创作

【作　者】杨剑龙
【单　位】浙江越秀外国语学院中国语言文化学院
【期　刊】《甘肃社会科学》，第 1 期，2018 年，第 86－90 页
【内容摘要】马来西亚与中国的大陆和台湾成为戴小华创作的三个空间、三种时间，在她的游记创作中，能够看到作家逐渐清晰与鲜明的"丝路意识"。丝绸之路是一条开拓发展之路、交流合作之路、文明和平之路；丝路意识呈现出鲜明的家国意识、包容意识、开放意识。戴小华踏上了中国行之路，开始显露出浓郁的家国意识，数次返回祖籍故土，多次畅游中国的山山水水，她对于家国有了更为具体深刻的体悟。戴小华对于东南亚国度的游览与描述，呈现出浓郁的包容意识。戴小华以开放的心态和眼光走遍世界，呈现出其笔底游记的丰富与深刻。戴小华越来越将自己和中华文化和中国紧密联系在一起，显然戴小华的丝路意识也日趋鲜明。

【关键词】戴小华；游记；丝路意识

论正冈子规汉诗对于中国文化的受容

【作　者】张文宏
【单　位】河南师范大学外国语学院
【期　刊】《河南师范大学学报（哲学社会科学版）》，第 45 卷，第 4 期，2018 年，第 113－118 页
【内容摘要】日本明治时代的和歌与俳句作家正冈子规一生创作了 2000 余首汉诗，自己从中选取 628 首编辑成《汉诗稿》。这部自编汉诗集虽未正式出版，却是日本汉诗研究不可忽视的领域。正冈子规将中国成语典故、唐诗宋词等熟练地化用于汉诗中，并有所选择地接受了庄子思想。同时他还精通中国绘画艺术，借用题图诗和读书诗表明自己的文艺批评思想。可以说，正

冈子规通过汉诗创作既汲取了中国文化的精粹，也彰显了日本文人独特的文学审美和价值取向。

【关键词】正冈子规；汉诗；中国古典文化；庄子；受容

没落古都与现代性：《一个奇怪而庄严的地址》中的加尔各答 "日常"

【作　者】黄芝
【单　位】苏州大学外国语学院英文系
【期　刊】《外国文学评论》，第 2 期，2018 年，第 71－84 页
【内容摘要】当代印度英语小说家阿米特·乔杜里的处女作《一个奇怪而庄严的地址》记叙了 20 世纪六七十年代一个加尔各答普通中产阶级家庭的日常生活。通过对该小说与作者散文集《加尔各答：城中两年》的对比阅读，本文认为乔杜里力图在小说中探究儿时的加尔各答现代性的渊源与内涵：加尔各答现代性无关城市的繁荣隆盛，而是这一时期未逃离加尔各答的中产阶级受孟加拉文艺复兴影响，借助泰戈尔的 "欢喜" 哲学去观察和品鉴日渐没落的城市日常、应对城市的颓废。但是，乔杜里的加尔各答现代性思想并未考察作为城市重要组成部分的下层阶级，也未能挖掘全球资本主义对城市及其中产阶级的影响。

【关键词】加尔各答；现代性；孟加拉文艺复兴；中产阶级；欢喜

民族主义的再度形塑——论大江健三郎 "反核" 文学的思想内涵

【作　者】张剑
【单　位】湖南科技学院外国语学院
【期　刊】《外语研究》，第 35 卷，第 1 期，2018 年，第 103－108 页
【内容摘要】战后，日本执政者借助国家民族主义建构起 "象征制天皇" 和 "亲美斥中" 的自我——他者认知模式，意图通过这一模式重构国家认同，使日本再度出发。但在以 "战后民主主义" 继承者自居的日本著名作家大江健三郎看来，这种宣扬天皇尊崇，依赖美国的国家民族主义是导致日本国家定位和未来走向暧昧，国民颓废迷茫、失去独立的民族精神和自豪感的最大症结所在，必须给予坚决的反对。为此，他基于 "反核" 这一理念，对日本民族主义自我——他者认知模式进行了重构：即以具有 "威严" 特质的广岛原爆受害者作为 "自我" 的精神象征，以 "无核" "独立" 为前提来认知和想象 "他者"，从根本上实现对国家民族主义的抗击。但从本质而言，这一时期大江健三郎以 "反核" 为主题创作的作品的思想价值观仍有着日本民族本位思想的痕迹。

【关键词】大江健三郎；民族主义；"自我－他者" 认知模式

南方来信：越南现代文学在中国的译介和传播

【作　者】李广益
【单　位】重庆大学共和国研究中心
【期　刊】《开放时代》，第 2 期，2018 年，第 134－142、8 页
【内容摘要】本文追溯了主要以拉丁化国语为文学语言的越南现代文学在中国的译介和传播，尤其是以《南方来信》为代表的反帝爱国作品在 20 世纪 50 年代至 70 年代中国政治语境中发挥的重要作用及巨大反响。在此基础上，本文认为：越南现代文学以至 "全球南方文学" 中译的兴盛和沉寂都具有深刻的文化政治内涵，表征着中国的世界意识和身份认同的变迁。这种译介

能动地影响着中国对于异国和世界的认知乃至立场。在中国深入参与世界秩序重构的过程中，接续和发展与广大亚非拉国家的文学文化交流乃是不容忽视的重要工作。

【关键词】越南；现代文学；《南方来信》；翻译

女性的性别突围与身份重建——以吉屋信子及其通俗小说为例

【作　者】彭旭；肖霞
【单　位】彭旭：山东大学；齐鲁工业大学
　　　　　肖霞：山东大学
【期　刊】《河南师范大学学报（哲学社会科学版）》，第45卷，第6期，2018年，第119－123页
【内容摘要】明治维新后，日本推行以"贤妻良母主义"为核心的女子教育，使女性成为社会生活中的客体。自小便深受其害的吉屋信子，卓尔独行，以强大的"自我"对抗贤妻良母主义思想的摧残，追求着自由和解放。信子通过描写贤妻良母主义对女性的羁系和诳骗，创造了一个丰富的女性文学天地，对女性的突围之路与身份重建进行了持续的探求，为日本女性发出了自己的声音，表达了日本女性要求独立自主的伦理诉求。她通过自己的言行和作品中的女性之口解构着贤妻良母主义的社会秩序，寻求女性在家庭和社会中的新伦理身份，努力找回被遮蔽了的女性的主体地位。
【关键词】吉屋信子；贤妻良母主义；女性；性别突围；身份重建

浅谈朝鲜朝丙子之役纪实文学的战争叙事——以《南汉解围录》与《江都被祸记事》为例

【作　者】金美兰
【单　位】延边大学朝鲜－韩国学学院朝文系
【期　刊】《延边大学学报（社会科学版）》，第4期，2018年，第54－61、141页
【内容摘要】《南汉解围录》和《江都被祸记事》两部作品形象而真实地展示了丙子之役的全貌。两部作品的作者在战争爆发时分别滞留在南汉山城和江华岛，如实地记录了切身感受到的战争场景。《南汉解围录》是一部记录朝鲜和清朝关系、主和派与斥和派对立的重要作品。《江都被祸记事》描述的是作者亲身避难的经历。战争爆发，受害最深重的是百姓。该作品还是一部以百姓的身份记录战争经历的记事。
【关键词】朝鲜朝；丙子之役；纪实文学；《南汉解围录》；《江都被祸记事》

区域和民间视域下中朝儒学文化的一次深度交流——以朝鲜儒士鲁认的福建之行为中心

【作　者】刘永连
【单　位】暨南大学文学院中外关系研究所
【期　刊】《暨南学报（哲学社会科学版）》，第40卷，第6期，2018年，第93－101页
【内容摘要】壬辰战争（1592—1598）中，朝鲜士人鲁认不幸被俘至日本，在日期间结识明朝差官林震虩、陈屏山等人，并由他们帮助逃到中国福建。在客居福建的三个多月里，他与当地儒生讲论经学，深度交流，增进了两地儒学界之间的相互了解，亦促进了双方的协调和发展。这次生动而深刻的儒学文化交流反映了中国与朝鲜半岛在国家层面（使者、京城）之外区域文化交流的重要价值。比较之下，朝天、燕行等使行录史料反映中朝文化交流多属国家和中央层面，官方特色极其浓厚。而鲁认以流亡儒士身份来华，带动了地方和民间文化交流，因其自由

度大而涉及层面更多、程度更深，同时这类活动记载不多，故而价值独特而且重大。

【关键词】鲁认；《锦溪先生文集》；儒学；中韩文化交流

日本当代社会文学研究的集大成之作：评《社会文学的三十年——泡沫经济、冷战结束、3·11》

【作　者】刘玮莹
【单　位】华中师范大学文学院
【期　刊】《文学跨学科研究》，第 2 卷，第 1 期，2018 年，第 162－168 页
【内容摘要】由日本社会文学会主编的《社会文学的三十年——泡沫经济、冷战结束、3·11》是日本第一部以主题研究为切入点，对日本当代社会文学进行整体梳理和总结的研究著作。该著作紧密联系日本当下的社会现实，在比较文学的视域之下，采用社会历史批评和文本细读等多种研究方法，考察了 20 世纪 80 年代以来日本当代社会文学在社会功能、主题思想、体裁形式、创作主体、语言艺术等方面的特点。该著作全方位、多维度的研究，为推进日本当代社会文学研究的开展提供了重要参考与借鉴。

【关键词】社会文学；主题研究；日本；当代

日本归还者战争儿童文学的大众受容与伦理选择

【作　者】徐己才
【单　位】建国大学亚洲与离散研究中心
【期　刊】《文学跨学科研究》，第 2 卷，第 3 期，2018 年，第 399－412 页
【内容摘要】韩国迎来解放的曙光已达 70 年。但殖民地、战争、战后调整等依然是韩日关系中出现问题的重要原因，是理解两国关系的关键词。本研究旨在关注与此紧密相关的归还者的战争儿童文学，并从大众受容的观点理解现代日本人对于战争的伦理意识。本研究中所涉及的《星星的轨迹》讲述了日本人因战争而遭受的灾难，备受日本大众的喜爱，已多次发行改正版。但由于日本社会中高速掀起的厌恶风潮，由互联网右翼制作的动画《星星的轨迹》备受关注并在网上广泛流传，但此动画却损坏了原本毫无问题的原作，包含着一些被捏造的日本历史。因此，本研究将采用聂珍钊的文学伦理学批评理论对日本大众对战争的这种伦理态度和改变进行考察。

【关键词】文学伦理学批评；日本归还者；战争儿童文化；星星的轨迹；历史修正主义；互联网右翼

日本江户时代文豪赖山阳及其汉文随笔集《山阳先生书后》研究

【作　者】张冬阳
【单　位】湖南文理学院文史学院
【期　刊】《史林》，第 5 期，2018 年，第 153－168、221 页
【内容摘要】《山阳先生书后》是日本江户时代后期文豪赖山阳的一部汉文随笔集，评论经史百家，与作者另一部书画论集《山阳先生题跋》合称《书后并题跋》，1836 年初刊，是赖山阳学术思想的精粹。《山阳先生书后》空前绝后地纵论中日两国文献，体现了赖山阳"会通和汉""汉学和用"的霸气，标志着日本国学在心态上的成熟以及汉学日本化的完成。

【关键词】赖山阳；《山阳先生书后》；日本汉学；日本国学；题跋文学

日本侵华战争时期的"笔杆部队"

【作　者】吴艳

【单　位】南开大学外国语学院日语系

【期　刊】《南开学报（哲学社会科学版）》，第 6 期，2018 年，第 104－113 页

【内容摘要】卢沟桥事变爆发后，一方面日本当局对思想言论的控制达到了登峰造极的地步，反战的左翼作家自不待言，连奉行自由主义的作家，因其作品内容背离当局国策，也在被警告和禁发之列；另一方面由日本内阁情报部组织作家，开展了一系列配合日本军部全面侵华政策的创作活动。一时间称颂战争、鼓吹国家主义、极端民族主义的报告文学充斥书刊报纸，"国策"驱使之下的"国策文学"成了侵华战争时期最主要的文学形态，拿笔杆当枪杆的"笔杆部队"应运而生，成为侵略战争的代言人和吹鼓手。

【关键词】侵华战争；"笔杆部队"；"国策文学"

日本文艺批评中的"自然""对幻想"与近代批判——以柄谷行人初期写作为线索

【作　者】高华鑫

【单　位】清华大学中文系

【期　刊】《外国文学评论》，第 4 期，2018 年，第 100－118 页

【内容摘要】日本著名思想家、文学评论家柄谷行人在 20 世纪 70 年代初所写的文艺评论与日本战后的文艺批评传统和社会状况密切相关。通过柄谷行人这一时期所关注的"自然""对幻想"等概念，可以看到他的问题意识与小林秀雄、江藤淳、吉本隆明等前辈批评家有着复杂关系。这些批评家代表了一种潮流——对战后文艺批评的"近代"理想的批判和超越，但我们不应将此潮流简单地视为一种进步，而是应该看到它体现了战后日本知识人在重新构建日本的"主体性"时所面临的困境。

【关键词】柄谷行人；自然；小林秀雄；江藤淳；吉本隆明

日媒涉华报道战略与芥川龙之介的中国叙事

【作　者】宋武全

【单　位】湖州师范学院外国语学院

【期　刊】《东北师大学报（哲学社会科学版）》，第 1 期，2018 年，第 131－137 页

【内容摘要】芥川访华文本描述的对象虽是中国，却折射出投向日本媒体的光影，其中国叙事的背后浮现了日媒涉华报道的立场。《上海游记》和《江南游记》表达了对《大阪每日新闻》涉华报道战略从容忍到反抗的态度；《长江》契合了《女性》将大众从"关东大地震"的"焦躁和不安"中解救的理念；《北京日记抄》表达了《改造》对五卅惨案等中国无产阶级运动的报道立场；《中国游记》则回馈了改造社对五卅惨案后日本读者对华关注的读者策略。访华文本中芥川不断调整自己的对华态度，在回应不同发表媒体涉华立场的同时，表达了对华同情和友善，批判了日本帝国主义的对华殖民政策。

【关键词】芥川龙之介；涉华报道；中国叙事；日媒

参孙故事及其现当代犹太解读

【作　者】孟振华
【单　位】南京大学哲学系（宗教学系）犹太和以色列研究所
【期　刊】《学海》，第 6 期，2018 年，第 24—31 页
【内容摘要】本文分析了圣经《士师记》的参孙故事形成的背景以及作者试图传递给读者的信息，并以雅博廷斯基的《拿细耳人参孙》和大卫·格罗斯曼的《狮子蜜》为例，讨论现当代犹太知识分子对这个故事的解读。从中一方面可以更清楚地了解犹太复国主义者和当代以色列人是如何理解和运用本民族古老的宗教文化传统的，另一方面也可以更清楚地看出宗教经典和对经典的演绎同作者现实处境之间密切的关系。
【关键词】《士师记》；申命记派历史；雅博廷斯基；格罗斯曼；《狮子蜜》

山神传说与地方社会——以韩国大关岭山神信仰传承为个案

【作　者】庞建春
【单　位】韩国汉阳大学人文学院中文系
【期　刊】《民族文学研究》，第 36 卷，第 5 期，2018 年，第 121—132 页
【内容摘要】文章对韩国大关岭山神信仰的阐述，摆脱了过往"江陵端午祭"的研究视角，从民俗和民众生活的关联出发勾勒其变迁轨迹。通过分析历史文献、1900 年至 1940 年的地方志文献，以及 20 世纪 80 年代以来出版的口碑文学资料，解读这一信仰与地方社会的联系。
【关键词】山神传说；地方社会；大关岭山神；守郎神信仰；江陵端午祭

数据挖掘技术在文本特征分析中的应用研究——以夏目漱石中长篇小说为例

【作　者】毛文伟
【单　位】上海外国语大学
【期　刊】《外语电化教学》，第 6 期，2018 年，第 8—15 页
【内容摘要】本研究运用数据挖掘技术对夏目漱石的中长篇小说进行聚类分析，发现以 1908 年为界，夏目漱石的中长篇小说可分为三个时期。t 检验结果显示，这些作品在名词比、动词比、修饰词比、MVR 等指标方面表现较为一致。早期和过渡期作品在接续词句比、非过去式句比方面，过渡期和后期作品在非过去式结句比方面，前期和后期作品在接续词句比、非过去式句比方面存在显著性差异。对指标进行标准化后发现，它们的共性特征在于文本偏重描写，且倾向于状况描写。前期作品的句子极短，容易理解。之后的作品句子逐渐变长，但仍偏短、易懂。句子间关联性不断增强，前后意思联系更加密切，表达更加富有逻辑性。在叙事方式方面，由生动描写转向客观描写，产生了由第一人称视角向第三人称视角的转换。
【关键词】数据挖掘；聚类分析；夏目漱石；文本特征

他者镜像中的自我困境——《他人的脸》之拉康精神分析学解读

【作　者】任丽

【单　位】吉林大学文学院；长春理工大学外国语学院

【期　刊】《东北师大学报（哲学社会科学版）》，第 2 期，2018 年，第 109－114 页

【内容摘要】在《他人的脸》中，日本作家安部公房建构了与他者相对立的自我，并通过"二重身"的文学模式呈现了一个分裂、异化的主体形象。借助拉康的镜像阶段及相关主体理论，对主人公"我"身份迷失的根源进行探讨，进而剖析自我与他者的关系以及自我被异化时的主体意识，对探讨 20 世纪 60 年代日本现代化进程中的自我具有重要意义。

【关键词】安部公房；《他人的脸》；自我；主体

泰戈尔《格比尔百咏》对印度神秘主义思想史的建构

【作　者】张忞煜

【单　位】北京外国语大学亚非学院

【期　刊】《国外文学》，第 1 期，2018 年，第 119－125、159 页

【内容摘要】《格比尔百咏》是泰戈尔翻译的中世纪印地语诗人格比尔诗歌集，也是泰戈尔唯一一部翻译他人诗歌的译著。泰戈尔对格比尔诗歌的选译是一个高度能动、富有创造性的过程，他强化了格比尔诗歌中对内在神爱的表述，弱化了格比尔诗歌对外在瑜伽修炼的推崇，并将格比尔置于印度神秘主义思想史叙事之中，帮助这位出身卑微的诗人在日后的印度思想史叙事中占据关键位置。因此，《格比尔百咏》实际上是泰戈尔以自己的神秘主义思想对格比尔的重新解读。该译作应被视为泰戈尔诗歌创作和宗教思想的有机组成部分，堪称泰戈尔成名作《吉檀迦利》的姊妹篇。

【关键词】罗宾德拉纳特·泰戈尔；格比尔；《格比尔百咏》；神秘主义

藤原惺窝《文章达德纲领》的文学思想及其杜诗观

【作　者】张红

【单　位】湖南师范大学国际汉语文化学院

【期　刊】《中国文学研究》，第 1 期，2018 年，第 168－176 页

【内容摘要】藤原惺窝作为日本朱子学的开创者，对江户时代的儒学与汉文学有着深远影响。《文章达德纲领》是其纲领性诗文论著，著作由摘录汇编宋、元、明时代理学家与文章家语录而成，体例谨严、选取精当，以此建构了自己的文学思想体系。考察、分析《文章达德纲领》的材料和体例，可见惺窝文学思想之主旨与倾向，杜诗在江户时期独尊地位的形成也可由此得到初步了解。

【关键词】藤原惺窝；《文章达德纲领》；江户；文学思想；杜诗

王国维的翻译实践及其"境界说"的发生——从元良勇次郎《心理学》的翻译入手

【作　者】王增宝

【单　位】东北师范大学文学院

【期　刊】《中国现代文学研究丛刊》，第 12 期，2018 年，第 148－159 页

【内容摘要】王国维于其"哲学时期"外，另有一个"心理学时期"。元良勇次郎《心理学》的翻译深刻影响了"境界说"的发生。王国维译本对日语原本多处进行了删节、替换。通过对这种翻译行为进行症候分析，可以从心理学角度提出关于"境界"说的新解释："有我之境"即意

识中观念的争存过程，"无我之境"即于平静中归来的"无意识"；而"势力不灭论"构成了"境界说"的自然科学依据。应该反思"境界说"传统阐释模式的遮蔽性。

【关键词】王国维；翻译；境界说；元良勇次郎；心物相关论

文本沉浮与外交变迁——朝鲜权近《应制诗》的写作、刊刻及经典化

【作　者】陈彝秋
【单　位】南京晓庄学院文学院
【期　刊】《外国文学评论》，第 3 期，2018 年，第 50－67 页
【内容摘要】《应制诗》是见证了明朝与朝鲜诗赋外交整体进程的特殊文本，在不同语境的不同阅读方式下，其文本形态与文本阐释也产生了相应变化，承载不同的政治、文化使命。明太祖与朝鲜太宗、世宗的和平外交理念以及权近的儒臣情怀共同成就了《应制诗》的刊板。天顺四年张宁使朝时，《应制诗》外交地位的新变，直接促成了《应制诗》增注本的出现。嘉靖以后，朝鲜又借道明使为《应制诗》进行题咏，以对因《皇明祖训》中的误记而起的朝鲜方面的宗系辩诬施以助力，这表明，受明末东亚政局变化的影响，明使笔下的《应制诗》阐绎也出现了新的视角与内涵。

【关键词】《应制诗》；文本；外交；明；朝鲜

新加坡作家谢裕民笔下的历史书写

【作　者】黄晓燕
【单　位】浙江大学中文系
【期　刊】《外国文学研究》，第 40 卷，第 6 期，2018 年，第 64－72 页
【内容摘要】谢裕民无疑是新加坡中生代最负盛名的华人作家。小说创作一直都是他的人生副业，他以自己浮世绘式的笔法书写自己眼中的新加坡社会，特别是末代华校生的身份使其笔端有着中国现代文学中挥之不去的批判色彩。20 世纪 90 年代之后的他，创作内容触及对新加坡华人的寻根意识，同时也保持着对当下新加坡社会的现实关怀，这些都是他成为新加坡中生代作家中最重要作家的原因。谢裕民的创作可分成早期的都市书写和近期的历史寻根两个阶段，如果参照新加坡的历史发展轨迹，可以展示出这位重要的新加坡中生代作家的创作与新加坡建国以来历史之间形成的文史互证关系，从而展示其创作中彰显的新加坡知识分子的文学精神。

【关键词】谢裕民；历史书写；末代华校生；寻根文学；重构南洋图像

行人用赋与外交唱和：《登楼赋》在朝鲜朝的拟效与流衍

【作　者】安生
【单　位】南京大学文学院
【期　刊】《外国文学评论》，第 4 期，2018 年，第 87－99 页
【内容摘要】在酬酢唱和的互动性外交活动中，倪谦《雪霁登楼赋》不仅让朝鲜朝文臣群体产生"影响的焦虑"，同时也对朝鲜朝创制"以赋体步韵"的外交应对策略具有垂范意义，并泽被后世近三百年的赓续创作。夷考这一外交文化事件，其传统乃远绍春秋"行人用赋"的礼典制度。经"土木之变"，倪谦身负颂扬文统与重塑国威的外交使命，故效"诗人遗意"，借王粲《登楼赋》形制而内寓王朝教化的行人登高之旨。朝鲜朝文人后以各自不同的文学实践方式，或踵

继"外交唱和"，或用意化境，或模习技巧，从而对《登楼赋》的赋文品格与审美范式展开了全面而深广的接受。

【关键词】土木之变；倪谦；行人；《登楼赋》；朝鲜朝

亚欧文化交错中的文学思考——帕慕克《我的名字叫红》在多元文化语境中的复调书写

【作　者】付景川；李翠翠
【单　位】付景川：吉林大学文学院
　　　　　李翠翠：空军航空大学外语教研室
【期　刊】《吉林大学社会科学学报》，第 58 卷，第 3 期，2018 年，第 183－192、208 页
【内容摘要】诺贝尔文学奖获奖作家帕慕克的代表作《我的名字叫红》，以具有独立意识的众多角色进行全面平等对话的创作方式为切入点，在多元文化语境中以复调的创作手段对亚欧文化交错中的土耳其民族做出了深刻的文学反思。基于作品文本，以土耳其的发展历程与社会现实为背景，以巴赫金的复调理论为基础，采取萨义德对位阅读的阐释方法，在面对伊斯兰传统文化与欧洲现代文化冲突与融合的境况下，帕慕克艺术性地反映亚欧大陆交界处的土耳其民族在身份诉求、意识觉醒和文化探寻之旅的艰难处境以及他本人在面对异质文化选择过程中所持有的明确态度。对帕慕克的《我的名字叫红》做多元文化解读，对全球一体化进程中的文学研究具有一定的启示意义。

【关键词】帕慕克；《我的名字叫红》；亚欧文化；复调；对位阅读；确定性

叶各特·博纳《丢失的石头》：死亡象征的阐释学，个体与社会之间的裂隙

【作　者】努尔顿·伯里克
【单　位】土耳其中东理工大学外国语言教育系
【期　刊】《文学跨学科研究》，第 2 卷，第 2 期，2018 年，第 212－225 页
【内容摘要】叶各特·博纳的《丢失的石头》（埃克斯克·泰斯勒，2001）通过德福伦对过去的挖掘，追溯了他的父亲艾丁克在 1980 年土耳其军事行动后的人生，展现了他的乌托邦理想——当他认识到他的追求是构建在权力欲望而不是绝对理想之上时——演化为噩梦的过程。艾丁克无法回到从前的生活，因为过去已经崩塌。他所面对的是社会和才能的错位。在德福伦与遁世隐居在小岛上的艾丁克联系后，艾丁克似乎通过其父亲的角色重新回到了他的文化之中。这一次父－子伦理关系颠倒过来，通过他的儿子，艾丁克构建了新的联系并重整破裂的生活。小说的中心是艾丁克与文化语境之间关联的断裂以及他对新的行动指引的追寻。基于这一点，本文试图从拉康的心理学视角分析艾丁克无法躲避的无根漂泊，并通过拉康的象征性自我吸引、理想自我和享受一系列概念来探讨艾丁克脱离政治生活网络的过程和原因。

【关键词】《丢失的石头》；叶各特·博纳；拉康；土耳其小说；政治小说

伊本·泰米叶与苏非主义关系初探

【作　者】李晓曈
【单　位】中央民族大学哲学与宗教学学院
【期　刊】《世界宗教研究》，第 1 期，2018 年，第 169－181 页

【内容摘要】教法学家伊本·泰米叶关于苏非主义的论述一直是国内外学术界关注的热点，本文从他与著名苏非修道团体的渊源入手，结合已有文献，探讨他与苏非主义之间的关系。文章认为，伊本·泰米叶并非从根本上反对苏非主义，他认可伊斯兰教兴起后三个世纪的苏非学人及思想，并对卡迪里苏非教团创传人阿卜杜·噶迪尔·吉拉尼予以很高评价。他所反对的是违背《古兰经》、圣训，以及与前三代穆斯林对苏非判例相左的圣徒、圣墓崇拜等行为和具有泛神论倾向的苏非思想。伊本·泰米叶关于苏非主义的论述被欧美的东方学者所误读，在学术界造成深远影响。此外，他的主张被近现代的学者所继承，由于取舍不同，呈现出不同的特点。

【关键词】伊本·泰米叶；罕百里学派；卡迪里教团；苏非主义

隐匿的国家主义者：太宰治的战争"缺位"与天皇崇拜

【作　者】曾婷婷；周异夫
【单　位】吉林大学外国语学院
【期　刊】《东北师大学报（哲学社会科学版）》，第 6 期，2018 年，第 47－52 页
【内容摘要】日本作家太宰治的战争"缺位"现象，为其文学评价提供了良好的导向作用。但是，作品《海鸥》揭示了太宰治对战争以及军国主义国家日本的态度。太宰治的战争"缺位"只是一种表层的形式，这种表层形式掩盖了他作为一名国家主义者支持战争的深层心理，也造成了学界对相关问题的错误或者模糊阐释。而通过对《惜别》等作品的分析，可以深入挖掘出太宰治的思想底层所流淌的"国家神道"的宗教意识形态，是这种思想底层的宗教共同体意识将太宰治推向了国家主义者的道路。

【关键词】战争观；爱国心；国家主义；天皇；国家神道

印度史诗《摩诃婆罗多》与佛教、中国文学之关系

【作　者】张煜
【单　位】上海外国语大学文学研究院
【期　刊】《复旦学报（社会科学版）》，第 60 卷，第 5 期，2018 年，第 106－117 页
【内容摘要】《摩诃婆罗多》在印度地位至为重要，被认为是一部百科全书式的史诗。关于《摩诃婆罗多》与佛教的关系，温特尼兹（Witnernitz）在《印度文学史》（*History of Indian Literature*）中已有所涉及，值得引起我们重视。《摩诃婆罗多》全书的哲学思想，有一处最精彩而集中的呈现，即第六《毗湿摩篇》中的第 23 至 40 章《薄伽梵歌》（Bhagavadgītā），史诗作者将此篇视作《摩诃婆罗多》的思想核心。作为一部印度教的圣典，《摩诃婆罗多》的核心思想，围绕着法、利、欲与解脱这些最重要的概念展开。其强调王法、解脱、自制，戒杀、戒淫，提倡布施、忍辱、苦空、果报，与佛教非常相似。《摩诃婆罗多》中的很多著名故事、神祇（如湿婆、阎摩）以及神异描写，甚至重复咏叹，也都可以在佛教与中国文学中找到它们的影子。此书可以帮助我们更好地理解印度文化的本质，以及一些佛教文学的根本源头。

【关键词】《摩诃婆罗多》；佛教；中国文学；神祇；神异描写

印度学者师觉月的汉学研究

【作　者】尹锡南
【单　位】四川大学南亚研究所

【期　　刊】《国际汉学》，第 2 期，2018 年，第 66－73、205 页
【内容摘要】师觉月是在法国汉学传统的影响下进行印度学研究的，由此过渡到汉学研究或中印文化关系研究。他主要聚焦于印度佛教在中国传播的问题，其汉学研究或中印研究（中印学）成果是以印度学、佛学为基础而衍生的。他的研究特色、优势与不足，对于当代印度的汉学研究者或中国研究者均有重要启示意义。
【关键词】师觉月；印度汉学；中国研究；佛学

勇敢面对现实　走出心魔之戒——作品《破戒》的主题简析

【作　　者】池华波
【单　　位】西北工业大学明德学院
【期　　刊】《吉首大学学报（社会科学版）》，第 39 卷，第 S2 期，2018 年，第 123－125 页
【内容摘要】日本作家岛崎藤村的小说《破戒》，描写的是濑川丑松从小到大都遵从父亲的教导，隐藏起自己的秽多下等部落身份，这一隐藏一直是他内心最大的隐痛。他谨小慎微，不敢有任何差错，在战战兢兢中生活，而他崇拜的秽多作家猪子莲太郎一直是他的偶像。猪子莲太郎能够勇敢地展示自己的出身，有着不屈不挠的精神，经常鞭挞着丑松的内心。最后，丑松在猪子莲太郎被迫害后，终于走出了自己的心魔之戒，勇敢地面对现实，抛却了从前内心的自卑和虚荣，走向新的生活。
【关键词】《破戒》；自卑；面对现实；丑松

用"爱"书写东西方文化的人：土耳其作家马里奥·莱维访谈录

【作　　者】胡笳
【单　　位】南开大学文学院
【期　　刊】《外国文学动态研究》，第 6 期，2018 年，第 90－95 页
【内容摘要】马里奥·莱维是土耳其当代著名作家，现任伊斯坦布尔晔迪特派大学教授，在土耳其语系教授写作课程。莱维目前已出版两部短篇小说集和十一部小说，其代表作有《伊斯坦布尔是一个童话》和《黑暗来临时，你在哪里？》。2017 年 12 月，笔者在土耳其访学期间对莱维教授进行了专访。访谈内容涉及莱维的创作理念和创作手法，莱维作品中的东西方文化特点，他对土耳其历史和少数族裔的书写体现出对大历史语境中个体发展的深刻思考以及其对土耳其文学发展的展望等。
【关键词】马里奥·莱维；土耳其文学；东西方文化书写

元代色目文人与高丽－朝鲜文坛的汉语诗文互动

【作　　者】杨绍固；白文
【单　　位】杨绍固：延安大学文学与新闻传播学院
　　　　　　白文：和田师范专科学校
【期　　刊】《西域研究》，第 4 期，2018 年，第 117－126、143 页
【内容摘要】高句丽（别称"高丽"）成为元的附属后，色目文人与高句丽文人在各层次都有交游。元代中后期色目文人汉语诗文的创作令高句丽文人感到耳目一新，高句丽文人在作品的风格和题材上进行了模仿，也开始品评色目文人的作品。元代色目文人与高句丽文人的交谊是以

官场为媒介、以汉语为载体的儒家文化的交流，对元丽双方的政治、文化交往发挥了重要作用。色目文人与高句丽文人的交谊跨越了民族间的藩篱，有了追求、切磋汉文学的共同目标，客观上为东亚儒家文化圈的发展和巩固做出了一定的贡献。

【关键词】元代；色目文人；汉语诗文；高丽－朝鲜文坛；诗文互动

杂志《女人艺术》与日本的妇女解放运动

【作　者】李先瑞
【单　位】浙江越秀外国语学院东语学院
【期　刊】《东疆学刊》，第 35 卷，第 2 期，2018 年，第 17－21 页
【内容摘要】《女人艺术》是日本剧作家长谷川时雨于 1928 年 7 月创办的非商业性文艺杂志。该杂志以刊登女作者的小说和评论为主，为日本女性提供了一个非商业性的文艺创作空间。该杂志继承了《青鞜》的衣钵，成为探讨日本女性解放问题的阵地。此外，该杂志积极刊登新人作家的作品，成为向日本文坛输送新女性作家的园地，其历史地位不亚于《青鞜》。

【关键词】《女人艺术》；妇女解放；无产阶级文学

在"20 世纪的文明"与"父母未生之前的世界"之间——以《趣味的遗传》为中心

【作　者】庄焰
【单　位】清华大学中文系；中国社会科学院外国文学研究所
【期　刊】《外国文学评论》，第 1 期，2018 年，第 5－37 页
【内容摘要】《趣味的遗传》是夏目漱石短篇集《漾虚集》里的一篇，该集子收录的七个短篇与《我是猫》的创作时间段重合，共同构成夏目漱石文学创作的起点。以往有关《趣味的遗传》的研究大都从"战争""恋爱"和"遗传"入手，本论文将这些重要问题与 20 世纪初日本人对外部世界的认知模式结合起来，将小说文本置于日本赢得日俄战争、成功崛起这一历史语境中，以呈现 20 世纪初日本在认识外部世界时官方倡导的"理"的认知方式（科学理性）和与本地传统紧密相连的"情"的民间思维方式（"超自然"意识形态）以及两者的共存与竞争关系，进而探讨国家"理"性如何将超自然的"情"整合进天皇制的话语叙述中，以揭示天皇制近代国家内核中的话语悖论及其在夏目漱石文学创作中的再现。

【关键词】夏目漱石；《趣味的遗传》；《文学论》；科学理性；超自然

战后川端康成文学活动的政治维度探析

【作　者】王新新
【单　位】南开大学外国语学院
【期　刊】《外国文学》，第 4 期，2018 年，第 33－42 页
【内容摘要】本文将"政治"这一概念置于"不可视的、无意识的"框架中，通过对战后川端康成文学活动中"不可视的、无意识的"部分的考察，探讨其"政治"表征，以期更加切近战后川端文学的实质，为全面认识川端文学提供一个可行且有效的视角。战后，川端做出回归古典传统的文化抉择时，即进入了"政治"的轨道，并通过自身文学走向世界，用"日本美"将日本与西方、用"现代性"将日本与亚洲国家区别开来，使"日本"变得愈加独一无二、卓尔不群。可以说，战后川端最大的"政治"，就是怀着对"日本"这个国家的高度认同感，大打"日

本牌"，并通过将自身文学与"日本"绑定，取得"共赢"。

【关键词】战后川端康成；"政治"；国家认同

战前新加坡同济医院旧体诗人群像考

【作　者】王兵

【单　位】南洋理工大学国立教育学院

【期　刊】《中国文学研究》，第 3 期，2018 年，第 93－100 页

【内容摘要】战前新加坡同济医院的医师皆为医术精湛、工诗能文的儒医，是早期新加坡士人群体的重要组成部分。其中，黎伯概、胡幼汀、梁如山和颜怡园四位医师还是邱菽园创办之星洲檀社的成员，除雅集酬唱之作外，也创作其他类型的诗作；颜凤岐与梁少山两位的诗作关注祖国时政，以诗记史。这些儒医在与其他行业诗人的交流中拓展了新加坡早期华人族群的文化空间，其诗作也为新加坡旧体文学的发展增添了浓墨重彩的一笔。

【关键词】新加坡同济医院；旧体诗人；战前；星洲檀社

中国"东方学"的古代资源

【作　者】黎跃进

【单　位】天津师范大学文学院

【期　刊】《社会科学研究》，第 1 期，2018 年，第 9－14 页

【内容摘要】中国历代拥有丰富的记录周边国家、地区的文献史料，官修《二十五史》的列传中保存了关于东夷、西戎、南蛮、北狄的大量记载。此外还有历代边吏、使臣、僧人、商人、航海家或学者记述他们出使或游历周边地区时的见闻感受而写成的著作。这些著作虽然各自的目的、视角不同，但都对后人了解考察东方各国社会文化具有重要价值。对历代与东方相关典籍之整理和利用，最早体现在历代统治者出于以史为鉴的目的，而敕命撰修的政事史学型类书。20 世纪的东方学学者从校释整理古代丰富的东方文献而开始"东方学"研究，张星烺的《中西交通资料汇编》和向达发起整理出版的"中外交通史籍丛刊"是其中的重要成果。依托于这些古代资源，具有中国特色的东方学研究领域得以形成：中西交通史、宗教传播学、西域学、敦煌学、西夏学、南洋研究、西域南海史地学和丝路学等。

【关键词】中国东方学；古代文献；中西交通史；西域学；敦煌学；丝路学

中国当代《诗镜论》研究述评

【作　者】树林

【单　位】内蒙古社会科学院文学研究所

【期　刊】《民族文学研究》，第 36 卷，第 2 期，2018 年，第 98－105 页

【内容摘要】《诗镜论》是古印度檀丁的诗学著作，随佛教传入藏族和蒙古族地区，受到当地高僧推崇，引发注释、研究《诗镜论》的热潮，产生很多注疏本和例诗本的著作。中华人民共和国成立后的研究成果也不少，显示这门学问的生命力。传统研究注重对《诗镜论》语句注释、名词解释、重要理论概念补充和完善、增加新的理论范畴；现代研究则把原著和后来阐释的著作及例诗均视为遗产，做多视角多层次研究，尤其偏重用现代文艺理论加以阐释。

【关键词】《诗镜论》；传统；现代诗学

自我与他者：朝鲜流亡诗人的中国形象塑造

【作　者】张英美
【单　位】延边大学朝鲜－韩国学学院
【期　刊】《东疆学刊》，第 35 卷，第 3 期，2018 年，第 75－80 页
【内容摘要】以朝鲜流亡诗人群体为代表的离散文学，是朝鲜文学史研究中经久不衰的话题之一，而他们在离散体验过程中塑造的中国形象成为研究离散文学的一种渠道。值得注意的是，在殖民化浪潮中，他们和中国的关系逐步呈现为后殖民主义理论下的自我与他者的二元对立与统一。故而，在此之后，来华的朝鲜流亡诗人在诗歌作品中对中国形象的描述也呈现出了对他者世界的建构和自我世界的认识的对立与统一。朝鲜流亡诗人来华体验并塑造中国形象，既是主体——朝鲜人认识客体——中国而塑造他者世界的过程，也是认识客体过程中反观自我世界的过程。
【关键词】朝鲜流亡诗人；中国形象；自我与他者；后殖民主义

作家呐喊与文学记忆——2017 年日本文坛回顾

【作　者】陈世华
【单　位】南京工业大学外国语言文学学院
【期　刊】《外国文学动态研究》，第 4 期，2018 年，第 12－19 页
【内容摘要】2017 年是《资本论》出版 150 周年，而 2018 年是明治维新 150 周年。这 150 年间日本重复着资本主义社会的罪恶资本积累，文学用其独特的方式回顾着 150 年来的日本近现代史：村上春树的长篇小说《刺杀骑士团长》提及了法西斯德国对奥地利的侵占和南京大屠杀等历史事件。在日本近现代史上，以北海道和冲绳"两岛"为题材的作品值得我们关注。当然，除战争以外的各类文学题材也是这 150 年来日本文学的重要内容，在右倾化加剧的日本社会，日本文学突出表现出了对"恋爱"与"苦恼"这两大主题的青睐。
【关键词】日本文学；战争文学；"两岛"文学；纯文学

作为镜子的第一人称——夏目漱石《草枕》的叙事艺术

【作　者】解璞
【单　位】北京大学外国语学院日语系
【期　刊】《外国文学》，第 5 期，2018 年，第 44－52 页
【内容摘要】夏目漱石的《草枕》是明治文坛进行文体试验的代表性作品。通过调查漱石在《草枕》创作时期的评论与谈话记录等资料，会发现在这一时期，他对小说的叙述方法、文体表现颇为关注，这一研究角度不容忽视。本文从《草枕》的第一人称叙述者入手，对其设定及作用进行分析，结合《文学论》等同一时期的理论著作，考察镜子意象与第一人称叙事的关系，揭示作品的叙事艺术。在《草枕》里，夏目漱石戏谑地运用了镜子这一意象来讽喻第一人称叙述。第一人称叙述的局限性，正如镜子对人脸的歪曲。漱石对这种局限性，有着清醒的理论认识。他以意象来暗示叙述方法，以理论去构架充满"幻象"的小说。从这种意义来看，《草枕》堪称日本近代小说里前所未有的尝试。
【关键词】草枕；第一人称；镜子意象；文学论；叙事艺术

（二）西欧文学研究论文索引

"The Burden of Representation": Absence and the Deferral of Meaning in Yasmine Ghata's *The Calligraphers' Night*

【作　者】Eman Mukattash

【单　位】Faculty of Foreign Languages，University of Jordan

【期　刊】《世界文学研究论坛》，第 10 卷，第 2 期，2018 年，第 342－364 页

【内容摘要】The study explores the question of representation in the first novella of the Lebanese-French writer Yasmine Ghata，*The Calligraphers' Night* (2006). Narrating from the afterlife，the protagonist Rikkat Kunt presents the reader with two simultaneously attached-detached narratives spanning her life as wife and mother and as a calligrapher. Her search for meaning in the two narratives drags the reader into deeper analysis of the absence and deferral of meaning in the process of representation. Building on Kobena Mercer's "burden of representation" and Jacques Derrida's "deferral of meaning"，the study aims to show that meaning in Rikkat's double narrative is unconquerable；it is endlessly produced but never exhausted. Neither as wife and mother nor as a calligrapher could Rikkat realize this truth；it is only after death that she is able to accept the fact that no matter how hard she tries to make up for loss through producing meaning，some state of absence is sure to result from the constant deferral of meaning. After all，and as Derrida has always taught us，the sole conductor of the process of representation is the word，which is driven "by the absence that makes it necessary". (Reynolds 4) This realization is enough to turn the process of representation into a burden，even after death.

【关键词】representation；absence；deferral of meaning；"burden of representation"；death

Angela Carter's *The Infernal Desire Machines of Doctor Hoffman: A Subversive Cartesian Thought Experiment*

【作　者】Nurten Birlik

【单　位】Department of Foreign Language Education，Faculty of Education，Middle East

Technical University

【期　刊】《世界文学研究论坛》，第 10 卷，第 3 期，2018 年，第 473－492 页

【内容摘要】Carter's novel revolves around two opposing characters and two opposing definitions of truth：Desiderio and Dr Hoffman. Dr Hoffman commits himself to destabilize all the givens in the "Enlightenment" civilization of Desiderio by breaking the spatial and temporal moulds and demarcations and by destroying all the symmetries in its logocentric thinking. He aims to create a civilization without the chains and structures of reason in an alternative site of existence filled with mirages and elements of phantasy. Against the backdrop of the problematic relation of reason to unreason，he interrogates the nature and function of the rational acts. Proposing another mode of consciousness，Dr Hoffman indulges in a Cartesian thought experiment in a subversive fashion and rethinks a fundamental Cartesian problematic：the ontological status of reality and identity，thus，the disjunction between imaginary and symbolic registers. This essay aims to give a Lacanian hearing to Hoffman's project which makes more sense from a Lacanian vantage point as he tries to open a gap in the symbolic register or create a disastrous disturbance in it，and tries to delete or distort the place of the shared Other，by creating a domain outside symbolization through imaginary distortions.

【关键词】Jacques Lacan；Angela Carter；love；desire；imaginary register

Silence and Communication in Shakespeare's Dramatic Works

【作　者】Wolfgang G. Müller

【单　位】Department of English and American Studies，Friedrich-Schiller-University

【期　刊】《世界文学研究论坛》，第 10 卷，第 2 期，2018 年，第 200－221 页

【内容摘要】Silence is in this article looked at as a formal element which obtains its meaning within communication processes. This meaning has to be ascertained by the recipient in a creative process. General observations on the history of silence in literature are followed by a theoretical discussion，which starts with the definition of silence as a meaningful suspension of speech and distinguishes various forms of silence. A distinction between silence and stillness makes it necessary to include manifestations of silence in modern authors like Samuel Beckett. Textual analysis is opened by examining a special rhetorical figure，silence as a break within a sentence (aposiopesis)，in *Julius Caesar*，*King Lear*，*Hamlet*，and *Antony and Cleopatra*. In the central part of the essay silence is investigated as a significant component within the thematic concerns of several plays，for instance the relation between silence and death in Hamlet，the villain's silence in *Othello* and female silence in *Measure for Measure*. With regard to the comedy *Much Ado About Nothing* and the tragedy *Titus Andronicus* two different forms of silencing a person by force are treated，kissing and mutilation. With its new orientation on form and communication this article goes beyond Harvey Rovine's standard study on silence in Shakespeare (1987).

【关键词】silence；stillness；sign；zero-signifier；pause；form；communication；aposiopesis；iconicity

The Absence of Fatherhood：Interpreting the Orphan Image in *Wuthering Heights* from the Perspective of Family Complexes

【作　者】Liu Fuli；Miao Yulong

【单　位】School of Foreign Languages，Taizhou University

【期　刊】《世界文学研究论坛》，第 10 卷，第 1 期，2018 年，第 124－136 页

【内容摘要】*Wuthering Heights* provides a good "family romance" for psychoanalysis. An interpretation of it from the perspective of Lacan's theory of family complexes reveals the major source of the tragedy：the imbalance of the double function of the father as super-ego and ego-ideal. The neglect of the former leads to indulgence and extreme narcissism on the part of the children，while the deficiency or disillusionment of the latter results in radical diffidence and deformation of character. The orphan Heathcliff remains an orphan because the indulgence of the foster father，while Hindley and Catherine are orphaned by the neglect of the father.

【关键词】*Wuthering Heights*；poems；Emily Brontë；family complex；orphanhood

To the Lighthouse：Memory and Art Therapy

【作　者】Parvin Ghasemi；Samira Sasani；Jafar Abbaszadeh
【单　位】Department of Foreign Languages and Linguistics，Faculty of Humanities，Shiraz University

【期　刊】《世界文学研究论坛》，第 10 卷，第 2 期，2018 年，第 319－333 页

【内容摘要】This paper is devoted to the issues of memory，art therapy and creation and their contributions to the survival and well-being in Virginia Woolf's *To the Lighthouse*. Suzanne Nalbantian's ideas are employed to investigate the memory in *To the Lighthouse*. Nalbantian's theories are based on Jean-Pierre Changeux's neuroscientific theories which would be linked with Antonio Damasio's proposition concerning the nature of the arts. Therefore，as the consciousness and memory are some means to contribute to the well-being and quality of life，the arts follow this similar path to，first，argue that Woolf's long term memories of her childhood，which helped her to create *To the Lighthouse* led to her well-being and optimal life through modulating her emotions and feelings concerning her mother；and，second，to abolish the gap，the feud，the so-called difference，between literature and science through tracing the roots of the arts to the biological notions of consciousness and memory. Simply，this paper argues that *To the Lighthouse* and Lily's painting in the novel are both engendered through the long term memory. These creations，consequently，led to the well-being of their creators because art has a therapeutic nature due to consciousness and memory.

【关键词】*To the Lighthouse*；Memory；Antonio Damasio；Suzanne Nalbantian；Art Therapy

"腹语术"：论拜厄特《孔雀与藤》对艺术创作的理解

【作　者】杨琳
【单　位】广西民族师范学院外国语学院；南京大学文学院

【期　刊】《国外文学》，第 2 期，2018 年，第 99－108、159 页

【内容摘要】《孔雀与藤》是拜厄特深入阐发其"腹语术"创作理念的典范之作。该作由关乎莫里斯和弗图尼的图像、故事和文本所激活，通过挖掘两位艺术家的创作过程来揭示他们的"腹语术"创作理路：二者均以古织物为媒介，记忆、模仿和复活古织物的色彩、图案和主题，并凭借丰富的想象重新定位这些元素，将之编入他们的艺术创作实践当中，借以深刻反思和批判

19 世纪艺术创作的方式与理念。据此，拜厄特清晰呈示出她的"腹语术"创作的核心内涵：媒介、记忆、模仿、复活与重新定位，进而对艺术创作中的现实主义、文化的传承和生长、作品的原创性和作者身份等问题做出了独到的思考。

【关键词】拜厄特；《孔雀与藤》；"腹语术"内涵；艺术创作

"孤岛"不孤——《英国音乐》中的共同体情怀

【作　者】金佳
【单　位】浙江大学外国语言文化与国际交流学院
【期　刊】《外国文学》，第 4 期，2018 年，第 13－21 页
【内容摘要】一些学者认为彼得·阿克罗伊德的作品体现了后现代策略与保守民族身份建构之间的矛盾，但是阿克罗伊德坚信文学作品中的模仿和杂糅风格并非后现代的特点，而是英国特性的本来面目；重写民族历史不是为了颠覆传统经典，而是为了借助文化传统中尚存的情感纽带来连接现在和过去，恢复英国特性中开放、包容的特征，让共同体在当代多元文化的语境中得以继续发生、发展。阿克罗伊德的小说《英国音乐》较为充分地体现了上述特征。本文将从"尚古情怀""天地情怀"和"后现代策略"三个方面，讨论"《英国音乐》重构英国传统"这一尚未引起学界注意的问题。

【关键词】彼得·阿克罗伊德；《英国音乐》；孤岛；共同体

"何为人生？是疯狂。"——论莎士比亚剧本《请君入瓮》的主题

【作　者】沈弘
【单　位】浙江大学外国语言文化与国际交流学院
【期　刊】《文学跨学科研究》，第 2 卷，第 3 期，2018 年，第 370－381 页
【内容摘要】《请君入瓮》这个剧本凸显了莎士比亚时代的一个主要特征。剧中人物对于破解"表里不一"这一难题所普遍感到的焦虑可以通过探索和梳理历史背景中两个不同的重要因素来获得更合理的阐释。人们在社会交往中经常口是心非，企图隐藏其真正的目的。通过精心设计的戏剧情节和剧中人物的心理矛盾，莎士比亚试图揭示以下事实：即道貌岸然的伪君子往往心如蛇蝎，而身份卑微的狎客却往往更具有人性。在作为剧本背景的维也纳城里，"表里不一"已经不仅仅局限于"虚伪"这一内涵，因为在这个道德沦丧的城市里，每一个人都必须要矫饰自我，以保护其生命和个性。

【关键词】疯狂；表里不一；威廉·莎士比亚；《请君入瓮》；认识论危机

"回到过去"：T. S. 艾略特的回归思想

【作　者】苑辉
【单　位】南开大学文学院
【期　刊】《国外文学》，第 3 期，2018 年，第 67－76、158 页
【内容摘要】"回到过去，回到我们的最初世界"构成了 T. S. 艾略特回归思想的核心，这一思想揭示了现代人的身份焦虑以及回归精神家园的渴求。回到过去意味着回归生命的原点，艾略特希望通过回到过去实现对现在的拯救。这一思想是艾略特的传统观在文化意义上的延伸，是纯粹意义上的存在之思。艾略特主张单纯从时间自身不能回到过去，只有通过空间和意识的作

用才能实现。他在诗歌中通过空间意象构筑"呈现场"，让读者在想象中重回过去，体验家的温暖和原初世界的幸福与和谐。

【关键词】T. S. 艾略特；回归；过去；空间；"呈现场"

"美德有报"——维多利亚时代女性的自我牺牲与自我建构

【作　　者】傅燕晖
【单　　位】中国社会科学院外国文学研究所
【期　　刊】《外国文学》，第 5 期，2018 年，第 32－42 页
【内容摘要】维多利亚时代作家伊丽莎白·盖斯凯尔的小说《妻子与女儿》采用"美德有报"的故事框架，聚焦于"美德"与"回报"两大要素，但与传统模式不同，这部小说关注"美德"对女性产生的影响，揭示了女性"美德"与"婚姻"之间的牵强联系，在"婚姻"的回报之外，将"美德"作为更好的回报给予女主人公。盖斯凯尔借此对维多利亚时代早期的女性角色设定与女性力量加以反思，在推崇女性自我牺牲精神的维多利亚社会主导话语中寻求女性自我建构的另一种可能。她回应的是维多利亚时代女性对丧失个体身份的焦虑，以及维多利亚社会对女性反叛的焦虑。盖斯凯尔的女性主义关怀与维多利亚时代中期开始的女性解放运动精神相契合，具有重要历史意义。

【关键词】盖斯凯尔；《妻子与女儿》；"美德有报"；自我牺牲；自我建构

"命名、表征与抗议"——论福柯的"异托邦"和"文学异托邦"

【作　　者】张锦
【单　　位】中国社会科学院外国文学研究所
【期　　刊】《外国文学》，第 1 期，2018 年，第 128－138 页
【内容摘要】本文集中阐述了福柯借助"乌托邦"概念对"异托邦"概念的核心表述及二者的关系，以期以此为理论基础反思现代"文学"概念的"异托邦"功能，即欧洲现代"文学"概念的产生与现代民族国家的建构过程同构，现代"文学异托邦"因而命名、表征甚至抗议了现代民族国家的逻辑。我们可以在现代"文学"中阅读现代民族国家的建构过程，反思欧洲现代语言的本质并进而证明现代"文学"概念的非本质性，同时还可以在现代文学中探查与民族国家建构相伴随的整个欧洲现代性的表征与反抗问题。这一研究也有助于我们在中国的语境中反观产生于欧洲的现代"文学"所必然含有的现代西方民族国家认同的历史性因素，在还原西方现代"文学"的诞生语境中发现文学的现实维度和我们研究外国文学的中国主体意识和距离意识。

【关键词】福柯；"异托邦"；"乌托邦"；"文学异托邦"

"如画"趣味背后的伦理缺场：从吉尔平的《怀河见闻》谈起

【作　　者】何畅
【单　　位】浙江工业大学
【期　　刊】《文学跨学科研究》，第 2 卷，第 1 期，2018 年，第 80－89 页
【内容摘要】自 18 世纪后期到维多利亚时期，"如画"美学日渐发展成为一种地道的"英式"趣味。对于上述现象，威廉·吉尔平所著的《怀河见闻》等八部游记功不可没。然而，以罗斯金为代表的文化批评家却将其定义为"无情"的趣味，这不免让人困惑。事实上，如果我们回

到"如画"趣味产生的伦理环境，就会发现其背后的伦理缺场。不可否认，"如画"趣味迎合了英国中产阶级以美学方式摆脱欧洲贵族古典主义传统，区分其他社会群体的情感需求。上述美学趣味的演变不仅再现了 18 世纪英国社会伦理环境的变迁，而且折射了中产阶级构建适应自身经济发展的伦理体系的尝试。然而，它有意拉开观景者与风景或风景中的人的伦理距离，独独青睐破败不堪的废墟、衰败贫穷的人，甚至"无人的风景"，这不免折射出其阶级排他性和观景者的伦理缺场。因此，从文学伦理学批评的观点来看，以吉尔平为代表的"如画"趣味不仅缺乏道德情感，而且其背后的伦理缺场有违"趣味"概念本身的伦理意识。

【关键词】威廉·吉尔平；《怀河见闻》；约翰·罗斯金；"如画"趣味；伦理环境；伦理缺场

"十七年"时期的莎学探索——论吴兴华对《威尼斯商人》的解读及其范式意义

【作　者】龚刚
【单　位】澳门大学人文学院南国人文研究中心；澳门大学人文学院中文系；澳门中国比较文学学会
【期　刊】《外国文学研究》，第 40 卷，第 1 期，2018 年，第 97－107 页
【内容摘要】英年早逝的诗人、学者吴兴华教授对英国伊丽莎白时期两位重要剧作家马洛和莎士比亚的评论和译介，是"十七年"时期英美文学研究的重要学术成果。其中发表于 1963 年《文学评论》上的长篇论文《〈威尼斯商人〉——冲突和解决》作为其莎剧研究的代表性成果，堪称"十七年"时期莎学研究的典范，也是"十七年文论"中的精华之一。本文考察了吴兴华对《威尼斯商人》特有的研究范式，阐明了其从素材改动、剧本结构及情节发展中发现作者意图和价值观的研究思路和方法，肯定了他的以总体性历史－文本分析与原典实证为核心精神的莎学研究方向，并试图借助"祛魅""复魅"等理论深化吴兴华的分析。
【关键词】吴兴华；《威尼斯商人》；中国莎学；"十七年文论"；祛魅；复魅

"她是自然的，还是非自然的？"：论卡特《马戏团之夜》的非自然叙事

【作　者】吴颉
【单　位】上海交通大学外国语学院
【期　刊】《文学跨学科研究》，第 2 卷，第 3 期，2018 年，第 446－456 页
【内容摘要】《马戏团之夜》是安吉拉·卡特最受关注的一部长篇小说。本文脱离现有学界聚焦作品中女权思想、后现代策略、历史叙事的窠臼，试图从非自然叙事学的角度来考察其之于传统性别角色"自然性"的质疑。就非自然人物而言，卡特塑造了一位半人半鸟的"新女性"苏菲。就非自然时间而言，卡特将传统时间幻化成各种非自然时间，譬如时间的停顿、不同时间的共存和节奏型时间。就非自然空间而言，卡特将传统空间变成了想象性空间和人物内在心理的表征。通过上述非自然叙事策略，卡特打破了囿于传统时空中的人物形象，使人物与时空的再现出现了新的可能性，实现了对传统性别角色"自然性"的质疑。
【关键词】安吉拉·卡特；《马戏团之夜》；非自然人物；非自然时空；伦理

"伟大的商业"和"高贵的宪法"：卡莱尔文化批评的标靶

【作　者】王松林
【单　位】宁波大学外国语学院

【期　刊】《文学跨学科研究》，第 2 卷，第 3 期，2018 年，第 498－508 页
【内容摘要】19 世纪英国文化批评的本质是社会批评，尤以维多利亚时期批评家卡莱尔为代表。从"文化"一词的内涵演变来看，19 世纪之前"文化"一度与商业资本主义文明结成同盟。但是，随着资本主义经济和工业文明的迅速发展，"文化"与"文明"的亲缘关系发生了断裂。19 世纪初的"文化"概念已经开始与功利主义为特征的商业化文明进行斗争。及至 19 世纪末，"文明"这一词语开始充满了负面的含义，而"文化"几乎成为"文明"的反义词。卡莱尔的文化批评表现在对他所处的"机械时代"的"伟大的商业"和"高贵的宪法"的冷嘲热讽。究其实质，卡莱尔的文化批评思想是浪漫主义的，是对资本主义政治经济压迫下人们日益丧失的"知性"和"神性"的呼唤。卡莱尔视经济学为"沉闷的科学"，他对商业主义和科学至上主义的批判走在了时代的前面，堪称 19 世纪英国文化批评的"圣哲"。

【关键词】卡莱尔；文化批评；政治经济；浪漫主义

"先公正后慷慨"：乔伊斯、休谟和美德政治

【作　者】张楠
【单　位】复旦大学外文学院英文系
【期　刊】《外国文学评论》，第 4 期，2018 年，第 5－19 页
【内容摘要】在《尤利西斯》中，乔伊斯展现了被用于构建爱尔兰民族主义意识形态的慷慨与公正这两种美德之间的微妙关系。在乔伊斯的刻画中，激进民族主义者在大力弘扬爱尔兰慷慨热情的文化传统、高举追求公正的大旗的同时，却又在实际行动中助长种族偏见，将争取社会公正的努力与追逐个人私利的动机混为一谈。小说中，以风俗、常规、习惯、日常实践和人际关联为特征的爱尔兰社会群体，与以排他性爱尔兰民族身份建构所定义的政治想象共同体形成鲜明对比，二者的区别既是乔伊斯重塑慷慨与公正之间关系的重要条件，也反映出乔伊斯对民族和解的诉求。本文借鉴大卫·休谟对这两种美德的相互关系的分析，阐明《尤利西斯》所呈现的相似观点，论证小说如何将注意力引向公正的道德根基，进而暗示对他人——自我之外的所有人——更加慷慨的态度将有助于社会公正的实现。

【关键词】乔伊斯；《尤利西斯》；休谟；公正；慷慨

"相同的地狱"：《一个数》中人类克隆的伦理混乱

【作　者】王卓
【单　位】山东师范大学外国语学院外国文学与文化研究中心
【期　刊】《文学跨学科研究》，第 2 卷，第 1 期，2018 年，第 34－44 页
【内容摘要】卡瑞尔·丘吉尔的五幕剧《一个数》表现的是人类克隆和由此造成的人类关系和身份的伦理混乱。本文从伦理视角聚焦于以下四个问题：第一，《一个数》是遵循科幻想象传统还是社会戏剧传统？第二，《一个数》中的人类克隆是医学问题还是隐喻？第三，人类克隆是"保存身份"的行动还是"抹杀身份"的行动？第四，克隆人究竟是不是人？通过伦理滤镜，人类克隆揭示出关于社会深层结构中既令人着迷也令人担忧的伦理问题。不仅如此，《一个数》还完美地前景化了关于人的生理意义、伦理意义以及人之所以为人的本质的永恒争论。

【关键词】卡瑞尔·丘吉尔；《一个数》；人类克隆；伦理混乱；自我身份

"新女性"阴影下的男性气质——哈格德小说中的性别焦虑

【作　者】陈兵
【单　位】南京大学外国语学院

【期　刊】《外国文学评论》，第 1 期，2018 年，第 137－153 页

【内容摘要】英国 19 世纪晚期历险小说家赖德·哈格德的小说名作《所罗门王的宝藏》《艾伦·奎特曼》《她》《阿莎归来》等在某种程度上是对当时英国出现的"新女性"的审视。哈格德小说中的"新女性"以其欲望、激情与权力欲、控制欲颠覆了传统女性的"家庭天使"形象，给男性带来诱惑与灾难，削弱了他们的男性气质。她们对父权制社会的安宁与秩序形成威胁，也直接影响到当时大英帝国的殖民扩张事业，表现了哈格德在"新女性"现象面前所感到的性别焦虑。

【关键词】哈格德；新女性；男性气质；性别焦虑

"一个太美丽的世界"？——从《黑暗的心》看维多利亚时期的"分离领域"之说

【作　者】黄伟珍
【单　位】四川大学外国语学院；西南石油大学外国语学院

【期　刊】《国外文学》，第 3 期，2018 年，第 107－114、159 页

【内容摘要】建立在性别分离基础之上的"分离领域"之说是维多利亚时期家庭观念最核心的内容之一，它也构成了学界阐释这个时期文学作品的重要理念框架。事实上，如果回到维多利亚时期的语境中，就会发现，无论在作家笔下还是在现实生活中，这种学说都充满了悖论。本文以《黑暗的心》为例，联系维多利亚时期具体的历史文化语境，从布迪厄的文化资本的角度和家庭空间的维度重新解读这部作品，并指出：从表面上看，小说刻画了两名远离公共领域的欧洲白人女性，实则借此批判了作为维多利亚时期英国价值体系根基的"分离领域"之说，体现了康拉德作为现代派先驱的深刻性。

【关键词】《黑暗的心》；维多利亚时期；"分离领域"；文化资本；家庭空间

"依母情结"与死亡焦虑：评罗兰·巴特的《哀痛日记》

【作　者】张卫东
【单　位】上海外国语大学文学研究院

【期　刊】《外国文学》，第 5 期，2018 年，第 138－147 页

【内容摘要】《哀痛日记》是罗兰·巴特在其母亲去世之后两年多的时间里与自己情感世界的"对话"，也是巴特为了缓释悲痛而为母亲之死"立碑"的泣血之作。它展现了巴特对母亲亨利特的一种"依母情结"，这种依母情结区别于恋母情结，表现为"安全依恋"双方关系中由于一方的缺位所导致的生活失控和情感崩溃。同时，母亲的逝去唤起了巴特的死亡意识，激发了他对"我"死亡的悖论性思考，最终，萦绕在巴特头上的"死亡魔咒"使他带着对死亡的焦虑、恐惧但又释然的复杂情绪完成了自己的涅槃。悲痛、失控、焦虑成为他生命最后两年时光里精神状态的注解。

【关键词】《哀痛日记》；罗兰·巴特；依母情结；死亡焦虑

"义愤"与"蔑视"——论本·琼森的喜剧快感观

【作　者】林琴

【单　位】上海交通大学外国语学院

【期　刊】《上海交通大学学报（哲学社会科学版）》，第26卷，第2期，2018年，第107-116页

【内容摘要】喜剧在文艺复兴时期的英国饱受批评，其原因之一在于不少喜剧作家与演员将喜剧快感与大笑混为一谈，从而不择手段地以逗笑为目的。作为当时最为杰出的喜剧作家之一，本·琼森不遗余力地澄清这二者的关系以期将喜剧提升为与悲剧具有同等高度的地位。于琼森而言，除道德教化之外，喜剧的另一个目的是激发高尚的快感，而非迎合大众的低级趣味单纯逗笑。通过再现否定性人物愚蠢与恶习的荒诞可笑，喜剧应能引发"义愤"与"蔑视"等情感，从而让观众在辨别善恶是非的同时产生快感。琼森的喜剧快感观发展了亚里士多德的喜剧理论，这也是他为喜剧所做的有力辩护。

【关键词】琼森；义愤；蔑视；喜剧快感；大笑

《奥赛罗》"黑色"双关意象及其对美国本土戏剧的影响

【作　者】范方俊

【单　位】中国人民大学文学院

【期　刊】《河北学刊》，第38卷，第4期，2018年，第101-107页

【内容摘要】莎士比亚戏剧在美国的传入、接受与影响，既是英、美两国在戏剧乃至文化交往史上的重要内容，也是推动或促进美国民族戏剧发展的关键因素。进入19世纪之后，在美国戏剧舞台上最为流行的剧目就是莎士比亚的著名悲剧《奥赛罗》，这一现象的出现，既与该剧本身所触及的种族、肤色、两性主题直接相关，又与当时美国黑人遭受种族歧视和阶级压迫的社会状况紧密相关。另外，19世纪上半叶，随着美国国家独立的最终确立，美国戏剧面临了如何确立自身戏剧民族性特征的历史使命，而与《奥赛罗》相关的美国本土的剧本创作和戏剧表演，同样起到了积极的促进或奠定作用。

【关键词】《奥赛罗》；"黑色"双关意象；美国本土戏剧

《巴别塔》与拜厄特的自觉现实主义

【作　者】姚成贺

【单　位】首都经济贸易大学外国语学院

【期　刊】《外国文学》，第2期，2018年，第56-65页

【内容摘要】英国当代现实主义文学在继承文学传统的同时，关注虚构的可能性与语言生产性。文学领域内语言意识的强调使当代现实主义文学发生转向，并提出核心问题。小说家、批评家A.S.拜厄特在小说理论与创作实践中对这一转向表现出强烈关注，她在写实的同时承认虚构，认为写实与实验是互依共生的关系，并称自己的创作为"自觉现实主义"。拜厄特深怀现实主义作家的责任感，在《巴别塔》中进行形式实验的同时，着力展现20世纪60年代英国的知识与道德风貌。她将语言意识与智性书写相结合，令其"自觉现实主义"不仅为心灵提供思考的空间，也为身体提供感知的天地。

【关键词】A.S.拜厄特；《巴别塔》；自觉现实主义；语言意识

《被埋葬的巨人》中的历史书写与记忆重塑

【作　者】周博佳；杨金才

【单　位】南京大学外国语学院

【期　刊】《湖南科技大学学报（社会科学版）》，第 21 卷，第 4 期，2018 年，第 46－51 页

【内容摘要】石黑一雄的作品《被埋葬的巨人》以英国中世纪不列颠人和撒克逊人之间的冲突为背景，展现了英国民族塑形时期的一段晦暗的历史图景，背后蕴含着作者独特的历史思维和文学想象方式。作品通过展现记忆与真实之间的关系，表达了对历史真实性的质疑；通过时空并置的记忆书写，挖掘了历史断裂处的沉默话语；通过书写不同个体的记忆，呈现了多重历史意识和声音。正是在这种书写方式中，石黑一雄达到了对话历史、反思历史的写作目的。

【关键词】《被埋葬的巨人》；历史书写；记忆重塑

《重生》三部曲与英国军人的男性气质危机

【作　者】王岚；周娜

【单　位】王岚：上海外国语大学英语学院
　　　　　周娜：北京师范大学珠海分校外国语学院

【期　刊】《外语研究》，第 35 卷，第 5 期，2018 年，第 80－84、112 页

【内容摘要】《重生》三部曲中，帕特·巴克以第一次世界大战为背景，描绘了一群患有"弹震症"的英国军官，揭示了英国传统男性气质教育与战场残酷现实之间的巨大落差。巴克的三部曲分析了围绕弹震症形成的道德神话及其与男性气质的关联，折射出英国军人在一战期间遭遇的男性气质危机。通过《重生》三部曲，巴克谴责了战争对人类的摧残。

【关键词】帕特·巴克；《重生》；弹震症；创伤；男性气质

《丹尼尔·德隆达》中的音乐趣味

【作　者】何畅

【单　位】浙江工业大学外国语学院

【期　刊】《国外文学》，第 1 期，2018 年，第 92－99、158－159 页

【内容摘要】乔治·爱略特在《丹尼尔·德隆达》一书中对犹太形象的塑造与其对"音乐趣味"的讨论密切相关。通过犹太音乐家克莱斯默尔与中产阶级女主角关德琳在"音乐趣味"上的冲突，爱略特一方面再现了 19 世纪英国中产阶级在现代化进程中的物化倾向，另一方面则凸显了犹太文化的情感力量。在她看来，"情感"所蕴含的道德力量不仅能与中产阶级商品文化中的物质主义和个人主义倾向相抗衡，而且能修复物化了的人类本性所产生的冷漠与狭隘。可见，在《丹尼尔·德隆达》一书中，"音乐趣味"不只是一个趣味问题，它折射了爱略特对 19 世纪中产阶级道德观与价值观的批判与反思，并丰富了英国文化批评传统的内涵。

【关键词】《丹尼尔·德隆达》；音乐趣味；犹太文化；情感

《到灯塔去》中的文本边界与秩序

【作　者】林芸

【单　位】南京师范大学外国语学院

【期　刊】《外国文学》，第 6 期，2018 年，第 35－45 页

【内容摘要】在弗吉尼亚·伍尔夫的小说《到灯塔去》中，灯塔这一核心意象常常被看作一个含义丰富的象征，它的象征意义也往往成为评论家纷争的焦点，但本文试图切换提问的方式，把关注重点从灯塔的象征意义转移到灯塔在文本结构中的作用中来。在这部意识流作品中，灯塔在时间上为文本划定始终，却又让生活的洪流溢出这人造的边界；在空间上，灯塔成为小说画面的焦点，却又让这个焦点成为一个缺席的中心；就艺术与生活的关系而言，灯塔赋予无序的生活以秩序和意义，却又暗示意义的脆弱与虚幻。伍尔夫对灯塔的处理不仅透露出其个人对于小说结构的艺术自觉，也体现出现代主义作家试图在无序与混乱中制造意义的集体焦虑。

【关键词】弗吉尼亚·伍尔夫；《到灯塔去》；灯塔；边界；秩序；意义

《芬尼根的守灵夜》对"孔子"的再现

【作　者】孙杨杨

【单　位】上海外国语大学贤达经济人文学院外语学院

【期　刊】《外语研究》，第 35 卷，第 5 期，2018 年，第 104－108 页

【内容摘要】对于《尤利西斯》第十二章"独眼巨人"的叙述者，学界通常认为他和"市民"一样，同是爱尔兰民族主义激进分子的代表，尤其那份古代爱尔兰男女英雄的名单，把各国伟大的人物与事件全都囊括进去，甚至还包含莎士比亚和孔子，更引人诟病，充分显示夜郎自大的偏狭心态。但是论者鲜少进一步提出质疑，如此混糅的现象本来就是《芬尼根的守灵夜》常态的事实。当孔子和西方人物与事件混糅在同一单词中出现，前述论点是否还适用？文章由此深入探讨乔伊斯在《芬尼根的守灵夜》再现"孔子"的过程中所呈现出的深层结构和人文关怀。

【关键词】乔伊斯；《尤利西斯》；《芬尼根的守灵夜》；孔子；断片

《福根斯与鲁克丽丝》的元戏剧特征

【作　者】郭晓霞

【单　位】浙江师范大学人文学院

【期　刊】《外国文学研究》，第 40 卷，第 5 期，2018 年，第 150－158 页

【内容摘要】《福根斯与鲁克丽丝》是英国 15 世纪末期剧作家亨利·默德沃创作的一部间插剧，也是英国现存的第一部世俗戏剧。该剧充分利用了当时的戏剧语境和舞台环境，并通过戏中戏、对文学和真实生活的参照、自我意识、戏剧／文化复合体等手法，在艺术上进行了新的探索，使戏剧具有了"元戏剧"特征。在从中世纪宗教剧向文艺复兴人文主义戏剧转型过程中，该剧的艺术探索为英国戏剧的发展指出了一种新的发展方向，为莎士比亚戏剧艺术的成熟奠定了基础。

【关键词】《福根斯与鲁克丽丝》；元戏剧；戏剧语境；舞台环境

《格列佛游记》中的视觉隐喻与爱尔兰问题

【作　者】龚璇

【单　位】北京语言大学英语学院

【期　刊】《国外文学》，第 2 期，2018 年，第 55－63、157－158 页

【内容摘要】格列佛对失明的焦虑让我们关注斯威夫特对"肉眼"和"心眼"的区分。斯威夫特把生理眼光从理性认知的视觉修辞中剥离出来，否定视觉相对于其他感官的优越性，质疑"眼见为实"的真实性，借此破坏殖民话语自我合法化的基础并揭露了英国游记（考察报告）对爱尔兰"生蛮"的他者化叙述。在斯威夫特看来，"客观"叙述下掩盖的冷漠与殖民者对殖民地人民苦难的"视而不见"都是"人性弱点"的体现，更是一种"道德败坏"。

【关键词】《格列佛游记》；视觉隐喻；爱尔兰问题

《兰纳克：生活四部书》的文学想象与现实讽刺

【作　者】王萍；吕洪灵
【单　位】南京师范大学外国语学院
【期　刊】《外语研究》，第 35 卷，第 6 期，2018 年，第 95－99、107 页
【内容摘要】20 世纪末的苏格兰小说多以苏格兰城市为背景书写当地的社会现实，阿拉斯代尔·格雷的代表作《兰纳克：生活四部书》作为这一时期极具影响力的作品，既反映苏格兰的"微观"历史和政治，又暗讽西方社会的"宏观"意识形态。本文从文学想象与现实关照的角度解读这部"反乌托邦"小说，分析小说对苏格兰城市格拉斯哥的虚实书写，以及主人公对自我身份的追寻，探究小说反乌托邦叙事的讽刺性，指出该小说揭示了苏格兰人对民族文化和身份的焦虑，同时暗讽了西方政治体系中反人性和专制的方面。

【关键词】阿拉斯代尔·格雷；《兰纳克：生活四部书》；民族身份；现实讽刺

《理查二世》中的英格兰民族主义话语

【作　者】陈维
【单　位】上海交通大学外国语学院
【期　刊】《国外文学》，第 3 期，2018 年，第 57－66、158 页
【内容摘要】《理查二世》一剧再现了 14 世纪末英格兰民族主义的兴起，主要体现在两个方面：第一，剧中人物对英格兰本土语言的强调；第二，剧作家从人物的文化身份，以及英格兰的经济、文化和政治传统等多个维度对统治者理查二世进行了深入的刻画。莎士比亚深具历史意识和当下意识，透过戏剧这面棱镜，观众得以洞见理查二世统治时期的历史场景如何与伊丽莎白时代的英格兰民族精神发生关联。然而，莎翁的伟大之处不仅在于其汇通历史与时代之关切，更在于他以多声部的戏剧超越具体的民族和历史，展现了属于"一切时代"的伟大诗人的艺术才能。

【关键词】莎士比亚；《理查二世》；民族主义；英语

《摩尔镇日记》的后田园视野：特德·休斯的农业实践与田园理想

【作　者】陈红
【单　位】上海师范大学人文与传播学院
【期　刊】《外国文学评论》，第 4 期，2018 年，第 167－185 页
【内容摘要】特德·休斯于 1989 年出版了题为《摩尔镇日记》的农场诗歌集，记录自己与家人 1973 至 1976 年间经营农场期间的经历和感受，与传统田园诗歌对乡村生活的浪漫想象形成明显反差，表现出令人敬佩的现实主义态度。然而一旦跳出文本的有限空间，我们会发现《摩尔

镇日记》中的农场日常与彼时英国农业现代化高潮期的畜牧业生产的实际状况之间存在巨大差异。休斯在《摩尔镇日记》中回避现代畜牧业中存在的诸多问题，目的在于透过农业现代化的现实表面，再现人与自然关系中蕴含的深层现实，重建人与自然连接的后田园视野。

【关键词】农业现代化；后田园；《摩尔镇日记》；特德·休斯

《钦定本圣经》刊行后的另一种后果：英国散文风格的转型与本土化

【作　者】王任傅
【单　位】首都师范大学文学院；黄山学院外国语学院
【期　刊】《安徽大学学报（哲学社会科学版）》，第42卷，第4期，2018年，第75－83页
【内容摘要】《钦定本圣经》作为"民族文学不朽的经典"和"英语散文最崇高的丰碑"，在英国文学发展的历史实践中发挥了潜移默化的巨大作用。英国散文从诞生之日起，就长期处于外来文风的强势之下，这种影响直到17世纪中叶尚斑迹可见。1611年《钦定本圣经》的刊行有力地推动了英国散文风格的深刻转型。在它的影响下，英国本土"质朴"散文传统逐渐成为英国文学的主流。这突出地体现在班扬、斯威夫特、夏洛蒂·勃朗特和罗斯金等众多杰出作家的作品中。可以说，《钦定本圣经》为英国散文风格树立了标准，它的推广和普及最终确立了本土散文在英国文坛的主导地位，使英国文学更加具有了自主性。

【关键词】《钦定本圣经》；英国散文；转型；本土化

《人之声》中的命运共同体书写

【作　者】李菊花
【单　位】湖南科技大学外国语学院
【期　刊】《湖南科技大学学报（社会科学版）》，第21卷，第6期，2018年，第52－56页
【内容摘要】《人之声》是英国女作家佩·菲茨杰拉德创作的一部小说，聚焦书写战时建构的命运共同体的"共生"内涵。一方面，小说借皮纳德之口抨击英国奉行的绥靖政策，认为这种有害寄生行为将给共同体带来灾难。命运共同体是一种深层的人类集体文化记忆，应以互惠共生平等关系为基础，尤其要避免寄生现象及其危害。另一方面，小说通过刻画两位寄生型人物，试图表明漠视对他者的责任、爱的缺失是导致寄生行为的主要原因，呼吁要将人的生命置于首位，用爱滋养共同体的茁壮成长，彰显出作家对大写人的生命存在方式的人文关怀。

【关键词】佩·菲茨杰拉德；《人之声》；共同体；寄生；共生

《她》的两张皮——维多利亚冒险小说中"西方的没落"

【作　者】张秋子
【单　位】云南师范大学文学院
【期　刊】《国外文学》，第3期，2018年，第115－123、159页
【内容摘要】19世纪晚期，随着英国海外殖民活动进入高潮，非洲最终被吸纳进帝国的文化生产体系中，海外冒险小说中的"非洲主题"随之诞生。亨利·哈格德是维多利亚时代第一位以非洲为坐标进行冒险小说创作的作家，他也一向被贬为帝国意识形态的跟随者。实际上，哈格德对帝国的态度是极为复杂的。以其经典之作《她》为例，小说设置了一种自我揭穿的叙事策略，表层丰富的殖民话语打造了一个强国形象，而底层的废墟书写却消解了帝国神话。文本自

我解构的叙事指向了哈格德对于启蒙文明的质疑，这是与19世纪末"西方的没落"同构的反思，通过对启蒙文明内在结构性缺陷的批判，哈格德最终提出了一种极具个人化的存在哲学："预谋自由"。

【关键词】亨利·哈格德；《她》；自我解构；启蒙文明；西方的没落

《逃之书》中的"亚洲"

【作　者】樊艳梅

【单　位】浙江大学外国语言文化与国际交流学院

【期　刊】《文学跨学科研究》，第2卷，第2期，2018年，第300－313页

【内容摘要】在《逃之书》中，勒克莱齐奥一方面通过主人公奥冈的身体感知来描写亚洲的具体形象，另一方面通过互文手段表现亚洲文化的回声。与传统旅行叙事中的亚洲形象不同，《逃之书》中的亚洲失去了传统的异域风情，它不再是曾经西方作家笔下浪漫主义的乐土或者理想主义的乌托邦，这表现了后殖民主义时代，城市化进程中世界景观的趋同以及多样化受到的威胁。然而，作为欧洲之外的世界，亚洲依然表现出"异"的特征，它教会主人公重新认识人与世界的关系、诗意语言的本质。东方思想具有一致性，与此同时，东方思想与墨西哥思想、非洲原始主义思想等其他异域文化具有某种共通性。因此，勒克莱齐奥打破了异域情调的陈词滥调，在关注异的同时，他更关注人类存在的共性以及文化间的对话与兼容。

【关键词】勒克莱齐奥；亚洲；异域性；去异域性

《托诺－邦盖》中的城市生态批评

【作　者】刘赛雄；胡强

【单　位】刘赛雄：湘潭大学文学与新闻学院；长沙师范学院外语系
　　　　　胡强：湘潭大学外国语学院

【期　刊】《湘潭大学学报（哲学社会科学版）》，第42卷，第4期，2018年，第132－135、146页

【内容摘要】在传统的生态批评中，城市生活由于其流动性、物质性及异化等反生态特征，往往受到生态作家们的疏远。而在全世界范围内的城镇化进程中，现代都市所面临的生态危机问题似乎并未引起文学批评界应有的重视。威尔斯的《托诺－邦盖》以写实的手法描绘了20世纪初期工业化伦敦脏乱不堪的城市生态面貌，再现了以庞德莱沃家族为代表的人性扭曲与道德堕落的城市精神生态。从城市生态批评的视角重读这部作品，探讨城市空间中自然环境变化所产生的自然生态危机和精神生态危机，辨析这些危机背后的社会生态根源具有多维度的现实借鉴意义。

【关键词】H. G. 威尔斯；《托诺－邦盖》；城市生态批评；社会文化根源

《我们共同的朋友》中的自然选择与自由选择

【作　者】纳海

【单　位】北京大学外国语学院英语系

【期　刊】《国外文学》，第4期，2018年，第99－108、156页

【内容摘要】在《我们共同的朋友》中，狄更斯用写实的手法，通过对伦敦下层多个人群生活状态的描写，展现了一幅弱肉强食、竞争与淘汰不断更替的自然场面，呼应了达尔文在 1859

年发表的《物种起源》中关于自然选择的论述。然而这种上帝缺失的场景以及由此带来的道德沦丧，也让狄更斯产生了深深的忧虑。因此在象征层面，狄更斯创造了似乎能够超越自然法则，独立进行"自由选择"的人物和情节，以期进行道德的重构。从思想史的角度看，《朋友》一书探讨了在世俗化进程中，人逐渐失去"上帝的安排"（design）这个依托之后，如何能够不被"生态系统"的游戏规则左右，做出独立、自由的道德判断。

【关键词】自然选择；自由选择；双重情节；象征；道德

《乌有乡消息》：文化与休闲

【作　者】李靖；殷企平
【单　位】李靖：上海海事大学外国语学院
　　　　　殷企平：杭州师范大学外国语学院
【期　刊】《浙江工商大学学报》，第 2 期，2018 年，第 5－10 页
【内容摘要】威廉·莫里斯在《乌有乡消息》中重提生活方式，以此介入 19 世纪英国文化批评语境。针对社会转型引发的焦虑，莫里斯描绘了健康的生活方式：休闲。在乌有乡，以慢灵魂为特质的文化生态由平民大众缔造，它的精神内核是劳动与休憩不分彼此，且总有审美趣味贯穿其中。

【关键词】《乌有乡消息》；文化；休闲；生活方式；审美趣味

《项狄传》插图与现代图像理念的源起

【作　者】李森
【单　位】南京艺术学院人文学院
【期　刊】《文学评论》，第 4 期，2018 年，第 214－224 页
【内容摘要】《项狄传》中的抽象插图摆脱了一般再现性插图在文本位置、表现内容、意义指向等方面所受到的制约，表面上挣脱了文字束缚，独立图说，实际上仍然与潜在的叙事主题、文学传统有关，最终与某种哲学沉思相关联。抽象插图的出现除受到经验主义视觉观的影响，也与 18 世纪小说的哲学化倾向以及当时流行的寓意画密切相关，是这种思路推向极端的反映。从《项狄传》插图的角度反观现代抽象绘画，可以发现二者在造型、主题、内涵上的亲缘关系，其艺术性必须依赖异质性的语言而存在。事实上，并不存在抽象绘画所标榜的图像的纯粹自律，所谓反语言不过是更换了语境。现代抽象艺术仍然没有跨越《项狄传》在 200 年前开创的范式，语言始终是图像作为艺术而存在的根基。

【关键词】《项狄传》；插图；语言；抽象绘画

《震旦大学院杂志》（1916—1929）中的知识分子与政治威权——从法国中世纪诗人维庸（François Villon）的形象谈起

【作　者】杨振
【单　位】复旦大学外文学院法文系
【期　刊】《中国比较文学》，第 3 期，2018 年，第 171－185 页
【内容摘要】20 世纪 20 年代，几乎每位维庸的中国译介者都会强调诗人的个性。1929 年《震旦大学院杂志》发表的维庸与李白的对比文章，却刻意突出诗人面对掌权者时的顺从。维庸的这一形

象出之有因。1920 年起《震旦大学院杂志》发表的绝大部分文章，特别是用法文发表的中法文学作品对比研究、王阳明和曾国藩书信的法文译本、学生致校长的法文书信等内容，均强调要尊崇天理或曰先王之道。这一意识形态促生了将政治人物塑造成英雄的倾向，也决定了该杂志将包括维庸、李白在内的知识分子塑造成政治人物追随者的必然性。巴黎耶稣会士档案馆关于震旦大学的档案表明，《震旦大学院杂志》对知识分子与政治威权之理想关系的塑造，可以被视为震旦校方制定的学生行为准则的隐喻。这一准则的重要内容之一是远离革命与叛逆，尊崇道德与既定威权。

【关键词】《震旦大学院杂志》；知识分子；政治威权；弗朗索瓦·维庸

《姊妹们》中的病理书写与宗教批评

【作　者】陈豪
【单　位】上海对外经贸大学
【期　刊】《外国文学评论》，第 2 期，2018 年，第 180－196 页
【内容摘要】本文从乔伊斯《姊妹们》中的"瘫痪"悬疑入手，通过辨析文本中有关梅毒的病理隐喻，揭示爱尔兰民族衰败的宗教原因。作为瘫痪感染源的象征，小说里的无血圣杯牵连出爱尔兰教会的背叛者身份以及罗马与英国的政治合谋。乔伊斯将"活体解剖"的认识论引入小说，并用作宗教批评的武器，既体现出乔伊斯救亡思想的启蒙倾向，也反映了医学作为一种知识话语在 19 世纪末的欧洲强势崛起。

【关键词】乔伊斯；《姊妹们》；宗教；梅毒

17 世纪英国玄学诗歌自然意象中的"天人合一"文化境界

【作　者】王卓
【单　位】阜阳师范学院
【期　刊】《河南社会科学》，第 26 卷，第 11 期，2018 年，第 86－90 页
【内容摘要】"天人合一"思想是中国传统文化的精髓，是中国文化的标志性思想之一。文化的涵容性和广泛性决定了中西不同文化形态的共通性，"天人合一"思想在 17 世纪英国玄学诗歌中能够找到相通的文化精神共核。以邓恩、马维尔、沃恩、赫伯特、赫里克等为代表的 17 世纪英国玄学诗人对"天人"关系进行了哲学思辨，智性地思考了人与自然、精神与物质的和谐互动，不仅谱写了英国 17 世纪辉煌的"自然诗歌"篇章，同时也彰显了中国几千年来的优秀传统文化精神，是中西文化交融的诗作典范。

【关键词】玄学诗歌；天人合一；中国文化精神；自然意象

19 世纪遗传学对哈代小说创作的影响

【作　者】张一鸣
【单　位】华中师范大学文学院
【期　刊】《中南民族大学学报（人文社会科学版）》，第 38 卷，第 2 期，2018 年，第 163－167 页
【内容摘要】19 世纪在欧洲兴起的遗传学及其相关理论对哈代的小说创作产生了重要影响。通过对哈代小说中人物命运及其成因的分析，发现遗传学理论不仅影响了哈代的创作思想，还成为他小说艺术的重要因素，促进其小说的科学化与现代化形态的形成。

【关键词】哈代；遗传学；小说创作

19 世纪英国女性小说疾病叙事及其伦理选择

【作　者】金琼
【单　位】广州大学人文学院中文系
【期　刊】《外国文学研究》，第 40 卷，第 5 期，2018 年，第 72－84 页
【内容摘要】19 世纪英国女性小说中出现不少疾病叙事现象，成为作家铺展故事伦理线索、建构复杂人物关系与情感扭结的有效手段。这些女性作家的疾病叙写和艺术实践，与古希腊亚里士多德的"中值理论"、中世纪奥古斯丁等人的宗教伦理学、新教改革派伦理学以及英国功利主义伦理学思想理念等具有一定的渊源关系。疾病叙事可以见出女性作家伦理意识与伦理选择的时代性、混融性与交互性，亦可反观 19 世纪伦理观念及伦理实践之明显局限，在性别、阶级、宗教、科技等层面，具有悖反性、双重性、神秘性、自反性等特征。
【关键词】疾病叙事；女性小说；伦理结；伦理选择；伦理意义

19 世纪英国人非洲行记中的经济史资料及其利用

【作　者】刘伟才
【单　位】上海师范大学非洲研究中心
【期　刊】《上海师范大学学报（哲学社会科学版）》，第 47 卷，第 4 期，2018 年，第 142－152 页
【内容摘要】19 世纪英国人在非洲广大地区开展探险、传教、经商、征服、占领等多种活动，留下了诸多记录，贡献了大量可供非洲史研究利用的资料。就非洲经济史而言，19 世纪英国人非洲行记可以提供关于非洲的土地和物产、非洲人的生产模式和生产技术、非洲相关地区内部和对外经济关系等方面的资料，还有一些数据和图像等。以这些资料为基础，可以呈现 20 世纪前非洲相关地区或人群的经济面貌和变迁。在利用这些资料的过程中，要注意多资料的比较和互证，还要注意与其他类型资料相结合。
【关键词】行记；非洲；经济史；殖民；贸易

21 世纪法国文学的叙事格调与审美取向

【作　者】刘海清
【单　位】中国人民大学外国语学院
【期　刊】《湖南科技大学学报（社会科学版）》，第 21 卷，第 2 期，2018 年，第 39－44 页
【内容摘要】21 世纪的法国作家们继续致力于文学叙事的革新，打通了文学、历史、哲学、人类学与艺术学之间的通道。他们用符号化的文本写作和虚实结合的艺术想象呈现出纷纭变化的世界，进一步唤起了读者对社会现实的反思和对自我存在的探寻，体现了后工业时代语境中重构人类意志和文学精神的努力。文本叙述的开放性、多义性、游戏性、碎片性、不确定性和审美取向的多元化成为 21 世纪法国文坛普遍的文学现象。
【关键词】21 世纪；法国文学；叙事格调；审美取向

R. S. 托马斯的诗歌对转型焦虑的双重回应

【作　者】曾魁

【单　位】浙江大学外国语言文化与国际交流学院
【期　刊】《中南大学学报（社会科学版）》，第 24 卷，第 6 期，2018 年，第 181－187 页
【内容摘要】R.S.托马斯诗歌中的焦虑的一个主要根源是社会的转型。他的诗歌通过反田园书写和设想"阿布酷歌"乌托邦愿景来积极回应转型焦虑。与传统田园诗的逃避主义冲动相比，反田园书写更具现实关怀，是一种独特的将威尔士乡村政治化的策略，表达了抵制工业化和旅游业的政治诉求。另类的乌托邦"阿布酷哥"不仅延续了反田园书写的现实关怀，而且比前者更具颠覆性和建设性，并将这种关怀从威尔士拓展到整个现代世界。作为现代性内部的一个他者空间和动态过程，"阿布酷哥"不断瓦解工业资本主义体系，推动现代文明走向理想的乡村共同体。分析托马斯诗歌中的转型焦虑及其回应策略，有助于揭去一些批评家强加在他身上的"狭隘的民族主义者"和"逃避主义者"的标签。
【关键词】R.S.托马斯；乡村共同体；转型焦虑；反田园；乌托邦愿景

T.S.艾略特早期诗歌中的反英雄群像及认知价值

【作　者】江群
【单　位】安徽师范大学外国语学院
【期　刊】《外语研究》，第 35 卷，第 2 期，2018 年，第 106－111 页
【内容摘要】T.S.艾略特在早期两部诗集中创作了一系列的反英雄群像，分别是：性格反英雄、爱情反英雄、宗教反英雄和草根反英雄。它们集中体现了艾略特诗歌一贯的"信仰缺失"和"宗教拯救"的主题思想，具有西方社会转型时期人性焦虑无着的普遍性和代表性。反英雄人物具有深厚的认知价值，包括文化与文明的反思与批判价值、揭示社会弊端的价值和美学认知价值。他们共同构成了一个灰暗的"前荒原世界"，为《荒原》的成功奠定了坚实的基础，为艾略特中期诗歌中更多反英雄人物的粉墨登场设好了铺垫。
【关键词】T.S.艾略特；反英雄群像；认知价值；信仰缺失

爱尔兰戏剧文学中的德鲁伊德教传统与逻辑

【作　者】田菊
【单　位】山西财经大学经贸外语学院
【期　刊】《山西大学学报（哲学社会科学版）》，第 41 卷，第 5 期，2018 年，第 23－28 页
【内容摘要】以德鲁伊德教（Druides）对爱尔兰戏剧文学的历史传统和影响轨迹为研究对象，论述了爱尔兰戏剧文学从早期恢复德鲁伊德传统的民族戏剧以唤醒人民大众的民族情感，到中期寻求宗教仪式性中神秘主义意象和象征手法的创作理论，再到后期逐步脱离抽象的美学理论以彰显人本色彩的创作目标的逻辑轨迹。通过上述三个阶段和两次创作思想转化过程主要作家作品的分析研究，力争初步构建出德鲁伊德教对爱尔兰戏剧文学乃至整个近代英爱文学影响的历史图景和逻辑范式。
【关键词】德鲁伊德；爱尔兰戏剧复兴运动；文化人类学；叶芝

百年中国 19 世纪英法文学与马克思主义文艺思想学术史研究

【作　者】赵炎秋；王欢欢
【单　位】湖南师范大学文学院

【期　刊】《湖南大学学报（社会科学版）》，第 32 卷，第 4 期，2018 年，第 87－94 页
【内容摘要】19 世纪英法文学与马克思主义文艺思想有着千丝万缕的联系。自从马克思主义于 20 世纪初期传入中国以来，其文艺思想也受到国内学者的注意，相关研究持续了百年之久，研究的侧重点主要是对马克思主义文艺思想的阐释。其中也有学者涉及 19 世纪英法文学与马克思主义文艺思想这一话题，具体可以分为以下三个方面：马克思主义经典作家作品中所涉及的 19 世纪英法文学；19 世纪英法文学在马克思主义文艺思想的产生、形成与发展中所起作用；马克思主义文艺思想对于 19 世纪英法文学的影响。

【关键词】马克思主义文艺思想；19 世纪英法文学；学术史

拜伦，是一位还是两位——诗人苏格兰身份问题在英国学界的认知变化

【作　者】宋达
【单　位】中央民族大学外语学院
【期　刊】《学习与探索》，第 10 期，2018 年，第 162－168 页
【内容摘要】20 世纪以来英国对于拜伦的讨论很丰富，涉及文学史、传记和身份等不同方面，各有其不可替代的学术价值。但英国文学史家和苏格兰批评家之间存在着不可调和的矛盾：一方面，传记研究提供了拜伦儿童时代在苏格兰经历的丰富史料，并说明它变成了拜伦身上的"苏格兰基因"，融入其思想和文学表达，尤其是自 20 世纪 70 年代以来很兴盛的拜伦与苏格兰之关系问题研究解释清楚了他何以在国会上公开支持爱尔兰独立；另一方面，主流英国文学史家承认拜伦在英国文学史上的重要地位，但对拜伦文学创作和行为对英国社会正统价值观的破坏则尽可能不和他的一半的苏格兰身份关联起来而归之于浪漫主义的一种类型，把拜伦进行去苏格兰化的解释，回避《唐璜》等作品中明确提及的苏格兰身份，屏蔽苏格兰学术界的创造性努力。这也就意味着拜伦形象在主流英国文学史的论述中已被固化。由此，反思百余年来拜伦汉译史，就不能仅仅满足于英国学术界关于拜伦的论述，必须放眼英美批评界，尤其是苏格兰学界对拜伦的多方面认识，以免把英国文学史上僵化的拜伦形象继续移植到中国。

【关键词】拜伦；主流英国文学史家；苏格兰文学批评家；拜伦汉译史

被困的尤利西斯：乔伊斯短篇小说《两个浪汉》的功能文体学分析

【作　者】黄荷；于洋欢
【单　位】黄荷：贵州大学外国语学院
　　　　　于洋欢：清华大学人文学院
【期　刊】《东北大学学报（社会科学版）》，第 20 卷，第 4 期，2018 年，第 427－434 页
【内容摘要】以功能文体学视角，从小句间配列关系形式、逻辑语义关系类型和序列呈现顺序三个方面考察了詹姆斯·乔伊斯《两个浪汉》中的扩展小句复合体。通过分析小句复合体内部结构，并与具有对照性的文体变异体比较后发现：小说文本中小句的络合虽没有过度复杂的结构和显著的偏离特征，却可凸显出主人公莱尼汉微妙的内心活动和异常的行为举止，进而起到准确塑造人物的效果。因此，《两个浪汉》可以且有必要解读为关于莱尼汉的故事——一个在瘫痪的都柏林中陷入物质和精神双重困境的"尤利西斯"。

【关键词】功能文体学；小句复合体；人物塑造；詹姆斯·乔伊斯；《两个浪汉》

比较文学变异剖析——伍尔夫《一间自己的房间》在中国的变异

【作　者】曹顺庆；吕雪瑞
【单　位】四川大学文学与新闻学院

【期　刊】《上海师范大学学报（哲学社会科学版）》，第 47 卷，第 4 期，2018 年，第 5—12 页

【内容摘要】比较文学变异学（Variation Study of Comparative Literature）是指对不同国家、不同文化的文学现象在影响交流中呈现出的变异状态的研究，探究比较文学变异的规律。为什么要研究比较文学变异学，其意义主要有如下几点：弥补西方比较文学学科理论的重大缺陷；确立不同文明文学比较的合法性；走出 X+Y 的中国比较文学研究困境；丰富与深化比较文学研究。比较文学变异学可以解释许多令人困惑的学术问题，例如：翻译文学是否外国文学的论争、创造性叛逆的合理性问题、西方文学中国化的理论依据问题、比较文学阐发研究的学理性问题，等等。文章即运用变异学方法做个案分析。通过考察伍尔夫《一间自己的房间》是如何成为徐志摩激励女学生奋发图强的蓝本，又如何被瞿世镜当作拯救受辱女性的法宝，力图从这部作品的变异中重新审视在跨文明的语境中文学变异的机制，及其在文本传播中发挥的创造性作用。
【关键词】比较文学变异学；跨文明；伍尔夫；《一间自己的房间》

波伏瓦小说叙述视角选择的伦理意义

【作　者】夏野
【单　位】黑龙江大学文学院

【期　刊】《学习与探索》，第 9 期，2018 年，第 152—157 页

【内容摘要】在波伏瓦的小说中，作者叙述视角的选择配合着她的思想的表达，表现着明确的伦理意图。其中，有选择性全知视角的选择能够使读者产生理智性共情，有第一人称回顾性视角的选择表达了作者代表女性发出的反抗性意图，不同叙述视角之间的配合，勾连了情节线索。而这些叙述视角的选择都具有深刻的叙事伦理意味。
【关键词】西蒙娜·德·波伏瓦；叙事视角；叙事伦理；女性文学

博纳富瓦：兰波的继承者

【作　者】李建英
【单　位】浙江越秀外国语学院外国语言文学研究院；上海师范大学人文与传播学院

【期　刊】《外国文学研究》，第 40 卷，第 6 期，2018 年，第 132—143 页

【内容摘要】伊夫·博纳富瓦是法国当代最伟大的诗人和杰出评论家之一。作为诗人，他创作的首要任务是关注他那个"特殊"的生命存在，力图在自己确定的范围内抓住或证明其生命的意义；他作为评论家，放在第一位的始终是阐述诗人或艺术家如何处理他的艺术创作与生命存在的关系。在深入反思诗歌本质问题的过程中，兰波对他产生了极其深刻的影响，他使他走近超现实主义，又使他与之告别，从而形成自己的诗学观：在现代意识中我们与世界的关系已经分离，诗歌以及其他艺术应该为修复这种关系发挥应有的作用。本文从"真实的生活"与"真实的场所"、"重新发明爱"与"重新发明希望"、"发明语言"与"发明在场"这些对应的关键词出发，浅析他如何从兰波那里继承了以下观点：诗歌改变生活的功能、洞观世界的理念、放弃对幻象超越的气魄。

【关键词】博纳富瓦；兰波；诗歌；影响

博物经验与浪漫精神：英国自然写作传统中的多萝西·华兹华斯创作

【作　者】吴靓媛
【单　位】西南大学文学院；云南民族大学外国语学院
【期　刊】《社会科学研究》，第 2 期，2018 年，第 188－195 页
【内容摘要】多萝西·华兹华斯的自然写作突出表现了"博物经验"与"浪漫精神"这两大特质，并在其个人经历与创作风格的影响下产生了变异与融合：其创作在题材、思想和风格方面，上承吉尔伯特·怀特的博物写作之风，下启 W. H. 赫德逊、理查德·杰弗里斯的浪漫主义自然写作，其中蕴含的博物经验与浪漫精神一直绵延到当代英国新自然写作之中。本文将多萝西·华兹华斯的创作置于英国自然写作传统中，从博物经验与浪漫精神的角度揭示多萝西的自然写作被遮蔽的价值。
【关键词】多萝西·华兹华斯；英国自然写作；博物经验；浪漫精神

超越作为特殊性的宗教：莎士比亚与圣保罗的普遍主义——以《威尼斯商人》为例

【作　者】邱业祥
【单　位】河南大学比较文学与比较文化研究所
【期　刊】《世界宗教研究》，第 2 期，2018 年，第 113－124 页
【内容摘要】圣保罗通过基督复活事件，跨越了犹太民族性的特殊身份标识，建构了基督信仰的普遍主义。《威尼斯商人》意图重新思考圣保罗式的问题——基督教和犹太教的关系，而且也以圣保罗的普遍主义作为追求目标。夏洛克和安东尼奥的冲突以及双方事实上的不宽容都表明在世俗世界中，特别是在一个通过商业贸易和人口自由流动将世界各个地域、民族、宗教联结起来的崭新时代里，犹太教和基督教都成了有待克服和超越的特殊性。莎士比亚力图构建的普遍主义乃是基于和源于普遍的自然人性，既伸张了世俗幸福和共情原则，又主张将宗教限制在私人领域，在公共生活领域中遵循公共规则和法律。
【关键词】圣保罗；普遍主义；自然人性；宽容；共情

沉默之花——布朗肖论马拉美与文学的语言

【作　者】尉光吉
【单　位】中国人民大学哲学院
【期　刊】《外国文学》，第 2 期，2018 年，第 106－114 页
【内容摘要】对法国批评家莫里斯·布朗肖来说，文学的本质首先是由文学语言的本质决定的。布朗肖对文学语言的分析，很大程度上源于他对法国诗人马拉美的解读。根据马拉美著名的双语制，文学语言是一种和日常的粗俗语言相对立的本质语言。沿着黑格尔和科耶夫的思路，布朗肖把这种本质的语言视为一种表达物之缺席的语言，而这样的缺席在语言中产生的结果就是沉默。由此，布朗肖将文学语言分成两个层面，一个是言说沉默的层面，即马拉美所谓的"诗"，另一个则是让沉默言说的层面，也就是"书"。但不论哪个层面，沉默都占据了核心的位置，这意味着现代文学开始围绕着一种空虚得以建构。
【关键词】布朗肖；马拉美；沉默；文学语言

城市里的外乡人：奥赛罗与中国电视剧中的"凤凰男"

【作　者】曾瑞云；李倩梅

【单　位】桂林电子科技大学外国语学院

【期　刊】《吉首大学学报（社会科学版）》，第 39 卷，第 S2 期，2018 年，第 126－128 页

【内容摘要】《奥赛罗》中男主人公的悲剧与中国影视剧中的"凤凰男"有相似之处。他们既高傲自负，又懦弱自卑，两种人格交织，让他们嫉妒怨恨，采取极端行动，造成自身和社会悲剧。他们复杂人格的产生，既有自身成长的积淀，又有社会因素促成。文明繁荣的城市社会，一方面需要外来人才参与城市建设，一方面对"凤凰男"融入市民社会制造种种障碍。要避免此类悲剧的发生，需要"凤凰男"们自身克服性格障碍，更需要城市社会对"凤凰男"在制度上和文化上采取包容措施。

【关键词】奥赛罗；"凤凰男"；外乡人；市民社会

重识司各特

【作　者】宋达

【单　位】中央民族大学外国语学院

【期　刊】《首都师范大学学报（社会科学版）》，第 5 期，2018 年，第 111－119 页

【内容摘要】司各特被视为塑造"扁形人物形象"的代表性作家，凸显他在英国文学史上的地位不及莎士比亚、狄更斯、哈代等"伟大作家"。直观上是从技术上论述作家技艺高低，实际上提出者英格兰小说家和批评家福斯特，演绎的是主流英国文学史观，与苏格兰人对司各特的认知相去甚远，也和司各特本人的创作难以吻合。由此，追溯司各特在英国被解读的历程，以及在苏格兰被推崇的历史真相，变得极为重要。而我们在重新理解、翻译司各特作品时，需要严肃考虑司各特历史小说所涉及的苏格兰历史、英苏关系进程以及作者的苏格兰民族认同。

【关键词】司各特；苏格兰认同；苏格兰知识界；主流英国学术界；汉译史

刍议文化身份在当代法国流散文学中的表征

【作　者】杨柳

【单　位】中南财经政法大学外语学院

【期　刊】《国外文学》，第 4 期，2018 年，第 37－45、154 页

【内容摘要】流散文学以及相关的文化身份研究是近年在比较文学研究和文化研究领域内出现的学术热点。在法国当代文学中，以米兰·昆德拉、程抱一、勒·克莱齐奥为典型代表的一批作家均在流散文学创作中取得了令人瞩目的成就，他们的创作不仅受到出生地批评家和研究者们的关注，同时也对定居国的文学创作影响深远。从文化身份视角来看，他们的流散文学作品深刻地反映了当代法国文学中的文化身份议题，通过对国族身份认同、流散身份认同和人类身份认同的探讨，突破了本质主义－建构主义二元身份认同框架，为越来越多的移民人群提供了身份认同的参考范式。

【关键词】文化身份；流散文学；社会思潮

穿过遗忘的迷雾——石黑一雄《被掩埋的巨人》中的记忆书写

【作　者】郑佰青

【单　位】对外经济贸易大学英语学院

【期　刊】《外国文学》，第 3 期，2018 年，第 41－49 页

【内容摘要】石黑一雄关注记忆，特别是创伤记忆运作的方式；他小说中的记忆书写都是通过个体回忆碎片化的过去，来再现个体和集体所经历的创伤，是创伤社会化的结果。在小说《被掩埋的巨人》中，石黑一雄将个体的创伤经历置于历史事件大背景之下，从个人和集体两方面呈现记忆的恢复、创伤的修复以及历史的重建过程。本文将该小说解读为一个隐喻性的文本，认为石黑一雄的真正"意图"在于以奇幻为掩护来探讨记忆、遗忘、创伤、历史等关乎人类命运的议题，体现出小说独特的记忆书写维度。小说以奇幻手法、寓言性的疏离为媒介，围绕创伤记忆与历史遗忘主题，提出了更为深刻的、困扰着当下文明社会的问题，体现出石黑一雄作品反思生命意义、深度观照历史的特点。

【关键词】石黑一雄；《被掩埋的巨人》；记忆书写；创伤；历史；遗忘

创伤、遗忘与宽恕——论《威弗利》的记忆书写

【作　者】张秀丽

【单　位】上海大学外国语学院

【期　刊】《外国文学研究》，第 40 卷，第 5 期，2018 年，第 168－176 页

【内容摘要】苏格兰作家沃尔特·司各特在其第一部苏格兰历史小说《威弗利》中以 1745 年詹姆士二世党人事件为历史背景，书写了苏格兰的民族文化创伤，唤起了 19 世纪英格兰与苏格兰人的共同记忆。司各特选择遗忘暴力冲突，记住苏格兰高贵的民族精神遗产，重塑了苏格兰文化记忆，使之走向崇高。同时，司各特还以善意的宽恕使受伤的记忆得以平息，过去与现在达成和解，但他同时也批判了轻率宽恕对民族记忆的威胁。司各特在《威弗利》中的记忆书写为我们理解如何对待受伤的民族记忆提供了参考。

【关键词】沃尔特·司各特；《威弗利》；创伤；记忆；遗忘；宽恕

创伤从未忘记——童年创伤理论视域下毛姆的口吃症探源

【作　者】高丽；张瑞英

【单　位】曲阜师范大学文学院

【期　刊】《齐鲁学刊》，第 2 期，2018 年，第 150－155 页

【内容摘要】毛姆在创作上成果累累、声名显赫，但促使他从事创作的重要因素却是他的口吃症。口吃症不仅塑造了毛姆的个性，也在某种程度上决定了他的职业选择，并在某种意义上影响了他的人生哲学。童年丧母的创伤是导致毛姆口吃症最重要的心理因素，因为一直未能与替代养育者重建稳固可靠的依恋关系，处于情感缺失状态的毛姆逐渐把口吃发展为一种证明自己存在与价值的"权力"。因为创伤从未忘记，毛姆躲在他自制的"口吃盔甲"里，一生负伤而行。

【关键词】毛姆；口吃症；童年创伤

从"特洛伊画"到"罗马共和"——《鲁克丽丝受辱记》中的艺术与政治

【作　者】梁庆标
【单　位】江西师范大学文学院
【期　刊】《外国文学评论》，第 4 期，2018 年，第 20－37 页
【内容摘要】《鲁克丽丝受辱记》是一部"小型史诗"，聚焦于古罗马"王政"到"共和"这一转折，突出了受辱后的鲁克丽丝对"特洛伊陷落画"的无意发现和思索。作为观画者，她深切认同画中人物，强烈意识到了人性的复杂多面与自身命运的历史性，因而采取了悲剧式的公开自杀这一复仇方式。同为受害人的智者布鲁图斯则领悟了"鲁克丽丝尸身画"的政治内涵，借此激发罗马民众推翻塔昆家族的专制统治，使罗马进入了共和时期。可见，在莎士比亚笔下，艺术、政治与哲学等存在内在关联；在反思罗马历史的同时，该剧也隐含了剧作家对当时复杂多变的社会政治的态度，并因而具有了丰富的内涵。
【关键词】《鲁克丽丝受辱记》；艺术；政治；共和

从《被掩埋的巨人》探析石黑一雄笔下的悬念"景观"

【作　者】庞好农；刘敏杰
【单　位】庞好农：广东外语外贸大学外国文学文化研究中心
　　　　　刘敏杰：上海大学外国语学院
【期　刊】《外语研究》，第 35 卷，第 6 期，2018 年，第 85－89、112 页
【内容摘要】在《被掩埋的巨人》里，石黑一雄从整体式悬念、顶针式悬念和切入式悬念等角度展现了事件悬念与小说情节的内在关联，从倒装式悬念、分解式悬念和情景反讽式悬念创新性地展现了人物的身份，使读者对小说人物的认知从迷惘到清晰，从局部到整体，从宏观到微观。其误会式悬念、映衬式悬念和豹尾式悬念揭示了人际关系的复杂性、多维性和趣味性，展现了人与人之间在一定社会语境里的情绪、心态和思维演绎。作者的一系列悬念极大地增添了该小说的艺术魅力，使情节发展跌宕起伏、曲径通幽、引人入胜，凸显了文不尽、谜不解的叙述特色。
【关键词】石黑一雄；《被掩埋的巨人》；事件悬念；身份悬念；人际关系悬念

从《月亮与六便士》看艺术家的生产

【作　者】胡永华
【单　位】首都师范大学大学英语部
【期　刊】《外国文学》，第 2 期，2018 年，第 39－46 页
【内容摘要】思特里克兰德是威廉·萨默塞特·毛姆在《月亮与六便士》中创作的一位性情古怪的天才艺术家，因为他与原型高更的差异，以及才情与道德的对立，不少批评家质疑这一人物的可信性。对于毛姆如何以及为什么建构这一艺术家形象，批评家从叙事和心理角度讨论较多，将思特里克兰德置于艺术家形象传统，我们发现毛姆的创作是对源自浪漫主义的艺术家神话的强化。思特里克兰德体现了"为艺术而艺术"的专业精神与浪漫主义的反叛社会气质，月亮与六便士的对立源自文学和艺术场自主化的要求，公众对个性的需求促使艺术家成为个性的生产者。

【关键词】威廉·萨默塞特·毛姆；《月亮与六便士》；艺术家；为艺术而艺术；艺术场

从他性到同一——论勒克莱齐奥作品中的风景与女性

【作　者】樊艳梅
【单　位】浙江大学外国语言文化与国际交流学院；法语地区人文科学研究所
【期　刊】《国外文学》，第 1 期，2018 年，第 142－151、160 页
【内容摘要】在勒克莱齐奥的创作中，风景与女性往往都借助男性的目光呈现，它们构成了男性共同的他者。在其早期作品中，都市景观被女性化，而都市女性被风景化，男性与女性的疏离、人与自然的断裂是同一事件。在 20 世纪 80 年代后的作品中，自然风景与女性人物常常合而为一，超越了形态学上的相似，而具有一种精神的一致性，并且风景以各种方式参与女性的生活。男性人物在与风景、与女性的双重结合中实现了人与世界、他者与自我的同一。风景与女性的关系反映了不同社会文化语境中女性的生存境况，表达了作者去男性中心主义的女性观。从人的身体到“世界的肉体”，勒克莱齐奥的写作表现出了一种形而上的哲学内涵。
【关键词】勒克莱齐奥；风景；女性；他性；同一

戴维·洛奇小说《好工作》中后现代伦理的叙事手法

【作　者】陈世丹
【单　位】中国人民大学外国语学院
【期　刊】《国外文学》，第 3 期，2018 年，第 87－97、158－159 页
【内容摘要】后现代西方伦理学解构、批判了现代性和现代西方伦理学，主张革除现代性对权威、中心和等级的维护，强调承认差异，尊重他者，主张多元性和包容性，担负对他者的绝对责任。为了深刻表现后现代伦理思想，后现代主义作家用与后现代伦理主张一致的后现代伦理的叙事手法，消除作者的叙述权威和文本中的叙述中心，采用多角度观察、多叙述者和多声音（或复调）的叙事手法，揭示后现代社会中伦理关系和道德秩序的变化及其引发的各种问题、导致的不同结果，为后现代人类文明进步提供经验和教诲。英国后现代主义小说家戴维·洛奇在其小说《好工作》中用平行结构、戏仿、直接引用等手段构成对话式互文叙事，表现和批判了资本主义社会所充斥的社会、政治和经济的不平等。
【关键词】后现代西方伦理学；后现代文学伦理学批评；后现代伦理的叙事形式

当代英国戏剧中的“暴力叙事”——以“三次浪潮”为例

【作　者】于文思
【单　位】东北师范大学文学院
【期　刊】《社会科学战线》，第 6 期，2018 年，第 261－265 页
【内容摘要】20 世纪下半叶以来，英国戏剧持续出现了“暴力叙事”的特征。从背景与理论层面看，“暴力叙事”主要是基于战后英国社会新的政治局面、英国本土与欧陆思想的结合及“新左派”的理论支撑而产生。从合理性与必然性层面看，这种叙事来自英国戏剧“大传统”中对人类普遍悲剧命运的书写，与“小传统”中以暴力表达反暴力倾向的诉求。承担这一叙事任务的则是“三次浪潮”中的大部分剧作家，他们通过不同层面的暴力叙事，展现了人在当代社会面临的诸多困境。以“暴力叙事”视角考察当代英国戏剧，有助于以系统而有脉络的方式重新

审视这一时期戏剧的发展路径。

【关键词】当代英国戏剧；三次浪潮；暴力；叙事

德性论视域下包法利夫人悲剧的再思考

【作　者】隋红升
【单　位】浙江大学外国语言文化与国际交流学院

【期　刊】《文学跨学科研究》，第 2 卷，第 1 期，2018 年，第 126－134 页

【内容摘要】世界文学经典《包法利夫人》中女主人公爱玛的人生悲剧一直牵系着广大读者和批评家的心，已有的研究主要从她的爱情观、社会环境、父权思想及其情爱对象的人格缺陷等几个方面探究其悲剧根源。本文认为爱玛自身德性缺陷在其人生悲剧中扮演着重要角色。道德自觉的缺失让她背离了自己应当担负的家庭责任，并且让生命失去了承载，变得更加空虚无聊；道德情感的淡漠让她丧失了基本的羞恶之心，无法对自己和他人的行为做出正确评判，以至于在肉欲的放纵中走向堕落；道德意志的薄弱让她无法及时有效地控制她的消费欲望，让她最终在物欲的奢靡中走向毁灭。

【关键词】包法利夫人；福楼拜；德性；道德自觉；道德情感；道德意志

都市个体间距离描述：文学语言的城市社会学研究——以伊恩·麦克尤恩小说《星期六》为例

【作　者】耿潇
【单　位】中南民族大学外语学院

【期　刊】《中南民族大学学报（人文社会科学版）》，第 38 卷，第 4 期，2018 年，第 111－115 页

【内容摘要】齐美尔在其城市社会学中提出对"距离"这一关键词的看法，认为"距离"不仅成为现代都市的"情感特征"，也成为一种重要的生存策略。无独有偶，当代英国著名小说家伊恩·麦克尤恩在其代表作《星期六》中以成功的中年外科医生贝罗安在"星期六"这一天的生活轨迹为主线，细腻而深刻地呈现出当代西方城市经验。本文将齐美尔的城市社会学理论与麦克尤恩《星期六》中的城市书写相互烛照，着重探讨小说中所反映出的齐美尔关于当代都市背景下个体"距离"交际的城市社会学观点，以及"距离"交际带给城市人独特的内心体验，这正是作家对齐美尔式的城市社会学观念做出的回应和思考。

【关键词】齐美尔；城市社会学；麦克尤恩；《星期六》；"距离"交际

法国十七世纪"古今之争"中的拉辛

【作　者】吴雅凌
【单　位】上海社会科学院

【期　刊】《外国文学评论》，第 2 期，2018 年，第 109－124 页

【内容摘要】古典主义作家拉辛生逢 17 世纪下半叶法国古今之争的大时代，他的悲剧作品代表了路易十四时代法语文学的最高成就。拉辛以崇古派的身份参与了古今之争中若干问题的论战："异教传奇与基督教传奇之争""《阿尔刻提斯》之争""荷马问题之争"和"《想象的异端》之争"。这四次论辩的发生背景对应路易十四王权崛起时的重要政治事件，而拉辛在论战中针对戏剧教化等问题的公开主张表现出发人深省的态度转变。法国古今之争表面局限于文艺理论范畴，实以独特方式表现出特定历史时期的政治哲学关切。探究以拉辛为例的法国知识人围绕戏剧文

学的诸种思想纷争与路易十四时代政治氛围的内在关联，有助于深入理解法国古今之争的复杂样貌和思想意义。

【关键词】拉辛；法国古今之争；路易十四

非自然叙事的伦理阐释——《果壳》的胎儿叙述者及其脑文本演绎

【作　者】尚必武
【单　位】教育部；上海交通大学外国语学院

【期　刊】《外国文学研究》，第40卷，第3期，2018年，第30－42页

【内容摘要】本文聚焦麦克尤恩新作《果壳》的非自然叙事，从文学伦理学批评视角对其做出阐释，试图借此回应安斯加尔·纽宁等人关于加强以形式研究为主的叙事学和以内容研究为主的文学伦理学批评之间对话的倡议。在这部戏仿莎士比亚《哈姆雷特》的作品中，麦克尤恩极尽其非自然叙事之能事，成功建构了一个关于弑亲、乱伦和复仇的不可能的故事世界。文章在从非自然叙述者、非自然心理两个层面来考察《果壳》的非自然叙事的基础上，引入文学伦理学批评，尤其是从脑文本概念入手，解读该小说的非自然性，由此挑战当前西方叙事学界关于非自然叙事阐释的两大主导模式——自然化解读和非自然化解读，开辟非自然叙事阐释的新进路。

【关键词】麦克尤恩；《果壳》；非自然叙事；脑文本

菲利浦·拉金早期诗歌的"非英雄"共同体意识

【作　者】吕爱晶
【单　位】湖南科技大学外国语学院

【期　刊】《湖南科技大学学报（社会科学版）》，第21卷，第4期，2018年，第41－45页

【内容摘要】拉金早期的诗歌折射了20世纪上半叶英国文人焦虑和思变的担当。社会变革和战争纷飞的年代促使年轻诗人探索新的诗歌救赎之路。拉金敏锐地避开当时所谓荣耀的宏大叙事，关注日常生活中的非英雄。拉金把非英雄的故事和英国风景融入英国文学传统，用诗歌的形式加入了"英国性"的建构，力图保证英国文化的独立性，重塑了英国的民族自豪感与归属感。拉金早期作品中文化观念的演变也影响着当时英国文学范式的转换。拉金对非英雄、英国性主题的描述折射了其构建"非英雄共同体"的重要思想，显示了特定时期英国青年重新审视和修正英国文学，重新定位自己，建构独特的存在方式。他们对日常生活中平凡个体的关注与尊重，彰显了其对生命存在价值的肯定和对全人类共同命运的关切。

【关键词】菲利浦·拉金；非英雄；共同体

菲利浦·贝克的"教科诗"——重审诗与哲学之争的一个当代视角

【作　者】姜宇辉
【单　位】华东师范大学哲学系

【期　刊】《外国文学》，第1期，2018年，第59－67页

【内容摘要】菲利浦·贝克的诗歌在当代法国学术界越来越引人关注，尤其是他对教科诗这一看似陈旧诗体的复兴，蕴含着思想与文化等方面的深刻启示。在诸家评述之中，尤属朗西埃的阐释最别具一格。他不仅将贝克的教科诗引回诗与哲学之争的古老问题，更试图结合席勒的感

伤诗及审美教育理念敞开"来临之诗"的可能性。教科诗，并非仅指向"无文之人"的艺术教化，更是以自反性的方式呈现出诗歌语言内在的散文性和音乐性韵律。声音与意义的共振，正是诗的极致阈限。

【关键词】教科诗；诗与哲学之争；教化；音乐性

弗兰克·麦吉尼斯的编史元戏剧及其分裂的历史叙述

【作　者】李元
【单　位】广东外语外贸大学英语语言文化学院
【期　刊】《国外文学》，第 3 期，2018 年，第 98－106、159 页
【内容摘要】爱尔兰剧作家弗兰克·麦吉尼斯的历史剧创作手法与加拿大学者琳达·哈钦提出的"编史元小说"概念相似，可以将其称为编史元戏剧。本文拟以此为框架来分析其代表作《看那些前往索姆河的厄尔斯特子弟兵们》中的编史特征、元戏剧性以及历史、纪念与迷思的关系。麦吉尼斯作为南爱作家以跨界的身份来创作此剧，试图弥合南爱与北爱历史回忆差异的鸿沟，引导观众批判性地重访历史，关注历史编写的方式。该剧通过回顾第一次世界大战最惨烈的索姆河战役，呈现历史叙述的分裂：一方面是多重、冲突、各种不可靠、充满竞争的叙述，构成流动、可协商的历史，而另一方面是迷思式的自我肯定、静态看待历史的观点，有欺骗和抚慰效果。这一分裂的历史叙述暴露出历史事实在叙述中所经历的意识形态变化，印证了哈钦所指出的编史特征。

【关键词】编史元戏剧；索姆河战役；1916 年复活节起义；迷思；纪念的历史

弗里尔的故事戏剧与"爱尔兰性"当代反思

【作　者】向丁丁
【单　位】复旦大学外文学院
【期　刊】《外国文学评论》，第 1 期，2018 年，第 94－112 页
【内容摘要】自爱尔兰文艺复兴运动以来，口头故事传统历来是"爱尔兰性"的重要标识。当代剧作家布赖恩·弗里尔的作品对此传统借鉴颇多，但与叶芝一代作家不同，他作品中口头故事遗产的在场，经由反写和反讽等策略的加工，恰恰暴露了民族主义"爱尔兰性"叙事与当代经验的背离及其对认知和言说新经验的压迫。旧的单一认同叙事的缺口由此被打开，更新与更复杂的经验开始重构爱尔兰认同的内涵。

【关键词】布赖恩·弗里尔；口头故事传统；爱尔兰性

改革家的"永在者"与英国人的"道德心"——马修·阿诺德对转型期传统与现代、信仰与理性冲突的调和

【作　者】阮炜
【单　位】湖南师范大学外国语学院
【期　刊】《国外文学》，第 3 期，2018 年，第 10－18、156 页
【内容摘要】面对传统与现代、信仰与理性的激烈冲突，阿诺德除了提出"文化救赎论"以外，还在基督教信仰重建方面做了重要的工作。他重新强调并大力宣传《旧约》中他认为合乎理性的"永在者"上帝，以取代原有的三位一体上帝，认为只有对基督教教义进行理性化的重构，

才能调和传统与现代的对立、信仰与理性的冲突，纠正英国人中那种保守乃至偏执的旧的"道德心"，培养一种综合了"希伯来特性"和"希腊精神"，既有"行善热情"又有科学艺术追求的新的"道德心"。

【关键词】阿诺德；"永在者"；"道德心"信仰；理性

高文爵士和绿衣骑士：生态观的文化生成比较研究

【作　者】丁礼明
【单　位】福建三明学院外国语学院
【期　刊】《湖南师范大学社会科学学报》，第 47 卷，第 4 期，2018 年，第 101－107 页
【内容摘要】长诗《高文爵士和绿衣骑士》是中世纪文学典范之作。诗歌呈现的意识形态、骑士精神、宗教观始终是东西方学界的关注焦点，而生态观研究却没有引起足够重视。研究发现诗歌本身呈现出两种截然相反的文化观与生态观：高文爵士深受骑士精神和基督教文化影响对自然持有生态偏执观，他崇尚武力，倡导使用武力统治自然；而绿衣骑士波提拉克则笃信上帝创造的世间万物都有灵魂，享有精神民主的宗教观，他对自然万物扮演着守护者角色。此外，诗歌《高文爵士和绿衣骑士》不仅引发学界热议，也为引发持续争执的林恩·怀特的"生态危机的历史根源"论提供了重要佐证。

【关键词】《高文爵士和绿衣骑士》；生态偏执观；精神守护；基督教文化

个人与历史的互动：《历史人》的事件性

【作　者】奚茜
【单　位】南京大学外国语学院
【期　刊】《外语研究》，第 35 卷，第 4 期，2018 年，第 84－87、111 页
【内容摘要】当代英国作家马尔科姆·布雷德伯里在其长篇小说《历史人》中塑造了一位激进的大学社会学系讲师霍华德·科克。小说的背景设置在动荡的 1968 年，历史的车轮在前进，反映着历史发展中的阴谋和悖论，在一定程度上与齐泽克的"事件"理念相契合。文章以齐泽克的"事件"为理论关照，借用杰夫·布歇勾勒的"被阐释的主体－主体言说－回溯力"图示，探析小说实在界中的"裂缝"如何通过历史人物得以展现，而历史主体通过回溯将小说同时置于个人期望与历史推进的轨道中，把生活与现实的实际意义纳入思考，以展现个人与历史的互动关系。

【关键词】《历史人》；事件；事件性；裂缝

共和主义、公共领域与赤裸生命——《居里厄斯·恺撒》的政治

【作　者】胡鹏
【单　位】四川外国语大学莎士比亚研究所
【期　刊】《国外文学》，第 2 期，2018 年，第 46－54、157 页
【内容摘要】《居里厄斯·恺撒》被认为是莎士比亚最伟大的悲剧之一，一般认为它探讨了君主制与共和主义的冲突。本文拟引入哈贝马斯的"公共领域"和阿甘本的"赤裸生命"概念，由表及里分析剧中政治冲突的实质，以阐释剧作家对政治的深刻讨论。

【关键词】莎士比亚；《居里厄斯·恺撒》；共和主义；公共领域；赤裸生命

古老牧歌中的绿色新声：约翰·克莱尔《牧羊人月历》的生态解读

【作　者】陈红
【单　位】上海师范大学人文与传播学院
【期　刊】《外国文学研究》，第 40 卷，第 1 期，2018 年，第 32－46 页
【内容摘要】农民约翰·克莱尔从他成为诗人的那天起便因其阶级身份备受关注。近年一些学者尝试突破以往克莱尔研究以政治文化解读为主的模式，从生态批评的角度加以审视，把克莱尔视作一位先于其时代的反传统的生态诗人。本文以《牧羊人月历》为例提出，克莱尔的诗歌深得英国田园诗歌传统的浸润，其所有创新均在传统田园诗歌的框架下产生。诗人有意识地利用田园诗固有的题材和形式，通过对极具地方性的传统生产生活方式的追忆，抒发其对圈地运动的不满和抗拒，表达其对社会和谐和生态和谐的向往。
【关键词】约翰·克莱尔；田园诗歌传统；圈地运动；地方传统；生态意义

过去与当下的自我协商：成长小说与巴恩斯《伦敦郊区》和《唯一的故事》的人物叙述

【作　者】汤轶丽
【单　位】上海交通大学外国语学院
【期　刊】《文学跨学科研究》，第 2 卷，第 4 期，2018 年，第 590－611 页
【内容摘要】巴恩斯新作《唯一的故事》再次回到了其处女作《伦敦郊区》所探讨的成长主题。本文提出"巴氏成长小说"这一概念，旨在分析该文类对成长小说的吸纳与包容，进而在此基础上考察小说人物如何在危机中重新定义自我。在人物叙述层面上，"我"既是话语世界的叙述者也是故事世界的人物；在双重聚焦层面上，叙述者在讲述的同时看到了过去的自己。作为自传式作者，克里斯和保罗建构自身的故事，在过去自我与现在自我之间建立起一种动态连续性，其意义正在于这种建构的变化性，而非对某种稳定性的维护。从修辞设计的层面来说，巴恩斯通过人物叙述的笔法，有效地改写了成长小说，在叙述进程中揭示了人物叙述者在现在与过去之间的自我拉锯。
【关键词】成长小说；人物叙述；朱利安·巴恩斯；《伦敦郊区》；《唯一的故事》

哈尼夫·库雷西小说《亲密》中的婚恋叙事及其文学伦理学反思

【作　者】王进
【单　位】暨南大学外国语学院
【期　刊】《文学跨学科研究》，第 2 卷，第 1 期，2018 年，第 90－99 页
【内容摘要】作为第二代英国南亚裔作家的杰出代表，哈尼夫·库雷西始终关注当代英国南亚移民群体的家庭生活与情感世界。库雷西早期小说《亲密》，围绕男主人公杰伊的婚姻叙事，以中年男性的成长危机作为叙事焦点，聚焦叙述了本人的婚姻焦虑与伦理困惑。现阶段英美学界的库雷西批评将小说叙述者与作者本人的婚姻观念对号入座，造成道德评价谬误及其伦理越界行为。从文学伦理学批评视角来看，中年危机是作为婚恋叙事的伦理结，婚姻焦虑则是作为其伦理线，两者相互交织共同构成作为伦理事件的婚姻危机、作为伦理环境的成长叙事和以及作为伦理悖论的性别政治。
【关键词】哈尼夫·库雷西；《亲密》；婚恋叙事；伦理越界；文学伦理学批评

汉译拜伦百余年：苏格兰民族身份被忽视的历程

【作　者】宋达

【单　位】中央民族大学外国语学院翻译系

【期　刊】《中国比较文学》，第 1 期，2018 年，第 81－94 页

【内容摘要】在中国百余年英国文学译介史上，拜伦乃仅次于莎士比亚的最重要的文学家和被译介、讨论得最多的英国浪漫主义诗人，实际上成了中国所理解的世界上最为重要的浪漫主义诗人。而这样的定位，以牺牲拜伦本人的论述（他认同自己的二分之一苏格兰血统）为代价，也不顾苏格兰人和学界对其态度（尊他为苏格兰伟大民族英雄）。本文由此探讨中国拜伦形象建构过程中的去苏格兰化认知问题，以及这样的认知如何影响其文学活动中的苏格兰认同无法得到呈现问题，而这些问题对重新认识英国文学非常重要。

【关键词】拜伦；汉译史；浪漫主义；苏格兰认同

畸怪与变形——北爱尔兰诗人保罗·马尔登的"马戏团"

【作　者】孙红卫

【单　位】南京大学外国语学院

【期　刊】《国外文学》，第 2 期，2018 年，第 127－136、160 页

【内容摘要】当代北爱尔兰诗人保罗·马尔登在其诗作中构建了一个独特的"马戏团"。通过将凯尔特文化与当代政治想象糅合在一起，诗人创造了千奇百怪的"变形"与"想象中的动物"。本文引入当代思想家关于"畸、怪"的思考，指出在北爱尔兰政治动乱的背景之中，马尔登诗作中的畸形意象构成了其政治介入的一种方式，表现了政治空间之中生命的异化，标示了人与动物之间不再清晰的界限；同时，这些"变形"之物也变成了诗人思考未来政治的载体。怪物和畸形所表征的"变形"提供了一种"生成"和逃逸的途径，诗人借此将生命引出由政治宰制的区域，归还给其丰富多样的可能性和不可竭尽的潜能。

【关键词】怪物；畸形；政治；变形；潜能

记忆的责任与忘却的冲动——对《被掩埋的巨人》的文学伦理学解读

【作　者】韩伟；胡亚蓉

【单　位】韩伟：西安外国语大学中国语言文学学院

　　　　　胡亚蓉：西北师范大学文学院

【期　刊】《外语教学》，第 39 卷，第 6 期，2018 年，第 102－107 页

【内容摘要】本文从文学伦理学批评的角度，分析小说《被掩埋的巨人》中人物面对的身份认同危机与伦理选择的困境，展现人物身上理性意志与非理性意志之间的冲突与博弈。文章试图思考在记忆与忘却之间正义的缺席与在场对文本历史生成的影响。《被掩埋的巨人》以记忆的伦理为文学书写和表达的理论起点，使虚构的小说成为映照历史的镜像，历史在现实中被重新建构，现实在历史的烛照中洞悉幽微。

【关键词】《被掩埋的巨人》；伦理身份；伦理选择；伦理正义；记忆的伦理

加缪对《群魔》的互文性阅读

【作　者】顾晓燕
【单　位】南京财经大学外国语学院；南京大学外国语学院
【期　刊】《外国文学》，第 3 期，2018 年，第 72－80 页
【内容摘要】20 世纪法国著名作家和思想家加缪深受 19 世纪俄国文学巨擘陀思妥耶夫斯基的影响，后者的长篇小说《群魔》与加缪的散文、小说和戏剧构成一种复杂的互文性。从基里洛夫的"自杀逻辑"到"什加列夫主义"，加缪的关注点从"自杀"转向"杀人"，对历史的神圣化进行批判。在相似的历史境遇下，加缪在陀思妥耶夫斯基的作品中进一步看到了政治虚无主义无限蔓延危机下秩序重构的可能性，并提出了不同于宗教救赎的节制之道——均衡的南方思想，这一批判性的阅读清晰体现在《群魔》的同名戏剧改编中。加缪用一生阅读和阐释《群魔》，《群魔》也在用另一种方式阐释加缪，并成为其创作生涯的注解。
【关键词】加缪；陀思妥耶夫斯基；《群魔》；互文性

简·奥斯丁经典化的知识条件

【作　者】龚龑
【单　位】中华女子学院外语系
【期　刊】《国外文学》，第 1 期，2018 年，第 38－46、157 页
【内容摘要】在奥斯丁经典化的初始阶段（1870—1920），批评共识的构筑和规范小说版本的编辑是两个重要的外在知识条件。早期书评、杂谈和文学讲座等，尚夹杂印象式文学赏析的特色，不时流露出维多利亚时代特有的怀旧之情，同时也增强了奥斯丁的文学地位。查普曼等"绅士学者"以研究古典作家的方法来整理流行小说家的文本，这在英美文学史中尚属首次。他们的校订和笺注，不仅有效地影响了早期读者的理解，也极大拓展了小说文本的语义空间，为奥斯丁的"入典"创造了不可或缺的外在知识条件。
【关键词】简·奥斯丁；经典化；查普曼

解构主义的政治和伦理危机：保罗·德曼修辞学阅读理论与其亲纳粹言行

【作　者】林精华
【单　位】首都师范大学比较文学系
【期　刊】《外国文学评论》，第 1 期，2018 年，第 209－239 页
【内容摘要】20 世纪 70 年代末以来欧美文论界常论及"耶鲁学派"中的保罗·德曼，其《盲点与洞见》《抵抗理论》《阅读的寓言》等论著把德里达后结构主义理论运用于文学批评，这种修辞阅读实践在美国衍生出解构主义。不过，德曼去世后，他在德国占领比利时期间发表的大量亲纳粹主义文章被发现，其解构主义理论遭遇了政治伦理和道德信任危机：他借助西方建构普遍理论之冷战局势、有意识探索去历史化和去语境化的阐释方法，与他亲纳粹的历史未必无关。这一发现促使欧美学界开始把耶鲁学派、解构主义、"后理论"与德曼遗产切割开来。
【关键词】保罗·德曼；纳粹；修辞学阅读；解构主义

解说的必要——以叶芝诗为例

【作　者】傅浩
【单　位】中国社会科学院外国文学研究所
【期　刊】《外国文学》，第 4 期，2018 年，第 3－12 页
【内容摘要】在某种意义上，解说是原始表述的必要重述或修订，包括对原始意思的内化（理解）和外化（表达）过程。解说是对已有意思的重构，而不是原创意思的表达，换用我国传统的说法，即是述，而不是作。本文从由谁解说、解说什么、如何解说等方面解说了理想的解说者应具备什么样的素养，什么是最好的解说，并以叶芝诗作为例举隅示范了一些解说方法。总而言之，好的文学评论通常包括对文本的解说、评价和评论，而解说是评价和评论的必要前提，是不可或缺的。
【关键词】解说；解释学；叶芝诗；文本自主；作者原意

警惕寻求权力与控制的"科技理性"——解读 C. S. 路易斯的科幻小说《沉寂的星球》

【作　者】潘一禾；郑旭颖
【单　位】浙江大学传媒与国际文化学院
【期　刊】《中南大学学报（社会科学版）》，第 24 卷，第 1 期，第 189－194 页
【内容摘要】《沉寂的星球》作为 C. S. 路易斯科幻小说"太空三部曲"的第一部，一方面延续了路易斯一贯的诗性写作风格，具有很高的文学价值；另一方面也对 20 世纪初英国工业社会的弊病和科技思维崇拜进行了有力批判。作者以高度的哲思概括力，让小说的三位主人公分别展示了科学家、商人和人文学者在现代社会中的特殊地位与作用，深刻揭示了现代社会合情合理面貌下的荒谬与残忍。在这部充满才华与想象力的小说中，路易斯还特别澄清了寻求权力与控制的科技知识与智慧的区别，点明真正的智慧才能帮助人类及地球避免"失落"，走向未来宇宙。
【关键词】C. S. 路易斯；太空三部曲；《沉寂的星球》；科技思维崇拜

卡里尔·菲利普斯小说中的流散叙事与国民身份焦虑

【作　者】徐彬
【单　位】华中师范大学外国语学院英语系
【期　刊】《外国文学研究》，第 40 卷，第 1 期，2018 年，第 118－127 页
【内容摘要】当代英国小说家卡里尔·菲利普斯流散叙事中的主人公并非仅限于黑人，与黑人流散共生的白人的流散同样是菲利普斯关注的主题。通过小说，菲利普斯指出与白人流散者英国国民身份的"工具化"焦虑相对的是黑人流散者在英美社会中国民身份"工具化"与"商品化"的双重焦虑。黑人的有用性和可消费性是认定他们英美国家国民身份的基本标准。殖民地或英美国家里的黑人流散者对（流散）白人的绝对接受和服从与英美社会（白人）对黑人流散者有条件的接受形成鲜明反差。菲利普斯巧妙地将其流散叙事中对流散者国民身份焦虑的探讨转换为对殖民与后殖民语境中英美社会白人的种族道德批判。
【关键词】卡里尔·菲利普斯；流散叙事；国民身份焦虑；种族道德批判

莱辛《玛拉和丹恩历险记》中的记忆书写与历史思考

【作　者】李蕊；何宁

【单　位】李蕊：南京大学外国语学院；山东大学（威海）翻译学院

　　　　　何宁：南京大学外国语学院

【期　刊】《东北大学学报（社会科学版）》，第 20 卷，第 3 期，2018 年，第 325－330 页

【内容摘要】英国女作家多丽丝·莱辛的科幻题材小说《玛拉和丹恩历险记》描绘了数千年后的世界图景。小说在貌似简单的叙事背后涉及了诸多主题，除了对环境和生态等现实问题的关注外，莱辛在小说中还从哲学层面对人类的生存问题进行了深层次考量。以记忆书写为视角解读《玛拉和丹恩历险记》，指出作者在小说中深刻思索了记忆与个人身份建构及历史发展之间的复杂关系。莱辛通过对记忆的建构者、拒斥者和坚守者的描述，试图唤起人们对记忆与历史的再度思考。

【关键词】《玛拉和丹恩历险记》；多丽丝·莱辛；记忆；历史；身份

勒克莱齐奥小说中的"寻我"情结

【作　者】丁杨；王佳；喻鼎鼎

【单　位】丁杨：华中农业大学外国语学院

　　　　　王佳：华中师范大学外国语学院

　　　　　喻鼎鼎：武汉大学外语学院

【期　刊】《西南民族大学学报（人文社科版）》，第 39 卷，第 7 期，2018 年，第 186－189 页

【内容摘要】法国作家勒克莱齐奥的多部小说以西方文明世界以外的落后国家与地区的普通民众为主人公原型。作品通过这些主人公的人生经历，探讨了从物质追寻到精神追寻，从寻根到"寻我"等诸多具有哲学意义的命题。有着特殊成长经历的勒克莱齐奥在小说中展现出浓厚的"寻我"情结，他希望借助这一主题激发读者对这些因文化身份而产生困惑的人们的关注，以及对现代文明社会中个体文化身份问题的反思。

【关键词】勒克莱齐奥；寻我；文化身份

雷蒙·威廉斯小说《为马诺德而战》中的共同体意识

【作　者】汤友云；季水河

【单　位】湘潭大学文学与新闻学院

【期　刊】《湘潭大学学报（哲学社会科学版）》，第 42 卷，第 4 期，2018 年，第 127－131 页

【内容摘要】雷蒙·威廉斯小说"威尔士三部曲"中的最后一部《为马诺德而战》，以英国政府的一个新城规划项目为背景，以主要人物马修的亲身经历和真实感受作为叙述主线，从家庭／血缘共同体、区域／地缘共同体和民族／精神共同体三个层面真实地再现了威尔士人民的现实生活与精神世界，全面地呈现了威尔士乡村共同体所处的困境，反映了作者强烈的共同体意识和家国情怀。这对于我们全面地认识威廉斯、进一步理解其理论与创作之间的关系、更准确地把握他的社会思想和政治抱负都具有一定的借鉴价值。

【关键词】威廉斯；《为马诺德而战》；血缘共同体；地缘共同体；精神共同体

离散文学《远山淡影》的后殖民解读

【作　者】朱舒然

【单　位】中共中央党校哲学教研部

【期　刊】《郑州大学学报（哲学社会科学版）》，第 51 卷，第 5 期，2018 年，第 116－119 页

【内容摘要】离散本质上是一个深刻的后殖民议题。以后殖民研究中的多个视角解读离散文学《远山淡影》，能够更好地分析离散主体在不断变化的地理、政治、文化背景下对其身份认知的心理变化，以及离散经历折射出的不同文化观与世界观。通过对西方的凝视、东方的沉默和文化杂合等后殖民研究中关键性问题的讨论发现，正确认识与接纳文化杂合是重塑离散主体文化身份的关键，对离散中"他者"和二元对立的解构具有重大意义。

【关键词】《远山淡影》；离散文学；后殖民主义；西方的凝视；东方的沉默；文化杂合

两种重复：《荒原》的同一与差异

【作　者】方颀玮

【单　位】上海师范大学人文与传播学院

【期　刊】《河南大学学报（社会科学版）》，第 58 卷，第 2 期，2018 年，第 103－110 页

【内容摘要】托·斯·艾略特的文学创作与文学理论几乎是共生关系，将《荒原》研究与他的文学理论相结合，能够进一步发现这位天才作家的作品在传统与现代之间的话语内涵与文学魅力。《荒原》是个互文性的文本，在这一文本中，艾略特以重复的手法一方面激活了由《圣经》所开创、约翰·弥尔顿所继承的"沉沦与拯救"模式，弘扬了基督教人文主义精神；另一方面通过对经典的引用、改写和戏拟在续接传统的同时，又彰显了文本差异，从而使《荒原》成为现代文学史上不朽的经典。

【关键词】艾略特；《荒原》；重复；同一；差异

流浪者－英雄－艺术家——叶芝早期诗歌的隐喻模式

【作　者】李静

【单　位】国防科技大学国际关系学院

【期　刊】《外语研究》，第 35 卷，第 6 期，2018 年，第 100－104 页

【内容摘要】爱尔兰诗人威廉·巴特勒·叶芝诗歌里的隐喻呈现出多义性，同时又具有统一性。通过隐喻，其所有诗歌被联结成一个内在有机的整体。在其诗歌的隐喻之间，在其本能与理智之间，存在一种张力，这种张力处于一种微弱的平衡状态。论文通过分析叶芝早期诗歌的"流浪者－英雄－艺术家"这一核心隐喻，阐述其早期诗歌的美学理念，以及隐藏于其中的民族和身份意识。

【关键词】叶芝早期诗歌；隐喻；流浪者；英雄；艺术家

鲁西迪小说中的文化图景解析——以《午夜之子》中的意象"蛇与梯子"为例

【作　者】童真；尹筝筝

【单　位】湘潭大学文学与新闻学院

【期　刊】《湘潭大学学报（哲学社会科学版）》，第 42 卷，第 6 期，2018 年，第 122－125 页
【内容摘要】萨曼·鲁西迪（Salman Rushdie）是一位享有国际声誉的作家，《午夜之子》是他的代表作之一。这是一部以一个家族六十多年的兴衰变迁作为国家历史的缩影、运用魔幻现实主义手法创作的小说。"蛇与梯子"是《午夜之子》中反复出现的一组意象，通过此意象，作家为我们展现出了他眼中和心中的文化图景：一是作为游戏本身所具有的意义，即对立冲突；二是在游戏之外，延伸到生活中所体现出来的混杂性与不确定性；三是在对立与杂糅之后，指向一个多元、包容的世界。作为一个流散作家，鲁西迪既反对暴力的殖民主义又反对狭隘的民族主义，因此他提出了一种文化上的杂糅与融合。

【关键词】鲁西迪；《午夜之子》；文化图景

伦理规约下的艺术选择与政治思辨：评《劳伦斯·达雷尔研究》

【作　者】陈豪
【单　位】上海对外经贸大学
【期　刊】《外国文学研究》，第 40 卷，第 4 期，2018 年，第 167－170 页
【内容摘要】徐彬教授的专著《劳伦斯·达雷尔研究》在对达雷尔生平与作品的研究中建立起了文学伦理学批评的范式。该范式提供以艺术伦理与政治伦理为经纬的观察视角，揭示达雷尔作品背后的伦理价值和道德动机，以及环境对其伦理身份的影响。此外，该专著对劳伦斯·达雷尔的旅居创作做了系统梳理，深刻阐释了这些作品背后的政治内涵。

【关键词】徐彬；劳伦斯·达雷尔；文学伦理学批评

伦理教诲的缺失、错位的伦理身份和乱伦的创伤：《托比的房间》的文学伦理学解读

【作　者】刘胡敏
【单　位】广东外语外贸大学英文学院
【期　刊】《文学跨学科研究》，第 2 卷，第 2 期，2018 年，第 264－274 页
【内容摘要】巴克在《托比的房间》里书写了哥哥托比和妹妹爱莲娜在青春期情窦初开时兄妹乱伦，此后两人感到内疚和自责。后来托比参加了第二次世界大战，在战争中死去。他临终前留给妹妹一封未完成的遗书。为了得知哥哥的死因，伊莲娜费尽周折找到哥哥的战友科特了解情况，得知乱伦给哥哥带来了严重的精神折磨。本文试图从文学伦理学的批评视角入手，重点分析托比和爱莲娜在一个缺少父母关爱和伦理教诲的家庭伦理环境里成长，因此在成长的过程中没有树立正确的伦理意识；在他们之间萌生恋人的情感时，兽性因子与人性因子相互博弈，当前者占上风之时最终发生违反人类伦常的兄妹乱伦；乱伦导致他们错位的伦理身份，并给他们带来了难以言说的心灵创伤。巴克通过小说揭示了在青少年成长的过程中健康的伦理环境、伦理教诲、培养正确的伦理意识以及做出正确的伦理选择的重要性。

【关键词】乱伦；伦理教诲；伦理身份；《托比的房间》；创伤

论"后文学"时代传统文学的出路——从科幻文学、电子游戏与乔伊斯的小说谈起

【作　者】顾明栋
【单　位】深圳大学外国语学院；美国达拉斯德州大学人文艺术学院
【期　刊】《外国文学研究》，第 40 卷，第 3 期，2018 年，第 77－87 页

【内容摘要】在电子革命和 STEM（科学、技术、工程、数学）学科的重压之下，全世界的文学系都面临一个惨淡的现实：社会上，阅读文学的人数萎缩；高校里，文学专业的学生锐减。呼应德里达关于文学之死的预言，西方众多学者和思想家反思精英文学的窘境，提出两个实际问题：第一，在 STEM 学科主导大学课程的今天，如何才能重新让文学教学焕发新的活力、吸引更多学生选择文学课程？第二，在新媒体和电信技术占统治地位的全球化时代，如何重振大众对经典文学的阅读兴趣？针对这两个问题，通过审视 C.P. 斯诺的"两种文化"和当前大众对科幻作品的浓厚兴趣，探索电子游戏和诸如乔伊斯的小说这样的经典文学作品的关系，考察科幻作品和电子游戏在大众文学兴趣复兴中的可能作用，思考电讯时代传统文学的出路，提出走向"后文学"时代的"大文学"观念。

【关键词】电子游戏；科幻作品；乔伊斯小说；后文学；大文学；两种文化

论《杯酒留痕》中的伦理混乱与秩序重构

【作　者】徐红
【单　位】杭州电子科技大学外国语学院
【期　刊】《外国文学研究》，第 40 卷，第 5 期，2018 年，第 85－92 页
【内容摘要】英国重要作家格雷厄姆·斯威夫特擅长用多元的叙事手法来探究传统主题，注重主旨思想和艺术效果的完美呈现。在小说《杯酒留痕》中，他虽采用多种后现代叙事技巧，但没有回避功利性和政治性的伦理内容，以高超的叙事手法、明暗互动的多层次伦理线，不但凸显人物的叙事功能，而且展现普通个体的伦理反思。小说的解构叙事不仅呈现了当代英国社会的伦理结构，而且通过人物在现代社会中的身份困境和伦理混乱，以及人物伦理身份和伦理关系重构的过程，体现出对文学的伦理价值和教诲功能回归的期待。

【关键词】《杯酒留痕》；叙事技巧；伦理混乱；秩序重构

论《弗兰肯斯坦》的伦理困境与道德恐惧

【作　者】史育婷
【单　位】江西师范大学外国语学院
【期　刊】《江西师范大学学报（哲学社会科学版）》，第 51 卷，第 6 期，2018 年，第 35－40 页
【内容摘要】玛丽·雪莱的《弗兰肯斯坦》通过描写创造者弗兰肯斯坦与他创造的科学怪物的冲突与悲剧，展示了弗兰肯斯坦和科学怪物的心路历程、生存困惑和命运归宿，不仅揭示了人性黑暗和道德恐惧，更显示出个人在伦理抉择上的两难。小说以其丰富的想象和深刻道德探索增强了哥特小说的感染色彩和内涵深度，也给予我们重新思考人类与非人类生命体的伦理关系，寄寓着对现代人类生存意义的哲学思考。

【关键词】哥特小说；《弗兰肯斯坦》；伦理困境

论《礼拜五或太平洋上的灵薄狱》中的《圣经》隐喻——从鲁滨逊、礼拜五和荒岛的三角关系入手

【作　者】杨阳；彭婷婷
【单　位】湖南师范大学外国语学院
【期　刊】《湖南师范大学社会科学学报》，第 47 卷，第 3 期，2018 年，第 105－110 页

【内容摘要】图尼埃的成名作《礼拜五或太平洋上的灵薄狱》中富含《圣经》隐喻，作品中被引用的圣经话语、被戏仿的《圣经》角色对小说人物的成长历程和故事情节的进展都具有重要的指涉寓意。只有结合《圣经》文本解读小说，才能挖掘文本深层的多元寓意。图尼埃借助《圣经》故事，在对鲁滨逊（常译为"鲁滨孙"）神话改写与解构的同时，重构了后殖民生态主义关照下新的宗教神话，启迪人类反思工业文明，倡导向神圣经典与和谐生态的回归。
【关键词】图尼埃；《礼拜五或太平洋上的灵薄狱》；鲁滨逊；《圣经》；礼拜五

论爱略特对罗莎蒙德的"敌意塑造"

【作　者】王淑芳
【单　位】对外经济贸易大学英语学院
【期　刊】《国外文学》，第 2 期，2018 年，第 84－91、158 页
【内容摘要】乔治·爱略特在其代表作《米德尔马契》中塑造了集美貌、才艺和优雅于一身、却又引发读者恐惧和厌恶的"理想女性"罗莎蒙德。评论界质疑爱略特以敌意想象去塑造这一人物形象。本文通过对文本和相关历史背景的分析，认为罗莎蒙德是爱略特所秉持的人生实验写作主张的结果，是美貌与肤浅的淑女教育相遇所产生的高度符号化的致命女性。
【关键词】《米德尔马契》；罗莎蒙德；进化论；淑女教育

论波洛德的新目录学对莎士比亚研究的贡献

【作　者】何辉斌
【单　位】浙江大学外国语言文化与国际交流学院
【期　刊】《文学跨学科研究》，第 2 卷，第 3 期，2018 年，第 509－520 页
【内容摘要】波洛德把文本校勘与图书的物质形态研究结合起来，创造出影响深远的新目录学。他把新目录学的方法贯彻到莎士比亚 1623 年之前出版的四开本研究之中，从 19 本四开本中筛选出了 14 本善本和 5 本劣本，成为善本和劣本的定论。他还对第一对开本的底本、编辑和印刷进行考证，充分肯定了这个版本的权威地位。他断言这些四开本和第一对开本是莎剧的唯一具有"原始权威"的"档案"，之后的各种版本都以这些剧本为源头，其地位不可等同视之。他有力地反驳了以悉尼·李为代表的莎士比亚版本学的悲观主义，清除了良莠不分的悲观主义的恶劣影响。
【关键词】波洛德；新目录学；莎士比亚

论狄更斯"文学伦敦"中的街道美学

【作　者】蔡熙
【单　位】湘潭大学文学与新闻学院
【期　刊】《中南大学学报（社会科学版）》，第 24 卷，第 6 期，2018 年，第 175－180 页
【内容摘要】狄更斯的都市经验是伦敦街道的经验，他在精细观察的基础上通过自己的文学想象所创造的"文学伦敦"是一个街道迷宫。"文学伦敦"是狄更斯街道经验的审美创造，以伦敦街道为家园的闲逛者和拾垃圾者是伦敦都市的现代性主体。街道是打开狄更斯世界的钥匙，狄更斯是一个街道奋斗者，其文学天赋在于将个人的精神创伤转化为卓越的艺术形式。伦敦街道是狄更斯崛起的舞台，因而，街道美学是狄更斯用自己的生命所创造的精神成果。在他的街道

美学中，街道－闲逛者－拾垃圾者－视觉－都市空间－现代性等构成了六位一体的体系。

【关键词】狄更斯；"文学伦敦"；都市经验；街道美学

论弗朗索瓦·于连以"他者"视域对"分裂"整合的无效性

【作　者】周海天
【单　位】复旦大学中文系
【期　刊】《人文杂志》，第 1 期，2018 年，第 66－74 页
【内容摘要】以"迂回"策略与"他者"视域的评价与研究是进入于连思想的惯常途径，然而，对于连的核心设想——如何以中国古代思想（他者）重启和解决西方现代哲学中所蕴含的一系列分裂和差异，以及在此过程中，于连对中国哲学的解读是否恰切等问题却鲜有论及。事实上，于连对"圣人无意"与"圣人之意"间矛盾的忽视，对"齐物"中差异的磨平，以及对语言作为"中介"的厌恶，皆表明他是以牺牲差异为代价而换取同一的。同时，在中国古代哲学中，同一或整体的建立在承认差异和变化的基础上，乃是一个复杂的动态过程，亦在于连的解读中被简化为直接性。

【关键词】差异；同一；"圣人"与"意"；"齐物"；中介

论杰基尔形象的斯芬克斯因子与伦理困境

【作　者】朱福芳
【单　位】山东师范大学文学院
【期　刊】《山东社会科学》，第 12 期，2018 年，第 129－134 页
【内容摘要】斯蒂文森的《化身博士》是一部充满奇特幻想的小说，讲述医生杰基尔服用药剂变身的故事。文学伦理学批评的斯芬克斯因子理论为读者理解这部小说及杰基尔的形象提供了一个新视角。人性因子和兽性因子的冲突让杰基尔陷入伦理困境：变身是取善还是择恶？伪装的生活是本质存在还是悲剧宿命？自杀是忏悔还是逃避？在人性因子与兽性因子的撕扯中，杰基尔走向死亡。

【关键词】《化身博士》；斯芬克斯因子；伦理困境

论理查三世的悲剧心理

【作　者】邹广胜；龚丽可
【单　位】邹广胜：浙江大学中文系
　　　　　龚丽可：浙江大学中文系；贵州大学外国语学院
【期　刊】《外国文学研究》，第 40 卷，第 1 期，2018 年，第 108－117 页
【内容摘要】在莎士比亚塑造的悲剧人物中，理查三世是最为奇特的一个。这位"表里如一"害怕自己影子的暴君用惊人的"智慧"与"勇猛"来报复自己的同类。以往对理查的研究往往较多地注重他邪恶、令人痛恨的一面，而忽视他悲壮、令人可怜、感慨、困惑的一面。畸形的身体、疯狂的欲望、残酷的报复心理与自卑、恐惧、如影随形的噩梦纠结在一起，强大的内心世界与悲剧的性格充分展示了莎士比亚对人性的深刻揭示，同时也为思考现实与人生的复杂性及丰富性提供了典型的美学范型。

【关键词】莎士比亚；理查三世；悲剧；心理；畸形

论莎士比亚戏剧的英格兰区域概观图示

【作　者】郭方云
【单　位】西南大学外国语学院

【期　刊】《国外文学》，第 4 期，2018 年，第 70－79、155 页

【内容摘要】莎士比亚戏剧世界中的英格兰区域空间风貌和整体图示特征是英美莎学界一个悬而未决的学术议题。本研究以当代认知心理学的概观图示作为理论基石，重组《李尔王》等 13 部以英格兰作为空间舞台的莎剧场址及戏剧动作，并以伦敦王宫作为空间焦点，向英格兰的东北部、西南部和东南地区三个方向扩散，绘制出寓意深刻的英格兰概观图示。研究表明，莎剧的英格兰王室禁地承载了议事、加冕和外交等现实功用，同时也以明争暗斗甚至密谋抢劫等形式消解了传统的王家律法景观。莎剧中的空间三方位则构建了一幅缩微的英格兰疆域的三角图示，向外则指向英格兰的三大邦交王国：苏格兰、威尔士和法国。这种特殊的英格兰区域概观图示蕴藏着莎士比亚时期的区域空间观念和英格兰本位主义思想，同时彰显了文艺复兴中心向四周发散的欧洲概观视域，并在莎翁 O 型舞台的世界认知隐喻中融为一体。
【关键词】莎士比亚戏剧；英格兰；区域；概观图示

论威尔斯《爱情与路维宪先生》中的心智焦虑

【作　者】刘赛雄；胡强
【单　位】刘赛雄：湘潭大学文学与新闻学院；长沙师范学院外语系
　　　　　 胡强：湘潭大学外国语学院

【期　刊】《江淮论坛》，第 1 期，2018 年，第 146－150 页

【内容摘要】在以进步和效率为标准的 19 世纪末，威尔斯敏锐察觉出英国社会中普遍存在着心智焦虑，这种状况势必会给整个国家的经济、文化及伦理等带来诸多不利影响。在《爱情与路维宪先生》中，威尔斯参照英国转型时期的教育背景、经济衰退的隐忧以及民众的自满情绪，通过一个"呆笨"知识分子形象，展现了国民心智失衡、国家智育政策不完善等社会问题，传达出作家感时忧国的社会关注和时代关怀。
【关键词】H. G. 威尔斯；《爱情与路维宪先生》；心智；焦虑

论威廉·布莱克创作中的诗画共生

【作　者】应宜文
【单　位】浙江工业大学设计艺术学院

【期　刊】《文学跨学科研究》，第 2 卷，第 2 期，2018 年，第 329－336 页

【内容摘要】本文探究威廉·布莱克诗画的可视形象，以共生创构方式深化诗意，展现一种跨界融合的诗歌审美意象。他的诗画以线条统领全文，构成"点睛"之笔，成为复活诗意之想象力，融会贯穿诗歌与绘画之间通感的一座桥梁。通过图像考辨，首次总结其诗画视觉设计的八种创构类型，解析各时期布莱克作品的不同特征与风格。他将视觉形象的塑造与文辞符号的表达一体化，消除诗歌与绘画之间的"分水岭"，使两者相互依存、融合共生，呈现自然生发、两全其美的创作状态。他的诗画合体范式对西方近现代诗学与艺术发展产生了深远影响。
【关键词】威廉·布莱克；诗画共生；线条；可视形象；视觉设计

论维多利亚时期的教育出版对华兹华斯"诗人即人师"形象的塑造

【作　者】徐红霞
【单　位】中国人民大学外国语学院
【期　刊】《外国文学》，第 1 期，2018 年，第 68－78 页
【内容摘要】随着 19 世纪英国基础教育的普及和出版市场的扩张，不少人选编华兹华斯的诗歌用于广义或狭义的教育，形成了其诗歌接受史中的"高雅"与"通俗"两种传统。二者之间有分歧也有交汇，突出表现在教育工作者与文学批评家对华兹华斯的诗教意义有多重理解。本文通过比较分析 1830—1890 年间出版的若干针对不同层次读者的华兹华斯诗歌选集，探讨维多利亚时期的教育界和出版市场对其诗歌教育功用的理解和利用，意图展示英国教育出版界对华兹华斯诗教的理解经历了从幼稚化到哲学化的转变，但幼稚化的趋势长期存在，并在一定程度上影响了华兹华斯"诗人即人师"的形象及当今浪漫主义文学教育。
【关键词】华兹华斯；诗人即人师；教育出版

论谢阁兰作品中的医生形象及其对自我双重身份的反思

【作　者】邵南
【单　位】北京外国语大学法语系
【期　刊】《外国文学》，第 3 期，2018 年，第 60－71 页
【内容摘要】本文主要通过分析谢阁兰的《高更在他最后的布景里》《光绪别史》《勒内·莱斯》和《纪念高更》四种作品中的医生形象，以及作者本人明确以医生身份出现的情形，结合其书信和日记，来探讨谢氏对自我双重身份——医生和文人——的反思。本文意在说明，随着谢氏异域经历的不断丰富和文学创作的渐趋成熟，他对自己医生身份的态度也由激烈的拒斥发展到理性的讽刺，而终至于坦然接纳，并使之在自己的文学创作中发挥积极的作用。这一从自我的身份危机中寻找财富的过程，与他创立并发展"异域情调论"的过程完全一致，因此本文对于从源头上理解谢阁兰这一独特而现代的美学理念亦将有所裨益。
【关键词】谢阁兰；医生形象；高更；双重身份；异域情调论

论英国文学中的"中国信札"传统

【作　者】王华宝；杨莉馨
【单　位】王华宝：东南大学人文学院；东南大学古文献学研究所
　　　　　杨莉馨：南京师范大学文学院
【期　刊】《江海学刊》，第 1 期，2018 年，第 210－215、239 页
【内容摘要】"东方信札"是随着东方文化影响力的提升而在欧洲文学中衍生出的一种特殊文类。其中，"中国信札"更是成为 18 世纪英国文学中的一种突出现象。霍拉斯·沃尔波尔的《叔和信札》开创了英国文学中以中国人作为观察者兼批评家，进行中西文化比较的传统；哥尔德斯密斯的《世界公民》集中体现了 18 世纪欧洲启蒙学者汲取中国文化的特点，即一方面受到耶稣会士尊儒排佛斥道倾向的影响，另一方面出于反抗宗教蒙昧和推翻君主专制的需要，而突出了儒家学说中的理性精神和伦理意识。G. L. 迪金森的《约翰中国佬的来信》则堪称"中国信札"传统在 20 世纪最出色的余响。通过考察"中国信札"，可以在思想史的背景中揭示西方知识分子汲取中国文

化的阶段性特征，从一个崭新的视角呈现中国文化在西方社会向现代转型过程中的独到作用。

【关键词】"中国信札"；哥尔德斯密斯；《世界公民》；《约翰中国佬的来信》

论朱利安·巴恩斯《英格兰，英格兰》中的历史记忆展演

【作　者】李婧璇
【单　位】湘潭大学外国语学院
【期　刊】《河南社会科学》，第 26 卷，第 10 期，2018 年，第 104－107 页
【内容摘要】朱利安·巴恩斯是当代英国最著名的小说家之一，其作品形式多样、思想深刻，受到世界各地读者的喜爱以及批评家的密切关注。他的小说《英格兰，英格兰》从多个角度艺术地再现了历史记忆的内容、功能及传承方式，揭示了权力、经济、消费、社会心理等对历史记忆建构产生的重要影响和后果，为我们深刻理解历史记忆提供了启示。
【关键词】朱利安·巴恩斯；《英格兰，英格兰》；历史记忆

马拉巴山洞里究竟发生了什么？——《印度之行》的"不可靠叙述"及其意义

【作　者】赖丹琪
【单　位】浙江大学人文学院
【期　刊】《外语研究》，第 35 卷，第 4 期，2018 年，第 99－104 页
【内容摘要】从福斯特重视制造悬念的创作观和布斯对"不可靠叙述者"的定义来看，《印度之行》中的叙述者在一定程度上是可靠的。然而，结合查特曼对"不可靠叙述"的理解，如果隐含读者更多发挥自己在阅读活动中的创造性作用，便可以发现小说中叙述者的可靠性值得存疑。小说结构尤其是其中"回声"之谜的布局显示，叙述者和隐含作者的范式产生了冲突。而隐含读者对"马拉巴山洞里究竟发生了什么"这一谜团的解读立场和叙述者立场产生的矛盾则构成了小说"不可靠叙述"的另一重含义。
【关键词】福斯特；《印度之行》；"不可靠叙述"

玛丽·德·弗朗斯的短诗里所显露的伦理选择和悲剧性的混乱

【作　者】金埈顯
【单　位】韩国高丽大学法语法文系
【期　刊】《文学跨学科研究》，第 2 卷，第 1 期，2018 年，第 45－56 页
【内容摘要】12 世纪女诗人玛丽·德·弗朗斯留下的 12 篇《短诗》在研究中世纪对爱情的认识以及考察当时的社会面貌方面上，也就是探讨"宫廷式恋爱"的特征与中世纪的"结婚"以及分析封建社会与爱情的意义的问题上具有重要意义。此外，通过玛丽·德·弗朗斯的作品，我们还可以从文学伦理批评的视角上探讨中世纪的文学作品中出现的无差别性以及忽略禁忌、伦理矛盾、社会均衡问题、秩序的恢复以及无秩序等问题。从这一观点出发，在以王与臣下，还有臣下妻子的三角关系中出现的"爱情"的问题为主题的作品"Équitan"解释以下的问题：探讨爱情以何种方式去引起伦理选择与混乱的矛盾状况；丧失一切理性与伦理意识的个体所经历的悲剧如何在社会关系之中扩大了混乱与无秩序的状况；"爱情"的特性到底为何物。
【关键词】玛丽·德·弗朗斯；Équitan；爱情；伦理选择；伦理混乱

麦克尤恩改述麦克尤恩：麦克尤恩短篇小说在其长篇小说中的改述

【作　者】彼得·海居
【单　位】上海交通大学；匈牙利科学院人文研究中心
【期　刊】《文学跨学科研究》，第 2 卷，第 3 期，2018 年，第 355—369 页
【内容摘要】伊恩·麦克尤恩《甜牙》的主人公之一是位年轻的作家，小说中包含了这位作家的作品的几段样本、节选或摘要。其中某些片段与伊恩·麦克尤恩本人早期的作品十分相似。本文从"改述"这一起源于古代修辞学的概念出发，在改述框架内集中分析了《既仙即死》（麦克尤恩 1975 年写作的短篇小说）与这部小说在 2012 年被重写的文本中一对相似情节的联系。古代改述理论似乎聚焦于措辞，麦克尤恩对自己早期作品的改述则更强调复杂的叙述方式。《甜牙》的叙事复杂性也的确使读者在阐释其内嵌的短篇小说时十分棘手。然而，当叙事学分析面对叙述各部分中"谁在说""谁的声音被听到"的问题时，它又更接近于古代修辞学所关注的改述中的实际措辞了。
【关键词】改述；叙事学；修辞学；伊恩·麦克尤恩；《甜牙》；《既仙即死》

麦克尤恩小说《黑犬》中的伦理诉求

【作　者】苏忱
【单　位】浙江大学外国语言文化与国际交流学院
【期　刊】《文学跨学科研究》，第 2 卷，第 4 期，2018 年，第 647—657 页
【内容摘要】当代英国小说家麦克尤恩于 1992 年出版的作品《黑犬》以第二次世界大战、纳粹集中营、柏林墙的倒塌等宏大历史事件为背景，以传记的形式刻画了伯纳德与琼这对夫妻半生的情感纠葛。文本从"黑犬"这一具有转折性的伦理事件入手，通过深入分析"黑犬"的伦理身份，琼与伯纳德的伦理选择，认为《黑犬》彰显了西方理性在当代发展中遭遇的伦理困境，小说指出了以《道德经》为代表的东方哲学作为一盏明灯照亮西方伦理困境的可能。
【关键词】黑犬；伦理身份；伦理选择；理性；《道德经》

米歇尔·图尔尼埃作品中的人物异化现象

【作　者】杜佳澍
【单　位】中南大学外国语学院
【期　刊】《外国文学研究》，第 40 卷，第 4 期，2018 年，第 145—155 页
【内容摘要】米歇尔·图尔尼埃作品中出现了大量奇幻的情节描写：主人公自认幻化成自然界的万物，抑或某个神话人物。我们将这一类人物变形称之为人物异化。图尔尼埃的人物异化在其作品中具有普遍性的特点，同时又带有极强的作家个人写作特色。其人物异化强调主观意识的转变。自我的意识一则以空间为坐标，探索自我与周遭事物间的联系；其二则以时间为坐标，追溯历史，在历史的人物中寻找他化的身份。空间与时间两大坐标最终组成了立体的结构，构成了全面性的人物异化写作。图尔尼埃人物异化的实质是一种超验的体会。小说人物在异化的经历中感受到自我存在以外的体验——突破人生存的局限，寻求存在的多样性。
【关键词】米歇尔·图尔尼埃；人物异化；超验性

莫迪亚诺小说中梦幻与错觉的影像解读

【作　者】史烨婷
【单　位】浙江大学外国语言文化与国际交流学院
【期　刊】《外国文学研究》，第 40 卷，第 2 期，2018 年，第 151－158 页
【内容摘要】法国作家帕特里克·莫迪亚诺以书写记忆见长。他在对记忆的描摹中时常穿插描写梦幻与错觉，这些独特的时刻作为记忆的补充，借助内化了的非线性时间，与记忆书写一同构建了德勒兹在电影分析中提出的"潜在影像"。梦幻与错觉作为记忆的特殊形式与现实有着一对多的呼应关系，使作者的叙事在不同层面上进行，又与现实有着紧密关联，为人物的行为做了充分的心理铺垫。"潜在影像"为小说平添了几分充满想象力和创造性的影像感。作家创造的不同于现实世界的潜在世界成为我们在生活之外对生活进行遥望的方法，为人类命运的记录提供了另一种可能。
【关键词】莫迪亚诺；柏格森；德勒兹；潜在影像；记忆

莫里哀的"伪君子"与卢梭式的启蒙——近代法国两次国家转型时期的诗学问题

【作　者】贺方婴
【单　位】中国社会科学院外国文学研究所
【期　刊】《国外文学》，第 4 期，2018 年，第 89－98、156 页
【内容摘要】17 世纪 60 年代，法国剧作家莫里哀的《伪君子》（1664 年）问世，因涉及国家转型过程中的众多尖锐伦理问题，持续引发争议。近一百年后的 1758 年，正当启蒙运动走向炽热之际，启蒙哲人内部就莫里哀的喜剧再次爆发激辩。争议涉及的主要问题有：舞台上的主角应该是谁？剧院作为政治共同体的精神场所应该激励何种德性，倡导哪种荣誉？本文从莫里哀的《伪君子》的文本出发，通过考察启蒙时期戏剧争议的内在问题的复杂性和丰富内涵，试图重新理解戏剧教育功能的有效性和重要性。
【关键词】莫里哀；《伪君子》；卢梭；戏剧；君主

莫里斯与王尔德

【作　者】吴樯
【单　位】北京外国语大学专用英语学院
【期　刊】《外国文学》，第 6 期，2018 年，第 23－34 页
【内容摘要】20 世纪 90 年代以来的唯美主义研究认为唯美主义具有双重内涵，即为艺术而艺术的精英唯美主义思想和为生活而艺术的生活艺术化。莫里斯作为唯美主义诗人和装饰艺术家分别在唯美主义的双重内涵上对青年王尔德产生了重要的影响，而鼎盛时期王尔德的精英唯美主义思想（即唯美主义的第一重内涵）在很大程度上促进了晚年莫里斯的浪漫传奇创作。两位作家的相关作品以及相关生平信息都指向两者在英国唯美主义运动中存在重要关联，并且莫里斯在这场运动中占有重要地位。
【关键词】莫里斯；王尔德；英国唯美主义；生活艺术化；为艺术而艺术

闹剧与秩序之争——"比克斯塔夫系列文章"研究议

【作　者】历伟
【单　位】复旦大学中文系
【期　刊】《外国文学》，第 4 期，2018 年，第 22－32 页
【内容摘要】乔纳森·斯威夫特发表于 1708—1709 年间的"比克斯塔夫系列文章"，因其对欧洲政治生活核心事件的离奇预测，曾掀起轩然大波；更触发文坛一系列"占星术闹剧"经久未衰。"比克斯塔夫系列文章"作为表现英格兰近代早期宗教与政治"紧张关系"及秩序结构跌宕整合的典型标本，于其"身份面具""延滞""拆解"等叙事技巧之后，隐伏着斯威夫特作为国教高教派神职人员，对彼时宗教秩序崩弛的殷切忧思。
【关键词】斯威夫特；"比克斯塔夫系列文章"；秩序；宗教研究；"古今之争"

女人治国之惑——司各特与女主执政合法性之辩

【作　者】陈彦旭
【单　位】东北师范大学外国语学院英语系
【期　刊】《外国文学》，第 2 期，2018 年，第 47－55 页
【内容摘要】司各特 1820 年创作的《女王越狱记》与当时著名的"卡洛琳王后离婚案"有关。他以"贞洁"为维度，通过批评小说中的苏格兰玛丽女王来影射被指控犯有通奸罪的卡洛琳王后，进而对女子介入公共政治生活的行为发出责难与质疑。司各特对"女人可以治国吗"这一问题的阐发有着深刻的现实依据、历史价值与理论意义，指出了女性统治者面临自然身份与政治身份抉择时的两难境地，其逻辑有政治神学中"君之两体"理论以及由此衍生出的"雌雄两体"理论的清晰印记。
【关键词】司各特；《女王越狱记》；女人治国；君之两体

评马莱特的《维多利亚小说与男性气质》

【作　者】陈兵
【单　位】南京大学外国语学院
【期　刊】《外国文学》，第 5 期，2018 年，第 167－175 页
【内容摘要】近年男性气质研究成为国内外学术界的研究热点。菲利普·马莱特主编的《维多利亚小说与男性气质》基于建构主义性别身份理论，结合英国维多利亚时代的社会文化语境以及作家的创作生涯，运用跨学科研究方法，聚焦英国维多利亚时代不同时期各类小说中的男性人物塑造，深入探讨了英国维多利亚时代不同类型男性气质及其与阶级、种族、性别、美学形式等因素之间的关联。针对过去维多利亚小说研究偏重强悍坚韧型男性气质的特点，此文集注重探讨维多利亚小说中护理型男性气质，有利于人们更全面地了解英国维多利亚社会文化与小说创作，是对男性气质研究的一个新贡献。
【关键词】菲利普·马莱特；男性气质；维多利亚小说；表演；社会建构

启蒙时代的"同情"

【作　者】金雯

【单　位】华东师范大学中文系
【期　刊】《兰州大学学报（社会科学版）》，第 46 卷，第 5 期，2018 年，第 11－18 页
【内容摘要】 通过考察同情观点在 18 世纪欧洲的演变及其与启蒙主义主体观的联系（聚焦于 18 世纪上半期的情况与之前的铺垫），以及 18 世纪中叶兴起的人物观点与同情话语的联系（以菲尔丁的小说为主要例证），认为 18 世纪的欧洲发展出两种同情观，分别对主体的状态与构成做出了两个相悖的假设。假设一：个体之间虽然边界鲜明，但互相之间情感模式相似，个人可以通过想象来认知、体会他人的情感。假设二：人必然受他人情感的影响，个体之间边界模糊，但人与人之间并没有普遍的情感，只有互相受影响的倾向，所以并不能保证情感的有效沟通。如果我们将第一种对同情的理解称为"聚合式同情"，第二种就是"间离式同情"。这两种同情观并行交织，构成了启蒙主义主体观中的一个核心悖论，并与新兴现代小说中的"人物"塑造手法形成了互文关系。
【关键词】同情；情感史；小说史；主体观；18 世纪英语小说；菲尔丁；启蒙主义

乔伊斯小说非本质主义民族认同的多维度建构

【作　者】吴庆军
【单　位】外交学院英语系
【期　刊】《国外文学》，第 1 期，2018 年，第 100－109、159 页
【内容摘要】非本质主义民族认同不关注政治、战争和民族起义等本质要素，而注重文化、艺术和语言等要素在民族认同中的建构作用。詹姆斯·乔伊斯主要从灵显叙事、城市表征和多元文化等多维度建构小说中的非本质主义民族认同。在故事层面，乔伊斯忽略了典型的民族英雄和民族情绪的宣泄，而是通过灵显叙事中的反英雄展现民族认同的"缺失"；在空间书写上，乔伊斯通过城市中随处隐现的英国殖民统治的"图腾"，表征爱尔兰民族认同的"消解"；在话语与文化层面，乔伊斯从不列颠"他者"文化和多元文化呈现爱尔兰民族认同的"杂糅"。乔伊斯非本质主义民族认同的核心思想是解构传统民族认同的"逻各斯"，实则是爱尔兰民族认同一种"缺席的"在场。
【关键词】詹姆斯·乔伊斯；民族认同；非本质主义；灵显叙事；城市表征；多元文化

清教徒笛福笔下的中国

【作　者】陈兵
【单　位】南京大学外国语学院
【期　刊】《中国文学研究》，第 1 期，2018 年，第 161－167 页
【内容摘要】在 17、18 世纪欧洲流行"中国风"的社会语境里，英国小说先驱丹尼尔·笛福却迥异于当时的文化潮流，在其作品中大肆攻击中国政治腐败、军事无能、经济文化落后、民众愚昧，体现出对中国文化的仇视。从未到过中国的笛福如此憎恶中国，其缘由值得探究。综合考察其经历、思想以及当时的英国社会文化语境，可以发现，笛福的严苛清教信仰以及与此相关的重商主义思想与民族主义情绪是其仇视中国文化的主要原因。
【关键词】丹尼尔·笛福；清教；中国；重商主义；民族主义

权力的西倾化——东方主义视域下《波里克里斯》政治倾向的后殖民解读

【作　者】张浩

【单　位】合肥工业大学外国语学院
【期　刊】《外语研究》，第 35 卷，第 4 期，2018 年，第 88－93 页
【内容摘要】论文以萨义德东方主义为基础理论框架，并佐以福柯的空间与权力学说，深入分析莎士比亚传奇剧《波里克里斯》中东西方地理关系的表征所折射出的权力政治主题，着重从三位主角波里克里斯、载伊萨和玛利娜的动态地理空间位移入手，分析论证剧中"权力西倾化"的政治思想，并进一步发掘莎士比亚本人寄托其中的关于东西方权力关系的政治立场和倾向，最终得出结论：莎士比亚立足于保守的政治立场，在作品中表达了对西方世界的政治偏爱，该剧人物运动的东西方文化地理空间在整个戏剧的表征中强化了这一政治倾向。
【关键词】西倾化；《波里克里斯》；东方主义；动态地理；政治倾向

人类纪视野下的菲利普·拉金诗歌——以《去海边》为例

【作　者】肖云华
【单　位】南方医科大学外国语学院
【期　刊】《外国文学研究》，第 40 卷，第 4 期，2018 年，第 69－82 页
【内容摘要】艺术审美是应对人类纪诸多问题必不可少的手段；诗歌作为一种主要的艺术形式，必然对此有着深刻和超前的表达。拉金后期代表作《去海边》创作于温室效应日渐明显的背景之下，它表达了作者对变异的气候环境的感知，以及基于这种感知的对传统与存在的忧虑。以该作品为代表的拉金诗歌描绘了 20 世纪 60 年代英格兰雾霭弥漫、气温异常和植物疯长的自然环境。环境的异常使拉金感觉到其陌生与敌意，引发了他对环境问题以及人类未来生活的忧虑，从而深刻影响了他的诗歌思想。气象资料证明，拉金在诗作中敏锐地观察到了人类纪的主要问题，是建立在客观实际之上的艺术审美。
【关键词】拉金；诗歌；气候；人类纪

萨拉·凯恩戏剧中的生命哲学观——以后期剧作《渴求》与《4.48 精神崩溃》为例

【作　者】于文思
【单　位】东北师范大学文学院
【期　刊】《东北师大学报（哲学社会科学版）》，第 1 期，2018 年，第 64－69 页
【内容摘要】萨拉·凯恩后期的戏剧《渴求》与《4.48 精神崩溃》一向被认为充满了对死亡的探求与渴望。但事实上，凯恩正是通过死亡展现了她的生命哲学观：生命的延异性展现了生死并置的时间逻辑，生命的同一性将自我与他者的生命相连，生命的循环性则将死亡纳入新生的一部分，生命在这三个层次中逐渐展开自身。这三个维度交汇出凯恩对生命的态度：直面伤痛与死亡是自我拯救的前提，立足于死亡是领悟生命的原点。
【关键词】萨拉·凯恩；直面戏剧；生命；死亡

莎士比亚：弗洛伊德精神分析学的隐秘之源——以布鲁姆《西方正典》为中心

【作　者】李伟昉
【单　位】河南大学比较文学与比较文化研究所
【期　刊】《人文杂志》，第 7 期，2018 年，第 67－73 页
【内容摘要】美国学者哈罗德·布鲁姆在其专著《西方正典》中对莎士比亚有极高的评价，认

为莎士比亚不仅是西方经典的中心，而且将持续占据西方经典的中心。具有异常强大的辐射力与影响力。作为西方心理学家、精神分析学派创始人的弗洛伊德，曾骄傲地宣称自己发明了精神分析。布鲁姆循着弗洛伊德理论的蛛丝马迹发现，实际情况并非完全如此。文学史上已有的以精神分析或心理分析见长的文学经典，无疑是弗洛伊德创立精神分析学的重要来源之一。莎士比亚对弗洛伊德的影响就是20世纪跨学科领域极具代表性的案例。莎士比亚是善于挖掘人的灵魂，细腻展示人的复杂内心世界的最杰出的天才，而弗洛伊德的学术研究与莎士比亚戏剧的这一创作特色有着千丝万缕的精神联系。布鲁姆为我们清晰地勾勒了弗洛伊德接受莎士比亚影响的基本事实，从而揭开了这个鲜为人知的秘密。重温布鲁姆关于莎士比亚与弗洛伊德之间影响关系的见解，不仅极具学术价值，而且富有现实意义。

【关键词】哈罗德·布鲁姆；莎士比亚；弗洛伊德；影响；意义

莎士比亚的"战争论"——以《李尔王》为例

【作　者】娄林
【单　位】中国人民大学文学院
【期　刊】《江汉论坛》，第9期，2018年，第68－72页
【内容摘要】《李尔王》中的战争非常复杂，有隐秘的内战，还有公开的英法之战。所谓隐秘的内战，既是支持李尔王的人同高纳里尔与里根之间的内战，更是高纳里尔与里根之间互相的争夺。高纳里尔和里根的私欲膨胀，是任何时代都可能存在的"恶"，但在《李尔王》剧中，这种"恶"以某种自然正当或自然权利为自己的正当性辩护。就此而言，《李尔王》中的战争就不仅仅是内战或者英法之间的战争，更意味着一场思想战争——这在剧中体现于肯特的角色当中。但是，对李尔王的残暴引起的内乱，是法军入侵的"正当"理由，那么，英国反对法军的战争究竟正义与否？这个难题必须在奥本尼这个角色身上才能得到某种程度的解决。

【关键词】《李尔王》；战争；自然；正义

莎士比亚戏剧的历史意识

【作　者】周涛
【单　位】复旦大学艺术教育中心
【期　刊】《复旦学报（社会科学版）》，第60卷，第6期，2018年，第59－65、84页
【内容摘要】莎士比亚作品中关于神圣性与世俗性的双重特质，是由其所处16世纪与17世纪的历史意识决定的，而戏剧艺术关于时间和空间的综合性特征恰恰又为展现莎剧这一独特风貌提供了有效的创作载体。本文试从中世纪与文艺复兴间断裂与延续的关系视角出发，从断裂，延续，非断裂、非延续的三种历史意识的角度来阐释莎士比亚戏剧中神圣性与世俗性之间的互动关系。

【关键词】神圣性；世俗性；断裂；延续；时空艺术；行动

莎士比亚戏剧美国化的开端与影响——《理查三世》传入美国的历史语境及本土化回应

【作　者】范方俊
【单　位】中国人民大学文学院
【期　刊】《学术研究》，第5期，2018年，第164－170、178页
【内容摘要】莎士比亚戏剧在美国的输入与传播是美英两国早期文化交往史上最为重要的内容，

也是美国戏剧实现民族化的主要借镜。美国与英国在历史和文化上存在着密切渊源，英语又是两国的共通语言，从表面上看，莎士比亚戏剧在美国出现传播热潮似乎是理所当然的，而事实上，在莎士比亚戏剧流传于美国的历史进程中，从一开始就是与美国本土的政治思想观念和社会发展情状密不可分的，表现出非常明显的莎士比亚戏剧美国化的倾向。其开端就是《理查三世》在美国戏剧舞台上的风行。《理查三世》不仅成为当时美国反对英国君主专制，争取自由、民主、独立的宣传利器，而且促进或催生了美国建国前后的爱国主义戏剧创作。在整个19世纪美国戏剧寻求自身的民族性过程中，美国的本土演员最初都是以出演《理查三世》开始演剧生涯的，并且凭借他们成功地演出了包括《理查三世》在内的众多莎剧作品，在演剧方面为美国戏剧民族性的最终确立做出了历史性贡献。

【关键词】莎士比亚戏剧美国化；《理查三世》；历史语境；本土化回应

莎士比亚戏剧中的律师与"审判"：一种修辞学视角

【作　者】冯伟
【单　位】东北师范大学外国语学院
【期　刊】《外国文学研究》，第40卷，第1期，2018年，第88－96页
【内容摘要】修辞术是早期现代英国教育的重要组成部分，对莎士比亚的戏剧创作产生了难以磨灭的深远影响；同时，修辞学为莎士比亚戏剧探讨法律、正义、善等重大问题提供了一个便利途径。通过对修辞术的娴熟使用，莎士比亚上演了一场场惊心动魄的司法大戏，也在某种程度上见证了早期现代英国社会种种"看得见的非正义"。从权利哲学的角度看，"恶人"有享受律师为其辩护的权利，国家则担负着为其公民提供司法审判的义务。在此意义上，莎士比亚戏剧中的负面律师形象和审判场景共同见证了英国社会从以美德和义务为本位的传统社会到以个体权利为本位的现代社会转型。

【关键词】莎士比亚；修辞术；法律

社会历史批评视域下的《黑暗物质三部曲》尘埃意象解读

【作　者】夏妙月；姜淑芹
【单　位】夏妙月：华南农业大学外语学院
　　　　　姜淑芹：四川外国语大学外国语文研究中心
【期　刊】《浙江社会科学》，第3期，2018年，第144－150、161页
【内容摘要】尘埃是《黑暗物质三部曲》中的核心意象，虽然在不同的世界中对它的称呼与认识不同，但它是宇宙中万事万物存在的基本形式，与漫长的人类历史发展之间有着千丝万缕的联系。意义多元的尘埃表现了普尔曼努力重建信仰、追寻诗意生存方式的使命感。从社会历史批评角度解读作品的核心意象，可以帮助我们窥视作者的思想感情，挖掘出作品的社会语义与作用。

【关键词】社会历史批评；普尔曼；《黑暗物质三部曲》；尘埃意象

社会责任与女性道德完善——乔治·爱略特后期创作中的伦理思考

【作　者】夏文静；吕美嘉
【单　位】吉林大学公共外语教育学院

【期　刊】《东北师大学报（哲学社会科学版）》，第 2 期，2018 年，第 98－103 页
【内容摘要】作为维多利亚时期公认的道德大师，乔治·爱略特创作中始终贯穿着对伦理道德问题的关注。但在爱略特创作的前后两个时期，不仅创作内容具有截然不同的特点，其伦理意蕴也具有不同的侧重点。在各种思潮涌现、科学技术发展的影响下，在文学伦理学批评视域下，爱略特创作的侧重点从创作前期对具体道德活动现象的关注转变为对抽象道德意识现象的思考。其中在斯宾诺莎《伦理学》影响下的社会责任论和孔德实证主义关照下女性道德的自我完善是爱略特后期创作中伦理思考的重中之重。
【关键词】乔治·爱略特；文学伦理学批评；社会责任；道德完善

身体的两歧性——《理查三世》悲剧的神学源起

【作　者】丁鹏飞
【单　位】南京大学文学院
【期　刊】《国外文学》，第 4 期，2018 年，第 80－88、155－156 页
【内容摘要】通过分析莎士比亚《理查三世》的悲剧根源揭示葛罗斯特个人命运和政治神学的隐秘勾连。探讨他的"两重身体"如何参与其悲剧的过程也预示了戏剧本身之所以能够维持张力的那个不可决断的"门槛"。对《理查三世》悲剧的细致研究有助于我们理解莎士比亚剧本中神学与政治的牵连结构，生命和政治的无法区分是切入其悲剧的另一重要视点。
【关键词】莎士比亚；阿甘本；裸体；门槛；悲剧

身体如何成为存在的根基——梅洛－庞蒂论身体与外在事物的关系

【作　者】欧阳灿灿
【单　位】杭州师范大学人文学院
【期　刊】《外国文学》，第 3 期，2018 年，第 105－114 页
【内容摘要】如果人的存在是身体性存在，那么作为有限的、有边界的物质身体如何超越物质边界，认识理解他人、世界以及作为物质符号的语言，这是现象学家梅洛－庞蒂身体存在论必须要解决的问题。本文以身体与他人、世界、语言的关系这三个问题为中心，指出梅洛－庞蒂通过身体在存在活动中所表现出来的"可逆性"，打破了身体与世界及身体本身的物质性边界，把身体建构为身体与事物彼此生成的动态关系系统，身体也即身体性的存在处境。由于身体的可逆性及处境性，作为身体性存在的"我"与他人就有着相互理解并达到共生统一的基础，人与世界也因身体之"肉"这同一性的沟通交流凭借而互生互成；语言则因其与身体处境的密切关联而获得意义，从而能以可见的符号表达不可见但可体验理解的意义。总之，梅洛－庞蒂指出是身体使得人能够理解外在事物并获得存在的统一感，从而把身体建构为存在的根基。
【关键词】梅洛－庞蒂；身体；他人；"肉"；语言

生命的伦理：论叶芝早期诗歌中的老年想象

【作　者】罗良功
【单　位】华中师范大学外国语学院
【期　刊】《文学跨学科研究》，第 2 卷，第 4 期，2018 年，第 612－619 页
【内容摘要】叶芝早期诗歌常常将青春置于人生终端进行观察。他将青春的言行思想置于生命

终点，考察其对于世界乃至生命自身的价值；将青春时期的各种美好的景象置于青春销蚀、肉欲与激情退潮之后的老年世界来检省青春及其对人伦的影响和价值。叶芝在青春年少之际自发地想象垂暮之年并站在人生终端对人生进行回望和评价，其中隐含着叶芝对生命伦理价值的追寻，自觉地建立起一个伦理价值自我监测体系，在这一体系中，监测的主体和客体都是"自我"，参照的坐标是"生命"，揭示了青年叶芝浪漫主义的理性主义价值基础。

【关键词】叶芝；早期诗歌；生命伦理；青春；老年

十八世纪中叶英国诗歌的圈地书写

【作　者】吾文泉
【单　位】南通大学外国语学院
【期　刊】《南通大学学报（社会科学版）》，第34卷，第2期，2018年，第74－80页
【内容摘要】18世纪中叶的英国圈地运动进入了"议会圈地"时期，汹涌的圈地大潮给普通农民带来了深重灾难，各地农民的抗争力度也逐渐加大。一批英国诗人纷纷发出自己的心声，形成了一个抗议圈地的诗歌潮流。这些诗歌使用圈地前后的强烈对比，来控诉圈地运动给英国农村带来的巨大破坏，书写了失地农民们痛苦的遭遇、对土地的眷恋和对生存权利的强烈诉求。这些诗歌一改18世纪初以来古典主义的理性表达和快乐乡村的田园诗传统，以强烈的情感表达发出了农民在圈地运动中的痛苦呐喊，影响并催生了英国感伤主义和浪漫主义文学的产生和发展。

【关键词】英国诗歌；"圈地运动"；抗议诗歌

十六世纪英国国族意识形态的建构：编年史与历史剧

【作　者】李时学
【单　位】集美大学文学院
【期　刊】《东南学术》，第1期，2018年，第220－230、248页
【内容摘要】英格兰以其诸多内生性力量为动力，首先在欧洲建构了一种新的国族意识形态与地缘民族国家。在这些建构性的力量中，作为文化资本的英国编年史和历史剧扮演了极其重要的角色。本文试图在16世纪英国编年史与莎士比亚英国历史剧之间的某种互文关系中，考察这两类文化产品生产与建构国族意识及民族国家实体的动力机制，以期发现其中文化与社会之间复杂的共谋与互动。

【关键词】英国；国族意识；编年史；历史剧

石黑一雄《小夜曲：音乐与黄昏五故事集》中的音乐与"暗恐"

【作　者】高奋；郑洁儒
【单　位】浙江大学外国语言文化与国际交流学院
【期　刊】《文学跨学科研究》，第2卷，第1期，2018年，第135－144页
【内容摘要】在《小夜曲：音乐与黄昏五故事集》中，石黑一雄用音乐表现现代人在"无家可归"感与"在家"感之间挣扎时所产生的负面情绪，独具匠心地以平淡自然的风格展现被弗洛伊德界定为"压抑的复现"的"暗恐"心理，揭示了现代人的心理问题、现代社会的文化危机和理想的精神家园。在心理表现上，作品用音乐触发往日美好记忆与当下破碎现实的瞬间交织，再现现代人压抑的情感被音乐唤醒时那种无以名状的无家可归感；在文化剖析上，作品以音乐

人的经历为典型题材，揭示现代人"暗恐"的根源在于追逐名利的文化价值观；在理想精神重构上，作品强调了音乐兼具手段和目的双重作用的重要性和音乐的专业性与心灵性共存的重要性，为走出现代人负面生存状态，回归生命愉悦之本真提供了途径。

【关键词】石黑一雄；《小夜曲：音乐与黄昏五故事集》；"暗恐"；音乐

史实呈现与历史关系的重建——以十七世纪英国文学史研究为例

【作　者】王晓路
【单　位】四川大学文学与新闻学院；四川大学外国语学院
【期　刊】《外国文学评论》，第 3 期，2018 年，第 85—102 页
【内容摘要】史实呈现和历史关系的重建是文学史研究中不可或缺的环节，其意义并非只是呈现某种已知或认定的史实，而是将研究对象置于多重历史关系中，依据其相关性提供知识学意义上的洞见。20 世纪 70 年代以来，文学研究从审美形态至历史社会学的蔓延在某种程度上是文学研究界将文学性作为一个历史范畴和历史话语的回归。在文学史研究中，人们尤其需要以多重线索考察文学发展的轨迹，在一种多重关系的重建中透视历史时段的文学特质，以呈现相对完整的文学图景。本文通过有关 17 世纪英国文学史新材料的梳理，呈现学界对于这一重要转型时期文学研究在材料挖掘、史实联系以及视角上的变化，以说明知识考古学与跨学科研究不仅具有方法论意义，更是研究对象本身的逻辑使然，并由此指出，文学自所谓"现代"伊始，业已展现出更为广阔的研究范围。

【关键词】历史关系重建；跨学科研究；17 世纪英国文学史

市民、传媒、科学与小说：18 世纪以降英国小说演变之跨学科考察

【作　者】蒋承勇
【单　位】浙江工商大学西方文学与文化研究院
【期　刊】《文学跨学科研究》，第 2 卷，第 2 期，2018 年，第 314—328 页
【内容摘要】英国小说从文艺复兴至 17 世纪还处于雏形期，而在 18 世纪之所以能够"成型"和"崛起"，则得益于城市的发展、市民阶层的形成和市民文化的兴起，同时也因为此时说的现实性或真实性审美品格应和了市民大众的阅读与审美趣味，市民阅读的增长反过来激励了作家的创作。19 世纪印刷技术和传播媒介的革新则使小说产量剧增，加速了小说阅读的普及和读者群体结构的变化，小说进一步走向大众、走向繁荣与成熟，19 世纪也被称为"小说的世纪"。19 世纪同时也是"科学的世纪"，自然科学理念的渗透促进了小说审美品格的嬗变，无论是作家还是读者都更喜好小说故事的现实性和真实性，作家则把小说文本的内容作为"历史"和"事实"去描写。20 世纪新的科学理念的渗透使作家对 19 世纪小说观念产生不满与反叛，进而追求一种新的"真实性"审美品格，从而导致了英国小说艺术形式与表现方式的新变革。

【关键词】市民阶层；大众阅读；传播媒介；自然科学；真实性；英国小说

试论英美文学作品中的民族文化传统

【作　者】朱恒
【单　位】中南财经政法大学
【期　刊】《贵州民族研究》，第 39 卷，第 7 期，2018 年，第 129—132 页

【内容摘要】民族文化传统与文学创作关系密切。妥善处理二者的关系，一方面关系着作品世界性和地方性的突破，另一方面也关系着作品特色的有效呈现和作品生命力的形成。以《傲慢与偏见》为代表的英美文学作品用事实证明了文学创作与民族文化传统相结合的有益性，并在文学实践中形成了与民族文化传统结合的特征和经验。对相关经验的分析提炼，有助于打消地方性、民族性文学创作中对于民族文化传统的纠结，也能提供一些破解矛盾的思路与方法。

【关键词】英美文学；民族文化传统；《傲慢与偏见》

谁的"上帝之赌"？——帕斯卡尔与中国

【作　者】纪建勋
【单　位】上海师范大学人文学院
【期　刊】《华东师范大学学报（哲学社会科学版）》，第 50 卷，第 4 期，2018 年，第 81－92、174 页
【内容摘要】帕斯卡尔是享有世界声誉的文学家和思想家，人文学界以往大多聚焦在平行研究方面探讨帕斯卡尔对中国文化的可能影响。实际上帕斯卡尔与东西文明交流的关系不仅限于此，其与中国文化之间还有着多重更为直接与特别的事实联系。影响深远的"上帝之赌"到底是谁率先提出来的？以相关原始文献为中心，可以考辨庞迪我在中文语境中提出的"上帝之赌"与远在千里之外的帕斯卡尔"打赌说"两种学说各自的产生背景、思想蕴含，厘清两者间是否存有一种影响的可能性；在以上研究的基础上，可以尝试从道德神学、《圣经》年代学以及上帝存在的证明这三个方面全面梳理帕斯卡尔与中国社会宗教的渊源，辨析莱布尼茨、帕斯卡尔与中国耶稣会之间的三角关系，以期在中国还原出真正的帕斯卡尔。

【关键词】帕斯卡尔；庞迪我；"上帝之赌"；"打赌说"

思辨哲学与"巴黎的秘密"——《神圣家族》解读

【作　者】刘秀萍
【单　位】北京交通大学马克思主义学院
【期　刊】《山东社会科学》，第 4 期，2018 年，第 5－14 页
【内容摘要】历史并不宽容和公正，《神圣家族》从问世起就遭逢了"寂寞"的境遇和命运，而其中关于长篇小说《巴黎的秘密》的评论部分更是鲜有论者关注过。然而，仔细梳理和辨析表明，正是这一部分复杂、丰富和生动的情节才将马克思对思辨哲学的批判引入新的层次；在透视了"以纯观念、精神理解和解释世界"的思维方式的虚妄和荒谬之后，"以现实、历史和实践视角观照和把握世界"的"新哲学"就呼之欲出了。

【关键词】思辨哲学；《巴黎的秘密》；批判；精神；现实

斯帕克《公众形象》中的身份认同与伦理选择

【作　者】戴鸿斌
【单　位】厦门大学外文学院
【期　刊】《外国文学研究》，第 40 卷，第 2 期，2018 年，第 64－74 页
【内容摘要】获得首届布克奖提名的小说《公众形象》彰显出 20 世纪英国女作家缪里尔·斯帕克试图解决小说女主人公安娜贝尔伦理困境的努力和对人类世界中伦理道德问题的探究。安娜

贝尔在影视界的成名为其家庭带来非同寻常的伦理环境和伦理诉求。面对接踵而来的各种伦理悖论，安娜贝尔积极找寻合适而有利的伦理身份，全面解决伦理危机，进而完成对个人理想和独立自由精神的追求。安娜贝尔的伦理抉择为现代社会带来有益和深刻的道德启示，折射出斯帕克的伦理道德观和个人价值观。作家力图以客观的非个性化叙事方式呈现了一个公众人物的婚外情事件，然而，从整个的叙事进程，尤其是从安娜贝尔最终的伦理选择中可以窥见作家的道德观：人类要勇于面对善恶之争，在自由与约束发生冲突时，必须以正确的伦理价值观为基础，进而权衡利弊、大胆取舍。由此，《公众形象》成为英国现代文学史上有关伦理道德的典范之作。

【关键词】斯帕克；《公众形象》；身份认同；伦理选择

威廉·燕卜荪南岳之行及其诗作《南岳之秋》

【作　者】蒋洪新
【单　位】湖南师范大学
【期　刊】《文学跨学科研究》，第 2 卷，第 4 期，2018 年，第 566－579 页
【内容摘要】英国诗人、批评家威廉·燕卜荪在中国南岳衡山的经历鲜有文章披露。中国抗日战争期间，燕卜荪跟随长沙临时大学，抵达湖南南岳衡山执教。在南岳，燕卜荪同长沙临时大学（后成为西南联合大学）师生将安贫乐道、顽强拼搏、无问西东的精神发扬得淋漓尽致。更为重要的是，燕卜荪在南岳留下了文学生涯中最长的一首现代诗《南岳之秋》，诗中记载了他在南岳的生活细节及其关于文学与政治关系的思考，无论从文化角度，还是从文学角度看，都有独特意义，值得铭记。

【关键词】威廉·燕卜荪；南岳衡山；长沙临时大学；《南岳之秋》

唯美中国的诱惑：20 世纪 30 年代牛津才子的中国之旅

【作　者】陶家俊
【单　位】北京外国语大学英语学院
【期　刊】《外国文学》，第 2 期，2018 年，第 129－136 页
【内容摘要】本文从跨文化研究视角聚焦 20 世纪 30 年代以哈罗德·阿克顿、罗伯特·拜伦、彼得·昆内尔、奥斯伯特·西特韦尔和 W. H. 奥登为核心的牛津才子的唯美中国体验。他们的中国之行充满了对中国生活方式的唯美感知，对自我生命中与中国文明相通、与西方现代文明相异因而受压抑的性情的再发现。这种向中国生活和文明底里的探寻将现代主义极端的唯美先锋实验引向中国文明的永恒精神和中国生活的唯美内涵。文化帝国主义鼓动的宗教、文化和种族优越意识让位于个体心灵深处喷发的对中国文明、生活和人的敬仰甚至膜拜。

【关键词】唯美中国；牛津才子；现代主义

文本阅读与游戏体验：英美侦探小说的智力艺术

【作　者】萧莎
【单　位】中国社会科学院外国文学研究所
【期　刊】《外国文学》，第 6 期，2018 年，第 128－139 页
【内容摘要】侦探小说作为大众喜闻乐见的一种通俗文类，兴起于 19 世纪下半叶。20 世纪上

半叶，特别是第一次世界大战到第二次世界大战之间，英美侦探小说创作进入公认的"黄金时代"。阅读侦探小说是一种特别的游戏体验，该游戏的智力属性是各知识层读者皆趋之若鹜的原因。本文试图从文学研究的角度思考几个问题：游戏最基础最核心的部分在于规则，规则决定了游戏的趣味和精彩程度，那么，侦探小说是依据什么游戏规则构建其智力博弈空间的？侦探小说以游戏性和娱乐性招徕读者，它是否真如批评家埃德蒙·威尔逊所言，丝毫没有文学的严肃性？假如侦探小说也具有严肃的文学性，那么如何理解它与主流现实主义小说的共性和差异？侦探小说的流行具有什么样的意识形态规训作用？

【关键词】侦探小说；侦探游戏；娱乐性和严肃性；意识形态规训

文明人的食人焦虑和帝国的纾解策略——18 世纪初期英国文学中的食人书写

【作　者】王晓雄
【单　位】浙江大学人文学院世界文学与比较文学研究所
【期　刊】《外国文学评论》，第 2 期，2018 年，第 161－179 页
【内容摘要】西方历史上的食人包括两种内涵：一是知识史上作为禁忌的食人行为，二是作为医药的尸体。18 世纪初期，笛福、切特伍德、奥宾和斯威夫特等英国作家的作品中都存在着或隐或显的文明人食人情节，体现了启蒙后的英帝国的食人焦虑。在他们的文学作品中，作为英帝国投射性认同产物的食人族成了纾解文明人食人焦虑的一种综合性策略。

【关键词】食人；焦虑；西方文明；投射性认同

文学中的睡眠：以《德伯家的苔丝》中的睡眠事件为中心

【作　者】魏琳
【单　位】中国人民大学文学院
【期　刊】《外语研究》，第 35 卷，第 1 期，2018 年，第 88－93 页
【内容摘要】本文从"文学中的睡眠"角度、以古今哲人对"睡眠"的理论之思解读哈代小说《德伯家的苔丝》、特别是其中两次使苔丝的命运发生重大转折的睡眠事件。在事件一中，苔丝在睡眠中受到性侵犯。无论是从外在的自然界、自然力还是人之自然性的角度看来，一切，包括她的入睡，都发生得自然而然。但在如此自然事件带来的不自然后果与代价中，可以看出自然之于个体的冷漠、莫测甚至危险。在睡眠事件二中，苔丝在逃亡路上入眠，随后被捕。她在入睡中再次回归自然环境与家族历史，并在向"自身"的无限趋近中体现出向死而眠的主观意志。至于阐释"文学中的睡眠"之义及思考"睡眠"本身的过程中必然存在的意义缺席问题和他者悖论，以南希和德里达思想为代表的当代西方哲思为之提供了解决思路。

【关键词】文学中的睡眠；《德伯家的苔丝》；睡眠事件

文字美术馆：从绘画看《欺骗》中安娜的女性力量

【作　者】张诗苑；杨金才
【单　位】南京大学外国语学院
【期　刊】《外语教学》，第 39 卷，第 1 期，2018 年，第 104－108 页
【内容摘要】本文从艺术史的角度入手，探寻安妮塔·布鲁克纳在其小说《欺骗》中所引绘画的历史渊源和作品内涵，进而探究绘画作品如何与小说主题形成关照，于暗中展现主人公安娜

具有的女性力量，由积蓄反抗直至爆发。文章认为，尽管从表面上来看，布鲁克纳笔下的单身女性受到社会权力与规训的压迫，但是正如安娜的消极抵抗一样，布鲁克纳也利用绘画在行文中为女性力量增添动力。

【关键词】安妮塔·布鲁克纳；《欺骗》；绘画；女性力量

乌托邦与恶托邦：《蝇王》中的饮食冲突

【作　者】肖明文

【单　位】中山大学外国语学院

【期　刊】《外国文学》，第 3 期，2018 年，第 124－132 页

【内容摘要】第二次世界大战爆发后，英国开始施行食物配给制，经历过食物短缺的威廉·戈尔丁在其代表作《蝇王》中着力凸显了食物的社会、文化和政治意义。通过细腻生动地描述一群英国孩子在荒岛上觅食和进食的场景，比照采摘野果与猎烤野猪这两种饮食模式，戈尔丁展示了生食与熟食的对立，进而揭示了其中潜藏的"文明"与"野蛮"的较量。《蝇王》既呈现了一个饮食恶托邦的梦魇，同时又嵌入了一幅饮食乌托邦的愿景，它外显的恶托邦洪流深处隐藏着一股强大的乌托邦潜流。

【关键词】威廉·戈尔丁；《蝇王》；饮食；乌托邦；恶托邦

伍尔夫研究的中国视野：评高奋教授的《走向生命诗学——弗吉尼亚·伍尔夫小说理论研究》

【作　者】唐妍

【单　位】浙江大学外国语言文化与国际交流学院

【期　刊】《文学跨学科研究》，第 2 卷，第 3 期，2018 年，第 546－550 页

【内容摘要】弗吉尼亚·伍尔夫被誉为现代主义文学的代言人，其小说研究一直是学界热点。但是，伍尔夫的小说理论研究尚处于起步阶段。高奋教授的专著《走向生命诗学——弗吉尼亚·伍尔夫小说理论研究》以中西诗学观照伍尔夫的小说理论，从渊源、内涵和价值三方面系统梳理阐述伍尔夫的生命诗学，体现鲜明的中国外国文学研究的创新性。其原创性表现为三点：首先，它具有独到的中国视野，以中国传统诗学为观照，提出并阐明伍尔夫"以生命为本体、为最高真实"的小说理论即"生命诗学"的观点。其次，它不仅系统论述伍尔夫生命诗学的内涵，阐明它与情志说、虚静说、真幻说等中国诗学范畴的相通性，而且指出它对西方传统文论的反思性和批评性。最后，它用中国诗学观照伍尔夫小说理论，体现中国学者独到的审美方法。

【关键词】弗吉尼亚·伍尔夫；生命诗学；小说理论；《走向生命诗学——弗吉尼亚·伍尔夫小说理论研究》

西方与中国批评家眼中的图尼埃

【作　者】陈沁

【单　位】南京大学外国语学院

【期　刊】《学海》，第 1 期，2018 年，第 207－211 页

【内容摘要】米歇尔·图尼埃是享有世界声誉的法国当代作家，其小说以颇具特色的叙事风格和对存在与身份等问题的深刻哲思而闻名于世。其小说于 20 世纪 70 年代末被陆续译介，向中

国读者开启了 20 世纪法国"哲思小说"与"重塑神话"的文学之窗。本文以时间为序，从译介、研究与接受三个层面全方位展示图尼埃作品在中国的传播、评介与产生的影响。"新寓言派"的热议事件显示中国文学界对图尼埃艺术风格有不同的评价。

【关键词】米歇尔·图尼埃；译介；研究；接受；价值

希尼《草木志》中的"空中漫步"

【作　者】朱玉
【单　位】中山大学英语系
【期　刊】《外国文学评论》，第 3 期，2018 年，第 208－226 页
【内容摘要】希尼的《草木志》虽以植物为题材，却涵盖了墓园、人间与"别处的世界"三种不同的空间，最终又以小巧精致的空间"草叶织成的巢"结束。尽管诗人注明此诗是仿法国诗人吉尔维克的《布列塔尼草木志》而作，但其中融入了许多再创作的元素，体现了希尼的思想关注以及他的宇宙观和创作观。

【关键词】希尼；《草木志》；空间

夏洛蒂·勃朗特与鸦片

【作　者】周颖
【单　位】中国社会科学院外国文学研究所英美室
【期　刊】《国外文学》，第 2 期，2018 年，第 18－26、156－157 页
【内容摘要】在 19 世纪英国文学中，鸦片是一个颇为常见的意象。鉴于近年有研究将夏洛蒂·勃朗特同鸦片甚至鸦片战争相勾连，本文在阅读相关文本、传记与批评后，分析鸦片在 19 世纪英国引起的争议，并进而探讨柯尔律治、德·昆西和夏洛蒂对鸦片的不同态度。作者希望结合文学文本的细读与社会语境的研究，对如上问题给出具有补充意义的理解。

【关键词】鸦片；帝国；柯尔律治；德·昆西；夏洛蒂·勃朗特

现代狄奥尼索斯与过气的边沁主义者：再论《芭巴拉少校》中的安德鲁·安德谢夫

【作　者】赵国新
【单　位】北京外国语大学英语学院
【期　刊】《外国文学》，第 5 期，2018 年，第 12－20 页
【内容摘要】以往的研究者在分析安德鲁·安德谢夫这个人物形象的时候，往往把这位现代工业大亨视为一个狄奥尼索斯式的神祇人物：他意志坚定，无往不胜，可以任意改变他人的信仰，显示出现代工业资产阶级惊人的影响力。这种做法固然无可非议，但批评家往往止步于此，未能进一步揭示出这位披着古代神话外衣的现代大工业家的思想面目：他在本质上是边沁式功利主义者；他对革新制度的雄心壮志、他的利己主义伦理观、他对基督教的极度蔑视、他的快乐优先论、他对个人主义性质的自助精神的推崇、他重视物质享受而轻视情感需求，与 19 世纪资产阶级主导意识形态——边沁主义——保持着惊人的一致。

【关键词】边沁主义；工业主义；维多利亚时代

现实主义抑或后现代主义？——《赎罪》的编史元小说元素探析

【作　者】梁晓晖

【单　位】国际关系学院外语学院英语系

【期　刊】《国外文学》，第 1 期，2018 年，第 110－118、159 页

【内容摘要】对《赎罪》归类不同，对其元小说结尾评论也依之不同：将其归入后现代小说者，多认为结尾是点睛之笔；而将其归入现实主义小说者，则认为结尾只是画蛇添足之举。《赎罪》在表层情节上符合哈钦的后现代编史元小说定义，但与编史元小说代表作《法国中尉的女人》的深层结构相比，《赎罪》却有本质区别。首先，两部作品可能因世界结构不同，从而编史元小说元素所依存的世界层次也不同；其次，二者可能因世界各层次间的互动方式不同，从而编史元小说元素的呈现方式也不同。究其动因，以《法国中尉的女人》为代表的典型编史元小说意欲暴露历史书写的语言建构本质，而《赎罪》则在后现代风潮回落的世纪之交，以编史元小说的创作元素反思后现代创作本身，集中探讨了文学创作的伦理价值这一命题。

【关键词】编史元小说；《赎罪》；可能世界；文学伦理

萧伯纳戏剧叙事中的伦理传统

【作　者】刘茂生

【单　位】广东外语外贸大学英语语言文化学院；江西省哲学社会科学重点研究基地"江西师范大学叙事学研究中心"

【期　刊】《外国文学研究》，第 40 卷，第 3 期，2018 年，第 67－76 页

【内容摘要】萧伯纳社会问题剧是社会问题的集中表现，涉及社会矛盾的方方面面。萧伯纳戏剧叙事的范式始终遵循西方戏剧的传统，强调戏剧的题材必须是现实的社会生活，需要在创作中阐明新的思想、道德及其社会意义。萧伯纳创作的各个阶段始终没有偏离以社会问题为核心，以道德伦理为基本遵循的主线。论文同时以《华伦夫人的职业》《鳏夫的房产》《卖花女》等三部作品的创作为例，集中阐释了其戏剧叙事的伦理传统。萧伯纳的戏剧是维多利亚文学与那一时期伦理道德观念互动交流的最直接表现。萧伯纳以戏剧这一独特的艺术方式丰富了英国维多利亚时期伦理思想的内涵，凸显了英国社会、文化观念流变中的伦理道德传统。

【关键词】萧伯纳；戏剧叙事；伦理传统

萧伯纳戏剧中的伦理表达与道德教诲——以《他怎样对她的丈夫说谎》为例

【作　者】刘茂生；谢晨鹭

【单　位】江西师范大学外国语学院

【期　刊】《江西师范大学学报（哲学社会科学版）》，第 51 卷，第 2 期，2018 年，第 63－69 页

【内容摘要】萧伯纳认为一切艺术都源于说教，他的作品大多数描写了现实的社会，表现了他对婚恋、卖淫、战争等诸多社会伦理问题的关注，具有摧毁虚伪的道德价值，重建社会新道德的伦理关怀。在《他怎样对她的丈夫说谎》中，萧伯纳从"婚外情"这一社会伦理现象出发，深入"人的自我解放"这一问题的思考，表达了他对虚伪道德的批判和真实人生的关注。本文以文学伦理学批评为研究视角，从"婚恋的伦理困境""个人的精神危机"和"作为道德教诲的戏剧"三个方面探析《他怎样对她的丈夫说谎》中萧伯纳的伦理表达，发掘文本蕴含的道德教

诲意义。

【关键词】萧伯纳；文学伦理学批评；伦理表达；道德教诲

小人物·大革命：多伊尔对民族主义历史书写的再思考——以《一个叫亨利的名人》为中心

【作　者】王路晨
【单　位】厦门大学外文学院
【期　刊】《福建师范大学学报（哲学社会科学版）》，第 6 期，2018 年，第 41－49、169 页
【内容摘要】《一个叫亨利的名人》以都柏林贫民窟少年亨利·斯玛特第一人称自述的形式，追溯了复活节起义和独立战争这段风云激荡的历史。由于这段历史被民族主义者包装成血祭革命的神话，因此民族主义的历史书写成为一部不容置疑的"圣经"。在小说中，多伊尔通过小人物视角冷眼看待大革命，在戏仿和反讽中，不仅质疑了民族主义神话的本真性，而且利用横亘在爱尔兰历史脉络中的重大事件，反思了民族主义历史书写的正当性和公允性。多伊尔借助审视隐藏在农业爱尔兰和谐社会中的阴暗面，揭示了传统爱尔兰向现代社会转型中的矛盾与困惑。

【关键词】《一个叫亨利的名人》；民族主义；神话化；历史书写

小说化的戏剧——论"费加罗三部曲"的现代性

【作　者】龙佳；史忠义
【单　位】龙佳：厦门大学外文学院
　　　　　史忠义：中国社会科学院外国文学研究所
【期　刊】《外国文学研究》，第 40 卷，第 2 期，2018 年，第 142－150 页
【内容摘要】从剧作法的角度考察 18 世纪法国剧作家博马舍的"费加罗三部曲"，意味着探究古典主义衰落之际戏剧文体的变革。在文体渊源和原则上与戏剧相悖的小说，通过舞台说明与戏剧画面两种叙事性手段侵入三部曲戏剧文本：舞台说明对细节的关注营造出纷繁具体的舞台景象，画面描述则进一步使舞台说明汇零为整，构成静态的戏剧画面，形成画面叙事与戏剧行动并存的文本态势。这一变革的实质为：戏剧文体在探寻自身有效性的过程中不断突破自我边界，走出古典主义，趋向现当代戏剧写作。"费加罗三部曲"由此展现出戏剧小说化的现代性本质。

【关键词】戏剧小说化；"费加罗三部曲"；舞台说明；戏剧画面

心理写实：奥登诗歌中的超现实主义图景

【作　者】龚晓睿
【单　位】上海立信会计金融学院外语学院
【期　刊】《郑州大学学报（哲学社会科学版）》，第 51 卷，第 5 期，2018 年，第 111－115 页
【内容摘要】奥登在诗歌创作中广泛汲取超现实主义画派的表现手法和意象元素，营造出一系列极具典型意义的超现实主义图景。这些图景主要围绕镜子、钟表、梦境这三个核心意象展开。各类怪诞的镜子折射出现实世界的扭曲映像，各种异化的钟表诉说着时间的缥缈与虚无，各种不羁的梦境宣泄着被理性压抑的潜意识暗流。奥登的超现实主义图景与超现实主义经典画作形成生动的互文性，赋予奥登诗作以强烈的心理投射力和艺术感染力。

【关键词】奥登；超现实主义绘画；镜子；钟表；梦境

新教伦理景观图——济慈《圣亚尼节前夜》的修辞伦理批评

【作　者】陈军
【单　位】中山大学外国语学院
【期　刊】《外国文学研究》，第 40 卷，第 3 期，2018 年，第 99－109 页
【内容摘要】济慈常被误认为一位对社会现实漠不关心的浪漫主义诗人。本文从修辞伦理视角阐释济慈的长篇叙事诗《圣亚尼前夜》，援引韦伯关于新教伦理的论述，说明诗人将新教伦理融入诗歌，试图赋予社会生活以新教伦理，以此积极介入社会。通过考察诗歌中的修辞伦理，本文从三个方面说明济慈倡导的新教伦理观：以苦修作为职业的苦行僧象征新教的职业伦理观，普菲洛与玛德琳的爱情故事寓意新教调和平衡的情爱伦理观，对奢侈品消费的克制意旨新教的消费伦理观。济慈标举新教伦理的目的在于摧毁冲动性享乐，使社会生活变得更加有秩序。诗歌中的人物、事件、意象等元素呈现了一幅新教伦理景观图，彰显了诗人以文学影响读者伦理观的书写策略。
【关键词】济慈；《圣亚尼节前夜》；新教伦理；修辞伦理

新文艺青年眼中的雪莱——以民国时期校园刊物中的译论为中心

【作　者】张静
【单　位】上海师范大学人文与传播学院中文系
【期　刊】《中国比较文学》，第 2 期，2018 年，第 84－95 页
【内容摘要】民国时期《清华周刊》《清华文艺》《南风》等校园刊物曾有过对英国浪漫主义诗人雪莱比较集中的译介。以陈铨、姜书阁、饶余威、冯恩荣为代表的年轻译者，一方面对诗人的作品、心理、道德、爱情观以及哲学观等进行了全方位的译介和深入的探讨；另一方面，他们破除政治革命话语，摆脱了前辈译者将诗人利用和改写为革命和反抗的工具，用新的眼光对诗人进行理解与重塑，将其归位到真实可感的多情、感伤、忧郁的浪漫主义偶像。
【关键词】雪莱；浪漫主义；校园刊物；译介

新闻与戏剧：论《埃德蒙顿的女巫》

【作　者】刘洋
【单　位】南京大学
【期　刊】《外国文学评论》，第 2 期，2018 年，第 143－160 页
【内容摘要】1621 年 4 月 19 日，英格兰埃德蒙顿村的伊丽莎白·索耶因行使巫术在伦敦被判处绞刑，剧作《埃德蒙顿的女巫》即根据记述此案的小册《对女巫伊丽莎白·索耶的惊异发现》和坊间流传的歌谣改编而成。本文认为，在报纸、电视等现代新闻媒体并未出现的早期现代英格兰，戏剧与歌谣、小册一起，共同承担了对该案件进行报道的新闻媒体功能。该剧借鉴和修正了小册和歌谣的报道，对事件的真相进行辨析，摒弃了小册的道德教化目的，揭露了女巫审判背后的共同体危机问题，从而发挥了时事评论作用。
【关键词】《埃德蒙顿的女巫》；新闻；女巫；共同体危机

修辞术与"古今之间"：论当代爱尔兰诗人迈克尔·朗利的"史诗书写"

【作　者】孙红卫
【单　位】南京大学外国语学院
【期　刊】《外国文学》，第 6 期，2018 年，第 46－59 页
【内容摘要】当代爱尔兰诗人迈克尔·朗利在其诗作中多次引入"荷马史诗"中的诗节或意象，以具有"地方色彩"的词汇予以再现，重新彰显了其中为柏拉图诗学所贬损的形象或文辞，思索了暴力、哀悼与和解等主题。本文引入西蒙娜·薇依、朱迪斯·巴特勒等思想家关于史诗的论述，探讨朗利的"史诗书写"，指出其"荷马诗节"既承继了古典世界的深蕴与厚重，又附加了当代政治的现实感与紧迫性，不仅是援古证今的修辞术，还是隐晦的诗学策略，指向了一种"反柏拉图"的"脆弱美学"。
【关键词】北爱尔兰；荷马；哀悼；和平；脆弱性

虚幻下的深渊：石黑一雄小说的当代书写

【作　者】胡铁生
【单　位】吉林大学公共外语教育学院；吉林大学文学院
【期　刊】《学术研究》，第 2 期，2018 年，第 143－149、176、178 页
【内容摘要】日裔英国作家石黑一雄突破少数族裔作家身份诉求和文化冲突的书写传统，站在多元文化视角的高度审视人类自身，其"记忆"书写既体现出作家对战争与和平的思考并为人类社会的永久和平开列良方，同时也揭示出当代人在物质文明发达但精神处于空虚状态下的生存困境。记忆书写、当代神话故事书写、国际主题书写和语言游戏的逻辑悖论等均服务于其文学创作的终极意义追寻，其作品以充满情感的力量揭示出当代人与现实世界虚幻联系之下的深渊，进而在作品形式与内容的统一方面达成了一致，使其小说作品既具有文艺美学的价值，亦具有政治美学的意蕴。石黑一雄的小说在大众文学境况下的经典化之路所取得的巨大成功既是他对后现代主义文学语境中"文学已死"呼声的回应，也是诺贝尔文学奖"理想倾向"价值取向的体现。
【关键词】记忆书写；战争与和平；生存困境；文艺美学；政治美学

虚假的荣誉：菲尔丁小说的道德批判与伦理含混

【作　者】杜娟
【单　位】华中师范大学文学院；华中师范大学湖北文学理论与批评研究中心
【期　刊】《外国文学研究》，第 40 卷，第 6 期，2018 年，第 92－102 页
【内容摘要】亨利·菲尔丁小说伦理结构的设定受古典文学影响颇深，他在小说里采用的伦理结构主要来源于文艺复兴时期的流浪汉小说，同时也借鉴了古典史诗的漫游结构。正是这种脱胎于古典史诗与传奇结构样式的故事，使菲尔丁小说中的道德英雄面临了爱情与荣誉的双重冒险。菲尔丁不仅借助故事情节微弱回应了爱情与荣誉两难的母题，而且进一步揭示了不正确的荣誉观会造成爱情观的扭曲、伦理关系的商品化以及对金钱欲望的不当追求。与伪善相比，虚荣是普通人都有的人性弱点，连道德英雄都难以免俗，其危害性也难以被世人所认知。为了实现小说的道德批判功能，菲尔丁强调了荣誉与其衍生物——名誉、声誉之间的区别，同时并不

完全否定顾惜名誉的世俗观点，从而也造成了一定的伦理含混。

【关键词】亨利·菲尔丁；荣誉；虚假性；道德批判；伦理含混

叙述声音和话语权威——论《藻海无边》的第一人称叙述

【作　者】修立梅
【单　位】北京大学外国语学院英语系
【期　刊】《外国文学》，第 3 期，2018 年，第 32－40 页
【内容摘要】《藻海无边》的叙事策略一直都是评论界关注的重点之一。小说的三个部分均采用第一人称叙述者，依次分别是安托瓦内特（伯莎·梅森）、其新婚丈夫（罗切斯特）和被监禁的安托瓦内特，然而这三部分在具体叙事策略上的不同并没有得到足够的重视。本文将着眼于分析三个第一人称叙述声音的不同特点，考察作者简·里斯如何通过调节具体叙事策略，借以隐秘却强有力地介入小说，引导、影响读者对不同叙述者做出不同的情感反应和价值、道德判断，从而树立安托瓦内特的话语权威。

【关键词】《藻海无边》；里斯；叙述声音；话语权威；第一人称叙述

伊恩·麦克尤恩《蝴蝶》中的城市之熵

【作　者】申圆
【单　位】济南大学外国语学院
【期　刊】《上海大学学报（社会科学版）》，第 35 卷，第 3 期，2018 年，第 134－140 页
【内容摘要】当代英国作家伊恩·麦克尤恩在短篇小说《蝴蝶》中刻画了伦敦能量流失且信息熵匮乏的城市熵增状态。"地下世界"的在场、狄俄尼索斯的复返、社区效能的弱化使作家形塑的城市地质空间、主体心灵空间和社会文化空间呈现出荒芜、诡异、封闭的熵化特征，反映了发展与衰落、文明与野蛮、移情与区隔之间的角力，影射出城市从混乱到湮没的可能性。作家对城市之熵的书写是"恐怖伊恩"时期的特定产物，指向了其创作早期对与启蒙精神相契合的"线性进步观"的质疑，对城市命运的追问及对城市边缘主体生存境遇的隐忧。

【关键词】伊恩·麦克尤恩；《蝴蝶》；城市；熵

异（体）类的主体：幽灵学笼罩下的拉康（英文）

【作　者】原元
【单　位】加利福尼亚州立大学（圣马库斯）文学与写作系
【期　刊】《文艺理论研究》，第 38 卷，第 4 期，2018 年，第 150－161 页
【内容摘要】在拉康对主体的论述中，异体这一概念甚为突出，它不但性质含混，作用也颇有争议。因此，本文借德里达幽灵学的观念予以探讨。尽管拉康式的主体令人困惑，捉摸不定，却一直被不少学者称为"缺失性的主体"，其中代表人物有费尔曼、拉格伦－萨利文、威尔登、德里达、巴特勒等。本文针对这一广为接受的说法，从"异（体）类的主体"这一角度来思考拉康的主体概念，并认为无论是在想象界还是象征界，拉康的主体都不可避免地会和幽灵及镜像式的异体牵扯在一起，并被其剥夺独立性。镜像阶段不仅虚构了整一自我的视觉假象，还令镜像式主体被幽灵式异体所压制。同样，象征界的主体看似在两个方面（即能指链上的转喻和隐喻）受制于语言学意义上的异体，但这种能指法式使主体失去躯壳，而成为幽灵，最终沦入

被剥夺、被移置和去中心的状态。作为后结构主义者的拉康与身为心理学家的（尤其是俄狄浦斯式的）拉康有所不同，本文亦做出谨慎区分。一般认为，被遮蔽的菲勒斯处于象征界中心地位，并占主导优势，故称之为"主控能指"和"超然所指"。以此便能证明，拉康的异体范畴不仅仅是由普通的"纯粹能指"或抽象的"空洞之词"所占居；相反，异体这一领域充斥着享有特权的"满载之词"。这些词源于（死去的）父亲，类似神圣经文。与过去的批评家不同，本文除了将语言视为一般性的异体，同时还一一揭示了一系列缠绕拉康无意识主体的异体幽灵：神谕式异体（父亲最后的话）、幽灵式异体（亡父的幽灵）、神圣异体（拜物菲勒斯）。有趣的是，拉康"异（体）类的主体"的本体论观点似乎消融于德里达提出的"幽灵似的主体"这一幽灵学理论之中。

【关键词】拉康；德里达；幽灵学；幽灵；异体

音乐之恨——帕斯卡·基尼亚尔作品中的音乐主题研究

【作　者】王明睿
【单　位】南京大学外国语学院
【期　刊】《南京师大学报（社会科学版）》，第 1 期，2018 年，第 126－132 页
【内容摘要】法国当代著名作家帕斯卡·基尼亚尔（Pascal Quignard）多次在其作品中探讨了与音乐有关的问题，并撰写了数部以音乐为主题的重要著作。本文对基尼亚尔作品中的音乐之恨主题进行系统性研究，以他的文本为依托，并结合相关学科知识，从憎恨音乐的现实情况入手，对神话原型进行分析，探讨与音乐息息相关的听觉的本质，以此较为深入地剖析基尼亚尔之所以憎恨音乐的原因，并对他的音乐思想进行初步阐释。

【关键词】帕斯卡·基尼亚尔；音乐；憎恨；主题研究

吟唱创伤：论王尔德《瑞丁监狱之歌》中"反动"的自传

【作　者】解友广
【单　位】南京大学外国语学院
【期　刊】《外国文学》，第 2 期，2018 年，第 66－76 页
【内容摘要】作为奥斯卡·王尔德极不寻常的弃世之作，《瑞丁监狱之歌》（1898）围绕叙述者"我"和谋杀犯的谜团一直是学界争辩不休的焦点。在最新研究中，有学者将两个主体间"怪异的亲密感"阐释为诗人与狱中他者的某种"伦理认同"，认为它表达了王尔德对罪犯的同情和对残酷监狱制度的鞭挞。本文参照德曼的"自传"论及凯鲁斯的"创伤"观提出，"我"与谋杀犯的相似背后存在一种微妙的镜像关系。王尔德意图通过谋杀犯他者书写自己的创伤，批判维多利亚社会对同性恋的压制和迫害。"我"与谋杀犯的精神互动、互通、互为镜像烛照出诗人的创伤性自传。在叙述和见证自己创伤的同时，王尔德进一步提炼和深化了他一生念兹在兹的基督美学。

【关键词】王尔德；《瑞丁监狱之歌》；创伤；自传；同性恋；反动；基督美学

隐藏的含混与张力：重释《彼得·潘》兼论儿童文学的悖论美学

【作　者】谈凤霞
【单　位】南京师范大学文学院

【期　刊】《西南民族大学学报（人文社科版）》，第 39 卷，第 6 期，2018 年，第 182－191 页
【内容摘要】英国童话《彼得·潘》是一部引发众多争议并在文化语境的变迁中不断衍生新话题的儿童文学经典。重新解读这一经典的目的是从儿童文学本体层面考察其美学特质，重估其在世界儿童文学史上的独特地位。这部童话在形象欲望、情节模式、叙事方式、内蕴指向上都隐藏了含混其中的矛盾，二元对立的异质元素交叠变奏，使得思想和艺术充满张力。虽然故事的情节表层设置了童年和成年的界限，但真正的讲述却打破了童年和成年的分野，混合了浪漫主义的诗性建构和后现代主义的祛魅解构，从内容到形式都呈现出关于童年阐释的微妙的悖论性，印证了悖论美学是看似简单而实质复杂的儿童文学的本体特征。
【关键词】《彼得·潘》；形象；含混；张力；悖论

隐秘界限的不可知——《一个人的朝圣》中的存在主义

【作　者】宫玉波；马歆墨
【单　位】宫玉波：北京交通大学语言与传播学院
　　　　　马歆墨：北京市清河中学
【期　刊】《东北师大学报（哲学社会科学版）》，第 6 期，2018 年，第 53－57 页
【内容摘要】小说《一个人的朝圣》是英国资深剧作家瑞秋·乔伊斯的第一部作品，讲述了一个花甲之年的老人哈罗德·弗莱 87 天中徒步行走 627 英里，横跨整个英格兰的故事。从失去自我，追寻自我，到重现自我的哲学思辨一直都是文本反复强调的，也是存在主义一以贯之的话题。文本中，"自我"是通过"选择"来赋予存在以真实意义的。这个千里跋涉的故事之所以扣人心弦，还在于它对于古典写作范式的传承与颠覆。本文将从存在主义的视角探析文本中隐藏的主题思想。
【关键词】存在主义；朝圣；死亡意象

英国"元现代主义"诗歌与《玉环》中的"中国风"

【作　者】桑翠林
【单　位】广东外语外贸大学英文学院；广东外语外贸大学外国文学文化研究中心
【期　刊】《国外文学》，第 2 期，2018 年，第 27－36、157 页
【内容摘要】"元现代主义"是新世纪欧洲艺术文化领域用来形容现时代"感觉结构"的用语。近几年来，英国诗歌及艺术领域也开始使用"元现代主义"来形容当前的艺术时代精神。英国"元现代主义"诗歌主要受到美国当代实验派文学的影响，追求在现代主义的"真诚"和"担当"与后现代主义的反讽和虚无之间的"摇摆"。英国诗人萨拉·豪于 2015 年获得 T.S. 艾略特诗歌奖的作品就反映出这样一种"摇摆"。鉴于诗人一半的中国血统及其有意识的主题选择，《玉环》的"元现代性"在很大程度上都与其中的"中国性"密切关联。二者的结合造就了一种英诗"元"时代独特的"中国风"。
【关键词】元现代主义；摇摆；萨拉·豪；《玉环》；中国风

英国 19 世纪中期惊悚小说中的疯癫话语与社会权力运作间的商讨

【作　者】崔丹
【单　位】东北师范大学人文学院

【期　刊】《国外文学》，第 4 期，2018 年，第 27－36、154 页

【内容摘要】疯癫话语贯穿英国文学，并在 19 世纪惊悚小说家笔下重现异彩。疯癫表现为理性的对立物，是知识的产物，是文明欲排斥的异己，最终招致文明的"隔离"与"禁闭"。惊悚小说中的女性疯癫是维多利亚社会权力机制运作的结果，将疯癫女人送至疯人院是权力机制"排斥"功能的表现，旨在稳定权力机制本身。惊悚小说家通过对疯癫话语的书写，表达其对理性霸权的质疑，并从个体道德管理角度考量消解权力的潜在性，表现出作家维护社会权力机制的倾向。

【关键词】英国惊悚小说；疯癫；文明；权力机制；个体道德管理

英国儿童文学的产生和发展——评《从工业革命到儿童文学革命：现当代英国童话小说研究》

【作　者】张生珍
【单　位】江苏师范大学
【期　刊】《文学跨学科研究》，第 2 卷，第 1 期，2018 年，第 169－176 页

【内容摘要】儿童文学蕴含着特定国家和民族独特的思维方式和民族精神。作为欧洲文学重要组成部分的英国儿童文学遵循英国文学的价值体系，影响了英国本土文学和文化的形成与发展，造就了其特殊的历史地位和社会价值。中国学者代表性成果《从工业革命到儿童文学革命：关于英国现当代童话故事研究》对英国童话小说的发展历程、文学思潮、艺术流变以及代表性作家作品进行了全景式的深入探讨，建构起了英国儿童文学史的主体艺术构架与发展思潮的主脉，是思想深刻的英国儿童文学发展历史的专著，具有重要的学术价值和文献价值。

【关键词】英国儿童文学；童话；道德观

英国华人文学中"道"的书写与内涵

【作　者】肖淳端
【单　位】暨南大学外国语学院
【期　刊】《文学跨学科研究》，第 2 卷，第 3 期，2018 年，第 382－398 页

【内容摘要】英国华人文学从发源至今常见对中华传统哲学思想的书写与阐释，其中，着墨最多的是道家哲学。不管是早期的还是当代的英国华人作家都喜欢在作品中反复玩味道家哲学，尤其是对"阴阳""柔弱胜刚强""复归于婴"等道家核心理念的再现。本论文检视英国华人文学对这三个道家核心理念的书写，探询此类书写背后的历史文化根源和族裔生存策略。论文认为："道"在英国华人文学作品中反复出现，与这些作家作为少数族裔在英国的离散境遇与族裔政治有密切的关联。一方面，作为中华文化的重要组成部分，道家思想为英国华人作家提供了丰富的写作素材，不仅使他们的写作顺应了西方对族裔文学的市场期待，而且满足了英国华人作家向西方展现中华璀璨文明的内心需求；另一方面，道家思想所包含的处世智慧，也成为英国华人应对边缘生存困境、舒缓身份焦虑的有力的精神武器。

【关键词】"道"的书写；英国华人；身份困境；族裔政治

英国近代历险小说中男性利益共同体建构与幻灭

【作　者】周子玉
【单　位】长沙理工大学

【期　　刊】《贵州社会科学》，第 1 期，2018 年，第 45—51 页

【内容摘要】由于宗主国／殖民地与男性／女性两分法的重合，作为殖民扩张的天然同盟，英国近代历险小说呈现一个共同的特点：男性利益共同体的建构和对女性的排斥。男性利益共同体的建构有赖于男性之间的同社会欲望的实现。具体来说，主要是通过时间维度（长幼相继）和空间维度（跨种族联盟）两个方面来实现的。不同于其他殖民文学，这一利益共同体首先强调的是性别意义上的，而非种族意义上的构建。但是在殖民文化背景下，跨种族的性别同盟自身的建构过程本身就充满了矛盾和分裂，其直接结果就是这一建构幻想的破灭。这种破灭既是性别意义上的，更是种族意义上的。

【关键词】历险小说；男性同社会欲望；利益共同体

英国维多利亚时期文学中的非洲殖民谱系

【作　　者】李长亭
【单　　位】南阳师范学院外国语学院
【期　　刊】《文学跨学科研究》，第 2 卷，第 3 期，2018 年，第 488—498 页

【内容摘要】英国维多利亚时期在非洲进行的殖民活动在英国殖民发展史上具有重要地位，而这一时期的文学作品也比较客观地反映了殖民进程及对殖民活动的态度。本文运用谱系学方法梳理出英帝国在维多利亚时期的非洲殖民掠夺和扩张的历史发展进程，并通过对这一时期文学中的殖民现象进行研究，试图勾勒出英国的殖民路线图，建立起一个清晰的非洲殖民谱系，探讨不同作者对非洲殖民的态度，有助于我们了解当时的社会状况和社会态度。

【关键词】维多利亚；文学；非洲；殖民谱系

英国文学中的心智培育与文明进程

【作　　者】殷企平
【单　　位】杭州师范大学外语学院
【期　　刊】《外国文学研究》，第 40 卷，第 4 期，2018 年，第 11—21 页

【内容摘要】从 16 世纪至今的英国文学作品中，我们可以不断地发现对心智培育的关注，以及借此回应文明进程的努力。这种努力逐步拓展了文化观念的内涵。针对以"分裂"为特征的文明，主张疗治分裂的心智，恢复完整的人性，从而促进人类社会的全面／均衡发展，这是数代英国文人的心声。培育心智的方法多种多样，那么最关键的方法是什么呢？对于这一问题，古今英国文学作品都有解答，虽然五花八门，但是如果仔细探寻，就会发现往往殊途同归——都会把想象力看作心智培育的关键。

【关键词】英国文学；文化观念；心智培育；文明进程；想象力

英国文学中的心智培育与智慧之光

【作　　者】徐晓东；陈礼珍
【单　　位】杭州师范大学
【期　　刊】《外国文学研究》，第 40 卷，第 4 期，2018 年，第 35—46 页

【内容摘要】文学之力出自对人类心智与记忆的培养。词源上看，心智与记忆实为同一，而心智本性脆弱，完善的道德心智需多渠道才智历练。在中世纪，心智培养强调融入群体生活对于

性格培养的重要意义，以及研读文学形成高尚的生活准则。到了约翰·洛克时代，心智的内涵扩展到理解力、理性以及才智三个方面。至此心智培育既成为文化的基本内涵，又是文化的重要旨归。在英国文化观念流变史的各个阶段，心智培养概念有不同侧重，早期强调积累个人处世智慧，后来转换到寻找知识智慧，贯穿其中的强烈文化冲动是追求心灵智慧的达成，是对国家和人类文明前景的深刻关怀。处世智慧、知识智慧和心灵智慧恰如三足鼎立，它们的全面发展构成英国历史上心智培育的完整要义。

【关键词】心智；培育；智慧；文化

语言疾病与太阳学说遮蔽下的缪勒神话研究

【作　者】陈刚；刘丽丽
【单　位】陈刚：《贵州民族大学学报》编辑部
　　　　　刘丽丽：贵州民族大学研究生院
【期　刊】《青海社会科学》，第 4 期，2018 年，第 177－184 页
【内容摘要】缪勒是著名的比较神话学家，语言疾病和太阳学说是他的两个标签，但经过绝对化，已化为遮蔽其光辉的铁锈，如神话断裂问题、理性主义神话理念、语言学路径、太阳的神话地位、神话的主体内容、语言与文化相结合的方法，往往被忽视。本论文依据已经译成中文的著作，尽量以原文为主而减少主观性的阐释，介绍其神话研究的缘起和目的、理论与方法、主要内容，评述其研究的创新与不足，力图还原其神话研究的真实面貌，以求有益于当下神话研究。

【关键词】缪勒；比较语言学；神话断裂；主体内容；规律性

园林、宗教与政治——《忽必烈汗》的浪漫主义中国想象

【作　者】胡玉明
【单　位】皖西学院外国语学院
【期　刊】《国外文学》，第 2 期，2018 年，第 64－74、158 页
【内容摘要】长期以来，中国园林艺术对英国浪漫主义诗歌创作的影响一直没有得到学界应有的重视，《忽必烈汗》中的中国皇家园林意象也一直为文学评论者所忽视。本文从审美的维度溯源中国园林艺术对《忽必烈汗》的影响，从宗教和政治的维度来揭示英国的中国形象在马戛尔尼访华前后的变化，认为随着这一形象的改变，中国园林由人间乐园变成了中英政治的角力场。而作为那个时代"集体想象"产物的《忽必烈汗》也融入了诗人自己的想象，该诗所透露的政治和美学观点，则在一定程度上为英国的侵华战争和火烧圆明园等行为提供了道德和美学层面上的辩护。

【关键词】柯尔律治；《忽必烈汗》；园林；中国想象；马戛尔尼访华

约翰逊《诗人传》的三元结构及其革新意义

【作　者】叶丽贤
【单　位】中国社会科学院外国文学研究所
【期　刊】《国外文学》，第 1 期，2018 年，第 76－84、158 页
【内容摘要】塞缪尔·约翰逊在《诗人传》中丰富和发展了由"作家生平、人物素描和作品评

介"组成的、以"人物素描"为核心的三元一体结构。《蒲柏传》是其中最为典型的一篇。在这篇传记中，约翰逊塑造和呈现了蒲柏的核心性格"明慎"及其双重表现。无论是拣选传主的生平信息，还是检视蒲柏诗歌的"优美"风貌，他都试图揭示它们与诗人性格相对应之处。约翰逊在保持三元结构各部分功能相对独立的同时，用一条线索贯穿传记始终，让各部分相互渗透、交融和阐发，使整篇文学传记成为浑然一体的结构。约翰逊所借鉴和完善的这种三元一体结构，对 18 世纪英国文学传记书写具有重要的革新意义。

【关键词】塞缪尔·约翰逊；《诗人传》；蒲柏；三元一体结构；文学革新

在文学与心理学之间——以里恩·艾德尔为视点的关联考察

【作　者】于桢桢
【单　位】青岛大学文学院
【期　刊】《河南师范大学学报（哲学社会科学版）》，第 45 卷，第 6 期，2018 年，第 124－127 页
【内容摘要】作为研究文学与心理学关系问题的经典之作，里恩·艾德尔的《文学与心理学》从客观基础和历史发展等方面阐述了文学与心理学之间的联系，它从历史的脉络里寻找到了二者关联的信息，并进行了详细的梳理。在此基础之上，它逐步形成独特的理论视野，在对现代文学做出令人信服分析的同时，并对其发展做出了某种预测。它在历史考察中所形成的即物精神，有着方法论的价值，很值得今天的文学研究者借鉴。

【关键词】里恩·艾德尔；文学；心理学；内在联系

战争与和平的当代文学反思——以英国诺贝尔文学奖获奖作家石黑一雄的小说为例

【作　者】胡铁生
【单　位】吉林大学公共外语教育学院；吉林大学文学院
【期　刊】《求是学刊》，第 45 卷，第 2 期，2018 年，第 120－128、2 页
【内容摘要】石黑一雄获奖在学术界引起的争议主要聚焦在对其作品价值和诺贝尔文学奖价值取向的质疑上。由于人类历史上持续不断的战争以及文学思潮的演进，文学对战争性质的探讨和战争场面的描写已经形成传统。石黑一雄则以记忆书写的叙事策略突破了这种传统，其《远山淡影》和《浮世画家》是对战后日本"个人记忆"和"国家记忆"的文学探讨，而《被掩埋的巨人》则是以"忘却"与"记忆"的逻辑悖论对冷战后表面上的和平与潜在的战争危机所做的文学反思。其作品内涵的研究结果表明，这位跨文化语境中的英国日裔作家已突破了族裔文学书写的藩篱，站在人类共有价值的高度来审视战争与和平，这不仅体现出其小说的重大时代意义，而且也回应了学术界对诺贝尔文学奖价值取向的质疑。

【关键词】石黑一雄；战争与和平；文学反思；记忆书写策略

殖民主体的诞生——对《射象》及其他缅甸文本的拉康式解读

【作　者】于洋
【单　位】北京师范大学外文学院英语系
【期　刊】《国外文学》，第 2 期，2018 年，第 109－117、159 页
【内容摘要】本文旨在以拉康的逻辑时间概念和有关焦虑的论述重新解读乔治·奥威尔的随笔《射象》。奥威尔对射象事件的叙述凸显了主体顿悟的几个时刻。这些时刻与拉康论述心理主体

的生成机制时给出的逻辑时间颇有异曲同工之妙。从这个角度，本文揭示了奥威尔笔下的殖民主体生成的三重悖论，并结合奥威尔的另外两部缅甸作品《绞刑》和《缅甸岁月》以及其他史料进一步证明，奥威尔的文学创作在早期就显现出探知主体生成和主体间逻辑关系的深刻倾向，而在逻辑时间下所必然生成的焦虑不仅成为奥威尔笔下殖民者身份的固有特征，并且也成为他本人文学创作从始至终的潜在推动力。

【关键词】殖民主体；生成机制；逻辑时间；焦虑

中古英语文学中的"死亡抒情诗"主题解析

【作　者】包慧怡
【单　位】复旦大学外文学院英文系
【期　刊】《外国文学》，第 3 期，2018 年，第 50－59 页
【内容摘要】在中世纪英格兰，对死亡的恐惧以及对死后灵魂归宿的焦虑集中表现在写于 12—15 世纪的一系列抒情诗中。持续思考人之"必死性"及其"三件伤心事"，乃至为"临终四事"做准备是再早也不为过的。这些以中古英语韵诗写就、因而能被众多普通人阅读和背诵的"死亡抒情诗"，是中世纪盛期到晚期死亡心理建设的重要流通文本，也是通往中世纪英国人精神世界的一把关键的钥匙。本文将通过对中古英语原文的训诂、翻译和细读，解析这些死亡抒情诗中最常见的四个文学主题，及其在各自语境中的发展、演变和功用。

【关键词】中古英语；中世纪；抒情诗；死亡；主题

中世纪文学中的触觉表述：《高文爵士与绿衣骑士》及其他文本

【作　者】包慧怡
【单　位】复旦大学英文系
【期　刊】《外国文学研究》，第 40 卷，第 3 期，2018 年，第 153－164 页
【内容摘要】从早期教父时代到中世纪晚期的基督教感官文化史中，触觉长久以来都位于感官金字塔的底部，被看作对基督徒的灵魂具有最大潜在威胁的官能，并与自然元素中最沉重的"土"相连。与此同时，美德、神圣性、祝福和奇迹治愈的能力亦能通过触觉传递，触觉因而在许多神学与文学文本中被赋予积极的道德内涵。中世纪罗曼司中充满细致的感官描绘，生动地反映出人物的情感模式、社会礼仪、文化禁忌和宗教观念。本文通过细读 14 世纪中古英语罗曼司代表诗作《高文爵士与绿衣骑士》，并将它置于"高文"诗人其他作品的文本背景中，考察典型中世纪俗语文学中的触觉表述及其宗教与文化内涵。

【关键词】中世纪；《高文爵士与绿衣骑士》；触觉；罗曼司；中古英语

朱利安·巴恩斯小说中的"历史哲学论纲"

【作　者】李洪青
【单　位】南京大学外国语学院
【期　刊】《外语研究》，第 35 卷，第 3 期，2018 年，第 92－98、112 页
【内容摘要】对历史与文学间的亲缘关系有着深刻感悟的巴恩斯在其小说虚构叙事中有意无意地回应了本雅明在《历史哲学论纲》中阐明的历史哲学思想。除借助多种策略揭示众多表现"史实"的文本的虚构性，批判"胜利者的历史"之外，巴恩斯还通过再现反复多难的历史（人类

史及个人史），打破了"历史进步论"这一神话。他对"引用"技法的青睐进一步表明他与本雅明历史哲学思想之间的共通性。不过，两人的关注点和思想指向有着明显的差异。本雅明更注重从理论上阐发其历史哲学思想，企图借助"引用"来解决历史救赎问题，而巴恩斯则将重心放在文学创作上，"引用"不过是其用来揭示历史滑稽性或实现个人道德救赎的重要文学技法。巴恩斯不仅创造性地将历史理论加以文学化，而且在对个人史的挖掘中拓宽了当代历史反思的维度。

【关键词】朱利安·巴恩斯；瓦尔特·本雅明；胜利者的历史；线性进步观；引用

铸造有良心的民族语言与文化——评萨克雷小说《名利场》

【作　者】孙艳萍
【单　位】浙江大学外国语言文化与国际交流学院
【期　刊】《外国文学研究》，第 40 卷，第 4 期，2018 年，第 58－68 页
【内容摘要】"民族良心"作为文化命题，是构建民族特性、文化身份和行为准则的过程。本文聚焦《名利场》中女主人公利蓓加·夏泼扔弃《英语大辞典》这一举动，指出萨克雷将约翰逊博士的词典看作民族知识、文化乃至道德象征，深刻意识到英语起着对内凝聚民族向心力，对外与其他民族相区隔的重要作用。他在小说中着力描述了英国人对民族语言和文化缺乏自信的现实，揭示出英国公共媒介浮夸虚伪、良心丧失的斑斑劣迹，旨在警醒并敦促国民，尤其是掌握文字的人，应努力铸造有良心的语言文字，探寻同质认同，守卫民族文化。《名利场》的创作本身就是萨克雷追寻有良心的文化之举，反映了维多利亚早期渐入英国国民意识的民族良心，形成了与英国文化观念的互动。

【关键词】萨克雷；《名利场》；民族良心；文化认同

走出"失根"迷途：当代英国华人文学的身份困境与历史叙事

【作　者】肖淳端；蒲若茜
【单　位】暨南大学外国语学院
【期　刊】《外国文学研究》，第 40 卷，第 6 期，2018 年，第 22－30 页
【内容摘要】历史叙事是当代英国华人文学的显性特征，其书写与族裔身份密切相连。当代英国华人作家时常在书写历史时紧扣身份问题，融身份认同与历史意识于一体，在作品中生动地再现了英国华人这一群体所关注的历史之维，同时展演了自己与族群在离散中的"失根"之痛和族裔政治。英国华人特有而复杂得多地离散经验和次族裔分歧使其认同困境雪上加霜，更加赋予历史叙事重要的功能和意义。借助历史叙事，英国华人作家追寻并建构族裔主体性，以期实现走出"失根"迷途的自我救赎。

【关键词】英国华人作家；历史叙事；身份困境；族裔政治

左派文人视野中的英国殖民历史：再现与批判——汉素音与其作品《餐风饮露》

【作　者】金进
【单　位】浙江大学人文学院；浙江大学海外华人文学与文化研究中心
【期　刊】《东南亚研究》，第 1 期，2018 年，第 134－148、154－155 页
【内容摘要】汉素音是中比混血儿，外籍母亲以及周遭西方人对东方人（包括她自己）的歧视

使得她从小就体味到弱国子民低人一等的苦楚，自小就在心中埋下了人道主义情结。机缘巧合，1952—1964 年，她在马来亚行医的 12 年间，马来亚正经历着英国殖民政府实施"紧急法令"以及新加坡政府自治和筹备独立的重要历史时期。在现实生活层面，乱世鼓励着心属中华文化的汉素音在悬壶济世的同时，积极参与社会服务，特别是参与南洋大学的创建活动和教学工作；在文艺创作上，她以一部英文长篇小说…*And the Rain My Drink*（前半部中译本为《餐风饮露》），揭露了英国殖民者紧急法令时期对"新村"、马共，以及马来亚人民所犯下的杀戮罪行，发出了左派文人批判上层统治者的抗争声音，成为一部西方左派文人眼中的正义之作，也成为研究 20 世纪五六十年代新马文学及其历史处境的不朽之作。

【关键词】汉素音；《餐风饮露》；人道主义；左派文人；马来亚；新村

作为"他者"的"自我"——"他者"观照下朱利安·巴恩斯小说的"英国性"书写

【作　者】王一平
【单　位】四川大学文学与新闻学院
【期　刊】《国外文学》，第 2 期，2018 年，第 118－126、159 页
【内容摘要】英国当代小说名家朱利安·巴恩斯对"英国性"的书写并不诉诸以乡野为代表的传统农业文明符号，而是在全球化的背景之下，借助国族的"他者"来展开"自我"反观，如将法、美等其他国族设置为"被追求者""伙伴"等象征性角色，即英国形象的有机参照物，以此在与"他者"的张力关系之中丰富对"英国性"的型构。巴恩斯小说对"英国性"的省察与书写，可被视为大英帝国解体后英国人对自身特性及前途命运的一种文学探索，表现出了当代"英国性"在观照"他者"、更新"自我"时的开放态度。

【关键词】朱利安·巴恩斯；英国性；他者

作为目光、物体和象征的"埃菲尔铁塔"

【作　者】肖伟胜
【单　位】西南大学文学院
【期　刊】《学习与探索》，第 7 期，2018 年，第 143－158 页
【内容摘要】罗兰·巴尔特撰写于 1964 年的《埃菲尔铁塔》，延续了《神话学》对大众文化现象进行"去神秘化"的批判立场。在这篇解读建筑文本的经典范例中，他富有创意地运用视觉凝视理论、符号语义学和审美鉴赏相结合的方式，一方面揭示了作为"目光"的铁塔潜藏着的视觉辩证或掏空的游戏，同时从语义学角度敞显了铁塔这个"物体"的内在表意机制，并发掘了铁塔作为象征符号如何发挥着神话的功能，最后深入考察了铁塔建立在机器文明之上的功能美，以及它最终成为巴黎之"象征"的缘由。

【关键词】罗兰·巴尔特；《埃菲尔铁塔》；物体语义学；凝视理论；功能美

作者的"复活"——读克拉克的《寒士霜毫：格拉布街的奥利弗·高士密》

【作　者】龚璇
【单　位】北京语言大学英语学院
【期　刊】《外国文学》，第 4 期，2018 年，第 163－174 页
【内容摘要】诺玛·克拉克的《寒士霜毫》着眼于奥利弗·高士密在格拉布街的交际圈，详考

他与寒士同胞间的人情往来与文学影响，提出"爱尔兰身份"是深刻理解高士密其人其作的钥匙。该作对"18 世纪爱尔兰作家高士密"的想象性重构，以高度的批评自觉艺术性地处理了作家与时代、个体与社群、作者主体与作品文本、审美者（传记家）与审美对象（传主）、历史真实与文学虚构之间的辩证关系，体现了当代传记批评对作者主体性的重新肯定，为继续探讨传记写作如何作为一种批评方法丰富文学研究提供了有价值的参考。

【关键词】克拉克；高士密；18 世纪英爱关系；传记文学；传记批评；作者主体性

（三）东欧、北欧文学研究论文索引

Co-creating Literature across Media and Modes of Expression：Hans Christian Andersen's "In the Children's Room" (1865) and "Dance，Dance，Doll of Mine!" (1872)

【作　者】Nina Christensen

【单　位】School of Communication and Culture，Centre for Children's Literature and Media，Aarhus University

【期　刊】《世界文学研究论坛》，第 10 卷，第 1 期，2018 年，第 23－39 页

【内容摘要】Children's literature in Denmark developed in a literary culture in which various modes of expression interacted：sound，writing，visual expression and dramatic performance. This article discusses this aspect of literary history in relation to two stories by Hans Christian Andersen. The analytical backdrop is N. Katherine Hayles and her analysis of the relationship between form，medium and content；the distinction between semiotic and transmissive media suggested by Marie-Laure Ryan；John Bryant's concept of "fluid text"；and Marah Gubar's discussion of children as co-creators of texts. The analysis of Andersen's short story "Dance，Dance，Doll of Mine!" (1872) focuses on the interaction between speech，song，storytelling，written text，dance and performance，the discussions of children's literature integrated in the text，and the concepts of childhood represented. Subsequently，the analysis addresses the different versions of the text published in different media. The analysis of "In the Children's Room" (1865) focuses on this story as another meta-narrative on characteristics of children's literature，especially the act of co-creation between child and adult. The article concludes that new aspects of children's literature in a historical context are revealed when the focus is placed on children and readers as co-producers，and on the way in which children's literature combines verbal，aural，visual and performative modes of expression across media.

【关键词】children's literature；childhood；Hans Christian Andersen；media；nineteenth century

FairyPlay，Recycling Trash in Hans Christian Andersen's Fairy Tales and Children's Play

【作　者】Herdis Toft

【单　位】Department of Culture Study，University of Southern Denmark
【期　刊】《世界文学研究论坛》，第 10 卷，第 1 期，2018 年，第 40－64 页
【内容摘要】The article investigates contemporary functions of Hans Christian Andersen's fairy tales，situated as they are in a cross-cultural mix between folklore，booklore and medialore，and therefore useful as "trash" in a play culture where children recycle them into FairyPlay. Folktales belong to folklore，Hans Christian Andersen's copyright-fairy tales to booklore and the multiple versions in modern media to medialore. Hans Christian Andersen's fairy tales have inspirational background in folklore，are aesthetically adapted to booklore by the author and reconstructed in innumerable ways in medialore. Originally he created culture for children by writing literary fairy tales. Pedagogues and teachers use his literary fairy tales in a diverse range of projects with children. However，we focus on culture created by children—their play culture. Hans Christian Andersen is analysed as a homo ludens，a trash-sculptor and a thing-finder，like Pippi Longstocking and like children in play. Examples of Danish children using his fairy tales are provided. Fairy tales are raw materials—trash—for their play-production，and these contemporary children muddle，mingle，remix the formulas with other materials and adjust them to play context through improvisations. So they perform what we name FairyPlay—just like Hans Christian Andersen himself did.
【关键词】FairyPlay；fairy tale；play；trash；folklore；Hans Christian Andersen

Hans Christian Andersen：A Cultural Icon Lost in Translation

【作　者】Jacob Bøggild
【单　位】The Hans Christian Andersen Center，Department of Culture Study，University of Southern Denmark
【期　刊】《世界文学研究论坛》，第 10 卷，第 1 期，2018 年，第 9－22 页
【内容摘要】The article initially points out the paradox that Hans Christian Andersen has become a cultural icon on a global scale based on translations which are often unreliable. The article further argues that this is partly due to the fact that translators in the target languages have most often translated Andersen as a writer predominantly for children，something which Andersen is not. The target language exemplified in the article is English. It is demonstrated how two central translators of Andersen into English，Erik Christian Haugaard and Jean Hersholdt，sanitise Andersen's original texts and iron out difficult formulations and stylistic anomalies. The result is the thematic depth and complexity.
【关键词】Hans Christian Andersen；fairy tales and stories；translations into English；children's literature；sanitation and normalization

Hans Christian Andersen for Children，with Children and by Children

【作　者】Karin Esmann Knudsen
【单　位】Department of Culture Study，University of Southern Denmark
【期　刊】《世界文学研究论坛》，第 10 卷，第 1 期，2018 年，第 1－8 页
【内容摘要】This special issue on children's literature and fairy tales has its focus on Hans Christian Andersen：his unique way of telling and his influence on modern Danish children's literature，as well

as the way his fairy tales are used pedagogically by teachers and by the children themselves in their play culture. Thus the articles will show a range of different perspectives on Andersen's fairy tales. The contemporary challenge of research in children's literature is to combine a literary perspective with other angles：children's literature as media，as pedagogical artefact，and as raw material for children's play. You need theoretical framing from different areas of science：in addition to literary theory you need book history，media theory，pedagogical and didactical theory，and cultural theory. This fact is mirrored in the selection of scholars and views in this volume.

【关键词】culture for children；culture with children；children's culture

New Versions of the Fantastic：Children's Books by the Danish Author Louis Jensen

【作　者】Anna Karlskov Skyggebjerg
【单　位】Danish School of Education，University of Aarhus
【期　刊】《世界文学研究论坛》，第 10 卷，第 1 期，2018 年，第 96－107 页
【内容摘要】This article conducts a textual analysis of selected examples of contemporary Danish children's literature with a focus on the continued inspiration and influence from H. C. Andersen's fairy tales. The main examples in the article are texts written by the internationally awarded author Louis Jensen (b. 1943). The article begins with a brief description of Jensen's rich oeuvre and then continues to analyze the genre patterns in one of his first fantastic tales，*Skelettet på hjul* (1992) [*The Skeleton on Wheels*]. This particular tale is selected because of its remarkable combination of realistic and magical elements，which can also be understood as a clash between different levels and messages. The structure in Jensen's fantastic tales corresponds well with the concepts developed in Tzvetan Todorov's 1970 theory about the fantastic in literature，so this theory is the theoretical framework in this section. To conclude，the article，selected examples of Jensens's poetry，the so-called square stories，will be analyzed with a focus on the intertextual references to H. C. Andersen (1805—1875). Although they contain recognizable features and motifs，the square stories represent a new genre in children's poetry and thereby a development of the concept of children's literature.

【关键词】children's literature；fantastic tales；children's poetry；square stories；intertextuality；H. C. Andersen；Louis Jensen

Teaching and Learning Modes and Media of H. C. Andersen Fairy Tales

【作　者】Nikolaj Elf
【单　位】Department of Culture Study，University of Southern Denmark
【期　刊】《世界文学研究论坛》，第 10 卷，第 1 期，2018 年，第 65－95 页
【内容摘要】This article explores how and why Andersen fairy tales could be taught at school in new multimodal ways that reflect 21st century networked，digital and popular culture. Based on social semiotic theory and Dewey's understanding of teaching and learning as "doing knowledge"，a design model is presented for teaching the multiple modes and media of Andersen's work. It is argued that the model could contribute to a more semiotic rich and inquiry-based approach to Andersen and lead to the development of students' semiotic competence，which may help understanding Andersen in

transformative ways. The model was used for designing four experiments in an intervention in four Danish upper-secondary classes. Focusing on an experiment that explores how animated Andersen fairy tales were taught and learned in analytical and creative ways in L1/mother tongue education (MTE)，the empirical analysis finds that the experiment challenges teachers' and students' conceptions of how Andersen could be taught and learned at school. However，findings also suggest that a multimodal and inquiry-based approach could expand the dominating understanding of how and why Andersen could be taught in the L1/MTE subject. This finding may have implications for teaching other canonical world literature，such as Shakespeare and Melville.

【关键词】popular culture；multimodal ways；inquiry-based；semiotic theory

"生态平衡"关系中的《鱼王》

【作　者】张冰
【单　位】北京大学出版社；北京大学俄罗斯文化研究所
【期　刊】《国外文学》，第 3 期，2018 年，第 43－50、157 页
【内容摘要】"生态平衡"历来是世界文学的主题之一。一千年前的中国文学家韩愈已经以文学家特有的敏锐强调天人感应论，并由自然灾害引申到政治灾害。20 世纪 70 年代俄罗斯作家维克多·阿斯塔菲耶夫则以其经典的创作《鱼王》出色地展示了自然与人、人与社会、与社会环境系统的和谐和冲突对峙。本文主要从"自然生态的平衡"与"社会生态的平衡"两方面，在"生态平衡"的视野中阐释《鱼王》的独特创作意义和审美价值。
【关键词】生态平衡；韩愈；维克多·阿斯塔菲耶夫；《鱼王》

《2017》：斯拉夫尼科娃基于时空体的叙事策略

【作　者】胡学星
【单　位】山东师范大学外国语学院
【期　刊】《外国文学》，第 1 期，2018 年，第 42－50 页
【内容摘要】俄罗斯女作家斯拉夫尼科娃擅长借助时空体展开小说叙事，其荣获 2006 年度布克文学奖的长篇小说《2017》就采用了这种叙事策略。小说《2017》中交织着乌拉尔神话、当代现实生活以及对未来的展望等，神话、现实和未来三种不同时空彼此交融、相互穿越，小说借此揭示出传统价值观遭受严重冲击的后果，并引发人们对民族未来和文化选择的思考。
【关键词】斯拉夫尼科娃；《2017》；时空体；叙事策略

《宝贝儿》及托尔斯泰赋意的中国接受

【作　者】李家宝；黄忠顺
【单　位】李家宝：长江大学文学院
　　　　　黄忠顺：东莞理工学院
【期　刊】《外国文学研究》，第 40 卷，第 4 期，2018 年，第 156－166 页
【内容摘要】《宝贝儿》及托尔斯泰赋意在中国的接受，由作为新文化运动激进思潮之组成部分的妇女解放主题开启，在作为鼓动全民抗战之组成部分的妇女解放问题探讨中延续，并在需要大量劳动力投入经济建设而鼓励女性成为社会化主体的背景下，借助社会主义现实主义理念得

以拓展。虽然在激进文化思潮消退，战时动员稍息的 1940 年晚期的国统区曾有过回归文学的接受视野，但托尔斯泰赋意却是一路遭遇批判，待到托尔斯泰赋意获得认同的时候，作为劳动力参与提升 GDP 速度的妇女解放红利已然远去。不过，这时候仍有女性主义将批判锋芒甚至指向《宝贝儿》及其作者的男性价值导向。

【关键词】《宝贝儿》；托尔斯泰；中国接受

《死屋手记》中"不幸的人"与东正教认同感

【作　者】万海松
【单　位】中国社会科学院外国文学研究所

【期　刊】《外国文学研究》，第 40 卷，第 2 期，2018 年，第 31－42 页

【内容摘要】除发表当初造成的轰动，《死屋手记》在后来的陀思妥耶夫斯基学术史上并未得到足够重视，但它却构建了陀思妥耶夫斯基本人根基主义思想的基本框架和核心要素。《死屋手记》对犯人群体形象的现实描绘蕴含着作家的人道主义精神和宗教情怀，"不幸的人"这一关键词凝聚了对俄国和俄国东正教的认同感，实际上从一个独特的角度诠释了东正教的"聚和性"体验，表明了东正教精神与作家的根基主义思想之关系。小说中根基主义思想的核心是追求东正教的认同感，这也是它能引起列夫·托尔斯泰等思想家精神共鸣的真正原因。

【关键词】《死屋手记》；"不幸的人"；俄国东正教；根基主义

《烟》：旅行中的俄罗斯人

【作　者】龙瑜宬
【单　位】浙江大学人文学院

【期　刊】《外国文学》，第 4 期，2018 年，第 55－63 页

【内容摘要】屠格涅夫的小说《烟》刻画了"大改革"时期俄罗斯游客在西方旅行中表现出的封闭心态。在他们那种"畸变"外语的指认下，俄罗斯与西方的形象都被严重地扭曲。以这些反应与实践为俄罗斯整场现代化变革之旅的生动表征，屠格涅夫强烈意识到自己此前设想的落空，这导致了作品的失控，但是也促使作家在景象多变的现代化进程中寻找一条更务实低调的道路。

【关键词】屠格涅夫；《烟》；"大改革"时期；西方旅行

鲍·阿库宁作品中的中国书写：历史叙事与文化记忆

【作　者】田洪敏
【单　位】上海师范大学人文与传播学院

【期　刊】《中国比较文学》，第 3 期，2018 年，第 132－144 页

【内容摘要】中国或者中国叙事是当代俄罗斯作家鲍里斯·阿库宁书写对象之一，其中有着作家基于俄罗斯历史叙事与文化记忆视角下的审美阐释与形而上思考。与传统民族想象相对比，阿库宁的中国形象回溯是一种哲学质疑和美学边界思索，最终指涉当代俄罗斯历史进程。

【关键词】鲍里斯·阿库宁；中国书写；历史叙事；中国美学

从"彼得堡"与"罗马"的双城之争看果戈理的理想世界

【作　者】侯丹

【单　位】中国社会科学院外国文学研究所

【期　刊】《学习与探索》，第 11 期，2018 年，第 163－167 页

【内容摘要】彼得堡和罗马是果戈理人生道路和作家生涯中的两个重要城市。彼得堡是果戈理少年时代的理想之城，也是他文学生涯的起点。罗马则是果戈理的"精神故乡"，是他恋恋不舍的"地上天堂"。彼得堡与罗马，这两个地理位置并无关联、气候环境大相径庭、社会环境迥然而异的城市，在果戈理的精神世界和艺术世界中邂逅，形成了双峰对峙的局面。两个城市的对立也折射出了作家本人对俄罗斯社会现实的失望以及对理想世界的向往。

【关键词】俄国文学；果戈理；罗马；彼得堡；理想世界

从脑文本到终稿：易卜生及《社会支柱》中的伦理选择

【作　者】苏晖；熊卉

【单　位】苏晖：华中师范大学文学院

　　　　　熊卉：华中师范大学文学院；江西师范大学外国语学院

【期　刊】《外国文学研究》，第 40 卷，第 5 期，2018 年，第 48－58 页

【内容摘要】脑文本是文学伦理学批评的重要术语之一。从文学伦理学批评视角来看，易卜生的戏剧《社会支柱》的四个稿本是作家脑文本的体现，而四个稿本之间的变化是易卜生在把脑文本解码成书写文本过程中进行的伦理选择的外化；戏剧主人公卡斯腾·博尼克的理性意志与非理性意志进行了剧烈的博弈，其伦理选择亦与脑文本有着密切的联系；脑文本的动态变化及其与伦理选择之间的关系体现出易卜生的伦理意识，他在剧中探讨了关于个人与社会的伦理关系、社会普遍伦理道德观念以及两性伦理关系和女性地位这三个伦理问题，表达了个人追求自由的重要性，揭示了社会发展的丑陋面，肯定了女性的重要作用，从而揭示了戏剧的道德教诲本质。

【关键词】易卜生；《社会支柱》；脑文本；伦理选择

俄国文学和俄罗斯民族意识

【作　者】刘文飞

【单　位】首都师范大学外语学院

【期　刊】《外国文学》，第 5 期，2018 年，第 3－11 页

【内容摘要】俄国文学是俄罗斯民族意识的集中体现，是俄罗斯民族意识的最大公约数，俄国文学发展史上的几次繁荣大多出现在俄罗斯民族意识的高涨期，在俄国文学和俄罗斯民族意识两者之间始终存在着积极的相互作用，两者间源远流长的互动既造就了俄国文学的独特内涵和风貌，也使俄国文学成了"俄罗斯性"的重要塑造手段和表达方式，从而构建出俄罗斯民族的"文学想象共同体"，并促成了俄国文化中的"文学中心主义"现象。

【关键词】俄国文学；民族意识；俄罗斯性；文学想象共同体；文学中心主义

俄罗斯"新生代"作家的历史叙事——以斯涅吉廖夫的中篇小说《内奸夙敌》为例

【作　者】孙磊

【单　位】北京外国语大学

【期　刊】《外国文学》，第 1 期，2018 年，第 34－41 页

【内容摘要】俄罗斯新生代作家亚·斯涅吉廖夫的中篇小说《内奸夙敌》是一部深刻的历史心理小说，它充满了作家个人的生命经验，所呈现的是个体的家庭历史，是当代青年关于历史的深刻思考。这种新的历史叙事有两个特征：对历史中的家庭故事和人物心理的关注和叙说；个体的生命进程始终蕴含着丰富的现实与历史意蕴，同时现实与历史意蕴也总是通过个体的生命经验表现出来。叙事在历史记忆与现实生活的交错中推进，作者用独特的情节转折点作为情感砝码，加重了作品中家庭生活的历史分量，引发出在历史、时代、家庭生活中人们所遭受的伤痛并对其做了极为尖锐、痛楚、严酷的表达。

【关键词】新生代作家；亚·斯涅吉廖夫；《内奸夙敌》；历史叙事

俄罗斯文学与现代化转型之关系的历史回望

【作　者】汪介之

【单　位】南京师范大学文学院

【期　刊】《南京师大学报（社会科学版）》，第 1 期，2018 年，第 118－125 页

【内容摘要】俄罗斯文学既是俄罗斯民族现代化进程的重要组成部分，又以其特有的方式见证和参与了这一进程。现代化进程中所遭遇的一系列根本问题，如东西方之间的道路选择，知识阶层价值与作用的认定和发挥，以及同现代化的方式和后果相关的忧患意识与乡土情结，等等，同样是文学所不可回避的。俄罗斯文学对这些问题的探索和表达显示出它在现代化进程中不可替代的作用，使其不仅成为现代化运动的生动艺术录影，而且为总结和反思这一行程的历史经验提供了有价值的参照。

【关键词】俄罗斯；文学；现代化

赫列勃尼科夫《诗集》的原始主义艺术特性

【作　者】王永

【单　位】浙江大学外国语言文化与国际交流学院

【期　刊】《文学跨学科研究》，第 2 卷，第 4 期，2018 年，第 669－680 页

【内容摘要】赫列勃尼科夫是俄罗斯最重要的未来主义诗人之一，是未来主义诗歌最重要的分支立体未来主义的领袖人物。立体未来主义倡导诗歌与绘画的结合，诗歌创作深受绘画的影响，赫列尼科夫为的《诗集》是其典型代表。本文从艺术学视角出发，揭示了《诗集》表现形式及内容上的艺术特征，并进一步研究了艺术特征与诗人创作理念之间的关系，由此得出结论：《诗集》无论是其表现形式还是主题上，均体现出原始主义艺术的特征；《诗集》采用原始主义艺术创作手法，旨在探索语言的原始状态，从而构建一种"永恒世界"通用的"星际语言"。

【关键词】赫列勃尼科夫；《诗集》；原始主义艺术；"星际语言"

仅仅是"妇女解放"问题吗？——《玩偶之家》及"易卜生主义"考辨

【作　者】蒋承勇
【单　位】浙江工商大学西方文学与文化研究院
【期　刊】《外国文学》，第 2 期，2018 年，第 3－7 页
【内容摘要】以往我国评论界认为，《玩偶之家》从提倡"妇女解放"的角度讨论了"社会问题"。易卜生是反对"男权主义"，为妇女争取自由的戏剧之先驱。这种解读当然不无道理，该剧本确实也因此对欧洲，尤其是"五四"时期我国的妇女解放运动产生了广泛影响。但这种理解只接纳了文本的表层含义，没有揭示"易卜生主义"之本质内涵，也不符合易卜生创作的初衷。实际上，该剧讨论的问题已由"妇女解放"等一般"社会问题"上升为超前性、革命性的"关于人类和人类命运"的问题，揭示的是西方传统文化所面临的危机以及危机中"人"的觉醒与解放的问题，这才是《玩偶之家》和"易卜生主义"的深层内涵，也是易卜生戏剧之"现代性"特征在文化哲学内涵上的表现。由此而论，我国"五四"时期思想文化界对《玩偶之家》以及"易卜生主义"的理解与接受存在偏差，值得进一步深入研究与探讨。
【关键词】易卜生；《玩偶之家》；妇女解放；"人"的觉醒；"易卜生主义"

科学选择与安徒生对丹麦民族浪漫主义的反思

【作　者】柏灵
【单　位】华中农业大学外国语学院
【期　刊】《外国文学研究》，第 40 卷，第 2 期，2018 年，第 97－107 页
【内容摘要】本文聚焦安徒生中后期作品中的科技元素，分析作家诗学观念和创作实践的转变，研究转变背后作家的社会思考和伦理诉求。19 世纪中期，安徒生改变了早期浪漫主义的创作理念，选择将科学引入文学创作之中，以促进文学想象和文学形式的创新。面对丹麦民族危机，安徒生反对民族浪漫主义以历史书写和文学体裁等级划分的策略重构丹麦文化身份和文化秩序。安徒生选择以科学推动文学创新，以指向未来的科幻想象和打破体裁界限的形式实验与民族浪漫主义针锋相对。在丹麦历史转折时期，科学入诗的选择背后是安徒生以科学促进社会变革、推动现代民族国家构建和发展的伦理诉求。
【关键词】安徒生；民族浪漫主义；科学选择；伦理诉求

列夫·托尔斯泰与中国革命

【作　者】王志耕
【单　位】南开大学文学院；北京师范大学文艺学研究中心
【期　刊】《清华大学学报（哲学社会科学版）》，第 33 卷，第 1 期，2018 年，第 65－73、195 页
【内容摘要】在 20 世纪初期，列夫·托尔斯泰以自己的思想参加了伟大的中国革命运动。他对当时中国的共产主义者、社会主义者和无政府主义者等，都产生了深刻的影响，他思想中的否定国家政权、道德完善、人民性等学说，在不同程度上都转变成了为中国革命所用的思想。当然，他的不抵抗主义最终还是被中国的革命家所抛弃。但这并不意味着托尔斯泰的思想失去了意义，在今天看来，我们仍然有必要来重新判断托尔斯泰的当代价值。
【关键词】列夫·托尔斯泰；中国革命；社会主义；无政府主义

论《日瓦戈医生》"节点式"的空间叙事结构

【作　者】孙磊
【单　位】北京外国语大学俄语学院
【期　刊】《国外文学》，第 4 期，2018 年，第 134－142、157 页
【内容摘要】长篇小说《日瓦戈医生》与 19 世纪经典现实主义小说的叙事显现出很大的不同。作家采取的是一种"节点式"的叙事。小说虽以时间为轴，却以空间场域为支点，展开的是一种高度有序的空间叙事。对极具个性和活力的日瓦戈个体生命道义和精神世界的揭示——这一核心命题统领着作品，是整部小说叙事的"向心力"所在。"节点式"的空间叙事是帕斯捷尔纳克汲取现代主义小说手法，对 20 世纪俄罗斯现实主义长篇小说叙事所做的开创性贡献。
【关键词】《日瓦戈医生》；叙事结构；节点式；空间叙事；向心力

论俄罗斯后现代主义文学中的民族精神建构

【作　者】侯秀然
【单　位】山东大学外国语学院；鲁东大学外国语学院
【期　刊】《山东社会科学》，第 11 期，2018 年，第 188－192 页
【内容摘要】文学既能形象地反映一个民族的现实生活，更能弘扬一个民族的精神文化。诞生于 20 世纪六七十年代的俄罗斯后现代主义文学蕴含着当代俄罗斯知识分子对民族精神的思考与重新定位，建构起一个由"宗教性""弥赛亚意识""帝国情怀""虚无主义"和"游戏性"等多个精神向度构成的俄罗斯民族精神结构。俄罗斯后现代主义文学始终坚守着其民族精神内核，并运用独特的语言书写将文学创作与民族精神结合在一起，这对于我国当代文学创作具有重要的参考价值和指导意义。
【关键词】俄罗斯；后现代主义；民族精神

论果戈理《死魂灵》的史诗结构模式

【作　者】吴笛
【单　位】浙江大学世界文学与比较文学研究所
【期　刊】《外国文学研究》，第 40 卷，第 1 期，2018 年，第 147－156 页
【内容摘要】果戈理的《死魂灵》作为其代表作，奠定了他作为俄国杰出作家的地位。《死魂灵》虽为长篇小说，果戈理却称其为长诗。这部作品究竟属于哪种艺术形式，学界存在着极大的争议。本文力图从结构模式入手，对此进行探究。本文认为，果戈理的意图是创作类似于但丁《神曲》般的史诗式作品，以三部结构分别对应《神曲》中的《地狱》《炼狱》《天堂》三个部分，并且将对于俄国前途何在的探讨贯穿其中。《死魂灵》第一部便是地狱旅行般的情节结构和亡灵书写；而在被他烧毁的《死魂灵》第二部中，突出所谓道德上的自我完善的历程，也就是净化的过程；第三部则上升为理想的境界，抒写理想的正面形象。作品中的"死魂灵"并非真实意义的"死农奴"，而是具有一定的象征寓意，表示当时社会的道德沦丧和人格的精神毁灭。
【关键词】果戈理；《死魂灵》；史诗特性；结构模式

全球在地化、事件与当代北欧生态文学批评

【作　者】何成洲
【单　位】南京大学外国语学院；欧洲科学院
【期　刊】《武汉大学学报（哲学社会科学版）》，第 71 卷，第 2 期，2018 年，第 57－64 页
【内容摘要】生态意义上的全球在地化其实就是思考全球化，行动在地化。这引出两个话题，一是如何继承和发扬本地的传统文化？二是如何将全球化与环境的议题在地化？这可以从北欧生态文学的全球在地化获得一些答案。山妖是北欧文学的一个神话原型。20 世纪 80 年代以来，北欧文坛上出现了一些重写山妖的虚构作品，如瑞典的《天沟森林中的绿林好汉》，芬兰的《山妖：一个爱的故事》。在这些作品中，山妖被用来构建新故事，生成了全新的文学话语。《天沟森林中的绿林好汉》启示人们，一个人的动物本能对于理解人的行为是至关重要的。《山妖：一个爱的故事》以后现代碎片化的叙事方式，讲述山妖故事，影射生活在都市中的动物境况。这部芬兰语小说启发人们，动物性其实是人类的一个话语建构，文明和自然的划分是人为的而非本质性的。北欧山妖叙事的破旧立新，受到全球化的深刻影响，也深深打上了北欧文化的印记，反映了全球在地化的文化特点。
【关键词】全球在地化；北欧文学；山妖；生态批评；《天沟森林中的绿林好汉》

人文理性与技术理性冲突的典型写照——易卜生《玩偶之家》中娜拉与海尔茂冲突的现代文化内蕴

【作　者】刘建军
【单　位】东北师范大学文学院
【期　刊】《山西大学学报（哲学社会科学版）》，第 41 卷，第 5 期，2018 年，第 16－22 页
【内容摘要】在现今的生活中，我们会时刻感觉到一个巨大矛盾的存在：一方面，由于物质文明的高速发展，每个人的个性要求越来越强烈，人们更渴望无拘无束的生活、渴望人的各种各样欲望的满足——这是人文理性的深刻体现；但另一方面，社会的发展越来越需要严密的规则、法纪和规范等约束，使之有序——这是技术理性的要求。这样，如何看待人与人不同追求之间的矛盾？如何处理人文理性和技术理性两者之间的关系？19 世纪末 20 世纪初著名的挪威戏剧家易卜生就较早认识到这个问题，并通过戏剧《玩偶之家》深刻表现出了两者间的矛盾冲突本质形式以及对此问题的深入思考。
【关键词】《玩偶之家》；娜拉；海尔茂；人文理性；技术理性

陀思妥耶夫斯基的宗教救赎意识的痛苦蜕变

【作　者】马小朝
【单　位】烟台大学人文学院
【期　刊】《烟台大学学报（哲学社会科学版）》，第 31 卷，第 6 期，2018 年，第 60－67 页
【内容摘要】陀思妥耶夫斯基的宗教救赎意识在文学创作中有一个从简单质朴往复杂深邃的痛苦蜕变。陀思妥耶夫斯基宗教救赎意识的简单质朴，主要表现为道德意义上的善良人，自始至终把人生的苦难视为基督牺牲精神的自我实践和人生价值的自我实现。陀思妥耶夫斯基的宗教救赎意识的复杂深邃，主要表现为历史意义上的寻常人，自觉或不自觉地因追求个人幸福而犯

下道德罪孽后的精神困窘与心灵忏悔。

【关键词】陀思妥耶夫斯基；救赎意识；简单质朴；复杂深邃；痛苦蜕变

乌利茨卡娅长篇小说中的"家庭中心论"

【作　者】陈方
【单　位】中国人民大学外语学院俄语系
【期　刊】《外国文学研究》，第 40 卷，第 3 期，2018 年，第 143－152 页
【内容摘要】家庭是柳·乌利茨卡娅几乎全部创作的中心主题。本文以作家 20 世纪 90 年代以来的长篇小说为分析对象，探讨其创作中存在着的"家庭中心论"。在作家笔下，家庭是其叙述 20 世纪历史的载体，蕴含着丰富的历史意义和隐喻意义，高度浓缩了特定历史时期的社会景观，同时也体现着作者对社会、政治、文化等问题的主观态度和价值取向。作家依托家庭题材表达独特的美学观，建立起与古希腊文学、神话故事以及俄罗斯文学经典文本的互文关系。她凭借与传统文学文化及诗学的联系，在当代俄罗斯文学反思家庭形式、弱化家庭功能的总体语境中，建立起自己独特的"家庭诗学"，即家庭中心论，并借此在当代俄罗斯文坛获得稳固的一席之地。

【关键词】柳·乌利茨卡娅；家庭中心论；独特的美学观；互文关系

伊·维雷帕耶夫剧作的非理性成分

【作　者】王丽丹
【单　位】南开大学外国语学院
【期　刊】《外国文学研究》，第 40 卷，第 5 期，2018 年，第 138－149 页
【内容摘要】作为当代俄罗斯实验派剧作家，维雷帕耶夫从剧作形式的表达到内容的书写，均体现其创作的求新求变。维雷帕耶夫的剧本不仅有诠释生命过程的舞蹈仪式，也有饱含悲剧意识的宗教仪式；在其非戏剧性倾向的戏剧结构中，梅尼普体起着主导作用；剧作家戏剧的仪式化及梅尼普体狂欢化形式与暴力行为与"卑贱"哲学密不可分；剧作家创作形式与内容上的非理性成分均反映作家的存在主义宗教意识。维雷帕耶夫以悖论的剧本展示暴力横行、圣经戒律庸俗化的当今世界，其非理性戏剧成分不仅说明其特有的艺术思想与哲学观念，也反映当代俄罗斯人的文化心理与价值取向。

【关键词】维雷帕耶夫；仪式化；梅尼普体；暴力行为；存在主义

（四）中欧、南欧文学研究论文索引

„Vielleicht haben wir den Kaiser vis à vis": Neue Beobachtungen zu Theodor Fontanes Nachlassroman *Mathilde Möhring*

【作　者】Xiaoqiao Wu
【单　位】Beihang University，Department of Foreign Languages
【期　刊】*Neophilologus*，第 102 期，2018 年，第 387—401 页
【内容摘要】This article deals with the role plays in Theodor Fontane's posthumously published novel *Mathilde Möhring*，which are cleverly hidden in the text by the novelist and have been little noticed in prior scholarship. While the German Emperor Frederick III is subtly associated with the male protagonist Hugo Großmann，the title heroine turns out to be a masked figure of Melusine—a constellation that runs like a red thread through the whole text and can only be revealed by a close reading of a series of artistic and difficult "finesses".
【关键词】Theodor Fontane；*Mathilde Möhring*；Friedrich III；Melusine；finesses

An Existential Crisis: The Significance of the Opening and Concluding Passages of Robert Walser's *Jakob von Gunten*

【作　者】Mahdi Ahmadian；Mohsen Hanif
【单　位】Department of Foreign Languages，Kharazmi University
【期　刊】《世界文学研究论坛》，第 10 卷，第 3 期，2018 年，第 463—472 页
【内容摘要】This study examines the opening and concluding passages of Robert Walser's *Jakob von Gunten* (1909) as they contain the essence of the novel. The novel follows the life of Jakob，a young man of supposed noble background，as he enrolls in the Institute Benjamenta to become a servant. Jakob's lack of history and the failure of modernist ideals in him lead to a state of identity crisis，wherein he questions the possibility of any authentic sense of existence. By drawing on a conjunction of Existentialist and Marxist theories，it is claimed that subordination and domination that Jakob experiences is in effect，the metaphoric critique of bourgeois and modernism. Also these

eventually lead the protagonist to an existential feeling of nothingness and alienation.

【关键词】subordination；crisis；Existentialist and Marxist theories；Robert Walser；*Jacob von Gunten*

Existential Failure in Franz Kafka's *The Metamorphosis*

【作　者】Hamid Farahmandian；Pang Haonong

【单　位】School of Foreign Languages，Shanghai University

【期　刊】《世界文学研究论坛》，第 10 卷，第 2 期，2018 年，第 334－341 页

【内容摘要】This paper，by the means of illustrating the specific elements of existentialism including "absurdity"，"existential Angst" and "ethical decline"，aims to show how Gregor as the main character of *The Metamorphosis* fails to fulfill self-definition. Franz Kafka's protagonists are lonely because they are caught midway between a notion of good and evil，whose scope they cannot determine and whose contradiction they cannot resolve. This makes them become alienated from a society in which fear is a central idea. Gregor，due to his family's financial issue and fear of being a shame in the society，is unable to get rid of the burst of inner pressure. This pressure causes him to look for death as a suitable tool to escape of absurdity that society and his family offered him earlier.

【关键词】existentialism；absurdity；Franz Kafka；*The Metamorphosis*

"词语之戏"——对《骂观众》一剧的文本与剧场解读

【作　者】李明明

【单　位】清华大学外文系

【期　刊】《外国文学》，第 6 期，2018 年，第 13－22 页

【内容摘要】以彼得·汉特克的《骂观众》一剧为起点的"不再戏剧性的戏剧文本"，不仅标示着戏剧内部的审美转向，而且还开拓出关乎身体、感知、述行、空间、氛围、在现、事件等问题的新的美学场域。本文尝试将该剧置于文学文本与剧场空间两个不同的介质当中，探讨如下问题：向剧场敞开自己的戏剧文本内部发生了哪些变化，它是如何向剧场靠近的？文本中新的符号要素（身体、感知等）对传统的阐释学提出了何种挑战，如何使传统戏剧中不可见的变得可见？在与电子媒介的竞争中，戏剧文本及其剧场呈现发展出了哪些本质性的审美要素，启示着何种审美转向？

【关键词】感知；述行；事件；美学场域；后戏剧

"反讽是中庸的情志"——论托马斯·曼的诗性伦理

【作　者】黄金城

【单　位】华东师范大学中文系

【期　刊】《文艺研究》，第 9 期，2018 年，第 13－24 页

【内容摘要】反讽是托马斯·曼一以贯之的文学—政治姿态。在哲学层面上，反讽表达的是"精神"与"生活"之间的紧张，而在思想史层面上，它则体现了德意志"文化"与现代"文明"之间的紧张。曼氏早年基于保守主义的价值立场，将反讽理解为爱欲，其内涵可进一步区分为三个时刻：康德式的、席勒式的以及浪漫派的反讽。其中，反讽的浪漫派时刻蕴含着"保守革

命"的思想命题。在 20 世纪 20 年代初，曼氏借助于歌德的人道理念，赋予反讽以客观性的内涵，并形成一种人文主义的诗性伦理。而其思想实质是为现代市民秩序（魏玛共和国）辩护，这也是曼氏与当时"保守革命派"的根本思想差异之所在。立足于魏玛共和国的思想语境，可以较明确地把握曼氏"反讽"概念诸维度的诗学－哲学内涵及其思想史命意。

【关键词】反讽；托马斯·曼；诗性伦理；思想史命意

"我就是我的身体"：论麦因堡《丑人》的后人类身体及其戏剧呈现

【作　者】但汉松
【单　位】南京大学外国语学院

【期　刊】《外国文学》，第 6 期，2018 年，第 3－12 页

【内容摘要】德国当代剧作家马里乌斯·冯·麦因堡的《丑人》表面上是一部以整容手术为题材的社会讽刺剧，但它更深的主题则指向了后人类身体的三种区隔，即卑贱身体、客体身体和主体身体。本文分析了剧中的三种后人类身体如何在荒诞的脸部重造中实现了越界，同时指出"脸"这个身体器官在该剧中彻底沦为了机械复制物。在此情境下，后人类的赛博格不仅要面对神经官能症式的身份认同危机，也让身体之"美"成为一种过时之物。本文还进一步深入后人类剧场，以特罗扬诺夫斯基在上海执导的《丑人》为案例，分析多媒体技术驱动的数字化表演如何与后人类主体的身体言说形成张力，从而实现身体与技术在舞台上的相互质询和解构。

【关键词】后人类身体；赛博格；脸；《丑人》

"我望向广阔的风景，体会到无边的绝望。"——解读赫塔·米勒作品中的自然

【作　者】余杨
【单　位】广东外语外贸大学西语学院德语系

【期　刊】《德国研究》，第 33 卷，第 4 期，2018 年，第 90－104、142－143 页

【内容摘要】赫塔·米勒作品中的自然风景以其极端性引人注目，它直指其作品的核心主题——对存在的焦虑与对死亡的恐惧。她的自然观与存在观、人生观融合为一，决定了她与世界、与他人之间的关系。自然因此不仅具有认识论上，也兼具社会政治维度上的意义。米勒对自然的认识对其主题选择、风格形成产生了深远影响，并渗透到她的核心诗学原则如"虚构感知""陌生的目光"与"越界"之中，奠定了其所有作品特有的"悲凉"基调，是理解其作品内在关联不可或缺的前提。在自然描写中，概念性的认知、道德伦理与情感想象融为一体，实现了更为深曲而多义的审美效果。

【关键词】赫塔·米勒；自然观；存在观；诗学观

"战争抑或和平"：城邦生活的两种理解——阿里斯托芬《和平》绎读

【作　者】刘麒麟
【单　位】西华师范大学文学院

【期　刊】《国外文学》，第 4 期，2018 年，第 61－69、155 页

【内容摘要】古希腊喜剧诗人阿里斯托芬的《和平》演述了一位雅典农人为实现城邦和平，被迫忤逆宙斯的律令，奇幻地营救和护卫和平女神的非凡之举。《和平》的剧情始于模仿和戏拟古代英雄"柏勒罗丰"怨责宙斯的行动，但其主人公的"僭越"言行和不同结局以及和平女神形

象和命运的刻画，明显体现了阿里斯托芬关于"战争""和平""城邦生活"等传统主题的独特思考。深入研读《和平》，将有助于理解伯罗奔尼撒战争时期雅典城邦在政治、道德和经济等领域中的困境和危机，尤其有助于理解阿里斯托芬基于伦理道德和现实利弊来批判和改造诸神的神学旨趣。

【关键词】战争；和平；城邦生活

《1844 年经济学哲学手稿》中的本体论生活美学思想初探

【作　者】张宝贵
【单　位】复旦大学中文系
【期　刊】《中国人民大学学报》，第 32 卷，第 2 期，2018 年，第 18－28 页
【内容摘要】《1844 年经济学哲学手稿》是马克思重要的美学文献，本身具有很强的思想张力，研究者从不同角度做过多种解读。这些解读大多以实践为基础，在美的艺术范围内搭建马克思美学。但从马克思的表述来看，物质生产实践只是生活决定性力量中的一个层面，美的艺术也只是马克思美学视野下的一种。将生活作为美学思考的出发点，将美的属性赋予各种生活方式而不唯独限于美的艺术，应该是马克思《1844 年经济学哲学手稿》的美学主题，是一种本体论生活美学的表达，这也令马克思美学走出传统理论美学的视域，在活着和如何活的生活层面切入人的生存问题当中。

【关键词】马克思；生活美学；实践；科学理性；价值理性

《俄狄浦斯王》的悖论特征及其生成的悖论语境

【作　者】吴斯佳
【单　位】浙江传媒学院文学院
【期　刊】《外国文学研究》，第 40 卷，第 6 期，2018 年，第 144－152 页
【内容摘要】索福克勒斯的《俄狄浦斯王》是希腊悲剧的典范作品。这部经典悲剧尽管历来以卓越的结构艺术为学界所关注，但是，作品中所具有的独特的悖论特征同样不可忽略。该剧无疑是一部以悖论而取胜的杰作。作品中所渗透的种种悖论精神不仅体现了索福克勒斯的思想与艺术特性，也在一定的意义上体现了作者在特定时代对人的命运和人生追求的特定反思，可以视为雅典社会和剧作家时代观的一个缩影。全剧所体现的艺术悖论、身份悖论、伦理悖论、地域悖论，不仅是驱动剧情得以展开的主要动力，而且也是《俄狄浦斯王》得以生成的悖论语境的艺术折射，更是使得《俄狄浦斯王》成为悲剧艺术典范的重要缘由。

【关键词】索福克勒斯；《俄狄浦斯王》；悖论特征；悖论语境

《荒原狼》：传统市民性与现代性困顿中的自我救赎与升华

【作　者】陈敏
【单　位】东华大学外语学院
【期　刊】《德语人文研究》，第 2 期，2018 年，第 48－54 页
【内容摘要】《荒原狼》以刻画个体存在的精神危机为始，以治愈危机和重塑信仰为终。黑塞所表现的知识分子精英危机，除了个人生活困顿、现代性所引发的内在矛盾性之外，还与 19 世纪末 20 世纪初德国传统市民精英阶层及其文化的没落与衰亡有关。面对令人绝望的危机，黑塞以

"魔术剧院"为核心，以荣格分析心理学理论为实验，剖析个体混沌的真实内在，以期达到认识自我、接受自我。并以不朽者"歌德""莫扎特"等人为代表的文化中寻求内化修身的方法，重塑信仰，由内而外解决现代性危机，使现代人能迈向更理想的精神境界——真之国。

【关键词】市民精英；魔术剧院；荣格；原型意象；内化修身

《尼伯龙根之歌》是德意志人的民族史诗吗？——作为现代政治迷思的中世纪文学

【作　者】江雪奇
【单　位】柏林自由大学德语和荷兰语语文学院
【期　刊】《德国研究》，第 33 卷，第 4 期，2018 年，第 121－135、144 页
【内容摘要】《尼伯龙根之歌》是德意志人的民族史诗，这在汉语世界中似乎已被普遍认定为天经地义的世界文学史常识。然而，这是条自始至终不断遭受质疑、早已被德语区学界推翻的、缺乏理据且不合时宜的论断。《尼伯龙根之歌》在中世纪从来不是民族史诗，也无法代表当时或现代德意志民族的典型价值观念；它只是被后天赋予了原本缺乏文本支撑的民族政治意义，从而在德国民族主义与纳粹主义浪潮中扮演起了悲剧性角色。

【关键词】《尼伯龙根之歌》；民族史诗；政治迷思；中世纪德语文学；接受史

《世界改造者》的独白式对话和独白探析

【作　者】谢芳；吴莎
【单　位】武汉大学外国语言文学学院
【期　刊】《湖北社会科学》，第 6 期，2018 年，第 127－134 页
【内容摘要】伯恩哈德的《世界改造者》的独白式对话和独白不仅与传统戏剧的对话和独白在性质、地位和功能方面具有明显差异，而且经由其完成的人物刻画和主题揭示亦采用了看似零散化、片段化，但实际上却富于音乐特征的表现形式。以上所述产生的原因主要在于现代西方社会人与人之间思想感情的无法沟通、作者在戏剧内涵方面对"真相的传达"的追求及其在戏剧结构形式方面对传统的亚里士多德式情节模式的刻意消解和艺术形式上的大胆创新。就接受效果而言上述独白式对话和独白可使观众从听觉上获得一种音乐美感的享受和愉悦。

【关键词】独白式对话和独白；非行动性；音乐特征

《周年纪念日》中"寻乡情结"的主题构建

【作　者】王强
【单　位】中国政法大学
【期　刊】《贵州社会科学》，第 8 期，2018 年，第 41－50 页
【内容摘要】德国作家乌韦·约翰逊的长篇小说《周年纪念日》以"寻乡"为主线，建构出独特的"寻乡"历程，从而超越了一般"寻乡"主题所能容纳的精神内涵。时空的交融流转使"寻乡"姿态更加立体，亦使意识变换更为流畅，情感流露愈发自然。女主人公格西内决然回避现实，并在糅合了时间与空间、有形与无形的永恒历程中重拾"自我之关注"，最终建构出独有的身份认同与生命意义。小说借助纯粹"个体"的心灵"寻乡"体验，以个性化讲述赋予"寻乡"完整深刻的内涵。

【关键词】心灵体验；时空流动性；"寻乡情结"；叙事结构

E. T. A. 霍夫曼小说《沙人》中的爱情话语与交流媒介

【作　者】岳子涵
【单　位】北京外国语大学外国文学研究所
【期　刊】《德语人文研究》，第 1 期，2018 年，第 7－13 页
【内容摘要】本文从文化学视角出发，以 E. T. A. 霍夫曼小说《沙人》为文本对象，以交流媒介为切入点具体考察文本中所蕴含的爱情语义，借以观照 19 世纪市民社会的爱情话语转变。
【关键词】爱情话语；交流媒介；《沙人》；E. T. A. 霍夫曼

阿甘本的艺术理念：创制、传递性与纯粹潜能的开启

【作　者】柏愔
【单　位】南京师范大学金陵女子学院
【期　刊】《文艺理论研究》，第 38 卷，第 2 期，2018 年，第 69－76、110 页
【内容摘要】阿甘本以创制、传递性、潜能等概念勾勒了他的艺术理念。他认为对于一种创制的艺术的遗忘和艺术进入现代美学领域导致了现代艺术危机，并使得艺术趋向虚无主义，成为一种自我消除的无。由此阿甘本提出艺术应当放弃对于真理内容的保证，才能重新认识到艺术是对纯粹传递性的传递，并且只有通过节奏才能开启艺术的纯粹潜能，让人重新恢复在大地的诗意状态。
【关键词】阿甘本；创制；传递性；潜能

奥古斯都的统治与贺拉斯的神话诗歌

【作　者】岳成
【单　位】黑龙江大学应用外语学院
【期　刊】《北京师范大学学报（社会科学版）》，第 4 期，2018 年，第 157－160 页
【内容摘要】奥古斯都时代的文学作品究竟和当时的罗马政治有怎样的关联？从当时最主流的文学形式——诗歌中寻找答案是不可回避的研究路径。贺拉斯是当时最著名的罗马诗人之一，他曾是奥古斯都的御用诗人，他的神话诗歌非常集中地反映了奥古斯都时代的政治状况。作为诗神的祭司，贺拉斯认为无论从罗马的宗教传统还是希腊的文学传统来寻找依据，神话诗歌都远胜史诗。在神话诗歌中，贺拉斯歌颂奥古斯都的军事武功、帮助奥古斯都与元老院争夺政治权力、反对不利于保持政治稳定的迁都计划、清明风尚习俗，讽刺拜金主义和宣扬坚毅美德。贺拉斯的神话诗歌有一种能够启迪罗马人心灵的力量，在维护奥古斯都政权稳定的过程中起到了非常重要的作用。
【关键词】奥古斯都；贺拉斯；神话诗歌

彼得·汉德克的戏剧艺术

【作　者】聂军
【单　位】西安外国语大学德语学院
【期　刊】《同济大学学报（社会科学版）》，第 6 期，2018 年，第 10－21 页

【内容摘要】奥地利当代作家彼得·汉德克因创作多产、题材广泛而享誉世界文坛，也因其鲜明的艺术个性而备受争议。他在小说和戏剧方面均有卓著的成就，迄今已发表至少 16 部戏剧，曾得多项国际戏剧奖。他从早期反传统戏剧创作开始，经历了辩证复归的建构性阶段，进而把个体感受与文化反思融入戏剧作品之中，表现出独特的艺术创新精神。文章选择他早期至 20 世纪 80 年代末的主要戏剧作品进行分析，尝试阐明他的戏剧艺术特色的演变轨迹。
【关键词】彼得·汉德克；戏剧；反传统；文化反思

从鹿特丹到拉曼却：《堂吉诃德》中的伊拉斯谟"幽灵"

【作　者】范晔
【单　位】北京大学外国语学院西葡语系
【期　刊】《外国文学评论》，第 2 期，2018 年，第 125－142 页
【内容摘要】有学者认为如果西班牙没有经受伊拉斯谟的洗礼，就不会有《堂吉诃德》出现。本文尝试考察这位鹿特丹的人文主义者在西班牙的影响及其历史背景，并探究他对塞万提斯在自由观、血统论、疯狂观以及和平等方面的可能影响。笔者尝试揭示以伊拉斯谟－堂吉诃德之名展开的诠释和建构都内在于西班牙社会文化史及其问题性之中。或许有必要对我们头脑中因后世的学科畛域而产生的知识碎片进行整合，为《堂吉诃德》这样的文学经典还原历史现场。
【关键词】伊拉斯谟；塞万提斯；《堂吉诃德》

从神话进入历史——论《神谱》与《工作与时日》的文体叙事

【作　者】王振军
【单　位】河南科技学院文法学院
【期　刊】《河南师范大学学报（哲学社会科学版）》，第 45 卷，第 4 期，2018 年，第 131－138 页
【内容摘要】《神谱》与《劳作与时日》（又译《工作与时日》）作为赫西俄德的两部具有史诗性的长诗，在其哲学叙事中也包含着一种深深的"文体"危机。人与神同在，人的世界与神的世界是一个整体化的"同心圆"，它显示的是人类的一种精神状态，这也是史诗精神的一种表征。普罗米修斯神话和潘多拉神话标志着人神的最终分离，人神的分离也标志了"史诗框架"的破裂和小说精神的出现。人类种族叙事分为两个单元，第一单元是神话叙事，第二个单元是人类自身的叙事，是神话的历史化。神话的历史化也历史性的使史诗世界让位于小说世界，小说的精神取代史诗的精神，史诗是神话性的，小说是现实性的，史诗的价值指向绝对的过去，小说的价值指向当前和未来。
【关键词】《神谱》；《劳作与时日》（《工作与时日》）；文体；历史化；小说精神

德意志浪漫诗学视野下的"人造人"图景——E.T.A.霍夫曼的断片小说《自动机》之诠释

【作　者】张克芸
【单　位】同济大学外国语学院德语系
【期　刊】《德国研究》，第 3 期，2018 年，第 118－131、152 页
【内容摘要】德意志浪漫诗人诺瓦里斯呼吁"将世界浪漫化"，E.T.A.霍夫曼则在《自动机》中对 18 世纪的机器人技术施以"浪漫化"，赋予当时轰动全欧的机器玩具——"土耳其棋手"以语言、思维等方面的神奇能力，令其超脱于人类的认知和控制，成为高深莫测的"土耳其预

言者"，而人类则沦为受其摆布的"自动机"。本文从小说与历史现实的互文关系入手，指出小说从三方面对"人造人"技术的神秘化处理，从而彰显出浪漫精神的主旨：揭示技术理性鼓动下的人类的造物主实践将会招致自身的危机。

【关键词】E. T. A. 霍夫曼；《自动机》；技术的浪漫化；人造人

地上之城的企望——从佛罗伦萨看但丁的世俗政体观

【作　者】梁云祥；马若凡
【单　位】北京大学国际关系学院；北京大学政府管理学院
【期　刊】《山东社会科学》，第 1 期，2018 年，第 158－163 页
【内容摘要】但丁的经历塑造和影响了他的政治思想理念，他与故土佛罗伦萨之间纷杂的情感关系是他经历中非常重要的组成部分。关注并深入研究《神曲·地狱篇》中但丁对佛罗伦萨城的再现，可以更好地了解这位中世纪最后一位诗人思想家的政治思想理念。但丁通过追溯古典与中世纪的政治思想——特别是对奥古斯丁与阿奎那思想的转述，表达了他对世俗政体价值的重新肯定，即通过政治共同体的媒介，可以实现使生活在佛罗伦萨这座"地上之城"的人们摆脱堕落的命定，并重新获得上升的可能。

【关键词】佛罗伦萨；但丁；世俗政体；"地上之城"

蒂克戏剧《颠倒的世界》中的反思结构

【作　者】罗威
【单　位】北京外国语大学德语系
【期　刊】《德语人文研究》，第 1 期，2018 年，第 14－19 页
【内容摘要】按照弗里德里希·施莱格尔的理解，浪漫诗将观察世界与观察自身结合在一起，具有先验的性质。因此，"反思"是浪漫诗的基本特征之一。蒂克在《颠倒的世界》中打破了舞台世界与现实的界限，为这部戏剧赋予了自我反思的结构，同时也让这部作品具有了先验的特点。本文试图借助历史背景与浪漫派的相关理论对文本中体现的反思结构进行分析，进而阐述蒂克在这部作品中对启蒙戏剧观的否定与对浪漫诗的思考。

【关键词】浪漫诗；先验性；反思；启蒙戏剧

感受真实，重塑经典——认识彼得·汉德克

【作　者】聂军
【单　位】西安外国语大学欧美文学研究中心
【期　刊】《外语教学》，第 39 卷，第 2 期，2018 年，第 96－100 页
【内容摘要】本文主要着眼于奥地利当代作家彼得·汉德克不同时期的代表作，从主题和风格等方面探讨作家的创作倾向和表现手法，阐述作家创作艺术的整体特征。文中拟从语言与现实、自然与经典、创作与感受之间的关系出发，论述作家所遵循的真实性审美原则在创作中不断深化的过程，指出：汉德克对主观感受的强调与描写，突出了文学本身的审美意义，呈现出一种积极的、建设性的、基于当代现实辩证地接受经典、重塑经典的理想主义创作方式。

【关键词】彼得·汉德克；语言与现实；自然与经典；创作与感受

歌德与神圣罗马帝国——《浮士德》第四幕第三场解读

【作　者】谷裕

【单　位】北京大学德语系

【期　刊】《同济大学学报（社会科学版）》，第 4 期，2018 年，第 1—11 页

【内容摘要】歌德《浮士德》第四幕第三场依据 1356 年颁布的神圣罗马帝国基本法——《黄金诏书》，上演了暴乱、平叛以及之后帝国的分封，借此演绎了帝国特殊的建制和政治格局，以及世俗统治与教会神职间复杂的俗圣关系。该场作于 1831 年，在整部《浮士德》中最后写成，是歌德继自传《诗与真》后，也是在法国大革命、拿破仑战争、神圣罗马帝国解体、维也纳会议及欧洲复辟、七月革命等一系列重大政治历史事件后，再次把神圣罗马帝国系统地搬上舞台，并借助戏剧场景安排、诗歌体式等文学形式，充分展示了一个维系千年的政治现实、政体形式对于——至少在形式上——维系帝国内部和平、保证各地区多元发展的合理性以及帝国建制中利弊交织的复杂性。

【关键词】歌德；《浮士德》；神圣罗马帝国

诟詈的意义——奥维德长诗《伊比斯》研究

【作　者】李永毅

【单　位】重庆大学语言认知及语言应用研究基地；重庆大学外国语学院

【期　刊】《国外文学》，第 4 期，2018 年，第 53—60、155 页

【内容摘要】奥维德流放时期的长诗《伊比斯》继承了西方古典的诟詈诗传统，但又加以独特的改造，融合了史诗和哀歌的元素，体现了奥维德一贯的体裁越界的特征。它固然为过着抑郁的流放生活的诗人提供了发泄愤懑情绪的渠道，因而部分地具备诟詈诗的心理动因，但奥维德也借诟詈诗的躯壳实现了多重艺术意图，不仅戏仿和颠覆了短长格诟詈诗和史诗陈规，也让自己一生的哀歌体创作迎来了又一次突破。语言暴力、神话暴力和现实暴力在诗中的融合既折射出奥维德流放期间的绝望，也表达了他对西方古典暴力文化的反思。

【关键词】诟詈诗；哀歌体；史诗；神话；体裁越界

古希腊时期神话和悲剧中的伦理观念

【作　者】杨丽娟

【单　位】东北师范大学文学院

【期　刊】《外国文学研究》，第 40 卷，第 2 期，2018 年，第 85—96 页

【内容摘要】古希腊时期神话和悲剧中的伦理观念大致经历了三个发展阶段。第一个阶段是神话中血缘伦理观念的萌芽。三代天父更替的神话和普遍存在的杀婴神话中，父辈与子辈之间奉行的是弱肉强食和新老更替的自然法则，主人公在血亲相杀过程中内心的恐惧和不安，以及对暴力行为的否定性评价，显示出血缘伦理意识的初步觉醒。第二个阶段是悲剧中血缘伦理观念与城邦伦理观念的冲突与并峙。绝大多数悲剧中的主人公，在城邦伦理观念的冲击和挑战中，选择对以乱伦禁忌和血亲相杀禁忌为核心的血缘伦理观念的坚守。第三个阶段是以悲剧《俄狄浦斯王》为代表的伦理观念的深化和成熟。俄狄浦斯对凶手的追查和自我惩罚，显示了人类在自然法则限定下，对血缘伦理和城邦伦理的信守，成就了极限境遇下的伦理典范。

【关键词】古希腊神话；血缘维系；自然法则；血缘伦理；城邦伦理

荷尔德林诗学的古希腊渊源探究

【作　者】佘诗琴
【单　位】厦门大学哲学系
【期　刊】《厦门大学学报（哲学社会科学版）》，第1期，2018年，第113—121页
【内容摘要】古希腊是荷尔德林诗学最初和最重要的背景。法国当代哲学家贝尔多从早期荷尔德林的文本出发，考证了其古希腊学中提出的现代诗歌应当在诸多方面模仿古希腊诗歌的古典主义诗学观点，却没有谈到这种模仿的某种不可逾越的界限及其展现出的某种超越古典主义的现代性的倾向。这种倾向主要体现在荷尔德林中晚期几个讨论古今之争的理论文本，以及他对古希腊悲剧的理论阐释中。在荷尔德林原文本的基础上，综合贝尔多、拉库—拉巴特与达斯图尔等学者的研究，从诗人与城邦，诗歌的简短性、公共性、思想性以及现代诗歌模仿古希腊的局限性这几个方面，可以看出荷尔德林的古希腊研究对他的诗学所产生的影响，以及他对古希腊诗学与艺术的接受程度和进一步的反思。
【关键词】荷尔德林；希腊学；诗学；神圣诗歌；古今之争

贺拉斯的"中庸"与《书简》卷一

【作　者】时霄
【单　位】中国人民大学文学院
【期　刊】《国外文学》，第1期，2018年，第67—75、157—158页
【内容摘要】贺拉斯在其诗歌中频繁地倡导节制并反对极端，因而常常被视为"中庸"的体现者。虽然这一特质常常被认为刻板僵化、缺乏激情，但它在贺拉斯文本中的呈现则颇为复杂。本文以贺拉斯的第一卷书信体诗歌为对象，分析这部作品中的三组二元对立，展现"中庸"在其中的复杂性。贺拉斯所追求的"中庸之道"并非稳定刻板的规则，而是蕴含着变化和矛盾，常常表现为两端之间的摇摆，充满含混与紧张。本文认为，贺拉斯在这部作品中灵活地运用斯多亚派与伊壁鸠鲁派哲学思想，用含混的笔法处理诗与哲学之争，并在乡村与城市的生活方式之间游移不定，从而使其"中庸之道"表现出浮动不居的特质。
【关键词】贺拉斯；中庸；浮动不居

贺拉斯诗歌与奥古斯都时期的文学秩序

【作　者】李永毅
【单　位】重庆大学外国语学院
【期　刊】《文艺理论研究》，第38卷，第3期，2018年，第68—77页
【内容摘要】奥古斯都时期的诗人已经面对着一个复杂性堪比现代的文学秩序，这个秩序由国家、恩主、友人与公众组成。文学赞助体制的流行迫使诗人在艺术与权力之间周旋，成熟的文学发表、传播和销售渠道则以文学趣味和审美风尚的形式向诗人施压。贺拉斯的成功秘诀在于，他通过精心设计的写作策略最大限度地利用了这个秩序的优势，避免了它的负面效应，不仅没有沦为牺牲品，反而塑造了罗马的诗歌走向。
【关键词】古罗马诗歌；文学秩序；赞助体制；文学流通

赫尔曼·黑塞作品中的中国智慧及其启迪

【作　者】祝凤鸣

【单　位】安徽省社会科学院

【期　刊】《江淮论坛》，第 6 期，2018 年，第 183－187 页

【内容摘要】德语作家赫尔曼·黑塞痴迷东方文化特别是中国古代思想，他对儒、道、释思想的接受和创造性转换遵循一个基本轨迹，即在青年时代钟情道家哲学，中后期转向儒家学说，老年趋于佛教禅宗。黑塞融汇中西方文化的努力与成就，对当代中国如何汲取世界各国文明养分、转化与发展中国传统文化、建立文化自信以启迪。

【关键词】赫尔曼·黑塞；中国智慧；转化；启迪

赫西俄德笔下的神义与教化

【作　者】章勇

【单　位】重庆大学人文社会科学高等研究院

【期　刊】《湖南师范大学教育科学学报》，第 17 卷，第 1 期，2018 年，第 42－48 页

【内容摘要】赫西俄德的全部诗作都试图回答"对人类生活来说什么是最好的"这一问题。诗人给出的答案是以神义论的形式呈现的。也就是说，在赫西俄德这里，要回答"什么是最好的生活"这个问题，必须首先回答人世中恶的起源及其与神之关系的问题。而神义论的最终目的是要对希腊人实施教化，即教导邦民过上虔敬的礼法生活。所以，我们可以说，神义与教化是理解赫西俄德作品的两个关键词。

【关键词】赫西俄德；神义；教化

胡安·戈伊蒂索洛《堂胡利安伯爵的复辟》中"西班牙的毁灭"

【作　者】蔡潇洁

【单　位】首都师范大学外国语学院

【期　刊】《外国文学》，第 5 期，2018 年，第 71－79 页

【内容摘要】"持不同政见者戈伊蒂索洛"对自身文明的"背叛"可谓是西班牙文化自身孕育出的异化力量，《堂胡利安伯爵的复辟》正是阐释这种背叛的一个经典文本。作者以多变的叙事技巧、丰富的互文与"神秘、晦暗和谵妄的激情"构建了"神圣西班牙的毁灭"，其中深意耐人寻味。它糅合了对童年创伤、近代历史的回视书写；更与文史上的沉疴病灶相勾连，对西班牙民族性格进行大胆评判；而透过身份的背叛和对"他者"的拥抱，最终可以观察到作者隐藏的真正态度，对民族、文化的深沉思索与期冀。

【关键词】胡安·戈伊蒂索洛；创伤书写；互文性；他者

蝴蝶：齐泽克的古代中国镜像

【作　者】韩振江

【单　位】大连理工大学人文学部

【期　刊】《人文杂志》，第 1 期，2018 年，第 75－80 页

【内容摘要】作为精神分析哲学家，齐泽克对孔子和庄子等先秦思想家的思想以及中国传统艺术抱有浓厚兴趣，并使之与拉康哲学勾连起来。齐泽克通过对庄子梦蝴蝶、M. 蝴蝶君等蝴蝶意象的精神分析透视，阐释了古代儒家文化，并进而想象了作为西方他者而存在的古代中国形象。他的中国蝴蝶意象与文化的镜像他者有某种根本的同构性。通过对齐泽克蝴蝶意象的分析，我们看到了齐泽克是如何通过蝴蝶这一幻象架构来想象古代中国的，以及西方学者如何通过镜像他者关系来理解现代中国。理清齐泽克如何想象中国，也就为当代中国与西方的文化交流提供了一个反思视角。

【关键词】齐泽克；中国文化；孔子；庄子

霍夫曼斯塔尔《两幅画》中的"看"与"读"

【作　者】刘永强
【单　位】浙江大学外国语言文化与国际交流学院
【期　刊】《德语人文研究》，第 2 期，2018 年，第 1—5 页
【内容摘要】文章先从观念史的角度梳理了有关文学与图像关系的讨论，然后具体探讨了胡戈·冯·霍夫曼斯塔尔早期作品《两幅画》中的媒介反思和幻象诗学。霍夫曼斯塔尔的这部作品描写了主人公的两次天启式的观画经历，并以画作内容与画作标题的强烈反差展现了"看"与"读"的互动。本文一方面剖析主人公的视觉感知模式和观画场景的编排，另一方面探讨作品中图像与文字的关系，并进一步论述了现代主义文学的图像潜能。

【关键词】胡戈·冯·霍夫曼斯塔尔；《两幅画》；"看"与"读"；幻象

霍夫曼斯塔尔哑剧《学徒》中的理性批判、舞蹈与仪式性

【作　者】刘永强
【单　位】浙江大学外国语言文化与国际交流学院
【期　刊】《外国语文》，第 5 期，2018 年，第 51—56 页
【内容摘要】奥地利现代主义作家胡戈·冯·霍夫曼斯塔尔的哑剧《学徒》生动刻画了一种理性主导的、文字编码的感知方式，并借此对西方近现代的书写文化进行批判。剧中展现了错误的符号解读所招致的厄运宿命，抒发了对盲目理性主义的深刻批判。这部哑剧标志着霍夫曼斯塔尔在诗学层面向身体和舞蹈语言的转向，体现了他在开创新的认知模式、摸索新的表达方式等方面所做出的努力。作者在哑剧的构思中结合了有关舞蹈动作和仪式行为的思考，预示了他后来关于"纯净姿势"的美学构想。

【关键词】胡戈·冯·霍夫曼斯塔尔；哑剧；理性批判；舞蹈；仪式行为

精神乌托邦的悖论：托马斯·伯恩哈德小说《修正》中的空间象征

【作　者】文静
【单　位】武汉东湖新技术开发区管委会
【期　刊】《德语人文研究》，第 1 期，2018 年，第 20—24 页
【内容摘要】本文通过探索小说《修正》中的空间象征的含义，解读小说中人物与其生存环境之间的关系，得出人物本身的极端矛盾性以及其在空间意象上的体现，为解读伯恩哈德笔下的精神狂人提供思路。

【关键词】托马斯·伯恩哈德；空间象征；精神；矛盾性

卡尔维诺小说的后现代疏离性表征

【作　者】陈曲
【单　位】北京邮电大学民族教育学院
【期　刊】《江西社会科学》，第 38 卷，第 10 期，2018 年，第 145－151 页
【内容摘要】卡尔维诺被学界认为是典型的后现代小说家，然而其与后现代主义相似的表现手法及写作模式是以卡尔维诺的深层宇宙观为依托，与后现代主义有着完全不同的思想渊源与路径。贯穿卡尔维诺小说的线索是一个孤独者在茫茫宇宙中追录意义的旅程。在这条追寻之旅中，卡尔维诺始终都没有放弃一个知识分子的责任，他始终都是意义的看护者。他的古典主义态度与后现代主义截然不同。不仅如此，卡尔维诺的小说有很大一部分是不能纳入后现代小说范畴中去解读的。
【关键词】卡尔维诺；后现代；深层宇宙观

卡夫卡与中国先锋小说现代意识的呈现

【作　者】罗璠；雷浩泽
【单　位】海南师范大学文学院
【期　刊】《海南大学学报（人文社会科学版）》，第 36 卷，第 4 期，2018 年，第 135－141 页
【内容摘要】在对卡夫卡文学的接受中，中国先锋小说不仅扩大了生活的表现范畴，也拓展了艺术的表现空间，使文学创作具有了更多的表现方式。其中，最具价值的内核乃在对卡夫卡小说的继承与发展中，中国先锋小说具有了自身的现代意识。这种现代意识主要表现在对艺术形式感的关注、写作意识的自觉呈现、荒诞意识的弥漫等三个方面。
【关键词】卡夫卡；先锋小说；现代意识

昆德拉作品汉译中作者、出版者与译者的合力

【作　者】许方
【单　位】华中科技大学
【期　刊】《中国翻译》，第 39 卷，第 2 期，2018 年，第 40－45 页
【内容摘要】近年译学界倾向于将翻译的生产活动置于一个更为开阔的场域中加以思考，作者、译者、读者，乃至出版者都被纳入对翻译主体的考察中来。本文以昆德拉作品在中国的译介为例，就作者、出版者与译者的关系作一探讨，认为"信任"是昆德拉与其作品的中文出版者、译者之间建立稳固合作关系的基础，有利于保证译本质量，推进作品的传播；而"求真"是作者与译者在密切合作中对于翻译的共同追求。
【关键词】作者；出版者；译者；昆德拉

里尔克《杜伊诺哀歌》中关于存在的书写实践

【作　者】贾涵斐
【单　位】对外经济贸易大学外语学院德语系

【期　刊】《德语人文研究》，第 1 期，2018 年，第 1—6 页

【内容摘要】书写是文化技术的基本类型。诗歌写作超出了日常书写技艺的范畴，是一种特殊的文化实践，其中会生成另一种空间和认知。里尔克的《杜伊诺哀歌》将诗歌写作推至一个新的高度，面对其中值得探究的诸多问题，本文着重关注的是，哀歌如何通过具体的书写实践来构建独特的文本空间，反思人的存在及外部世界，拓宽人的生存体验。

【关键词】里尔克；杜伊诺哀歌；书写；存在

流变的乐章——从意识流角度解读德国、瑞士图书奖双奖小说《鸽子起飞》

【作　者】陈壮鹰

【单　位】上海外国语大学德语系

【期　刊】《德国研究》，第 3 期，2018 年，第 104—117、151 页

【内容摘要】瑞士女作家的小说《鸽子起飞》是德语文坛近年的一部力作，曾荣膺 2010 年德国图书奖和瑞士图书奖，成为当年德语文坛一大盛事。作者梅琳达·纳吉·阿波尼纯熟地运用多种意识流文学技法创作出这部人物多样、线索错综、情节复杂、性格刻画迥异的当代移民小说。本文从碎片化叙事结构、第一人称回顾性叙述、内心独白、时空蒙太奇、自由联想等贯穿《鸽子起飞》的意识流技巧入手，解读其在小说主题叙事方面的作用，凸显故国战乱、文化差异、民族冲突和异乡现实对移民及其后代产生的精神影响，令心理失落、身份认同困境等主旨更加深刻。

【关键词】《鸽子起飞》；意识流；瑞士小说；移民文学

流亡者的记忆诗学——以斯蒂芬·茨威格自传为例

【作　者】胡蔚

【单　位】北京大学德语系

【期　刊】《同济大学学报（社会科学版）》，第 2 期，2018 年，第 10—17 页

【内容摘要】流亡是自传的催生剂。纳粹时期，德奥流亡作家中之所以掀起自传写作热，一是出于述说个人记忆、重建身份认同的精神需要，二是出于保留"昨日欧洲"文化记忆的主动选择以对抗纳粹歪曲历史的文化政策。流亡自传面对的诗学问题是"如何再现个人记忆"以及"如何言说记忆"。文章重点以斯蒂芬·茨威格的自传《昨日世界——一个欧洲人的回忆》为例，探讨纳粹当政时期德奥流亡作家怀想故国时所采取的不同的记忆策略及其诗学形式，并将其与瓦尔特·本雅明的流亡回忆录《1900 年前后的柏林童年》做比较。两个文本提供了不同的记忆诗学模式，这一点亦可在德语流亡文学时期的"表现主义"和"现实主义"之争中找到回响。

【关键词】德语流亡文学；文化记忆；记忆诗学；斯蒂芬·茨威格

路德维希·蒂克艺术童话中的二元世界观——以《精灵》与《鲁嫩山》为例

【作　者】张硕

【单　位】浙江外国语学院

【期　刊】《德语人文研究》，第 2 期，2018 年，第 73—78 页

【内容摘要】在德国早期浪漫主义诗人路德维希·蒂克大多数的艺术童话中都存在一种二元对立的世界结构，主人公穿梭于"日常世界"与"隐秘世界"之间，童话情节围绕二元世界的联

系和对立展开。作为早期浪漫派代表诗人，蒂克对浪漫主义思潮既有继承又有反思，童话中的二元世界观表达了诗人对超验世界存在的探索和求追，同时艺术童话这一文学体裁中也蕴含着诗人试图尝试以文学的方式再现早期浪漫主义诗学诉求的尝试。

【关键词】早期浪漫主义；艺术童话；路德维希·蒂克；二元世界；诗学

论《铁皮鼓》中的斯卡特牌游戏

【作　者】黄晓晨
【单　位】北京外国语大学外国文学研究所
【期　刊】《德语人文研究》，第 1 期，2018 年，第 60－64 页
【内容摘要】游戏不仅是人类的一种基本活动，也是一种文化现象。游戏所生成的特殊空间，打破了想象和现实之间的界限，为参与游戏之人提供了诸多可能性，但这一空间又始终被包裹在"真实"的社会文化大框架之中。"玩游戏"这个行为，让游戏空间和现实空间产生了交集，其中表现出的变化、冲突、失衡、平衡，也使得游戏行为具有了一种生产性。本文试图通过对格拉斯小说《铁皮鼓》中玩斯卡特牌的场景分析，论证游戏既超越日常秩序，又对日常秩序进行着维护和重构，并展示在游戏进行过程中，个体经验与社会框架之间的交互关系，是游戏在其中的文化意义所在。

【关键词】游戏；文化；秩序；格拉斯；《铁皮鼓》

论《英雄广场》主人公形象的叙事化刻画

【作　者】谢芳
【单　位】武汉大学德文系
【期　刊】《同济大学学报（社会科学版）》，第 6 期，2018 年，第 2－9 页
【内容摘要】文章分析了伯恩哈德的剧作《英雄广场》以叙述者的叙述和议论刻画主人公形象的叙事化特征，以及这一人物立体、丰富的内涵和引述、片断化、音乐手法的运用等表现形式，认为上述现象的产生不仅反映了现代西方戏剧普遍具有的叙事化倾向——它使戏剧人物刻画获得了小说人物刻画的广度和深度，而且也与作者的创作原则和方法，其作为后现代剧作家对传统戏剧结构形式的破坏、解构及其艺术上的大胆创新密切相关。从接受效果来看，上述人物形象刻画一方面可削弱观众的感情共鸣，引导其进行思考并给予其更多再创造的空间；另一方面也可使其在听觉上获得音乐美感的享受和愉悦。

【关键词】《英雄广场》；叙述者；叙述和议论

论博托·施特劳斯戏剧作品的游戏性——以《癔病患者》《熟悉的面孔，混杂的感情》和《轻松的游戏》为例

【作　者】谢建文
【单　位】上海外国语大学德语系
【期　刊】《同济大学学报（社会科学版）》，第 6 期，2018 年，第 22－31 页
【内容摘要】博托·施特劳斯主要以其戏剧创作蜚声当代德语文坛。他总是一再尝试不同的戏剧表现形式：在空间上打破统一的空间方案；在时间方案上，长于运用表演时间与被表现时间之间变化的关系。时空框架、角色身份与关系、情节关联等显在要素的游戏性处理，一直就是

施特劳斯结合剧本内涵与形式、舞台因素所做的探索，其间既体现了作家早年考察他人戏剧时所获得的艺术经验，也反映了其多元观展开的过程。施特劳斯对戏剧多有寄寓：在戏剧内容和功效上，他反对文学政治化氛围中具有主导作用的戏剧观——把戏剧理解为"文献记录器"和"启蒙的工场"，期待戏剧能在偏离日常和现实的地方讲"一种完全不同的语言"，由此带来变革新风。他也坚持认为，戏剧作为"伟大记忆"的通道，在远离家、远离当代的同时，应当而且能够接近遥远的过去，向另一个世界靠拢。

【关键词】博托·施特劳斯；戏剧；戏剧的游戏性

论美杜莎形象的历史演变

【作　者】朱毅璋
【单　位】暨南大学历史系
【期　刊】《文艺研究》，第 3 期，2018 年，第 47－56 页
【内容摘要】美杜莎是一个著名的希腊神话角色，流行观念认为她是能以双目使注视者石化的蛇发女怪，但这一看法值得商榷。从词源角度和《神谱》记载推断，美杜莎应是一位高贵的守护女神，她可能因其守护神特征而被附会为同样有守护职能的可怕神（戈耳工）的一员。虽然欧洲古典文学常把美杜莎描绘为一个丑陋的女怪，但她在古希腊、古罗马时期的艺术形象却呈现出从恐怖到美丽的发展趋势，在性别和外貌上改变了戈耳工的传统恐怖形象。时至今天，美杜莎的形象被妖化，与其古代形象大相径庭。此外，她的石化魔力并不限于眼睛，而起码是整个头部。
【关键词】美杜莎；希腊神话；石化

论新世纪德语文学的叙事格调与审美取向

【作　者】张帆；李双志
【单　位】上海外国语大学德语系；复旦大学外文学院德语系
【期　刊】《当代外国文学》，第 4 期，2018 年，第 50－57 页
【内容摘要】新世纪德语文学坚守庄重和雅正之根，聚焦"现实"与"真实"的回归和重塑。叙事格调与审美取向表现在，由峻急宏大的现实主义向温和的"小叙事"蜕变，对特定历史和现实的指涉成为叙事潮流，作者回归与"虚拟自传"的真实品格，"碎片化"拼贴叙事的"破碎的现实主义"。一种与后现代解构叙事、传统现实主义宏大叙事相映成趣的新现实主义"小叙事"勃然兴起，肩负起将德语小说再次推向世界的重任。
【关键词】新世纪；德语文学；叙事格调；审美取向

罗马帝国的诗歌人质：贺拉斯的腓立比情结

【作　者】李永毅
【单　位】重庆大学语言认知及语言应用研究基地；重庆大学外国语学院
【期　刊】《外国文学评论》，第 1 期，2018 年，第 154－176 页
【内容摘要】贺拉斯发明了古罗马的政治抒情诗，但他却是一位不情愿的歌者，甚至是罗马帝国的诗歌人质。公元前 42 年的腓立比战役终结了罗马人捍卫共和制的梦想，也改变了贺拉斯的人生轨迹，血腥的内战和残酷的政治迫害成为他一生无法抹去的记忆。贺拉斯的作品中始终贯

穿着一条暗线，就是腓立比战役的创伤留下的后遗症，他的矛盾、含混、逃避、拒绝与抵抗从这个角度看都获得了合理的解释。

【关键词】贺拉斯；古罗马；政治抒情诗

旅行与"变形"——论彼得·汉特克《为了长久告别的短信》中的旅行模式和空间结构

【作　者】张赟
【单　位】四川外国语大学德语系
【期　刊】《德语人文研究》，第 2 期，2018 年，第 20－25 页
【内容摘要】彼得·汉特克发表于 1972 年的《为了长久告别的短信》被视作为一部回归传统叙事手法的小说，讲述了主人公为摆脱婚姻危机而游走美国大陆的故事。随旅行站点的推进和主体空间感知的变化，旅行活动的作用机制凸显为：它在过往与现时之间充当了一座连接的桥梁，并将美国这一外部空间由最初扮演的逃遁地角色演变为叙述者意识变化的镜像。本文试图借助文学地理学有关视角，对小说中呈现的新大陆旅行模式及文本内部的空间结构进行探讨。依附于文学叙事，有关地理空间的认知从纵深抽象的想象层面回落到具象化的表征层面。真实的地理空间和虚构的文学文本之间亦产生了一定的张力关系。

【关键词】文学地理学；新大陆；空间；空间感知

马克思论悲剧与喜剧——历史哲学、戏剧学与美学的三重透视

【作　者】汪正龙
【单　位】南京大学文学院
【期　刊】《中国人民大学学报》，第 32 卷，第 2 期，2018 年，第 11－17 页
【内容摘要】马克思关于悲剧与喜剧的论述以历史哲学为切入点、以戏剧学为观察点、以美学为引申点，虽然具有自己的美学内涵，但大大超越了通常的美学含义。历史、戏剧、美学成了一个整体，历史被赋予某种特殊的戏剧化的文学形式，悲剧与喜剧充当了一种社会文化批评的范式，发挥了重要的社会作用，也产生了独到的美学效果。但是，由于历史、戏剧、审美三者并不一定具有统一性，所以有时候在马克思那里形成了裂痕。

【关键词】马克思；历史哲学；戏剧学；美学；悲剧；喜剧

美狄亚母题的世界性及其在德语文学语境中的特点

【作　者】卢铭君
【单　位】广东外语外贸大学西语学院德语系
【期　刊】《德语人文研究》，第 2 期，2018 年，第 6－12 页
【内容摘要】美狄亚母题是西方文学一大母题，在欧洲范围内不断衍生，受到英、法、德等国作家的关注与重构。本文以之为研究对象，试图从美狄亚进入文学的路径着手，分析这一神话人物何以成为母题，并在宏观层面上考察其世界性，最后在具体的德语文学语境中归纳其三个特性：悲剧性（内核）、延续性（历史性）以及书写主体差异性。

【关键词】美狄亚；美狄亚母题；世界性

美学中的"物"——从海德格尔到阿多诺

【作　者】梁媛
【单　位】四川农业大学艺术与传媒学院
【期　刊】《德语人文研究》，第 2 期，2018 年，第 68－72 页
【内容摘要】日常经验中，物性的真理从一个遥远的模糊地带变得清晰可见，海德格尔在《物的追问》中对什么是物性做了探寻，本文通过海德格尔与阿多诺在美学领域中对物性做的探讨为文本，梳理美学中"物"的存在轨迹，在明晰物性何为的基础上，试图展现当代艺术中的物性维度。
【关键词】物性；海德格尔；《物的追问》；美学；阿多诺

魔力作用与自由意志——《浮士德》中浮士德与玛格雷特的相遇

【作　者】吴建广；张龑
【单　位】同济大学外国语学院德语系
【期　刊】《德国研究》，第 33 卷，第 1 期，2018 年，第 103－114、136 页
【内容摘要】本文通过对"大街"一场的解释，说明"玛格雷特剧"不是一出所谓的"平民悲剧"（或译"市民悲剧"），而是与神订约的存在同与魔结盟的存在之间的纠缠、博弈与决裂。"大街"作为"玛格雷特剧"的第一场，显示出其独特的戏剧特征，戏剧结构的连贯性体现于神性存在与魔性存在的贯穿性与结构性冲突。浮士德对梅菲斯特的命令式不仅显示出人主魔仆的关系，更是突显出浮士德在魔力帮助下实践其自由的欲念，而玛格雷特则是显示浮士德深重罪孽的试验试纸。
【关键词】浮士德；玛格雷特；大街；魔性自由

穆齐尔小说《学生托乐思的迷惘》中的"亲密"主题

【作　者】殷世钞
【单　位】北京外国语大学外国文学研究所
【期　刊】《德语人文研究》，第 2 期，2018 年，第 62－67 页
【内容摘要】"亲密"的特质中包含了"近"的因素，小说主人公托乐思却遭遇无法靠近的危机。这一问题表现为精神层面上他试图对另一种真实进行观看、认知，其目光却始终无法抵达；另一方面表现为其肉体上萌发强烈性欲，这种性欲似乎是对无法满足的认知欲的弥补和替代，而其中又总是混合了厌恶、恶心、羞耻。本文试图解读托乐思尝试摆脱无聊孤独，建立亲密关系的行为和心理体验，分析小说对"亲密"的审慎态度。
【关键词】亲密；托乐思；认知欲

篇章语言学视角下歌德《西东合集》互文研究——以《天福的渴望》一诗为例

【作　者】何晶玮
【单　位】同济大学
【期　刊】《德语人文研究》，第 1 期，2018 年，第 65－71 页

【内容摘要】《西东合集》为歌德晚年成熟诗艺的结晶，作为其世界文学构想下东西方文学的交融之作，这部诗集里交织着大量的互文现象，《天福的渴望》一诗就是其典范代表。20 世纪 60 年代以来，文本理论和文学批评界的互文理论蓬勃发展，但就具体描述互文现象而言，却鲜有操作性强的理论被提出和认可。德国语言学家于 2008 年提出的互文形式分类真正有机地将互文理论与语言学结合起来，为在篇章语言学视角下描述互文行为提供了理论支撑，借助此视角，《西东合集》中丰富的互文现象可得到更全面的阐释。
【关键词】歌德；《西东合集》；互文理论；篇章语言学

普罗米修斯为什么要盗火——释读赫西俄德《神谱》中的奠基神话

【作　者】吴晓群
【单　位】复旦大学历史学系
【期　刊】《江海学刊》，第 1 期，2018 年，第 176－183、239 页
【内容摘要】西方思想史上著名的"普罗米修斯神话"之所以具有奠基神话的意义，在于那些故事既为当时希腊人的信仰体系打下了基础，也为后世西方思想界的进一步发挥提供了灵感和源泉。只不过在最初的文本中，并不存在所谓普罗米修斯的大无畏牺牲与革命性胜利，在赫西俄德的《神谱》中，宙斯才是真正的胜利者，也是正义和秩序的维护者。但是在后世的历次解读之中，普罗米修斯变成了人类的解放者，而宙斯则成为暴君的典型。
【关键词】普罗米修斯；宙斯；奠基神话

让·保尔《美学预备学校》中的幽默诗学

【作　者】赵蕾莲
【单　位】中国人民大学外国语学院德语系
【期　刊】《同济大学学报（社会科学版）》，第 4 期，2018 年，第 12－24 页
【内容摘要】让·保尔是德国著名的幽默叙事大师。他以"幽默"为文学创作的重要原则，创作了多部幽默小说。他对德语长篇小说的发展以及"幽默"概念在德语语境中的拓展都厥功至伟。其《美学预备学校》论述幽默的本质和特征，作为德国首部幽默理论著作被学界奉为圭臬。他把幽默提升到形而上的哲学高度，认为幽默渴望诗艺精神并赋予神性。他促进了德国幽默艺术的繁荣，幽默成为其诗学的重要特征。文章着重探究其理论著作中充分体现的幽默诗学，辨析幽默、滑稽和讽刺的共性与差异，分析幽默与诗艺、神性的关系。
【关键词】幽默；诗学；诗艺；神性；《美学预备学校》

让·保尔政论文中以世界主义为前提的德意志情怀

【作　者】赵蕾莲
【单　位】中国人民大学外国语学院德语系
【期　刊】《德国研究》，第 33 卷，第 2 期，2018 年，第 95－106、127 页
【内容摘要】德国著名叙事大师让·保尔创作了多部幽默长篇小说和德国首部幽默理论著作。他秉承包容性的民族主义，其爱国情怀以世界主义为前提，与民粹分子狭隘的爱国主义截然相反。这主要体现在其四篇政论文中：《致德国的和平布道》《德意志的黎明》《战神与太阳神的御座更迭》和《政治的斋期布道》。本文结合时代历史背景分析让·保尔在上述政论文中流露的德

意志情怀和世界主义。

【关键词】让·保尔；世界主义；民族主义；德意志

诗人希罗多德的做戏式"欺骗"

【作　者】刘小枫
【单　位】中国人民大学文学院
【期　刊】《江汉论坛》，第 8 期，2018 年，第 82—94 页
【内容摘要】希罗多德的纪事笔法师承荷马诗作，他的《原史》由诸多大故事构成，每个大故事包含若干子故事，子故事又夹杂小故事。"大流士当王"的故事只能算子故事，古典学界公认，其中极为著名的"政体论辩"段落是《原史》的枢纽。要理解政体论辩，不可能将这个文本从其故事织体中抽取出来孤立地看待。从头到尾读完大流士当王的故事，我们很难不同意这样一种说法：希罗多德的作诗笔法刻意把雅典城邦走向民主政治的经历与大流士当王的经历叠合在了一起。这个谐剧式的故事表明，希罗多德关切一个属于人世的恒在问题：政治共同体必须有王者吗？倘若必须有王者，那么，如何区分王者与僭主？希罗多德未必意在就解决这一问题提出自己的方案，他不过是以诗人身份讲了一个故事，同时呈现了一个严肃的政治哲学问题。因此，我们必须关注，希罗多德如何以作诗方式呈现严肃的政治哲学问题，而这与关注他作为诗人如何写史是一回事。

【关键词】希罗多德；诗术；《原史》；政体论辩；叙事诗人

替身之死：解读《伊利亚特》卷十六

【作　者】陈戎女
【单　位】北京语言大学比较文学研究所
【期　刊】《国外文学》，第 1 期，2018 年，第 56—66、157 页
【内容摘要】本文以《伊利亚特》卷十六为核心研究文本，主要考察的问题有：帕特罗克洛斯作为阿基琉斯（常译为"阿喀琉斯"）的"侍伴"有何特别之处？到底谁杀死了帕特罗克洛斯？他作为替身战死的意义何在？通过对卷十六以及其他相关段落的词章解读、场景辨析和义理阐发，本文提出，卷十六之前的帕特罗克洛斯显得只是一个普通"侍伴"，卷十六的帕特罗克洛斯之死，促成了阿基琉斯的顿悟和整部史诗情节的转折。当帕特罗克洛斯无法以言辞说服阿基琉斯时，他披挂阿基琉斯的铠甲，以替身的身份出战。本文认为，宙斯所谓赫克托尔杀死帕特罗克洛斯的预言内含一个超常规的杀害者组合。替身之死的意义在于让阿基琉斯回归联军共同体，而在这一过程中，帕特罗克洛斯这个"替身"成为阿基琉斯的另一个自我，二人的命运合一。替身之死，无异于阿基琉斯的另一个自我之死。

【关键词】《伊利亚特》；帕特罗克洛斯；阿基琉斯；死亡

投向癌症的诗学目视——论本恩诗歌《男人女人穿过癌症病房》

【作　者】刘冬瑶
【单　位】北京科技大学外国语学院
【期　刊】《德语人文研究》，第 2 期，2018 年，第 26—30 页
【内容摘要】高特弗里德·本恩拥有医者和文人的双重身份。他的诗歌常聚焦病痛和死亡。《男

人女人穿过癌症病房》不仅细数了疾病事件所制造的前后反差，更是将美与丑、情欲与恶心、生与死等对立概念结合在一起。诗作不仅刻画了本恩的"双重生活"，美文学对疾病和死亡的目视也带来了表现主义的审丑转向。

【关键词】《男人女人穿过癌症病房》；高特弗里德·本恩；医者；文人；医学反思；审丑

巫术转化路径与中希神话差异性叙事传统的生成

【作　者】张开焱
【单　位】厦门大学嘉庚学院；福建省人文社科重点研究基地"语言应用与叙事文化研究中心"
【期　刊】《中国比较文学》，第 2 期，2018 年，第 23－31 页
【内容摘要】中国与两希神话叙事传统的差异与三个民族远古巫术进入文明社会早期转化路径相关。两希分别选择了巫术宗教化和宗教艺术化的路径，而中国则选择了巫术世俗化的路径。这种转化路径的差异，导致三个民族在神话讲述者身份、神话叙事的文化功能、神话的外在形态、神话叙事的优势文类和对象等方面一系列差异性传统的生成。

【关键词】巫术转化路径；中希；差异；神话叙事传统

希罗多德的神话历史观

【作　者】唐卉
【单　位】中国社会科学院外国文学研究所
【期　刊】《中国比较文学》，第 4 期，2018 年，第 15－25 页
【内容摘要】人们在将希罗多德称为"历史之父"时，可曾想过这位希腊人本来是一位"神话之子"？他曾立下将先人所传颂的丰功伟绩记录下来的宏志，却在不经意间开创了一门学科，在两千年后被归入"历史科学"的门类。然而，还原到他留下的 9 卷书写文本看，是以 9 位缪斯女神的名义来组织结构的；就他所探寻的内容看，从根本上来讲，是以神的名义见证的人间事件。因此可以说，"历史"变为一门科学，其实是 19 世纪西方史学家的业绩。而希罗多德在公元前 5 世纪所开创的"历史"书写传统，则属于典型的神话历史。

【关键词】希罗多德；历史之父；神话之子；神话历史

现代性与怀乡——黑塞的《东方之旅》解读

【作　者】谢魏
【单　位】浙江师范大学人文学院
【期　刊】《国外文学》，第 4 期，2018 年，第 116－123、156－157 页
【内容摘要】在《东方之旅》中，怀乡／恋旧作为一种现代性的情绪产物，从根本上反映了黑塞对于诺瓦利斯式的中古"黄金时代"的向往。从叙述的形式到情节的敷设，小说有机地融合了盟会小说、中世纪文学以及浪漫派文学的相关元素，既表现了作家高度自觉而又不囿于传统的小说艺术，也是其沉潜于生命与时间之中，在破碎的经验世界边缘探求宇宙与精神的内在法则的结果。由里欧的失踪引发了对"东方之旅"的叙事的自我消解，指涉了作家对于现实历史和政治的审视与反思，而通过对不朽的诗性乌托邦世界的建构则揭示了黑塞的浪漫派"神话"与东方文化之间的深层联系。

【关键词】黑塞；《东方之旅》；怀乡；浪漫派"神话"

谐剧诗人笔下的启蒙——再议阿里斯托芬《鸟》的政治含义

【作　者】黄薇薇
【单　位】北京第二外国语大学文学院
【期　刊】《江汉论坛》，第 8 期，2018 年，第 95－99 页
【内容摘要】阿里斯托芬的《鸟》展示了一次革命行动，一群鸟推翻宙斯的统治，另立鸟国。革命发生前，这群鸟接受了一番教育，告知它们应该夺回主权，推翻宙斯，统领天地。然而，鸟国建立后，实际领导者既不是鸟，也不是宙斯，而是煽动他们起来造反的人。鸟儿的生活并没有发生实质变化，反倒刺激了人类的生活，致使人类对自由的爱欲推向极致。因此，《鸟》展示的其实是一场启蒙。文本分析表明，阿里斯托芬通过《鸟》揭示了启蒙的实质，以此反思雅典民主制面临的问题。
【关键词】阿里斯托芬；《鸟》；启蒙；自由；爱欲

虚构与回忆——克里斯塔·沃尔夫的《天使之城或弗洛伊德博士的外套》

【作　者】卢铭君
【单　位】广东外语外贸大学西语学院德语系
【期　刊】《外国文学评论》，第 4 期，2018 年，第 203－221 页
【内容摘要】在《天使之城或弗洛伊德博士的外套》中，德国女作家克里斯塔·沃尔夫大量运用了个人回忆，招致批评家们对作品虚构性的质疑。从叙事学的角度来看，作者与叙述者"我"之间距离模糊，致使虚构性难以自证；但从沃尔夫的诗学观来看，虚实融汇的手法则彰显出她一贯追求的"主观真实性"，其形成深受卢卡奇"反映论"影响。文末虚构的美国西部之旅更是突破了个人命运的狭隘，将叙事置放于更宏观的历史框架中来讨论人类历史的发展进程。
【关键词】克里斯塔·沃尔夫；个人回忆；卢卡奇；"反映论"

眩晕与救赎——卡夫卡"猎人格拉库斯"在泽巴尔德《眩晕》中的衍生

【作　者】王盛爽
【单　位】中国人民大学
【期　刊】《当代外国文学》，第 4 期，2018 年，第 87－94 页
【内容摘要】通过对卡夫卡"猎人格拉库斯"故事的再现和改写，泽巴尔德借助飘荡的船只意象、无处不在的"诡秘"分身及无尽的漫游描绘了一个"眩晕"世界，体现了现代人处于普遍眩晕中难以逃脱的困境。将眩晕的深层原因归于世界的偶然性和记忆的困难，泽巴尔德否定了浪漫主义传统的"爱欲救赎模式"，将救赎的希望置于以记忆和互文性为中心的写作。泽巴尔德的救赎叙事也有它自身的矛盾和困难，表现在救赎的手段也是造成"眩晕"的原因，拯救的力量蕴含在"眩晕"之中。
【关键词】泽巴尔德；猎人格拉库斯；眩晕；互文性；记忆

亚里士多德《诗学》中的荷马

【作　者】陈明珠

【单　位】浙江省社会科学院
【期　刊】《浙江学刊》，第 6 期，2018 年，第 212－219 页
【内容摘要】亚里士多德《诗学》的整个论述行程中，荷马是出现频率最高，出现位置往往也最为重要的"范例"。本文通过对《诗学》中的荷马引征的分析，指出亚氏以荷马为范例，与被误认为"诗人"的其他作者相区分，确认诗的本质在于"模仿"，从而荷马是被《诗学》首称"诗人"者；其次，因为荷马在"诗艺"的方方面面都很出色，亚氏称之为"神奇的"；再次，亚氏对比荷马和其他史诗诗人的作为，认为荷马作为的出色和典范意义在史诗诗人中具有"特殊性"和"唯一性"；从而呈现荷马之于亚里士多德《诗学》的理论性、实质性的典范意义。
【关键词】亚里士多德；《诗学》引征；荷马；典范

一部载入史册的疗养院小说——从《魔山》看历史书记官托马斯·曼

【作　者】黄燎宇
【单　位】北京大学德语系
【期　刊】《同济大学学报（社会科学版）》，第 2 期，2018 年，第 1－9 页
【内容摘要】在欧美风靡近百年的肺病疗养院也许是人类最荒诞的医学发明之一，长篇小说《魔山》则为肺病疗养院留下一幅耐人寻味的文学素描。小说不仅记录了疗养院生活的方方面面，堪称一部疗养院大全，而且对袖珍痰盂、X 光体检、心理分析这类医学领域的新生事物进行了饶有兴味、别具一格的描写。托马斯·曼通过语言记录历史、反思历史、批判历史，实现了科学、历史、文学的三合一。
【关键词】《魔山》；疗养院小说；袖珍痰盂；X 光体检；心理分析

隐藏与袒露——论特奥多尔·冯塔纳的小说《马蒂尔德·墨琳》

【作　者】吴晓樵
【单　位】北京航空航天大学外国语学院德语系
【期　刊】《外国文学评论》，第 4 期，2018 年，第 186－202 页
【内容摘要】在《马蒂尔德·墨琳》的现实主义文本之下，特奥多尔·冯塔纳精心编织了一张绵密的文本隐喻大网。本文从文本细读出发，通过对文本元素之间的沟通，试图破译冯塔纳设置在文本之下的秘密机关，指出《马蒂尔德·墨琳》是一部迄今为止还没有被国际冯塔纳研究界充分理解的、具有现代创作意识的小说。
【关键词】特奥多尔·冯塔纳；《马蒂尔德·墨琳》；文本机关；身份隐匿

隐匿地弥漫在《浮士德》里的虚无主义

【作　者】吴勇立
【单　位】复旦大学德语语言文学系
【期　刊】《德语人文研究》，第 2 期，2018 年，第 55－61 页
【内容摘要】虚无主义不是人类社会的癣疥之疾，而是心腹大患，是现代文明的精神癌症，癌细胞在《浮士德》所表现的时代就已经浮出水面，开始为祸人间。虚无主义的根源并不在于人的主体性，相反，人要提升自己达到完满的神性必须借助主体的强大力量；虚无主义是现代性的特种病，在古代，古人坚信有永恒的秩序是世界的根本，人活在世上能够依从秩序生活并且

襄助成全秩序才是幸福的生活，而个人意志处于一种从属的地位；自近代以降，自我意识开始为个人当家作主，古人须臾不可或离的秩序被逐渐淡忘，随之而来的结果必然是否定客观真理的存在，人的一切思想行动都被个人意志和欲望所宰制，人与他者与本真的世界的关系就异化成了一种控制与被控制的关系。在这样的情形下，人的欲望注定无法满足，加剧了在世的痛苦，恶性循环之下虚无感越来越严重，最后直接导致人的毁灭。

【关键词】虚无主义；浮士德；秩序；意志

永无终结的寻觅与生生不息的对话——评德语文学研究专著《现代时期的文学与宗教》

【作　　者】杨劲
【单　　位】中山大学外国语学院德语系
【期　　刊】《外国文学》，第 1 期，2018 年，第 168－175 页
【内容摘要】德国德语文学研究专家沃尔夫冈·布劳恩加特教授的最新力作探讨文学与宗教从 1765 年至今的关联与流变，旨在为研究文学中的宗教美学开辟新路。全书主体的三部分分别题为"人类学转向：为人的艺术——同样为人的宗教""艺术－宗教与宗教－艺术""审美的合群性"。本文依次做一梳理评析，并指出这部德语文学专著的独创性及其为跨学科研究模式带来的启发。

【关键词】现代；文学；宗教

知识秩序中"完整的人"——论歌德小说《威廉·迈斯特的学习时代》

【作　　者】贾涵斐
【单　　位】对外经济贸易大学外语学院德语系
【期　　刊】《外国文学》，第 4 期，2018 年，第 73－82 页
【内容摘要】德国作家歌德的经典修养小说《威廉·迈斯特的学习时代》通过描绘市民家庭出身的主人公威廉·迈斯特在不同空间中的旅行、成长经历，范式性地展现了对结合美与实用，调和身体与灵魂、内在与外界、个体与集体关系的"完整的人"的塑造，由此呈现了生动的教育学知识和积极的人类学观念。在主人公身上，有不同的修养和教育方案的共同作用，同时，文本保留了对人的构想的丰富多样性，与同时代的教育学话语和人类学话语形成了复杂的张力关系。

【关键词】完整的人；知识秩序；教育学；人类学；歌德；《威廉·迈斯特的学习时代》

作为"游荡者"的狗——析奥斯卡·帕尼查的小说《来自一只狗的日记》

【作　　者】韩嫣
【单　　位】北京外国语大学外国文学研究所
【期　　刊】《德语人文研究》，第 2 期，2018 年，第 13－19 页
【内容摘要】本雅明所提出的"游荡者"形象主张以一种异质的动态视角对现代，尤其是城市生活空间进行观察与描绘，然而当异质的距离跨越了物种，所有的价值准则与文化逻辑都将被打破，所有的事物也将得到全新的审视。短篇小说《来自一只狗的日记》（1892）即借助动物的视角，摒弃了人的思维与语言范式，通过模拟狗类对于现代人类世界的感知体验，以"身体"为观察点，对人类形象和人类生活进行了一场解构式的描摹与重新定义。

【关键词】游荡者；动物视角；身体；人类姿态；现代性

作为文学"现代派"的马克思：叙述、思维与思想——早期作品《斯考尔皮昂和费利克斯》解读

【作　者】聂锦芳
【单　位】北京大学哲学系

【期　刊】《学术界》，第 6 期，2018 年，第 105－118 页

【内容摘要】马克思一生酷爱文学，青少年时代创作的幽默小说《斯考尔皮昂和费利克斯》，无论是像"仙女们都是长着胡子的""身材活像房间里的炉子"这样奇绝的拟喻，还是以"语文学"方面的推敲呈现出一个家族史的变迁和"思维的快乐"，抑或人生透析中所表达的"上帝不识人滋味"的感喟、从"狗如其人"进而悟出"关注狗实质是人的自我关注"的道理，以及对以"不"为思维特征的人的心理机制的揭示，可以看出与 20 世纪现代派文学巨匠们极为类似的创作手法、思维和感觉。这些文学作品因其文体形式、探究议题和思想内容与后来的著述有比较大的差别，很少被研究者所关注；然而，从思想形成史的视角看，它们绝不是马克思著述中的"另类"或者"异数"，而是其思想起源状态的表征、思维方式和人生变迁历程的记录，后来的发展与其之间有很重要的承续、转换和超越关系。

【关键词】马克思；现代派；叙述手法；思维方式

（五）非洲文学研究论文索引

Ambivalence and Its Implications from the Standpoints of Modern and Postmodern Ethics in Coetzee's *Life and Times of Michael K*

【作　者】Mahdi Teimouri

【单　位】Department of English，Khayyam University

【期　刊】《世界文学研究论坛》，第 10 卷，第 3 期，2018 年，第 433－448 页

【内容摘要】The perplexing silence of Michael K continues to baffle readers. It is often argued that Michael's rejection of food and his infatuation with gardening are interpretable as forms of resistance defying absorption into prevailing discourses. My argument here will follow the same line of reasoning but I will be using a different route. In the first part of this paper，I will focus on Michael's ambivalence. In the second part，I will discuss the problematic of ambivalence in light of two conceptions of ethics and morality represented by modern and postmodern perspectives. The main difference between them，according to Zygmunt Bauman，revolves around their acceptance and rejection of ambivalence. I will argue that the conflict between modern and postmodern viewpoints ends in a crisis reflected in the medical officer's obsessional thoughts about Michael. The situation is compounded by Michael's nonsensical unresponsiveness which problematizes the relationship between the care-giver and the care-receiver. My argument would deal with the nature of this challenge and its implications for the moral self which I believe result in a moral crisis symbolically depicted as the reversal of positions between Michael as the care-receiver and the medical officer as the care-giver. This final section of my paper would be premised on the term 'hostage' borrowed from Emmanuel Levinas's philosophy of ethics.

【关键词】ethical responsibility；postmodern ethics；Zygmunt Bauman；Immanuel Levinas

André Brink's *Rumors of Rain*：An Intersection of Entangled Liminal Beings

【作　者】Golchin Amani；Zakarya Bezdoode

【单　位】Department of English Literature and Linguistics，University of Kurdistan

【期　刊】《世界文学研究论坛》，第 10 卷，第 3 期，2018 年，第 365—384 页

【内容摘要】This paper endeavors to address the socio-political situation of ethnicities' lives through literature. André Brink is a South African novelist whose *Rumors of Rain* (1978) demonstrates the situation of ethnicities during apartheid. Victor Witter Turner (1920—1983) is a British cultural anthropologist whose concept of liminality will be exclusively studied in this paper. Brink's novels have been examined by different researchers. However，most of them have demonstrated either historical characteristics of his novels or a particular ethnic group in them. Although like the colors in a rainbow one ethnic group may allocate a greater range than others，such a suffering regardless of their ethnicity and color，gathers them in the same structural spot and provides them with the relatively same socio-political condition. The significance of the present research is relevant to the very fact that the dominant impression supposes the blacks to be in a more in-between situation；however，this research reveals liminality in the lives of other ethnic groups as well. The present paper comes up with this conclusion that different ethnicities are like the guests in a carnival who are welcomed equally without any priority and superiority. South Africa has become an anti-structured entity in which the boundaries between high and low are broken and due to the fixation of the beings in liminality，the very liminality itself seems to have become an integral component of South Africa.

【关键词】André Brink；ethnicities；apartheid；anti-structured entity；liminality；South Africa

Victims of Colonialism in Tayeb Salih's *Season of Migration to the North*

【作　者】Peyman Amanolahi Baharvand
【单　位】English Language and Literature，Islamic Azad University
【期　刊】《世界文学研究论坛》，第 10 卷，第 1 期，2018 年，第 137—153 页

【内容摘要】European colonizers exercised a kind of cultural hegemony over colonized people to justify their lucrative presence in their colonies. This hegemony emphasized the primitivism of colonized people，and referred to the rejection of native culture and absorption of Western civilization as the remedy for their barbarity and primitivism. Apart from the eradication of traditional values，the outcome of this process was the mental displacement，and construction of hybrid identities among colonized natives whose westernization resulted not in complete assimilation but in the duality of their character. As the protagonist of Tayeb Salih's *Season of Migration to the North*，Mustafa Sa'eed can be considered a hybrid character who challenges the authenticity of colonial discourse，especially the essentialism and purity propagated by the whites. Unlike the majority of papers that focus on the detrimental consequences of colonial discourse on native characters in the novel，this article offers something new to the critical discussion by examining the impacts of colonial discourse on both Mustafa Sa'eed，as the representative of indigenous characters，and British individuals that results in the victimization of the both sides.

【关键词】colonialism；hegemony；identity；primitivism

"与狗遭遇"：论库切《耻》中的南非动物叙事

【作　者】但汉松

【单　位】南京大学外国语学院英文系

【期　刊】《外国文学评论》，第 3 期，2018 年，第 166－193 页

【内容摘要】在库切的经典小说《耻》中，后种族隔离时代的南非动物意外成为主人公卢里的凝视对象。与卢里从欧洲浪漫主义文学中继承的诗化动物观不同，这些南非动物身上被刻写了复杂的历史与政治话语，是和人类一样同构的、不洁的生命物。这种人与动物他者的遭遇在小说中具有重大的伦理－政治意蕴，不仅帮助主人公重新审视自己深陷于新南非的城市与农村的生命之耻，也通过自然土地上狗的死亡与屠戮让"同伴物种"关系作为一种新的伦理愿景得以显形。库切的动物生命书写未必暗示光明前景必然到来，但经由借对南非后殖民政治和生命政治的反思，我们或许能够以文学为舟接近那个跨越疆界和种属的伦理－政治地平线。

【关键词】库切；哈拉维；动物；同伴物种；后殖民

"知晓此番言辞者，将置身于众冥灵之中"——论古埃及丧葬文献《冥灵行状》中的"显象"

【作　者】李川
【单　位】中国社会科学院外国文学研究所

【期　刊】《外国文学评论》，第 2 期，2018 年，第 220－237 页

【内容摘要】古埃及丧葬文献《冥灵行状》主要叙述日神从日落到再次升起的夜间旅程，"明""晦"两端构成日神"显象"的叙事框架。始于光明而终于大冥的日神之旅，以自明及晦、隐显相推为其主要格局。全书呈现出回环复沓的节奏，其中神形、神名是最重要的组成部分。一言以蔽之，诸神在"形""名"迭见的律动中一隐一现，而与全书明晦相推的构思格局互为表里。尽管此书主要针对的是冥界中的诸神，然神灵的秩序、神灵的伦理却不会自然呈现给世人，而是需要人类开发智慧、学习经验，以"知道"诸神之所为；而且，知道者并非一切亡灵，书中一再强调了少数人的知情权，因此"显象""知道"构成了《冥灵行状》叙事的一体两面。

【关键词】《冥灵行状》；显象；"知道"；诸神

黑人精神（Negritude）：非洲文学的伦理

【作　者】聂珍钊
【单　位】浙江大学外国语言文化与国际交流学院；中国外国文学学会；国际文学伦理学批评研究会；中美诗歌诗学协会

【期　刊】《华中科技大学学报（社会科学版）》，第 32 卷，第 1 期，2018 年，第 51－58 页

【内容摘要】Negritude（黑人精神）从 nègre 改造而来，是非洲黑人作家用来表达非洲黑人种族优秀品质的术语。非洲黑人作家借助这个术语描写和颂扬黑人优秀品质，从伦理上为黑人找回自信与自尊。黑人精神是黑人诗歌突出的色彩，黑人诗歌是黑人精神传播的媒介。在非洲黑人诗歌创作中，黑人精神已经变成了非洲诗人创作诗歌的伦理价值的内核，变成了非洲诗人如何认识和评价非洲黑人、确认非洲黑人身份、认识非洲黑人价值以及黑人如何反抗种族歧视和争取平等地位的原则和观念。黑人精神作为非洲文学的伦理，已经成为一种强大的精神力量，在引领非洲黑人从事文学创作、加强非洲黑人民族自信、反对种族歧视和争取民族平等方面发挥重要作用。黑人精神已经超越了文学领域，渗透社会的各个领域，变成了非洲黑人新的伦理传统。

【关键词】黑人精神；非洲文学；文学伦理

库切研究的新动向：关注作家的作者身份建构

【作　　者】董亮

【单　　位】兰州财经大学外语学院

【期　　刊】《外国文学研究》，第 40 卷，第 1 期，2018 年，第 165－169 页

【内容摘要】在英语世界，库切研究的规模和层次近年不断提升。随着库切书稿的对外开放及作家传记的出版，对其作者身份的讨论成了新的研究动向。大卫·阿特维尔的《用人生写作的 J. M. 库切——与时间面对面》采取文本发生学的视角，通过剖析作家的书稿资料，以分析作者身份的建构为主线，动态揭示了其经典文本的生产过程。作为库切研究专家，阿特维尔的新著在研究视角、论证过程、参考价值和可读性等方面都堪称该领域的典范之作。

【关键词】大卫·阿特维尔；库切；作者身份

库切与超验的无家可归——解读《男孩》与《迈克尔·K 的生活和时代》中的农场意象

【作　　者】冯洋

【单　　位】中国人民大学外国语学院

【期　　刊】《东北大学学报（社会科学版）》，第 20 卷，第 5 期，2018 年，第 545－550 页

【内容摘要】J.M. 库切在诸多作品中刻画了南非的农场。它代表着人类渴望回归但却永远无法回归的伊萨卡家园，弥散着卢卡奇所描述的后史诗年代中超验的无家可归的痛楚。着眼于库切的自传体小说《男孩》及虚构体小说《迈克尔·K 的生活和时代》中出现的农场意象，分别诠释这两部作品中的主人公小库切和迈克尔·K 在各自的人生旅途中所体验的超验的无家可归的状态。这种超验的无家可归既是集体在经历巨大历史创伤后的表现方式，也是个体在现代社会中被剥离生活本真后的自发状态。它展现了库切对其故土南非复杂而又扭曲的情感，也凸显了当代离散知识分子所感受到的身份游离和情感两难。

【关键词】库切；农场；卢卡奇；超验的无家可归

自传小说中的自我真实与小说外的作家真实——库切的自传三部曲与坎尼米耶的《库切传》

【作　　者】于冬云

【单　　位】山东师范大学文学院

【期　　刊】《海南大学学报（人文社会科学版）》，第 36 卷，第 5 期，2018 年，第 140－145 页

【内容摘要】库切是一个文学声誉极高，公众曝光度极低的作家。他在自传三部曲小说《男孩》《青春》和《夏日》中，以第三人称叙事视角探究特定时空、特定语境中的自我真实。坎尼米耶的《库切传》运用传统的传记写作手法，将库切自 1940 年至今的丰富生平材料收容在文本中，客观呈现小说外作家库切的真实生活，具有权威的实证价值。两种不同的传记为读者理解库切搭建起有益的桥梁。

【关键词】库切；坎尼米耶；传记；真实

（六）大洋洲文学研究论文索引

《河道导游之死》中的文化记忆与身份建构

【作　者】徐阳子；彭青龙
【单　位】上海交通大学外国语学院
【期　刊】《外国文学研究》，第 40 卷，第 5 期，2018 年，第 159－167 页
【内容摘要】澳大利亚作家理查德·弗拉纳根的《河道导游之死》讲述了一个塔斯马尼亚古老家族的百年传奇故事，展现了少数族群追寻独特文化身份的艰苦历程。弗拉纳根借河流叙事的手法进入历史豁口，通过书写少数族群集体身份认同的演变，揭示个体想象与集体记忆之间的对立统一关系。小说通过家族记忆、河流叙事与杂糅身份之间的辩证张力，彰显出弗拉纳根对澳大利亚文化记忆传承以及民族身份建构的深刻理解与艺术创造。
【关键词】理查德·弗拉纳根；《河道导游之死》；家族记忆；河流叙事；杂糅身份

《深入北方的小路》中的后现代创伤伦理

【作　者】王腊宝
【单　位】苏州大学外国语学院；澳大利亚西悉尼大学澳中艺术与文化研究院
【期　刊】《外国文学》，第 2 期，2018 年，第 8－20 页
【内容摘要】《深入北方的小路》是澳大利亚小说家理查德·弗兰纳根的第六部长篇小说，小说主体部分讲述了一群澳大利亚士兵在二战日本战俘营中的创伤故事，小说立足"死亡铁路"这一特定的背景，集中刻画了来自澳大利亚、日本和朝鲜的三组人物，充分表达了小说家对他们的态度和价值取向。《深入北方的小路》呈现的乾坤颠倒的创伤叙事背后暗藏着一种扭曲的后现代价值取向，本文结合小说的人物刻画针对其所传达的后现代伦理进行解读。
【关键词】理查德·弗兰纳根；《深入北方的小路》；创伤；后现代伦理

澳大利亚和解小说批评与文学研究新动向——以《神秘的河流》和《卡彭塔尼亚湾》为例

【作　者】詹春娟

【单　位】安徽大学外语学院
【期　刊】《外国文学》，第 2 期，2018 年，第 21－30 页
【内容摘要】随着澳大利亚民族和解运动的蓬勃兴起，和解小说于 21 世纪初悄然出现。它们大多基于真实历史事件，旨在修正殖民历史、呼吁种族和解、重塑民族新形象。但是围绕这一类小说的文学批评显示，和解小说因其话题、作者、立场和读者群各有不同，反映了复杂矛盾的民族心理以及激烈的话语纷争。以《神秘的河流》和《卡彭塔尼亚湾》两部小说为例，本文重点分析和解小说引发的热点问题，解读小说批评背后的政治话语和权力意识，同时揭示新时期澳大利亚文学研究的新动向。
【关键词】和解小说；《神秘的河流》；《卡彭塔尼亚湾》；文学批评

不可言说的忏悔："被偷走的孩子"与《抱歉》中语言的隐喻

【作　者】黄洁
【单　位】苏州大学外国语学院
【期　刊】《外国文学评论》，第 4 期，2018 年，第 135－152 页
【内容摘要】盖尔·琼斯的《抱歉》通过揭示澳大利亚一个白人移民家庭的创伤经历来折射历史遗留问题对现实生活的影响。"被偷走的孩子"是 20 世纪初澳大利亚政府实行种族同化政策的产物，1997 年《带他们回家》报告公布，引发了公众对该现象的深切反思并触发了一系列"被偷走的孩子叙述"的面世。由于身份的限制，该类叙述一向是具有土著血统的作家的专属领域。作为白人女作家，琼斯大胆闯入这一禁区，她的小说反映了作为曾是加害者的白人的后裔对历史的反思以及对民族和解的期盼，同时也透露出多元文化主义指引下的澳大利亚社会对于文化融合的不断思索。
【关键词】《抱歉》；禁区；"被偷走的孩子"

盖尔·琼斯《抱歉》中的后现代"小叙事"

【作　者】王腊宝
【单　位】苏州大学外国语学院；澳大利亚西悉尼大学澳中艺术与文化研究院
【期　刊】《国外文学》，第 3 期，2018 年，第 124－134、160 页
【内容摘要】澳大利亚女作家盖尔·琼斯的《抱歉》一出版便以其显著的主题与风格引发了争议。有些批评家认为，它是一部反映澳大利亚民族寓言的宏大叙事小说。本文认为《抱歉》中虽确有政治话语因素，但它呈现的更是一种后现代"小叙事"，因为它首先立足于白人视角，讲述一个白人女童的家庭恐惧故事；其次，该作品基于澳大利亚本土知识，呈现一种柔弱和妥协的反殖民话语；第三，它以一种"诗意迂回"的方式，书写他者的伤痛。作为"小叙事"，《抱歉》具有后现代小说的对抗性特征，它从个体经验出发，努力探求在理解"他者"的基础上与人交流的可能性。
【关键词】盖尔·琼斯；《抱歉》；后现代；"小叙事"；个性化叙事；对抗性写作

考琳·麦卡洛小说的悲剧美及其净化意义

【作　者】徐梅；刘久明
【单　位】徐梅：北京京北职业技术学院

刘久明：华中科技大学中文系

【期　刊】《华中科技大学学报（社会科学版）》，第32卷，第1期，2018年，第59－63页

【内容摘要】悲剧因为对人类苦难的真切反映和对人类精神的净化意义而备受艺术界推崇。经受和见证多种创伤的澳大利亚作家考琳·麦卡洛的小说弥漫着一种挥之不去的悲剧美，这种悲剧美主要通过对人性悖论、命运不公以及死亡的书写得以呈现，对读者的心灵和德性进行着洗礼与提升。

【关键词】考琳·麦卡洛；悲剧美；净化

（七）美国文学研究论文索引

"The Struggle to Find Meaning"：Masculinity Crisis in Sam Shepard's *True West*

【作　者】Himan Heidari；Armita Azadpour

【单　位】Department of English Literature，Shiraz University

【期　刊】《世界文学研究论坛》，第 10 卷，第 2 期，2018 年，第 222—234 页

【内容摘要】As a set of socially constructed traits and behaviors，masculinity is generally connected with men. Some of these masculine attributes include freedom，integrity，financial independence，strength，and stability. These traits vary by context and are affected by social factors. When a man is unable to conform to the stated expectations，he is said to be in crisis either consciously or unconsciously. This paper brings to the fore the issues of masculine identity，the crisis of masculinity，and its consequences regarding the male characters，Lee and Austin，in Sam Shepard's *True West*. The role of their disintegrated family，the stress over their future careers，as well as their backgrounds bring both Lee and Austin to the verge of crisis. The consequences are committing crimes，drinking alcohol，giving vent to their anger，frustration，and perpetrating violence.

【关键词】masculinity；identity；crisis；*True West*；Sam Shepard

A Possibility of Lyrical Progression：An Analysis of the Thing-power in Natasha Trethewey's *Native Guard*

【作　者】Du Yinyin

【单　位】Faculty of English Language and Culture，Guangdong University of Foreign Studies

【期　刊】《世界文学研究论坛》，第 10 卷，第 2 期，2018 年，第 286—301 页

【内容摘要】Natasha Trethewey is a former US Poet Laureate，whose third collection of poems *Native Guard* (2006) won the 2007 Pulitzer Prize for Poetry. It is a book about her personal history，her mother's memories and the nation's memories during the Civil War (1861—1865). Through details such as photographs，daffodils，her mother's tombstone，a black solder's palimpsest journal，a monument，etc.，Trethewey depicts many "things" in the 26 poems in *Native Guard*. In light of Phelan's narrative progression (2007) and Bennett's "thing-power materialism" (2004)，this paper argues a possibility of lyrical progression which is embodied in Trethewey's *Native Guard*. The poems are arranged in a sequence of three sections and form a flow of matter-energy both for the speaker and the readers，which gives impetus to the development of Trethewey's emotions and changes of her mood. The interactive dynamics between the poet and the readers construct the lyrical progression in the book.

【关键词】Natasha Trethewey；*Native Guard*；thing-power；lyrical progression

Archibald Forder's "Going Native" and the Arabs

【作　者】Reem Rabea；Aiman Sanad Al-Garrallah
【单　位】Department of English Language and Literature，College of Arts，Al-Hussein Bin Talal University
【期　刊】《世界文学研究论坛》，第 10 卷，第 4 期，2018 年，第 746－762 页
【内容摘要】This paper rediscovers Archibald Forder as a forgotten American Orientalist，who is surprisingly left out of account by postcolonial critics. Forder's travel books record his life，travel experiences，and missionary works in Trans-Jordan between the years 1891 and 1920. This paper illuminates how Forder's depictions of the Arabs and "going native" process are in tune with an inherent ambivalence and contradiction of the colonial discourse. While Said iterates the Western negative representations of the Orient in 1978，Bhabha theorizes the colonized's mimicry of the colonizer in 1994. In building on Said's monolithic discourse，this paper argues that Forder's postcolonial discourse oscillates between positive and negative portrayals of the Arabs. Similarly，in reframing Bhabha's theory of the colonized's mimicry of the colonizer，this paper explains how a colonizer goes native. In so doing，this essay analyzes Forder's ambivalence and "going native" in terms of his adoption of Arabic food manners，and transliterations of specific Arabic words that focus on his identification with Bedouin costume and specific social practices in *With the Arabs in Tent and Town*；*Ventures among the Arabs in Desert，Tent，and Town*；and In Brigands' *Hands and Turkish Prisons 1914—1918*.

【关键词】"going native"；ambivalence；the Arabs；Bedouin costume

Discursive Vulnerability and Identity Development：A Triangular Model of Bio-forces in Cultural Ecological Analysis of American Romance Fiction

【作　者】Maryam Mazloomian；Nahid Mohammadi
【单　位】Department of English Literature，Alzahra University
【期　刊】《世界文学研究论坛》，第 10 卷，第 3 期，2018 年，第 413－432 页
【内容摘要】This multidisciplinary study examines the discursive representation of vulnerability in Debbie Macomber's bestseller，*A Girl's Guide to Moving On* (2016). It is conducted in the light of the psychosocial theories focusing on self-others interaction and identity development of the selected heroines. Also，by applying Brené Brown's theoretical understanding of vulnerability as a social work construct，Hubert Zapf's cultural ecology theorization，and Foucauldian notion of power，the

present paper elucidates the ways in which vulnerability concept can be used as a lens to look at its impact on identity development of the selected heroines. Given its negative and dark stance usually associated with notions of weakness，frailty，grief，despair etc.，vulnerability is discussed as a result of a metadiscourse in sociocultural system which is created out of human intimate relationships and emotions such as trust and love. However，if being recognized and embraced，vulnerability can be seen as an imaginary counter-discourse which gains its potential only by self，interacting with the society. The analysis shows that the re-integrative interdiscourse as embodied in re-connection，results in love and belonging within the cultural reality-system. It concludes that how the proposed triad conceptualization of vulnerability traces the interpersonal relationships to reconstructing a new self.

【关键词】vulnerability；cultural ecology；Debbie Macomber；*A Girl's Guide to Moving On*

Ishmael Reed's Mimicry of Stowe's *Uncle Tom's Cabin* and the Formation of Neo-HooDoo Slave Narrative in *Flight to Canada*

【作　者】Zohreh Ramin；Farshid Nowrouzi Roshnavand
【单　位】Department of English Language and Literature，Faculty of Foreign Languages and Literatures，University of Tehran
【期　刊】《世界文学研究论坛》，第 10 卷，第 3 期，2018 年，第 553－569 页
【内容摘要】Postmodernism has as its major tenet the eradication of masternarratives in favor of marginalized voices. In so doing，it puts forward various strategies which，though different in methodology，are all critical of the dominant exclusionary discourses. Parodic mimicry is one of these subversive strategies which allows the anti-establishment artist to employ the discriminatory discursive practices and skillfully turn them on their heads. African American novelist Ishmael Reed adopts the postmodern technique of mimicry to severely criticize and puncture the racist structure of the United States. In his Neo-HooDoo slave narrative *Flight to Canada* (1976)，he takes to task the traditional historiography，showing how a so-called anti-slavery novel like Harriet Beecher Stowe's *Uncle Tom's Cabin* employs racial essentialism to reinforce the stereotypical representations of blacks and distort history to the benefit of white dominators. Through a parody of Stowe's canonical work，Reed's novel provides a space for the black consciousness to serve as an agentic subject and re-narrate the history of slavery，abolitionism and the Civil War. This paper aims to depict how Reed manages to rewrite the history of slavery in *Flight to Canada* via mimicking Stowe's *Uncle Tom's Cabin*.

【关键词】*Uncle Tom's Cabin*；*Flight to Canada*；Ishmael Reed；Harriet Beecher Stowe；mimicry

Reading Discourses of Violence in Gloria Naylor's *The Women of Brewster Place*

【作　者】Rajni Singh；Smrity Sonal
【单　位】Department of Humanities and Social Sciences，Indian Institute of Technology
【期　刊】《世界文学研究论坛》，第 10 卷，第 2 期，2018 年，第 302－318 页
【内容摘要】The paper examines the narratives of violence in Gloria Naylor's *The Women of Brewster Place*. The black women characters are presented as fragile bodies and easily available commodities not only for the white men but also for the men of their color. The rape episodes in the

novel suggest the vulnerability of the women whose bodies are considered as holes "or containers：fragile，static，open，waiting to be filled with everything from semen to language" (Hite 133). Violence is a dark reality for the black women. It comes to them in the form of rape，sexual abuse by partner，domestic violence，verbal abuse，slavery and racism. While investigating the nature of violence in *The Women of Brewster Place*，the attempt is also to probe into the lives of black women characters to showcase their material and psychic realities—pain，trauma and their resilience to fight back.

【关键词】violence；black women characters；Gloria Naylor；racism；sexism

The Burnt Doll：The Dialectical Image and Gender Fluidity in Sandra Cisneros' Short Story "Barbie-Q"

【作　者】Jørgen Veisland
【单　位】Scandinavian Institute，University of Gdansk
【期　刊】《世界文学研究论坛》，第 10 卷，第 2 期，2018 年，第 270－285 页
【内容摘要】Commenting on Walter Benjamin's concept of the dialectical image and its applicability to his study of nature as ruin in allegory，Susan Buck-Morss notes in her work *The Dialectics of Seeing* that "the illumination that dialectical images provide is a mediated experience，ignited within the force field of antithetical time registers，empirical history and Messianic history". Viewing the burnt doll in the short story as a dialectical image will solve what James Phelan in his work *Living to Tell About It* refers to as "the puzzling signals about the relation between time of the action and time of the telling". The burnt doll is an image of the ruin and an emblem of the transient nature of capitalist culture. It is a dialectical image in the sense that it constructs an alternative gender identity that is futuristic and fluid，gathering its building material literally out of a warehouse fire that has caused the new Barbie dolls to be sooty and，in the case of one of them，cousin Francie，disfigurement as it now has "a left foot that's melted a little". The telling is done by an anonymous young girl to her sister and involves an imaginative narration about two dolls which the girls dress and undress；the dolls fight over a boyfriend，an "invisible Ken". They are on the lookout for new dolls on a Sunday that is presumably time present or immediate past and find Career Gal and Sweet Dreams，sooty and water-soaked dolls damaged by fire. The defective，melted left foot may easily be disguised "if you dress her in Prom Pinks". That way "who's to know". The final statement summarizes the ambivalence of an uncertain future project：The dialectics between the natural wholeness of inherent gender and the future fluid，literally melting or melted gender is manifested in the emblematic image of the melted left foot. It is there though hidden from public view.

【关键词】redundant telling；the fetish；the dialectical image；fluid gender

The Universal Poetry and the Work-Net of Bob Dylan's Oeuvre：With Special Regards to Dylan's *The Brazil Series*

【作　者】Anne-Marie Mai
【单　位】Department of Culture Study，University of Southern Denmark

【期　　刊】《世界文学研究论坛》，第 10 卷，第 3 期，2018 年，第 385、394 页
【内容摘要】The article suggests that the German philosopher Friedrich Schlegel's concept of "universal poetry" provides an interesting approach to Bob Dylan's songs and artwork. In a famous fragment from 1798，Schlegel asserts that universal poetry unites the forms of art，philosophy and thought with the beautiful sigh and kiss that the creative child "exhales in its artless song." It is hard to claim that Dylan's voice has ever sounded like a child exhaling its artless song，but nevertheless Schlegel's concept opens the way for new approaches to his oeuvre，and it can be combined with the sociologist Bruno Latour's concept of the actors' work-net of social phenomena. Dylan's artwork can be described both as universal poetry in the sense of Schlegel and as a Dylan-work-net with numerous actors in the sense of Bruno Latour. The Copenhagen exhibition of *The Brazil Series* (2010) clarifies the relevance of Schlegel and Latour's concepts to the discussion of the relations of art forms in Dylan's work.
【关键词】Bob Dylan；poetry；actor network theory

"爱的阶梯"——阿兰·布鲁姆"政治哲学莎评"的爱欲结构

【作　　者】梁庆标
【单　　位】江西师范大学文学院当代形态文艺学研究中心
【期　　刊】《国外文学》，第 4 期，2018 年，第 19—26、153—154 页
【内容摘要】在《爱与友爱》的中间部分，布鲁姆对莎士比亚的几部戏剧进行了"政治哲学"式解读，其根本线索是爱欲，焦点则是诗、哲学与政治的关系。仔细对照可以发现，布鲁姆的莎评似乎有意模仿了柏拉图《会饮》的"爱欲"结构，不过在上升的层次上进行了某些调整。在他看来，莎士比亚主要是在与柏拉图暗中对话，以剧作重述了关于"爱欲"的自然本质的理解。不过，笔者认为，在他们"诗与哲"的古老论争背后，却隐含了内在的一致：即为冰冷的现实政治注入人性、审美与智慧，从而使政治变得柔和，或曰驯化政治。
【关键词】爱欲；诗；哲学；政治；自然

"被注视是一种危险"：论《看不见的人》中的白人凝视与种族身份建构

【作　　者】陈后亮
【单　　位】华中科技大学外国语学院英语系
【期　　刊】《外国文学评论》，第 4 期，2018 年，第 119—134 页
【内容摘要】在种族社会制度下，"看"不是一个简单的视觉活动，而是包含大量文化、政治和历史信息在内的主体交往实践。本文通过分析《看不见的人》中两个具有代表性的视觉场景来揭示种族权力结构是如何通过视觉来建构和维系的。看与被看实际是一种主体建构关系。白人一贯处在凝视主体的特权位置上，黑人则是被凝视的对象。这种凝视是充满规训力量的视觉暴力，试图规定黑人身体的意义，主导对黑人他者的想象和身份建构。正如在小说结尾处的地下煤窖场景所预示的那样，只有当"隐形人"不再充当被凝视的对象，争取反凝视的权力，才能为自我身份建构创造出可能性。
【关键词】《看不见的人》；白人凝视；医学凝视；种族身份；反凝视

"城市自然"的再发现：论斯奈德的后现代城市叙事

【作　者】马特
【单　位】中央财经大学外国语学院
【期　刊】《外国文学》，第 2 期，2018 年，第 147－157 页
【内容摘要】随着西方学界中城市生态批评的复兴，此前未受重视的加里·斯奈德的后现代城市叙事成为研究其生态意识的重要文本。斯奈德的城市书写以消解城市／自然二元对立为线索，致力于重新发现城市自然及其内在价值。城市自然深刻影响了斯奈德的生物区域主义思想，促使他以后现代城市空间为舞台，在流域意识的关照下平等看待人造空间与自然环境，培养出一种扎根于本地城市环境的地方感，在第一社区中探寻实现生态栖息的方法。
【关键词】加里·斯奈德；后现代叙事；城市生态批评；城市自然；第一社区

"厄舍屋"为何倒塌？——坡与"德国风"

【作　者】于雷
【单　位】北京外国语大学外国文学研究所
【期　刊】《外国文学评论》，第 1 期，2018 年，第 75－93 页
【内容摘要】《厄舍屋的倒塌》一百多年来看似消耗殆尽的批评潜力之中尚存有一处经久不衰的疑问，即：厄舍屋为何倒塌？本文将坡置于哥特文类进化的系统语境中，考察坡本人在各类文献中围绕"德国风"所发表的辩证观念，关注德国浪漫主义遭遇的"特定历史情境"——"冲动精神为批判精神所包围"，并认为这对相互抵牾的文类"能量"在现代媒介学理论当中产生了共鸣。
【关键词】《厄舍屋的倒塌》；"德国风"；文类进化

"换装"与"换位"——论菲利普·罗斯《狂热者艾利》中的犹太性

【作　者】曲涛；陈然
【单　位】大连外国语大学英语学院
【期　刊】《外语与外语教学》，第 3 期，2018 年，第 115－124、146－147 页
【内容摘要】犹太性是菲利普·罗斯作品中所表现的重要主题之一。在细读文本基础上，本文通过对其小说《狂热者艾利》中主人公艾利"换装"这一隐喻性行为的解读与剖析，旨在阐释罗斯是如何解决美国犹太人与二战犹太幸存者之间的冲突和矛盾以及犹太民族如何在美国社会更好地生存和发展，从而揭示罗斯在作品中所倡导的"换位"思考、尊重犹太文化传统、回归犹太民族本性的犹太伦理思想。
【关键词】菲利普·罗斯；《狂热者艾利》；犹太民族；犹太性

"精神隔绝"的多维空间：麦卡勒斯短篇小说的边缘视角探析

【作　者】林斌
【单　位】厦门大学外文学院
【期　刊】《外国文学》，第 3 期，2018 年，第 11－20 页

【内容摘要】美国南方现代派代表女作家卡森·麦卡勒斯以其创作巅峰期的四部中长篇小说闻名，但是通常为公众所忽略的是，短篇小说及散文创作贯穿她的文学生涯始终。可以说，这些不同文类的作品作为麦氏"精神隔绝"主题的多重变奏，共同打造了一个"精神隔绝"的多维空间。本文围绕麦卡勒斯文集《抵押出去的心》及《伤心咖啡馆之歌》所收录的短篇小说及散文创作集中展开论述，重点探讨"边缘视角"在其作品中的主题意义。

【关键词】卡森·麦卡勒斯；"精神隔绝"；"边缘视角"；现代性

"良心"与"自由"：亨利·詹姆斯的《专使》

【作　者】毛亮
【单　位】北京大学外国语学院英语系
【期　刊】《外国文学研究》，第 40 卷，第 4 期，2018 年，第 22－34 页
【内容摘要】《专使》的关注点是对人性中审美与道德两个核心追求之间的联结和冲突的深刻思考。在这部作品中，詹姆斯试图超越传统与现代、审美与道德、欧洲与美国等等的二元对立；他从普遍人性的高度分析了现代西方文化与社会的危机，同时也在想象一个未来的、理想的社会和文化的可能图景。詹姆斯的伦理关怀，在当时英国和欧陆社会中宗教的式微和个体的主体性意识据主导地位的背景下，试图从人性的本来出发去构建一个新道德和新文化。这也使他与同时代的许多知识分子一样，成为社会和民族的良心。

【关键词】亨利·詹姆斯；《专使》；审美与道德；民族良心；文化批评

"流动的盛宴"：侨居与美国现代主义文学

【作　者】刘英；王怡然
【单　位】南开大学外国语学院
【期　刊】《国外社会科学》，第 4 期，2018 年，第 103－112 页
【内容摘要】美国现代主义侨居作家常常被贴上"迷惘一代"的标签，但在流动性理论的重新审视下，侨居之于美国现代主义文学呈现出两大积极意义。其一，侨居所代表的离家、漂泊和边缘可转化为一种主动的、积极的阈限性：通过跨国流动获得国际视野，在对比中摆脱民族自卑，获得文化自信；通过在异质文化间游弋，获得开放空间，释放创新潜能。跨国和跨文化流动的共同作用形成以新生艺术形态和独特叙述视角书写美国现代性的核心优势。其二，美国侨居作家在巴黎建立的沙龙和书店，为美国侨居共同体在异国提供了栖息地和凝聚力，为欧美文化交流和互动提供了"接触域"，为文学向视觉艺术跨界借鉴提供了平台，成为美国现代主义文学的生产基地。同时，侨居作家与美国本土创办的小杂志遥相呼应、密切合作，形成以巴黎一纽约为轴线的跨国现代主义生产线。总之，美国作家赴欧侨居这一群体性空间流动引起了视角的流动、心理的流动、认知的流动、学科的流动和文化的流动，展示出这席"流动的盛宴"对美国现代主义文学的重要作用。

【关键词】侨居；流动；现代主义；美国文学

"祛魅"与"驱魔"：英语诗歌中的"美杜莎"形象与女性写作观的现代转换

【作　者】曾巍
【单　位】华中师范大学文学院；华中师范大学出版社

【期　刊】《外语与外语教学》，第 4 期，2018 年，第 132－139、151 页
【内容摘要】英美 20 世纪以来的四位女诗人：露易丝·博根、西尔维亚·普拉斯、梅·莎藤、卡罗尔·安·达菲，都有以古希腊神话中"美杜莎"为原型创作的诗歌。本文通过细读比较这四首诗歌，指出"美杜莎"形象具有两面性，而这两种形象都是男性社会塑造的刻板形象。女诗人的诗作则在解构旧形象的基础上重建了生动的美杜莎新形象。新形象的塑造，融入了女性对自我的重新认识，对外在世界的全新体验，以及对性别身份的深刻反思。这一过程，同样反映出女性写作如何突破陈旧观念的束缚，实现现代转换并完成飞跃。
【关键词】"美杜莎"形象；女性写作观；现代转换

"书是世界的形象"——论《拼缀姑娘：一个现代怪物》的块茎创作

【作　者】郭亚娟
【单　位】厦门大学外文学院
【期　刊】《外国文学》，第 5 期，2018 年，第 53－61 页
【内容摘要】块茎结构既是美国超文本文学的基本框架，也是贯穿超文本文学创作的核心理念。文本块茎间的链接具有无限可能性，这使得构建一幅从文本结构至内在精神皆以流动和多元为特征的多重世界图景成为可能。本文尝试从德勒兹的块茎理论与超文本文学创作理念的契合入手，以超文本文学经典之作《拼缀姑娘》为个案，揭示块茎思维主导下文本世界的运作方式：无论是对文学经典的发散性改写，还是躯体之拼缀性引发的种种不定的隐喻，都将对小说中的文本现实进行不断的解域和结域，还原一个流动的世界之形象。块茎创作的核心是一种彻底的反逻各斯中心主义精神。
【关键词】超文本小说；《拼缀姑娘》；块茎

"属地""向下"的馈赠——瓷器与 18 世纪美利坚国家谱系建构的神话

【作　者】侯铁军
【单　位】景德镇陶瓷大学外国语学院
【期　刊】《外国文学评论》，第 1 期，2018 年，第 58－74 页
【内容摘要】相对于基督教色彩浓厚的"属天""向上"的建国神话，在美国建国话语修辞中还有一脉以"瓷器"为喻的"属地""向下"的传统。"属地"是因为它关乎泥土，与建构美国这一"尘世的工程"息息相关；"向下"是"建国之父"为了下一代"埋藏"瓷器／美国，关乎美利坚子孙的未来福祉。然而，这一神话对男性子孙的偏爱，给它烙上了白人男性至上主义色彩，这为我们解读后来美国文学中有关瓷器的隐喻提供了一个角度。
【关键词】瓷器；"属地"；"向下"；国家建构

"他者"诗学：毕肖普的《地理学之三》

【作　者】刘露溪
【单　位】河北师范大学外国语学院
【期　刊】《国外文学》，第 4 期，2018 年，第 109－115、156 页
【内容摘要】《地理学之三》是美国著名诗人伊丽莎白·毕肖普于创作晚期书写的经典诗集。作品中，毕肖普刻画了面貌各异的"他者"意象。本文旨在通过德里达的"他者"伦理学视角解

读诗人在作品中面对"他者"的呼唤如何进行真诚的回应，并展现毕肖普对"他者"的伦理担当，以揭示其作品蕴含的伦理学维度。

【关键词】"他者"诗学；毕肖普；《地理学之三》；德里达；"他者"伦理学

"文学文化"与"新人"的塑造——从鲍勃·迪伦获诺贝尔文学奖说起

【作　者】杨晶
【单　位】北京青年政治学院青少所
【期　刊】《文艺理论研究》，第 38 卷，第 4 期，2018 年，第 207－213 页
【内容摘要】鲍勃·迪伦及其作品，是"文学文化"的典范，2016 年诺贝尔文学奖的授予可谓实至名归；与一般的流行音乐不同，鲍勃·迪伦的作品属于"想象力文化"，是"新感受力"的核心所在；它赓续了一个深刻的理想主义传统，是一种思想动荡的载体。鲍勃·迪伦的作品自觉介入、参与社会议题，思考、诠释时代性问题，创造出了滋养人们隐秘生活、维护自由空间、实现公平正义的诗意的"文学文化"；它通过移情、想象达成与扩大了"团结"，塑造出了"新人"，即"善于成为人的人"，有效推动了现代社会的进步。对于"文学文化"的创构，鲍勃·迪伦获诺奖这一事件启示良多。

【关键词】鲍勃·迪伦；"新感受力"；理查德·罗蒂；"文学文化"；"新人"

"以更好的名义"——《雄狮之死》的反讽力量

【作　者】李晋
【单　位】首都师范大学外国语学院英文系
【期　刊】《国外文学》，第 4 期，2018 年，第 124－133、157 页
【内容摘要】19 世纪末的英美文化界普遍存在消费文学消费化的趋势，亨利·詹姆斯的《雄狮之死》借第一人称叙述者之口，对文学的各消费群体进行了辛辣的反讽。反讽的力量在于，既通过鞭挞各群体的实用主义以期达到促使他们反省自我的作用，又激发真诚的读者和文学批评家增强各自的道德意识和责任感，"以更好的名义"参与生活，投身文学阅读与文学批评。

【关键词】亨利·詹姆斯；《雄狮之死》；消费；反讽；"以更好的名义"

"占有者"的毁灭与救赎——解读奥尼尔的《更加庄严的大厦》

【作　者】甲鲁海
【单　位】山东大学外国语学院
【期　刊】《东岳论丛》，第 39 卷，第 6 期，2018 年，第 98－103 页
【内容摘要】在《更加庄严的大厦》中，奥尼尔通过主人公西蒙由一个富于幻想的诗人到一个贪婪攫取的商人的转变，揭示了资本主义制度下物质占有欲对人们灵魂的腐蚀性作用。这出欲望悲剧将物欲的泛滥对人类社会的影响进行了深刻的揭示，体现了剧作家对人类灵魂的高度关注，同时也表达了剧作家唤醒人们正确面对内心的物质和精神要求、找回失去的精神世界的愿望。奥尼尔以他的悲剧意识对现代社会重物质、轻灵魂的做法敲响了警钟。

【关键词】奥尼尔；物质；占有欲；精神悲剧；《更加庄严的大厦》；悲剧意识

"中国题材"英语小说的文化旅行与变形——以汤亭亭《中国佬》为例

【作　者】李书影
【单　位】淮北师范大学外国语学院
【期　刊】《外语与外语教学》，第 4 期，2018 年，第 122－131、139、151 页
【内容摘要】"中国题材"英语小说蕴含着丰富的中国文化表述内容，承载着"中国故事"海外传播中的旅行与变形。以《中国佬》为例，美国华裔作家汤亭亭移植了诸多风俗民情、汉字音形、人物称谓、古典诗歌、文化意象等杂合文本内容。其"写中有译"的文化翻译策略不再迎合美国大众对"模范少数族裔"或"东方人"陈旧描述的设定，而是积极挖掘"中国文化"的智慧源泉、界定文化身份、表达族裔属性诉求，从而在一定程度上弱化了西方社会的文化固化思维，纠正了语言等级偏见，扭转了中国人的负面刻板形象。
【关键词】"中国题材"；汤亭亭；《中国佬》；文化翻译

"坠落的人"与生命政治的主体形象

【作　者】安婕
【单　位】上海师范大学外国语学院
【期　刊】《外国文学》，第 4 期，2018 年，第 124－133 页
【内容摘要】本文基于人物形象分析来解读唐·德里罗的 9·11 小说《坠落的人》。从表层叙事来看，共时结构展现了恐袭受难者主体的群像；以此群像为基础，本文将作品置于后 9·11 生命政治社会的大背景下，借助生命政治代表人物福柯和阿甘本的理论，探查其特有的主体形象。其中，从福柯作为权力现代施行形式的生命政治角度可见规训主体（如小说中的老人和小孩），这是规范化的主体形象；而从阿甘本关于生命的生物存在和政治存在区分之下的生命政治，可见神圣人主体（如小说中的"坠落的人"），这是生命政治悖论逻辑下的主体形象。进而，文章探讨了生命政治社会困境及神圣人的赤裸生命在形式生命中得到释放的可能，从而结合当前西方社会的现状重审了"坠落的人"。
【关键词】《坠落的人》；主体；生命政治；规训；神圣人

《爱达或爱欲》中"空白"的接受美学批评

【作　者】汪小玲；许婷芳
【单　位】上海外国语大学
【期　刊】《外语研究》，第 35 卷，第 1 期，2018 年，第 98－102 页
【内容摘要】伊泽尔的接受美学认为，文学中的交流既有赖于作品本身的艺术价值，又与读者的审美活动密不可分。"空白"的设置将二者有机地结合在一起：它不断刺激读者进行创造性想象，寻找本文结构中未定的可联结性，从而参与本文意义的构造。这种"空白"的接受美学常见于纳博科夫的小说艺术创作中。本研究聚焦于《爱达或爱欲》中的情节设计、对话安排以及场景布置中的"空白"美学，探索纳博科夫的读者如何通过这些"空白"获得感官的和理智的"审美狂喜"。
【关键词】伊泽尔；"空白"；纳博科夫；"审美狂喜"

《巴特姆父子失落的山茶花》中的历史复原与植物政治

【作　者】闫建华

【单　位】浙江工业大学外国语学院

【期　刊】《外国文学》，第 1 期，2018 年，第 118－127 页

【内容摘要】美国当代著名诗人默温在《巴特姆父子失落的山茶花》中描写的同名花树就是在美国尽人皆知的富兰克林树。从内容、措辞、结构和叙事视角等方面来看，该诗几乎是对巴特姆父子发现并见证富兰克林树从其原始生存环境消亡的一种历史复原。从富兰克林树的命名和本土失落来看，这种貌似简单的历史复原却是诗人为本土植物辩护的一种策略，表征着诗人对美国植物政治的深刻理解和诗意阐释。

【关键词】富兰克林树；命名；失落；植物政治

《白鲸》的伦理困境与伦理选择

【作　者】刘永清

【单　位】中南民族大学外国语学院

【期　刊】《文学跨学科研究》，第 2 卷，第 2 期，2018 年，第 275－284 页

【内容摘要】《白鲸》中的人物向我们展示了一个充满矛盾的伦理世界。他们大都陷入宗教伦理、社会伦理、生态伦理的困境。亚哈自己从一个基督教徒变成了一个异教徒的"盟主"，欲挑战上帝权威，又在潜意识里不由自主地臣服于上帝；他想承担关爱妻儿的责任，却又因追求"自我"而又不得不抛妻弃子；他也想放弃人类的征服欲望、保持生态和谐，而却最终为一己私利追杀白鲸，置全体船员利益于脑后，最终船毁人亡。以实玛利敬畏崇尚上帝，信奉基督教的博爱，却又背叛加尔文派教义，选择与异教徒魁魁格称兄道弟。斯达巴克想自救并维护股东利益，却又绝对服从船长命令，最后加入了亚哈的杀鲸同盟。魁魁格对国家父母和臣民有着非常的爱恋，却又因崇尚进步与文明选择了与他国的亚哈为伍，背叛了国家父母和臣民，最后丧命大海。他们在各种不同伦理困境下做出的伦理选择，实际是生活在特定社会历史时期的麦尔维尔伦理选择的体现。

【关键词】《白鲸》；麦尔维尔；伦理困境；伦理选择

《宠儿》中的母性伦理思想

【作　者】李芳

【单　位】西南大学外国语学院

【期　刊】《外国文学》，第 1 期，2018 年，第 51－58 页

【内容摘要】《宠儿》是部倾注了莫里森母性伦理思想的作品。母亲的杀婴行为在特定的情境下凸显的是母亲作为伦理主体的能动性；而她舍弃自我的"补过"行为揭示了母亲的伦理主体身份在各种力量裹挟下的困境；最终黑人社区集体伦理意识的重建及其对宠儿的驱逐使母亲"宝贵的"自我成为焦点。莫里森将小说结尾定格在母亲塞丝"我？我？"的反问中，这既体现了她对母亲作为伦理主体寄予的厚望，也暗示了母亲所要摆脱的内化的伦理势力。

【关键词】《宠儿》；母性伦理；伦理主体

《寂静的春天》在中国的译介——兼论翻译学与社会学的界面研究潜势

【作　者】刘茜；李清平
【单　位】中南大学
【期　刊】《中国翻译》，第 39 卷，第 2 期，2018 年，第 46－51 页
【内容摘要】本文从翻译学与社会学的界面研究视角考察《寂静的春天》在中国的译介轨迹。从宏观层面分析该作品在我国集中出现多个译本有何社会动因；从中观层面阐释为何相同的翻译活动在不同历史时期的接受截然不同；从微观层面阐述不同译者的翻译策略有何差异。研究发现，《寂静的春天》在中国的译介图谱与社会学家布迪厄提出的"场域""资本"和"惯习"三个核心概念紧密相关，从而折射出翻译学与社会学的界面研究潜势。
【关键词】《寂静的春天》；译介；翻译学；社会学；界面研究

《纠正》：中西部社群危机的耻罪文化探源

【作　者】谷伟
【单　位】解放军信息工程大学洛阳外国语学院
【期　刊】《国外文学》，第 2 期，2018 年，第 146－154、160 页
【内容摘要】《纠正》是乔纳森·弗兰岑的名作，通过家世传奇的微缩视角，再现了美国中西部的社群危机。借助情感伦理的视角，弗兰岑探讨了耻罪情感与中西部价值观的联动，分析了耻罪道德能动性缺陷导致的中西部社群危机，审视了资本扩张下耻罪文化的欲望变迁歧途，寄托了重构平等关怀的共同体期待。
【关键词】《纠正》；乔纳森·弗兰岑；中西部；罪感；耻感；社群

《绝望》的对话策略

【作　者】汪小玲；许婷芳
【单　位】上海外国语大学
【期　刊】《贵州社会科学》，第 2 期，2018 年，第 64－69 页
【内容摘要】复调小说在巴赫金的对话理论中，是一种多声部及全面对话的小说类型。美籍俄裔作家纳博科夫在其小说创作实践中，注重将对话转化成小说风格和结构的一部分。他的小说《绝望》中人物之间、人物与自我以及作者和人物之间的对话关系，形成了纳博科夫独树一帜的对话策略和复调艺术。他通过设置奇特的骗局和优雅的谜语，凸显小说的喜剧性和戏剧化风格；通过在细节间架设隐秘的平行结构，使小说的写作活动与阅读活动通向"审美狂喜"，从而实现个人对复调艺术的创新超越。
【关键词】《绝望》；复调；对话；"审美狂喜"

《卡萨玛西玛公主》中伦敦空间政治的再现

【作　者】王彦军
【单　位】燕山大学外国语学院
【期　刊】《外国文学》，第 1 期，2018 年，第 157－167 页

【内容摘要】在《卡萨玛西玛公主》中，亨利·詹姆斯以本真的叙事手法，将伦敦的城市景观、时代思潮、阶级结构、政治状况等诸多要素以全景画的方式再现给读者，把伦敦的诸多空间元素塑造成蕴含着权利、身份、性别等多维社会因素的体系。亨利·詹姆斯以自己独特的空间意识将政治元素有机地融入小说中涉及的监狱、街道、百货商店等具体的伦敦空间意象中：米尔班克监狱表征着规训机制，伦敦的街道再现了典型的观看政治，伦敦的百货商店彰显出新型的民主政治，小说中每个被书写的空间都再现出当时新兴的政治观念。
【关键词】亨利·詹姆斯；《卡萨玛西玛公主》；伦敦；监狱；街道；百货商店；政治

《看不见的人》的现代性焦虑

【作　者】史永红
【单　位】浙江树人大学
【期　刊】《贵州社会科学》，第 6 期，2018 年，第 130－135 页
【内容摘要】现代化给美国社会带来了丰裕的物质生活，同时也导致种种问题和困扰。现代美国黑人作家拉尔夫·埃里森敏锐地觉察到时代变迁对现代人造成的心理冲击，在《看不见的人》中他大胆突破非裔美国文学的抗议传统，不仅揭示了造成美国黑人"林勃"生存境遇的根源，而且对西方现代工业文明的发展进行了冷静的思考与拷问。
【关键词】拉尔夫·埃里森；《看不见的人》；种族矛盾；现代性焦虑

《老人与海》六译本的对比分析——基于名著重译视角的考察

【作　者】刘泽权；王梦瑶
【单　位】河南大学
【期　刊】《中国翻译》，第 39 卷，第 6 期，2018 年，第 86－90 页
【内容摘要】近年名著重译层出不穷，《老人与海》便是一例。孙致礼作为翻译理论与实践双栖大家于《老人与海》近三百种译本中再添新译，这一现象值得深思。本文以孙译及其五个具有代表性的先行译本为对象，从语言理解、风格再现和文化传真三个方面对比分析，以考察六译本的异同，尤其是孙译对前译的超越。研究表明，孙译践行了其"精益求精"的重译思想，诠释了名著重译的本质属性和内在要求。
【关键词】名著重译；《老人与海》；译本对比；孙致礼

《了不起的盖茨比》：美国大都市的文化标志

【作　者】高奋
【单　位】浙江大学外国语言文化与国际交流学院
【期　刊】《广东社会科学》，第 6 期，2018 年，第 152－159 页
【内容摘要】美国作家弗·司各特·菲茨杰拉德的小说《了不起的盖茨比》表现了 20 世纪 20 年代美国大都市的文化形态与精神面貌，堪称美国大都市的文化标志。菲氏以一系列社交活动描写，重墨突显了城市化高速推进的大都市的两种主导消费模式：有闲消费和夸示性消费；消费模式折射了道德原则的剧变，菲氏以中立的叙事视角和对抗性结构，表现了道德的社会性在不同阶层的体现及相互之间的冲突，与美国同时期哲学家约翰·杜威的思想相呼应；不同道德立场对应不同的生命信念，菲氏用比照的方式昭示了用信念树立生命意义的重要性，与美国同

时期哲学家威廉·詹姆斯的论述相应和。

【关键词】弗·司各特·菲茨杰拉德；《了不起的盖茨比》；城市；文化标志

《流离失所的人》中的受害者身份政治

【作　者】彭瑶
【单　位】燕山大学外国语学院研究生英语系
【期　刊】《外国文学评论》，第 3 期，2018 年，第 151－165 页
【内容摘要】受害者身份是社会政治领域一个广受争议的话题，越来越多的研究者认为受害者身份是主观、不稳定的权力建构的产物，受害者身份意识能使私人恐惧升级为种族排外主义和民族主义，煽动群体对种族他者实施暴力侵害。小说《流离失所的人》展现了美国南方农村白人群体因历史记忆、社会变革造成的受害者身份意识及其围绕选择性的历史伤痛记忆而生产去语境的民族叙事以便清除异己的机制。受害者与施害者之间的身份转换揭示了受害者身份背后的历史意识形态土壤以及当今西方白人至上主义者的身份政治建构。
【关键词】受害者身份；伤痛记忆；民族叙事；身份政治建构

《梅丽迪安》中的头发与政治

【作　者】王辰晨
【单　位】华中师范大学外国语学院
【期　刊】《外国文学研究》，第 40 卷，第 2 期，2018 年，第 132－141 页
【内容摘要】发型的演变折射了美国非裔自我认知的变化，是黑人民权斗争史的有机组成部分。在艾丽丝·沃克的小说《梅丽迪安》中，人物的头发微妙地呈现了美国非裔女性面对的种族和性别政治。主人公梅丽迪安用非裔传统发型和近乎光头的中性发型表明种族身份、领导游行，反映了非裔女性利用身体对抗种族和性别双重压迫的策略及其选择困境之下的矛盾心理。艾丽丝·沃克通过非裔女性头发的种族和性属内涵揭示了白人主流文化和黑人民族主义对非裔女性身体的规训，再现非裔女性参与民权运动的历史，批判了黑人民族主义话语把群体集体化、抹杀非裔内部差异的弊病，从而推进黑人美学从单一走向多元的表达。
【关键词】《梅丽迪安》；头发；种族政治；性别政治

《尼克·亚当斯故事集》的伦理身份之惑

【作　者】熊卉
【单　位】江西师范大学外国语学院
【期　刊】《文学跨学科研究》，第 2 卷，第 4 期，2018 年，第 658－668 页
【内容摘要】《尼克·亚当斯故事集》是以主人公尼克为中心，由菲利普·杨按照海明威写作的顺序整理出版的一个短篇故事集。如果我们把所有故事作为一个连贯的整体进行解读，就会发现尼克在整个故事中经历了不同伦理身份确认与否的困惑。童年时代的尼克在与大自然的接触中对自己的伦理身份非常明确，他视自己是"自然之子"。然而，对"自然之子"这一伦理身份的过度迷恋使他步入社会时难于寻找到合适的社会伦理身份，他于是成为一个"迷惘的人"。但是，尼克并没有彻底迷失，他不断地通过写作、阅读和回忆来进行自我道德教诲，使自己走出伦理身份的困惑。

【关键词】海明威；《尼克·亚当斯故事集》；伦理身份；道德教诲

《叛徒》的反讽艺术

【作　者】张莉
【单　位】郑州大学英美文学研究中心；郑州大学外语学院
【期　刊】《湖南科技大学学报（社会科学版）》，第21卷，第3期，2018年，第57－61页
【内容摘要】2016年布克奖获奖小说《叛徒》巧妙运用反讽手法，揭示当代美国社会依旧严峻的种族问题。反讽构织成了小说情节之外的另一个结构网络：修辞反讽渗透进小说的语言，构成了小说的肌理；标题的反讽、情景的反讽、语调的反讽建构了小说完整的结构框架；互文反讽则引入历史的维度作为参照，增强了小说的批判性。在《叛徒》中，反讽不仅是修辞手段，也是哲学思想和生活态度，它暗含严肃的批判精神和对未来世界的美好愿景，已成为小说本身的内在品质。
【关键词】布克奖；《叛徒》；反讽

《失窃的纯真》："以神的名义"谱写的伦理哀歌

【作　者】蒋栋元
【单　位】中国矿业大学外文学院
【期　刊】《国外文学》，第2期，2018年，第137－145、160页
【内容摘要】艾丽莎·沃尔的自传体小说《失窃的纯真》讲述了作者自己作为摩门教信徒在摩门教社区悲惨的家庭和婚姻遭遇。摩门教社区固化的金字塔社会结构等级森严，教会居于顶端，"以神的名义"控制着人们的思想和行为。尽管早已公开宣布废除，但根据神的"启示"，暗地里仍然实行与美国婚姻法背道而驰的神所"配置"的"永恒婚姻"——一夫多妻制，导致伦理生态恶化，造成了严重的性别创伤、家庭创伤、儿童创伤和宗教创伤，使人们失去质朴纯真的本性，陷入婚姻、家庭和宗教的三维伦理困境。
【关键词】《失窃的纯真》；伦理；宗教；婚姻；家庭

《四个灵魂》中的恶作剧者叙述

【作　者】陈靓
【单　位】复旦大学外文学院
【期　刊】《外国文学研究》，第40卷，第4期，2018年，第136－144页
【内容摘要】本文从新历史主义的视角分析路易斯·厄德里克在《四个灵魂》中的叙述方式和意义，并从叙述的历史性指涉和解构性文本两个角度展示作品中的反抗性叙述。通过对核心叙述者恶作剧者的分析，本文认为恶作剧者不仅是作品中的反抗性人物，而且以其解构特质融入文本的叙述层面，对历史性进行重构，构建了具有本土族裔特色的恶作剧者话语。它具有鲜明的新历史主义特征：一方面通过结构层面的多元叙述视角抵制白人主流同质化的叙述权威；另一方面通过语言内部的自我消解来揭示语言的内在肌理及其与历史的互动关系，并最终实现对历史本质的真实还原。厄德里克也如恶作剧者一般，解构的同时也在建构，以流动的文本性来尝试创建具有本土传统特色的文本和历史的关联。
【关键词】《四个灵魂》；路易斯·厄德里克；新历史主义；恶作剧者叙述

《心灵的慰藉》：记忆的复调性与风景的多维性

【作　者】谭琼琳；邓瑛瑛
【单　位】湖南大学外国语学院；湖南大学加里·斯奈德研究中心
【期　刊】《外国文学研究》，第 40 卷，第 1 期，2018 年，第 47－60 页
【内容摘要】《心灵的慰藉》是当代美国女作家特丽·坦皮斯特·威廉斯的代表作，一部优秀的自传体回忆录，被西方学者誉为"美国自然文学的经典之作"。本文拟从"风景与记忆"这一关键词出发，借助记忆心理学、生态学、风景学、人文地理学、生态批评等领域的相关理论，探讨威廉斯如何通过书写个体的经验和情感，反思当今人类社会面临的生态困境和人伦困境。面对现实中破碎的、不连贯的，乃至失落的风景，威廉斯通过记忆和想象重构时间维度上的风景，以多重记忆书写和身体写作方式在作品中再现自然风景和文化风景。这种叙事方式旨在呼吁人类重新开始以原始的身体感官了解和体验自然，了解脚下的土地，重新建立起与大地的亲密关系，重新找回爱的本能，以此找到回归人类精神家园之路。
【关键词】特丽·坦皮斯特·威廉斯；《心灵的慰藉》；风景；记忆

《约侬迪俄：三十年代的故事》的"母子纽带"与"躯体意象"——蒂莉·奥尔森的政治诉求和女性视角

【作　者】陈娴
【单　位】北京交通大学语言与传播学院
【期　刊】《外语研究》，第 35 卷，第 2 期，2018 年，第 94－99 页
【内容摘要】蒂莉·奥尔森是一位颇具传奇色彩的犹太女作家。作为活动家，她曾积极从事无产阶级政党活动，其诸多政治诉求无不与其女权主张相生相伴；作为艺术家，相较于犹太身份和阶级属性，奥尔森更为核心的创作宗旨来自作为女性的生活经历。本文结合奥尔森论文集《沉默》中的文论观点，从"母子纽带"的恒定描写模式、"躯体意象"的叙事技巧和女性视角聚焦等三个方面分析了奥尔森倾注在小说《约侬迪俄：三十年代的故事》中的政治愿望和女权诉求。
【关键词】蒂莉·奥尔森；"母子纽带"；"躯体意象"；女性视角

19 世纪后期新奥尔良的种族重构——凯特·肖邦的小说《觉醒》中的种族主义思想分析

【作　者】叶英
【单　位】四川大学外国语学院
【期　刊】《四川大学学报（哲学社会科学版）》，第 4 期，2018 年，第 109－117 页
【内容摘要】19 世纪后期，美国南部最突出的种族问题是奴隶制废除以后白人与黑人之间的关系问题，而南部重镇新奥尔良的种族问题因其格外复杂而尤为突出。以这一时期的新奥尔良作为故事背景的小说《觉醒》，集中体现了当时围绕种族问题所展开的社会性和政治性斗争，回应了新奥尔良所面临的种族难题。对小说文本的细节进行分析可以揭示，该作品不仅捕捉到了新奥尔良克里奥尔社会的种族偏见，而且其本身就是建构种族身份和加固种族偏见的工具。
【关键词】美国南部；种族建构；凯特·肖邦；《觉醒》

爱德华·泰勒的宗教自然诗

【作　者】朱新福

【单　位】苏州大学外国语学院

【期　刊】《国外文学》，第 3 期，2018 年，第 77－86、158 页

【内容摘要】爱德华·泰勒创作的宗教自然诗歌阐述了自然与上帝的关系，具有一定的生态神学思想。泰勒宗教自然诗歌有三个特征：一、对自然界的仔细观察，在观察中思考人与上帝的关系；二、直接描写自然界中的一草一木，在描写中融入宗教思想；三、运用"生命之树"的自然意象，阐释上帝、人、自然三者之间的关系。这三个特征具有宗教与环境保护之现实意义，其表达的传统基督教义与当今环境关切一致，其中的神学思想和政治内涵则暗含了对早期北美殖民地的地域认同，成为日后美国国家意识的滥觞。

【关键词】爱德华·泰勒；宗教自然诗歌；地域认同；国家意识

爱尔兰移民小说中的记忆身份认同

【作　者】吴国杰

【单　位】重庆师范大学外国语学院

【期　刊】《外国文学》，第 6 期，2018 年，第 60－70 页

【内容摘要】由于爱尔兰种族聚居区内爱尔兰文化的移植、爱尔兰语的使用以及"美国守灵夜"这一仪式在爱尔兰移民身上的持续影响，在爱尔兰移民小说中，19 世纪的爱尔兰移民虽然身处异乡，但是由于并没有跟过去和原乡文化断裂，记忆的延续使得他们与原乡认同；小说中 20 世纪以后的爱尔兰移民有被同化的强烈愿望，在积极主动地融入异质文化移居国的过程中，过去的记忆出现中断。然而，移民回乡探亲以及全球化时代的世界主义又使得记忆被激活，干预了新身份的建立。记忆的中断和激活使得 20 世纪以后的爱尔兰移民形成非此非彼的"跨界"身份。

【关键词】记忆；种族聚居区；"美国守灵夜"；爱尔兰移民；身份认同

爱默生论自然与心灵：知识论再解读

【作　者】张世耘

【单　位】北京大学外国语学院英语系

【期　刊】《外国文学》，第 5 期，2018 年，第 80－91 页

【内容摘要】爱默生的先验论思想主要源于德国古典哲学，尤其是康德先验哲学。尽管他的思想与康德发端的先验哲学多有差异，但他从康德知识论出发，另辟蹊径，以求心灵解读自然蕴含的普遍必然知识——自然和道德法则。从知识论角度看，爱默生的自然观重新引出心物二元问题，将康德先验知识论中普遍必然的心灵先天综合力所统一起来的主客体转化为个体心灵解读自然象征意义的直觉感悟实践历程，由此获得普遍必然道德知识。本文着重分析爱默生知识论中的经验论因素，试图说明他的自然观将经验实在论与唯心论结合，以失去理论系统性为代价，形成了他独特的、逻辑关系不甚连贯一致的唯心知识论。

【关键词】爱默生；自然；心灵；超验主义；先验论；经验论

奥斯特《布鲁克林的荒唐事》中的自我与共同体思想

【作　者】朴玉
【单　位】吉林大学公共外语教育学院
【期　刊】《湖南科技大学学报（社会科学版）》，第 21 卷，第 5 期，2018 年，第 42－47 页
【内容摘要】保罗·奥斯特的《布鲁克林的荒唐事》是新世纪美国都市人精神生活的写照，其中包含着当下都市人多重自我建构与共同体思想之间的互动关系。作品中人物由于社会关系的断裂，导致对社会自我的质疑，产生孤独、迷茫情绪，由此引发对于乡村共同体所张扬的温馨和谐关系的渴望；他们致力于通过文学创作等方式建构想象共同体，追求丰富完善的精神自我；他们还在对传统共同体的超越中，以其独立的自我意识，探寻实现理想自我的路径和方式。
【关键词】保罗·奥斯特；《布鲁克林的荒唐事》；自我；共同体

边界：美国（文学）研究的范式确立与转换及问题

【作　者】金衡山
【单　位】华东师范大学外语学院
【期　刊】《四川大学学报（哲学社会科学版）》，第 4 期，2018 年，第 98－108 页
【内容摘要】 美国（文学）研究在美国有其历史的发展轨迹，经历了从总体探索美国的特征到关于美国的统一共识的瓦解的过程，其研究范式的确立与转换反映了现实与历史的变迁，其中的发生机制值得总结，对了解美国的过往、当下及未来的思想潮流不无帮助。
【关键词】美国研究；美国文学；研究范式；转换机制

边界交往与认同路线：《家园》的文化叙事动力

【作　者】胡碧媛
【单　位】河海大学外国语学院
【期　刊】《湖南科技大学学报（社会科学版）》，第 21 卷，第 1 期，2018 年，第 43－48 页
【内容摘要】当代美国女作家玛丽莲·罗宾逊的第三部小说《家园》是描写父子关系与伦理救赎的作品。小说以鲍顿牧师与儿子杰克的边界交往为主线，再现家园权力关系的流动和多重身份话语的对话，勾勒文学人物的文化认同路线和文化异质性所推动的叙事进程，以个体的微观现实书写美国历史与文化精神。
【关键词】玛丽莲·罗宾逊；《家园》；边界交往；异质性

边缘人的声音：《饥饿的女儿》与《紫色》的女性身份构建

【作　者】姚溪；向天渊
【单　位】西南大学中国新诗研究所
【期　刊】《中南大学学报（社会科学版）》，第 24 卷，第 6 期，2018 年，第 188－195 页
【内容摘要】女性身份构建是中美女性主义成长小说的内容核心和叙事重点，在《饥饿的女儿》《紫色》中体现为边缘人的声音。《饥饿的女儿》强调女主人公生理、精神、性爱层面的郁结，这与《紫色》强调黑人女性被困于种族、性别、阶级而无法抒发自我的困境是相似的。两部小

说均采用饥饿叙事构建出边缘人身份，但不局限于单纯地还原或呈现。在此基础上，两部小说通过女性欲望言说和个人生态诉求解构旧有身份的同时塑造新的文化认同，以此达到边缘人发声的目的。在女性主义风靡的当下，从比较文学影响研究和平行研究的角度重读这两部小说，有助于了解特定背景下女性尤其是边缘女性的真实需求、复杂经历和自我认知。

【关键词】《饥饿的女儿》；《紫色》；欲望；身份构建；女性主义文学

伯格曼电影艺术对普拉斯诗歌创作的影响

【作　　者】杨国静
【单　　位】上海财经大学外国语学院
【期　　刊】《国外文学》，第 3 期，2018 年，第 145－154、160 页
【内容摘要】英格玛·伯格曼的电影美学对普拉斯的诗歌创作产生了不容忽视的影响。一方面，伯格曼借助舞台化布景、人物面部特写和长镜头内心告白等镜头语言呈现梦境、幻觉、疯癫、神经症等前意识性生命体验的艺术风格对西尔维娅·普拉斯中后期诗歌的意象构建和叙述视角产生重大启发，是推动普拉斯形成个性化艺术表达的重要催化剂之一；另一方面，影片《生命的门槛》是普拉斯创作长诗《三个女人》的蓝本，普拉斯在诗歌中沿用了电影的人物、场景和情节设定等基本架构，同时，通过融入自身的生存体验，以及更鲜明的社会批判意识和更强烈的女性主义立场完成对《生命的门槛》的改写和超越。
【关键词】英格玛·伯格曼；西尔维娅·普拉斯；电影；《三个女人》；改写和超越

不同的情感：美国华人文学作品中的东西大铁路书写（英文）

【作　　者】尹晓煌
【单　　位】西北工业大学外国语学院；美国西方学院
【期　　刊】《外国文学研究》，第 40 卷，第 6 期，2018 年，第 10－21 页
【内容摘要】本文旨在分析 19 世纪美国华人作家对横贯美国的东西大铁路之描述及其文学情感。其时，美国社会主流文学和艺术作品展现的铁路和火车，通常象征着进步和工业化，但在华人移民和中国访客眼中，它们却代表着不同的图景。与美国白人移民体验到的那种对改善自身命运之期盼相比，华人在其追求"金山梦"的过程中，遭遇的却是另一番景象。他们在美国生活中经历的异化和失望，与那些乐观的"大熔炉"观念之宣扬，形成了强烈的反差。有鉴于此，作为美国华人移民情感之再现，华人文学作品展现的东西大铁路及其相关主题，为族裔研究学者百年之后得出的美国从来就非"大熔炉"这一历史结论，增加了人文解读和文学意义。
【关键词】美国华人文学；集体记忆；（美国）东西大铁路；华人移民

布斯《小说修辞学》：阐释与对话

【作　　者】朱玲
【单　　位】福建师范大学文学院
【期　　刊】《福建师范大学学报（哲学社会科学版）》，第 4 期，2018 年，第 24－30、168－169 页
【内容摘要】布斯时代的主流观点主张清除小说"讲述"的"修辞杂质"，推崇"清除叙述者"的客观"显示"，构成了某种"反小说修辞"语境，布斯《小说修辞学》有为小说修辞正名的意味。分析布斯区分"狭义的修辞／较大意义上的修辞"和国内"狭义修辞／广义修辞"作为相

近概念术语的非对称信息，以及两类修辞的内涵呈现的深层信息，有助于保持对话布斯的清醒，也有助于挖掘《小说修辞学》包括但不限于小说修辞研究的思想冲击力。

【关键词】对话；布斯；小说修辞；狭义修辞；广义修辞

场域视角下惠特曼公共身份的建构

【作　者】刘兰兰；戚涛
【单　位】刘兰兰：安徽警官职业学院基础部
　　　　　戚涛：安徽大学外语学院
【期　刊】《外语研究》，第 35 卷，第 2 期，2018 年，第 100－105 页
【内容摘要】由于经济、社会和象征资本的匮乏，惠特曼在当时的话语场域中受到旧富、新贵话语的双重否定，遭到中产阶级话语集团的排斥，是一个处在话语场边缘的弱者。他利用自己文化资本相对丰富的优势，通过借力与改造一些有较高社会认可度、又符合自身身份建构需要的话语，令其所掌握的资本增值，为自己塑造了一个集诗人、民族先知、普通人知遇者三位一体的公共身份。这并不意味着他是美国或无产阶级的代言人。他只是利用这些话语巧妙地构建了一个以他自己为中心的，一个自恋、积极、温情的精神乌托邦。他因此成为与其有着相似境遇和策略倾向的知识分子利益的理想代言人，同时，也为温和、向上的失意者提供了一个精神港湾。

【关键词】惠特曼；公共身份；场域理论

窗户里的世界——《一位女士的画像》中的"观看"主题

【作　者】汤瑶
【单　位】上海工程技术大学外国语学院
【期　刊】《外国文学》，第 3 期，2018 年，第 159－167 页
【内容摘要】亨利·詹姆斯的小说《一位女士的画像》主要聚焦于主人公伊莎贝尔的"看世界"经历。她的观看积极主动，唯美且充满想象，体现了一位女性寻求理想自我的欲望的过程。小说中频繁出现的窗户意象成了观看行为的象征，也代表着伊莎贝尔不断发展的视角、视野和感知能力。通过"观看"这一主题的呈现，亨利·詹姆斯暗示读者，他所关注的并非客观事实，而是通过窗户媒介（人物视角）所展示出来的主观世界。

【关键词】观看；唯美；欲望；窗户；主观世界

创伤视角下美国华裔小说中男性身份的重构

【作　者】邵娟萍
【单　位】南昌工程学院外国语学院
【期　刊】《湖北大学学报（哲学社会科学版）》，第 45 卷，第 3 期，2018 年，第 115－121 页
【内容摘要】美国华裔小说具有十分鲜明的创伤叙事特征。诸多美国华裔作家直面在美华裔被歧视、受凌辱的创伤史，痛诉他们被集体"失声"的创伤体验，向读者展示出一个千疮百孔的创伤世界。美国华裔作家通过创伤书写的方式，表达了对特殊社会历史环境下华裔男性群体身份危机的焦虑。这些作家从独特的视角审视中美文化的冲突和融合，并从族裔身份、社会身份、性别身份和文化身份等不同的层面，颠覆和修正被美国正统历史抹杀和错误再现的华裔男性的

创伤史，对被主流社会解构的华裔男性身份进行了重构。

【关键词】创伤书写；华裔小说；男性身份；身份重构

从"红色工具箱"看《在基督脚下》中的墨裔困境

【作　者】刘蓓蓓；龙娟
【单　位】湖南师范大学外国语学院
【期　刊】《湖南师范大学社会科学学报》，第 47 卷，第 2 期，2018 年，第 128－134 页
【内容摘要】《在基督脚下》是美国墨裔作家海莲娜·玛利亚·伏蒙特的处女作，讲述了 13 岁的墨西哥裔少女埃斯特雷拉与她的家人在加利福尼亚州作为葡萄园工人的经历。红色工具箱被视为文中的主要男性角色佩费克托的个人身份的主要象征，并在他与周围人物的情感关联中起着极为重要的作用，被赋予了各种各样的含义，揭示了文中人物之间错综复杂的伦理关系及各角色所处的艰难困境。

【关键词】《在基督脚下》；红色工具箱；意象分析

从"赛博格"与"人工智能"看科幻小说的"后人类"瞻望——以《他、她和它》为例

【作　者】王一平
【单　位】四川大学文学与新闻学院
【期　刊】《外国文学评论》，第 2 期，2018 年，第 85－108 页
【内容摘要】在"后人类"语境中，制造"人造智能体"的前景激发了人们对于"人"和"生命"的本体性思考和危机意识；同时，诸多弱势群体对"中心霸权"进行了深刻批判，传统的"人文主义"的主体被拆解。这些变化投射在文学领域，形成了涉及"人工智能""赛博格"、边缘"他者"等元素的科幻小说，体现出对人类身体、社会结构的根本性变化等问题的高度探索意识。玛吉·皮尔斯的小说《他、她和它》运用"人造智能体"这一主要题材，在女性主体、人工智能和犹太传统相融合的广阔视野中，探讨了性别化的／人造的／种族的"人"在"后人类"时代如何面对人的主体性问题。

【关键词】"后人类"；"人工智能"；"赛博格"；《他、她和它》

从"生态乌托邦"到"可能世界"——对厄休拉·勒古恩科幻小说《一无所有》的一种解读

【作　者】王茜
【单　位】华东师范大学国际汉语文化学院
【期　刊】《学习与探索》，第 4 期，2018 年，第 151－156 页
【内容摘要】美国作家勒古恩的科幻小说《一无所有》描绘了一个叫作阿纳瑞斯星的生态乌托邦世界。但是有别于一般乌托邦小说的叙事方式，作品并没有把阿纳瑞斯星描绘成完美无瑕的天堂，而是将其描写成一个和现实世界具有"跨界同一性"充满矛盾与困境的乌托邦世界，并借由情节发展探索克服困境的方法。这个作为与现实相映射的"可能世界"批判了过于诗意化的自然观，推动读者进一步反省"生态"的内涵，并探索将生态理想真正带入现实世界的可能道路。

【关键词】生态批评；厄休拉·勒古恩；科幻小说；《一无所有》；"可能世界"理论

从边缘到中心的"他者"逆写——解读《拉合尔茶馆的陌生人》的反话语书写

【作　者】付满
【单　位】国防科技大学国际关系学院
【期　刊】《外语研究》，第 35 卷，第 3 期，2018 年，第 105－111 页
【内容摘要】莫欣·哈米德的呕心之作《拉合尔茶馆的陌生人》以双重文化视角介入美国文化，讲述了一名巴基斯坦青年追寻美国梦并在"9·11"事件后梦碎美国的故事，以"他者"的"参与式"抗争对美国霸权进行了批判。论文结合后殖民理论解读《拉合尔茶馆的陌生人》，探究东西方间的文明冲突与霸权话语、恐怖主义以及反恐战争间的关系。本文认为《拉合尔茶馆的陌生人》赋予沉默的"他者"以言说的权利，打破了以英美作家为代表的西方人言说"9·11"事件的窠臼，为东方书写西方提供了机会，为"他者"叙事从边缘奋力游回中心的反戈一击提供了文学想象的空间。
【关键词】《拉合尔茶馆的陌生人》；他者；反话语书写

从城市空间到赛博空间：论《血尖》中的空间书写与技术政治

【作　者】蒋怡
【单　位】江南大学外国语学院
【期　刊】《外国文学》，第 5 期，2018 年，第 127－137 页
【内容摘要】托马斯·品钦的最新小说《血尖》以"互联网泡沫"的破裂为时代背景，将数字技术与"9·11"事件作为叙事的核心主题，勾勒出当代美国社会里城市文化与科技政治相互纠缠的独特图景。本文试图跳脱"9·11 历史叙事"在该小说研究中占主导地位的现状，从空间视角切入解读文本，通过考察小说里城市空间与赛博空间迥异的空间语法，尝试揭开品钦对待数字技术的态度及其对后人类时代微观政治的反思。小说通过数字救赎与数字恐怖之间的辩证张力，呈现了后人类时代的控制逻辑：数字技术以提供无限可能性为表象，实际上却开启了新的总体化过程，重塑了后现代社会的微观权力结构。
【关键词】托马斯·品钦；城市空间；赛博空间；数字技术；后人类

从厨房说起：《婚礼的成员》中的空间转换

【作　者】田颖
【单　位】杭州师范大学外国语学院
【期　刊】《国外文学》，第 1 期，2018 年，第 133－141、160 页
【内容摘要】卡森·麦卡勒斯的第三部小说《婚礼的成员》被称为"内向性小说"，贯穿作品始终的"厨房场景"似是"有力"佐证，而"蓝月亮"咖啡馆因游离于"厨房场景"之外和涉及敏感的"性"话题，被当作"败笔"。然而，从空间叙事焦点的转移来看，麦卡勒斯首先从厨房说起，继而聚焦于厨房之外的"蓝月亮"咖啡馆，最后重归厨房。在由内及外，再由外向内的空间转换中，厨房与"蓝月亮"这两个原本独立的场所形成了一个有机的空间整体，打破了文本的封闭性。由此，这部小说将私密与公众、个人体验与公共事件结合起来。
【关键词】《婚礼的成员》；厨房；"蓝月亮"；空间

从帝国叙事到"美猴王"奇观——论《人猿泰山》的早期中译本《野人记》

【作　者】陈庆

【单　位】中山大学外国语学院

【期　刊】《文学评论》，第 5 期，2018 年，第 67－74 页

【内容摘要】《人猿泰山》的早期中译本《野人记》于 1923 年开始连载于商务印书馆主办的《小说世界》第 1 卷第 12 期至第 4 卷第 3 期上，译者胡宪生。本文通过讨论这本小说的翻译，思考西方浪漫主义小说中的帝国叙事与民国初年通俗小说奇观化之间的断裂、冲突与历史关联。可以发现，胡宪生的译本有意削减、省略、改写《人猿泰山》原作中的帝国叙事，糅杂了 20 世纪 20 年代本土知识分子有关"民众文学"的集体想象与古典白话小说的经典形象，将之建构为来自异域的"美猴王"奇观。《野人记》成为西方帝国主义叙事与本土文化、异域浪漫观念与中式传奇之间竞争与协商的场所，对它的研究，有助于我们对 20 世纪 20 年代小说翻译与文学生产之间的关系获得新的线索。

【关键词】《人猿泰山》；《野人记》；帝国叙事；"美猴王"奇观

从幻灭到信心——福克纳长篇小说叙事结构的整体性及其意义

【作　者】钱中丽

【单　位】华南师范大学外国语言文化学院

【期　刊】《华南师范大学学报（社会科学版）》，第 5 期，2018 年，第 185－190、192 页

【内容摘要】受《圣经》叙事的影响，福克纳的 19 部长篇小说中存在着整体性叙事结构。贯穿于福克纳 19 部长篇小说中对人类生存意义的探讨和对善恶冲突、人类内心冲突的描述使福克纳所有的长篇小说浑然一体。福克纳对人类生存意义的探讨从失望与幻灭开始，到绝望与愤怒，到拾起信心，最后以坚信结束。以福克纳 19 部长篇小说作为分析文本，一方面可以探讨基督教文化对福克纳的深刻影响；另一方面可见，福克纳小说的这种叙事结构在一定程度上象征着人从天真失落到苦难流离再到悔改归依的普遍命运，作品超越了美国南方的地域限制，具有揭示人类生存状况的普遍意义。

【关键词】福克纳；小说；叙事；U 形结构；人类生存状况；信念

从漠然到释然——论爱默生思想中个体／社会关系模型的演变

【作　者】唐嘉薇

【单　位】北京大学外国语学院英语系

【期　刊】《外国文学》，第 4 期，2018 年，第 153－162 页

【内容摘要】本文试图以爱默生作品中"indifferency"这一关键词的不同内涵为线索，考察其认识论的演化脉络，以此为基础来解读其思想中个体与社会的关系变化。爱默生早期对外物的"漠然"乃基于"外物不足虑"的确信，这种确信源于两种思路："外物无差别"和"外物无关紧要"，分别对应"补偿"模式中的"平衡抵消"法则和"因果论"法则。但这两条法则彼此矛盾，并暗示出爱默生的虚无主义倾向。为了解决虚无主义的问题，爱默生尝试将"补偿"模式道德化，由此得出了一个新的"圆环"模型。在新模型中，"平衡抵消"法则和"因果论"法则被修正和融合，自我与社会的关系也从"漠然"变成了一种带有肯定意味的"释然"。

【关键词】爱默生；无所谓；补偿；个人主义

从斯芬克斯因子理论的视角解读《拉维尔斯坦》的道德主题

【作　者】宁东；杨劲松
【单　位】广东医科大学外国语学院
【期　刊】《外语与外语教学》，第 2 期，2018 年，第 139－146、151 页
【内容摘要】《拉维尔斯坦》是美国著名犹太裔作家索尔·贝娄发表于 2000 年的小说。本研究借助文学伦理学中聂珍钊教授的斯芬克斯因子理论解读《拉维尔斯坦》，发现主人公拉维尔斯坦在其人生道路上做出了错误的伦理选择。他在其社会生活方面追求享受和放弃责任，在其私生活中坚持错误的婚姻观。这两个方面的错误选择造成了主人公的个人悲剧。与之相反，叙事者齐克在其人生旅途中做出了正确的伦理选择：在社会生活中坚持做一个真正的学者，在私生活中追求专一的婚姻。这两个方面的正确选择使得齐克虽历经挫折却最终修成正果。通过这两个人物不同的伦理选择及其结果，作家贝娄阐明了道德是人的健康存在和全面发展的基础的主题思想。
【关键词】《拉维尔斯坦》；索尔·贝娄；斯芬克斯因子；伦理选择；道德

从自由观念到美国批判：论苏珊·桑塔格的《美国魂》

【作　者】姚君伟
【单　位】南京师范大学外国语学院
【期　刊】《外国文学研究》，第 40 卷，第 4 期，2018 年，第 127－135 页
【内容摘要】本文以苏珊·桑塔格的短篇小说集《心问》为参照，聚焦于学术界极少关注的《美国魂》，分析了女主人公追寻自由以及美国伟人的灵魂在她的追寻过程中所扮演的角色。本文认为，小说女主人公所追求的自由是对自由的误读，这种误读正是由含混而矛盾的美国精神导致，小说由此对美国核心价值提出质疑和批评，也反映了桑塔格对美国的基本观点。《美国魂》无论是主题还是艺术形式都成为桑塔格文化思想的重要表达，在桑塔格的文学创作和思想发展中具有重要地位。
【关键词】苏珊·桑塔格；《美国魂》；自由；美国核心价值；质疑；批评

当代美国华裔科幻小说中的中国想象

【作　者】刘汉波
【单　位】暨南大学中文系
【期　刊】《民族文学研究》，第 36 卷，第 5 期，2018 年，第 22－30 页
【内容摘要】 从 20 世纪 70 年代开始，随着美国华裔作家开始进军科幻文学，美国科幻小说中的中国想象越来越丰富。当中往往体现出对华裔身份的体认，但他们更善于将中国经验置于某种"记忆客体"的位置，主动参与到全球化背景下的政治变更、文化秩序、技术伦理等诸多人类共同命题的审视当中。相比起"我的根在哪里"，他们更关注"我的根可以发出怎样的芽"。
【关键词】美国华裔；科幻小说；技术；伦理；历史

当代美国华裔文学叙事与中国传统文化的再生产

【作　者】黄辉辉
【单　位】河南工业大学外语学院
【期　刊】《江西社会科学》，第 38 卷，第 9 期，2018 年，第 123－129 页
【内容摘要】在众多中国文化传播路径中，美国华裔文学叙事对中国传统文化的再生产这一路径不容忽视。当代美国华裔文学从叙事结构、叙事修辞、叙事伦理和叙事向度四个层面对中国传统文化的话语逻辑、文化符号、文化场域和文化向心力进行了再生产。当代美国华裔文学挖掘中国传统文化的内涵与价值维度，彰显了文学叙事与文化的创伤疗治功效，对提升中国传统文化的向心力和现代生命力有积极的推进作用。
【关键词】美国华裔文学；叙事策略；文化再生产；创伤疗治

都市景观书写与美国都市文学

【作　者】张海榕
【单　位】河海大学外国语学院
【期　刊】《广东社会科学》，第 6 期，2018 年，第 160－167 页
【内容摘要】美国都市文学中变化着的都市景观具有建构社会性和意识形态质地，尤其表征为作家们笔下三大差异性的都市景观建筑形态：纽约的"地铁""中央公园"和"摩天大楼"；芝加哥的"百货公司"和"高架桥"；洛杉矶的"好莱坞"与"迪士尼"，折射出它们相异的文化情感结构。在美国城市化进程与资本主义空间生产方式变革的过程中，美国都市文学试图通过都市景观来批判、协商和维护资本主义社会的都市空间生产，并在创作中不同程度地体现都市宿命与都市人政治性的日常生活、都市力量与都市人隐喻性的欲望书写、都市奇幻与都市人通俗化的爱恨情仇，强调了独具美国特色的、动态变化的都市空间格局，凸显美国都市文学研究的重要性。
【关键词】都市景观；美国都市文学；文学地理学；城市化

都市中不协调的景观——论《欲望号街车》的空间建构

【作　者】陈爱敏
【单　位】南京师范大学外国语学院
【期　刊】《南京师大学报（社会科学版）》，第 4 期，2018 年，第 128－134 页
【内容摘要】《欲望号街车》巧妙地运用舞台空间，建构了一幅幅生动、别致、蕴意深刻的景观，将贫民窟、同性恋与外来移民等边缘群体的生活状态呈现给观众，并以音乐作为媒介，营造了一组诗意化的景观，让人物的内心世界外化，从而引发人们对城市发展与边缘群体生存、本土人与外来族、南方与北方等多重社会问题的思考。
【关键词】《欲望号街车》；景观；空间批评

对奥登的另一种翻译——论朱维基译《在战时》

【作　者】徐曦

【单　位】北京师范大学－香港浸会大学联合国际学院

【期　刊】《中国现代文学研究丛刊》，第 4 期，2018 年，第 210－223 页

【内容摘要】目前学界对奥登译介的研究主要围绕卞之琳、穆旦和王佐良等人的译本展开。本文拟讨论一个长期被遗忘的译本：朱维基翻译的《在战时》。该译本 1941 年由上海诗歌书店出版，是最早的中文全译本。朱维基在"引言"中从马克思主义的角度评析了奥登的诗作。对于英国左翼文学的阅读和翻译，反过来影响他自己的诗歌风格由唯美转向现实。由此可见一位读者（译者／作者）的思想和创作如何在历史、阅读和翻译的互动中发生转变。

【关键词】朱维基；奥登；翻译；《在战时》

对话、反思、质疑——埃弗雷特的小说创作研究

【作　者】王玉括

【单　位】南京邮电大学外国语学院

【期　刊】《外语研究》，第 35 卷，第 5 期，2018 年，第 92－97 页

【内容摘要】当代著名非裔美国作家埃弗雷特既不满美国学术界与主流媒体对非裔美国文学的认识、再现与接受，也不满被固化的非裔美国主题、人物与形象，尝试以戏仿与调侃的方式，改写非裔美国文学主题，塑造个性化的黑人形象，质疑美国文化工业的偏见，拓展了非裔美国文学传统的边界，推动了（非裔）美国文学的新发展。

【关键词】非裔美国文学；戏仿；调侃；改写

对话麦尔维尔研究　反思后殖民主义话语——评《赫尔曼·麦尔维尔的现代阐释》

【作　者】王玉括

【单　位】南京邮电大学外国语学院

【期　刊】《外语教学》，第 39 卷，第 3 期，2018 年，第 98－100 页

【内容摘要】杨金才教授的《赫尔曼·麦尔维尔的现代阐释》注重与中美麦尔维尔研究学术史的对话，不仅关注文本，对作者的创作意图、人物塑造等进行了分析，也特别重视文本的意识形态特征，反思后殖民主义理论话语，对不同文类进行新的解读，比较全面地阐释了麦尔维尔的多部作品，体现了中国学者的文化立场。

【关键词】麦尔维尔；现代阐释；经典

多重文本间的"互文"与"覆写"——以陈美玲的诗《乌龟汤》为例

【作　者】陆薇

【单　位】北京语言大学外国语学部

【期　刊】《外国文学研究》，第 40 卷，第 6 期，2018 年，第 31－41 页

【内容摘要】作为文学批评的两个重要概念，"互文性"和"覆写性"常被当作同义词，因为二者所追寻的都是一文本与他文本之间的关系。然而，在"求同"和"求异"这两点上两者还是有一些本质的差别：互文关注的是以文本受其前文本意义牵制的衍生意义，而覆写关注的则更多是一文本与他文本偶然相遇之后所产生的新意。正是由于这个差别，"覆写性"将给流散文学研究带来一些新的研究视角和思路，帮助其走出目前面临的研究瓶颈。以华裔美国诗人陈美玲的短诗《乌龟汤》为例论述上述观点提供了一个很好的范例。从上述角度对这首诗的分析显示，

在文学研究中我们需要的是"熟悉的陌生感"——既从互文性入手寻求熟悉的传统，又从覆写性出发寻求不同文本相遇后产生的新意。文学研究应不断挣脱已经固化的研究方法的束缚，保持自身"去常规化"的能力，将"同"与"异"的发现互相补充、相互完善。只有当文学与陌生的他者（无论是学科的还是文化的）不期相遇、在碰撞中产生意义的时候，文学的无限生命力才能得以延续。

【关键词】"互文性"；"覆写性"；陈美玲；《乌龟汤》

多维度的真诚与现代主义诗歌之辩：玛丽安·摩尔"诗歌"解读

【作　者】何庆机
【单　位】浙江理工大学外国语学院
【期　刊】《文学跨学科研究》，第 2 卷，第 3 期，2018 年，第 521－534 页
【内容摘要】美国诗人玛丽安·摩尔在"诗歌"三行版中简洁而有力地告诉读者，真诚乃现代诗歌的救赎之道，而在"诗歌"完整版中，摩尔通过定义真诚来定义诗歌。在现代主义语境中，摩尔的真诚是一个多维度的概念，由五个侧面或要件构成。第一，真诚的核心是真挚的情感体验；第二，真诚外转指向忠实于当下的、具体的、局部的现实世界；第三，真诚意味着诗人必须以想象为中介和枢纽，对内在和外在的材料进行处理加工，建构一个虚拟的真实世界；第四，真诚要求诗人简洁而清晰地表达与呈现，直抵事物本身；第五，真诚还要求读者摒弃浪漫主义式的认同阅读模式，代之以"藐视的态度"，客观、科学地感受内嵌于诗中的感觉和情感。"诗歌"与其说是在给诗歌下定义，毋宁说是摩尔在为自己的诗歌与真诚辩护，为现代主义诗歌辩护。

【关键词】玛丽安·摩尔；"诗歌"；现代主义；真诚

二十世纪先锋派诗歌的视觉呈像

【作　者】倪静
【单　位】南京师范大学美术学院
【期　刊】《江苏社会科学》，第 6 期，2018 年，第 233－241、276 页
【内容摘要】通过对先锋派诗歌的分析，从先锋派诗歌视觉化表现和诗歌视觉意象的营造两方面来探究图像语汇如何作用于先锋派诗歌的创作和意象表达。经过对埃兹拉·庞德（Ezra Pound）为领导的早期先锋派诗歌中意象派诗歌作品的解读，以及中后期"无文字"视觉诗歌的图形心理暗示的研究，推理出先锋派诗歌的视觉传达目的是追寻一种视觉表现工具的语言意识，并把文本的丰富思维引入视觉形式。在先锋派诗歌的发展中，诗歌创作的标准化和文本的荷载更多地被图形的隐喻和象征所改变，更具符号性。视觉化的诗歌意象相较传统诗歌意象的虚拟共情和空间想象转变得更具体和强烈。诗歌的批判性在印刷等先进而多样的媒体上得到了更灵动的发挥与存续，先锋意识也经由更感性的视觉符号来演绎和传递。先锋派诗歌在跨两个世纪、近百年的重要贡献之一就在于把诗歌引离文本，让诗歌语言从文字信息成为视像，进而成就激情的视觉阅读带来思想和情感满足。

【关键词】先锋派诗歌；视觉传达；意象派诗歌；隐喻和象征

法律与印章：论《中国佬》中的叙事策略及意义

【作　者】杨丽

【单　位】中国计量大学人文与外语学院
【期　刊】《外国文学研究》，第40卷，第6期，2018年，第42－50页
【内容摘要】华裔美国作家汤亭亭的小说《中国佬》因其高超的叙事策略一直备受评论界的广泛关注。穿插在小说中的法律文献资料以及小说首页和主要章节前的印章为小说的跨界叙事研究提供了范例。印章行使了图像的功能，是视觉性叙事，是对整个华裔族群为美国建设所做卓绝贡献的肯定。法律文献是文本性叙事，代表了美国国家叙事对华裔族群的歧视及对其所做贡献的抹杀。小说中用法律文献和印章作为跨界叙事策略，其出现的位置从形式上展现了文本性和视觉性之间的呼应，也彰显了对《排华法案》权威性的挑战；而其反映的内容既让法律代表的政治性和印章代表的历史性形成对峙，又阐释了国家叙事与族裔书写之间的协商。
【关键词】汤亭亭；《中国佬》；法律；印章；叙事策略

非自然叙事的人文主义思考：《仿生人会梦见电子羊吗？》中的伦理诉求与主体救赎

【作　者】郭雯
【单　位】苏州科技大学外国语学院
【期　刊】《文学跨学科研究》，第2卷，第1期，2018年，第113－125页
【内容摘要】《仿生人会梦见电子羊吗？》以核战之后的后人类世界为书写对象，小说充斥着大规模复制和生物技术，解构了仿生人、电子宠物、电视、默瑟等虚拟现实的仿象与原生物之间的二元对立。在叙事形式上，作品借助科幻小说在物理、逻辑和人力上的非自然叙事，营造了"不可能的世界"。在内容上，尽管小说充满虚实转换、记忆碎片、真假身份等"不确定性"元素，但始终将身份焦虑、情感困境、精神危机、主体救赎等现实问题与伦理诉求融入后人类语境中。小说将现实主义主题与非自然叙事形式交织互补，挑战了读者的认知，在人类与仿象的新型伦理关系中窥探了技术对社会、人性、伦理道德等方面的影响，体现着浓烈的人文主义关怀。
【关键词】《仿生人会梦见电子羊吗？》；非自然叙事；后人类；伦理；人文主义

菲利普·罗斯"欲望三部曲"中的身体反讽

【作　者】江玉娥
【单　位】黄冈师范学院外国语学院
【期　刊】《湖北大学学报（哲学社会科学版）》，第45卷，第2期，2018年，第146－151页
【内容摘要】身体反讽是菲利普·罗斯小说创作的最重要特色。"欲望三部曲"中处于人生不同阶段的凯普什借助于身体以不同的方式表达个体的心理需求。青年时代，他借助于身体的狂欢，以"性"的方式来彰显其个人身份；年届中年，通过凯普什男性身体变形为女性乳房的荒诞经历，表达现代社会个体在理智与欲望中努力挣扎的无奈，现代生活所带来的身份焦虑、性别焦虑及自我存在的焦虑；接近老年的凯普什面对日渐衰老的身体，试图以寻求身体激情的方式与死亡相对抗，而每次激情却强化了其走向衰老走向死亡的事实。个体试图以身体解决自身面临的人生难题的初衷与相应后果之间形成的巨大反差，反讽地加重了现代社会个体存在的荒谬感。
【关键词】身体反讽；菲利普·罗斯；"欲望三部曲"

菲利普·罗斯《人性的污秽》中的伦理选择和伦理含义

【作　者】刘茂生

【单　　位】广东外语外贸大学
【期　　刊】《文学跨学科研究》，第 2 卷，第 4 期，2018 年，第 620－633 页
【内容摘要】《人性的污秽》是美国著名小说家菲利普·罗斯"美国三部曲"中的最后一部，在这部小说中，罗斯通过对主人公科尔曼·希尔克种族僭越悲剧的详尽剖析，向我们展示了20 世纪末美国国家的伦理情况以及存在的问题。本文将从文学伦理学批评的角度出发，在文本细读的基础上，揭示小说作为一部伦理悲歌的实质，抒发了罗斯对当代美国普通民众生活的关切，揭示了人性中普遍存在的自私本性，体现了对种族歧视及战争的深刻厌恶，表达了对自由、公平、正义与和谐的社会环境的强烈渴望。

【关键词】《人性的污秽》；种族僭越；伦理悲歌；文学伦理学批评

费诺罗萨还是庞德？——《作为诗歌媒介的中国书写文字》的作者问题

【作　　者】魏琳

【单　　位】中国人民大学文学院
【期　　刊】《国外文学》，第 2 期，2018 年，第 10－17、156 页
【内容摘要】在后结构主义关于"作者"及"译者"相关理论的启发下，《作为诗歌媒介的中国书写文字》的作者问题显得微妙起来。这篇后来以单行本问世的文章原作者是费诺罗萨，却由庞德编辑和出版，并通过个人的权威地位使其广为人知。一百多年来，庞德在这部作品中的角色定位起起伏伏，并在 2008 年出版的评注本中成为第二作者，而非编者。费诺罗萨的作者功能相应"式微"。本文将首先回顾《作为诗歌媒介的中国书写文字》的出版简况，而后通过细察费诺罗萨手稿与庞德公开出版的文字之别，来分析后者的编辑工作；再将这部作品置于庞德个人的思想发展及文学脉络中进行观察；最后以马歇雷、巴尔特、福柯及本雅明的后结构主义理论，通过诗人庞德集作者、批评者、编者及译者于一身的多重角色来审视这部作品的作者问题。

【关键词】费诺罗萨；庞德；作者问题；《作为诗歌媒介的中国书写文字》

分化的价值取向　悲怆的文化记忆——从《天使，望故乡》探析沃尔夫对转型期美国社会价值取向的书写

【作　　者】秦丹丹

【单　　位】金陵科技学院外国语学院
【期　　刊】《外语研究》，第 35 卷，第 4 期，2018 年，第 94－98 页
【内容摘要】论文结合克拉克洪－斯乔贝克价值取向理论，解读《天使，望故乡》中尤金家庭成员分化的价值取向，探析转型期美国社会多元化价值冲突带给一代文化人的悲怆记忆。小说中家庭成员的矛盾根源于农业文化向商业文化转型的历史背景下，不同价值主体所做的不同价值选择。父母两人相悖的行为导向和子女之间龃龉的关系导向隐喻式地再现了当时社会农商两种文化的较量，而尤金作为一个同时背负着纯真和负疚感的矛盾统一体，代表了一代文化青年面对社会转型时的彷徨和失落。

【关键词】《天使，望故乡》；克拉克洪－斯乔贝克价值取向理论；价值冲突

富裕社会的裂隙：《记忆传授人》中的现代性忧思

【作　　者】王建香；丁舒

【单　位】湘潭大学外国语学院
【期　刊】《湘潭大学学报（哲学社会科学版）》，第 42 卷，第 3 期，2018 年，第 120－124 页
【内容摘要】一个理想社会既应有富裕的物质生活，也应同时促进人的情感、精神的丰富和自由发展。美国著名小说家洛伊丝·劳瑞的《记忆传授人》展现了一个表面上富裕安宁、人人舒适的乌托邦，但小说中出现的高频词"同一"却暴露出其乌托邦外表之下的敌托邦内里。它以"同一"作为决定一切的标准和目的，无视人类幸福的多面性和复杂性，消除差异，扭曲人性。通过放大富裕社会的深层危机，小说为反思晚期资本主义现代性宏大叙事提供了一种有益的警示。
【关键词】洛伊丝·劳瑞；《记忆传授人》；富裕社会；乌托邦；敌托邦；现代性

工业现实的女性书写——《铁厂一生》与美国现实主义的早期建构

【作　者】方凡；李珊珊
【单　位】浙江大学外国语言文化与国际交流学院
【期　刊】《浙江学刊》，第 4 期，2018 年，第 190－197 页
【内容摘要】美国女作家丽贝卡·哈丁·戴维斯在《铁厂一生》中书写了 19 世纪中期美国东部工业城市的现实图景：环境遭到破坏，移民工人受到精神和肉体的双重摧残。戴维斯描绘日常生活的写作理念，对现实环境的细致展示，对移民工人形象的个性化塑造，是对美国 19 世纪的传奇和浪漫文学传统的反叛。《铁厂一生》的出版表明在亨利·詹姆斯将欧洲的现实主义运动介绍到美国之前，美国本土作家，特别是女性作家就开始了文学现实主义的早期建构，并已经在通向现实主义的道路上迈出了重要一步。
【关键词】《铁厂一生》；日常生活；现实环境；现实人物；现实主义

规训·服从·反抗：浅析《一位非洲修女的日记》中的"模拟"机制

【作　者】王秀杰
【单　位】杭州电子科技大学外国语学院
【期　刊】《外国文学》，第 2 期，2018 年，第 137－146 页
【内容摘要】霍米·巴巴的"模拟"概念蕴含双重性：一方面，"模拟"是殖民者为了巩固其殖民统治而对殖民地人民进行规训的策略；另一方面，在服从殖民者的规训的同时，被殖民者可能会挪用"模拟"策略对殖民者的权威进行挑战。本文根据巴巴的"模拟"与福柯的"规训"等概念，解读艾丽丝·沃克的短篇小说《一位非洲修女的日记》中的"模拟"所蕴含的双重机制。本文认为，西方殖民者的"模拟"策略显示其殖民非洲的功能性，但非洲修女也通过挪用"模拟"策略反抗西方殖民者的道德秩序和权威话语，并使之成为黑人群体在困境中保存自我的一种方式。
【关键词】模拟；规训；服从；反抗

海登·怀特历史诗学的时间性机制分析

【作　者】杨梓露
【单　位】中山大学中文系
【期　刊】《西南民族大学学报（人文社科版）》，第 39 卷，第 5 期，2018 年，第 182－188 页

【内容摘要】怀特历史诗学的理论动机在于揭示出，历史叙事作为一种象征性话语所展现的三重时间性结构：第一重是内时性维度，它在历史叙事中不仅呈现出系列事件按发生的先后顺序排列的编年样态，还融合了叙事者自身的内在时间意识；第二重是历史性维度，历史叙事中的事件还呈现出一种具有情节形态的故事表征，从而赋予事件以完整的历史性；第三重是深时性维度，这以一时间体验将历史叙事组织为将要到来的现在、过去的现在和正在生成的现在的辩证统一，也就是未来、过去和当下的时间性绽出。这三重时间性结构提供了一种统辖历史叙事合成的整体性，这种整体性使隐含在事件本身中的意义凸显出来。

【关键词】时间性；内时性；历史性；深时性

亨利·詹姆斯的越界

【作　者】代显梅
【单　位】中国人民大学外国语学院
【期　刊】《外国文学》，第3期，2018年，第21—31页
【内容摘要】亨利·詹姆斯的越界主要表现在他成功地突破了文学批评、文学创作、文化身份、性别意识的限制。詹姆斯前瞻性的现代文学批评思想，他在浪漫主义、现实主义、自然主义和现代主义等文学流派之间的自由穿行，他超然的世界主义者的姿态，他的雌雄同体的文学书写，他伟大的小说艺术成就启发我们："边界"既是天然的屏障，更是人为的划分，对于一个勇于创新的艺术家而言，这些限制不会成为他们思想的障碍，只能成为衡量他们艺术高度的参照。

【关键词】亨利·詹姆斯；越界；文学批评；文学创作；文化身份；性别意识

亨利·詹姆斯小说中的旅欧叙事与"国际主题"实质

【作　者】田俊武
【单　位】北京航空航天大学外国语学院
【期　刊】《烟台大学学报（哲学社会科学版）》，第31卷，第5期，2018年，第57—65页
【内容摘要】亨利·詹姆斯的一生，是在欧洲旅行中度过的。因此，欧洲旅行成为他的小说中显在的叙事特征。在詹姆斯的欧洲旅行叙事中，主人公不管是天真烂漫的美国姑娘，还是具有一定世俗阅历的中年男人，都在欧洲文化认知的路途中付出了某种代价。《黛西·米勒》中的米勒小姐献出了生命，《贵夫人画像》中的阿切尔小姐陷入国际婚姻的陷阱，《奉使记》中的斯特雷瑟背叛了来自美国的使命。揭示詹姆斯小说中的欧洲旅行叙事，对于认识小说家的叙事艺术和"国际题材"主题本质具有重要意义。

【关键词】亨利·詹姆斯；欧洲旅行；国际题材

后现代主义视阈下美国少数族裔女性文学思想解读

【作　者】秦婷
【单　位】西北政法大学
【期　刊】《贵州民族研究》，第39卷，第12期，2018年，第129—132页
【内容摘要】后现代主义是促进美国本土少数民族文学摆脱边缘化的重要推动力量。后现代主义向来主张思想的多元性，并能够对各种思想进行有效兼容，这有利于少数族裔女性作家明确自身文化身份，进而促进少数族裔女性文学摆脱边缘化的社会地位。后现代主义背景下的少数

族裔女性往往立足自身的实际，书写少数族裔女性的生活经历；立足自身的族裔身份，构建族裔女性的文化身份。美国少数族裔女性文学作品包含了族裔女性意识和女性特有的心理体验，运用特色化语体、独特表达方式及美学风格等呈现出一种独有的文学魅力。

【关键词】后现代主义；少数族裔；身份认同；女性文学

后殖民语境下美国华裔女性主义文学批评与身份建构

【作　者】张义
【单　位】河南财经政法大学外语学院
【期　刊】《河南大学学报（社会科学版）》，第58卷，第3期，2018年，第98－105页
【内容摘要】美国华裔女性文学是当代美国文学的重要组成部分，以彰显种族、性别、文化身份等为特征，以研究文化身份取向的演变过程为主线，其在女性主体身份、性别身份、身份政治等方面的建构，不但使华裔女性作家的文学创作呈现出从冲突对抗到异质共生、从背离族裔到溯源寻根的特点，而且呈现了华裔女性政治、文化和性别身份的多重性，对华裔女性文化身份建构做出了重要贡献。以汤亭亭等为代表的美国华裔女性作家从少数族裔的弱势群体——华裔女性——的特殊批评视角，全面真实地揭示美国华裔的社会心理变迁，在多元文化异质共生的"第三空间"成功地建构了其独特的自身文化身份，打破了西方主流文化所刻画的传统华人女性模式，丰富和扩展了文化身份的理论研究。

【关键词】华裔；女性文学；文化身份；文化认同；东西融合

记忆为了遗忘：沃德·贾斯特《遗忘》中的记忆书写

【作　者】张诗苑；杨金才
【单　位】南京大学外国语学院
【期　刊】《湖南科技大学学报（社会科学版）》，第21卷，第3期，2018年，第49－56页
【内容摘要】沃德·贾斯特虽以"遗忘"为题，却以积雪覆盖的比利牛斯山、雾气重重的索姆河搭建了特殊的记忆之场，从而将当下后9·11时代置于更大的历史景深之中，以历史的眼光反思当下弥漫的暴力复仇情绪。主人公托马斯因其画家身份而成为一名独特的记忆者，绘画作为记忆的媒介促使托马斯关注他者继而分享记忆，探寻建立记忆共同体的可能，以期打破记忆与遗忘的对立，在记忆、宽恕与遗忘的纠葛中厘清对错，实现和解。

【关键词】《遗忘》；记忆；遗忘；宽恕

焦虑下的疯狂——《我们为什么在越南？》中的美国

【作　者】任虎军
【单　位】四川外国语大学国际关系学院
【期　刊】《外语教学》，第39卷，第1期，2018年，第108－113页
【内容摘要】诺曼·梅勒的《我们为什么在越南？》通过主人公兼叙述者D.J.赴越参战前回忆两年前跟随父亲拉斯提在阿拉斯加猎熊的经历，隐喻性地解析了美国介入越南战争的民族文化心理，间接地再现了美国介入越南战争前的各种社会、政治、经济和文化焦虑，这些焦虑使美国失去理性，变得疯狂，走向邪恶，发动战争，破坏生态，制造混乱，践踏人性，而导致美国焦虑的根源是其权力欲望和霸权意识。

【关键词】诺曼·梅勒；《我们为什么在越南？》；美国；欲望；焦虑；疯狂

杰克·克鲁亚克的自发式写作风格探究

【作　者】谢志超
【单　位】东华大学外语学院；华东师范大学中文系博士后流动站

【期　刊】《外语与外语教学》，第 3 期，2018 年，第 106－114、146 页

【内容摘要】美国"垮掉的一代"文学的代表人物杰克·克鲁亚克传承了自发式写作风格，在其小说、诗歌和绘画创作中均有凸显。自发式写作风格的美学特征主要表现为放弃传统的反复修改原则，抛却时空概念的束缚，倡导思绪的瞬间迸发和流通无碍，表达作者最初的真实情感，实现作者感情与作品主题的高度契合。自发式写作风格的创作手法上表现为叙述时空错综化、主题多样化和叙述层次多重化等。克鲁亚克作为自发式写作风格的践行者，不仅倡导和发展了自发式写作风格，同时也影响了"垮掉的一代"文学运动的其他代表人物的写作风格，最终成就"垮掉的一代"文学发展巅峰。

【关键词】杰克·克鲁亚克；自发式写作；"垮掉的一代"

杰克·伦敦的"蛇鲨号"夏威夷叙事与异托邦构想

【作　者】马新；王喆
【单　位】马新：东北大学外国语学院；中国人民大学外国语学院
　　　　　王喆：中国人民大学外国语学院；安徽建筑大学外国语学院

【期　刊】《外语与外语教学》，第 2 期，2018 年，第 128－138、151 页

【内容摘要】杰克·伦敦凭借其早期北疆叙事作品闻名于世，然而在美国宣布边疆封闭后，其创作重心开始转向太平洋，包括夏威夷群岛等。学界尽管对其早期北疆叙事研究颇丰，但对其后期创作重心的转向关注不多。本文在福柯的"异托邦"理论基础上，探讨伦敦的"蛇鲨号"叙事如何令夏威夷成为可供美国想象、消费的海外异托邦领地。在其自传体游记及短篇小说中，伦敦就疾病书写、种族联姻及资本扩张对夏威夷进行异托邦建构，将夏威夷与美国民族相认同，将两者"血液"紧密相连，展现夏威夷巨大的商业魅力，目的在于认可美国兼并之举的成功，促进美国对夏威夷的影响与开发，鼓舞其在太平洋地区进一步推行扩张政策。

【关键词】杰克·伦敦；"蛇鲨号"叙事；夏威夷；异托邦

金斯堡诗歌中的"疯狂"

【作　者】郑燕虹
【单　位】湖南师范大学外国语学院

【期　刊】《外国文学评论》，第 3 期，2018 年，第 227－238 页

【内容摘要】"别把疯狂藏起来"一直被学界视为艾伦·金斯堡的美学宣言，在其诗歌创作中起着重要作用。他一生中最著名的两首长诗——《嚎叫》和《卡迪什》，分别描写了"我们这一代被疯狂毁掉的社会精英"的生活状态和其母娜阿米遭受精神病折磨的痛苦经历。这些诗歌对"疯狂"意象的渲染和描写，展示了"疯狂"作为诗歌创作主题所引发的深刻洞见。金斯堡在诗中探索了"疯狂"与美国社会问题之间的关系，表达了他对美国社会的深切洞察。

【关键词】艾伦·金斯堡；《嚎叫》；《卡迪什》；"疯狂"

空间表征、身份危机与伦理选择——《卢布林的魔术师》中雅夏形象解读

【作　者】刘兮颖
【单　位】华中师范大学文学院
【期　刊】《外国文学研究》，第 40 卷，第 5 期，2018 年，第 59－71 页
【内容摘要】诺贝尔文学奖得主、美国著名犹太作家艾萨克·辛格的长篇小说《卢布林的魔术师》出色地展示了 17 世纪波兰犹太人雅夏寻求身份认同而遭遇失败，最后皈依宗教终获救赎的艰辛历程。雅夏的多重伦理身份随着他在不同空间——小城镇卢布林和大都市华沙之间转换，交织在一起，产生了深重的身份认同危机，共同构成了他复杂的伦理困境，导致了艰难的伦理选择。空间的生产与身份的建构这二者之间是互为表征的。从卢布林到华沙再复归卢布林，这是祛魅化而后又复魅的过程。雅夏所面临的错综复杂的伦理困境终究经由犹太会堂中的宗教仪式而得以摆脱。犹太会堂从空间和道德两方面为雅夏找到了自省和救赎之路。而雅夏最后的伦理选择和伦理身份的确认是在所谓"神圣空间"中铸就的。
【关键词】《卢布林的魔术师》；雅夏；空间表征；身份危机；伦理选择

勒奎恩关于时间问题的思考——以两部瀚星小说为例

【作　者】刘晶
【单　位】首都师范大学大学英语教研部
【期　刊】《外国文学》，第 3 期，2018 年，第 151－158 页
【内容摘要】美国科幻作家厄休拉·勒奎恩是少数以书写通俗文学获得主流认可的作家之一。她的作品兼具西方科幻魅力与东方哲学内涵，但其中的时间价值观念却与现代科学精神渐生罅隙。本文选取勒奎恩以"时间"为轴心创作的两部小说，深入探讨西方现代物理学与中国古典哲学在小说中的互动与对抗。近代物理学推翻了永流不息的时间概念，使得时间变慢、停止、倒流都已具备了严密的算学依据。然而对于勒奎恩来说，科学并不能解决人类的心灵归属问题。勒奎恩取道中国古典哲学，将"道"的精神创意发挥，形成独特的"勒奎恩情节"，并指明全盘从信科学有可能衍生的困局。借用道家思想来重构当今世界的思想价值体系，是为遏止一个科技无极限兀进时代进行的积极尝试。
【关键词】厄休拉·勒奎恩；科幻小说；时间；相对论；"道"

历史的言说：黑人家族谱系的创伤记忆与再现

【作　者】林燕红；林元富
【单　位】福建师范大学外国语学院
【期　刊】《外国文学研究》，第 40 卷，第 1 期，2018 年，第 138－146 页
【内容摘要】《考瑞基多拉》《双翼掩面》和《昌奈斯维尔事件》等三部当代美国非裔小说书写了三个受家族创伤记忆困扰的当代非裔美国个体。作者们打破线性历史叙事，还原了非连续性、碎片化的历史本真状态，外化了创伤的表现形式，使不可言说的创伤体验变得易于理解，深刻揭示了黑人家族谱系的历史记忆给后代带来的深远影响。面对创伤的再现危机，以厄莎、纳撒尼尔、约翰三位主人公为代表的创伤承载群体通过重审历史和自我之联系，对家族谱系的创伤记忆进行重构，最终完成了创伤的言说。

【关键词】《考瑞基多拉》；《双翼掩面》；《昌奈斯维尔事件》；创伤；黑人家族谱系；再现

历史叙事与资本逻辑——透析《光之杯》中的北京形象

【作　者】牟芳芳
【单　位】北京外国语大学
【期　刊】《外国文学》，第 1 期，2018 年，第 139－146 页
【内容摘要】当代美国小说《光之杯》将个体的情感叙事与文化产品的历史叙事相融合，试图重塑北京形象，以作为美国人往昔"浪漫"想象的新背景。究其实质，这是一个深谙文化市场规则的讲故事人，在取材于异域文化和历史所搭建的文化景观中，试图建构自我身份认同的镜像叙事。利用充满情感的历史叙事来填充文化商品的价值，并且把对商品的实际或想象中的占有作为构建自我的方式，从根本上展示的是资本逻辑的弥散性及其对个体欲望、记忆和身份的塑造。
【关键词】《光之杯》；历史叙事；文化商品；资本逻辑；镜像；北京形象

流动的民族身份——文学选集与文学史视阈下的美国文学"少数性"特征研究

【作　者】史鹏路
【单　位】西安交通大学外国语学院
【期　刊】《国外文学》，第 3 期，2018 年，第 27－34、156－157 页
【内容摘要】美国文学自孕育至今，其发展脉络在很大程度上符合吉尔·德勒兹和菲利·瓜塔里的"少数文学"论述。本文以美国文学选集和文学史论述话语下的美国民族身份为中心，对美国文学这一概念的变迁进行梳理，得出以下结论：首先，美国文学中的"美国"是一个修辞，是一个通过写作而塑造、开拓的过程，而写作在美国社会历史进程中起到一个调节阀的作用；其次，美国文学各发展阶段具有同一隐含属性，即对边缘和少数的不断指涉。持续的身份焦虑和强烈的政治意图是美国民族身份的文学书写产生流变的深层原因之一。
【关键词】"少数文学"；美国民族文学；边缘；身份焦虑

流动的母性——莫里森《慈悲》对母亲身份的反思

【作　者】毛艳华
【单　位】浙江大学外国语言文化与国际交流学院；浙江万里学院外语学院
【期　刊】《国外文学》，第 2 期，2018 年，第 92－98、158－159 页
【内容摘要】非裔美国女性作家托尼·莫里森在《慈悲》中描绘了一幅母亲群像图：卖女为奴的无名黑人母亲、反母性的白人母亲伊玲、未婚生育的混血女子索罗以及践行替养母道的印第安女性莉娜。多元化的母亲形象折射出流动的母性，即在冲破传统观念对母性的刻板定位的过程中展现母亲身份的不同建构方式。本文以"流动的母性"为核心话题，审视莫里森关于母亲身份的辩证思考：母性在呈现压制性的同时，也赋予女性消解制度、自我赋权以及引导子女发展的积极力量。
【关键词】托尼·莫里森；《慈悲》；母性；流动性

论《地之国》中未尽的世界主义理想

【作　者】王玉明
【单　位】安徽农业大学外国语学院
【期　刊】《外语研究》，第 35 卷，第 3 期，2018 年，第 99－104 页
【内容摘要】约瑟夫·奥尼尔的《地之国》讲述了荷兰裔白人汉斯在"9·11"后纽约的生活经历。该小说首先以汉斯所经受的压力与迷茫为主线，呈现出纽约一幅幅饱受创伤的生活画面。在苦闷与追忆中，汉斯结识了梦想在美国推广板球以教化美国人的特立尼达裔移民恰克，并由此走进纽约的板球世界。奥尼尔试图通过板球为纽约重绘地理与身份版图，以期构筑一座超越种族、多元融合的新城，实现天下大同的世界主义理想。但汉斯的参与却未能给纽约板球带来好运，恰克又死于非命，其宏伟计划也随之落空，奥尼尔的筑城之梦在落寞的纽约灰飞烟灭。在此结局的背后，是奥尼尔对美国人种族狭隘的批判。用他的话来说，美国人实际上看不清世界。
【关键词】《地之国》；世界主义；板球；教化美国人

论《红字》中神性因子与人性因子的伦理冲突

【作　者】吴笛
【单　位】浙江大学世界文学与比较文学研究所
【期　刊】《文学跨学科研究》，第 2 卷，第 2 期，2018 年，第 255－263 页
【内容摘要】在长篇小说《红字》中，霍桑有意识地将历史的、道德的以及心理的主题融为一体，构成了这部小说复杂的内容和多层次的意义。这部小说是高度抽象化的，作者的意图不是描写具体的"虚伪"与"诚实"，不是对人们进行"要诚实"的说教，作者在小说中竭力排斥道德说教的成分，而是提出了许多令人震惊的问题。该文认为，女主人公赫斯特并不是某些评论家所认为的一个传统观念上的悔过自新的典型，她尽管接受惩罚，却没有接受惩罚她的那些社会道德规范。她的"罪孽"源自神性因子与人性因子的伦理冲突，更是针对清教的一种伦理选择。因此，我们不能把女主人公赫斯特和男主人公狄梅斯代尔两个形象的意义看成是堕落灵魂的自我拯救，恰恰相反，可以视为从神性因子朝人性因子进行伦理价值转向的一个象征，而且，女主人公赫斯特更是霍桑心目中人性因子与神性因子达到理想的和谐境界的一个范例。
【关键词】霍桑；《红字》；人性因子；神性因子；伦理冲突

论《基列家书》中的记忆书写与宗教认同

【作　者】李靓
【单　位】对外贸易大学英语学院
【期　刊】《外国文学研究》，第 40 卷，第 1 期，2018 年，第 128－137 页
【内容摘要】在美国当代作家玛丽莲·罗宾逊的小说《基列家书》中，记忆是情节发展的内驱力，亦是把握这部小说思想、艺术内涵的重要视角，但在现有研究中它却少被论及。本文以记忆理论为视角，考察小说中记忆如何推动叙事者实现宗教认同的重构，由此展示出记忆在阐释作者对宗教、传统的文学表达中所体现的思想和艺术价值。本文认为，记忆在三个维度展开，帮助叙事者建构新的宗教认同。首先，记忆激活了叙事者的宗教认同和感知力，使其在遭遇认同危机时看到改善宗教现状的希望。其次，记忆使代际间情感与传统的断裂得以弥合，帮助叙

事者意识到原有宗教观念的局限性，从而修正自己的宗教认同。最后，记忆帮助叙事者在历史语境中审视宗教的矛盾与悖论，反思宗教衰落的原因，形成具有人文主义色彩的宗教观，困扰其多年的认同危机也随之消失。

【关键词】玛丽莲·罗宾逊；《基列家书》；记忆；宗教认同

论《土生子》的空间政治书写

【作　者】李美芹
【单　位】浙江工商大学外国语学院
【期　刊】《外国文学》，第 3 期，2018 年，第 133－140 页

【内容摘要】本文运用列斐伏尔"空间三一论"和福柯"空间权力论"，分析赖特的代表作《土生子》中的空间政治书写，认为"黑带区"的存在反映了白人主流社会对"空间表征"的规划和设计；别格母亲、妹妹和情人的空间实践以及别格的部分空间实践具有规训性特点，但别格及其伙伴的空间实践又具有挑战性特点。别格母亲等通过规训性的空间实践反映了阐释性的"表征空间"，而别格通过挑战性空间实践意图建立的则是逾越性的"表征空间"。美国黑人无时无刻不在强势集团塑造的"空间表征"中通过空间实践塑造自己变动不居的身份，构建自己的"表征空间"，宣示自己的社会在场。

【关键词】空间政治书写；赖特；《土生子》

论《我从未告诉你的一切》的创伤书写

【作　者】刘白
【单　位】湖南师范大学外国语学院
【期　刊】《文学跨学科研究》，第 2 卷，第 3 期，2018 年，第 437－445 页

【内容摘要】从创伤的视角解读当代美国华裔作家伍绮诗的《我从未告诉你的一切》可以发现，小说中的每一个人都因遭受不同的创伤而面临生存和精神困境。父亲詹姆斯·李遭受的是种族主义和白人男性气质至上所带来的创伤，母亲玛丽琳所承受的创伤则是来自男权社会的压制与桎梏，女儿莉迪亚早已被童年的创伤侵蚀，最终自杀。小说凸显了伦理坚守与有声告白对于个体和家庭的疗治作用。身兼华裔作家与女性的双重身份，伍绮诗通过写作发声，抚慰受伤的心灵，并最终借助叙事的力量复活并清除个体与集体创伤，建构起延续生命与更新生命的伦理空间。

【关键词】伍绮诗；《我从未告诉你的一切》；创伤书写

论阿诺德·伯林特介入美学的内在悖论

【作　者】周泽东
【单　位】湖南师范大学文学院
【期　刊】《湖南师范大学社会科学学报》，第 47 卷，第 1 期，2018 年，第 100－105 页

【内容摘要】介入美学本身具有内在悖论性。作为替代审美无利害且具普遍性的一种后现代审美模式，审美介入并不适用于所有审美，有时与审美无利害反而兼容；介入美学意欲恢复审美与生活的连续性面临美学消解的危机，而退一步则易滑回现代美学自我孤立的窠臼中；介入美学内含了介入、干预和改造生活的应有之义，但它仅限美学内部探讨问题而无法拓展到广阔的

生活世界，尤其对生活持非批判立场。

【关键词】审美介入；审美无利害；自律；连续性

论巴特勒小说《家族》中的历史书写和政治隐喻

【作　者】李美芹
【单　位】浙江工商大学外国语学院
【期　刊】《浙江工商大学学报》，第 1 期，2018 年，第 18－24 页
【内容摘要】美国科幻小说家奥克塔维娅·巴特勒的《家族》融科学幻想小说、新奴隶叙事与历史书写小说于一炉，以穿越的形式向人们展示了奴隶制的罪恶，引发对美国现实种族关系、两性关系的思考。小说通过新奴隶叙事的形式再现了不可再现之过去，通过科幻小说的形式言说了黑人无法言说之创痛。其历史书写隐喻着美国黑人和白人割不断的历史渊源和共生关系这一美国国族寓言。《家族》表明，黑白血脉相连，其历史经历交织，黑白的许多经历是共同体验的结果。为了避免历史重演，黑人和白人必须在历史记忆和重访过去中了解历史真相，并对美国当下语境中自由的概念和美国黑人乃至美国整个国族的整体命运加以关注与思考。
【关键词】《家族》；历史书写；政治隐喻；国族寓言

论当代美国少数族裔诗歌的世界主义迷误

【作　者】虞又铭
【单　位】华东师范大学国际汉语文化学院
【期　刊】《社会科学》，第 11 期，2018 年，第 181－191 页
【内容摘要】当代美国少数族裔诗人的创作，在追求族裔平等的诉求中，暗示出了超越族裔界限的种种方向。作为颇具影响力与代表性的少数族裔诗人，伊朗裔诗人索尔玛兹·沙里夫、华裔诗人白萱华、非裔诗人克劳迪亚·兰金分别依靠对普世人伦的期待、哲学共和国的建设以及"民族共同体"的想象，勾勒了超越族裔压迫与偏见的图景。这些写作，寄托着融通族裔关系的世界主义追求，在情感表现上真挚而深厚，在哲理思辨上值得称道，但问题在于，这些情感表达与哲思未能与政治－经济批判紧密结合，或忽略了历史视角，而最终显得无力与脆弱。以族裔之间的平等、理解、尊重为目标的世界主义追求，应更充分地注意到，当下不够平等的秩序是政治经济综合运作的结果，因此过度诉诸情感、哲学与美好的理念并不足以改变局面。
【关键词】美国；少数族裔；诗歌；世界主义

论当下美国非裔诗人的记录式写作及其族裔诉求

【作　者】虞又铭
【单　位】华东师范大学对外汉语学院
【期　刊】《外国文学研究》，第 40 卷，第 2 期，2018 年，第 121－131 页
【内容摘要】本文以 C.S. 吉斯科姆、克劳迪亚·兰金以及罗纳尔多·威尔逊等三位当代美国非裔诗人的获奖诗集为分析对象，梳理他们创作中出现的"记录式写作"现象。吉斯科姆在写作中，以纯粹记录性的文字抵抗着意象、象征及隐喻的形成；兰金的诗作汇集了日常生活中的对话片断；威尔逊则将一段段传记性的生平记录呈现给读者。综观之，三位诗人的记录式写作，均与族裔政治相关，它们致力于抵抗概念化的族裔偏见及其背后的权力运作、揭露如今族裔歧

视的各种隐蔽形式。在表面上的克制与无动于衷的背后，三位非裔诗人的写作饱含着强烈的族裔关心。文章最终对当下这种记录式写作的三重诗学意义做了辨析。

【关键词】美国非裔诗人；记录；族裔歧视；诗学意义

论福克纳对南方淑女神话的解构与重建

【作　者】项丽丽
【单　位】山东财经大学国际教育学院
【期　刊】《东岳论丛》，第 39 卷，第 3 期，2018 年，第 185－190 页
【内容摘要】南方淑女神话是美国南方社会特殊历史时期的文化产物，是南方社会各种矛盾的综合体，是套在南方女性身上的精神枷锁。威廉·福克纳在其"约克纳帕塔法世系"小说中塑造了南方淑女神话下的三类女性形象：传统的受害者、本能的反叛者和女性本真意识的觉醒者，抨击南方淑女神话对南方女性造成的巨大伤害，并通过对女性欲望本能的大胆描写，以"剥笋式"手法，层层递进，解构并颠覆了南方淑女神话，消除了南方保守势力顽固据守的最后一块种族主义栖息地。同时，福克纳通过对具有本真意识女性形象的塑造，努力试图为南方社会构建新的女性文化认同，为南方女性指明走向未来之路。

【关键词】福克纳；南方淑女神话；解构；重建；女性欲望；反叛

论海明威对文艺的批判：从两部核心作品说起

【作　者】覃承华
【单　位】厦门大学外文学院；广西民族师范学院外国语学院
【期　刊】《国外文学》，第 3 期，2018 年，第 135－144、160 页
【内容摘要】《死在午后》是海明威于 1932 年推出的一部非小说，与《老人与海》是两部相隔 20 年之久的作品。表面上，这两部作品似乎没有任何联系，其批评声誉也有天壤之别。本质上，"技巧"将《死在午后》与《老人与海》紧密地联系在一起。在这两部关于技巧的作品中，海明威表面上给读者展示的是如何斗牛和如何捕鱼的技巧，其真实目的却是通过斗牛和捕鱼来讲述创作技巧。海明威在这两部作品中更关心的是他是怎样写出这两部作品，发表的是他对其他作家、评论家的看法。虽然"斗牛"与"捕鱼"各不相同，其目的却殊途同归。研究这两部作品中对作家、评论家的批判，不仅有助于从总体上把握海明威的文艺思想，也对重估这两部作品具有重要意义。

【关键词】海明威；《死在午后》；《老人与海》；作家；评论家；批判

论理查德·赖特小说中"看不见的女性"

【作　者】方圆
【单　位】浙江大学外国语言文化与国际交流学院
【期　刊】《东北大学学报（社会科学版）》，第 20 卷，第 2 期，2018 年，第 209－215 页
【内容摘要】在理查德·赖特被屡屡诟病的性别政治背后，他作品中的雌雄同体和阿尼玛原型是非常值得关注的。赖特作品中的阿尼玛有积极和消极之分，积极阿尼玛是黑人男性人格发展和完善的源泉和向导，而消极阿尼玛则可能成为他堕落的诱惑者。《成人礼》中的看不见的黑人女性则是赖特作品中最典型的母亲阿尼玛形象，是男性人物成长的守护神，男主人公内在的女

性气质和情感也正是源于母亲阿尼玛的投射。赖特在作品中阐明，只有尊重和认同灵魂中的异性人格，才能找到通往无意识的桥梁，成为一个精神生活健全的人。

【关键词】理查德·赖特；阿尼玛原型；雌雄同体

论尚吉"配舞诗剧"《献给黑人女孩》中舞蹈的多重文化功能

【作　者】王卓
【单　位】山东师范大学外国语学院
【期　刊】《外语教学》，第 39 卷，第 5 期，2018 年，第 100－106 页
【内容摘要】美国非裔女诗人、剧作家尼托扎克·尚吉的配舞诗剧《献给黑人女孩》是黑人女性戏剧的一次重大突破。尚吉把不同的艺术形式融入戏剧之中，更是革命性地运用了带有鲜明黑人艺术特征的舞蹈元素。黑人舞蹈元素蕴含着丰富的文化内涵并在以下三个层面发挥着重要作用：其一，作为一种"超文学叙事"方式，舞蹈赋予了系列诗一种复杂的、内在的心理结构，从而把原本的 21 首系列诗转化成为一部戏剧；其二，黑人舞蹈被转化成为独特的黑人言语行为和非言语行为，实现了尚吉对英语"去奴隶化"的理想；其三，黑人舞蹈赋予了该剧一种仪式感，一方面艺术地实现了黑人女性的精神成长，另一方面又在该剧融入了"黑人仪式戏剧"的伟大传统。总之，黑人舞蹈把传统的戏剧情节转化成为心理情结，把黑人女性躯体转化成身体语言，把黑人女性故事转化为成长仪式，从而使黑人舞蹈成为贯穿始终的灵魂和线索。莫里森所说的黑人女性的"不可言说之事"就这样被黑人女性的舞蹈有效"言说"。

【关键词】尼托扎克·尚吉；《献给黑人女孩》；配舞诗剧；舞蹈；身体语言；仪式

罗伯特·洛厄尔的创作风格转变之探讨

【作　者】郑燕虹
【单　位】湖南师范大学外国语学院
【期　刊】《外语与外语教学》，第 2 期，2018 年，第 120－127、150－151 页
【内容摘要】罗伯特·洛厄尔是美国著名的"自白派"诗人。他的诗歌创作风格变化多样，其中最为显著的转变，是从早期的注重传统和形式的创作风格转向中晚期自由、直接、口语化的创作风格。本文以洛厄尔的作品和生活经历为依据，探讨其创作风格转变的原因。研究认为，尽管洛厄尔创作风格在不断变化，他的一些诗学观念亦有连贯性。洛厄尔诗学观念的连贯性在于他认为诗歌创作是一种经验的表达，而他创作风格改变的主要原因是其对经验表达的需求。对洛厄尔而言，"经验"并非仅仅是生活中所经历和发生的事情，"经验"之中还包含着人的情感体验和学识，揭示了人与人、人与自然的关系。

【关键词】罗伯特·洛厄尔；诗歌；创作风格；经验的表达

罗伯特·潘·沃伦的诗性神秘主义

【作　者】陈耀庭
【单　位】南开大学文学院
【期　刊】《社会科学战线》，第 3 期，2018 年，第 260－264 页
【内容摘要】罗伯特·潘·沃伦诗歌中含有"向外借鉴"与"向内批判"两种神秘主义趋势。前者表现为萨满意象、埃及意象，后者表现为《圣经》意象、食人意象。沃伦认为诗歌应"作

为社会文献进行记录和分析"，其诗学中的神秘主义质素具有批判社会的功能，反映了当时美国文坛对基督教中心主义与白人中心主义的祛魅和对工业文明与现代化进程的深刻反思。

【关键词】沃伦诗学；神秘主义；萨满；埃及意象；《圣经》意象

旅行伦理学和文学伦理学视阈下的亨利·詹姆斯旅欧小说

【作　者】田俊武
【单　位】北京航空航天大学外国语学院
【期　刊】《文学跨学科研究》，第 2 卷，第 3 期，2018 年，第 427－436 页
【内容摘要】亨利·詹姆斯的旅欧小说，具有鲜明的旅行伦理和文学伦理意识，表现美国人在欧洲旅行以及与旅居国人民的伦理冲突。由于自身的伦理向度与旅居国的伦理环境的格格不入，这些来自美国的旅行者，不管是天真烂漫的美国姑娘，还是具有一定世俗阅历的中年男人，都在欧洲旅行路途中经历过某种程度的伦理认知，有的甚至付出死亡的代价。揭示詹姆斯小说中的欧洲旅行叙事和主人公的伦理认知，对于认识小说家的小说叙事特征和"国际题材"主题的本质具有重要意义。

【关键词】亨利·詹姆斯；旅欧叙事；旅行伦理学；文学伦理学；"国际题材"

马梅特剧作《奥利安娜》的三重游戏空间

【作　者】刘岩
【单　位】广东外语外贸大学英语语言文化学院外国文学文化研究中心
【期　刊】《外国文学》，第 6 期，2018 年，第 119－127 页
【内容摘要】人类的许多文化活动都具有游戏的特质，尤以戏剧最为典型。戏剧这一文类从人类文明进程中的仪式演变而来，也是进入"此在"的重要方式。在由对话构成的戏剧文本中，剧作家将其创作意图符码化为语言标记和表征策略；在剧院上演该剧时，导演和演员则在戏剧空间与观众的互动中完成意义的传递。阅读和观赏是重要的阐释行为，也是决定文本最终意义的重要环节，在此过程中，读者／观众不可避免地把自己的"前见"介入了文本意义的重构，以"同戏"的方式与文本形成"共在"，致使同一作品引发出不同的阐释维度。美国剧作家大卫·马梅特的三幕剧《奥利安娜》在主要人物的言语行为、戏剧文本的多重阐释以及演出过程中与观众的互动等方面构建了前文勾勒的游戏空间，传达出意图与意义之间的张力。

【关键词】大卫·马梅特；《奥利安娜》；游戏；意图；意义

美国"后种族时代"话语的建构与解构——从保罗·贝蒂《出卖》的讽刺艺术窥探当代美国的种族问题

【作　者】孙璐
【单　位】上海外国语大学英语学院
【期　刊】《四川大学学报（哲学社会科学版）》，第 4 期，2018 年，第 118－126 页
【内容摘要】美国的种族主义，正如一些评论家所认为的，并未随着奴隶制和吉姆·克劳种族隔离的废止而终结，而是被"新种族主义"取代，"后种族时代"的美国处在一种黑白种族混合却不平等的状态。荣获 2016 年曼布克奖、美国黑人讽刺作家保罗·贝蒂的小说《出卖》凭借独特的讽刺艺术审视了"后种族时代"美国的黑人生活现状和种族关系问题。小说通过创造幽默

和荒诞的虚构想象，揭露了当代美国根深蒂固的种族偏见，拆穿了"后种族时代"权力话语宣称的种族平等的虚假幻象；又通过建构对历史的批判性记忆，重塑了被消解的黑人种族意识，这对解构"新种族主义"霸权体系，从而实现真正意义上的种族平等具有一定的启发意义。

【关键词】美国"后种族时代"；"新种族主义"；保罗·贝蒂；《出卖》；讽刺艺术

美国 19 世纪的文学地图对美国海洋空间建构的作用

【作　者】侯杰
【单　位】南开大学外国语学院
【期　刊】《国外文学》，第 2 期，2018 年，第 37－45、157 页
【内容摘要】本文利用文学地图来解析美国 19 世纪内战前的海洋文学作品，试图揭示 19 世纪内战前美国海洋小说中的文学地图是如何再现并参与美国海上空间建构的。通过书写"个人叙事""国家叙事"和"后国家叙事"等叙事作品，作家们撕裂了英国殖民地图，建构了美国国家海图，重绘了美国国家海图边界线，并且在描绘一幅世界海图的同时预言了一个全球化时代的到来。

【关键词】文学地图；美国海洋小说；海洋空间建构

美国的预言：惠特曼的《自我之歌》和金斯伯格的《嚎叫》

【作　者】郑燕虹；杨静
【单　位】湖南师范大学外国语学院
【期　刊】《文学跨学科研究》，第 2 卷，第 3 期，2018 年，第 535－545 页
【内容摘要】沃特·惠特曼和艾伦·金斯伯格常被视为美国的先知诗人。在他们看来，那源自灵魂深处的自发性表达便是一种充满智慧的预言。他们的一些诗歌，尤其是《自我之歌》和《嚎叫》，富含预言般的启示。惠特曼在《自我之歌》中讴歌美国并展望其光明的未来，金斯伯格则在《嚎叫》中揭示美国的黑暗现实，并警示其衰落。《自我之歌》和《嚎叫》中的排比句式与《圣经》诗歌中的排比句式极为相似，源自《圣经》的影响亦赋予这两首诗歌更为明显的预言特性。

【关键词】《自我之歌》；《嚎叫》；预言；美国；《圣经》

美国反家庭挽歌的伦理环境与伦理结构

【作　者】张磊；彭予
【单　位】北京航空航天大学外国语学院
【期　刊】《外国文学研究》，第 40 卷，第 4 期，2018 年，第 83－94 页
【内容摘要】第二次世界大战后，美国社会极力强调家庭的重要地位，认为美国家庭已步入"黄金时期"。与此同时，美国家庭挽歌中出现明显的反叛家庭倾向，与社会宣扬的主流家庭伦理秩序背道而驰，具体表现为拒绝继承、反抗权威，打破了生者与死者之间的传统伦理关系。两种倾向构建了当时美国复杂的伦理环境。对于诗人而言，反家庭挽歌反叛的是家庭伦理象征的现代主义的继承要求、权威地位和由此形成的简单伦理结构，是摆脱传统的影响、探寻独特的个人身份和诗人声音的重要手段。但反叛并非割裂，反家庭挽歌的决绝态度和暴力表达是检验与传统之间情感纽带的极端举措，是通过建构复杂伦理结构来疗救时代弊病、追求自由和超越的一种努力。

【关键词】美国反家庭挽歌；伦理环境；伦理结构

美国非虚构文学在中国的译介研究——以"国家图书奖"和"普利策文学奖"作品译介为例

【作　者】赵国月
【单　位】扬州大学；长江师范学院
【期　刊】《中国翻译》，第 39 卷，第 3 期，2018 年，第 44－52 页
【内容摘要】"非虚构文学"是泊自美国的文学概念，是传统的虚构小说和新闻报道两个领域不约而同的变革而形成的新文学潮流。纵观 1960—2015 年中国对美国"两奖"非虚构文学作品的译介史，不同时期因不同的社会背景和政治因素，呈现不同的译介特征。现实主义的文学诗学、文学翻译的译介传统和特定时代造成的文学"真空"三大因素，促成了现今对美国非虚构文学译介的繁荣局面。但翻译实践繁荣的背后，是翻译理论研究的缺场，导致美国非虚构文学译介中的种种问题。为了给非虚构文学译介的进一步发展提供有益的参考和补充，推动中国本土非虚构文学的创作发展，需要加强当前美国非虚构文学译介的理论研究。
【关键词】非虚构文学；纪实文学；译介研究

美国格特鲁特·斯坦因先锋戏剧思想研究

【作　者】乔国强
【单　位】上海外国语大学英语学院
【期　刊】《上海师范大学学报（哲学社会科学版）》，第 47 卷，第 3 期，2018 年，第 5－12 页
【内容摘要】格特鲁特·斯坦因是美国戏剧史尤其是先锋戏剧史上非常重要的一位人物。她以其理论和创作为美国的先锋戏剧奠定了一个牢固的基础。可是长期以来由于种种原因，如其戏剧结构形式过于怪异、语言过于佶屈聱牙等，导致国内外学术界对她的戏剧思想和创作研究相对滞后。从斯坦因先锋戏剧思想的形成和主要内涵入手，可以发现，斯坦因的主要价值在于她开拓了美国先锋戏剧，提出在此之前在美国甚或整个欧洲都无人提及的一些重要命题和解决的方法，把固有的、程式化的传统戏剧思想和美学观念往前大大地推进了一步。
【关键词】格特鲁特·斯坦因；先锋戏剧；女权主义；景观剧；非表达

美国华裔文学中的记忆书写与身份认同

【作　者】张彩霞
【单　位】华北水利水电大学外国语学院
【期　刊】《河南社会科学》，第 26 卷，第 8 期，2018 年，第 110－114 页
【内容摘要】美国华裔作家特殊的、漂泊无依的现实处境以及特殊的身份使他们受到身份认同焦虑的困扰。为摆脱双重边缘的痛苦和身份认同的危机，他们吸收和借鉴多重文化资源，开采不同的写作策略。记忆书写成为他们在特殊的现实处境中确认华裔身份的方式，寻求身份认同是他们进行记忆书写的原动力。美国华裔作家通过对其家族记忆和文化记忆的重新书写以抵抗被遗忘或被消弭的中国记忆，在笔墨间进行一次美妙的回家之旅，来寻找自己的文化之根，重构华裔身份。
【关键词】美国华裔文学；记忆书写；家族记忆；文化记忆

美国华裔文学作品中的语言"潜能"探究——以谭恩美作品为例

【作　者】邱雯；张龙海

【单　位】邱雯：厦门大学外文学院

　　　　　张龙海：厦门大学外文学院；闽南师范大学外国语学院

【期　刊】《厦门大学学报（哲学社会科学版）》，第 6 期，2018 年，第 165－172 页

【内容摘要】亚里士多德的语言"潜能"不是一个静态物质，而是一种复杂的实现运动，不仅包括运动之前的"原始潜能"、具体的运动过程、运动之后的"二级潜能"，还包括使用者对语言"潜能"施加的不同作用力，以及潜在的使用标准和想要达到的沟通效果。美国华裔作家谭恩美作品的语言表现出巨大的"潜能"。谭恩美创造性地在文本中使用具有中英混杂这种"原始潜能"的独特语言，并通过讲述故事的艺术形式让小说人物自己讲自己的故事，最终实现了语言的"二级潜能"——颠覆了标准英语的话语霸权，为美国华裔提供了自我赋权的有效途径。这种语言"潜能"的运动蕴含着作家对美国华裔文化身份问题的深刻反思与探索。谭恩美认为，美国华裔文化是融合中美文化特色所形成的独特族裔文化，美国华裔是一个既不同于美国人也区别于中国人的独特族群，他们需要不断调和两种文化的矛盾冲突，寻找两种文化的平衡点，最终实现自我身份的建构。

【关键词】语言"潜能"；中英混杂；讲述故事；自我赋权；文化身份

美国现代主义诗歌中的风景

【作　者】李莉

【单　位】南开大学外国语学院

【期　刊】《广东社会科学》，第 4 期，2018 年，第 149－156 页

【内容摘要】现代主义视域下，弗罗斯特、史蒂文斯和摩尔三位现代主义诗人聚焦了时间、空间和风景之间的辩证关系，表现了现代美国社会中，人和风景、历史和未来、中心和边缘、传统和革新之间相互依存、相互影响的状态，再现美国现代文学的流变性。弗罗斯特的诗歌中有三种不同的时间，揭示现代性的空间性和视觉性，鼓励人们对风景的过去、现在和未来进行考量。风景以及具有感知能力的人类意识和周围的自然世界之间的棘手关系，是史蒂文斯作品的核心。女诗人摩尔通过敏锐的细节和新颖的视角，真实再现风景与语言、风景与政治的辩证关系。三位诗人都通过诗歌中的风景再现，抱着对人类命运的社会关怀意识，引导人们关注自然风景背后的社会问题，以积极的态度反思美国的现代性。

【关键词】风景；时间；空间；现代主义；美国诗歌

美国犹太文学民族特色及其在中国的研究发展

【作　者】徐丽

【单　位】吉林大学文学院；内蒙古民族大学大学外语教学部

【期　刊】《贵州民族研究》，第 39 卷，第 6 期，2018 年，第 134－138 页

【内容摘要】作为一个移民国家，多元文化在美国国土不同程度的交织、影响形成多元繁荣的文化现象，尤其在当代美国主流文学主导地位日渐消退的情况下，多元文化共同开启美国文学的发展格局。文章通过分析美国犹太文学的艺术特性和精神诉求对美国犹太文学的民族特色做

简要概述，并阐述我国文化研究者和学者对美国犹太文学的研究，从而为犹太文学领域的研究工作提供参考。

【关键词】美国犹太文学；民族特色；犹太文学研究

美国犹太文学中的空间书写与美国民族认同的建构研究

【作　者】张军；张平；吴建兰
【单　位】南京信息工程大学文学院
【期　刊】《外语教学》，第 39 卷，第 5 期，2018 年，第 107－112 页
【内容摘要】美国犹太文学在世界文坛占据极其重要地位，已引起学界广泛关注。空间书写是美国犹太文学的一个重要特征，空间理论为剖析美国犹太文学中的空间书写提供了支撑。美国犹太文学中的地理空间书写，社会空间书写以及政治空间书写蕴含深刻的文学内涵，它们不但具有自身特征，相互之间还具有内在逻辑关系，目标都指向了美国民族认同的建构，这对美国犹太民族的发展以及整个美利坚民族的发展大有裨益。

【关键词】美国犹太文学；空间书写；美国民族认同

美国族群矛盾的物质性探究——以《靠鲸生活的人》小说中人与非人关系为例

【作　者】雷静
【单　位】中央民族大学外语学院
【期　刊】《中南民族大学学报（人文社会科学版）》，第 38 卷，第 2 期，2018 年，第 168－171 页
【内容摘要】美国主体族群和土著族群之间的矛盾关系是琳达·霍根的小说《靠鲸生活的人》所表达的核心议题。为了找到其背后的根源以及解决方案，在此把玛莉索·卡德纳的"土著居民世界主义政治学"和斯泰西·阿莱莫的"跨肉体性"概念相结合，形成"跨肉体性世界主义政治学"理论视角。这个理论视角有助于人们通过对物质性的研究来正确理解人类与非人类世界之间存在着相互平等的交换的关系实质，有助于寻求解决美国主体族群与土著族群之间矛盾的方法，因为这个理论视角可以解析两者之间长期存在矛盾的原因，也可以揭示种族主义与环境现象之间的关联。

【关键词】物质性；《靠鲸生活的人》；"跨肉体性"；世界主义政治学；美国族群

莫里森小说《家》中的美国黑人幽默与家园主题

【作　者】崔莉
【单　位】中国人民大学外国语学院；延安大学外国语学院
【期　刊】《外语教学》，第 39 卷，第 3 期，2018 年，第 100－104 页
【内容摘要】托妮·莫里森的小说《家》延续了她对美国黑人家园主题的关注并沿用了她一贯的幽默手法。《家》中莫里森以美国黑人幽默为工具来厘清美国黑人家园问题，既找出症结所在，又为解决该问题指明方向。美国黑人幽默不仅揭示出种族主义和经济弱势地位是造成美国黑人失去家园的根本原因，还唤起他们的归属感以及激起他们对家园的渴望，并给予他们分辨真假家园的能力和重建真正家园的力量。在莫里森笔下，美国黑人幽默深化了小说的家园主题。

【关键词】托妮·莫里森；《家》；美国黑人幽默；归属感；家园

内部动物抑或外部动物：德勒兹与阿甘本论巴特尔比的奇异性

【作　者】丁鹏飞
【单　位】南京大学文学院
【期　刊】《外语研究》，第 35 卷，第 4 期，2018 年，第 79－83、112 页
【内容摘要】梅尔维尔笔下巴特尔比的奇异性引发了德勒兹与阿甘本的探讨，两人观点虽有差异但却共同揭示了一个本质现象，即无作性巴特尔比这个内部动物如何取消抄写员巴特尔比这个外部动物的过程。进而言之，生命总以其内部动物的姿态见证着其自身存在。这种生命经验也因此成为 20 世纪后期到当下文学中所不断被揭示的他异性精神现象的一个源头，并同时成为生命政治失效的裂口。
【关键词】巴特尔比；动物；奇异性；德勒兹；阿甘本

女性文学传统与现代意识：希尔达·杜丽特尔的"感性"诗学

【作　者】李应雪
【单　位】大连海事大学外国语学院
【期　刊】《江西社会科学》，第 38 卷，第 10 期，2018 年，第 137－144 页
【内容摘要】杜丽特尔虽身处现代诗歌发展的巅峰时代，但其卓越的文学理念和创作实践却一直未能进入文学"正典"，文学研究者对其艺术及思想的评论亦乏善可陈。杜丽特尔通过对自然意象的感性秘仪、女性生命力与历史重构、超意识与艺术想象、艺术之美与精神拯救等问题的讨论，可以看出其"感性"思想体系并挖掘其中与男性诗人迥异的"现代意识"。重启对杜丽特尔的研究，可以看出现代诗歌嬗变中的不同观念及创作倾向，重塑现代诗坛的多元化形态。
【关键词】杜丽特尔；"感性"思想；历史重构；艺术想象

坡与游戏

【作　者】于雷
【单　位】北京外国语大学外国文学研究所
【期　刊】《外国文学》，第 6 期，2018 年，第 140－149 页
【内容摘要】爱伦·坡小说中富含的游戏元素常见于情节、语言乃至于创作哲学等诸多层面。本文以荷兰文化史学家赫伊津哈和法国社会学家罗杰·卡约的游戏学说为理论观照，首先梳理整合坡在作品中尤为热衷描述的博弈游戏，分析它们围绕作者与（理想）读者的关联所体现的叙事学模型；其次，聚焦于 19 世纪 30 年代曾引发广泛关注的"梅伊策尔的象棋游戏机"，一方面探讨那一机械装置与坡的创作哲学之间发生的隐喻性契合，另一方面围绕坡对此发明的关注，分析其"揭秘"的创作动机与杜宾的博弈美学之间存在的有机关联；最后，本文立足于文学与哲学就"语言游戏"所产生的对话可能，探求游戏规则对坡的创作所施予的语义增殖功效。
【关键词】爱伦·坡；游戏；"象棋游戏机"；游戏规则

情境力量场与路西法效应——社会伦理学视域下的《锻炉上的血》

【作　者】庞好农

【单　位】上海大学外国语学院

【期　刊】《烟台大学学报（哲学社会科学版）》，第31卷，第2期，2018年，第77－83页

【内容摘要】威廉·阿塔威在《锻炉上的血》里通过情境力量场与种族环境的相互作用，揭示好人是如何变成坏人或恶魔的致因和客观规律。人格毁损情境力量场、生存情境力量场和物化情境力量场相互交织在一起，展现了路西法效应的多种表现形式。从社会伦理学来看，在社会关系物化、亲情关系物化和生态环境物化的社会环境里，物化者在物化他人的过程中也把自己物化，以"去人性化"的形式把生存空间变成了一个冷冰冰的社会环境和文明退化的求生状态。

【关键词】威廉·阿塔威；《锻炉上的血》；情境力量场；路西法效应

人性和犹太民族性：索尔·贝娄跨文化创作中的美国性突破

【作　者】张宪军

【单　位】西南交通大学

【期　刊】《贵州民族研究》，第39卷，第7期，2018年，第121－124页

【内容摘要】文学创作必须要突破现实局限，才能获得更为广阔的发挥空间。美国著名作家索尔·贝娄在美国经验和犹太文化的跨文化创作中，以美国经验为背景，糅合犹太民族文化元素，形成风格独特作品。小说虽然讲述犹太民族故事，却把人性探讨剖析作为文学创作的永恒主题，借助人性和犹太民族身份，突破了自己的美国性局限，使得相关创作不仅形成了独有的特色，也使得跨文化创作获得了广阔的发挥空间。这种创作手法对其他束缚于身份局限的文学创作者来说有很好的借鉴意义。

【关键词】人性；犹太民族；索尔·贝娄；美国性

绅士文化语境中"捣蛋鬼"的形象嬗变——以尤多拉·韦尔蒂作品为分析对象

【作　者】赵辉辉

【单　位】武汉大学外国语言文学学院

【期　刊】《外语教学》，第39卷，第2期，2018年，第100－105页

【内容摘要】本文以美国南方作家尤多拉·韦尔蒂（1909—2001）的代表作品《金苹果》（*The Golden Apples*）为范例，通过考察作者对不同主人公形象的叙写模式，从身体意象的文学审美角度揭示了"捣蛋鬼"的行为特征，呈现绅士文化内在系统对生命主体的作用与反作用，表达了对绅士文化背景下"捣蛋鬼"的人文主义关怀，从而为文学作品鉴赏跳出反思的藩篱，为从反身的角度考察现代主义作品的互文性提供了一个研究范本，同时以"捣蛋鬼"为研究对象揭示形象嬗变在文学书写中的象征寓意。

【关键词】尤多拉·韦尔蒂；《金苹果》；"捣蛋鬼"；绅士文化

生之渗透：《内兹珀斯酋长约瑟夫》的空间叙事

【作　者】陈耀庭

【单　　位】南开大学文学院
【期　　刊】《山东社会科学》，第 11 期，2018 年，第 182－187 页
【内容摘要】美国当代诗人、文学评论家罗伯特·潘·沃伦在叙事长诗《内兹珀斯酋长约瑟夫》中使用了大量的历史文献作为叙述声音，这种叙事模式在当时的诗坛独树一帜。沃伦通过历史与地理两个维度形成《内兹珀斯》"表层—深层—整体"的时空结构：对历史事件的地图式叙述形成了诗歌的表层空间；具有临界状态的时间与意象表现了诗歌"生之渗透"的深层空间；诗歌中展现的印第安原始信仰表现了万物平等、生生不息的生命意识和朴素的民主精神，构成了诗歌的整体空间。三个空间彼此联系、层层深入，最终谱写了一曲美国当代文坛独具特色的史诗。
【关键词】罗伯特·潘·沃伦；《内兹珀斯酋长约瑟夫》；空间叙事

苏珊·桑塔格的文学观

【作　　者】付景川；崔玮崧
【单　　位】吉林大学文学院
【期　　刊】《学术研究》，第 4 期，2018 年，第 170－176 页
【内容摘要】苏珊·桑塔格在美学评论和文学创作方面所取得的成就在一定程度上掩盖了其在文学评论方面所发出的光芒。普罗大众多注意到她的作家、美学评论家和政治活动家身份，却少有人看重她在文学评论方面的建树；学术界多注重她的欧洲文化背景，却鲜有人留意她的美国文学批评根基。桑塔格的文学观是深植于反对将二元性应用于所有文学问题之上的。通过对苏珊·桑塔格文论中内容与形式、文学与道德、科学与艺术之间关系的辨析可以理解深植于去二元性土壤下的桑塔格的文学思想。作为一位文学评论家，桑塔格更是指出了艺术门类模糊化和文学内部边界模糊化的现状。面对其他艺术门类的冲击和文学内部文类的重组，桑塔格认为文学仍有其无可撼动的艺术地位和无可取代的欣赏价值。
【关键词】苏珊·桑塔格；文学观；去二元性；边界模糊化

谭恩美《喜福会》中"东方主义"的解构路径及其背后的多重符码

【作　　者】张军
【单　　位】南京信息工程大学文学院
【期　　刊】《外语研究》，第 35 卷，第 1 期，2018 年，第 81－87、112 页
【内容摘要】美国华裔文学在美国文坛占据极其重要的地位。谭恩美的《喜福会》已成为美国华裔文学的经典，引起学界广泛关注，从东方主义视角对该小说进行研究，有助于挖掘更多的文学内涵。小说通过多种路径实现了对东方主义的解构：凸显母亲们的高大形象、刻画女儿们的正面形象和女婿们的负面形象、彰显中国的正面形象，以及书写美国主流社会的负面形象。解构东方主义这一举措的背后蕴含多重符码：美国华裔需要构建适应美国本土的华裔文化体系，美国华裔需要重视精神导师的指引，美国华裔需要探索历史传承的路径，美国华裔作家需要成为解构东方主义的先锋，美国主流社会需要对华裔的文化诉求做出回应，道出了美国华裔作家积极乐观的创作理念。
【关键词】美国华裔文学；《喜福会》；东方主义；中西文化；多重符码

谭恩美母女关系主题小说的艺术成就

【作　者】周聪贤
【单　位】河南农业大学外国语学院
【期　刊】《河南社会科学》，第 26 卷，第 10 期，2018 年，第 108－112 页
【内容摘要】当代美国华裔女作家谭恩美母女关系主题小说的艺术成就主要表现为后现代实验性叙事结构、复调叙事语式和母亲言说故事叙事策略。其独具匠心的艺术成就实现了文本内容与形式的完美契合，为小说叙事艺术的发展注入了新鲜血液，同时提升了中国文化在美国的影响。
【关键词】谭恩美；母女关系；后现代结构；复调叙事语式；母亲言说故事

特朗普时代下的《反美阴谋》解读

【作　者】安德鲁·M. 戈登
【单　位】加州大学伯克利分校英语系
【期　刊】《文学跨学科研究》，第 2 卷，第 2 期，2018 年，第 192－211 页
【内容摘要】菲利普·罗斯的小说《反美阴谋》是一个虚构故事，讲述了著名飞行员查尔斯·林德伯格在 1940 年美国大选中击败了富兰克林·德拉诺·罗斯福而成为美国第 32 任总统，同时与德国、日本签下了互不侵犯条约，从而得以让美国置身于第二次世界大战以外。菲利普·罗斯在小说中呈现了其在新泽西州纽瓦克市的家庭，反映了美国的犹太人境遇每况愈下。《反美阴谋》是对历史的流变本质和犹太人与过去、现在及未来关系的一次深刻批评。当《反美阴谋》于 2004 年面世时，许多人认为它是罗斯运用想象的林德伯格当政明目张胆地批判当时的乔治·小布什政府，尽管对此罗斯本人予以否认。如今，《反美阴谋》被认为是对唐纳德·特朗普当政的出奇的先见之明。罗斯再一次否认了此种并联，尽管林德伯格和特朗普都是偏执狂和白人至上主义者，但是，他认为林德伯格因其在航空史上的先锋壮举是一位真正的美国英雄，然而特朗普仅仅是一个肤浅的骗子。可是，仔细审查读者还可发现，特朗普如同林德伯格一样，是一个具有法西斯倾向的独裁者并且有着深深的反犹情绪。我们应该感谢菲利普·罗斯，他给我们提供了一个虚构模式借以反抗美国的法西斯主义。
【关键词】虚构历史；反犹主义；查尔斯·林德伯格；法西斯主义

同情的失败、快照和诗歌死亡史——《战地行纪》成败论

【作　者】吕冰
【单　位】南开大学
【期　刊】《外国文学评论》，第 1 期，2018 年，第 113－136 页
【内容摘要】本文探讨诗人奥登在《战地行纪》中作为游记作家的失误及其文化成因和审美结果。作为《战地行纪》的重要组成部分，"来自中国的十四行诗"和"战地快照"因自嘲风格的不合时宜性、反英雄叙事的不稳定性、作为局外人的超时空性和共情的不完全性，阻止了奥登成功贴上游记作家的标签。本文认为，在该行记中奥登用现实性叙事来隐藏非现实性的私人历史，开启了一条政治与文学纠缠的向死之路。
【关键词】奥登；同情的失败；中国；《战地行纪》

图像小说探讨之克里斯·韦尔作品的特质

【作　者】孙杨杨
【单　位】上海外国语大学贤达经济人文学院外语学院
【期　刊】《中国比较文学》，第 4 期，2018 年，第 137－154 页
【内容摘要】图像小说是欧美漫画发展的新分支，其中克里斯·韦尔（Chris Ware）是当今图像小说研究关注的焦点之一。论文首先阐述 20 世纪 90 年代的挪用艺术如何朝向与理论和评论脱钩的解构主义思想转而拥抱惊奇与感觉逻辑，以及"后挪用"（post-appropriation）的创作手法，接着再解释新媒体具备的"去媒介性"（immediacy）与"超媒介性"（hypermediacy）两种再现逻辑，说明韦尔作品的媒体汇聚现象。之后分析韦尔的创作如何以旧媒体（漫画）转码新媒体特质，并以缓慢阅读抗衡飞快变动的世界的内涵。最后分析漫画空间特性如何使其中的异质媒材能保有独特的叙事方式，韦尔如何善用漫画符码转移不同媒体，使其讯息再现并产生崭新的形式与内容。
【关键词】克里斯·韦尔；后现代；挪用；漫画；图像小说

托尼·莫里森小说中的美国南方建构

【作　者】张银霞
【单　位】陕西师范大学文学院；北方民族大学文史学院
【期　刊】《外国文学》，第 5 期，2018 年，第 62－70 页
【内容摘要】文学中的地理空间具有重要的认识价值，承载着作家对地域的构想。本文通过对当代非裔美国作家托尼·莫里森不同时期文学文本的研究发现，美国南方具有突出的文化特征及社会意义，即南方作为黑人文化的发源及传承地促进了该群体的文化身份建构，南方作为黑人乌托邦实验场所呈现出鲜明的政治愿景，以及南方作为当代黑人文化治疗的理想之境回应西方现代性危机。通过对美国南方的想象性建构，莫里森意在强化美国黑人的文化身份认同，引导人们重新审视黑人文化的现实意义，并借此抵御和缓释现代社会种种流弊的影响。
【关键词】托尼·莫里森；美国南方；黑人文化；乌托邦；现代性

微小中含有伟大，自然中隐藏真理——玛丽安娜·穆尔动物诗歌中的自然思想与生态文化意蕴

【作　者】朱新福
【单　位】苏州大学外国语学院
【期　刊】《苏州大学学报（哲学社会科学版）》，第 39 卷，第 6 期，2018 年，第 168－174 页
【内容摘要】美国现代诗人玛丽安娜·穆尔创作的动物诗歌有着深远的历史背景和创作渊源。穆尔的动物诗歌包含丰富的自然思想和生态文化意蕴。穆尔首先借动物来表现诗歌创作和诗歌艺术的本质和内涵。她的一些诗歌虽然不是以动物为标题，但是依然以动物来"说事"，暗含自然思想和生态意蕴。穆尔的动物诗歌告诉我们，动物是人类认识自然过程的媒介，人类的行为都可以用动物的行为来加以说明。她的诗歌中的动物意象鲜明生动，诗行中流露出丰富的思想情感。通过对动物的描写，穆尔自觉地探索人和自然的关系，向我们展示她所理解的生态预警及对生命的敬畏。
【关键词】玛丽安娜·穆尔；动物诗歌；自然思想；生态文化

为什么是严歌苓——关于严歌苓小说改编热的反思

【作　者】陈林侠

【单　位】中山大学中文系

【期　刊】《学术研究》，第 8 期，2018 年，第 164－171、178 页

【内容摘要】在当下媒介发达的语境中，严歌苓的"改编热"成为我们重新审视小说与影视关系的契机。就其根源，在于影视资本对文本满足当下大众心理的预判；研究严歌苓的影视改编，不应仅从文学的角度过分强调作品的艺术性，而应重点考察当下电影产业及其与社会心理的关联。严歌苓的创作立足于个体记忆，但更重视广泛搜集素材，获取丰富的时代经验，与内地保持密切互动，满足了新世纪电影对故事内容的需求。此外，改编热与中国电影编剧群体的国际化趋势相关。严歌苓作为海外华文文学的杰出代表，已在海内外拥有了不俗的影响，正是当下中国电影编剧国际化过程中恰当的选择。

【关键词】严歌苓小说；影视改编；故事经验；编剧国际化

文化无意识与身份建构——基于美籍华裔获得语作家的个案考察

【作　者】唐蕾；俞洪亮

【单　位】扬州大学外国语学院

【期　刊】《外语研究》，第 35 卷，第 5 期，2018 年，第 85－91 页

【内容摘要】论文通过对弗洛伊德、荣格、拉康精神分析理论的比较，从个体、群体、语言符号意识等三个层面解读文化无意识的内涵及其与身份建构的关系，并以此为基础剖析获得语作家李翊云的小说集《千年敬祈》所描绘的中国转型期间普通民众的悲欢离合，揭示获得语作品中体现的文化无意识，以及文本背后获得语作家在中西文化的冲突与融合中建构身份的心理机制，为文化无意识与身份建构研究的理论架构与分析路径提供新的视角。

【关键词】文化无意识；身份建构；获得语；李翊云；《千年敬祈》

文化消费与美国小说的大众想象

【作　者】朱振武；周博佳

【单　位】朱振武：上海师范大学人文与传播学院

　　　　　周博佳：南京大学外国语学院

【期　刊】《人文杂志》，第 3 期，2018 年，第 71－77 页

【内容摘要】在大众文化背景下，美国小说的产生、传播和接受很大程度上受到文化消费市场和大众需求的影响，表现之一就是在大众文化发展较为完整、文化产业十分发达的美国，小说创作受到了市场导向以及接受主体文化消费习惯和心理的制约。同时，美国小说在表达大众想象上也保持了其主体性、自主性和人文精神的内涵，从而在满足大众消费需求的同时保持了对艺术永恒价值的追求。

【关键词】文化消费；美国小说；大众文化

我曾试图建立一个人间乐园——埃兹拉·庞德与文化救赎

【作　者】王庆；董洪川
【单　位】王庆：重庆师范大学外国语学院；北京外国语大学英语学院
　　　　　董洪川：四川外国语大学校长办公室
【期　刊】《外语教学》，第 39 卷，第 1 期，2018 年，第 97－103 页
【内容摘要】埃兹拉·庞德是 20 世纪英美现代主义诗歌的灵魂人物。庞德诗歌革新的出发点不是"美学自主性"或者"诗歌本身"价值问题，而是改造社会，即通过文化干预而达到"美国复兴"的最终目标，"建立一个人间乐园"。本文试图从现代性视角，结合庞德的创作实践、理论主张及时代语境，剖析庞德的文化救赎思想，从而揭示庞德致力于文学变革的内在原动力。
【关键词】埃兹拉·庞德；现代主义诗歌；审美现代性；文化救赎

西方文论关键词：囚掳叙事

【作　者】金莉
【单　位】北京外国语大学英语学院
【期　刊】《外国文学》，第 4 期，2018 年，第 83－94 页
【内容摘要】作为北美本土的流行文学体裁，囚掳叙事描述了北美大陆白人定居者被印第安人俘虏的经历。从 17 世纪末囚掳叙事出现直至 19 世纪末，囚掳叙事经历了漫长的历史演变过程，也承载了不同的历史意义。这种文学体裁对于北美殖民地的意识形态建构起到了重要作用，成为美国领土扩张的文本辩护及文明的白人殖民者与印第安"野蛮人"的二元对立话语的助推者，它也在不同的历史时期，分别将信奉天主教的法国人和镇压北美殖民者独立运动的英国人纳入反印第安人的宣传矛头所指，服务于北美大陆白人定居者从英属殖民者到美国人的身份转变。囚掳叙事展现了白人殖民者如何看待自己和自己的文化，以及如何建构"他者"，业已成为美国历史遗产和边疆神话的重要组成部分。
【关键词】囚掳叙事；北美殖民地；白人；土著印第安人；女性

现成品与真理的摆置——对杜尚《泉》的海德格尔式解读

【作　者】缪羽龙
【单　位】台州学院外国语学院
【期　刊】《文艺理论研究》，第 38 卷，第 5 期，2018 年，第 43－49 页
【内容摘要】海德格尔通过对柏拉图洞穴隐喻的颠覆性思考恢复了真理（aletheia）的原始含义，并把艺术作品的本源建立在与真理的关系之上。所谓艺术对大地的制造（herstellen）和对世界的建立（aufstellen），就是真理的摆置（Stellen）和集置（Ge-stell）。对杜尚的《泉》的海德格尔式解读将很好地证明作为真理摆置的现成品艺术的合法性。
【关键词】海德格尔；真理；集置；杜尚；现成品

新左翼女性美学视域下的审美政治化与父权意识暗合的批判——阐析桑塔格《迷惑人的法西斯主义》

【作　者】李岩；王纯菲
【单　位】李岩：东北大学外国语学院
　　　　　王纯菲：辽宁大学文学院
【期　刊】《东北大学学报（社会科学版）》，第 20 卷，第 1 期，2018 年，第 105－110 页
【内容摘要】随着"后理论"时代的来临，作为文化研究范式的后马克思主义与后现代女性主义文艺思想相勾连，衍生出新左翼女性美学。以苏珊·桑塔格《迷惑人的法西斯主义》为蓝本，挖掘新左翼女性主义者如何从女性的独特视角出发，揭示和批判法西斯审美政治化与父权意识的暗合，指出法西斯强权美学的哲学根源实为父权中心主义所推崇的同一哲学。桑塔格的新左翼女性美学在审美与政治的碰撞中书写着新左派特有的文化品位和先锋美学思想，将政治、审美、性别意识纳入后马克思主义框架加以考察，对后现代女性主义哲学的发展提供了新的思路和方向，对开阔马克思主义当代视域具有重要学术意义，同时对警惕各种新式极权主义具有现实意义。
【关键词】审美政治化；苏珊·桑塔格；新左翼女性美学；后马克思主义

性别化的叙述声音——苏珊·S.兰瑟女性主义叙事学理论

【作　者】谭菲
【单　位】北京大学中国语言文学系
【期　刊】《海南大学学报（人文社会科学版）》，第 36 卷，第 3 期，2018 年，第 102－107 页
【内容摘要】苏珊·S.兰瑟的女性主义叙事学理论将女性主义文评与叙事诗学结合，二者通过叙事诗学的概念叙述声音联结起来，从话语层面展现女性作者的意图，又从历史层面描述性别权威的压制，使得叙事学突破自身，加入了社会历史内涵，同时避免了女性主义研究的泛化，但其实际的诠释效力仍有待商榷。
【关键词】叙述声音；女性主义叙事学；苏珊·S.兰瑟

叙事的先锋性与"从雌性出发"的叙事母题——对严歌苓《雌性的草地》的深度解读

【作　者】刘艳
【单　位】中国社会科学院文学研究所
【期　刊】《暨南学报（哲学社会科学版）》，第 40 卷，第 5 期，2018 年，第 1－14 页
【内容摘要】严歌苓出国前的第三部长篇小说《雌性的草地》是她一直最喜爱的小说，却一直缺乏深度而有效的研究。《雌性的草地》在叙事结构和叙事手法上的探索和尝试，对严歌苓迄今为止的创作都有独特的意义，而且在某些方面是后来也不曾达到和超越过的。《雌性的草地》借用和化用了电影叙事的手法，空间感突出，又把时间的矢量加于有图像感、如电影特写镜头的一个个叙事片段之上，并通过编排这些像特写镜头一样的叙事片段和组合事件，产生一个具繁富迷人艺术效果的小说文本。小说所呈现的对话语的议论、人物的开放性，与小说虚构性互相辉映。借助结构主义叙事学核心与从属的概念，可以更好地解读和阐释这部小说。小说还开启了"从雌性出发"的叙事母题，对严歌苓后来的创作产生了深远的影响。

【关键词】严歌苓；《雌性的草地》电影叙述；核心与从属；"从雌性出发"

严歌苓早期长篇小说的叙事艺术——以严歌苓第一部长篇小说《绿血》为例

【作　者】刘艳
【单　位】中国社会科学院文学研究所

【期　刊】《湖北大学学报（哲学社会科学版）》，第 45 卷，第 3 期，2018 年，第 107－114 页

【内容摘要】在严歌苓研究当中，她的第一部长篇小说《绿血》一直未受到应有的重视，其意义和价值其实是不容忽视的。纵览严歌苓的创作历程，她 2017 年的长篇小说《芳华》，几乎是在严歌苓近 40 年的写作历程基础上酝酿而成的，在首部长篇小说《绿血》、第二部长篇小说《一个女兵的悄悄话》以及《穗子物语》中的几个中、短篇小说当中，都有着类似的军旅青春年华或者说"芳华"的书写，甚至有着相近的人物原型和情节设计。长篇处女作《绿血》与近作《芳华》，其实是严歌苓对于一段军旅"芳华"叙事母题的同题异构。《绿血》已经显示了严歌苓当时作为一个早熟型的青年小说作家，所呈现的较为成熟的长篇小说叙事艺术："套中套"叙事结构，可与严歌苓后来的作品尤其是近作《上海舞男》两相联系；繁复的倒叙，好像在力求使倒叙成为"主要叙事"，又要与当下叙事自如嵌套；而小说的叙事能力，对时代和社会生活面影的记录，对于时下青年小说作家的写作，是有着深刻的反思价值和纠偏意义的。

【关键词】叙事艺术；"套中套"叙事结构；嵌套；倒叙；叙事能力

一位莎士比亚崇拜者的"堂吉诃德"追寻——读布鲁姆的《小说家与小说》

【作　者】石平萍
【单　位】信息工程大学

【期　刊】《外国文学》，第 6 期，2018 年，第 151－162 页

【内容摘要】《小说家与小说》是哈罗德·布鲁姆普及西方文学经典及其阅读方法的著作之一，收录了他为上至塞万提斯、下至谭恩美的 77 位以英美为主的西方小说家和 130 余部长篇小说撰写的导言，可以说是一部布鲁姆的长篇小说批评编年史，展示了在 20 年的批评实践中他的坚守与改变、修正与完善，不仅能为"普通读者"最熟悉的《西方正典》提供一部较为完备的小说鉴赏实例，也能在《西方正典》和后续相关著作之间提供某种衔接和延续，帮助我们具体而深入地了解西方长篇小说传统、布鲁姆的文学经典理论和批评实践及其总体意义上的学术思想。

【关键词】《小说家与小说》；哈罗德·布鲁姆；长篇小说；《西方正典》

伊丽莎白·毕晓普诗歌的记忆书写与疗愈艺术

【作　者】刘志洁；彭予
【单　位】北京航空航天大学外国语学院

【期　刊】《河南师范大学学报（哲学社会科学版）》，第 45 卷，第 4 期，2018 年，第 139－144 页

【内容摘要】文学创作中的记忆书写具有治疗的功用，伊丽莎白·毕晓普的诗歌借由记忆唤起过往，重建与过往的联系，体现了诗歌创作被记忆激活的疗愈模式。母亲造成的创伤记忆释放了毕晓普的创作能量，使其在创作中成为创伤叙述者，并从周围景观获取滋养身心的能量，借助艺术重获补偿和控制力，疗愈身心创痛。毕晓普一生的创作都贯穿着对母爱缺失的情感回应

和诗性表达。诗歌创作是毕晓普释放痛苦和创伤记忆的途径，为她撑起冥想天地，使她潜入意识深处将痛苦和创作记忆变为生命书写，其治疗性的记忆书写诠释了诗歌创作重塑生活的潜在能量和治愈功能。

【关键词】伊丽莎白·毕晓普；创伤记忆；疗愈艺术

异星语破译中的乌托邦想象议

【作　者】杨梓露
【单　位】中山大学中文系
【期　刊】《南京社会科学》，第 8 期，2018 年，第 143－148 页
【内容摘要】科幻小说《你一生的故事》是一篇成熟的以语言学为核心的当代科幻作品。通过对异星符号的系统构思，小说娴熟地将幻想性的乌托邦要素融合于科学的理论基础当中。科幻小说对异星语言的符号设定往往是要造就一种非人类的乌托邦想象，这种非人类的乌托邦设想主要是基于一种与人类现实生活的异化感与疏离感。小说分别从体态结构、语言系统以及思维模式三个方面，构筑了异星符号穿透的异态世界。而破译异星语言系统的关键，在于大量实践中积累形成的判断力或体悟性认知。实践维度在语言认知的建构过程中，体现的恰是这种体悟性的默会认知的形成过程。小说在探究异星语破译的过程中，建构了一种返回到自身的时间性概念。这一时间性概念以未来的回归为导向，发展出一种"向死而生"的伦理意识。

【关键词】异星符号；语言认知；实践维度；默会维度；时间性

隐性的起承转合——《在乡下》之叙事时间策略

【作　者】张坤
【单　位】同济大学外国语学院
【期　刊】《江西社会科学》，第 38 卷，第 9 期，2018 年，第 115－122 页
【内容摘要】叙述时间是贯穿小说创造悬疑与冲突的重要元素，热拉尔·热奈特将故事时间与叙事时间的不对应性，叙事过程长短与发生时间的长度不协调性以及故事或某间段时间的重复性纳入探讨范畴，旨在证实这些非线性多元化的叙事更替隐性地烘托内容叙述，增加了文本的张力，多维地展现了作品主旨。美国当代南方作家鲍比·安·梅森运用时间策略充实《在乡下》的逃离主题，即灵活的倒叙方式使得历史与当下、南方与北方激烈的碰撞，张弛的叙事节奏彰显了人物的内心所向，而层层递进的重复则串联了主人公山姆觉醒的全过程。反转跃动的叙事时间策略向读者展现了表层故事之下的暗潮涌动，这使得中心表达更有指向性和层次感，作品也更具审美价值。

【关键词】热拉尔·热奈特；叙事时间策略；鲍比·安·梅森；《在乡下》

犹太女性的大屠杀叙事书写——《大披巾》中的女性话语建构

【作　者】孙鲁瑶
【单　位】南开大学外国语学院
【期　刊】《妇女研究论丛》，第 4 期，2018 年，第 76－83 页
【内容摘要】奥斯维辛之后，犹太大屠杀书写不仅面临着表征困境，还存在着性别话语失衡的问题，犹太男性往往处于大屠杀话语的中心，女性则居于边缘。对此，美国犹太女作家辛西娅·

欧芝克的小说集《大披巾》一方面聚焦犹太母亲的大屠杀生存主题，另一方面融合"历史元小说"及"女性书写"的叙事艺术，在回应"大屠杀书写困境"及"男性中心叙事"的同时，建构并强化了犹太女性的性别及历史话语，表达了两性平等对话、共享历史的愿望。

【关键词】辛西娅·欧芝克；《大披巾》；犹太女性的大屠杀书写；女性话语

欲望之城与选择的效率：城市的逻辑——《嘉莉妹妹》中的城市含义剖析

【作　者】金衡山
【单　位】华东师范大学外语学院
【期　刊】《国外文学》，第 2 期，2018 年，第 75－83、158 页
【内容摘要】从无名小镇到灯火璀璨的城市，一路走来的嘉莉离不开城市的陪衬。城市的光芒让嘉莉目眩的同时也让一种叫作欲望的动力在其心中慢慢滋生，以至于不可阻挡。城市提供了嘉莉成长的空间。与此同时，嘉莉也在与城市融为一体的过程中发现了城市的逻辑：选择的效率以及由此引发的淘汰与残酷。从一个更广阔的背景而言，这也是嘉莉时代城市发展过程中的一个缩影。

【关键词】城市；效率；逻辑；欲望

詹姆逊现代性理论批判——以意识形态为视角

【作　者】李世涛
【单　位】中国艺术研究院
【期　刊】《东岳论丛》，第 39 卷，第 3 期，2018 年，第 129－136、192 页
【内容摘要】詹姆逊以意识形态分析为主要方法，从断代、再现、视角、现代性话语及其研究策略等方面分析了现代性的意识形态。詹姆逊通过意识形态批判的视角，为我们展示了现代性理论的建构性、想象性，及其对真实的遮蔽、歪曲。在此基础上，詹姆逊提出了正确对待现代性理论的做法：放弃总结、发明和使用现代性概念的努力；以现时本体论的态度对待现代性；用乌托邦的力量来解决现代性的困境。詹姆逊的研究也有助于我们科学地认识、把握西方现代性与现代性理论。

【关键词】詹姆逊；现代性理论；意识形态；断代；再现；视角

主体间性的自然之美——论罗伯特·弗洛斯特的自然诗

【作　者】李应雪
【单　位】大连海事大学外国语学院
【期　刊】《大连理工大学学报（社会科学版）》，第 39 卷，第 3 期，2018 年，第 123－128 页
【内容摘要】通过重读罗伯特·弗洛斯特的自然诗，展开其自然诗与浪漫主义抒情诗及田园诗传统的对比研究，突出其自然诗中独特的美学批判与创建。以"反浪漫主义的自然抒写""反田园诗的审美批判""对话的自然"三个维度构建弗氏自然诗的美学体系。通过浪漫主义的反讽、对田园诗的戏仿及对主体间性自然之美的塑造，弗氏自然诗不但实现了对既定文学传统的超越，突显对工业文明及"人类中心主义"自然观的审美批判，更开辟了人与自然同生共荣的存在之美，成为美国自然文学传统中的又一经典。

【关键词】自然诗；主体间性；反浪漫主义；反田园诗；审美批判

自坟墓中回望人生——论《基列家书》中的记忆书写

【作　者】李靓
【单　位】对外经济贸易大学英语学院
【期　刊】《国外文学》，第 1 期，2018 年，第 126－132、160 页
【内容摘要】本文以记忆理论为视角，考察小说《基列家书》中个体记忆如何推动叙事者参与对历史的讲述、对集体文化记忆的反思与修正并最终重建自我身份认同。由此揭示在阐释作者对历史、宗教及传统的文学表达时，记忆所体现的思想和艺术价值。在《基列家书》中，个体记忆不仅使代际间情感与传统的断裂得以弥合，还帮助叙事者反思集体文化记忆中的遗忘与压抑，并修正其核心内容：废奴传统和宗教传统。个体记忆使叙事者在历史语境中审视废奴传统的变迁，对它所代表的集体认同的演变进行反思，促使叙事者的身份认同逐渐形成；个体记忆还激活叙事者的宗教认同和感知力，使其看到改善宗教现状的希望，最终推动叙事者完成自我认同的建构，困扰其多年的认同危机也随之消失。
【关键词】《基列家书》；记忆；身份认同

自我视域中的他者与他者镜像中的自我——美国《文心雕龙》翻译文本中的"经典重构"问题

【作　者】谷鹏飞
【单　位】西北大学文学院
【期　刊】《文艺理论研究》，第 38 卷，第 6 期，2018 年，第 46－55 页
【内容摘要】经由跨文化翻译改写而完成的美国《文心雕龙》流传文本，是《文心雕龙》源文本在异质文化空间中全新的"经典重构"。正是通过施友忠、宇文所安、杨国斌等美籍学者在翻译实践中对源文本所做的语境还原、副文本形式重构与中西范畴互文性比堪，《文心雕龙》翻译文本才超越本土文学的"经典"身份而实现了在美国文学语境中的"经典重构"。这种"经典重构"，既是异质文学交流中"边缘文学文本"抛弃"他者"身份而努力成就"自我"的技术策略，也是"中心文学文本"俯就"边缘文学文本"来延拓并创新自我的文化宿命。
【关键词】《文心雕龙》；源文本；翻译文本；"经典重构"

自由主义想象力：《格林·罗斯庄园》中的推销员与官僚制

【作　者】陈旭
【单　位】南京邮电大学外国语学院
【期　刊】《外国文学评论》，第 2 期，2018 年，第 197－219 页
【内容摘要】本文认为大卫·马梅特在《格林·罗斯庄园》中赋予饱受诟病的推销员以表演才能，表明剧作家相信人具有自我完善并走向他人的潜能。本文从表演人类学的角度，阐明剧中推销员试图建构一种表演式的自我认知，在商业营销中直溯戏剧本源，反叛当代美国社会僵化的官僚组织形式，呼吁建立直接的情感联系；他们的表演暗含着公共生活重塑"美国梦"的可能，而表演所具有的欺骗性和救赎性则反映出马梅特以复杂性的眼光看待自由主义，这不仅解释了剧作家后期创作思想的右转，也表明了建构社会纽带需要复杂微妙的思量。
【关键词】《格林·罗斯庄园》；表演；官僚制；"美国梦"；自由主义

作为文本的城市：纽约与苏珊·桑塔格

【作　者】顾明生
【单　位】南京农业大学外国语学院

【期　刊】《外国文学》，第 1 期，2018 年，第 147－156 页

【内容摘要】苏珊·桑塔格的小说创作是一个充满纷繁复杂意象和各种表现手法的艺术体系，空间在这一体系中具有特殊的功能和意义。本文以她的短篇小说《心问》为主要研究对象，一方面分析它如何利用独特的知觉叙事围绕纽约进行空间建构和意象描绘，另一方面探讨迷宫城市意象对 20 世纪六七十年代纽约的城市发展、社会变迁、文化演进的表征，并进一步结合作者其他作品中的空间书写探究空间在其小说创作中的前置地位和生产功能，以及作者的独特空间观对其文学观的构成性影响。

【关键词】苏珊·桑塔格；《心问》；城市；迷宫；叙事艺术

（八）加拿大及其他美洲国家文学研究论文索引

Severo Sarduy and the Big Bang：The Poietic Catastrophe

【作　者】Pedro Antonio Férez Mora；Ángela Dorado Otero

【单　位】Pedro Antonio Férez Mora：Faculty of Education，University of Murcia

　　　　　Ángela Dorado Otero：School of Languages，Linguistics and Film，Queen Mary University of London

【期　刊】《世界文学研究论坛》，第 10 卷，第 3 期，2018 年，第 395－412 页

【内容摘要】By channelling into his poetry the events of the Big Bang，Severo Sarduy made his writing break into endless pieces. His critical commentators have tended to conceptualise this fact as a catastrophe which irradiates melancholy into human existence. This article，however，will argue that the Big Bang in Sarduy's imaginary works as poiesis. Challenging the reasons that have taken Sarduyan criticism to implement such a gloomy outlook on the function of the Big Bang in the Cuban's author—mainly the mirroring of the primordial explosion with the other cosmological decentering postulated by Kepler in the 17th century，it will be argued that Severo Sarduy's poetics，in line with Deleuze，looks at the decentering caused by the explosion not as disenchantment of a wholeness lost but as the questioning of the grand narratives of the metaphysical being and the birth in geometrised space of paroxysm and endless metaphoricity.

【关键词】Severo Sarduy；Big Bang；catastrophe；poiesis；body without organs

The Magic Power of Telling and Re-telling in *Kissing the Witch*

【作　者】Qiu Xiaoqing

【单　位】Faculty of English Language and Culture，Guangdong University of Foreign Studies

【期　刊】《世界文学研究论坛》，第 10 卷，第 1 期，2018 年，第 108－123 页

【内容摘要】Emma Donoghue's *Kissing the Witch：Old Tales in New Skins* (1997) is a "revolutionary" rewrite of Western classical fairy tales. One distinct narrative feature of these tales is that one tale leads to another and upon finishing her tale，the female character narrator becomes the narratee/listener of the next story told by the narratee/listener in the previous tale. In this way each character narrator is both the storyteller and the listener. The fact that these character narrators are readers，tellers，re-tellers as well as listeners of stories raises important cognitive and rhetorical questions. What worldviews do these character narrators hold and what cognitive viewpoints do they have about their counterparts in the canonical tales? What effects have they achieved by telling their stories? And what does Donoghue intend to achieve by telling these female characters' tales? Following the line of inquiry of cognitive and rhetorical theory of narrative，this paper argues that the female characters develop critical views of the classic fairy tale and become courageous re-creators of their lives，that their telling has made their listeners become stronger personalities，and that Donoghue's telling invites the general reader to be active storytellers and directs their attention to the positive role that fairy tale can play in postmodern era.

【关键词】Emma Donoghue；*Kissing the Witch*；fairy tale；re-telling；character narration

《布雷伯夫的幽灵》：基于莎剧叙述的印第安史诗戏剧

【作　者】陈红薇；李长利
【单　位】陈红薇：北京科技大学外国语学院
　　　　　李长利：北京科技大学外国语学院；首都体育学院
【期　刊】《外国文学研究》，第 40 卷，第 5 期，2018 年，第 125－137 页
【内容摘要】在《布雷伯夫的幽灵》中，印第安剧作家丹尼尔·大卫·摩西将莎剧《麦克白》的幽灵叙事引入北美印第安历史和仪式文化之中，构建了一部基于莎剧结构的印第安史诗叙述。通过传教士布雷伯夫的幽灵、部族中"食人魔"的传说及"休伦大逃亡"事件，该剧不仅揭露了欧洲殖民者宗教狂热背后的"食人性"，同时也通过仪式文化，再现了印第安人的精神世界及诗学信仰——剧中的休伦人大迁移不仅是一次生死攸关之际的亡命之旅，更是一部通过口述故事讲述部落延存的印第安版《出埃及记》。
【关键词】《布雷伯夫的幽灵》；《麦克白》；印第安史诗戏剧；仪式文化；印第安版《出埃及记》

《遥望》中的创伤事件及其伦理考量

【作　者】王卉
【单　位】大连外国语大学英语学院
【期　刊】《湖南科技大学学报（社会科学版）》，第 21 卷，第 1 期，2018 年，第 37－42 页
【内容摘要】从共鸣的视角看翁达杰的小说《遥望》，发现农场发生的暴力事件构成主要人物库珀、克莱尔和安娜生命中的创伤；他们三人将自己当下的生活和过去相联结以产生共鸣，并且分别做出忠于真理的拟像、背叛真理和忠于真理的伦理选择；他们的伦理选择和未来生活的走向体现出创伤事件的伦理意义。
【关键词】《遥望》；创伤；事件；伦理

V. S. 奈保尔非洲题材小说中丛林形象的解构与重构

【作　者】岳峰
【单　位】盐城师范学院文学院

【期　刊】《河南社会科学》，第 26 卷，第 9 期，2018 年，第 116－120 页
【内容摘要】2001 年诺贝尔文学奖获得者 V. S. 奈保尔在其非洲题材小说中将非洲丛林经历的意义颠覆和重组，描述成与欧洲文明开化之地截然不同的文化语境，显性描写与隐性描写杂糅在非洲丛林书写之中，渗透着其意识形态的非洲丛林已经成为考问西方文明实质的最佳语境。然而奈保尔文化身份的嬗变使得小说的文化逻辑与作者的主观意图已然断裂,最终使得这种"文化救赎"在表层上是非政治的、乌托邦式的，其隐性层面上则最终折射出英国中心主义和欧洲中心主义。

【关键词】非洲；文化身份；英国中心主义；V. S. 奈保尔

艾丽丝·门罗小说中开放包容的性别艺术

【作　者】沐永华
【单　位】南通大学外国语学院
【期　刊】《南通大学学报（社会科学版）》，第 34 卷，第 1 期，2018 年，第 84－89 页
【内容摘要】加拿大著名短篇小说家艾丽丝·门罗在作品中用细腻深刻的笔触描摹了普通女性作为妻子、情人、女儿以及母亲的生活，表达了对女性生存状态的关注与哲学反思。她颠覆了传统二元对立的叙事模式，打破了传统"性别文本"对女性特质的界定与规训，又对激进女权主义进行了反拨，回避"非此即彼"（either/or）的社会价值定位，采用"多者并存"（both-at-once）的多维视角重构了女性动态发展的多元身份，反映了其谦逊含蓄、非教条式的"后"女性立场。总之，门罗在尊重性别差异的前提下，彰显女性话语的独特性而非中心性，凸显女性多元的生存体验，回归生活的本真状态，展现了其开放包容的性别艺术。

【关键词】艾丽丝·门罗；"多者并存"；性别艺术

艾丽丝·门罗译介与研究述评

【作　者】陈英红；文卫平
【单　位】湘潭大学文学与新闻学院
【期　刊】《湘潭大学学报（哲学社会科学版）》，第 42 卷，第 3 期，2018 年，第 125－129 页
【内容摘要】国内对艾丽丝·门罗的译介从 20 世纪 80 年代起步，至今已取得一定成果，但相对于门罗创作的总量，其译介仍明显不足。国内门罗研究成果集中在女性主义研究、叙事艺术和地域书写研究等方面。纵向和横向比较研究的起步、以传记与评传方式探索门罗创作个性等成为研究的特点。同时，目前研究中也还存在诸多不容忽视的问题，还需要不断努力让国内门罗研究走向系统和深入。

【关键词】艾丽丝·门罗；译介；研究；述评

被忽略的道钉：加拿大太平洋铁路诗与对华移民政策

【作　者】张雯
【单　位】复旦大学外国语言文学流动站；杭州师范大学外国语学院
【期　刊】《外国文学》，第 3 期，2018 年，第 141－150 页
【内容摘要】普拉特的代表作《通往最后一根道钉》描写加拿大太平洋铁路的建造过程，却忽略了为此付出巨大牺牲的中国劳工。此后，斯各特的《除了最后一根道钉》、莱特福的《加拿大

铁路三部曲》和杜蒙特的《致约翰·A.麦克唐纳德爵士的一封信》等诗歌都在内容与风格上对《通往最后一根道钉》的"家国叙事"进行了颠覆，华人劳工由缺席变成了主角。太平洋铁路系列诗在主题与叙事方式上的流变过程刚好与加拿大对华移民政策的变迁史相对应。将两者结合起来研究，可以更全面地审视加拿大建国 150 年以来对华人态度的转变及其从一元主义到多元文化的意识形态价值转向。

【关键词】加拿大太平洋铁路；《通往最后一根道钉》；华人劳工；移民政策

当宗法制血缘伦理遭逢北美语境——加拿大华裔作家李群英《残月楼》研究

【作　者】蔡晓惠
【单　位】南开大学外国语学院
【期　刊】《外国文学研究》，第 40 卷，第 6 期，2018 年，第 51－63 页
【内容摘要】在加拿大华裔作家李群英的小说《残月楼》中，三起乱伦事件的发生都植根于黄家这个华裔家庭的移民先辈所做出的伦理选择和北美华人社区的特殊伦理环境，以及由此引发的伦理身份混乱。早期华人移民的伦理选择是宗法制血缘伦理遭遇北美语境时挤压和变形的产物，体现了早期华人移民在北美社会的精神迷失，以及血缘伦理在异域的异化；而乱伦的发生又与唐人街社区被主流社会排斥和隔离的历史境遇密切相关。这些悲剧的发生充分展现北美华人在异域伦理秩序调整和重构中所付出的巨大代价，而其作者也以此批判中国传统家庭伦理中的父系传承和加拿大历史上对华人移民的不公正待遇，实现作品的伦理价值。

【关键词】李群英；《残月楼》；宗法制血缘伦理；伦理选择；伦理身份

国外加拿大黑人文学研究述略

【作　者】綦亮
【单　位】上海外国语大学外国语言文学博士后流动站；苏州科技大学外国语学院
【期　刊】《外语教学》，第 39 卷，第 2 期，2018 年，第 106－110 页
【内容摘要】加拿大黑人文学研究是北美黑人文学研究的重要组成部分。本文围绕民族主义与跨民族主义之争阐释国外加拿大黑人文学研究进程。民族主义与跨民族主义之间的交锋是贯穿加拿大黑人文学研究的主线，前者重点关注加拿大黑人文学的历史源流和地域特性，突出加拿大黑人性的本土性；后者主张从流散视角理解加拿大黑人文学，强调加拿大黑人性对加拿大民族性的颠覆。民族主义和跨民族主义论战引领下的加拿大黑人文学研究是西方非洲流散研究学术范式转换的重要环节，它增加了吉尔罗伊提出的"黑色大西洋"概念的维度，促进了流散研究的多元发展，进一步凸显出流散群体生成和生存的历史文化语境。

【关键词】加拿大黑人文学；民族主义；跨民族主义；"黑色大西洋"；流散

后人类的警示：《羚羊与秧鸡》中的语言哲学

【作　者】丁林棚
【单　位】北京大学外国语学院英语系
【期　刊】《外国文学研究》，第 40 卷，第 3 期，2018 年，第 88－98 页
【内容摘要】加拿大当代作家玛格丽特·阿特伍德在其小说《羚羊与秧鸡》中对后人类未来做出了描绘，通过聚焦人与非人的边界地带，探讨了语言对人性的决定性作用，为从语言哲学视

角检视人性与文明本质提供了独特的文本基础。这部作品透过科幻故事的表象呈现出三个重要的深层语言哲学议题：小说首先凸显了语言和言语的双重属性，借用主人公的语言无能刻画出人与非人的语言临界状况；其次，通过详细描写新生人类的语言游戏暗指能指的不间断延异和对不在场的召唤和操控；最后，能指符号进一步指向符号象征体系和话语网络的建构，并最终指向艺术、人文等元素。这三个层次的思考对探索人性本质做了深层、立体的尝试。《羚羊与秧鸡》所涉及的人类学、哲学和语言学思想为审视语言在人类主体构建中的作用以及对后人类状况进行理论管窥提供了不可或缺的思考素材。

【关键词】玛格丽特·阿特伍德；《羚羊与秧鸡》；语言哲学；人性；后人类主义

加拿大文学批评中的国家与地域

【作　者】丁林棚
【单　位】北京大学外国语学院
【期　刊】《江西社会科学》，第 38 卷，第 9 期，2018 年，第 100－108 页
【内容摘要】国家和地域一直是加拿大文学批评中的一对相互依存的表达形式。长久以来，加拿大学界在地域文学与国家文学的审美价值和文学经典化方面争论激烈。自 20 世纪 70 年代以来，加拿大地域主义文学逐渐形成强大的文学表达形式，作为一种批评模式的地域主义文学批评也随之出现，与国家主义文学批评分庭抗礼，在意识形态方面消解国家均质化话语对文学表达的刻板化和原型化。
【关键词】加拿大文学；地域主义；文学表征

加拿大写实动物小说中的伦理思想探析

【作　者】黄雯怡
【单　位】南京林业大学外国语学院
【期　刊】《外语研究》，第 35 卷，第 1 期，2018 年，第 94－97 页
【内容摘要】加拿大写实动物小说蕴含的生态和动物伦理思想非常丰富、历久弥新，奠定了加拿大动物文学在世界文学中的重要地位。西顿、罗伯茨、莫厄特等人的经典作品中都体现了敬畏生命、动物具有相应的权利、人应平等对待动物等非人类中心主义动物伦理思想，同时也呈现着由人与动物对立斗争转向人与动物和谐共生、由注重动物个体生存状态转向注重动物物种延续和生态系统平衡的伦理思想发展趋势。解析和借鉴这些思想，对于我们当前树立正确的动物伦理观、推进生态文明建设仍具有重要的指导意义。
【关键词】加拿大；写实动物小说；动物伦理思想；生态系统平衡

奖学金女孩、乞女与加拿大女性主义的第二次浪潮——门罗《乞女》中的性别政治与文化谱系

【作　者】周怡
【单　位】上海外国语大学跨文化研究中心
【期　刊】《外国文学》，第 1 期，2018 年，第 3－12 页
【内容摘要】本文以门罗的代表性短篇小说《乞女》为例，探讨作家如何以文学手段揭示加拿大女性主义第二次浪潮时期社会内部的性别政治与文化谱系。门罗从理查德·霍加特著名的"奖学金男孩"的概念中得到启发，挖掘出加拿大"奖学金女孩"的特殊观察视角，同时将"乞女"

这一西方文化的经典女性美德概念与文化研究的阶级视角并置，从而深刻地揭示出女性作为"弱者"的根源：无论在经济还是在文化上都无法取得独立。萝丝注定失败的女权主义抵抗，代表了加拿大第二代女性主义者的妥协性。门罗同时揭示了由于文化谱系的差异，加拿大女性主义"第一次浪潮"和"第二次浪潮"的主体间存在着某种鸿沟。

【关键词】门罗；加拿大文学；"奖学金男孩"；文化谱系；《乞女》

精彩纷呈的门罗体下的顿悟——艾丽丝·门罗短篇小说叙事策略的多维解析

【作　者】李雪
【单　位】哈尔滨工业大学外国语学院
【期　刊】《学习与探索》，第 4 期，2018 年，第 157－161 页
【内容摘要】加拿大女作家艾丽丝·门罗是 2013 年诺贝尔文学奖获得者，她以短篇小说成就闻名于世。她的小说通过多重视角、独特的时空迷宫，将历史、现实、时代融入一个个普通的人物中，用简单精准的笔触、凝练的语言、精巧的构思、独到的叙事、轻柔的节奏，细腻刻画出平淡真实的生活面貌，探究人类的灵魂深处，在浓缩的时空情境中深刻地对复杂的人性进行剖析，给世人以启迪。

【关键词】艾丽丝·门罗；门罗体；加拿大文学

跨界与融合：论加拿大现实主义文学的蜕变

【作　者】赵晶辉
【单　位】淮海工学院外国语学院
【期　刊】《江淮论坛》，第 2 期，2018 年，第 160－164 页
【内容摘要】现实主义在加拿大文学中经历了曲折复杂的流变过程，它的美学内涵随着新的社会观念和审美判断的变化而发展。在欧美现代主义文学运动的背景中，现代主义作为一种人类意识认知的探索方式影响了现实主义作家的心理机制和创作模式。加拿大现实主义文学的表现形式、主题意向、艺术审美在融入了现代叙事的表征之后，观测的视点仍然是客观的现实生活，描述的背景仍然是现实的环境。加拿大现实主义文学在后现代社会继续为世界文学提供着有价值的研究依据。

【关键词】加拿大文学；现实主义文学；现代主义；现代现实主义

利考克幽默文学在中国的译介历程

【作　者】张艳丰；董元兴
【单　位】张艳丰：山西大学外国语学院
　　　　　董元兴：中国地质大学（武汉）外国语学院
【期　刊】《中国地质大学学报（社会科学版）》，第 18 卷，第 5 期，2018 年，第 143－152 页
【内容摘要】利考克是加拿大著名幽默文学家，身为一名政治经济学家，他对人性和社会所具有的深刻的洞察力是其他幽默作家所难以企及的。他善于将喜剧色彩和悲剧精神进行融合，其作品题材具有普遍的诉诸力和永恒性，曾被译入包括中文在内的数十种语言。在中国，对利考克幽默文学的系统研究发端于 1992 年，而其最早译介则始于 1932 年创刊的《论语》，目前共计有 14 种中文译本，这些译本在副文本及译文风格上各有特点，从文化和文本语境的角度对利考

克幽默文学的汉译进行深度解读，将有助于我们从更深的层面剖析加拿大幽默在中国语境中的接受与阐释，并更好地解读中国文学中的幽默精神。

【关键词】利考克；幽默文学；文本语境；幽默精神

论《丛林中的艰苦岁月》的女性生存困境与身份构建

【作　者】付筱娜；时贵仁
【单　位】付筱娜：辽宁大学公共基础学院
　　　　　时贵仁：辽宁大学外国语学院
【期　刊】《东北大学学报（社会科学版）》，第 20 卷，第 2 期，2018 年，第 216－220 页
【内容摘要】女性的身份构建过程并非个体孤立的，而是女性在与生存困境的冲突、协调与抗争的过程中呈现。作为个体的女性与生存困境的矛盾关系是贯穿《丛林中的艰苦岁月》的主要内容，也是作者苏珊娜·穆迪对女性身份构建的大胆尝试。《丛林中的艰苦岁月》中穆迪夫人的自我意识觉醒是在与生存困境斗争中实现的，这种困境包含着人与自然、人与人、人与自身等种种冲突，而自我意识的觉醒又进而推动了她在劳动实践过程中重新找回女性的自身价值，最终实现了自我身份的构建。

【关键词】生存困境；身份构建；《丛林中的艰苦岁月》；自我意识觉醒

论《使女的故事》中的罗曼司传统与原型

【作　者】董雯婷
【单　位】西北大学文学院
【期　刊】《国外文学》，第 4 期，2018 年，第 143－152、157 页
【内容摘要】玛格丽特·阿特伍德的小说《使女的故事》是她借后现代"文类戏仿"手法戏仿罗曼司文类的代表作品，且与著名的中世纪罗曼司《弗洛瑞斯与布兰彻弗勒》有明显的互文关系。小说的故事主体围绕男女主人公危险的爱情和建立于此基础上的拯救，这一罗曼司"宫廷爱情"的传统模式是叙事线性动力的源头，而主人公及其仇敌两个阵营在基列共和国这个典型空间中互相对抗则戏仿了罗曼司"大战恶龙"的模式。小说最后史料部分的设置与许多当代小说中都出现过的"档案罗曼司"的形式结构相仿，通过罗曼司与经验主义、现实主义的不同模式之间的碰撞，承载着后现代时期作者对已然衰落的西方文明复杂暧昧的态度。

【关键词】《使女的故事》；后现代；"文类戏仿"；罗曼司；《弗洛瑞斯与布兰彻弗勒》

论巴尔加斯·略萨对阎连科小说创作的影响

【作　者】方志红
【单　位】信阳师范学院文学院；四川大学符号学－传媒学研究所
【期　刊】《中国文学研究》，第 2 期，2018 年，第 175－180 页
【内容摘要】任何有成就的作家，总有其创作上的艺术渊源。在世界文学范围内探寻作家所受到的他者影响，有利于我们正确认识其文学成就与地位。阎连科多次直言他读略萨作品后的震撼与感悟及略萨对他的启示与影响。比较阎连科与略萨的小说创作与理论，在介入现实、历史、政治的宏大叙事，文体实验的狂欢，"神实主义"的真实观、文学观三方面阎连科既深受略萨影响，又努力摆脱，回归本土，表现出卓越的创造性和文学个性，在世界文学中凸显民族特色。

【关键词】略萨；阎连科；宏大叙事；文体实验；文学真实观

略萨小说《天堂在另外那个街角》对西方文明的批判

【作　者】张伟劼
【单　位】南京大学外国语学院
【期　刊】《湖南科技大学学报（社会科学版）》，第 21 卷，第 2 期，2018 年，第 45－50 页
【内容摘要】秘鲁－西班牙作家巴尔加斯·略萨于 2003 年出版小说《天堂在另外那个街角》，通过弗洛拉·特里斯坦和保罗·高更这两位 19 世纪历史人物追求理想的故事，重新书写了乌托邦主题，借此在新世纪的起点上反思西方文明。小说对西方文明的批判指向性爱与性别观念、宗教与权力体制、现实主义美学等各个方面，寄托了作家对人类文明所抱有的宽容对待差异、实现充分的个人解放的理想。
【关键词】略萨；《天堂在另外那个街角》；西方文明；批判；乌托邦

帕斯《弓与琴》中的韵律学问题——兼及中国新诗节奏理论的建设

【作　者】李章斌
【单　位】南京大学中国新文学研究中心
【期　刊】《外国文学研究》，第 40 卷，第 2 期，第 108－120 页
【内容摘要】本文讨论了墨西哥诗人帕斯在《弓与琴》中涉及的韵律学问题，并分析其观点对于中国新诗节奏理论建设的启发。帕斯观察到节奏与时间的本质联系，认为节奏的意义在于重构一种"原型时间"，让人对事物的感知具备一种形式。帕斯提醒我们，"节奏的潜流"存在于任何语言表达之中，对抗着逻辑与思想的控制。这一点可以在韵律句法学中得到进一步的认识。帕斯指出，节奏与格律并不是一回事，格律是外在的、抽象的音响量度，而节奏是包含着意义与形象的具体现实。当格律与语言的节奏相隔绝时，语言就会创造新的形式，自由诗就是一种重新恢复节奏之整体性的努力。帕斯的见解有助于我们打破当下汉语诗歌韵律学遇到的"瓶颈"，让其形成新的研究"范式"。
【关键词】帕斯；《弓与琴》；节奏；格律；时间；韵律学

乔·埃·克拉克的非裔加拿大文学批评

【作　者】綦亮
【单　位】上海外国语大学外国语言文学博士后流动站；苏州科技大学外国语学院
【期　刊】《外国文学》，第 1 期，2018 年，第 99－108 页
【内容摘要】本文聚焦加拿大著名学者乔·埃·克拉克的非裔加拿大文学批评，探讨其学术思想的表现、成因、影响与意义。克拉克的非裔加拿大文学批评主要包含考证非裔加拿大文学的历史源流与论述非裔加拿大文学的加拿大特性这两方面内容，这种格局的形成是地域文学、民族主义和后殖民主义等加拿大文学创作和批评思潮综合作用的结果。针对克拉克的学术研究引发的争议，本文强调要特别关注克拉克的历史意识及其民族立场的学理内涵。克拉克以史为重、扎根本土的治学方略，对于推动非裔加拿大文学研究向纵深发展、促进对"流散"概念与研究范式的多元认知，以及维护区域文化身份，都有重要的指导意义。
【关键词】乔·埃·克拉克；非裔加拿大文学；历史；加拿大特性；"流散"

试论门罗小说的辩证女性观

【作　者】耿力平

【单　位】北京外国语大学英语学院

【期　刊】《外国文学》，第 1 期，2018 年，第 13－24 页

【内容摘要】加拿大作家艾丽斯·门罗的小说创作始终围绕着女性主题，但是字里行间流露出的女性观察与思维与同时代加拿大女性文学所传递的政治信息有很大不同。不论是在西方女权主义盛行的 20 世纪六七十年代，还是在女性权益得到普遍认可的 21 世纪初期，门罗始终拒绝直白地勾勒社会和家庭中的男权主导和妇女权益等问题。她更愿意真实而细腻地记录女主人公自然而复杂的心智成长历程，更愿意传递一种充满哲理的辩证女性观。从女权主义入手，考察女性权益诉求在门罗小说中的具体体现，可以使我们观察到门罗持有的有别于传统女性主义的女性观。这种独特的女性观穿越男女性别引起的政治和文化冲突，探索女性人物在新旧观念的博弈中，遵从自己心灵的呼唤，通过辩证思维完善自己的认知能力，从而做出最符合实际的（而不是最符合某个主义的）人生抉择。

【关键词】艾丽斯·门罗；小说；辩证女性观

文学表征与族群想象——论加拿大新移民华文小说中的"华裔"形象

【作　者】池雷鸣

【单　位】暨南大学海外华文文学与华语传媒研究中心

【期　刊】《浙江工商大学学报》，第 6 期，2018 年，第 19－28 页

【内容摘要】随着加拿大新移民文学在 2000 年以后的强劲崛起，加强对其的整体性研究，势在必行。由于时空阈限，20 世纪 70 年代末"新移民"与"华裔"之间虽然在现实生活中共处于新居空间，但由于"历史"的缘故，令二者的新居体验不尽相同。就现有的创作而言，新移民作家们显然认识、体会到了这一"历史的距离"，且可贵的是，新移民作家并没有漠视自身与华裔之间的空间差异，反而通过文学的表征将二者之间的差异审美化，将现实的体验置放于历史与未来的更广阔时空之中去探索"差异"的可能性及其意义，毕竟二者共同面临着公共公开的多元文化与隐性深层的种族歧视之间不可调和的生存处境。新移民作家追求差异的统一，他们在文学想象中既表达了对华人群体间特殊性及其价值的承认，又在承认之中蕴含了对中华民族共同体的期待与渴望。

【关键词】新移民文学；加拿大；"华裔"形象；中华民族共同体

文学市场上的"印度时尚"——论扬·马特尔世界主义视野下的印度书写

【作　者】芮小河

【单　位】西安外国语大学欧美文学研究中心

【期　刊】《外语教学》，第 39 卷，第 4 期，2018 年，第 103－107 页

【内容摘要】本文将"第三文化作家"扬·马特尔的作品《少年派的奇幻漂流》置于当代文学市场上的"印度时尚"潮流中加以考察，分析作家从世界主义视野出发对印度的书写。虽然印度"地方性"是马特尔文学创作素材的重要来源，但其作品主人公印度少年派的跨宗教活动体现了"宗教综合主义"理想，结合了作家作为世界主义者的"文化联结"观。马特尔对印度的

书写具有全球化时代跨文化书写"超民族"的特征，其所展望的"差异性联结"是当今东西方文化交流和互动的一个重要主题。

【关键词】"印度时尚"；世界主义；第三文化作家

写于空无——阿特伍德诗歌的留白美学、女性创作与国族认同

【作　者】柯倩婷
【单　位】中山大学中文系
【期　刊】《湘潭大学学报（哲学社会科学版）》，第 42 卷，第 6 期，2018 年，第 115－121 页
【内容摘要】以留白美学为切入点研究玛格丽特·阿特伍德的《穆迪日记》及其他诗歌，可以解读出其作品的深层意义和美学意蕴。阿特伍德持续寻找女性文学传统和加拿大文学传统。她创作的女作家形象敢想敢言、不落俗套、有强烈的主体意识，她书写女性移民对土地和国家从陌生到熟悉、认同的过程。阿特伍德的诗歌和插图采用空白、消失、虚无的意象，象征几十年前加拿大文学和女性文学的空白状态，揭示他们的作品面临再度被淹没的威胁。加拿大国家文学的发展不能没有女作家的参与，她们的创作应得到认可并纳入发展图景之中。

【关键词】玛格丽特·阿特伍德；留白美学；女性创作；女性文学；加拿大文学；国族认同

（九）文艺理论与批评研究论文索引

A Different Picture of Unnatural Narratology：A Review of Macro Caracciolo's *Strange Narrators in Contemporary Fiction*

【作　者】Fang Ziwei

【单　位】Foreign Language School，Shanghai Jiaotong University

【期　刊】《世界文学研究论坛》，第 10 卷，第 3 期，2018 年，第 577－589 页

【内容摘要】Since the advent of the new millennium，unnatural narratology has raised an upsurge in Western academia，which reaps widespread attention and arouses enormous controversies. In *Strange Narrators in Contemporary Fiction：Explorations in Readers' Engagement with Characters*，Macro Caracciolo attempts to bypass the typology contest between "natural" narratology and "unnatural" narratology by putting forward the concept of "strange." Caracciolo adopts the cognitive perspective of reader-response to explore unusual narratives in contemporary literary works，which offers a different picture of unnatural narratology and deserves scholarly attention.

【关键词】unnatural narratology；strange；reader response

A New Perspective of Narrative Studies：A Review of *On Spatial Narrative in Fiction*

【作　者】Li Minrui

【单　位】School of Foreign Languages，Huazhong Agricultural University

【期　刊】《世界文学研究论坛》，第 10 卷，第 3 期，2018 年，第 570－576 页

【内容摘要】This article is an introduction to the thematic monograph *On Spatial Narrative in Fiction* by Professor Fang Ying. This monograph begins with a brief overview of "the spatial turn" and recent studies on the spatial narrative in the West and in the East，and then the bulk of the monograph devotes to explicating the major contents of the spatial narrative theory，namely：spaces in the literary narrative，the "spatialization" of fictional narrative，the time-space relationship in the spatial narrative，and the implication expression of the model of spatial narrative in fiction. This article deems that Fang's new monograph plays a vital role in the perfection of narrative studies and the academic exchange between Western and Chinese literary studies，for it offers a new and amazing perspective of narrative study. Therefore，Professor Fang's monograph is an essential read for those scholars who have interest in the narrative theory in general and in the theory of the spatial narrative in particular.

【关键词】Fang Ying；*On Spatial Narrative in Fiction*；spatial narrative；new perspective

Deconstruction as the Construction：Paul de Man's Ethicity of Allegory

【作　者】Tomo Virk
【单　位】Department of Comparative Literature and Literary Theory，University of Ljubljana
【期　刊】《世界文学研究论坛》，第 10 卷，第 2 期，2018 年，第 235－244 页
【内容摘要】The article discusses Paul de Man's treatment of the ethicity of allegory in the *Allegories of Reading*，particularly a difficult passage in the chapter "Allegory" (Julie)，where de Man describes ethics or ethicity as "a discursive mode among others" and defines it as "the structural interference of two distinct value systems." Despite the acknowledged opacity of the passage，many scholars quoted it，interpreted it and incorporated it in their own elaborations on ethics and literature. The article claims that the established interpretations of the passage are erroneous. In addition，it seeks to demonstrate that the close reading of de Man's text discloses its inconsistency. The conclusion is that de Man's famous，but enigmatic formulations cannot serve as a ground for a fruitful ethical literary criticism.

【关键词】ethicity of allegory；value system；ethical literary criticism

"巴什拉二重性之谜"的背后

【作　者】张璟慧
【单　位】河南大学外语学院
【期　刊】《河南大学学报（社会科学版）》，第 58 卷，第 4 期，2018 年，第 116－121 页
【内容摘要】法国思想家加斯东·巴什拉研究生涯的独特之处在于，他在科学、哲学领域功勋卓著，却华丽转身，投身于对文艺、想象、审美的研究。对所谓"巴什拉二重性之谜"的探讨也正源于此。几乎同时，当时西方哲学界的两大流派均先后走向审美主义。上述现象，一个个案，一个时代走向，在有轻视"感性学"传统的西方思想界不得不令人深思。将巴什拉的个人轨迹与宏观哲学流派的转向结合起来看，也许可以这样的角度切入"巴什拉之谜"：此谜看似是在探讨巴什拉思想中科学哲学与文艺诗学之间理论的相容性，实质是在借巴什拉对科学哲学与文艺诗学两个领域的跨越，追问哲学与想象、与诗学、与文艺、与美学等"感性学"的关系。

【关键词】加斯东·巴什拉；"二重性之谜"；哲学；美学

"查拉图斯特拉序言"与尼采哲学诗集的主旨

【作　者】李咏吟
【单　位】浙江大学中文系
【期　刊】《广东社会科学》，第 4 期，2018 年，第 157－165 页
【内容摘要】"查拉图斯特拉序言"在尼采的哲学诗集《查拉图斯特拉如是说》中具有独特的"奠

基作用"，这种奠基作用具体表现为：诗体结构的统领、象征形象的统领、孤独基调的统领、生命存在价值立场的统领。这些"特殊作用"的形成，根源于尼采对希腊思想传统的重视，根源于尼采对哲学诗歌的形象构建意象，根源于尼采隐晦的生存哲学立场及其独特的思想创造。

【关键词】查拉图斯特拉；序言；生存哲学

"出位之思"：试论西方小说的音乐叙事

【作　者】龙迪勇
【单　位】东南大学艺术学院
【期　刊】《外国文学研究》，第 40 卷，第 6 期，2018 年，第 115－131 页
【内容摘要】"出位之思"其实也就是"跨媒介"问题。所谓"跨媒介"，就是一种表达媒介在不改变其自身媒介特性的情况下，还跨出其本位去追求另一种媒介的"境界"或效果。小说的音乐叙事就是一种跨媒介叙事，它所指的并不是小说家在创作小说时利用音乐艺术的基本语言——音符来进行叙事，而是说：小说家创作的基本工具仍是语词，但通过模仿或借鉴音乐艺术的某些特征，在"内容"或"形式"上追求并在很大程度上达到像音乐那样的美学效果。在中国小说中，有意识地追求小说音乐效果的跨媒介叙事现象极为罕见，而西方小说中的这种情况却较为常见。概括起来，西方小说的音乐叙事可以分为三类：第一类是在"内容"层面模仿音乐，其最常见的形式是叙述音乐家的故事，或者说塑造音乐家形象的叙事作品；第二类是最大限度地缩减语词的表意性，尽量减少对外在事件或"故事"的再现，追求像音乐那样的纯粹的形式美；第三类是在结构上模仿或借鉴音乐艺术。

【关键词】西方小说；"出位之思"；"跨媒介"；音乐叙事

"翻转剧场"与"反场所的异托邦"——参与式艺术的两种空间特性

【作　者】王志亮
【单　位】河北大学艺术学院
【期　刊】《文艺研究》，第 10 期，2018 年，第 5－14 页
【内容摘要】目前学界对参与式艺术的阐释多从政治哲学的"对抗"和"协商"视角出发，而若从前卫艺术的空间生产角度展开分析，可看到参与式艺术的两种主要空间生产方式："翻转剧场"和"反场所的异托邦"。翻转剧场是对一般剧场二元化空间的颠覆，从而模糊了剧场空间和日常空间、观看者和表演者之间的界限。反场所的异托邦借用福柯的术语，特指那些扎根日常生活空间、拒绝表演、把持续性的事件作为艺术生产方式的在地实践。最终，参与式艺术继承前卫艺术挑战艺术体制的传统，在一定程度上赋予美术馆展示档案和触发社会事件的新功能。

【关键词】"翻转剧场"；"反场所的异托邦"；参与式艺术

"反现代的现代性"之考辩——兼论理论在双向旅行中的结构变化

【作　者】吴娱玉
【单　位】华东师范大学
【期　刊】《文艺理论研究》，第 38 卷，第 1 期，2018 年，第 202－211 页
【内容摘要】自汪晖的《当代中国的思想状况与现代性问题》详细地讨论了"反现代的现代性"之后，中国现代性问题便成为中国思想界左右之争的焦点，事实上，这一理论并非植根于中国，

而是由西方左派理论家最先提出，影响了求学西方的中国学者，进而进入中国语境。本文聚焦于德里克、刘康、汪晖关于"反现代的现代性"的论述，比较中西文论不同语境中对中国问题的理解和阐释，德里克和刘康的理论是用中国理论反思西方，而汪晖将这一理论引回中国，在这双向旅行中，结构发生了微妙的翻转，用抽象的理论去证明中国的实践经验，使得原本西方左翼理论的批判性进入中国语境后不仅丧失了它的锋芒，反而披上了自我美化的外衣，原先西方理论的洞见随之变成解读中国经验的盲点。

【关键词】"反现代的现代性"；理论旅行；德里克；刘康；汪晖

"非自然叙事"有多"自然"？

【作　者】江澜
【单　位】广东外语外贸大学图书馆
【期　刊】《外国文学》，第4期，2018年，第112－123页
【内容摘要】本文试图以"非自然叙事"的定义为切入点，以模仿理论与可能世界理论为框架，逐一反驳"非自然叙事"的关键词和相关例证。"反模仿""非规约""不可能"等所谓"非自然叙事"的关键词，实际上是研究者以普通读者的认知水平阅读叙事文本以后的误判。假如研究者或读者在认知水平方面相当于或高于作者，那么就能跟得上甚或超越作者的创新思路，也就能够很好地理解作者创造的时间、空间、人物、事件等要素。在那种语境中，所有的创新，即所谓的非自然，都必将属于模仿、规约与可能。总之，由于迄今为止还没有坚实的理论基础，非自然叙事学很难填补其理论空白。

【关键词】"非自然叙事"；"自然"；模仿；可能；规约

"复杂批评"还是"简单批评"？——关于社会需要"简单批评"的几点说明

【作　者】黄也平；李德清
【单　位】吉林大学文学院
【期　刊】《河南师范大学学报（哲学社会科学版）》，第45卷，第4期，2018年，第109－113页
【内容摘要】从20世纪90年代开始，当代的文学批评就出现了一种历史性的"分裂"。一方面，"市场批评"在社会文学生活中逐渐走到了前台，并形成了铺天盖地之势；一方面，曾经主导了"新时期"前10年的"文化审美批评"，却自此走上了"边缘化"的道路。从"90年代批评"到今天的"新10年批评"，在约30年的时间里，"文化审美批评"几乎从社会的公共文学生活中销声匿迹了。于是，在普通民众的文学生活中，似乎在任由"市场批评"横行。这种由"市场批评"营销文学的情况所以会出现，实际上与以学院批评为主体的"文化审美批评"的不负责任，与学院批评把批评活动"复杂化"直接相关。要想调整好"市场批评"与"文化审美批评"间的关系，要想平衡好社会文化产业发展与民众文化审美间的关系，要想使"文化审美批评"尽到对社会的"义务"，把本来被"复杂化"的批评"简单化"，以简单方式进行社会文学批评活动，是一种必然选择。

【关键词】市场批评；文化审美批评；学院批评；简单批评；复杂批评；互动批评

"关键词研究"的理论回瞻及其范式探绎

【作　者】黄继刚

【单　　位】阜阳师范大学文学院；华中师范大学文学院
【期　　刊】《西南民族大学学报（人文社科版）》，第 39 卷，第 5 期，2018 年，第 175－181 页
【内容摘要】关键性概念的清理和明晰是我们展开对话交流的前提条件，也是建构出学科对话平台的有效途径。"关键词研究"作为一种移植西方的批评方法，迎合着国内各学科寻找知识增长点的兴趣和解释冲动，但就方法创新性而言，中国学术传统中的"概念史""观念史"研究及思考倾向，亦表征出这类研究方向。关键词的意义嬗变不仅源于文化价值观念的变迁，而且也和不同时期的翻译侧重相关，这实际上体现出概念自身的发展过程，被视为文化历史进程的一种继续。
【关键词】"关键词研究"；"概念史"；"引譬连类"

"后理论"的三种文学转向

【作　　者】王冠雷
【单　　位】浙江大学人文学院
【期　　刊】《福建师范大学学报（哲学社会科学版）》，第 4 期，2018 年，第 45－51、169 页
【内容摘要】随着"理论"的由盛转衰，对"后理论"的探讨成为西方理论界的一个主流思潮。文学转向是"后理论"反思"理论"的多种路径之一，可分为三个方向：以文学为中心，以文学为启示，以文学为书写。这三个方向侧重三种对"理论""后理论"和文学的不同看法，各有特色又互有交叉，在反思"理论"的同时也重新定义了文学，为文学与"理论"的未来提出了可行的建议。
【关键词】"理论"；"后理论"；文学转向

"后理论"的文学走向及其新型写作可能

【作　　者】刘阳
【单　　位】华东师范大学中文系
【期　　刊】《华东师范大学学报（哲学社会科学版）》，第 50 卷，第 4 期，2018 年，第 93－100、174－175 页
【内容摘要】风行半个多世纪至今的"理论"，揭示出形而上学自明性在述事中掩藏述行的实质。说掩藏是因为虚构无法被排除在述行语理论之外，其作为述行／述事的佯装一体有待于祛魅。又由于虚构体现着语言作为符号系统的替代本性，述行／述事的分岔便是话语内在固有的，"理论"在揭露这种分岔的同时也便面临着自我解构：相信它所说的内容，便意味着不能轻易接受它。这个悖论使"理论"逐渐引发反思并进而引出"后理论"。"后理论"承认述行与述事的分岔，又努力让这种分岔成为建构而非解构的力量。这两方面的结合顺应着文学作为符号陌生化操作的性质，是文学善于和乐于为之的。"后理论"由此必然走向文学，不再流于大写化的文化批评理论，而在"解构－建构"这一新型写作形态中实现文学理论的新生，包括将述行视点同时展出给述事、以主动使之获得观看框架的因缘写作，与意识到述行视点相对性而主动更新视点的转义写作等。我国学界在这一走向上获得的本土化契机，是相应地考虑杂文等写作对"后理论"的智慧贡献，以及沿此以进的中国故事与"后理论"的联结前景。
【关键词】"后理论"；文学；"解构－建构"写作；因缘写作；转义写作

"后理论"时代中国巴赫金研究新动向

【作　者】张凌燕；凌建侯
【单　位】张凌燕：西安外国语大学俄语学院
　　　　　凌建侯：北京大学外国语学院
【期　刊】《外语教学》，第 39 卷，第 3 期，2018 年，第 105－109 页
【内容摘要】近年中国的巴赫金研究已呈现出更加积极与国际接轨的趋势。在中外文化交流中，外位性是学习他者文化、反观自身的重要出发点，但也要努力克服其可能导致的误解，真正做到两个主体间的平等对话。根据洛特曼的观点，文化间有"我－我"对话与"我－他"对话之分。在各种后学受到批判的"后理论"时代，处在"我－他"对话中的中国巴赫金研究，应继续注重译介外国的研究成果，获取尽可能全面的信息，以避免重复研究，深化旧论题，发掘新视野，一方面真正与国际接轨，发出中国声音，另一方面努力结合本国文化特色，在"我－我"对话语境中进行反思和创造，不断扩展研究新空间。
【关键词】巴赫金研究；外位性；"我－我"对话；"我－他"对话；译介

"后人类／人本"转向下的人类、动物与生命——从阿甘本到青年马克思

【作　者】王行坤
【单　位】天津工业大学外国语学院
【期　刊】《文艺理论研究》，第 38 卷，第 3 期，2018 年，第 36－47 页
【内容摘要】20 世纪 80 年代以来的"后人类／人本"思潮在很大程度上质疑挑战了人类中心主义和人本主义，推进了学界对于何为人类、人类与动物之间关系以及人类生命的反思。"后人类／人本"研究有三种路径，其中阿甘本的"生命政治"和"人类学机器"概念从政治领域内的人的动物化境况出发，揭示当代人类生命所遭遇的排斥性吸纳的困境，但阿甘本基于非历史化的分析所提出的是一种消极政治。本文试图回到青年马克思在《1844 年手稿》中对劳动力动物化的分析，揭示出这种动物化背后的社会－经济根源，并且通过对其"类本质"概念进行新的阐释，从而提出一种真正解放人类生命、同时又拒绝人类中心主义和人本主义的观念。
【关键词】"后人类／人本"；"生命政治"；"人类学机器"；动物化；"类本质"

"经典重估"与"理论重构"

【作　者】蒋承勇
【单　位】浙江工商大学西方文学与文化研究院；中国外国文学学会教学研究会
【期　刊】《浙江社会科学》，第 1 期，2018 年，第 149－154 页
【内容摘要】一、经典何以要"重估"？"经典重估""经典重读""回归经典"是近年我国学界的强烈呼声，也是国际学界的呼声。文学经典不是一成不变的，而是随着时代的变迁、文化的变更、审美趣味的变化而不断调整、流动的；所以，每个时代都有重估经典的必要，每个时代都有自己的经典系统，这几乎是一个常识。对于专业工作者来说，必须在认识到这一点的基础上，探究引发经典流动和调整的深层原因，以期准确把脉经典与时代及社会之关系，以便重新评判经典。
【关键词】重估经典；经典流动和调整；把脉经典；评判经典

"可能情感"的可能性与"数字人文"研究的新动向

【作　者】谭光辉
【单　位】四川师范大学文学院
【期　刊】《西南民族大学学报（人文社科版）》，第39卷，第9期，2018年，第167－173页
【内容摘要】可能情感主要有四种：未命名情感、未体验情感、他物种情感、人造情感。人造情感技术首先要解决情感的数字化问题，这是人工智能工程的难点，难的原因在于电脑无法像人类意识那样追求意义。人工智能是科学，科学是按因果律的思维方式建构起来的，追求确定性，人类意识的时间性本质决定了它按目的论的方式存在，追求可能性，且不能吻合现代科学的证伪原则，因此人类情感不可能被完全数字化。但是人类情感和智能可能被部分数字化，人工情感和人工智能可能在部分方面弥补或超越人类情感或智能。数字技术和人文学科联合才能互动发展，因果论和目的论两种思维方式一道被重视才能为人工智能的发展做出更大贡献。
【关键词】人造情感；人工智能；数字人文；目的论；因果论；情感研究

"理论热"后理论的呼唤——现当代西方文论中国接受之再反思

【作　者】蒋承勇
【单　位】浙江工商大学西方文学与文化研究院
【期　刊】《浙江大学学报（人文社会科学版）》，第48卷，第1期，2018年，第134－145页
【内容摘要】现当代西方文论在我国的传播与接受经历了冷热交替的过程。我国学界曾经的理论热一方面标示着对理论和方法创新的渴望与追寻，另一方面也表现出对西方文论的过度崇拜和理论运用的失范以及运用者自身的理论匮乏。文本阐释与文学研究中运用某种理论和观念，体现了阐释主体对研究对象的审美与人文的价值判断，符合文学评论之规律和规范，与西方文论之"主观预设"不是一回事，文学之跨学科研究也不等于"场外征用"。要理性对待现当代西方文论，不能因为其有某些缺陷而无视其对我国文学研究曾有的作用和依然存在的借鉴价值；不能因为理论热之弊而忽视理论之重要性，忽视理论引领对文学研究之必要性，忽视我们责无旁贷的理论原创与理论建设的历史责任。理论热后呼唤的是融合了古今中外之优良理论传统的具有中国特色、中国气派的新文学理论，以及有理论深度和学术理性的文学研究与文学批评。
【关键词】理论热；西方文论；文学批评；文学研究；理论引领

"绿色浪漫主义"：浪漫主义文学经典的重构与重读

【作　者】张旭春
【单　位】四川外国语大学英语学院
【期　刊】《外国文学研究》，第40卷，第5期，2018年，第93－104页
【内容摘要】作为浪漫主义研究中一种新兴的批评范式，"绿色浪漫主义"（浪漫主义文学研究中的生态批评范式）在理论上明确批判新历史主义－新马克思主义批评中的人类中心主义和非唯物论倾向，在实践中注重从当代生态问题入手重读或重构浪漫主义文学经典——后者典型地体现在以贝特对华兹华斯《湖区指南》的经典重构和莫顿对雪莱《麦布女王》的经典重读之中。在当代全球化生态危机的背景之下，"绿色浪漫主义"研究的重大意义在于它不仅丰富了浪漫主义的研究图谱，而且对于当今文学批评从空洞的语言－符号研究和偏执的意识形态批判重新转

向现实关怀和社会担当也具有重要的启示作用。

【关键词】"绿色浪漫主义"；生态批评；经典重读；经典重构

"缪斯"与"东朗"：文学后面的文学

【作　者】徐新建
【单　位】教育部基地中国俗文化研究所；四川大学文学与新闻学院
【期　刊】《文艺理论研究》，第38卷，第1期，2018年，第21－28页
【内容摘要】文学人类学关注文学的人类性与人类学的文学性。从文学人类学角度重释文学的存在及其意义，要关注的是什么使文学成为文学。缪斯是西方传统中由希腊神话传承至今的文艺女神，东朗是存活于中国西南苗族村寨的民间歌师。二者都与"文学"有关，但彼此的身份和命运却又相差甚远，缪斯通过历史过程中的不断变形流传久远，东朗却正在外部世界的围堵中身处濒危。缪斯与东朗代表了人类生命的"内传承"，因它才使人成人，使人成为有想象、能神思、会创作的文化生物。人类的文学性是人类生命的"内传承"，也即文学后面的文学，是人类生命的"内传承"而不是其他决定了文学的产生和传承。

【关键词】缪斯；东朗；文学人类学；"内传承"；比较文学

"强制阐释"的学理性思考

【作　者】韩伟；李楠
【单　位】韩伟：西安外国语大学中国语言文学学院
　　　　　李楠：西北师范大学文学院
【期　刊】《河北学刊》，第38卷，第4期，2018年，第108－114页
【内容摘要】本文对"强制阐释"的有效范围、理论背景和效果意义等方面做了学理性论析，试图更为科学、合理地思考"强制阐释"所言之"场外征用""主观预设""消极场外征用""主观预设"的有效性与逻辑自洽以及阐释边界等问题。从解释的有效性这一层面来观照"强制阐释论"，直面西方文论的弊端与中国文论双重强制阐释问题，这实际上也是中国当代文论话语体系建设的诉求。本文旨在从学理上推进阐释学研究，同时为其提供批判与反思的方式。

【关键词】"强制阐释"；"场外征用"；"主观预设"；阐释学研究

"强制阐释论"与外国文学本体阐释问题考辨

【作　者】王进
【单　位】暨南大学外国语学院
【期　刊】《华南师范大学学报（社会科学版）》，第1期，2018年，第181－184、192页
【内容摘要】晚近以来的中西方学界出现了不同形式的文学理论危机，在国内学界受到热议的"强制阐释论"，从文学本体与文化本位两个方面重新审视当下外国文学与文论研究。文学本体是欧美学者的理论基点，文化本位是国内学者的反思视角。中国的外国文学研究在理论层面上须立足"文学性"的本体阐释，探讨场内理论的有效阐释；在经验层面上强调"中国在场"的本位意识，叙述中国视界的西方经验。强制阐释论对本体问题及本位意识的旧事重提，推动文学批评向文化分析的范式转型。

【关键词】"强制阐释论"；外国文学；本体阐释问题；文化分析；范式转型

"情动"理论的谱系

【作　者】刘芊玥

【单　位】华东师范大学中文系

【期　刊】《文艺理论研究》，第 38 卷，第 6 期，2018 年，第 203－211 页

【内容摘要】自 20 世纪 90 年代以来，"情动"理论盛行于西方人文学术界，在批评理论中形成了"情动转向"的范式转型趋势。这种范式以情感为理论焦点，侧重研究情绪历史的复杂叙述，从而超越了基于修辞学和符号学的研究范式。"情动"概念源于斯宾诺莎，经由德勒兹而发展成为有关主体性生成的重要理论。在这种哲学背景下，情动理论演化出两条理论路径，一条是由马苏米继承的斯宾诺莎到德勒兹的本体论路径，另一条是塞奇维克开启的情动理论的女性主义路径。在女性主义理论中，由于"情动"概念的引入，酷儿理论和相关的女性主义研究发生转型，尤其致力于探索欲望和感觉的变革潜能和乌托邦愿景。"情动"概念作为知识／话语，已经蔓延于当前人文社会科学的各个领域，尤其深刻地作用于文化政治领域的表意实践。在这种理论挪用中，它已成为揭示情感之政治性的有效理论工具，表达出将情感的本体论承诺加以理论化的强烈诉求。

【关键词】"情动"理论；"情动转向"；德勒兹；女性主义

"认同转向"：斯图亚特·霍尔的文化政治策略及其评价

【作　者】张谡

【单　位】天津商业大学大学外语教学部

【期　刊】《外语教学》，第 39 卷，第 4 期，2018 年，第 108－112 页

【内容摘要】黑人移民的文化身份是霍尔后期主要的研究主题。霍尔提出，在美国主导的全球化的"新时代"，旨在构建"新主体"的新的"认同政治"是后殖民主义时期的文化政治策略。加勒比文化认同的框架有两个轴线：连续性和断裂性。霍尔"认同转向"的文化政治是一种思考和构建新的英国文化、欧洲大陆文化与非洲文化关系的一种重要的后殖民主义文化理论。但"认同转向"的文化政治基于血缘的"他者"观、基于族裔整体的文化观和基于民族主义的多元文化主义都存在理论缺陷，从而导致"认同转向"的文化政治解释力不够，也缺乏实际可操作性。

【关键词】"认同转向"；"他者"；多元文化主义

"神圣的欺骗"——论克尔凯郭尔的作者伦理学

【作　者】尚景建

【单　位】中国人民大学文学院

【期　刊】《外国文学研究》，第 40 卷，第 2 期，第 159－168 页

【内容摘要】克尔凯郭尔的作者伦理学重新思考了作者对读者的责任。他认为写作中应该使用"欺骗"策略隐藏作者真实意图，让读者阐释作品，并突出作品的独立性。他采用假名、间接沟通、反讽等方式制造阅读障碍，拉开作者与读者间的距离，这种写作方式体现了伦理学吊诡，作者通过"欺骗"教诲读者，而读者在对"欺骗"的反思中才能获得真理。他的作者伦理学旨在反对浪漫主义过度直白的情感表达和黑格尔理性的直接性，凸显读者的主体性和个体性。这

种方法承袭苏格拉底"精神助产术"和耶稣布道的方式，对 20 世纪读者反映论和"作者死了"等观点影响巨大。

【关键词】克尔凯郭尔；作者伦理学；"欺骗"；假名；间接沟通

"实验"观念与"先锋"姿态——从"实验小说"到"现代主义"

【作　者】蒋承勇；曾繁亭
【单　位】浙江工商大学西方文学与文化研究院
【期　刊】《外国文学研究》，第 40 卷，第 1 期，2018 年，第 61－77 页
【内容摘要】左拉之文学"实验"观念及文学"科学化"主张，一方面将自然科学对"人"的新发现运用于文学创作，拓宽了人的描写领域；另一方面又从科学观念中汲取合乎文学本质要求的怀疑精神和自由精神，形成了"实验主义"的文学新理念。实验小说之"实验"观念，其要旨是颠覆传统，不断创新；在"实验"观念所开启的反传统思想立场与先锋姿态方面，自然主义与现代主义息息相通。现代主义之实验主义的精神品格与方法论，直接源自自然主义所倡导的小说实验。实验主义引发了空前的创新奇观，但其反传统的先锋姿态绝不意味着与文学传统的断裂。

【关键词】自然主义；实验小说；实验主义；反传统；现代主义

"世界文学"不是文学的"世界主义"

【作　者】蒋承勇
【单　位】浙江工商大学西方文学与文化研究院
【期　刊】《文学评论》，第 3 期，2018 年，第 23－31 页
【内容摘要】一段时期来，中外学界出现了一种文化世界主义倾向，受其影响，在一定范围内，世界文学成了文学世界主义的代名词，其所指是少数经济强国的文学。然而，马克思、恩格斯、歌德等有关世界文学的论断告诉我们，世界文学是多民族文学相对独立基础上的多元共存，是民族性与世界性的辩证统一。即便是在网络化－全球化持续演进的未来，各民族文化也将是和而不同的多元统一体，而不是世界主义所期许的"强国文化"之一统天下，世界文学也不是少数经济强国之文学。比较文学及其跨文化研究将促进多民族文学与异质文化的互渗互补，并拒斥文学与文化的世界主义倾向，助推世界文学向"人类审美共同体"的境界发展。

【关键词】世界文学；世界主义；网络化－全球化；比较文学；"人类审美共同体"

"视差"与"表层阅读"：从坡到齐泽克

【作　者】于雷
【单　位】北京外国语大学外国文学研究所
【期　刊】《国外文学》，第 2 期，2018 年，第 1－9、156 页
【内容摘要】西方阅读史上围绕"深层"与"表层"模式历来存在潜性或显性的理论争端。这一难以消解的二元对立使得现代文学阅读呈现出两大流派：以弗洛伊德、尼采、阿尔都塞等为代表的"深层阐释"；以桑塔格、贝斯特、塞奇威克等为代表的"表层阅读"。与此形成对照的是，齐泽克理论著述中构建的"视差"学说将美国作家埃德加·爱伦·坡的"侧视"（作为一种文学认知机制）演绎为一种富于哲学批判精神的"斜视"策略，为当下方兴未艾的文学"表层

阅读"实践提供了一种独特的方法论，在一定程度上消除了长期以来批评界在"深层"模式与"表层"模式之间构筑的壁垒。

【关键词】"视差"；"表层阅读"；"深层阐释"；埃德加·爱伦·坡；齐泽克

"斯芬克斯之谜"与西方悲剧人物的伦理悖论

【作　者】张连桥
【单　位】江苏师范大学文学院
【期　刊】《外国文学研究》，第40卷，第2期，2018年，第75—84页
【内容摘要】从古希腊悲剧到现代悲剧，各种作品中由于戏剧人物身份困惑而陷入伦理悖论的情节反复出现。根据文学伦理学批评理论，西方悲剧人物的伦理悖论是伦理选择的结果，伦理悖论的解决取决于"伦理结"是如何解开的。在戏剧人物伦理选择的过程中，伴随着伦理矛盾或化解、转移或终结，伦理悖论最终都得到了解决。文章认为，西方戏剧作品中的悖论问题不单单是因为身份混乱而引发，实际上，构成戏剧的其他诸多要素都可能引发悖论问题，比如戏剧的情感悖论、行动悖论、时空悖论和语言悖论等等，都是西方悲剧悖论研究的范畴。因此，悖论问题研究可以为西方悲剧研究提供新的视角。

【关键词】文学伦理学批评；西方悲剧；伦理悖论；伦理选择；"伦理结"

"同伴物种"的后人类批判及其限度

【作　者】但汉松
【单　位】南京大学外国语学院
【期　刊】《文艺研究》，第1期，2018年，第27—37页
【内容摘要】"后人类"是科技革命主导下产生的一种文化情境，我们不应忽视动物为"他者"对构建后人类主体性的重要作用。唐娜·哈洛维将人、动物、赛博格视为更广泛意义上的"同伴物种"，从而打开了在海尔斯以信息学、控制论来批判后人类主义之外的另一条路径。哈洛维的动物生态立场强调人和动物的关系性，不仅挑战了启蒙主义以降人类中心主义的动物想象，也构成了对德里达、列维纳斯和德勒兹等人动物哲学的对话与批判。哈洛维的后人类动物伦理观虽然基于生物科学领域的前沿观念，但如果想要在现实世界获得落地实践，仍不免带有某种乌托邦色彩，这体现在她对斯皮瓦克的后殖民理论的征用所遭遇的麻烦。或许只有像海尔斯那样以文学文本为话语场域，才能更具身地进行跨物种的共情想象，从而操演那种基于人和动物的身体及历史共性的"世界政治"。

【关键词】"后人类"；"他者"；唐娜·哈洛维；"同伴物种"

"万物统一"的美学探索：白银时代东正教神学思想与俄罗斯文论

【作　者】张杰
【单　位】南京师范大学外国语学院
【期　刊】《外国文学研究》，第40卷，第2期，2018年，第21—30页
【内容摘要】随着俄罗斯文学研究的不断深入，东正教与俄罗斯文学的关系研究已经逐渐成为我国学界关注的重要问题之一。然而，学界更多聚焦东正教与俄罗斯文学创作的内在联系，较少涉及文学批评理论。其实，俄罗斯民族的精神是由东正教铸成的，理论的科学性并非与宗教

性是相互对立的，尤其是在白银时代，东正教神学思想与俄罗斯文学批评理论关系密切。正是在这一互动影响中，真理存在于"三位一体"的"万物统一"之中；"完整知识"体系是由自然科学、社会科学和神学构成的、不可分割的整体；"神人合一"是文学形象的深刻内涵，也是文学批评所要揭示的主要对象；"象征"与"现实"的交融则是艺术感知世界的理想途径。白银时代的东正教文学批评理论为我们开启了一扇认知世界的窗口，对进一步提升国民自身的精神素养和艺术鉴赏水平，促进我国文艺理论建设和批评方法的创新，具有十分重要的意义。

【关键词】东正教；俄罗斯文论；白银时代；"万物统一"

"未可言说之美"：评《美与崇高：文艺认知美学》——兼与帕特里克·霍根教授商榷

【作　者】于雷
【单　位】北京外国语大学外国文学研究所
【期　刊】《文艺理论研究》，第 38 卷，第 4 期，2018 年，第 171－178 页
【内容摘要】美国康涅狄格大学文学认知研究专家帕特里克·霍根教授再推力作《美与崇高：文艺认知美学》。该书尤其旨在为文学中诸多纷繁的个体审美反应探求一种结构性主张，同时借助与认知科学的对话，使得文学美学研究中那向来"未可言说"的部分获得空前的认知审美观照。本文拟聚焦于"信息加工"与"情感机制"、"审美共性"与"个性品位"，以及"变奏""经典化"与"审美争议"等三大关键节点，在对它们加以厘清的同时，凸出围绕文学认知研究路径中出现的相关问题加以商榷。

【关键词】帕特里克·霍根；《美与崇高：文艺认知美学》；个体审美；文学认知

"新小说"的书写策略及其深层意味

【作　者】贺昌盛；吴晓玲
【单　位】厦门大学中文系
【期　刊】《厦门大学学报（哲学社会科学版）》，第 6 期，2018 年，第 157－164 页
【内容摘要】集中出现于 20 世纪五六十年代的法国"新小说"并不是一次单纯的技巧实验，而是小说自身的一种本质性的艺术革新。作为记录和呈现"现代"世界的"形式"，小说以其"人物－情节－环境"对应着"现代"世界的"主体－历史－境遇"，由此形成了小说的"典范"结构。但是，当"现代"世界日渐进入"异化／物化"的状态时，"主体－历史"开始遭遇全面的质疑，"新小说"对于"人物－情节"的抛弃及其对"物"的形态的刻意突显，即是对日趋"异化／物化"的"现代"世界之真实情状的"如实"呈现。"新小说"对世界之本然样态的描摹，既使"语言"摆脱了"主体"的操控而重新获得了直呈"现象"的功能，同时也使读者在语言载体的引导之下参与了对世界及自身"意义"的重新寻找与建构，"小说"与"世界"因此获得了双重的"意义"还原。

【关键词】"新小说"；典范；人物－情节；主体－历史

"种植我们自己的花园"：艺术如何面对不完美的世界

【作　者】范昀
【单　位】浙江大学美学与批评理论研究所
【期　刊】《文艺理论研究》，第 38 卷，第 2 期，2018 年，第 190－198 页

【内容摘要】在当下的审美文化与艺术实践中，作为符号话语的"乌托邦"扮演了主导性角色。自席勒的"游戏说"以来，艺术逐渐被视为逃离庸常现实的途径与批判社会的武器。在当代，反叛式的乌托邦诉求更是成为审美文化的主要形式：艺术家试图以天真无邪的艺术想象来对抗这个病入膏肓的世界。在如何面对这个不完美的世界的问题上，乌托邦式的疏离与反叛并非艺术创作的唯一选项。通过坦然直面现实的不完美，艺术也能使人们免于厌世走向人生的成熟，真正承担起对社会与人类的责任。
【关键词】艺术；乌托邦；现实感；自我

"自我"的重塑——韦恩·布斯伦理批评探微

【作　者】梁心怡
【单　位】中国人民大学文学院
【期　刊】《江淮论坛》，第 2 期，2018 年，第 175－179 页
【内容摘要】作为 20 世纪美国伦理批评的代表人物，韦恩·布斯通过对小说修辞学及相关问题的探讨，将文学的伦理价值与塑造"自我"的追求相联系，把伦理批评的内涵扩大至对阅读活动中各种影响的考察，提出"共导"的批评方法。从其与审美主义者波斯纳的论争中可以看出，对文学如何影响"自我"的不同看法，导致了二人对伦理批评持相反的立场。布斯试图摆脱传统一元论道德批评的窠臼，但出于对"自我"重塑的追求，他又必然需要道德规范的帮助。正是在规范与自由之间，布斯建构伦理批评以试图寻找一条文学德性的救赎之路。
【关键词】韦恩·布斯；伦理批评；"自我"重塑

"总体艺术"与跨媒介叙事——西方浪漫主义文学新论

【作　者】龙迪勇
【单　位】东南大学艺术学院
【期　刊】《文学跨学科研究》，第 2 卷，第 4 期，2018 年，第 694－706 页
【内容摘要】西方浪漫主义文学与艺术之间有着千丝万缕的联系，之所以如此，关键就在于浪漫主义作家试图创作出一种综合性、整体性的"总体艺术"作品。西方浪漫主义文艺最具根本性的特征就是试图综合多种艺术门类或多种艺术媒介的"总体艺术"，而实现"总体艺术"的路径，就叙事媒介的使用方式而言，包括多媒介叙事与跨媒介叙事两种。作为"总体艺术"实现路径的跨媒介叙事，其实也就是美学上所谓的"出位之思"在"叙事"方面的表现。通过跨媒介叙事，即通过语词对绘画或音乐的模仿，西方浪漫主义文学在某种程度上达到了"总体艺术"的美学效果；也就是说，通过跨媒介叙事，西方浪漫主义文学在保持自身文学特性的同时，也使自己具备了某种"绘画"或"音乐"的特征。无论是文学对绘画（图像）模仿的跨媒介叙事，还是文学对音乐模仿的跨媒介叙事，都表现在"内容"和"形式"两个层面。
【关键词】"总体艺术"；跨媒介叙事；浪漫主义文学；绘画（图像）；音乐

"作为文学的批评"再审视——兼及哈特曼与解构主义的关系

【作　者】尹弢
【单　位】山东师范大学文学院
【期　刊】《齐鲁学刊》，第 4 期，2018 年，第 155－160 页

【内容摘要】"作为文学的批评"是杰弗里·哈特曼最为人熟知的观点，也是他作为"解构主义批评家"的重要标志。哈特曼认为文学与批评存在着共生关系，消解了文学与批评的界限。但是，哈特曼"作为文学的批评"应该界定为传统意义上的文类融合和风格的含混，而非后现代意义上互文式的解构。哈特曼批评理论中的"解构"因素，很大程度上来源于浪漫主义文学对新古典主义规则的反叛，对新古典主义理性精神的颠覆和对人类不受约束的、自发情感的重新发现；与德里达通过"文本性"把人的情感、理性消融于无穷无尽的文字游戏之中的解构哲学相去甚远。

【关键词】杰弗里·哈特曼；"作为文学的批评"；文类；风格；解构

《圣经》历史观及其对后世史学的影响

【作　者】杨建
【单　位】华中师范大学文学院；国际文学伦理学批评研究中心
【期　刊】《文学跨学科研究》，第 2 卷，第 3 期，2018 年，第 475－487 页
【内容摘要】《圣经》被称为"历史文学""历史神话""神学史学"，呈现出历史、文学、宗教多学科融通特点。《圣经》历史叙事形态多样、风格各异，蕴含着多元神学历史观——民族史观与宗教史观、犹太教圣史观与基督教圣史观、线性历史观与循环历史观、二元论历史观与二分法历史观，是考察古代犹太民族史、古代犹太教和初期基督教发展史以及人类起源和发展史的首要依据。《圣经》史学这些历史观虽然来源不同、立场不同，相互之间存在着矛盾和冲突，但客观存在于《圣经》中，对后世史学，特别是犹太史学和基督教史学产生了深远影响。

【关键词】《圣经》；历史观；犹太史学；基督教史学

《圣经》智慧观嬗变研究

【作　者】杨建
【单　位】华中师范大学文学院；湖北文学理论与批评研究中心
【期　刊】《外国文学研究》，第 40 卷，第 4 期，2018 年，第 107－118 页
【内容摘要】《圣经》对智慧做过各种描述和界说，探讨了智慧的起源、属性、定义、分类、途径、功能、价值等问题。通过比较可以发现，两约智慧观产生了以下嬗变：两约都认为智慧存在于太初，但关于太初智慧的描述不同，经逻各斯的转换，《新约》对太初智慧的指认发生了变化；两约都认为智慧属于上帝之灵，人的智慧是上帝所赐，但《旧约》还肯定了人的后天努力和民间世俗智慧，而《新约》只强调上帝智慧；两约中智慧的内涵有不同，分类、分级也有不同；两约都认为智慧为首，是无价之宝，贵为生命，但《旧约》多肯定智慧的现世价值，而《新约》多肯定智慧的来世价值。

【关键词】《圣经》；智慧观；嬗变

1978—2018：外国文学研究 40 年的回顾与反思

【作　者】乔国强
【单　位】上海外国语大学英语学院
【期　刊】《南京社会科学》，第 10 期，2018 年，第 7－14、21 页
【内容摘要】本文拟通过梳理发生在 1978 年至 2018 年这 40 年间外国文学研究界的节点性事件

及相关的重要文学思潮、理论话题以及研究方法等，来探析不同历史时期外国文学研究的倾向和特点。通过回顾与反思，把 40 年来外国文学研究发展与嬗变的大致走势还原出来，以期能为进一步繁荣我国外国文学研究有所帮助或启发。

【关键词】外国文学研究；回顾与反思；发展与嬗变

19 世纪现实主义文学经典的生成

【作　者】蒋承勇
【单　位】浙江工商大学西方文学与文化研究院
【期　刊】《浙江工商大学学报》，第 1 期，2018 年，第 5—11 页
【内容摘要】社会政治经济结构形态的演变、人与人之间的关系恶化、人的道德观念迷失催生了具有社会批判性的现实主义文学；自然科学思维的浸润催化了现实主义文学的写实精神；对人性理解的深化与拓展强化了现实主义文学对人的灵魂描写的真实性与深刻性。社会批判性、真实性及深度人性抒写，是 19 世纪现实主义文学本质性特征，也是这种文学文本"经典性"的要素呈现。19 世纪现实主义作家以真实而深度的社会观察与人性剖析，展示了上帝缺位、金钱主宰的社会中人的心灵的千姿百态，描写了金钱激发出来的人性之"恶"的破坏力。他们通过自己的创作向当时乃至今天的人们发出了警告：物欲诱发的贪婪，将把人送入地狱——"自己成为自己的地狱"。他们的创作也普遍成了至今依然拥有深刻警世意义的"文学经典"。

【关键词】现实主义；文学经典；社会批判性；真实性；人性抒写

20 世纪西方快感理论演进的三条理路

【作　者】林铁
【单　位】吉首大学文学与新闻传播学院；湖南财政经济学院人文与艺术学院
【期　刊】《中国文学研究》，第 2 期，2018 年，第 53—59 页
【内容摘要】 20 世纪西方快感理论研究主要存在三条进路。一是心理学与人类学的快感研究，作为对理性传统、文明、道德的反叛与突围，快感牵连着身体、无意识和非理性等问题，参与主体的合法建构，承担着生命解放的新功能；二是符号学与经济学的快感研究，以商品社会和消费社会为起点，通过能指与所指、主体与客体、编码与解码诸种关系的交织，剖析快感如何参与资本主义社会资源的交换与分配；三是马克思主义的快感研究，以意识形态为阐释框架，分析快感作为特定的社会治理机制，如何将人纳入社会的权力结构中。不同的研究路径显现着快感理论演进的复杂关联，更映射着百年资本主义社会的政治文化经济形态的发展现实。

【关键词】快感理论；转向；非理性；意识形态

阿伦特政治思想中的希腊悲剧智慧

【作　者】刘文瑾
【单　位】华东师范大学中文系
【期　刊】《文学评论》，第 5 期，2018 年，第 110—117 页
【内容摘要】阿伦特称悲剧为"最优秀的政治艺术"，她的政治思想深受希腊悲剧智慧、语言和想象的浸染，对现代人处境的悲剧性有深刻认识。她的政治空间在形式上是一个隐喻性的雅典剧场，人们在其中以言说和行动来展示自己是"谁"，让有限的生命被剧场中的光芒激励和照耀；

政治行动的展示性与戏剧表演共有非制作性的特点。阿伦特对行动之特性的论述深刻蕴含了悲剧情节所启示的自由与限度的智慧，她正是以此智慧来感受和洞察时代问题。

【关键词】阿伦特；希腊悲剧；政治空间；言说；行动

阿瑟·丹托的体制论艺术观：解释构成艺术作品说

【作　者】黄应全
【单　位】首都师范大学文学院
【期　刊】《文艺研究》，第 7 期，2018 年，第 5—13 页
【内容摘要】阿瑟·丹托有一个类似于乔治·迪基体制论的艺术观，即解释构成艺术作品说。解释构成艺术作品说完全不同于卡罗尔重构过的那种通行版艺术定义。它不需要由符号性、表现性、历史性三要素共同构成充分必要条件，只需由单一要素即解释就构成充分必要条件。当然，解释必须是根据艺术界流行的某种理论做出的，解释、理论、艺术界是三位一体的。它可以被表述为一个定义：X 是艺术作品，当且仅当某艺术家根据艺术界当时通行的某种艺术理论所做的某种解释赋予它以艺术作品共同体的成员资格。这种学说才是丹托艺术观真正的原创性所在，其实质是把艺术视为一种宗教，它也确实把握住了当代艺术的类宗教本质。

【关键词】阿瑟·丹托；解释构成艺术作品说；单一要素；类宗教本质

巴赫金复调小说理论对我国戏剧创作的借鉴

【作　者】白庆华
【单　位】首都师范大学外国语学院
【期　刊】《甘肃社会科学》，第 2 期，2018 年，第 108—112 页
【内容摘要】巴赫金复调小说理论是现今我国较为热门的研究话题之一，该理论以其对陀思妥耶夫斯基小说的独创性阐释而享誉世界。巴赫金复调小说理论具有多声部性、对话性和未完成性三大特征。该理论不仅适用于小说理论，还适用于戏剧创作理论。以巴赫金复调小说理论为基础，对其内涵和特征进行深入阐释，并将该理论移植于戏剧创作，探寻戏剧创作新的思路和方法。

【关键词】巴赫金；复调；戏剧创作

卑俗之物占据"原质"之位——齐泽克对崇高美学的拉康化拓展及其政治哲学之维

【作　者】肖炜静
【单　位】南京大学文学院
【期　刊】《国外文学》，第 4 期，2018 年，第 1—10、153 页
【内容摘要】齐泽克对崇高美学所进行的拉康化阐释，隐含政治哲学与意识形态批判之维。现实主义、现代主义与后现代主义是"原质"与其"代理者"不同关系的展现，分别是"完美地占据原质之位""保持原质空位""将卑俗之物提升至原质之位"。这潜在地与封建社会中对"完美君主"的渴求、民主社会中维持至高权力的空位以及被排除在系统之外的"活死人"和备受尊敬的领导者的"卑俗"之面相对应。在商品拜物教中，货币就是占据崇高之位的卑俗之物，而主体则是"知行分裂"的主体。齐泽克以拉康的精神分析为基础，更关注"崇高化"的符号机制，"卑俗""崇高"既是"绝对视差"，又是"莫比乌斯带"的两端。齐泽克对艺术史与政治哲学的分析采取的是"六经注我"的方式，在二者之间建立的是"结构化类比"的关系。

【关键词】崇高；"原质"；齐泽克；"崇高化"

悖论和元指：越界叙述的美学论析

【作　者】于方方
【单　位】兰州大学文学院；兰州文理学院外语学院
【期　刊】《郑州大学学报（哲学社会科学版）》，第51卷，第6期，2018年，第97－102页
【内容摘要】转叙理论为研究后现代文本的越界叙述现象提供了一种新的研究视角和方法。文本内部的越界叙述通常以颠覆叙事常规的姿态出现，呈现出叙述时间、空间、逻辑的悖论性和越界的元指性。这种充满怪异和悖论色彩的越界叙述，展示了后现代文本亦真亦幻、幻中有奇的美学趣向。在尚奇求新的小说传统中，奇通常指小说内容上的荒诞不经，而后现代文本之奇主要指一种蕴含着悖论和元指特征的叙述结构，正是这种超凡殊常的文本结构和叙述方式衍生出了奇僻荒诞的故事，形成了独具特色的叙事美学。
【关键词】转叙理论；越界叙述；叙事美学；后现代；悖论；元指；奇幻

本体阐释与马克思主义文论研究的中国经验

【作　者】李永新
【单　位】南京师范大学文学院
【期　刊】《江西社会科学》，第38卷，第6期，2018年，第87－93页
【内容摘要】本体阐释无论是对个别文本的生成及其独特性的观照，还是对文学的个性与共性之间的动态复杂关系的强调，都与20世纪八九十年代具有明显形而上学特点的各种本体论研究完全不同。新世纪以来，学界对文学本体论做出全新解读，这也为本体阐释理论的提出和深化带来重要启示。马克思主义文论研究应坚持的中国经验是：首先要厘清马克思批判传统形而上学的理论路径，其次本体阐释理论应该以生成论作为基本的理论立场，最后要厘清文学与哲学之间的关系，增强文学理论直面现实并对其做出有效解释的能力。
【关键词】本体阐释；马克思主义文论研究；中国经验

本雅明与李格尔：艺术作品与知觉方式的历史变迁

【作　者】陈平
【单　位】上海大学美术学院
【期　刊】《文艺研究》，第11期，2018年，第5－16页
【内容摘要】在本雅明心目中，李格尔是他那个时代最重要的美术史家。早在求学期间，他便读了李格尔的《罗马晚期的工艺美术》，后来又在其作品中多次回到此书以及"艺术意志"概念。对本雅明而言，此书成了跨学科文化征候学的一个范例，对其一生的理论思考与写作产生了持续性的影响。重读本雅明各时期主要批评文本，可寻绎出其背后隐藏的李格尔方法论的线索，并将他著名的"灵韵"概念置于美术史学的语境中进行理解，由以揭示20世纪上半叶美术史与文化批评之间骑驿通邮的密切关系。
【关键词】本雅明；李格尔；《罗马晚期的工艺美术》；"艺术意志"；跨学科文化征候学；"灵韵"

本源性视域下的语言与文学

【作　者】赵臻
【单　位】厦门大学人文学院；遵义师范学院
【期　刊】《东南学术》，第 3 期，2018 年，第 228－232 页
【内容摘要】"文学是语言的艺术"是一个极为重要的命题，国内学术界在探讨文学本质时，普遍将其作为自明的前提使用，而忽视了对该命题进行本源性探讨，因此有必要对此命题进行溯源并重新审视。该命题源于康德对艺术划分的尝试，却必须置于语言本源性的视域下，才能明白该命题的真谛即"世界"之"耀现"，只有在此意义上，方能真正理解文学的本质即人在此一过程中，通达对世界的本源，实现自我的超越和存在。
【关键词】本源性；语言；康德；文学的本质

边界消弭的文本呈现：后人类时代的非自然叙事

【作　者】舒凌鸿
【单　位】云南大学叙事学研究中心；云南大学文学院
【期　刊】《思想战线》，第 44 卷，第 6 期，2018 年，第 123－128 页
【内容摘要】在后人类时代不断向前发展的过程中，非自然叙事作品也体现了这一时代特色，无论形式还是内容，都体现了后人类时代发展的必然结果：各种概念边界的逐渐消弭。一方面，非自然叙事文本通过反模仿、超常规的方式，凸显非人类叙述者的存在，并呈现出叙述者身份的不稳定性；另一方面，在非自然叙事实践中，作者的奇思妙想，在文本的想象世界中完成虚构与现实的无缝对接，同时也在不同文类之间，进行虚构性文本和非虚构性文本的融合试验。大量非自然叙事文本尝试消弭文学中尤为重要的二元观念：虚构与真实的界限。
【关键词】后人类；非自然叙事；边界；消弭；虚构；真实

重审文学的历史维度——兼论文学与历史的关系

【作　者】汪正龙
【单　位】南京大学文学院
【期　刊】《文学评论》，第 6 期，2018 年，第 174－182 页
【内容摘要】历史和文学都是人类自我认识的一种方式，这是文学与历史深层的契合点。对历史的表征和对历史的判断构成文学与历史关系的两个层次。但是文学对历史的表征与判断不限于历史学的对象，还涵盖了民族与人类共同体的命运。文学提供了实是人生、应是人生、虚拟人生的多重图景，蕴含了对文学是什么和人是什么的双重思考，包含了文学本体论和认识论的张力与矛盾，这是文学对历史的突破与超越，也是文学的永恒魅力所在。文学批评中的"文（诗）史互证"把文学的可能世界纳入现实世界的框架内进行对照比勘，对文学研究固然不可或缺，但是有很大的局限性。
【关键词】文学；历史；表征；判断；"文（诗）史互证"

纯粹文学性与依存文学性：文学性新论

【作　者】范永康

【单　位】绍兴文理学院人文学院
【期　刊】《中州学刊》，第 3 期，2018 年，第 154－160 页
【内容摘要】后现代理论家们不但解构了文学，也曲解了文学性的原意。在重返审美的后理论时代背景下，有必要重构文学性。依据康德的纯粹美与依存美，我们可以将文学性划分为纯粹文学性和依存文学性，前者致力于研究文学的形式特性，后者致力于研究文学的内容特性。我们可以将纯粹文学性与依存文学性辩证地统一起来，坚守文学的人学本体论，以及文学内容与文学形式有机统一的原则，进而建构出新型的、具有中国特色的文学性理论。
【关键词】纯粹美；依存美；纯粹文学性；依存文学性

从"场外征用"到"图－图"互文——现代视觉表征的新范式及其意义生产

【作　者】张伟
【单　位】安徽农业大学人文社会科学学院
【期　刊】《学习与探索》，第 2 期，2018 年，第 152－158 页
【内容摘要】作为现代视觉表征日渐普泛的一种现象，图像的跨场域征用凭借现代传媒的技术支撑，在拓展视觉叙事多元样态的同时创构了"替换式"征用与"插入式"移植两种典范样式，它耦合了文本互文的多重机理，形成了现代意义上"图－图"互动的审美格局。这一视觉互文形态的成熟，离不开视觉时代图像表征的双向策动、蒙太奇影像处理技术的日益生活化、对"写实化"艺术风格的审美诉求以及大众文化语境的现代滋养，从而在创立现代视觉表征新范式的基础上，也为现代视觉文化研究提供了一个颇有意义的新话题。
【关键词】图像征用；"图－图"关系；视觉叙事

从"纯真之眼"到"概念性图式"——谈图像认知的先验性和经验性

【作　者】曹晖
【单　位】黑龙江大学哲学学院；黑龙江大学文化哲学研究中心
【期　刊】《文学评论》，第 1 期，2018 年，第 56－63 页
【内容摘要】约翰·拉斯金曾提出"纯真之眼"的概念，用以辩护他将艺术史解释为向视觉真实性进展的主张。这一概念引发西方艺术界和美学界的广泛争议。贡布里希从认知心理学及对大量艺术品的考察出发，认为"纯真之眼"并不存在：观看从一开始就是有意识的，人对图像的认知和创造应基于先验的"概念性图式"，并通过经验的不断"矫正"和"匹配"才有可能。研究表明，在图像的认知中，存在着三个层次的结构关系，而在这一结构框架中，图式、实践、文化缺一不可，共同推动艺术史和艺术风格的不断变化发展。
【关键词】"纯真之眼"；图像；认知；视觉；先验；经验

从"死亡空间"到"文学空间"——论布朗肖的中性思想

【作　者】邓冰艳
【单　位】北京外国语大学法语系
【期　刊】《外国文学》，第 5 期，2018 年，第 92－100 页
【内容摘要】布朗肖通过对死亡经验及文学经验的考察，分别为我们呈现了神秘的"死亡空间"与"文学空间"。"死亡空间"与死亡的否定性本身相关，"文学空间"则是与写作经验中所敞开

的"外在"空间相关，两者共同对应一种特殊的存在模式——"中性"。"中性"是隐藏在主体身后的黑暗空间，从这个空间出发，只会产生无法让人听懂的"窃窃私语"，写作则是对这个话语的回应。正是"中性"的概念让我们得以将布朗肖对死亡和文学的思考统一起来，从而考察其独特的中性思想。

【关键词】布朗肖；死亡；文学；写作；"中性"

从"哲人王"到"诗人王"——海德格尔对诗歌－真理关系的阐释

【作　者】王洛岚
【单　位】上海师范大学比较文学与世界文学研究中心
【期　刊】《中国比较文学》，第 4 期，2018 年，第 38－54 页
【内容摘要】尽管柏拉图、亚里士多德奠定了西方思想的根基，强调"真"的自在、稳定、完满，但经由后世哲人的演绎与发展，形而上学之"真"的自明性不断遭到质疑与挑战。当亚里士多德在《尼各马可伦理学》中提及的五条通向"真"之路径皆被阻断、康德亦未能彻底摆脱形而上传统的桎梏时，海德格尔主张通过诗歌去把握大道。通过层层论证，"真"最终直指其后期思想核心——Ereignis，即自生自成的生发过程，并强调"此在"与"世界"彼此互渗的整一。海氏认为，真理通过诗意地创建而发生，并在诗歌——"揭示"与"遮蔽"的"原始争执"中得到保持与守护。海德格尔所揭示的这种"'诗''思'合一"性，让诗歌那长久以来被哲学遮盖的光芒得以重新绽放，诗人因手握真理之诗，亦不用再对哲人俯首称臣。

【关键词】"诗人王"；海德格尔；诗歌；真理

从《小说理论》看卢卡奇思想的一致性

【作　者】孙建茵
【单　位】黑龙江大学马克思主义学院
【期　刊】《学习与探索》，第 11 期，2018 年，第 157－162 页
【内容摘要】《小说理论》是卢卡奇早期美学和文学研究的代表性著作。书中所探讨的问题切中了人类如何应对生存危机的哲学命题，尤其提出了卢卡奇在研究中一以贯之的哲学视角。通过对卢卡奇早晚期思想的比较研究可以发现，《小说理论》中隐含的"历史性"和"总体性"视角不但没有在卢卡奇后来的自我反思中被放弃，反而不断加强，一直延续至晚年。由此，可以得出结论，从《小说理论》中提炼的哲学视角和改变世界的哲学方法出发就可以理解卢卡奇思想的一致性问题。

【关键词】卢卡奇；《小说理论》；"总体性"；"历史性"

从二分心智人到自作主宰者——关于叙事作品中的人物内心声音

【作　者】傅修延
【单　位】江西师范大学文学院
【期　刊】《文艺理论研究》，第 38 卷，第 3 期，2018 年，第 22－35 页
【内容摘要】朱利安·杰恩斯的二分心智理论，带来的一个启发是人类的主体意识建构至今仍未完成，这一认识应当引起所有研究"人学"者的高度重视。审慎地运用这一理论，重新审视叙事作品中那些有内心声音在耳边响起的人物，有助于更为深入地认识人类自身的心智状况。

作为意识形态的文学对意识本身的书写不容忽视，更何况这种书写往往能达到其他书写所无法企及的深度。现在机器人的意识已经成为人们热烈讨论的话题，人类自己的心智问题至少应获得同样的关心，在担心人工智能是否会摆脱人类控制的今天，也许需要首先思考人类本身的意识是否完全受自己主宰。

【关键词】二分心智；主体意识；叙事

从反人文主义到一种狭义的后人类：跨越拟人辩证法

【单　位】苏州大学文学院
【期　刊】《文艺理论研究》，第 38 卷，第 3 期，2018 年，第 48－56 页
【内容摘要】人文主义和一部分反人文主义理论分享着同一种辩证逻辑。它被德里达的解构主义彻底澄清，但又止步于一种以负的方式言说的开放原则，缺乏有效的替代性话语。在后人类议题的讨论中，辩证法的拟人属性也容易将人文主义偷运回来导致范式混淆。所以本文尝试区分不同于反人文主义的狭义后人类，它是绕开主体意识的外在性，反对基础主义、打破一切对立和边界的一元论以及经验主义具身性。

【关键词】后人类；人文主义；反人文主义；解构主义；辩证法

从全景史诗到生命图腾——论俄罗斯战争文学流变

【作　者】冯玉芝；杨淑华
【单　位】国防科技大学国际关系学院
【期　刊】《外语研究》，第 35 卷，第 5 期，2018 年，第 98－103 页
【内容摘要】战争题材的文学作品是文学创作中的重要种类，在各国文学史和文化史中都占有重要的地位。俄罗斯文学优秀的史诗传统在战争题材的作品中绵延不绝，以古代战争为蓝本的《伊戈尔远征记》和《战争与和平》等皇皇巨著，既有战争战役的全景式展现，又将抵御外侮的主题性质阐发至前所未有的高度；在进入 20 世纪以后，以《静静的顿河》为标志的俄罗斯战争文学出现了现代性转向，战争文学的诗学诸方面都揭示了历史与人的关系的新面目；第二次世界大战之后，俄罗斯战争文学涌现了三次"浪潮"，对世界文学范畴的战争文学创作产生了深刻的影响；在当代，局部战争和随之而来的军事文化嬗变激活了战争文学对人类共同历史文化语境的思考和对人类社会伦理的道德期冀。战争文学的流变史是人类世界观和道德观的形象化演绎。

【关键词】俄罗斯文学；战争文学；文学史；流变

从田园到后田园的英国自然书写（英文）

【作　者】特里·吉福德
【单　位】巴斯斯巴大学环境人文学院研究中心
【期　刊】《外国文学研究》，第 40 卷，第 1 期，2018 年，第 12－31 页
【内容摘要】20 世纪 60 至 80 年代英国自然书写为何出现了环境转向？充满怀旧情感的乡村田园主义被深切的环境意识所取代，其中涉及土地管理新困境和以 H.V. 莫顿为代表的乡村书写到以 J.A. 贝克的《游隼》（1967）为代表的乡村问题阐释与乡村生活赞扬的主题转变。英国作家

的自然书写与美国作家蕾切尔·卡逊《寂静的春天》同步发生，形式多种多样，阐发了对工业化农业和环境保护问题的思考。理查德·马比的后田园著作《共同点》（1980）即是对这一转向的诠释，既包含最新的科学信息又具有生态环保的意图。该书倡导民众与自然接触的审美、精神与娱乐功能；同时警告民众：传统景观实践正面临被破坏的危险。

【关键词】后田园；自然书写；蕾切尔·卡逊；《寂静的春天》；理查德·马比；《共同点》

从文本中心到理论中心——反对阐释、过度阐释与强制阐释的意义危机和范式转换

【作　者】韩模永
【单　位】山东大学文艺美学研究中心；东北财经大学新闻传播学院
【期　刊】《华南师范大学学报（社会科学版）》，第 1 期，2018 年，第 170－174、192 页
【内容摘要】反对阐释、过度阐释和强制阐释均背离了传统阐释学语言与意义和谐对应的阐释模式，语言无法恰当地表达和揭示意义。其出现的根本原因和内在模式具有一致性，即阐释的意义出现了危机。具体来说，反对阐释否定意义，过度阐释无限衍义，而强制阐释则预设意义。这些意义危机的不同姿态在深层结构上也折射了不同的理论范式，即：反对阐释是文本中心论，阐释沦为形式的暴力；过度阐释是读者中心论，阐释变成"意味"的暴力；而强制阐释则是理论中心论，阐释最终走向理论的暴力。

【关键词】反对阐释；过度阐释；强制阐释；预设意义

从文学地域、文学地理到文学地图——空间视角下的文学地理学

【作　者】张袁月
【单　位】中国石油大学（华东）国际教育学院
【期　刊】《南开学报（哲学社会科学版）》，第 3 期，2018 年，第 149－158 页
【内容摘要】文学地理学当前出现的泛化、机械化、片面化等误区和困境，源于空间意识的不够自觉和学科定位的不够明晰。从空间维度切入思考，则首先应回归文学地理学的基点，将过去统而论之的文地关系细化为"地理→作品""地理→地域→作家→作品""地理→作家→作品"三种作用机制，从而形成文学地域、文学地理、文学地图三种空间视角。地域视角侧重发掘地域文化，地理视角重点关注地理分布，地图视角以可视化的空间形态揭示文学规律与文化意蕴。在空间视角下，文学地理学笼统的学术脉络将呈现为从文学地域、文学地理到文学地图的发展轨迹，泛化的研究范围也能有更清晰的边界和定位。

【关键词】文学地域；文学地理；文学地图；空间视角

从想象西方到回归俄国——斯特拉霍夫论赫尔岑

【作　者】朱建刚
【单　位】苏州大学外国语学院俄语系
【期　刊】《外国文学研究》，第 40 卷，第 2 期，2018 年，第 43－54 页
【内容摘要】传统的赫尔岑研究历来将其视为贵族革命者，崇尚西欧的西欧派。但文学批评家斯特拉霍夫从文化冲突的角度入手，将赫尔岑看作是一位曾经走投无路的虚无主义者，揭示了他最终转向俄国文化传统的精神历程，称他是在俄国文学中坚持民族信仰，与西方斗争的第一人。这一论述在今天看来不仅是思想家反西方理论的个案，更是 19 世纪下半期俄国文化自我反

思的起点之一，值得关注。

【关键词】斯特拉霍夫；赫尔岑；文学批评；文化特性

从语言到话语——论巴赫金对索绪尔语言观的批判与继承

【作　者】李京育；吕明臣
【单　位】吉林大学文学院
【期　刊】《学习与探索》，第 9 期，2018 年，第 146－151 页
【内容摘要】20 世纪以来，由著名语言学家索绪尔提出的结构主义语言学理论发展至由巴赫金得出的超语言学理论，语言学由过去的系统以及抽象的探讨逐渐朝认知以及具体的探讨方向进行转变。对两位语言学家的理论进行对比，可以总结出语言研究从最初将语言结构封闭系统的单维度静态探讨作为重点逐渐朝将言语交际为整体视觉多维度动态探讨作为重点的转变过程，这无论对巴赫金的话语理论还是对索绪尔的结构理论都是一种继承式的深入研究。
【关键词】索绪尔；巴赫金；语言；话语；结构主义语言学；超语言学

从中日韩"文艺大众化"论争看马克思主义文艺理论的本土化

【作　者】金艳
【单　位】中央民族大学朝鲜语言文学系
【期　刊】《文学评论》，第 5 期，2018 年，第 5－12 页
【内容摘要】20 世纪二三十年代中日韩三国在无产阶级文学运动过程中都不约而同地遇到了"文艺大众化"问题，由此引发了文学界的论辩。"文艺大众化"的提出是左翼文学在民族矛盾、阶级矛盾、白色恐怖高压下，为"突出重围"自觉选择的结果。"文艺大众化"论争赋予了理想化、概念化的"大众"以阶级性，从而强化了文学的阶级性基础。与日本、韩国相比，中国的"大众化"论争，其范围、参与度以及涉及的角度、方面都更加广泛。而日本、韩国的"大众化"论争，由于迅速的"布尔什维克化"，未能进一步深入，在没有充分展开的情况下做出妥协，淹没在其他论争之中。中日韩三国的"大众化"理论都没有在文学创作中得到充分的实践，这是早期马克思主义文艺理论本土化未完成的任务。
【关键词】马克思主义；左翼文学；"文艺大众化"；本土化

从自律主义到道德主义：当代西方文艺伦理批评的立场和问题

【作　者】章辉
【单　位】曲阜师范大学
【期　刊】《贵州社会科学》，第 6 期，2018 年，第 115－123 页
【内容摘要】在当前西方学界，关于文艺伦理问题主要有三种立场，即自律主义、道德主义和语境主义。自律主义认为，艺术有其自身的价值领域，有自己的评价规则，这种规则排除了道德评价作为其合法的标准。道德主义认为，艺术品的道德价值能够贡献其艺术价值，道德失败能够算作艺术缺陷。语境主义则认为，艺术品的伦理瑕疵有时是审美优点，有时是审美缺陷，随着它们发生其中的语境而变化。面对具体艺术品，相比而言，语境主义更有说服力。但基于立场和艺术发展的复杂性，这三种观点还会继续争论下去。
【关键词】自律主义；道德主义；语境主义

当代俄罗斯新现实主义的兴起

【作　者】王树福
【单　位】华中师范大学文学院；黑龙江大学俄罗斯语言文学与文化研究中心；湖北文学理论与批评研究中心
【期　刊】《外国文学研究》，第 40 卷，第 3 期，2018 年，第 131－142 页
【内容摘要】作为当代俄罗斯重要文学主潮之一，新现实主义在当代俄罗斯自由化的文化语境和多元化的文化转型中渐次兴起，有其新的现实、新的方法和新的理念。它通过借用白银时代新现实主义的文学遗产、各种先锋现代思想和后现代主义思想，形成既区别与传统现实主义和后现代主义，又部分介乎二者之间或之外的独特文学态势。其特点主要表现为美学观念的哲理倾向、艺术手法的综合趋势和叙事策略的多样态势。其中，对社会现实的合成表现，对真实诗学的变异诉求，对人物形象的多样塑造，则是新现实主义的诗学核心。这种思潮特点与诗学特色，部分呼应当代俄罗斯文学的整体风貌和艺术的宏观特点。正因区别于传统现实主义和后现代主义，新现实主义文学思潮既保留着现实主义的美学内涵，部分借鉴现实主义的创作基本原则，又吸收包括后现代主义在内的各种先锋技巧，其本质应属于现代主义美学范畴；正因介乎现实主义和后现代主义之间或之外，随着后现代主义在俄罗斯的合法化和蔚为大观，新现实主义文学思潮在 20 世纪 90 年代逐渐实现与后现代主义的不断合流和多样对话。
【关键词】当代俄罗斯文学；新现实主义；现实主义；现代主义；后现代主义

当代西方文学批评的跨文化范式——《全球流动时代的跨文化作家与跨文化小说》述评

【作　者】卜杭宾
【单　位】苏州大学外国语学院
【期　刊】《外国文学》，第 2 期，2018 年，第 166－175 页
【内容摘要】进入 21 世纪以来，经济全球化浪潮方兴未艾，世界各国的联系交往日益密切，跨国迁徙与人口流动的规模不断扩大，这些都冲击了文化归属与民族身份等传统观念，而与之共生的当代文学创作也越来越关注个体的跨语言、跨文化与跨种族体验。意大利澳籍学者达格尼诺的近作《全球流动时代的跨文化作家与跨文化小说》审视了全球流动时代语境中跨文学作家这一新兴文学群体的小说创作特色，在汲取并拓展旧有跨文化理论的基础上提倡一种"跨文化比较学"的研究路径，并激情洋溢地展望了跨文化文学理论的未来。达格尼诺的初衷是推崇一种超越文化差异与种族偏见的世界主义理想，但这种过于乐观的基调背后仍然激荡着霸权政治、分裂主义和文化冲突等刻不容缓的现实危机。与此同时，达格尼诺在阐述过程中所隐含的精英主义立场、对后殖民研究的偏见以及对跨文化文学范式的见解仍有值得商榷之处。
【关键词】全球化；后殖民研究；跨文化理论；跨文化写作

当代中国利维斯研究关切的三个基本问题

【作　者】毕懿晴；王洁群
【单　位】毕懿晴：湘潭大学外国语学院
　　　　　王洁群：湘潭大学文学与新闻学院
【期　刊】《湘潭大学学报（哲学社会科学版）》，第 42 卷，第 6 期，2018 年，第 131－135 页

【内容摘要】当代中国的利维斯研究是沉寂相当长一段时间之后迅速复苏转热的研究领域。它密切关注了三个基本问题：文学批评与文学理论关系问题、文学研究与文化研究方向选择问题以及人文与科技两种文化论争问题。它们既是利维斯学术思想的重要主题，又是当代中国文学、文化研究的基本问题，两者具有高度的契合性，涉及中国当代思想文化的"问题域"，正是这种对学术基本问题的关切，彰显了当代中国利维斯研究的价值和意义。

【关键词】利维斯；文学批评；文化研究；两种文化

道路与抉择：卢卡奇人民性转向探究

【作　者】王银辉
【单　位】河南大学文艺学研究中心
【期　刊】《中国人民大学学报》，第 32 卷，第 4 期，2018 年，第 140－147 页
【内容摘要】卢卡奇人民性理论的形成与发展，与其个人发展道路上的抉择紧密相关，前后经历了三次重要转向。第一次世界大战期间，置身于资产阶级思想潮流之中的卢卡奇逐渐步入马克思主义学徒期，发现工人阶级的进步性与历史使命。20 世纪 20 年代中期至 30 年代，卢卡奇的人民性思想由萌芽发展至确立，将无产阶级专政发展为工农民主专政，并提出人民性的文艺创作理念与实践原则。20 世纪 50 年代以后，他的人民性理论由文艺理论领域最终转向哲学思考，致力于从马克思主义美学、哲学角度探索人及其社会存在问题。这些"转向"的产生是其个人精神特质、理想追求，以及历史发展与社会进步共同作用的结果。

【关键词】卢卡奇；道路；抉择；人民性转向

低语境交流：文学叙事交流新论

【作　者】申洁玲
【单　位】华南师范大学文学院
【期　刊】《外国文学研究》，第 40 卷，第 1 期，2018 年，第 78－87 页
【内容摘要】叙事交流研究深受索绪尔普通语言学影响，把叙事交流当作日常交际来看待，做共时研究，忽视了时间和语境在叙事交流中的作用。回归叙事交流作为书面交流的属性，可以发现叙事交流具有延时性、单向性和语境差异性三个重要特征，这三者又可以归结为叙事交流的低语境性。叙事文本在交流中具有符码和"语境"双重属性，能在相当程度上弥补叙事交流整体上的低语境性；作者在叙事交流中是弱信息源；隐含作者可能是读者的建构，也可能包含作者的文化镜像于其中；读者是这一切的汇聚点。低语境带来叙事交流的丰富性。

【关键词】叙事交流；延时性；单向性；语境差异；低语境

蒂泽阿多尼斯神话意象研究的若干问题

【作　者】张鸿
【单　位】西安外国语大学西方语言文化学院
【期　刊】《外国文学》，第 2 期，2018 年，第 97－105 页
【内容摘要】本文通过研究法国现代文论家蒂泽著作《阿多尼斯的死亡与复活：一则神话的发展史研究》中的若干问题，以阐明蒂泽神话研究的特点，并对她的意象批评方法进行总体把握。蒂泽以较长的时间跨度及神话和文学交叉的方式，对阿多尼斯神话进行了文学神话学研究。她

使用了分期和分类的方法，体现了整体性的文学批评观念，也说明了意象批评继物质性意象研究之后发展出了神话意象研究这个分支。国内外对蒂泽的研究尚少，本文有利于深化对其学术思想的认识，并促使我们了解意象批评后期的发展状况。

【关键词】蒂泽；阿多尼斯神话；意象

典型人物和典型环境的关系——基于文论史和文学创作的思考

【作　者】江守义
【单　位】安徽师范大学文学院
【期　刊】《学术月刊》，第 50 卷，第 4 期，2018 年，第 118－127 页
【内容摘要】恩格斯所说的“典型环境中的典型人物”，其核心在于典型人物与典型环境的关系。对典型环境的关注，显示了恩格斯对文学现实性品格和历史性品格的要求。恩格斯的观点是对巴尔扎克和别林斯基观点的改写，将典型由注重人物性格转移到性格特征和社会本质并重。后人的解释往往强化了典型的社会本质，甚至背离了恩格斯的原意，但这些解释和误读也深化了人们对典型人物与典型环境之间关系的认识，促进了对此论断的进一步思考。如果将典型环境看作文本内人物活动的环境，典型人物和典型环境的关系会获得更强的理论生命力。

【关键词】典型环境；典型人物；恩格斯

东方还是西方：关于希伯来文学学科的定位

【作　者】钟志清
【单　位】中国社会科学院外国文学研究所
【期　刊】《山东社会科学》，第 2 期，2018 年，第 65－71 页
【内容摘要】希伯来文学是以语言为界定依据的学科，包括古代希伯来文学与现代希伯来文学两大部分。在英美多数高校，这一学科主要设置在近东语言与文明系、东方与非洲研究学院、神学院等机构。在中国，这门学科的归属尚不十分明确。分歧点在于：首先，从事东方文学与西方文学研究的部分学者均把《圣经》文学作为研究与教学对象，引发的问题便是《圣经》文学究竟应该隶属东方文学学科，还是西方文学学科？其次，现代希伯来文学起源于欧洲，而后文学中心转移到了今天的以色列。早期文学在精神气质上显然受到欧洲文学的影响，如何定位这近 140 年间希伯来文学学科的归属往往成为学界争论的焦点，由此使人看到沿用以往的东西方文学概念划分某种语言文学归属的局限，东西方文学的概念与分野有待开拓或细化。

【关键词】古代希伯来文学；现代希伯来文学；东方文学；《圣经》文学

东正教的“聚和性”理念与复调小说和结构诗学理论

【作　者】管月娥
【单　位】南京师范大学外国语学院
【期　刊】《外国文学研究》，第 40 卷，第 2 期，2018 年，第 55－63 页
【内容摘要】俄罗斯东正教文化传统对文学的影响不仅表现在作家与作品的思想意识上，而且表现在深层次的创作思维方式上，即作家的创作实践和文艺理论家的诗学理论建构等方面。“复调”小说理论是巴赫金对陀思妥耶夫斯基创作思维方式的概括与总结，也是巴赫金自身独特的艺术思维方式的显现，其文化根源主要是东正教的“聚和性”。乌斯宾斯基以“视点”为核心的

结构诗学理论，具有立体多维的"聚和性"特征，是对巴赫金复调小说理论的继承与发展，也是对东正教"聚和性"理念的逆向丰富与拓展。从东正教文化批评视角解读莱蒙托夫《当代英雄》的文本结构，会发现其同样具有"聚和性"特征。这为经典文本的重读提供了一种方法论视角。

【关键词】"聚和性"；巴赫金；乌斯宾斯基；《当代英雄》

对生命的否定：重估叔本华对早期尼采艺术形而上学的影响

【作　者】吕东
【单　位】华东师范大学中文系
【期　刊】《文艺理论研究》，第 38 卷，第 2 期，2018 年，第 207－216 页
【内容摘要】本文旨在揭示叔本华的美学思想对早期尼采的艺术形而上学的巨大影响。首先在艺术类型论方面，早期尼采使用日神艺术／酒神艺术的框架对艺术类型进行了二元划分，这样的二元划分是直接挪用叔本华的艺术二分法的成果，作为理念摹本的一般艺术转变成为日神艺术，表出意志的音乐转变成为酒神艺术。其次在审美经验论方面，早期尼采的悲剧概念是由三重世界构成的，尼采关于悲剧的三重世界说直接吸收了叔本华对于审美经验的理论成果。最后在关于悲观主义的核心问题上，早期尼采为此在之悲剧性真理给出了两条解决之道：即日神式的和酒神式的解决之道，但这两条解决之道归根结底是否定个体生命的，是悲观主义的。早期尼采仍旧是叔本华式的悲观主义者。

【关键词】叔本华；早期尼采；艺术类型；审美经验；悲观主义

对印度古典文论运用于当代后殖民文学批评中的思考——评《当代印度英语小说中的表演和述行性》

【作　者】黄怡婷
【单　位】中国社科院研究生院外文系；中国社科院外国文学研究所
【期　刊】《外国文学》，第 3 期，2018 年，第 168－175 页
【内容摘要】在《当代印度英语小说中的表演和述行性》一书中，亚历山德鲁提出了限定在印度古典文论范畴内的"表演"和从语言学中借用来的"述行性"两个概念，试图以此论证三位当代印度英语作家如何运用印度传统戏剧和说故事的表演技法，为自己的小说增添了述行性特质。亚历山德鲁的这一思路顺应了当代印度英语小说后殖民批评的发展方向，不过这两个概念各自在印度古典文论和文学作品中占有的合理影响范围还需仔细斟酌，略加调整，使古典和当代文学理论能够更加紧密地联系起来。

【关键词】表演；述行性；当代印度英语小说；印度古典文论

俄国形式主义文论的人文主义因子

【作　者】杨燕
【单　位】哈尔滨师范大学文学院
【期　刊】《江汉论坛》，第 4 期，2018 年，第 82－87 页
【内容摘要】20 世纪 90 年代以来，人们一直强调俄国形式主义文论的科学化品格，进入 21 世

纪，这种声音愈来愈强烈。事实上，俄国形式主义文论固然有严重的科学化倾向，却又不能一概而论。其奠基人什克洛夫斯基的诗学就潜含着鲜明的人文主义思想因子。语言学理论深刻地影响了其理论建构，但真正对其产生影响的并非索绪尔，而是波兰籍语言学家库尔德内。库尔德内语言学理论的影响直接催生了什克洛夫斯基诗学的人文主义倾向，并且，随着理论思考的不断深入，什克洛夫斯基诗学关注的范围由俄国形式主义时期对个人自由心灵的观照，发展到了后俄国形式主义时期对全人类精神家园的关怀。

【关键词】什克洛夫斯基；索绪尔；库尔德内；人文主义因子

发生学与结构主义的接合——吕西安·戈德曼文学研究的理论、方法与实践

【作　者】杨建刚
【单　位】山东大学文艺美学研究中心
【期　刊】《湖北大学学报（哲学社会科学版）》，第 45 卷，第 1 期，2018 年，第 55－62 页
【内容摘要】戈德曼的发生学结构主义为马克思主义文学理论和批评提供了一种发生学模式。这种模式试图把马克思主义的社会历史分析方法与结构主义的形式分析方法进行对接与融合，用带有马克思主义"发生学"色彩的"结构主义"来化解"发生"与"结构"之间的矛盾，从而使其在坚持马克思主义基本立场的同时又不脱离新兴的结构主义方法论。发生学结构主义可以追溯到黑格尔、马克思、弗洛伊德、卢卡奇和皮亚杰的思想之中，并在戈德曼这里得到了完善和发展。发生学结构主义不同于语言学结构主义，它主张对文学作品进行整体研究，提出了超个人主体和有意义结构等范畴，认为文学作品与社会集团及其世界观之间是一种异质同构关系，并把这种方法运用于对小说、戏剧和诗歌的批评实践之中。虽然戈德曼的方法具有机械化色彩，但作为西方马克思主义文学理论发展史中的重要环节，其理论价值和学术意义不可低估。

【关键词】发生学结构主义；超个人主体；有意义结构；异质同构

法国现实主义诗学中的"真实效应"论

【作　者】曹丹红
【单　位】南京大学外国语学院
【期　刊】《文艺争鸣》，第 9 期，2018 年，第 115－121 页
【内容摘要】近期，国内评论界有频繁呼唤文学创作回归现实主义的倾向。在思考现实主义文学创作如何进行之前，理应思考现实主义文学何谓的问题。不过，布尔迪厄有言，"'现实主义'一词在产生当时的分类学中的定义或许与它的对等流派在今日的定义同样模糊"，目前较具代表性的几种现实主义理论之间存在的差异与它们的共性同样多。纵使如此，现实主义文学研究始终必须面临一个问题，那便是文学与"现实"。

【关键词】现实主义诗学；"真实效应"；差异；共性

风格、文体、情感、修辞：用符号学解开几个纠缠

【作　者】赵毅衡；陆正兰
【单　位】四川大学文学与新闻学院
【期　刊】《学术界》，第 1 期，2018 年，第 87－95、285 页
【内容摘要】风格学、修辞学、情感研究、文体学，这四个术语指称的学科，研究的范畴非常

相近，在学术著作与普通文字中有相当大的重叠，在很多人的用法中四者几乎是同义词。通过研究可以发现，提出风格是符号文本所有的附加符码之集合，文体（体裁）是风格学领域中的一部分，情感是符号文本的风格附加符码之一类，而修辞（尤其是符号修辞）是文本的基本构成方式。这四者有重叠，有包含，有互相连接，但绝不是混作一谈，必须仔细区分。而从符号学对文本和符码的关系进行讨论，可能是一个较为可行的做法。

【关键词】风格学；修辞学；附加符码

符号学作为一种形式文化理论：四十年发展回顾

【作　者】赵毅衡
【单　位】四川大学文学与新闻学院
【期　刊】《文学评论》，第 6 期，2018 年，第 146－155 页
【内容摘要】从形式讨论出发，探讨作品背后的社会文化运作，这是许多文学与文化批评者乐于使用的学理途径。符号学是形式论发展到今日的主要形态，符号学在中国繁荣，一个重要原因是因为中国有着丰富的符号思想遗产。自从现代形式论流派在 20 世纪 70 年代末传入中国，中国学者迅速将这种理论与中国思想遗产结合，在 40 年中积累了丰富的成果，符号学的中国学派正在形成。中国符号学摆脱了索绪尔语言符号学的有机系统观，转而以皮尔斯原理为基础，吸取巴赫金、洛特曼等人的成果，在中国符号思想基础上，重新定义并改造了符号学。符号学不仅研究当代文化的各种表现与剧烈演变，并且开始把符号学从方法论推进为对人的意义存在之思考。

【关键词】形式文化理论；符号学；形式论

复调小说与复调音乐

【作　者】钱浩
【单　位】清华大学人文学院
【期　刊】《文艺理论研究》，第 38 卷，第 4 期，2018 年，第 196－206、130 页
【内容摘要】巴赫金定义的复调小说与西方复调音乐之间既有某种共性，也存在许多重大差别，例如交锋与和谐、多元与一元、对峙与模仿、未完成性与完满收束以及时代背景的不同等许多方面。了解这些差异，以及音乐上的"对位""多调性"等概念，会有助于避免相关术语的跨学科误用。相比于"复调"，能和"独白型小说"构成恰切对应的术语也许是"对话型小说"，因为"对话"不仅是巴赫金诗学体系的核心，能涵盖"复调"一词所想表达的各种内含，也是他所定义的复调小说的本质特征。判断一部小说是否为巴赫金意义上的复调小说，有无"对话性"是首要标准。

【关键词】巴赫金；复调小说；复调音乐；"对话性"；"对话"

改革开放 40 年外国文论在中国的旅行

【作　者】周启超
【单　位】浙江大学人文学院
【期　刊】《社会科学战线》，第 9 期，2018 年，第 1－10 页
【内容摘要】改革开放 40 年外国文论在当代中国的旅行可谓一种话语实践。从话语实践的维度

来回望和反思这一理论旅行，要梳理多流脉的国外文论中哪些学人、学派、学说被我们引介，引介的路径有哪些；要反思我们对多声部的外国文论的借鉴中是否有缺失？有哪些短板？还有哪些空间？这里且以面上鸟瞰与亮点特写的方式，勾勒出外国文论在当代中国旅行，主要是引介历程的剪影，来回望40年风雨兼程的外国文论在中国的旅行风景。经由清理这些年来我们在外国文论借鉴上的重要缺失，探析有待填补的译介空间与译介途径的改善，来反思40年来外国文论引介的经验教训，以增强文化自觉，提升文化自信，迎接外国文论引介借鉴的新时代。

【关键词】改革开放；外国文论引介；理论旅行；反思

盖茨的黑人文学正典论研究

【作　者】何燕李
【单　位】华东师范大学中国语言文学博士后流动站
【期　刊】《兰州大学学报（社会科学版）》，第46卷，第1期，2018年，第110－116页
【内容摘要】盖茨黑人文学正典论的历史生成语境是20世纪七八十年代由女性主义与黑人运动孕育的美国文学正典问题研究热潮，此热潮促使黑人女性主义学者初次把黑人文学与正典研究关联一体。20世纪80年代初开始理论之旅的盖茨深受这种关联的影响，并经过1984—1996年间三个阶段的理论努力建构了第一部黑人文学正典。第一阶段盖茨经过六年文学考古工程发掘出30卷19世纪的黑人书写，证明了黑人拥有文学作品；第二阶段盖茨通过1770—1815年间黑人反反复复书写的一个文学主旨——"会说话的书"，言说了黑人是天生的理论种族；第三阶段盖茨使用黑人的理论筛选最具代表性的黑人书写，编著了第一部被称为"黑人文学新圣经"的《诺顿美国黑人文选》。盖茨的正典论既真正回归到黑人文学和理论传统本身发掘相应的文学性与理论性，又切实地以文化抵抗方式实现了政治性压制，从而为具有类似文学正典建构需求的少数族裔和边缘群体提供了理论范式。

【关键词】盖茨；文学正典；黑人文学；文学圣经

公共阐释论视角下的"俄罗斯理念"演变研究——兼论当代俄罗斯文艺政策的价值导向

【作　者】田刚健
【单　位】黑龙江大学文学院
【期　刊】《社会科学辑刊》，第3期，2018年，第179－186页
【内容摘要】公共阐释论基于当代人文社会科学现实语境和核心问题，是沟通历史、现在与未来的本体论阐释学建构。以公共阐释论透视"俄罗斯理念"，可以发现"俄罗斯理念"是在地理环境、东正教信仰和现代化进程等历史前提下诞生，在俄罗斯知识分子文本话语的公度性阐释中发展形成的俄罗斯民族精神话语形态，同时经由普京个人阐释并最大限度地融合公共理性和公共视域后上升为国家意志，成为当代俄罗斯国家文艺政策的价值导向，呈现出鲜明的建构性与超越性特征。可见，公共阐释论在理解民族精神核心话语的演变机制和本质规定方面具有独特效力与科学价值。

【关键词】公共阐释论；公共理性；"俄罗斯理念"；文艺政策

公共阐释与公共性的诗性建构

【作　者】孙士聪

【单　位】首都师范大学文学院
【期　刊】《山东社会科学》，第 10 期，2018 年，第 89－93、106 页
【内容摘要】公共阐释论从阐释的个体性到社会性以至公共性的逻辑行程，前提性地预设了关于人的公共性的理解，而阐释主体、阐释客体与意义接受环节上的现实缺失与断裂提出了公共性衰落的问题。阿伦特、哈贝马斯、桑内特等代表性致思路径及其限度，凸显公共性问题域的生存结构的基础性，马克思主义经典作家将其历史性具体化为无产阶级意识生成与阶级共同体建构的命题。在本土大众文化实践日益分化多元、公共性衰退的现实背景下，文学及其阐释有可能发挥其介入性、日常性、交往性特质，探索当代公共性的诗性建构。
【关键词】公共阐释；公共性；诗性建构

国际化视野下文学研究的问题意识与理论创新

【作　者】何成洲
【单　位】南京大学外国语学院
【期　刊】《外语与外语教学》，第 3 期，2018 年，第 7－12、142 页
【内容摘要】学术国际化是一个系统工程，需要统筹协调好国际发表和出版、国际合作项目、参与国际学术机构等一系列重要议题。以国际学术期刊为目标，用外文撰写论文要重视问题意识和理论创新。作为中国的外语研究者，研究问题的选择要兼顾普遍性与特殊性，关注中国问题、比较问题和前沿问题，同时认识到它们之间不是相互独立的，而是彼此交叉联系的。理论创新要运用从本土经验出发、理论交叉和对于西方理论普适化的质疑等不同路径，提出有新意的理论观点或者研究范式。
【关键词】国际化；问题意识；理论创新

哈罗德·布鲁姆误读理论中的主体问题

【作　者】崔国清
【单　位】中国人民大学文学院
【期　刊】《江西社会科学》，第 38 卷，第 12 期，2018 年，第 101－106 页
【内容摘要】后现代以来，文学的审美传统因多元文化的侵蚀逐渐呈现为一种去主体化的态势，哈罗德·布鲁姆试图重返"作者"，深入挖掘"强力诗人"身上的"神性自我"，在一系列二元对立的批评实践中重新定位文学传统中真正的"立法者"。因此，布鲁姆将"误读理论"从一种文本的阅读理论转变成为主体的创作策略，考量文学史中所谓传统与革新之间的悖论关系，这种试图恢复主体性的冲动是对当今理论界的"对抗性诠释"，呈现出一种人本主义式的审美批评的回归。
【关键词】误读；"神性自我"；"对抗性诠释"；审美批评

海德格尔的"凡高解释"及其思想的疑难议

【作　者】李咏吟
【单　位】浙江大学人文学院
【期　刊】《浙江学刊》，第 3 期，2018 年，第 176－185 页
【内容摘要】海德格尔的"凡高解释"，是《艺术作品的本源》中令人印象深刻的思想事件。实

际上，海德格尔只是为了自己的思想建构例证地分析了凡高的《农鞋》。海德格尔强调艺术作品是"物"，物性与器具性乃作品的根本特征。他通过艺术与作品关系的考察强调"创造"或"生产"的意义，还通过艺术与真理关系的考察，强调真理自行设置于艺术作品之中。应该承认，在海德格尔阐释的强暴性中，我们可以看到海德格尔艺术美学观念的悖论，他的艺术本源论也不断凸现着思想的疑难状态。

【关键词】海德格尔；凡高；物；真理

后人类语境下文学作品的媒介形态及时间结构

【作　者】周才庶
【单　位】南开大学文学院
【期　刊】《厦门大学学报（哲学社会科学版）》，第 5 期，2018 年，第 135－143 页
【内容摘要】后人类语境下文学作品基于不同的媒介形态，其文本篇幅与时间结构形成了特定的关联。文学作品的篇幅在文学活动中形成动态的时间计量，时间内在于主体的整体精神之中，时间在深层意义上影响了文本意义的生成和审美经验的获得。从小说到电影、电视剧，文学作品的不同媒介形态形成了各自的时间结构，受众的审美情感和理性反思在时间流动中逐步呈现。文学作品的媒介转换及其时间结构影响了作品的接受状况，制造了特定的文学景观。后人类语境下人类的感知方式和生存状态都面临变革，后人类的审美体验影响人们对不同媒介形态的文学文本的评判。

【关键词】后人类；篇幅；文学作品；媒介形态；时间结构

后现代文论对主体性的解构与反思

【作　者】罗伟文
【单　位】集美大学文学院
【期　刊】《云南师范大学学报（哲学社会科学版）》，第 50 卷，第 1 期，2018 年，第 100－105 页
【内容摘要】文学主体性理论颠覆了反映论文论，确立了人在文学实践中的核心地位，从理论上回应了"文学是人学"的时代主题，具有划时代的意义。但也隐含着理论的缺陷和历史的局限。因此，它遭到后现代主义的批判和解构，从而退出主流位置。后现代主义文论消解主体性，追寻差异性，一方面反拨了主体性文论，同时也产生了虚无主义的弊端。文学理论的发展应该回归和重建现代哲学，并且实现从主体性向主体间性的转型。

【关键词】后现代主义；文学主体性；主体间性；解构

后现代主义的语言观、现实观、历史观、真理观和主体观

【作　者】胡全生
【单　位】上海交通大学外语学院
【期　刊】《外语与外语教学》，第 2 期，2018 年，第 109－119、150 页
【内容摘要】作为当代的文化思潮，后现代主义在思考语言、现实、历史、真理和主体的观念上持一种或怀疑或批评的态度。它视语言为自治体系，非人所能控制；视现实为复数，由语言构成，因而为"第二位的"；视历史书写无异于讲故事，实践的是"叙事主义"；视真理为多元的和相对的，个人的和主观的；视主体性处于数个过程之中，故而变动不居。

【关键词】后现代主义；文化思潮；观念

后现代主义美国文学的空间拓展与疆界重绘

【作　者】陈奔
【单　位】厦门大学外文学院
【期　刊】《厦门大学学报（哲学社会科学版）》，第 5 期，2018 年，第 164-172 页
【内容摘要】作为独具美国特色的新兴学科美国研究的重要组成部分，美国文学研究经历了从发展到重塑的过程，其研究理论与方法及其与文化研究间的关系长期以来也一直备受关注。以符拉迪米尔·纳博科夫为代表的后现代主义作家对传统的"神话－象征"表现手法进行了新的解读与构建，凸显其反传统、反常规、随心所欲和虚实结合的创作手法，将使后现代主义文学在长时期内经久不衰。进入 21 世纪之后，美国在政治和社会等方面出现了诸多不确定性，而反映美国最近历史和现代社会现象和本质的后现代美国文学在这一背景下，无论在跨领域的创作手法抑或是传播"美国至上"理念上，均面临空间拓展和疆界重绘所带来的前所未有的机遇与挑战。
【关键词】美国研究；美国文学；符拉迪米尔·纳博科夫；后现代主义

后现代主义文学的美学原则

【作　者】胡全生
【单　位】上海交通大学英语系
【期　刊】《文学跨学科研究》，第 2 卷，第 4 期，2018 年，第 681-693 页
【内容摘要】后现代主义文学的美学原则是"什么都行"，其具体表现则是"双重编码"，即一手拿着传统的通俗编码，一手拿着超越传统的精英编码，"既精英通俗并存，又崭新陈旧共处"。从小说方面看，精英编码指其形式试验，主要包括元小说、戏仿、拼贴画、碎片化、抹除法、叉式情节、影子人物，而通俗编码指其对通俗小说的借用或混用，尤其是科幻小说、哥特式小说、侦探小说、西部小说、历史小说、校园小说、言情小说和色情小说。
【关键词】美学原则；"双重编码"；试验性；通俗性

后现代主义文学的终极价值追求

【作　者】胡铁生
【单　位】吉林大学文学院；吉林大学公共外语教育学院
【期　刊】《学习与探索》，第 2 期，2018 年，第 141-151、176 页
【内容摘要】学术界对后现代主义语境中文学的终极价值追求基本上以否定性的评价为主。由于文学的终极价值是文学的核心价值，是人类自我本质维系与发展的基本要素和人类活动要素的本体，也是定义人之存在的核心概念之一，因而，否定后现代主义文学的终极价值追求不仅否定了人的发展的本质，也从根本上否定了后现代主义文学存在的全部意义。自 20 世纪 60 年代以来的诺贝尔文学奖获奖作家在其作品创作中不同程度地采取了后现代主义的叙事策略，体现了后现代主义文学的某些特征，消解了先前文学思潮和流派对终极价值追求的传统方式，但从不同文学思潮的断代、继承与扬弃的关系以及颁奖词的表述中可以看出，后现代主义文学对终极价值的追求并未发生本质上的改变，对"理想"的追求仍是诺贝尔文学奖获奖作家创作的

根本原则，是作家采取本质主义与建构主义相结合的经典化策略，进而使其作品在后现代主义文学语境中成为终极价值追求的典范。

【关键词】终极价值；后现代主义文学；诺贝尔文学奖；世界文学

后殖民视域下的当代艺术——霍米·巴巴对艺术批评的介入

【作　者】翟晶
【单　位】首都师范大学美术学院
【期　刊】《文艺研究》，第 2 期，2018 年，第 25－36 页
【内容摘要】霍米·巴巴是当代最著名的后殖民理论家之一，同时也是一位对当代艺术有着浓厚的研究兴趣的学者，他对艺术批评的介入立足于其后殖民理论。他曾分析和纳·格林、彼得·布莱克、古列尔莫·歌美茨-佩纳、维万·山达兰姆、阿兰·西库拉、皮蓬·奥索里奥等诸多杰出的当代艺术家的作品。在分析艺术作品的过程中，他对自己的一些具有原创性的理论观点，如文化差异、混杂性、模拟、无家性、作为临时聚合体的身份、少数族等，进行了更为深入的论述。消解二元论、消解本质主义的倾向构成他的理论研究和艺术批评的基础。

【关键词】霍米·巴巴；后殖民理论；消解二元论；消解本质主义

后殖民语境下的非自然叙事学

【作　者】尚必武
【单　位】上海交通大学外国语学院
【期　刊】《天津社会科学》，第 5 期，2018 年，第 117－122、141 页
【内容摘要】在后经典叙事学的第二发展阶段，对不同叙事学派之间相互关系的探讨成为国际叙事学领域的一个重要话题。非自然叙事研究的一个重要启示就是其与意识形态的关联，因此从叙事形式及其之于意识形态的承载和表达这一角度引入非自然叙事学和后殖民叙事学，可以清晰地探究非自然叙事的意识形态特质及其对殖民主题的叙事再现。后殖民研究的未来在于从新的视角对此展开更为深入的探讨。如何结合后殖民文学独特的有违常规的叙事形式，考察其之于殖民与被殖民关系的再现与解构，是一个可资参照的批评路径。在这种意义上，聚焦非常规叙事形式的非自然叙事学与聚焦殖民主题的叙事再现的后殖民叙事学就有了交叉互补的必要与可能。布霍尔茨对拉什迪《午夜之子》的解读，呈现了非自然叙事学和后殖民叙事学之间的交叉互补性，强调二者的有机结合对于后殖民文学批评具有启发价值。

【关键词】非自然叙事学；后殖民叙事学；后经典叙事学

回到雅各布森：关于"文学性"范畴的语言学溯源

【作　者】冯巍
【单　位】中国传媒大学；中国文联出版社学术分社
【期　刊】《文艺理论研究》，第 38 卷，第 3 期，2018 年，第 88－97 页
【内容摘要】关于文学性的文艺学论争，需要从这一范畴的语言学起点上加以思考。雅各布森 1919 年首次提出了文学性的概念，1929 年又率先使用了"结构主义"这一概念。文学研究与语言学之间的相互关系，成为雅各布森学术思想的主导线索。反观雅各布森的"结构"中的文学性，可以看到他在批判地接受索绪尔结构语言学的基础上，进一步开掘了功能主义思想，拓展

了语言学研究的社会意义和人文价值。雅各布森"动态共时"的功能结构观，是结构主义从语言学移植到文学研究的一个不可越过的关节点，也是理解文学性的不可或缺的理论背景。在雅各布森看来，文学性就是"诗性功能"在语言的多功能结构中占据主导、语言六大功能同时都具备并彼此相生互动的语言艺术的特质。文学性并不是文学弃绝了一切外部联系的独立、自足性。判断诗性功能是否占据主导的参数，不仅有诗学的、艺术的、审美的维度，也有社会的、历史的、文化的维度。

【关键词】文学性；"动态共时"；功能结构观；"诗性功能"；主导

绘制空间性：空间叙事与空间批评

【作　者】方英
【单　位】宁波大学科学技术学院
【期　刊】《外国文学研究》，第 40 卷，第 5 期，2018 年，第 114－124 页
【内容摘要】文学的"空间转向"已逐渐发展为"文学空间研究"，该研究以空间、空间性、地方和绘图为核心概念，其中詹姆逊的"认知绘图"和罗伯特·塔利的"文学绘图"理论极具影响力。对这两种理论的考察和借鉴揭示了空间叙事和空间批评（近年国内文学研究的两个热点）的核心特征与根本关联——绘制空间性。"绘图／绘制"本义为绘制地图，喻指对空间和空间性元素的表征与建构；"绘制空间性"指对文学空间性因素的强调，可发生于作者和读者两个层面：在作者写作层面为空间叙事，广义而言指空间／空间性在叙事中的功能和意义，狭义乃一种叙事模式，即以空间秩序和逻辑统辖作品，以空间性为叙事重心；在读者阅读与批评层面为空间批评，即以空间性为研究视角和问题域的核心。这两者都是对存在空间性的绘制，对文学意义的新探索。

【关键词】"认知绘图"；"文学绘图"；空间叙事；空间批评；"绘图／绘制"；空间性

霍加特的文化研究理论——"文化主义"路径和民族志方法

【作　者】王庆卫
【单　位】华中师范大学文学院
【期　刊】《厦门大学学报（哲学社会科学版）》，第 1 期，2018 年，第 105－112 页
【内容摘要】理查德·霍加特是 20 世纪英国的一位重要的文学批评家，也是英国当代文化研究中心的主要创始人。他所建构的文化研究理论继承并变革了英国文化主义传统，采取了来自人类学的民族志方法，率先开启了对英国工人阶级文化的研究，对伯明翰学派的后续发展起到了示范作用。但是其理论并未真正摆脱阿诺德、利维斯等人的精英主义倾向，他的文化研究理论中的若干不足，由其后的汤普森和威廉斯加以完善。对霍加特思想中的英国文化主义传统进行分析时，应充分注意阿诺德和利维斯的影响，这有助于理解霍加特对无产阶级文化的支持立场及其方法和观念上的矛盾，从而较全面地评价霍加特对英国文化研究的开创意义和理论得失。

【关键词】理查德·霍加特；文化研究；文化主义；民族志

基于外国文学民族基因的"世界文学"论反思

【作　者】宋艳艳
【单　位】郑州大学西亚斯国际学院

【期　刊】《贵州民族研究》，第 39 卷，第 4 期，2018 年，第 152－155 页

【内容摘要】与"世界文学"论所倡导的消除或淡化民族界限不同，大多数外国经典文学作品中都或多或少包含着民族思想、民族历史、民族情感等多种民族基因，且这些民族基因对于外国经典作品也发挥了重要影响，不仅促进了文学作品的个性化，也使得相关文学作品有了深厚的文化土壤基础。"世界文学"论是一种文学思想或观点，而外国经典文学是实实在在的文学成功实践，虽然理论对实践有指导意义，但是实践结果也是理论思想的检验和证实，是理论思想推行的有益借鉴。由外国经典文学的民族基因经验可知，对于"世界文学"论还需要合理认知，给予适当评价，客观认知理论缺陷，正确把握理论实践的现实影响。

【关键词】外国文学；民族；世界文学

激进与实用的诗学：朗西埃和罗蒂的对话

【作　者】汤拥华
【单　位】华东师范大学中文系
【期　刊】《文艺研究》，第 1 期，2018 年，第 5－16 页

【内容摘要】罗蒂的论述在 20 世纪 90 年代初受到朗西埃的注意，两人皆有"从哲学走向文学"的主张，在理论立场上可引为同道，具体论述却多有分歧。我们不妨将两人的文论观点加以系统化，分别命名为"激进的诗学"与"实用的诗学"，以深入探究法国激进哲学与美国实用主义在学术理路上的差异。但是必须同时强调，罗蒂与朗西埃皆非故步自封之辈，而恰恰是要践行一种"出位之思"，即通过不同思想、学术传统的相互激发，使人文学术跳出"专业化"进而"非政治化"的陷阱，恢复应对当代问题的能力。通过在两位极具个性的思想家之间构建一种可能的对话，我们或可在一定程度上超越哲学与文学、学术与政治、欧陆学统与英美学统的表层对立，对西方当代文论的理论境遇与话语策略获得新的理解。

【关键词】罗蒂；朗西埃；"激进的诗学"；"实用的诗学"

技术媒介与当代文学生产的"后人类"向度

【作　者】张伟
【单　位】安徽农业大学人文社会科学学院；复旦大学中文系
【期　刊】《南京社会科学》，第 9 期，2018 年，第 132－139 页

【内容摘要】作为文学活动的物化前提，技术媒介介入文学生产由来已久。凭依现代科技的强势支撑，技术媒介在文学活动中逾越人类主导文学生产愈益可能，由技术媒介替代人类进行文学生产所形构的"后人类"景观挑战着文学作为"人学"的审美基调，但这并不预示着"后人类"文学替代人类文学的必然。本真的情感体验、独特的审美创造力以及文学表意的深度意蕴及其语言本体的多样化风格成为"后人类"文学弥合人类文学的现实阈限。而当下文学批评中崇尚理性、消解文学本质性征的诸多倾向却以一种通约性行为逐步瓦解着人类文学对可能到来的"后人类"文化的有效抗衡力。

【关键词】技术媒介；"后人类"；文学生产；人文主义；理性意识

坚守黑人文化立场的批评家贝克

【作　者】王玉括

【单　　位】南京邮电大学外国语学院
【期　　刊】《国外文学》，第 4 期，2018 年，第 46－52、154 页
【内容摘要】当代著名非裔美国文学批评家贝克虽然以积极借鉴后结构主义批评思想，尝试构建非裔美国文学及其批评传统为学界所瞩目，但他几乎始终如一的黑人民族主义文化立场，以及基于文本细读的文学与文化批评，及其所体现出来的黑人美学思想，为读者重新认识非裔美国文学的社会性与文本性特征提供了多维的视角。
【关键词】后结构主义；黑人美学；黑人民族主义

简单的形式与前文学的形态学

【作　　者】户晓辉
【单　　位】中国社会科学院文学研究所
【期　　刊】《民族文学研究》，第 36 卷，第 4 期，2018 年，第 35－45 页
【内容摘要】安德烈·约勒斯在其成名作《简单的形式》一书中对圣徒传说、传说、神话、谜语、格言、案例、回忆录、童话和笑话这些前文学的简单形式做出形态分类和动态研究，深刻揭示了人的精神活动通过不同的语言表情分化出不同体裁和文类的辩证过程，为文学科学和民间文学研究奠定了独特的理论基础。
【关键词】《简单的形式》；形态学；精神活动；语言表情

见证的文学，文学的见证——纳粹大屠杀幸存者文学在施害者研究中的意义

【作　　者】房春光
【单　　位】上海大学外国语学院
【期　　刊】《外国文学评论》，第 3 期，2018 年，第 133－150 页
【内容摘要】跨学科视野下的纳粹施害者研究，目前主要聚焦于对官方历史档案和施害者文献的分析解读，归根到底是对施害者形象自我塑造的探讨。由于大屠杀受害者文学在这一研究中一直处于从属地位，纳粹施害者在他们的文本中留下的历史映照几乎无人触及。在梳理现有研究脉络和探寻问题根源的基础上，本文从大屠杀幸存者作为历史见证人的身份构建出发，揭示见证者对历史事件的身体在场和情感记忆的独一无二性和不可取代性，既让他们的文学证言区别于其他作家群体笔下的大屠杀书写，又使得他们对历史真实的主观见证和以往学界中对历史事实的客观求证相得益彰，从而有力地补充并丰富了当前对施害者的研究。
【关键词】大屠杀受害者文学；纳粹施害者；身体在场；情感记忆；见证

讲个故事吧：情节的叙事与解读

【作　　者】南帆
【单　　位】福建省社会科学院
【期　　刊】《东南学术》，第 4 期，2018 年，第 162－172、248 页
【内容摘要】情节是叙事依循的一种话语成规，一个好故事是多数读者对于叙事作品的期待。尽管亚里士多德《诗学》赋予情节优先地位，但是，文学研究之中的情节概念并未升温。论文讨论了形成这种状况的原因，并且考察了情节研究可能展开的三个维度：首先是情节与社会历史的关系，分析了情节、人物性格以社会历史的交织形式，并且认为典型人物的意义必须追溯

至社会关系而不是抽象的"共性"；其次分析了结构主义叙事学的特征，指出了结构主义叙事学的视野缺失；最后考察了情节与欲望逻辑的关系，继而描述了情节内部社会历史、叙事学与欲望三者的交织及其张力所形成的文化症候。

【关键词】情节；社会历史；叙事学

讲故事的伦理：从史诗到小说

【作　者】周莉莉；赖大仁
【单　位】周莉莉：南昌工程学院外国语学院
　　　　　赖大仁：江西师范大学文学院
【期　刊】《江汉论坛》，第 6 期，2018 年，第 79－84 页
【内容摘要】在西方讲故事的文学体裁中，史诗和小说最具代表性，它们的故事常常以对善恶伦理的精彩呈现而著称。它们呈现善恶伦理的魅力，不仅来自故事中人物引人入胜的善恶交织，而且还来自潜藏于其中的讲故事的伦理。"客观性"是赞赏它们讲故事的伦理时最常用到的词语，但是，同样的客观性在史诗和小说中却有着各不相同的含义。从史诗到小说，讲故事的人从吟诵诗人到隐含作者，讲故事的方式从有声的讲述到静默的书写，客观性已从尊崇神意的客观转变为个人意识对话的客观。
【关键词】史诗；小说；讲故事的伦理；客观性

交互主体性与现代主义小说的意识互为

【作　者】邵凌
【单　位】对外经济贸易大学外语学院
【期　刊】《外国文学》，第 3 期，2018 年，第 115－123 页
【内容摘要】本文尝试勾连"交互主体性"与现代主义小说的意识互为的文本现象的相关性。胡塞尔的先验立场使现象学饱受唯我论的困扰，对交互主体性的探讨开启了现象学从先验立场向关系哲学过渡的可能性。而摈弃现实主义外部拟真、以呈现人物的意识体验为己任的现代主义小说家们也曾面对唯我论的争议。伍尔夫、乔伊斯对此做出反思，在创作中从单一意识转向意识互为，借用自由间接引语和意识流呈现了"交互主体性的构造"和"构造的交互主体性"的交互主体性的一体两面的问题，体现了主体性即交互主体性、客观性依存于主体间的朝向与构造的叙事法则。交互主体性为我们更好地理解和把握成熟时期的现代主义小说的叙事特色及其动因提供了新视角。
【关键词】交互主体性；现代主义小说；意识互为；唯我论

杰拉德·普林斯叙事理论刍议——以《作为主题的叙事：法国小说研究》及以后作品为主

【作　者】杜玉生
【单　位】上海交通大学外国语学院；南京信息工程大学文学院
【期　刊】《外语研究》，第 35 卷，第 2 期，2018 年，第 82－86、112 页
【内容摘要】杰拉德·普林斯以经典叙事理论家著称，其研究领域横跨早期结构主义叙事学、经典叙事学到后经典叙事学的各个阶段，是从经典叙事学向后经典叙事学过渡期间的杰出代表。普林斯在《作为主题的叙事：法国小说研究》（1992）一书中提出的"未发生事件的叙述"等概念

具有浓重的"叙事转折"特征，一定程度上突破了自身经典叙事学的格局，在学界引发一定讨论，为叙事学开辟了新的研究进路。在后经典叙事学转向后，普林斯依然密切跟踪叙事学理论发展，并调整策略将主要精力转向后经典叙事学的研究，发表一系列文章探讨诸如经典叙事学与后经典叙事学之关系、后殖民叙事、叙事学的未来发展等论题。

【关键词】杰拉德·普林斯；叙事理论；经典／后经典叙事学；"未发生事件的叙述"

结构主义文论回望与再探

【作　者】周启超
【单　位】浙江大学人文学院
【期　刊】《文艺理论研究》，第 38 卷，第 5 期，2018 年，第 26－33 页
【内容摘要】结构主义之真正跨语言跨学科跨文化的理论之旅，是当代文论与比较诗学研究的一个基本课题。在不少人心目中，结构主义是一种学派，一种思潮。罗兰·巴尔特却不以为然。在这位法国结构主义主将看来，结构主义是一种建构性活动。不少人认为，结构主义是一种理论，一种方法。扬·穆卡若夫斯基却不以为然。以这位捷克结构主义首领之见，结构主义是一种认识论立场。在我们看来，结构主义不仅仅是一种建构性活动，也不仅仅是一种认识论立场，更是一种思想范式。结构主义文论参与了 20 世纪"诗学范式"的建构。正是"诗学范式""阐释学范式""现象学范式""社会学范式"这四大范式彼此之间的对话与互动、对立与交锋，孕育了流派林立、学说纷呈的 20 世纪世界文论。看来，只有经由对结构主义文论这一思想范式的深度开采，才能直面原本就是多形态的结构主义文论，才能进入对结构主义文论的多面观，才能超越流行经年但确乎是被我们简化了的粗放式的"结构主义如是观"。

【关键词】结构主义；范式；理论旅行；比较诗学；再探

介入与否：罗兰·巴尔特与萨特的理论分歧

【作　者】金松林
【单　位】安庆师范大学文学院
【期　刊】《文艺理论研究》，第 38 卷，第 2 期，2018 年，第 182－189、216 页
【内容摘要】萨特在《什么是文学？》中提出了介入论的文学观。他主张，作家应该通过写作积极介入社会生活，主动对各种事件表态，从而保卫个体存在的自由。在《写作的零度》中，初登文坛的巴尔特对萨特的这一观点进行了严厉批判。巴尔特认为，这种写作不仅被专断的意识形态所污染，而且背负了道德伦理的重担。为了给文学松绑，他大力倡导"零度写作"或"中性写作"，努力创建一种"白色的文学"。其实，巴尔特的这一观念在萨特发表《什么是文学？》之前就已经萌芽了，只是这场争论促使它快速成型。在《写作的零度》中，巴尔特不但批判了萨特，还进行了最初的结构主义实验，并且在实验中埋下了后结构主义的种子，由此呈现出巴尔特思想的复杂性，即他的结构主义和后结构主义并不是两个泾渭分明的阶段，而是相互混杂的。

【关键词】罗兰·巴尔特；萨特；文学介入；零度写作；混杂性

进化论文学批评与文学伦理学视阈下的理论之争

【作　者】金冰

【单　　位】对外经济贸易大学英语学院
【期　　刊】《外国文学研究》，第 40 卷，第 6 期，2018 年，第 84－91 页
【内容摘要】20 世纪 80 年代以来，随着达尔文传记产业的兴起，达尔文思想遗产的当代意义及其文化诠释成为文化研究领域的新热点，而文学与达尔文主题的关联性更是引发持续讨论。本文围绕近年兴起的达尔文主义文学研究，聚焦于文学达尔文主义及进化论文学批评与后现代语言、文化理论之间的分歧，并从文学伦理学批评视角出发，运用伦理选择与伦理教诲等概念，从生命观照层面重新考察存在、人性、伦理等命题在进化论语境中所引发的全新思考和讨论，从而进一步揭示达尔文理论在文学批评领域的阐释潜能。
【关键词】文学伦理学批评；进化论文学批评；文学达尔文主义之争；范式研究

进化叙事的"去魅"与"复魅"——兼论拜厄特笔下进化意象与主题的双重性

【作　　者】金冰
【单　　位】对外经济贸易大学英语学院；哈尔滨金融学院
【期　　刊】《外国文学》，第 5 期，2018 年，第 21－31 页
【内容摘要】20 世纪 80 年代以来，西方人文学科兴起了一股"新达尔文主义"热潮，达尔文在当代大众及学术话语中扮演了什么样的角色，引发学界持续热议。本文梳理了批评界针对达尔文进化论的两种完全不同的解读方式，探讨达尔文理论自身所包含的悖论性和矛盾性，并在此基础上，以英国作家拜厄特的"新维多利亚小说"《占有》为例，将《占有》中的进化叙事置于 19 世纪科学与宗教的张力关系中进行考察，分析"枝蔓缠绕的河岸"等进化意象的双重性，分析拜厄特如何通过对达尔文主题的立体化重构，为我们呈现一个"去魅"与"复魅"并存的达尔文式世界。本文认为，拜厄特以文学的方式，揭示出达尔文式科学世俗主义所具有的"世俗魅力"，将"科学的达尔文"与"浪漫的达尔文"相融合，从而呼应了乔治·莱文等文化学者对双面达尔文的解读。
【关键词】达尔文主义；"去魅"；"复魅"；拜厄特；进化叙事

决疑论及其对早期现代英国文学的影响

【作　　者】陈西军
【单　　位】湖北大学外国语学院
【期　　刊】《湖北大学学报（哲学社会科学版）》，第 45 卷，第 3 期，2018 年，第 122－128 页
【内容摘要】决疑论是一种古老的方法论，历经古典时期和基督教时期，在早期现代英国的清教时期盛行。决疑论将伦理道德的普遍原则与具体实际结合起来，针对具体的个案给出具体的解决方式。根据所依据的普遍原则不同，出现了以亚里士多德和西塞罗为代表的古典决疑论、以阿奎那为代表的天主教决疑论和以珀金斯为代表的清教决疑论。早期现代的英国在宗教、政治、社会、经济和科技等方面都出现了前所未有的剧烈变革，传统伦理道德和行为准则受到了严重冲击。在这一特殊历史时期，决疑论对社会各方面都产生了重大影响，在文学方面尤为明显。莎士比亚剧作中人物在伦理之间的纠结、约翰·多恩诗歌和散文中个人在面对信仰和科学时的困惑以及笛福诗歌等作品中的人物在面对政治、经济等矛盾时的艰难抉择都是借助决疑论加以解决。决疑论是理解早期现代英国文学的重要方式。
【关键词】决疑论；清教决疑论；早期现代英国文学

喀巴拉神秘主义视角下的本雅明元语言论

【作　者】陈影

【单　位】北京语言大学外国语学部

【期　刊】《外国文学》，第 4 期，2018 年，第 103－111 页

【内容摘要】在本雅明看来，世界起源与最终救赎的秘密全部隐藏在原初的纯语言中，这种根源于犹太喀巴拉神秘主义的回归范式彰显出一种神学建构。在这种神学建构中，本雅明展开了自己对纯语言、名称、翻译的言说，以期唤醒人们对传统和本源的记忆，实现一种建基在语言神学层面上的救赎。诉诸喀巴拉是一种将不可言说的关于上帝的诺斯作为反抗主流文化的途径，在蕴含弥赛亚之光的语言碎片中，寻觅人类救赎的线索与希望。在喀巴拉神秘主义视角下探究本雅明的语言观，有助于我们抓住本雅明思想的理论要旨与现实关注，在本雅明晦涩难懂的写作表象中，挖掘他通过整合神学与哲学、从而达到表征真理的独特理论运思。

【关键词】本雅明；救赎；纯语言；喀巴拉

卡鲁斯与创伤批评

【作　者】陆扬；张祯

【单　位】复旦大学中文系

【期　刊】《学术研究》，第 9 期，2018 年，第 171－176、178 页

【内容摘要】卡鲁斯以弗洛伊德为例，谓创伤批评不仅是文学给精神分析真相提供实例，而且是一个更大的寓言，同时喻指着文本中创伤理论的未尽之言及其言外之意：文学与理论之不可或缺的联系。所谓创伤，指的是一种突如其来的灾难事件，当时感觉不到它的伤害，唯事后时时袭上心来。弗洛伊德的《摩西与一神教》对于犹太文化的创伤性理解，生成于世界范围反犹主义的不断对抗之中，因此弗洛伊德会不遗余力，来论证摩西的被谋杀不是孤例，而是人类远古历史上反叛弑父的无意识再现。这样来看英国批评家沃尔夫雷斯对 19 世纪小说《弗兰肯斯坦》的创伤读解，其所凸显的主体的分裂和现代性创伤两个主题，或可说明创伤如何如影随形地追随着我们，很难书写出一个清晰的物理和心理谱系来。要言之，创伤是一段尘封的记忆，它就尘封在我们的无意识里。

【关键词】创伤；卡鲁斯；弗洛伊德；摩西；弗兰肯斯坦

康德的审美自律论

【作　者】陈剑澜

【单　位】中国人民大学文学院

【期　刊】《文艺研究》，第 11 期，2018 年，第 39－49 页

【内容摘要】审美自律论是现代思想中根深蒂固的观念，其要义在认定审美－艺术独立于认知和道德活动而具有自足的意义。康德把审美判断力与知性、理性并列为主体自律的能力，即不能从一个共同根据推导出来的先天立法的能力。他在批判之前经验论和唯理论的基础上，分两个层次进行论证。首先，通过比较审美情感与感官情感和道德情感、审美判断与认识判断之异同，分析审美判断与目的概念的关系，从先验角度论述了审美活动的一般特性。然后，以探求审美判断无概念的普遍必然性的主体性根据为目标，围绕情感的普遍可传达、共通感、审美理

念，系统阐明了审美判断力的先天原则。康德赋予审美自律论完整的哲学形式，因此成为现代美学的真正开端。

【关键词】审美自律论；审美判断力；知性；理性

康德艺术论中形式主义与表现论之间的张力

【作　者】朱会晖
【单　位】北京师范大学哲学学院价值与文化研究中心
【期　刊】《文艺研究》，第 7 期，2018 年，第 24－32 页
【内容摘要】康德的艺术论在形式主义与表现论之间形成了一种理论的张力，然而，这两方面在康德美学中其实彼此相容、相互补充，其形式主义构成了表现论的真正基础。从积极的方面看，艺术对理性理念的表现要借助于（而非独立于）形式才能促进审美愉悦。通过类比，理性理念能够唤起丰富的想象，借助想象的形式引起心灵能力的协调，影响审美愉悦。从消极的方面看，对理性理念的表现并没有取消美的艺术的无目的性。在美的艺术中，表面上，美以及审美理念服务于理性理念，但对理性理念的表现的根本意义只是激发心灵能力的自由协调。保罗·盖耶和肯尼斯·洛杰森等人的观点值得反思。康德美学既凸显了审美与艺术的独立性，又解释了思想内容对审美愉悦的影响，并充分体现了其启蒙立场。

【关键词】艺术论；形式主义；表现论；想象；自由协调；审美愉悦

可能世界理论

【作　者】邱蓓
【单　位】上海外国语大学英语学院
【期　刊】《外国文学》，第 2 期，2018 年，第 77－86 页
【内容摘要】"可能世界"是世界可能或本可以存在的方式。这个概念由 17 世纪神学家莱布尼兹提出，20 世纪中期被逻辑哲学家发展为可能世界语义学，用来解释关于必然性和可能性的形式语义问题。20 世纪 70 年代，文艺理论家把可能世界理论引入文学领域，为研究文学话语的真值问题和指称问题提供了理论框架。随着叙述学的发展，叙述学家们也借用了可能世界理论，提出文学叙述作品是一种特殊的可能世界——虚构叙述世界，并在审视真实世界与虚构叙述世界的关系的基础上建构了可能世界文类理论，根据虚构叙述世界内部次级可能世界间的不平衡关系建立了以冲突为动力的情节诗学。可能世界理论给文学理论带来了新思想，为叙述学研究提供了新的视角和研究方法。

【关键词】可能世界；文学迁移；叙述学；文类理论；情节诗学

克里斯蒂娃与后现代文论之发生

【作　者】赵雪梅
【单　位】广州大学人文学院
【期　刊】《文艺理论研究》，第 38 卷，第 1 期，2018 年，第 69－79 页
【内容摘要】后现代文论发轫于法国的后结构主义与解构主义文论，克里斯蒂娃在法国后现代文论的发生中起着至关重要的作用。在法国由结构主义向后结构主义思潮的过渡中，克里斯蒂娃所引介的巴赫金诗学理论起着划时代的推动作用。她在继承与发展巴赫金的对话理论

的基础上提出了互文性理论，该理论奠定了其作为后结构主义文论开拓者的地位，并直接促成了罗兰·巴特由结构主义向后结构主义的转变。克里斯蒂娃及其互文性理论还给予解构主义大师德里达重要启发。1968 年的"五月风暴"，"原样"集团的成员身份，敏锐的学术眼光与宏大的野心，以及东欧女性移民的独特生命体验是促使克里斯蒂娃成为后现代文论启发者的重要原因。

【关键词】克里斯蒂娃；后现代文论；巴赫金；罗兰·巴特；德里达

空间美学的理论生成与合法性建构

【作　者】裴萱
【单　位】河南大学文艺学研究中心
【期　刊】《浙江工商大学学报》，第 4 期，2018 年，第 47－55 页
【内容摘要】美学作为一门系统研究主体"感性之学"的学科形态，其获得自身的场域伦理和知识体系是一项重要的现代性事件，从维柯的"诗性思维"理论到鲍姆嘉通对美学学科的界定，都体现出主体感性能力对美学合法性存在价值的承担。与此同时，主体对"空间"的诗性审美能力是先验存在的，并成为主体感性能力的重要组成部分。所以，美学、感性和空间三者便相互融合，生发出崭新的"空间美学"话语。在前现代时期，主体对空间审美的朴素认知构成空间美学的理论萌芽；现代美学的"感性革命"清晰地凸显出主体与空间之间的诗性伦理，比如海德格尔的"空间栖居"和梅洛－庞蒂的"视知觉空间"便进一步延展空间美学的理论脉络；现代文学的空间审美实践和话语流变再次推动空间美学的场域自律，并最终形成既关注主体生存，又充满文化批判的现代美学形态。空间美学将持续给未来美学的发展提供有益的知识学资源和价值承担。

【关键词】空间美学；合法性；视知觉；文化批判

空间叙事的身体性思考

【作　者】王华伟
【单　位】西北大学文学院
【期　刊】《中州学刊》，第 2 期，2018 年，第 159－165 页
【内容摘要】空间理论的兴起与完善，让文学叙事走出时间的桎梏，让创作的空间性尝试与叙事的空间化表达得以实现。空间的身体化与空间叙事的身体性成为空间重构与叙事转向的内在要求与必然结果。空间叙事的根本在于，它可以通过恰当的文字为身体建构存在的空间，运用独特的叙事为空间唤回身体的本源。空间叙事的身体性营构预示着文学空间已经进入身体的时代，它不仅让空间与身体在文学叙事中实现融通，而且让文学回归自身更加自然、更为原始的起点即空间与身体上来。

【关键词】空间；空间叙事；身体

空间转向与文学空间批评方法的建构

【作　者】王欢欢
【单　位】湖南师范大学文学院
【期　刊】《中国文学研究》，第 2 期，2018 年，第 60－66 页

【内容摘要】文学空间批评是在人文社会学科"空间转向"的背景下兴起的一种文学批评方法。它以文学中的空间为批评对象，广泛吸收了空间理论的知识，由文本的空间形式批评和文本中所建构的空间批评两部分组成。文学空间批评改变了文学中的空间长期处于遮蔽和静止的状态，开拓了文学研究的视野，为文学批评提供了新的方法。但对文学空间维度的关注并不意味着对时间维度的忽视，具体的文学空间批评实践还是要立足于文本，把空间维度和时间维度相结合，避免过度阐释。

【关键词】文学；空间；批评方法

捆绑之误与认同之殇——拉什迪"世界主义"批判

【作　者】林萍
【单　位】上海外国语大学
【期　刊】《外国文学评论》，第 3 期，2018 年，第 194－207 页
【内容摘要】为了彰显"世界主义"，拉什迪通过将后结构和后现代主义话语强行"捆绑"于第三世界叙事之中，在其创作中对第三世界的民族认同进行了解构。拉什迪对西方理论话语的过度依赖和对民族认同的解构与其缺乏第三世界独特的问题意识和文化政治诉求密切相关。本文从文化政治的视角出发，对拉什迪"世界主义"思想及其三个表征即"杂糅"身份、民族的"播撒"和新东方主义进行质疑和反思。

【关键词】"世界主义"；拉什迪；解构；第三世界

浪漫主义的反讽概念：实质、类型和限度

【作　者】李金辉
【单　位】黑龙江大学哲学学院
【期　刊】《思想战线》，第 44 卷，第 3 期，2018 年，第 143－148 页
【内容摘要】反讽概念可以分为浪漫主义和理性主义两种类型。浪漫主义的反讽强调无穷的否定，通过这种否定以表现无限的绝对运动，遵循"否定的辩证法"。它不是以肯定和同一性为目的，而是以否定自身为目的。它强调反讽自身的独立性，使反讽作为反讽而存在。这本质上是一种艺术美学意义上的反讽，它蕴含一种反理性的或非理性的"泛情感主义"。这种反讽蕴含着一种关于存在理解的虚无化趋势，它可能导致形而上学的消解和道德价值的真空，使人类陷入虚无主义的无意义的生存困境。与此相反，理性主义者主张一种不同类型的反讽：即哲学伦理学意义的反讽。理性主义者认为，浪漫主义的美学反讽必须伴有对道德原则和形而上学意义的重建，主张必须重建浪漫主义美学的哲学伦理学维度，完成浪漫主义美学的创造性转换。因此，浪漫主义的情感和感性必须建立在理性基础上，表现为一种体现人类自由意志的哲学伦理学的浪漫主义。

【关键词】浪漫主义反讽；理性主义反讽；艺术美学；哲学伦理学；情感；理性

理查德·罗蒂与新实用主义文学理论的可能性

【作　者】汤拥华
【单　位】华东师范大学中文系
【期　刊】《文艺理论研究》，第 38 卷，第 5 期，2018 年，第 165－175 页

【内容摘要】根据罗蒂新实用主义的逻辑，我们不能说罗蒂的文学理论以其哲学思想为基础，而只能说作为新实用主义者的罗蒂与作为文学理论家的罗蒂，在某种意义上构成相互阐发的关系。所以我们不妨从新实用主义的定义难题出发，充分激活文学与哲学的张力关系，考察罗蒂对文学理论的设计与期待。我们还可以将理论分为"探究""难题化""疗治"三种路径，以求对一种可能的新实用主义文学理论的提问方式、运思路径和论说策略进行更好的定位。

【关键词】罗蒂；新实用主义；文学理论

理论的经典化与经典性：弗莱思想在西方

【作　者】张文曦；乔国强
【单　位】张文曦：广东财经大学外国语学院；上海外国语大学外国语言文学博士后科研流动站
　　　　　乔国强：上海外国语大学英语学院
【期　刊】《外国文学研究》，第40卷，第6期，2018年，第164－173页
【内容摘要】理论的经典化问题始终无法逃脱本质主义与建构主义的争论，而在不同经典理论合法化的个案中寻求其诞生的规则，看似是搁置争议的有效办法之一。诺斯罗普·弗莱的代表作《批评的剖析》作为西方文论的经典著作，自20世纪50年代开始受到不同国家学者的热议和追捧，相关研究重心随着西方理论思想的变迁，几经沉浮。弗莱思想的经典化路径主要从走入经典和去经典化两方面语境中得以重现，同时能够展现其思想在西方的兴衰以及这种转变的内在逻辑和时代内涵。此外，在理论爆炸过后的当今西方文论界，弗莱思想中的人文主义倾向是其保持读者群延续和经典地位的重要原因，同时也很好地阐释了经典理论在不同历史维度下绽放经典性的辩证法则。

【关键词】经典化；去经典化；经典性；诺斯罗普·弗莱；人文主义

理想社会建构的文学思维模式——以西方乌托邦与反乌托邦小说的正向与逆向思维模式为例

【作　者】胡铁生
【单　位】吉林大学公共外语教育学院；吉林大学文学院
【期　刊】《甘肃社会科学》，第2期，2018年，第84－93页
【内容摘要】西方乌托邦理想社会的构建可以追溯到以柏拉图和亚里士多德为代表的古希腊时期政治哲学和诗学，并由历代思想家和文学家不断对其进行继承与摒弃，形成了人类理想社会构建的正向思维模式。虽然这些思想家的作品原本是以政治哲学的学科属性面世的，但因其具有文学性而被纳入文学的范畴。在文学范畴内对人类理想社会采取正向价值的思维模式并做出更大贡献的是以莫尔为代表的乌托邦小说，其《乌托邦》成为该类型小说研究的范本。以亚米扎京的《我们》、赫胥黎的《美丽新世界》和奥威尔的《一九八四》为代表的反乌托邦小说则以逆向思维的模式，对当代理想社会建构中出现的集权主义和科技发展导致的社会弊端进行了无情的揭露与批判。在政治哲学与文学联姻的共同作用下，代表资产阶级民主政治的美国《独立宣言》的出台以及美国的建国历程，以密尔以及欧文等人为代表的空想社会主义及其"和谐新村"的实验，苏联社会主义国家成功与失败的经验与教训和中国当下社会主义初级阶段小康社会建设的实践表明，乌托邦小说和反乌托邦小说在创作中虽然采取了截然相反的思维模式，但对于人类理想社会的建构而言，均具有以文史为鉴、服务现实和昭示未来的启示性意义。

【关键词】乌托邦；反乌托邦；理想社会；学科跨界；思维模式；历史意义

历史场中文学伦理道德的回归——文学伦理学批评研究述评

【作　者】欧阳美和
【单　位】上海政法学院
【期　刊】《河南社会科学》，第26卷，第10期，2018年，第42－46页
【内容摘要】文学伦理学批评旨在从文本的创造性阅读中获取伦理选择在历史上和现实中所给予读者的道德教诲与警示，以及对于今天文明建设和价值重构的启发意义。这种文学批评方法囿于历史场，并非以今鉴古的道德批评，而重在以古鉴今的伦理启迪。文学伦理学批评从2004年出世以来，经历了创建、发展、繁荣的过程——从最初的理论探索到后来的理论完善，从最初的小说戏剧分析到现在的多国别、多文类研究，取得了丰硕的成果。文学伦理学批评呈现出研究视野的开阔性、研究方法的兼容性、研究种类的多样性、研究效果的创新性等特征。
【关键词】文学伦理学批评；伦理道德；回归；历史场

历史叙事是否有真假？——论安克施密特的"历史叙事不能为真（假）"

【作　者】于萍；段小凡
【单　位】于萍：黑龙江大学文学院
　　　　　段小凡：哈尔滨工业大学外国语学院
【期　刊】《学习与探索》，第10期，2018年，第176－181页
【内容摘要】安克施密特在《叙述逻辑——历史学家语言的语义分析》一书中提出"必须拒斥'叙述之真（假）'这样的短语"，认为在哲学论证中这样的短语并不能表示叙事的性质。安克施密特承继了智者派对叙事关注的传统，从语言本身出发，厘清了陈述与叙事之间的区别，认为历史叙事由于隐喻性描述的介入而难以完全表征历史实在，因而提出历史叙事无所谓真假的论断。然而他的真实观过于狭隘和理想化，有落入智者派所受的指责中的倾向。
【关键词】安克施密特；历史叙事；历史实在；真实

利维斯"实践中的批评"之渊源与内涵

【作　者】熊净雅
【单　位】中国科学院大学外语系
【期　刊】《国外文学》，第3期，2018年，第19－26、156页
【内容摘要】"实践中的批评"是利维斯及追随者所推崇的批评范式，反映了利维斯批评体系的核心内涵，亦是剑桥英文的有机组成部分。本文追溯了实践中的批评的主要理论渊源，指出其乃是对瑞恰慈"实用批评"的扬弃，一方面继承了后者以文本为核心的分析批评方法，另一方面摒弃了后者将文学批评科学化的做法，因而在瑞恰慈语义批评之外开辟了剑桥批评传统的另一条发展脉络。同时，本文也辨析并阐释了"实践中的批评"的核心内涵，指出"具体"原则、"评判和分析""第三领域"以及问答式批评思路等是其具有代表性的批评原则；考察了"实践中的批评"既根植于灵活的文本细察，又强调社会维度和文化影响的批评实践，指出"实践中的批评"亦是"鲜活的"批评。
【关键词】利维斯；"实践中的批评"；"实用批评"；"鲜活的"批评

联合文学：通向文学的内民族性理论（英文）

【作　者】Albert Braz
【单　位】加拿大阿尔伯塔大学英语与电影研究系
【期　刊】《文艺理论研究》，第 38 卷，第 5 期，2018 年，第 14－25 页
【内容摘要】传统上，民族文学往往与民族国家相关联，这种关联有时近乎神秘。其实社会学意义上国家远远多于民族国家，这意味着一个特定的国家内部可能不止一个民族，因此也就有不止一种民族文学。本文审视了多民族国家中创作的民族主体的概况，旨在构建一种方法来考察文学生产，这种文学生产不是民族文学，准确说是联合文学。
【关键词】民族文学；多民族国家；联合文学

卢卡奇早期思想发展及其思想史效应：100 年后的重访

【作　者】张亮
【单　位】南京大学马克思主义社会理论研究中心；南京大学哲学系
【期　刊】《学习与探索》，第 11 期，2018 年，第 142－150、192 页
【内容摘要】晚年卢卡奇在内在思想动力的作用下选择"淡忘"自己的早期，而这是一个绝对不应当忽视的思想发展阶段。卢卡奇早期思想发展包含三个阶段：1900 年至 1911 年的文学批评阶段，1912 年至 1916 年的哲学反思阶段，1916 年至 1918 年的伦理反思阶段。早期卢卡奇各个阶段的思想与著作都有独特的价值，它们超越卢卡奇本人的主观意图，发挥了客观的多重思想史效应，如开创"西方马克思主义"传统、促进法兰克福学派文化批判理论的早期发展、为卢卡奇 20 世纪 30 年代以后的思想发展提供学术新方向、支撑戈德曼文学社会学的形成等等。
【关键词】卢卡奇；文学批评阶段；哲学反思阶段；伦理反思阶段；法兰克福学派；戈德曼

论布迪厄的反思社会学及对文艺场的论述

【作　者】王锺陵
【单　位】苏州大学国学研究院
【期　刊】《东南大学学报（哲学社会科学版）》，第 20 卷，第 5 期，2018 年，第 126－139、148 页
【内容摘要】布迪厄的文艺场理论以三个主要概念为其基础：场域、资本与惯习。简明地说，场域是位置之间的客观关系网，是一个争斗、竞争的空间，但只有将之与"资本"概念联系起来，才能对场域内的竞争状态与运作过程有清晰的认识。场域中的游戏者不是认知者，而是具有惯习的行动者。布迪厄将文艺场划分为有限生产次场与大生产次场，分别与不能自主原则和自主原则相对应。而积累声望、开发利益、象征资本丧失、异端竞争成功，则是布迪厄提出的文学艺术场内部新势力的发展过程之普遍模式。虽然布迪厄对于艺术场域的观点大多缺乏新意，但他的文化生产场理论将文艺等领域中所存在的争斗、竞争等情况，非常醒目地予以了突出，还是有其应该肯定之处的。而他关于艺术场"以生产体现在艺术作品中的信仰为取向"的论点，则是一个深入之见。布迪厄理论的缺点在于：在对资本的分类与说明上明显混乱；对于场域概念的界定比较模糊，有时也随意；在赋予惯习的行动者以能动性来解决结构的转换的论述上明显支绌；对"场域"内涵的理解简单、片面；重社会性，而忽视个体性。布迪厄的文艺场理论表

明，我们应该用"审美心理的建构"，来代替"惯习"概念，才能对于文学史、艺术史的变动有广阔而深刻的把握。

【关键词】布迪厄；场域；资本；惯习；审美心理建构

论风格与情感、修辞之关系：一个皮尔斯解释项三分路径

【作　者】赵星植；彭佳
【单　位】赵星植：四川大学外国语学院
　　　　　彭佳：西南民族大学外国语学院
【期　刊】《学术界》，第 1 期，2018 年，第 105－112、286 页
【内容摘要】从文本接受与解释的角度来看，情感、风格与修辞三种之间的关系，近似于皮尔斯提出的解释项三分之关系。情感作为第一性的情绪解释项，具有普遍性与模糊性，贯穿于符号衍义过程的各个环节；但情感在衍义过程中最终还是会具体化为第二性的能量解释项，也即风格。二者的转换过程是符号所连接的对象从直接对象转向动力对象的过渡过程。而修辞作为第三性的逻辑解释项，既是符号文本的构筑规则也是解释规则；它往往以解释习惯的方式被固定下来，而这种习惯即为风格中的体裁。
【关键词】风格；情感；修辞；情绪解释项；能量解释项；逻辑解释项

论荷马史诗与"口头诗学"

【作　者】陈斯一
【单　位】北京大学哲学宗教系
【期　刊】《浙江学刊》，第 2 期，2018 年，第 175－182、2 页
【内容摘要】米尔曼·帕里关于程式系统和口头诗歌的理论深刻地影响了荷马史诗的文学批评研究。帕里的追随者提出，荷马史诗并不具备经典文学批评在书面作品中发现的那种原创性和统一性，因此，对于荷马史诗的批评研究必须建立在全新的口头诗学的基础之上。本文试分析和回应口头诗学的主要倡导者詹姆斯·A.诺托普洛斯的理论，以便揭示他对于荷马史诗的原创性和统一性的根本误解，为以亚里士多德《诗学》为代表的经典文学批评方法做出辩护。
【关键词】荷马史诗；文学批评；口头诗学

论理查德·罗蒂"想象力"概念

【作　者】李晓林
【单　位】厦门大学中文系
【期　刊】《文艺理论研究》，第 38 卷，第 5 期，2018 年，第 176－181 页
【内容摘要】理查德·罗蒂的"诗性文化"是以文学取代宗教、哲学占主导地位的文化，也是推崇"想象力"的"自由主义乌托邦"的文化。罗蒂所言的"想象力"不仅包括个人完美角度的想象和人类团结角度的想象，还包括未来社会的乌托邦想象。罗蒂的"想象力"概念既是对于浪漫主义文学的继承，亦实践着新实用主义"哲学成为文化政治"的主张。
【关键词】理查德·罗蒂；"诗性文化"；"想象力"

论马克思主义文艺理论创新的中国问题意识

【作　者】季水河；季念
【单　位】湘潭大学文学与新闻学院
【期　刊】《社会科学辑刊》，第 3 期，2018 年，第 17－31 页
【内容摘要】马克思主义文艺理论在中国的创新与发展历史，在某种意义上也就是中国马克思主义者用马克思主义文艺理论解决中国社会矛盾、解答中国文艺问题的过程。中国马克思主义者在社会变革、文艺发展、理论建构等方面都体现了鲜明的中国问题意识。同时，在不同中国问题意识的影响下，形成了不同的中国马克思主义文艺理论形态。可以分为以解决社会问题为主的政治形态、以解决文艺现实问题为主的批评形态、以解决理论体系建构为主的理论形态。马克思主义文艺理论创新中国问题意识的三种不同意识类型和三类不同话语形态，并非毫无关联或者截然对立的，而是在相对差异中又相互关联、相对独立中又相互影响的。正是这种差异中的相互联系、独立中的相互影响，形成了中国化马克思主义文艺理论的丰富内涵和复杂景观。
【关键词】马克思主义；文艺理论创新；中国问题意识；理论形态；辩证关系

论马克思主义文艺理论的历史形态与理论形态

【作　者】谭好哲
【单　位】山东大学文艺美学研究中心
【期　刊】《山东社会科学》，第 1 期，2018 年，第 52－58 页
【内容摘要】从研究对象和范围上来看，马克思主义文艺理论实际上包含着两个相互关联的方面或形态：一是历史上一切带有马克思主义性质的文艺理论思想，这是马克思主义文艺理论的历史形态；二是在马克思主义文艺理论发展进程中积淀形成的那些具有马克思主义性质而又在文艺理论研究中具有重要理论价值的思想观念、理论命题和理论判断等等。这两个方面或形态，前者着眼于历史发展，后者着眼于思想成果。历史形态的马克思主义文艺理论往往都具有历史具体性，理论形态的马克思主义文艺理论则超越了这种历史具体性，着眼于思想观念的学理概括性与普遍性，相关思想观念、理论命题和理论判断的价值和意义取决于各自理论内涵的深广度及其在马克思主义文艺理论整体思想系统中的地位和作用。历史形态包含着许多理论形态的内容，也包含着许多尚未被或不一定能够被提升为理论形态的内容，比理论形态更丰富、博杂；而理论形态是从历史形态总结、提炼而来的，是对于全部历史形态思想内容的一个简略、浓缩，比历史形态中一个个具体理论家的言说和观点更深刻、更系统。历史形态的研究能给理论形态的建构提供更为充实的思想资料，理论形态的建构则能使历史形态的研究具有更为自觉的目的导向，二者相互促动、相辅相成。在当代马克思主义文论的研究中，历史形态与理论形态各有其需要优先解决的时代任务。大致而论，前者更需要沉潜于历史纵深的思想考古与价值辨析，在秉持真正的"历史"透视眼光的同时，还要力求在宏观认识架构上取得共识，其中马克思主义文艺理论的原生形态与衍生形态的关系、本土性与世界性的关系、历史价值与历史局限性的关系问题需要认真谨慎地加以体认与辩证论析；后者更需要基于时代创新的思想建构与时代检验，其中，马克思主义文论当代理论形态的建构原则、建构主体以及历史化、经典化问题涉及当代理论形态建构的全局性与整体性的格局和取向，应予特别重视和关注。
【关键词】马克思主义文艺理论；历史形态；理论形态

论青年恩格斯思想视域中的白尔尼因素

【作　者】张永清

【单　位】中国人民大学文学院

【期　刊】《复旦学报（社会科学版）》，第 60 卷，第 4 期，2018 年，第 34－45 页

【内容摘要】1839 年 4 月至 1842 年 10 月间，白尔尼的自由思想、人格理想等对青年恩格斯产生了极为独特的影响。这种影响主要体现在青年恩格斯对白尔尼与青年德意志、白尔尼与黑格尔／青年黑格尔派以及白尔尼与政治自由主义／共和主义三大问题的相关阐释中。青年恩格斯的思想呈现出从文学政治到哲学政治再到社会政治这样一个嬗变过程。自 1842 年 11 月始，青年恩格斯对社会主义、共产主义思想的接受意味着他的思想发生了"巨变"，尽管白尔尼的思想从此淡出了青年恩格斯的视域，但是白尔尼的性格特质对此后的恩格斯仍发生着某种程度的影响力。

【关键词】青年德意志；青年黑格尔派；文学政治；哲学政治；社会政治

论世界文学经典的英雄崇拜与理想品格

【作　者】魏丽娜；傅守祥

【单　位】魏丽娜：浙江财经大学外国语学院

　　　　　傅守祥：温州大学人文学院

【期　刊】《东岳论丛》，第 39 卷，第 3 期，2018 年，第 137－142 页

【内容摘要】英雄是高度体现民族历史内生力量的精神图标和文化符码，他们不但能引领世界某方面的超常发展，而且能够改善人类的生命质量与精神品质。世界各国的"英雄史诗"忠实地留存了各民族的创世传说，艺术地呈现了人们的英雄崇拜；同时，不少传世诗人以"英雄知音"的高度一并名垂青史，跃升为精神世界的英雄或导师，开创了事功型英雄与通灵型英雄并立、行动者与记录者"同品"的先河，大幅度提高了文学经典的思想境界和人性情趣。这些诗文英雄不但能够超越时代，而且成为守护信仰、留存希望的精神英雄。将"英雄崇拜"和"理性品格"内化为一种"责任"和"荣耀"，是 20 世纪世界文学在经历了两次人类大屠杀、多元化思潮的撕裂、市场化与高科技冲击等社会大转型后依旧经典迭出的内在性因素和主体性因素。作为当代一种难得的共识，文学要能给人希望、要有理想品格，深刻影响着世界文学经典的生成与传播。

【关键词】文学经典；英雄崇拜；理想品格；"英雄史诗"

论抒情诗的空间呈现

【作　者】谭君强

【单　位】云南大学文学院；云南大学叙事学研究中心

【期　刊】《思想战线》，第 44 卷，第 6 期，2018 年，第 110－122 页

【内容摘要】对抒情诗空间叙事的研究，迟迟未进入研究者的视野。实际上，空间叙事是抒情诗的一种重要抒情叙事方式，在古今中外的抒情诗中都有明显表现。在抒情诗的空间叙事中，空间呈现以多种方式表现出来，其中最突出的是地理空间、心理空间和图像空间。这三种空间呈现各有其独特的表现方式，同时相互之间并不隔绝，这些呈现都与抒情主体密不可分，在抒

情人的叙说与情感表达中发挥着突出的作用，产生独特的叙事动力，并使抒情诗显现出丰富多彩的面貌。

【关键词】抒情诗；空间呈现；地理空间；心理空间；图像空间

论苏珊·桑塔格"反对阐释"的伦理关怀与话语实践

【作　者】雷登辉
【单　位】武汉大学文学院
【期　刊】《外国文学研究》，第 40 卷，第 3 期，2018 年，第 120－130 页
【内容摘要】苏珊·桑塔格以"反对阐释"的激进口号蜚声中外学界，然而"反对阐释"的观点却屡遭误读，甚至被贴上了审美主义的标签。本文通过哲学与文学研究伦理学转向的历史背景，重探"反对阐释"的理论内涵。"反对阐释"不是拒绝任何意义上的阐释，而是用"新感受力"来批判庸俗与僵化的道德批评，因此它不仅仅是一种注重形式的理论倡导，还体现了深刻的人本主义和伦理关怀。桑塔格将审美与道德置于富有张力的文化结构中，以持续的文学创作、文化批评和社会活动实践呼应其伦理诉求，这对我们进行理论批评和价值选择有着重要的启示意义。

【关键词】苏珊·桑塔格；"反对阐释"；道德批评；人本主义；伦理关怀

论陀思妥耶夫斯基根基主义思想萌芽期与发展期的原创性

【作　者】万海松
【单　位】中国社会科学院外国文学研究所
【期　刊】《外国文学》，第 1 期，2018 年，第 25－33 页
【内容摘要】对陀思妥耶夫斯基思想发展的梳理以及对其思想原创性的考辨，有助于把握作家及其作品所反映的思想。陀思妥耶夫斯基的根基主义思想的发展大致可分为三个时期：萌芽期（1846—1847）、发展期（1848—1865）和巅峰期（1866—1881）。在萌芽期，陀思妥耶夫斯基虽然与其兄长在感情上亲近、思想上接近，但他发表的反映这一思想的代表作要略早于其兄之作；在发展期，陀思妥耶夫斯基虽与其他思想家有过琴瑟之鸣，但其根基主义思想基本上属于独立见解。研究这前两个时期并论证其原创性，同时考察其根基主义思想在这两个时期所延伸表达出的非功利文艺观等，对确立陀思妥耶夫斯基在俄国根基派中的地位与作用十分重要。

【关键词】陀思妥耶夫斯基；根基主义思想；萌芽期；发展期；原创性

论文学与道德的逻辑关联

【作　者】范渊凯；史莹
【单　位】范渊凯：南京财经大学马克思主义学院
　　　　　史莹：南京师范大学音乐学院
【期　刊】《江苏社会科学》，第 6 期，2018 年，第 242－247 页
【内容摘要】近年道德在文学活动中的实践应用逐渐成为一个新兴的研究方向，不少理论成果开始强调从伦理学的立场出发解读、分析文学作品和文学现象，但目前对两者逻辑关联等问题的研究较为匮乏。论者以文学的起源、生产、传播、接受为研究对象，论述了道德内生于文学活动之中且与审美共同构成了文学价值，在文学创作、传播、接受等过程中进行应然状态的维

系，产生了一定的依附性，并分析了两者逻辑关联在文学生产与文学接收两端的实践与应用。

【关键词】文学；道德；文学伦理；逻辑关联

论叙事传统

【作　者】傅修延
【单　位】江西师范大学叙事学研究中心；江西师范大学文学院
【期　刊】《中国比较文学》，第 2 期，2018 年，第 1—12 页
【内容摘要】叙事传统指世代相传的故事讲述方式。传统并非一成不变，亦非纯粹客体，人们难以理性对待传统的原因在于其"母性"与"神性"。传统不仅因叙事而传，与传统有关的叙事还经常创造传统或成为传统的替身，今人更多是通过与传统有关的叙事获悉传统。叙事有多种表现形式，只有紧紧抓住"讲故事"这条主线，才有可能穿透既有的学科门类壁垒，还原出叙事传统的谱系。人类学最新研究认为人类成功的主要原因在于会讲故事，这一观点有助于认识叙事传统研究的意义。

【关键词】叙事；传统；讲故事

论意图主义反私有语言谬误的阐释效力——以列文森、卡罗尔和戴维森三种进路为例

【作　者】张巧
【单　位】广东外语外贸大学外国文学文化研究中心
【期　刊】《文艺理论研究》，第 38 卷，第 5 期，2018 年，第 58—68 页
【内容摘要】反意图主义认为任何对意图概念的承诺都会陷入私有语言谬误，如果意图主义要继续享有阐释效力，则必须提供能够摆脱私有语言谬误的可替代性的意图概念。当前分析美学中列文森、卡罗尔和戴维森的三种意图主义进路均有其反私有语言谬误的阐释效力。前两种版本的意图主义仍然对反意图主义做出了让步，因为它们和反意图主义共享了这样的观点：语言约定才是阐释语言交流的决定因素，意图概念只是衍生性的；而戴维森将意图置入诠释学视域下，认为语言交流的本质是诠释者对说话者意图的识别，语言约定并非语言交流的必要条件。戴维森的意图论彻底地摆脱了语言约定的担保，将意图作为考察文本诠释的关键因素，比起前两者，它能在与反意图主义的争论中显示出更强的阐释力。

【关键词】意图主义复兴；私有语言谬误；阐释效力；列文森；卡罗尔；戴维森

马克思、恩格斯文艺思想与 19 世纪英国文学

【作　者】赵炎秋
【单　位】湖南师范大学文学院
【期　刊】《湖南师范大学社会科学学报》，第 47 卷，第 2 期，2018 年，第 32—39 页
【内容摘要】19 世纪英国文学是马克思、恩格斯文艺思想的重要文学来源之一。19 世纪英国文学中的社会主义因素、现实主义的艺术观与创作方法，以及较高的艺术成就，是马克思主义经典作家肯定并重视它的主要原因。19 世纪英国文学为马克思和恩格斯文艺思想的形成与发展提供了一定的文学方面的资源与材料；马克思主义文艺思想的许多内容，就是在对它们的研究与评论中，提出、丰富和发展起来的。另一方面，马克思、恩格斯的文艺思想也对 19 世纪英国文学产生了重大的影响。

【关键词】19 世纪英国文学；马克思、恩格斯文艺思想；现实主义；社会主义因素；马克思主义经典作家

马克思主义人类学视野中的文化批评理论

【作　者】王庆卫
【单　位】华中师范大学文学院；湖北文学理论与批评研究中心
【期　刊】《学术研究》，第 2 期，2018 年，第 135－142、178 页
【内容摘要】伊格尔顿将人类学批评列为马克思主义文学批评四种形态中的首位，而文化批评则是马克思主义人类学批评在当代的主要表现形式。从人类学学科的发展来看，它的研究方向已发生了从异文化或原始文化到自身文化的转向，这意味着马克思主义人类学与文化人类学在当代取得了共同的问题域，人类学理论成为文化批评的内在逻辑。马克思主义将文化视为整个人类生活的观点，是沟通马克思主义人类学与文化批评的关键，这使文化批评获得了宽阔的哲学、人类学视野，对于明确文化批评在马克思主义思想中的理论定位以及研究马克思主义人类学思想的当代发展，都具有巨大的学术意义。
【关键词】文化批评；马克思主义人类学；文学批评

马克思主义文论本土化命题的理论自觉

【作　者】傅其林
【单　位】四川大学文学与新闻学院
【期　刊】《江西社会科学》，第 38 卷，第 6 期，2018 年，第 80－86、255 页
【内容摘要】马克思主义本土化理论是马克思主义的有机组成部分。如果把马克思、恩格斯所创立的马克思主义文艺理论视为原初的经典信息，那么之后的马克思主义文艺理论家则是把原初信息内化自身，有意识有目的地发展具有本土化特点的理论形态。在经典话语的历史发展过程中，世界上不同形态的马克思主义文艺理论都是把马克思主义和本国历史文化传统与现实实践密切结合起来，推动马克思主义跨文化的全球传播与创造，彰显马克思主义文论本土化命题的自觉的理论建构。
【关键词】马克思主义；文艺理论；本土化；理论自觉

马克思主义文学批评视阈下英美新批评的历史维度

【作　者】胡俊飞
【单　位】长江师范学院文学院；四川大学文学与新闻学院
【期　刊】《西南民族大学学报（人文社科版）》，第 39 卷，第 2 期，2018 年，第 178－184 页
【内容摘要】英美新批评并非只有美学的观点，没有历史的维度，只不过其论域中的"历史"是形式化或文本化了的历史，是形式视阈中窥见和拼接的历史。新批评对文学语言形式的关注，彰显了文学的自律性一面，纠偏了庸俗社会学文学研究的历史实证主义面相，然而却矫枉过正，将马克思主义文学批评和文学的庸俗社会学研究混为一谈，不仅强调形式对于社会历史具有自足性，而且申明从文本中抽离出来和还原回去的形式对于文学的第一性，终究只是一种否定了社会历史对文学形式的最终决定作用、文学形式是社会历史综合作用的产物的唯心论。不仅如此，新批评的文论观由于认为文学的功能不是揭示社会历史的问题，相反社会历史的问题都在

文学的形式中获得了最终的解决,因此沦为一种意在屏蔽和调和社会矛盾的自由主义保守文论。

【关键词】马克思主义文学批评；英美新批评；历史维度

马克思主义文艺社会学重建的文学场路径

【作　者】安博
【单　位】陕西师范大学
【期　刊】《云南社会科学》，第 2 期，2018 年，第 62－68、187 页
【内容摘要】马克思主义文艺社会学长期以来是文艺学学科的主流话语形态，而以庸俗社会学为模板的学科理论则最终陷入了"决定论／还原论"的窠臼。随后兴起的文学审美化研究与文化研究则是对这种机械唯物主义的反拨，但与此同时其也造成了文学的式微。面对新时代的文艺发展需求，有必要克服传统文艺社会学的"决定论／还原论"倾向而建设出一种"中介论"的新型马克思主义文艺社会学来重新拉近文艺与社会的关系。对此，布尔迪厄的"文学场"理论为人们提供了理论资源：文学场在吸收了内部研究与外部研究的合理因素后，从文学生产与文学接受的双重维度重新定义了文艺社会学的研究范畴。而在文艺与社会关系的关系上，其也对马克思关于上层建筑对经济基础的反作用论点做出了发展性的阐释。这为重建中国马克思文艺社会学提供了重要的学术理论资源的借鉴。

【关键词】马克思主义；文艺社会学；内部研究；外部研究；文学场

媒介化时代的文艺批评

【作　者】李震
【单　位】陕西师范大学新闻与传播学院
【期　刊】《文艺研究》，第 8 期，2018 年，第 11－19 页
【内容摘要】随着数字技术的发展，媒介正在经历本体化的过程，媒介化时代随之到来。以移动互联网和自媒体为标志的数字媒介，在改变着整个文化生态以及文艺发生的心理时空的同时，也在引发文艺批评前所未有的深刻变革。文艺批评愈来愈具有社会舆论属性，其话语空间由此成为公共舆论场。在众声喧哗的时代，批评家将成为文艺舆论场中的意见领袖，文艺批评的主体因而面临重建；文艺批评的公共性由咖啡馆中的文化精英，延伸到网络虚拟空间的文化消费公众，从而成为批判与消费的聚合；来自充满现实感、真性情和口语的公共话语，正在与专业的学术话语、中国传统的感悟式批评话语结合在一起，共同熔铸新时代中国文艺批评话语体系。

【关键词】本体化；媒介化时代；数字媒介；文艺批评；变革；批评话语体系

媒介性主体性——后人类主体话语反思及其新释

【作　者】单小曦
【单　位】杭州师范大学人文学院
【期　刊】《文艺理论研究》，第 38 卷，第 5 期，2018 年，第 191－198 页
【内容摘要】后人类主体话语是在反思、批判现代性主体话语过程中和背景下形成的。可以把"赛博格"主体话语、信息主义主体话语和"普遍生命力"主体话语看成西方后人类主体话语的代表形态。在反思唯我论、自律论、占有性现代性主体问题上，后人类主体话语取得了一定成效，但存在着固守实体性主体观念、默认主客对立关系、残留人类中心主义等局限。本论文

提出"媒介性主体性"话语，尝试对后人类主体问题进行一种新阐释。媒介性主体性话语以媒介化赛博格的生命形态为物质基础，媒介化赛博格以"个体（肉体－意识）－媒介－身份"为基本结构。媒介性主体性具体呈现为主动连接、邀请、聚集、容纳、谋和，与世界联结和交融的活动性质。媒介性主体性为主体与世界交融共生的主体存在方式提供了现实可能。

【关键词】媒介性主体性；后人类；赛博格

民主之疾：朗西埃的书写政治学解读

【作　　者】饶静
【单　　位】中国人民大学文学院
【期　　刊】《中国人民大学学报》，第 32 卷，第 5 期，2018 年，第 137－144 页
【内容摘要】在朗西埃的理论叙事中，书写、文学和民主构成了一条不断替换的类比之链，他将书写视为扰乱次序的民主化身，书写成了美学政治之平等语法的体现。作为书写的特定历史范畴，文学则更为激进地演绎了书写内含的民主潜质以及疾病。为诊治民主之疾，则要更为根本地实践民主的平等诉求，即作为方法而非结果的平等。

【关键词】书写；文学；民主；平等

民族的自然根基——赫尔德的"抒情启蒙"

【作　　者】冯庆
【单　　位】中国人民大学哲学院
【期　　刊】《文艺研究》，第 5 期，2018 年，第 17－27 页
【内容摘要】"抒情"与"启蒙"的关系在 18、19 世纪之交凸显为一个重要的思想史问题。通过对启蒙的抒情理论的代表人物赫尔德的民族诗学表述进行分析，可以发现其寻求民族之自然根基的意图是应对欧洲的地缘政治局势，尤其是回应法兰西的文化侵略。基于德意志民族的后发文明特征，赫尔德设计了一种"自我启蒙"的方案，认为不应当用一种未经检验的普遍学说来压抑具体生动的民族文化的发展进步；相反，唯有强调每一个体和民族均有在良好文化环境中发育为最佳文明的先天权利，一种关于普遍人性启蒙的理想才会最终实现。赫尔德的这种观念，本质上是启蒙主义的另一种表述形态，深远地影响着世界各地的文化民族主义思潮。

【关键词】"抒情启蒙"；赫尔德；民族诗学表述；文化民族主义

命运共同体的现实基础及其美学意义

【作　　者】强东红
【单　　位】咸阳师范学院文学与传播学院
【期　　刊】《西南民族大学学报（人文社科版）》，第 39 卷，第 11 期，2018 年，第 174－181 页
【内容摘要】从审美人类学的角度来看，命运共同体的重要创新在于，将美好的精神性的人类共同体奠基于现实生活，即全人类大致相同的生命轨迹和情感生活，而从根本上说，奠基于每个人都共有的不可或缺的有血有肉的物质性的身体存在。命运共同体对于当代中国美学的建设具有重要的指导意义，它要求美学建构应该关注广大人民的具体命运和日常生活，将普通老百姓的身体性感受作为判断尺度，并弘扬有利于构建相互依存和休戚与共的人类共同体的价值观念。

【关键词】命运共同体；审美人类学；身体；当代美学

木偶之秀美与熊之神性——克莱斯特对古典美学的解构

【作　者】任卫东
【单　位】北京外国语大学德语系
【期　刊】《外国文学》，第 3 期，2018 年，第 3—10 页
【内容摘要】以席勒为代表的古典美学，将秀美理解为感性与精神性成功协调一致的表现，是对人之构想的理想标准，是人通过审美教育，克服异化、重构人的整体性，最终达到的完美状态。在《论木偶戏》中，克莱斯特借助木偶与人类舞者的比较，展现了木偶所体现的人永远无法企及的秀美，否定了人达到秀美的可能性。在人与熊比赛击剑的故事中，克莱斯特让神性在熊的身上展现出来，人只能望尘莫及。克莱斯特指出，人有限的意识和反思，恰恰是人失去秀美、远离神性的根本原因。借助木偶与熊，克莱斯特用戏仿的手法，解构了古典美学的秀美观和人类发展的理想。
【关键词】古典美学；秀美；神性；克莱斯特

哪一个哈姆雷特：回到"以意逆志"上来

【作　者】高建平
【单　位】深圳大学美学与文艺批评研究院；中国社会科学院文学所
【期　刊】《学术月刊》，第 50 卷，第 1 期，2018 年，第 131—139 页
【内容摘要】中国文学界都熟悉一句话，在一千个读者眼中，有一千个哈姆雷特。这句话说明了文学作品意义的复杂性。然而，这里面还有一个"你选哪一个哈姆雷特"的问题。有关文学意义的作者中心主义，在欧洲是 19 世纪形成的。20 世纪对作者中心主义的批判，与文学理论和批评的职业化有关。从文本中心到读者中心，文学批评的理论几经变化，然而，所有这些理论都具有一种使批评家与作者和普通读者区分开来的理论追求。批评家与作者和普通读者，不是两种不同类型的人，关于文学作品意义的理论，还是要回到常识的立场上来。从作者的意图，到文本的意义，再到读者的意味，具有相关性和连续性。文学本质上仍是一种意义和情感的传达活动，中国古人的"以意逆志"的阅读，试图与作者的意图相沟通，或者说，在心中有作者在场的情况下，对作品所可能具有的意义的选择，仍应是文学阅读的基本要求。
【关键词】以意逆志；批评的职业化；意图；意义；传达

尼采与现代性美学精神

【作　者】孙周兴
【单　位】同济大学人文学院
【期　刊】《学术界》，第 6 期，2018 年，第 5—16 页
【内容摘要】尼采早期著作《悲剧的诞生》被认为是现代美学和艺术哲学的开山之作，对现代主义艺术影响深远；但尼采美学不限于《悲剧的诞生》，对艺术和审美现象的关注贯穿了尼采哲思的终生。尤其在晚期（《权力意志》时期），尼采又重归艺术，重又赋予艺术以特别重要的地位，形成了一种以权力意志为基石的生命美学。尼采的美学观主要传达在冲突、复魅（神话）、身体、力感、瞬间、创造等词语中，对现代美学的规定性作用表现在以冲突论反对和谐论，以

神话性抵抗启蒙理性，以身体性反对观念性，以艺术性反对真理性和道德性，以瞬间论反对永恒论，以及对艺术—哲学关系的重构。

【关键词】尼采；美学观；现代性美学精神

漂浮的烟斗：早期福柯论拟像

【作　者】董树宝
【单　位】北方工业大学文法学院
【期　刊】《文艺研究》，第 7 期，2018 年，第 14—23 页
【内容摘要】从《阿克泰翁的散文》开始，福柯逐渐地将尼采的"永恒回归"思想、克罗索夫斯基的"拟像"理论和德勒兹的"差异与重复"理论相互融合，致力于以拟像及其相关的思想经验激发相当异质而又相当深刻的哲学计划，与德勒兹所进行的"颠倒柏拉图主义"的伟大事业不谋而合，彰显了一种强烈的反柏拉图主义倾向。如若说《阿克泰翁的散文》主要以文学经验的形式对克罗索夫斯基的拟像经验展开探索，《词与物》侧重从文艺复兴以来西方思想的知识型演变中探寻从相似、再现到拟像的发展过程，那么，《这不是一只烟斗》则重新开启《词与物》"人之死"所引发的拟像问题。拟像如同漂浮的烟斗一般自由运行，在差异与重复中循环流通，颠覆了复本—原本的等级关系，终止了相似与再现，拟像的时代骤然而至。

【关键词】原文无关键词

奇幻文学的"三度区隔"问题研究——兼与赵毅衡先生商榷

【作　者】方小莉
【单　位】四川大学外国语学院；四川大学符号学—传媒学研究所
【期　刊】《中国比较文学》，第 3 期，2018 年，第 17—29 页
【内容摘要】本文以"区隔框架"为关键词来探讨奇幻文学区隔的特殊性。奇幻文学有别于一般的小说，其在虚构二度区隔世界中隔出三度区隔，这个虚构的奇幻世界三度偏离经验世界。三度区隔框架可以为具象存在，也可以隐形处理，它划出一个独立的虚构奇幻世界，具有独立规则，从而迫使启动新的解释元语言。虚构的现实世界和虚构的奇幻世界虽互不干扰，但也会出现相互交集，人物穿梭于两个世界，打破原有的文本边界，或违反原来世界的规则，从而导致区隔犯框。借用区隔理论来研究奇幻文学，能够更深刻地探究奇幻文学的表意与解释方式，同时，奇幻文学的特殊性构成又可以检验赵毅衡先生提出的"双层区隔"原则，扩大其内涵。因此本文在梳理区隔理论的同时，也尝试与赵毅衡先生商榷，希望能够与之形成对话。

【关键词】奇幻文学；三度区隔；解释元语言；区隔犯框

强制阐释与本体批评范式——对新批评文本中心论的反思

【作　者】韩清玉；苏昕
【单　位】韩清玉：安徽大学哲学系
　　　　　苏昕：安徽大学出版社
【期　刊】《华南师范大学学报（社会科学版）》，第 1 期，2018 年，第 162—169、192 页
【内容摘要】文本中心是包括英美新批评在内的西方形式文论的基调，它以文学性为逻辑起点，以文学语言的细读为基本操作方法，创设出一系列影响深远的批评话语。但是，文本批评不等

于文学批评，从这个意义上说，"文学是语言的艺术"这一看似"永恒"的真理却成为"强制阐释"症候群中对语言学过度依赖的"场外征用"。文本中心论所导致的唯文本阐释倾向，在割裂作者与文本的先在联系中丧失了意义阐释维度的丰富性。在呼应强制阐释论基础上重建另一种"本体阐释"，除了还原文学世界的丰富多彩而外，还应包含反抗理论霸权的价值诉求。

【关键词】"强制阐释"；"本体阐释"；语言学；"场外征用"；文学世界

情感、风格、修辞在文本中的关系和存在方式

【作　者】谭光辉
【单　位】四川师范大学文学院
【期　刊】《学术界》，第 1 期，2018 年，第 96－104、285－286 页
【内容摘要】情感、风格、修辞都可以是文本的非语义内容的附加意义。作为附加意义，情感是一种态度，风格是一种习惯；情感侧重内容，风格侧重形式；情感相对不稳定，风格相对稳定；情感是具体、个别的，风格是抽象、类型化的；情感作用于接受的动力机制，风格作用于解释方向和模式。修辞建立在目的论的基础上，是使文本传达有效的一切手段。情感和风格带上目的性，即成修辞。修辞的存在必须先假定存在一种中性的惯例，然而在实际操作中，中性的惯例只是一个暂时的文化约定，因此，"零度写作"并不真正存在，而是一个文化假设。

【关键词】情感研究；修辞学；风格学；"零度写作"

诠释学的视域融合与西方文论的中国化

【作　者】郭勇健
【单　位】厦门大学人文学院
【期　刊】《学术月刊》，第 50 卷，第 5 期，2018 年，第 128－137 页
【内容摘要】西方文论的中国化至少带来三个问题：究竟何谓"西方文论的中国化"？"西方文论的中国化"何以可能？如何实现"西方文论的中国化"？西方文论的中国化有三种形态：消极的中国化、必然的中国化、积极的中国化。我们主张和肯定的中国化并不是消极的"走样"，也不是必然的"格义"或"同化"，而是积极的"融合"，即伽达默尔诠释学所说的"视域融合"。但这是本体论诠释学所说的视域融合，它有四个要点：坚持作品或文本的自立性，强调"多样性的统一"，认为"作品的存在方式就是表现"，视域融合造成了"存在的扩充"。西方文论的中国化就是一种"存在的扩充"。西方文论的中国化必然经历译介、应用、构建三个阶段。译介是一个不可越过的必经阶段。应用也是西方文论中国化的题中应有之义。构建才是西方文论中国化的最终完成。我们还没有达到构建阶段，但不妨将它设为一个必然会达到的目标。

【关键词】西方文论的中国化；诠释学；"视域融合"；本体论

人工智能与文学创作的对接、渗透与比较

【作　者】黄鸣奋
【单　位】厦门大学人文学院
【期　刊】《社会科学战线》，第 11 期，2018 年，第 179－188、282、2 页
【内容摘要】人工智能经过半个多世纪的发展，先后形成了符号人工智能、行为人工智能和社会人工智能等形态。它们可以在系统的意义上与分别作为言语活动、情感表达和现实模仿的文

学创作对接。目前，在实践的意义上，人工智能正逐渐渗透到文学创作的社会层面、产品层面、运营层面，扮演原先由人类担当的多种角色，因而给文学发展带来新的机遇和挑战；在理论的意义上，人工智能所具备的人工性、类智性、似能性，可以和文学创作的文化性、创造性、作用性进行比较。它们之间的互动是人为进化的缩影。

【关键词】人工智能；文学创作；符号人工智能；行为人工智能；社会人工智能

人类世：从地质概念到文学批评

【作　者】姜礼福；孟庆粉
【单　位】姜礼福：南京航空航天大学外国语学院
　　　　　孟庆粉：南京信息工程大学文学院
【期　刊】《湖南科技大学学报（社会科学版）》，第 21 卷，第 6 期，2018 年，第 44－51 页
【内容摘要】21 世纪初，"人类世"概念在地质学界引发热议，并迅速向人文社科领域传播；科学与人文的交互碰撞产生了极强的冲击力，引发了普遍的人类世焦虑，形塑了多重宏大叙事，加深了世人对"地球癌症"的认知。聚焦于气候变化、毒物书写的"人类世"文学具有深厚的全球化思想内涵，集生态与政治、伦理与正义、想象与反思于一体；"人类世"概念为文学研究注入了新活力，既成为一种研究视角，也为文学研究提供了新方法、提出了新要求，或将引发文学研究的"地质转向"。

【关键词】"人类世"；"地球癌症"；气候变化文学；"地质转向"

认知叙事论

【作　者】卓今
【单　位】湖南省社会科学院；中国社会科学院马克思主义学院
【期　刊】《中国文学研究》，第 2 期，2018 年，第 44－52 页
【内容摘要】现代科技带来的认知革命，激发了每个普通人的主体意识的觉醒。写作者构建一种能够渗透到各种叙事要素的叙事方法。由于这种方法需要探究大脑和心智，需要精细地把握和表现人物的心理和行为，需要对各要素和要素之间的关系有一个认知的过程，写作者通过内在的时间性和多维度空间来建立一种多样的、非典型的结构框架。这种有复杂深层结构的叙事方式即为"认知叙事"。认知叙事既要认识世界，认识他人，更注重认识自我，模糊外表特征，突出内在性。

【关键词】认知叙事；主体意识；觉醒

莎士比亚的"世界历史"——赫尔德的"狂飙突进"剧论与激进启蒙

【作　者】冯庆
【单　位】中国人民大学哲学院
【期　刊】《文艺理论研究》，第 38 卷，第 6 期，2018 年，第 106－113 页
【内容摘要】受到赫尔德与歌德的影响，德意志"狂飙突进"运动将莎士比亚奉为天才戏剧诗人的样板。通过将莎士比亚解读为表现可能的"世界历史"的想象力"天才"，赫尔德把泛神论哲学融贯到戏剧理论当中，发展出一种激进的启蒙观。将这种戏剧观与莱辛的莎士比亚解读及其秉承亚里士多德主义的启蒙戏剧观进行对比，可以发现其中存在极大差异：莱辛旨在培养公

民道德，赫尔德则旨在唤起民众对自由的激情与政治行动。

【关键词】赫尔德；莱辛；莎士比亚；"狂飙突进"；启蒙

身体的抵抗——20 世纪西方乌托邦转向与反乌托邦叙事

【作　者】赵柔柔
【单　位】中央民族大学少数民族语言文学系
【期　刊】《江苏社会科学》，第 3 期，2018 年，第 230－237 页
【内容摘要】在 20 世纪的两次世界大战与冷战历史中，乌托邦开始与极权主义重合并因此受到审判，19 世纪晚期曾经高涨的乌托邦写作热情也迅速消退了，其最为清晰的症候是文本数量上的减少与反乌托邦叙事的出现等。通过考察反乌托邦叙事、女性主义乌托邦以及赛博朋克等科幻叙事这三个围绕乌托邦的重要文学事实，并结合与之相关的理论话语建构（即身体理论、女性主义与后人类主义），以此尝试从另一个角度思考"乌托邦退潮"的现象。通过文本细读和话语分析可以看到，20 世纪的乌托邦叙事轨迹并非由有至无、一步步消失的过程，而是由社会蓝图的构建转向了身体冲动的过程。

【关键词】乌托邦；反乌托邦；女性主义；赛博朋克；后人类主义

身体意识、环境想象与生态文学——以西方话语为例

【作　者】王晓华
【单　位】深圳大学人文学院
【期　刊】《河北学刊》，第 38 卷，第 3 期，2018 年，第 91－98 页
【内容摘要】在环境话语－生态文化的诞生过程中，身体意识发挥了关键作用。从逻辑和历史的双重角度来看，18 至 19 世纪兴起的身体意识孕育了环境想象的可能性，推动了西方生态文学的诞生、发育和繁荣。由于身体意识的兴起，人们才关注物质环境，重视"生命之网"；随着身体意识的强化，作家开始想象有机体与环境的复杂互动，创造出延续至今的生态文学。通过研究惠特曼、克莱尔、迪兰·托马斯等的作品，我们会发现，身体意识催生环境想象的具体路径，尤其是跨肉身性感受的重要意义。在以后的建构历程中，身体意识的增殖、分叉、蔓延也将继续推动生态文学的发展。

【关键词】身体意识；环境想象；跨肉身性；生态文学

什么是文化菱形？——格里斯沃尔德艺术社会学思想研究

【作　者】卢文超
【单　位】东南大学艺术学院
【期　刊】《外国文学》，第 6 期，2018 年，第 71－80 页
【内容摘要】温迪·格里斯沃尔德是美国著名艺术社会学家，她意识到探究"艺术与社会"关系的反映论的局限，提出了关注世界、文化客体、艺术家和观众的文化菱形理论，认为文化分析应将四者都予以考虑，这在她对伦敦剧院中城市喜剧和复仇悲剧的研究中得到了充分体现。在文化菱形框架的基础上，她发展了"意图、接受、理解、解释"的文化社会学方法论，有效地弥合了人文学科和社会科学之间的鸿沟。文化菱形观在艺术社会学领域影响很大，但也存在一定的不足。

【关键词】温迪·格里斯沃尔德；反映论；文化菱形；文化社会学方法论

什么是叙事的"反模仿性"？——布莱恩·理查森的非自然叙事学论略

【作　　者】尚必武
【单　　位】上海交通大学外国语学院

【期　　刊】《文艺理论研究》，第 38 卷，第 6 期，2018 年，第 89－97 页

【内容摘要】作为非自然叙事学的首倡者和领军人物，布莱恩·理查森在当代西方叙事学界有着举足轻重的影响。在概念层面上，理查森将"非自然"等同于"反模仿"，把非自然叙事界定为"包含重要的反模仿事件、人物、场景或框架的叙事"；在特征描述上，他主要聚焦于故事、话语或叙事再现层面的反模仿性；在功能层面上，他着重辨析了非自然叙事与意识形态之间的关联。自建构以来，理查森倡导的非自然叙事学在引起高度关注的同时，也招致了诸多批评争议，如非自然叙事的概念、研究方法以及非自然叙事学的适用性等。就其未来研究而言，非自然叙事学既需要在微观层面上区分辨析非自然叙事学概念与其他相邻概念之间的差异，也需要在宏观层面上建构可操作的阐释模式，并在批评实践中对之不断修正和完善，以便真正发展成为"一门非自然叙事诗学"。

【关键词】布莱恩·理查森；非自然叙事学；"反模仿"

审美即政治——论康德共通感理论的三种当代阐释

【作　　者】李三达
【单　　位】湖南大学文学院

【期　　刊】《文艺理论研究》，第 38 卷，第 2 期，2018 年，第 26－35、86 页

【内容摘要】共通感概念自康德以降变成一个重要的美学概念，与趣味、判断力等概念一道为美学提供了可资运用的工具。到了 20 世纪，德裔政治思想家阿伦特对于共通感概念的阐释改变了其原有的问题域，使之变成一个伦理－政治分析的工具，她还将之运用于对艾希曼事件的分析之中；与此同时，法国社会学家布尔迪厄与英国批评家伊格尔顿都将共通感看作是一个虚伪的资产阶级谎言，从而将其变成一个具有社会批判功能的概念。然而，法国当代美学家朗西埃则与阿伦特一样，采用了将共通感作为积极建构的阐释，并将之运用于布尔迪厄和伊格尔顿所处的文化政治领域，从而形成了第三种阐释的方式。这三种阐释路径共同构成了当代共通感理论阐释的政治维度，使其剥离了原有的纯粹美学语境。

【关键词】共通感；趣味；阿伦特；朗西埃；布尔迪厄

审美唯名论与先锋艺术的发生

【作　　者】常培杰
【单　　位】中国人民大学文学院

【期　　刊】《中国人民大学学报》，第 32 卷，第 4 期，2018 年，第 148－155 页

【内容摘要】现代艺术深受中世纪以来全面发展的唯名论思想的影响。唯名论对"特殊性"的推崇、对唯实论"共相"观念的批判，是现代性思想的源头。在审美唯名论的影响下，现代艺术的朝向由抽象的普遍观念转向了当下经验。艺术作品丧失了目的论内涵，不再演绎式构建自身，而是开始自下而上、非目的论地构建自身。审美领域对"特殊性"的强调，使得现代艺术

借助"自我批判"发展出了"纯粹艺术"观念，现代艺术也因此具有了鲜明的"自反"特征。"自反逻辑"使得现代艺术逐渐走向抽象，促生了秉持"绝对自律"的现代主义艺术，并最终导致意在批判自律艺术体制的先锋艺术的发生。

【关键词】审美唯名论；先锋艺术；艺术自律；特殊性；纯粹性；自反性

审美与道德——沃尔特·佩特的唯美主义道德观

【作　者】陈丽
【单　位】华东理工大学英语系
【期　刊】《国外文学》，第 1 期，2018 年，第 28－37、156 页
【内容摘要】沃尔特·佩特是 19 世纪英国唯美主义理论奠基人，其代表作《文艺复兴》因宣扬为艺术而艺术以及艺术至上而招致严厉批评。佩特并非完全将艺术与道德分离，在《文艺复兴》之后的作品中力图说明唯美主义原则与道德的一致性。本文首先阐明佩特的相对精神，在此基础上解释其唯美主义理论的真正含义，继而分析其唯美主义与道德精神的一致性。
【关键词】沃尔特·佩特；相对精神；唯美主义；道德

审美与政治之间回环往复的"韵律"——弗·詹姆逊的生产性文学批评

【作　者】姚文放
【单　位】扬州大学文学院
【期　刊】《学术月刊》，第 50 卷，第 9 期，2018 年，第 140－148 页
【内容摘要】弗·詹姆逊的生产性文学批评从创立"元评论"概念起步，以鲜明的历史主义取向和阐释的生产性为要义。詹姆逊谋求"元评论"的丰富性、当代性和开放性，认为这正是"未来文化生产"虚席以待的。詹姆逊吸收戈德曼的"发生学结构主义"，指出被结构主义描述为独立、自足的语言结构背后都有一个更大的历史结构作为支撑，从语言结构向更大的历史结构同构类推的批评模式恰恰能够生产出比文学作品的词语结构多得多的东西，对于法律体系、政治意识形态、市场组织形式等方方面面产生推力，从而显示了强大的生产性、增殖性和建构性。詹姆逊上述种种探索和创新，最终目的在于建构一种新型的阐释模式，他提出了文学与其社会基础之间"三个同心框架"的理论，注重发挥文学批评的主导作用，从主体的观念出发来阐发和重建文本对象，从而达成对于文本意义的倍增性产出。对于历史主义取向的强化使得詹姆逊往往十分高调地推重文学批评的政治阐释，但这并不意味着对艺术作品审美形式和艺术规律的弃绝。他根据弗洛伊德学说提出"政治无意识"的概念，将文学定义为"社会的象征性行为"，从而确认在审美与政治之间回环往复的"韵律"乃是生产性文学批评的最佳状态。
【关键词】生产性文学批评；弗·詹姆逊；审美；政治

审美自由与伦理义务：重审利奥塔的崇高理论建构

【作　者】马骁远
【单　位】华东师范大学思勉人文高等研究院
【期　刊】《文艺理论研究》，第 38 卷，第 5 期，2018 年，第 69－76 页
【内容摘要】利奥塔将康德的审美理论放在当代文化语境中进行检验，发现在意识形态、技术科学等宏大叙事的作用之下，美感已经不再是知性和想象力之间的自由游戏状态，对美的审美

也变成了"被准许的"和"现实主义的"。利奥塔因而致力于对宏大叙事的批判，要求艺术只有超越可辨认的表象，表现"不可表现之物"，才能突破宏大叙事的结构。于是，他与先锋派艺术联合，并求助于多种理论资源，阐发出一套后现代崇高美学。利奥塔相信，当代文化中的审美活动只能在后现代的崇高美学中恢复。而以审美为代表的反思也是人类所特有的不同于技术的思维方式，它既是美学也是伦理学的基础，只有它才能使人类保持思想的自由。因此，利奥塔将崇高感视为一种伦理情感，并在美学的基础上建立了关于义务的伦理学理论。

【关键词】利奥塔；崇高；审美；宏大叙事；伦理

生产性文学批评的解构性生成与后现代转折——罗兰·巴特批评理论的一条伏脉

【作　者】姚文放
【单　位】扬州大学文学院
【期　刊】《文学评论》，第 2 期，2018 年，第 69－78 页
【内容摘要】罗兰·巴特的学术研究一生凡数变，一个重要建树就是生产性文学批评的铸成，这是随着巴特从结构主义转向后结构主义、绵延了将近 20 年的一条伏脉。它旨在认定批评写作是以某种方式打碎世界又重组世界，从而生产出新的意义来，同时肯定批评实践将人们从阅读引向写作，使读者不再成为消费者，而是成为文本的生产者，从而精炼出以生产价值为本的文学批评模式。巴特生产性文学批评的形成有着清晰的脉络：先是从推崇"零度写作"到宣布"作者死了"，昭示了"疏远作者，亲近读者"的意向；再将读者的阅读引向批评家的写作，确立了文学批评的主导地位；后又明确批评的要义在于建构文学批评的生产性；最后在后结构主义批评的范本《S/Z》中对以生产价值为本的文学批评模式进行了淋漓尽致的演示。巴特生产性文学批评的形成有其特定的历史语境，一是有着马克思主义的背景，二是与萨特结有不解之缘，三是显示了从结构主义到后结构主义的后现代转折。

【关键词】罗兰·巴特；生产性；文学批评；解构性生成；后现代转折

诗性真理：转型焦虑在 19 世纪英国文学中的表征

【作　者】高晓玲
【单　位】郑州大学外语学院
【期　刊】《外国文学研究》，第 40 卷，第 4 期，2018 年，第 47－57 页
【内容摘要】诗性真理是 18 世纪末 19 世纪初英国现代转型时期出现的重要观念，它与科学真理相对，是对启蒙理性主义的一种反拨，也是转型焦虑在文学领域的表征。英国浪漫主义诗人传承以休谟为代表的启蒙情感主义传统，坚持人类共同本性和认识的整体性特征，倡导想象力和共情能力；以穆勒和阿诺德为代表的维多利亚批评家试图通过情感培育弥补理性教育的不足，通过精英文化对抗通俗文化与失序问题，倡导诗性真理和完善的心智培育，以化解由社会转型带来的精神危机。

【关键词】诗性真理；转型焦虑；启蒙；文化

诗学的形态与哲学的诉求——巴赫金小说理论的学术功绩

【作　者】凌建侯
【单　位】北京大学外国语学院世界文学研究所；中国中外文艺理论学会巴赫金研究分会；中

国外国文学学会比较文学与跨文化研究会

【期　刊】《江西社会科学》，第 38 卷，第 10 期，2018 年，第 115－123、255－256 页

【内容摘要】作为 20 世纪最有影响的思想家之一，巴赫金在小说理论领域建功卓著。他不仅提出了一系列富有创见的新概念、新范畴来阐发长篇小说研究方法论，提高了小说这一体裁的辨识度，并对其他学科产生了深远影响。巴赫金的理论顺应并推动了"语言学转向"，为各种"后学"的兴起与发展提供了启示，在"后理论"时代又成为克服传统文学研究困境的思想源泉。他的学术功绩还特别体现在诗学研究与哲学求索的珠联璧合上，他预见了人文研究跨学科、跨文化时代的来临，构建了独白主义与反独白主义思维体系，使任何思想与行为都能在这个开放的体系中找到自己的位置，并不断丰富这个体系。

【关键词】巴赫金小说理论；诗学形态；哲学诉求；思维体系

十四行诗与文艺复兴时期文艺思想的嬗变

【作　者】赵元
【单　位】北京第二外国语学院英语学院
【期　刊】《国外文学》，第 1 期，2018 年，第 19－27、156 页

【内容摘要】在文艺复兴时期的文学批评话语中常常出现十四行诗的身影，从对十四行诗或褒或贬的态度变化中可以看出当时的诗人和诗歌理论家在一些诗歌批评的关键术语的理解上产生了分歧，诗歌的形式特征正逐渐失去它们原有的重要表意功能。在文艺复兴时期"为诗辩护"的大讨论中，十四行诗也总是作为抒情诗的代表站在风口浪尖。文艺复兴时期十四行诗的命运起伏不仅反映了文学趣味和美学风尚的改变，也反映了一种意识形态层面的变化，从文艺复兴时期的十四行诗作品当中也能窥见这种变化趋势。

【关键词】十四行诗；文艺复兴；文艺思想；形式

时间与空间中的特殊性——论格林布拉特著作中的历史主义精神

【作　者】王柱
【单　位】清华大学外国语言文学系
【期　刊】《文艺理论研究》，第 38 卷，第 3 期，2018 年，第 105－111 页

【内容摘要】在学术写作中，历史主义是一个常让人容易混淆的概念。不同思想家对其做了或严格，或宽泛的定义，而这一概念的意义在当今已经逐渐宽泛化，可以泛指所有将事物置于一定时间和地点去具体考察的研究方法。新历史主义批评家斯蒂芬·格林布拉特对于脱离具体语境的抽象理论的建构持有怀疑态度，而这实际上与宽泛意义上的历史主义在精神上是一致的。虽然多有人批评格林布拉特不愿考察历史演变中的不同阶段间的区别，但实际上其对历史演变也有着自己的考虑。虽然格林布拉特本人不愿新历史主义与历史主义发生联系，这二者却是不能分割开来的。

【关键词】历史主义；斯蒂芬·格林布拉特；新历史主义；历史演变

时空体

【作　者】章小凤
【单　位】首都师范大学外国语学院博士后流动站

【期　　刊】《外国文学》，第 2 期，2018 年，第 87－96 页
【内容摘要】时空体理论堪称 20 世纪以来文艺学领域的一个巨大成就，这一术语源自自然科学对时间和空间的激烈探讨，后被成功引入文学艺术等人文社会科学领域。时空体是大多数自然科学和人文社科领域的本体论研究对象，且研究程度愈来愈深，范围愈来愈广。在文学领域，学界突破了"文学是时间艺术"的传统观念，力图在时间的价值观照中把握空间的意义，尝试用一种新的理论范式克服传统理论的危机。目前，文艺学领域有关时空体的研究仍主要存在以下几个问题：时空体概念内涵和外延界定标准不一；关于时空体的具体研究中不乏唯时间论或唯空间论现象；时空体具体类型的划分标准尚未形成定论。
【关键词】时空体；本体论研究对象；空间；时间

实用主义的审美形式论——杜威和爱默生的交集与分野

【作　　者】殷晓芳
【单　　位】大连理工大学外国语学院
【期　　刊】《文艺理论研究》，第 38 卷，第 5 期，2018 年，第 182－190 页
【内容摘要】本文针对杜威和爱默生在审美形式论上的交集与分野进行比较分析。就形式美学的筹划而言，杜威和爱默生都以批判传统的形式论为出发点，将理论的构建基于日常的感觉经验，形成了有机的、动态的形式论，并最终将获得审美形式的方式作为实现人的意义的实用途径。但在方法论上，杜威则有别于爱默生。爱默生在审美主体对自然事实的疏离性的现象学观察中，以"视觉－知觉"的审美逻辑和类比思维，使"看"的视觉经验转化为具有流变、过剩、关系和过程等特征的有机整体形式论。而杜威在主体的审美经验中，更关心自然的（或作品的）事实向主体的多元感觉的敞开、主体与自然的协作以及在协作过程中主体智慧的成长及其过程。杜威的形式是审美主体通过"做"和"经受"而与自然之间形成的历史性和发展性的节奏与和谐，是矛盾事物间达成的动态平衡。如果爱默生的形式论是为人的自我更新所寻求的方法，那么杜威的形式论则是为人的"艺术地生活"所提供的范式。
【关键词】杜威；爱默生；实用主义；审美；形式

世界文学、距离阅读与文学批评的数字人文转型——弗兰克·莫莱蒂的文学理论演进逻辑

【作　　者】陈晓辉
【单　　位】西北大学
【期　　刊】《文艺理论研究》，第 38 卷，第 6 期，2018 年，第 114－124 页
【内容摘要】弗兰克·莫莱蒂是当今最具争议的世界文学学者之一。与他人相较，其世界文学不是"实存性"的，而是"观念性"的。从观念性出发，莫莱蒂将世界文学视作全球化时代整体性思考文学演化的思维方式，也是急需新的批评方法予以解决的问题本身。作为莫莱蒂破解世界文学难题的方法，距离阅读以其二手阅读、大规模阅读、协作阅读和计算批评的症候，表征了阅读对象、阅读主体和阅读方法的范式革命，从而促成文学批评的数字人文转型。从世界文学、距离阅读到数字人文，莫莱蒂不仅展现出清晰的理论演进逻辑和理想色彩，而且构建了新的文学理论和批评体系。
【关键词】弗兰克·莫莱蒂；世界文学；距离阅读；数字人文

事件：本身与印象，言说与书写

【作　者】程朝翔
【单　位】北京大学外国语学院
【期　刊】《社会科学研究》，第 2 期，2018 年，第 37—44 页
【内容摘要】在 21 世纪，"事件"这一理论概念前所未有地流行，这或许是因为 9·11 这一重大事件的发生，同时也是因为德里达、巴迪欧、齐泽克、伊格尔顿等一批理论家以较为通俗易懂的方式介绍和推广这一概念。本文对这一理论线索进行了梳理。作者认为，理论意义上的事件概念能使我们更深入地理解历史上的一些重大事件，包括法国大革命、纳粹大屠杀、9·11 等，以及这些重大事件与理论话语之间的关系。
【关键词】"事件"；理论话语；言说；书写

试论叙事中的偷听

【作　者】傅修延、易丽君
【单　位】傅修延：江西师范大学叙事学研究中心
　　　　　易丽君：江西师范大学叙事学研究中心；南昌工程学院外语学院
【期　刊】《江西师范大学学报（哲学社会科学版）》，第 51 卷，第 2 期，2018 年，第 57—62 页
【内容摘要】从偷听者和偷听对象主观意愿的角度，可以把叙事中的偷听分为四类：一是从"无心"到"有意"，二是从一开始就"有意"，三是在"无心"与"有意"之间，四是偷听者受到偷听对象的反制。偷听可以为故事的发展和转折提供动力，还有凸显人物性格的妙用，因此中外叙事作品中的偷听事件屡见不鲜，但此类描写出现的根本原因，还是因为人类社会的群居模式使得自觉不自觉的偷听成为生活中的常态。对这一行为作细致的观察与分类，能使我们更深刻地认识叙事艺术的丰富与微妙。
【关键词】偷听；叙事；"无心"；"有意"；反制

试谈西方的"世界主义文学"

【作　者】乔国强
【单　位】上海外国语大学英语学院
【期　刊】《社会科学战线》，第 2 期，2018 年，第 173—180、282、2 页
【内容摘要】所谓的"世界主义文学"就是建立在"世界主义"之上的一种文学，即作家们凭借着对"世界主义"的想象，通过调用各式各样的艺术手法，塑造出一组组、一幕幕适合于全人类的精神审美诉求的人物形象与故事情节的文学。这种与全人类相关的精神审美诉求表现在文学作品中，大致可以分成如下两种情形：第一，张扬具有普遍意义的人道主义思想或情愫；第二，强调不同地域、不同种族以及不同性别人之间的和解与融合。总之，"世界主义文学"就是全球化语境中兴起的一种文学上的乌托邦思潮，其终极目的是试图让世界上各国家、各民族的文学都能融会贯通起来，形成全球一体化的文学态势。从这个角度说，世界性与民族性是该文学的两大基本属性。
【关键词】"世界主义文学"；全球化；世界性；民族性

书写／后人类：作为认知集合的文学文本（英文）

【作　者】N.凯瑟琳·海耶斯
【单　位】杜克大学
【期　刊】《文艺理论研究》，第 38 卷，第 3 期，2018 年，第 6－21 页
【内容摘要】后人类研究已经呈现出多种发展方向，借助其在计算机技术中的职能，或许可以绘制出其发展路径。本文认为，计算机媒体对后人类主义的传播及其概念化的过程影响深刻，并专门探讨数字技术对当下书写的重要作用。人类和计算机媒体通过认知集合，可以参与各类互动，也可通过网络来流通信息、阐释和意义。本文选取的分析案例是两部电子文学文本：尼克·蒙特福特和史蒂芬妮·斯特里克兰德创作的《海与船柱之间》，以及约翰内斯·赫尔登和哈坎·琼森创作的《进化》。
【关键词】后人类；书写；电子文学；认知集合

数字人文的发展源流与数字文学的理论建构

【作　者】李泉
【单　位】四川师范大学外国语学院
【期　刊】《西南民族大学学报（人文社科版）》，第 39 卷，第 9 期，2018 年，第 180－187 页
【内容摘要】数字人文起源于人文运算，是数字化信息技术与人文学科交叉衍生的新兴学科，广阔的理论前景与实践空间使其成为国际高端科研领域的前沿热点和高等教育体制的固定专业。目前国内的数字人文研究主要集中在图书馆与情报信息学科，因此作为数字人文与文学研究的"新大陆"，数字文学领域大有可为。从学科发展史角度理清数字人文在国际和国内的发展源流，有利于认清数字人文的演进脉络与发展方向，推动数字人文学科理论体系的宏观建构。中国数字人文应在同国际数字人文的对话中汲取学科发展的思想与经验，进而为世界数字人文提供中国智慧与中国方案。
【关键词】数字人文；数字文学；人文运算；数字化

数字人文与外国文学研究范式转换

【作　者】董洪川；潘琳琳
【单　位】董洪川：四川外国语大学
　　　　　潘琳琳：首都师范大学外国语学院
【期　刊】《西南民族大学学报（人文社科版）》，第 39 卷，第 9 期，2018 年，第 174－179 页
【内容摘要】本文在概述数字人文的概念、现状及趋势的基础上，探讨了数字人文理论对外国文学研究范式的影响，并从跨学科和交叉性的视角出发，建构了数字人文视阈下的外国文学研究范式，以期为外国文学研究方法与范式转换提供新思路。
【关键词】数字人文；外国文学；研究范式

图像的话语深渊——从古希腊和中世纪的视觉文化观谈起

【作　者】杨向荣

【单　位】浙江传媒学院新闻与传播学院
【期　刊】《学术月刊》，第 50 卷，第 6 期，2018 年，第 113－120 页
【内容摘要】在西方视觉文化的历史进程中，通过"镜子之喻"和"洞穴之喻"，柏拉图似乎确实树立了古希腊视觉的至上主义立场，但古希腊视觉至上论的背后是对视觉的偏见，呈现出视觉的虚妄隐喻。中世纪的反图像崇拜运动将视觉图像视为禁忌，但图像禁忌背后隐现着视觉的内在建构。事实上，图像是一个被建构起来的视觉形象客体，同时也是一个视觉形象隐喻，看似被普遍认同的视觉观背后，隐藏着复杂的悖论性话语深渊。在图像转向语境中，探讨视觉图像的意识形态建构，也已成为视觉文化研究的核心主题。在特定的文化场域中，视觉图像与视觉观看行为有着特定的社会文化隐喻意义，呈现出复杂的文化及其意识形态张力。
【关键词】古希腊；中世纪；图像；视觉建构；话语深渊；视觉文化

托尼·本尼特的体裁社会学：马克思主义文论研究的新视野

【作　者】刘晓慧
【单　位】华南师范大学音乐学院
【期　刊】《江西社会科学》，第 38 卷，第 6 期，2018 年，第 94－100 页
【内容摘要】英国当代文化研究的代表人物、马克思主义美学家托尼·本尼特提出体裁社会学的理论。通过对通俗文学与文化的批评，本尼特对亚里士多德以来的文学体裁批评做了深入的理论拓展。托尼·本尼特的体裁社会学思想强化了文学批评的社会历史意蕴，它区别于传统文学社会学批评的地方在于将文学批评纳入文化和社会发展的公共空间，强调文学与批评是现代生活的一部分，具有文化的治理功能。本尼特的体裁社会学思想代表了马克思主义美学与文化研究的新视野。
【关键词】托尼·本尼特；体裁社会学；治理功能；马克思主义美学与文化研究

外国文学选本编纂与"现代派"的接受及其合法性问题

【作　者】徐勇
【单　位】浙江师范大学人文学院；复旦大学中文系
【期　刊】《西南大学学报（社会科学版）》，第 44 卷，第 1 期，2018 年，第 148－156、191 页
【内容摘要】在 20 世纪 80 年代的中国，"现代派"在接受上存在着两极现象：一方面是理论阐释上的诸多限制；另一方面通过读者的广泛阅读，"现代派"实际上已经深入人心，早已跳开了理论阐释上的限制。这样一种复杂情况，在外国文学选本的编纂中有集中呈现。虽然编选者意欲通过选本的前言、后记之类介绍文字设定读者阅读接受的方向，但事实上随着阅读接受语境的变化，必将导致阅读接受上的偏移现象产生，"现代派"正是在这种阅读接受上的偏移中逐渐站稳脚跟并获得广泛认同的。
【关键词】外国文学；选本编纂；"现代派"；合法性问题

外国文学研究：理论的困扰与批评的呼唤

【作　者】汪介之
【单　位】南京师范大学文学院
【期　刊】《江西社会科学》，第 38 卷，第 9 期，2018 年，第 93－99、255 页

【内容摘要】国内的外国文学研究已取得了很大的成就，但也存在一个值得深思的问题，即各种外来的"理论"，特别是许多令人眼花缭乱的"非文学"理论大量入侵文学研究领域，这种外来理论入侵的现象在很大程度上将文学研究变成了表达自身观点的平台，而文学研究则正在被异化为那些外来理论具有有效性的佐证。从放送者和接受者的角度发现造成这种现象的原因，强化文学批评领域的基础建设和深入研究，呼唤批评传统的回归，是摆脱这种困扰的必由之路。

【关键词】外国文学研究；理论；文学批评

韦恩·布斯的修辞伦理批评——从《小说修辞学》到《小说伦理学》

【作　者】任世芳
【单　位】山东大学文艺美学研究中心；山东大学外国语学院
【期　刊】《首都师范大学学报（社会科学版）》，第 2 期，2018 年，第 121－126 页
【内容摘要】美国文学批评与修辞理论家韦恩·布斯的《小说修辞学》及《我们所交的朋友：小说伦理学》在文学批评和修辞领域产生了里程碑式的影响。隐含作者和不可靠叙述者为理解阅读过程、阅读策略和修辞本质提供了新视角，共导则为文学批评开辟了崭新的修辞伦理批评语境。本文通过分析这两部专著的关键术语，探讨布斯的修辞伦理批评观，为读者呈现布斯小说修辞理论对小说修辞和文学批评理论的贡献和影响，揭示布斯在修辞复兴大环境下承上启下的重要作用。

【关键词】隐含作者；不可靠叙述者；共导；修辞伦理批评

文本阐释与意义解读的理性阈限——兼论建立一种文学批评"公共阐释"的必要性

【作　者】李立
【单　位】西北大学文学院
【期　刊】《求是学刊》，第 45 卷，第 5 期，2018 年，第 127－133 页
【内容摘要】文本意义边界的存在决定了任何文本阐释均具一定限度，该限度虽不可明晰定义但却实存于文本阐释之中并可理性预期。文学阐释的开放性同样须顾及作品可预期的意义边界，以其阐释限度的自觉来确保阐释活动的合法性。当代文学批评问题的一个突出的阐释学征象在于：对作品的多元价值判断往往覆盖了文学阐释应有的理性底色，在阐释的不断翻新中，作品意义变得无际无涯，泛化的阐释最终导致对文本意义的疏离。鉴于此，文学批评须重提阐释对自身的理性要求，通过建立一种具有话语规约性质的"公共阐释"增强意义阐释的有效性，由此彰显其批评活动应有的内在尺度与话语空间。

【关键词】文本阐释；文学批评；意义；理性

文化符号学中的"象征"

【作　者】康澄
【单　位】华南师范大学外国语言文化学院
【期　刊】《国外文学》，第 1 期，2018 年，第 1－8、156 页
【内容摘要】尤里·洛特曼及塔尔图－莫斯科符号学派围绕象征的一系列著述构成文化符号学的精华部分。本文论述了文化符号学象征论的理论基础，阐明其在象征与语境的关系、象征的

文化意义生成和文化记忆机制等方面的创见，并指出该理论独树一帜的缘由。

【关键词】象征；文化符号学；尤里·洛特曼；塔尔图－莫斯科符号学派

文化记忆的符号学阐释

【作　者】康澄

【单　位】华南师范大学外国语言文化学院

【期　刊】《国外文学》，第 4 期，2018 年，第 11－18、153 页

【内容摘要】20 世纪 70 年代，以尤里·洛特曼为首的塔尔图－莫斯科符号学派从符号学的视角提出了"文化记忆"的概念并展开了系列研究。塔图学派"文化记忆"研究的基本出发点是把文化视为一个符号系统，揭示文化记忆保存、创造和遗忘信息的内在机制，阐明不同类型文化记忆的特征，寻觅最适宜担当文化记忆职责的符号元素。

【关键词】尤里·洛特曼；塔尔图－莫斯科符号学派；"文化记忆"；文化符号学

文理之争的背后：再探阿诺德与赫胥黎关于文学教育的论争

【作　者】纳海

【单　位】北京大学外国语学院英语系

【期　刊】《中国人民大学学报》，第 32 卷，第 5 期，2018 年，第 145－154 页

【内容摘要】《文学与科学》和《科学与文化》是 19 世纪末期关于教育的两篇重要文章，作者阿诺德与赫胥黎代表了两种相对的教育理念。阿诺德力主坚守古典文学教育，而赫胥黎认为科学知识应成为高等教育的主导。这两篇文章虽然表述了他二人对于教育的不同观点，但分歧并非仅关乎学科，而是从深层次反映了二人对"知识"和"真理"的不同理解。通过梳理阿诺德对文学三层内涵的论述可以看出，阿诺德所理解的文学乃是可以调动读者一切想象力的作品，而想象力之所以重要，是因为它能够帮助人获得真知。文学的这种通达真理的功用，是阿诺德所承袭的浪漫主义观念。然而，《文学与科学》一文的论证过程，在一定程度上解构了阿诺德自己对文学的定义。

【关键词】阿诺德；赫胥黎；文学；想象力；真知

文学阐释的公共性及其问题域

【作　者】曾军；辛明尚

【单　位】上海大学文学院

【期　刊】《复旦学报（社会科学版）》，第 60 卷，第 6 期，2018 年，第 77－84 页

【内容摘要】文学意义的阐释是文学理论的一个基本问题。从阐释的一般特点到文学阐释的独特内涵，不单单是在阐释中引入了文学视角，更是为文学阐释这一思想活动开辟了更广的理论空间。20 世纪西方文论先后经历了从"文学之外"转向"文学之内"再转向"文学之外"的这一宏观趋势。文学阐释的公共性也正在这一内外转换中获得体现。文学阐释有必要在个体阐释与公共阐释之间展开其问题场域，并尝试寻找有效阐释的可能性，为当代中国文论话语的建构做好理论准备。

【关键词】文学阐释；公共性；阐释学；有效阐释

文学阐释的适度与失度

【作　者】张奎志
【单　位】黑龙江大学文学院
【期　刊】《广东社会科学》，第 1 期，2018 年，第 170－178 页
【内容摘要】文学阐释的适度与失度问题不但历史久远，也非常复杂，它既关涉到阐释者是否合格问题，也关涉到作品的原意问题，更关涉到阐释是否有标准问题。而关于是否存在合格的阐释者、是否存在固定的作品原意、是否存在适度的阐释，历史上都没有一个固定的结论，但从各个派别对上述问题的阐述中，还是可能看出其间的合理性与非合理性。其中，刘勰和葛洪提出的避免阐释者的"知多偏好"与"爱同憎异"；新批评学派提倡的"作品的原意"就在作品本身；日内瓦学派倡导的意识批评，尤其是乔治·布莱的"认同批评"，为解决文学阐释的失度问题提出了很好的思路。
【关键词】文学阐释；作品原意；阐释标准

文学反映论：缘起、争论与前景

【作　者】汪正龙
【单　位】南京大学文学院
【期　刊】《安徽大学学报（哲学社会科学版）》，第 42 卷，第 6 期，2018 年，第 57－62 页
【内容摘要】反映论与近代认识论哲学的兴起有关。文学反映论从整体上把文学视为社会生活的反映、一种认识活动，20 世纪成为一种重要的文学研究和文学批评模式，也经历了曲折的演变历程。文学反映论既有局限性，也包含一些合理因素。在反思反映论的同时需要对反映论的历史功过以及列宁的反映论进行全面的评价，并对文学反映论的前景进行重新思考。
【关键词】反映论；认识论；哲学

文学经典与文化传承：论利维斯的"鲜活的传统"

【作　者】熊净雅
【单　位】中国科学院大学外语系
【期　刊】《文学跨学科研究》，第 2 卷，第 1 期，2018 年，第 145－154 页
【内容摘要】"传统"是 20 世纪西方文学批评的关键词之一，也是利维斯批评体系的统领性要素之一。论文首先追溯了利维斯传统观的主要理论渊源，探究其如何受到艾略特传统观的影响，又最终扬弃了艾略特传统观在"非个性化"等问题上的观点；其次，考察了利维斯传统观的内涵在经典问题上的集中体现；评析了利维斯通过重新评价英国文学经典从而重塑英国文学传统所表现出的现代主义革新精神；论述了利维斯的经典书单在特定历史条件和教育环境中的必要性；再次，认为利维斯之传统以传承为纽带连接了文学批评和文化批评；指出利维斯以英国文学传统为出发点力求传承文化传统并以此救赎文化;阐明作为传承剑桥批评传统中的重要一环，利维斯的传统观反映了工业化和功利化社会中具有大众情怀的精英主义文学和文化观。
【关键词】利维斯；传统；艾略特；经典；传承

文学理论的国际政治学：作为学说和作为学科的西方文论

【作　者】林精华

【单　位】首都师范大学；华东师范大学国际关系与地区发展研究院；华东师范大学教育部重点研究基地俄罗斯研究中心

【期　刊】《文艺理论研究》，第 38 卷，第 6 期，2018 年，第 76－88 页

【内容摘要】勒内·韦勒克和奥斯汀·沃伦《文学理论》（1949）的刊行，标志着欧洲文学批评经由美国迅速转换为文学理论，即英国注重字词句细读的新批评转化为注重语义结构分析的美国新批评，发现并激活俄苏形式主义遗产，继而出现符号学、结构主义、阐释学、后结构主义和解构主义等。与这些在表述上显示出科学性的理论一道的是，法兰克福学派转化而成的马克思主义在欧美方兴未艾，伴随女权主义运动而来的女性主义、性别研究以及持续充满活力的新历史主义、后殖民批评和文化研究等以深刻批评资本主义若干问题著称的理论。但它们皆产生并兴盛于冷战岁月：此时苏联完善并强化一整套学说，美国主导下的"西方"为应对苏联反映论文艺学威胁，使原本只是个人经验性"文学批评"，转化为学科和课程体系的"文学理论"。由此，得益于冷战格局而兴盛起来的文学理论学科，就常常和不关乎冷战意识形态的具体文学理论冲突，有关文学批评的争议不断。但冷战以苏联及其反映论体系的失败而结束，西方文论也和"历史终结论"一样获得合法性。在后冷战时代，如何使这种饱受争议的理论合理扩展，成为近 40 年来西方文论界最为关心的话题，但"后理论"本身也充满着国际政治学考量。

【关键词】西方文论；冷战；学院制度；政治学；国际政治学

文学伦理学批评的马克思主义伦理学基础

【作　者】费小平

【单　位】重庆师范大学外国语学院

【期　刊】《外国文学研究》，第 40 卷，第 6 期，2018 年，第 73－83 页

【内容摘要】2004 年诞生的文学伦理学批评是中国学者通过借鉴西方伦理批评和中国道德批评等资源而建构的文学批评方法。它将伦理选择作为理论基础；从起源上把文学看作道德的产物；将对伦理的描写及教诲功能的挖掘，视作文学批评的任务。以上三者具有浓郁的马克思主义伦理学色彩，政治站位高远，责任担当强烈。这样的文学伦理学批评，丰富了一百年来马克思主义伦理学的理论宝库，积极推进了马克思主义文艺学的建设，是我国百年马列文论研究史上的一件大事。

【关键词】文学伦理学批评；马克思主义伦理学；伦理选择；道德的产物；伦理的描写；教诲功能

文学伦理学批评话语建构：历史、论争与前景

【作　者】李茂增；温华

【单　位】李茂增：广州大学文学思想研究中心
　　　　　温华：解放军信息工程大学洛阳外国语学院

【期　刊】《文学跨学科研究》，第 2 卷，第 1 期，2018 年，第 67－79 页

【内容摘要】作为一种具有中国特色的批评理论，文学伦理学批评的建构经历了两个阶段：2004—2010 年主要立足国内，进行基本的理论建设；2012 年之后，以国际文学伦理学批评研究

会的成立为标志，开始逐步走向世界。通过历次国际学术会议，这一批评话语的影响被推向了国际学界。这一批评话语在建构之初曾出现基本概念易混淆、过分强调本土性等问题，随着理论的完善和发展，部分问题得以克服。但它在显示出旺盛活力和强大阐释力的同时，其基本理论建设仍需进一步加强。

【关键词】文学伦理学批评；话语建构；理论建设

文学批评：八个问题与一种方案

【作　者】南帆

【单　位】福建师范大学文学院

【期　刊】《文学评论》，第 1 期，2018 年，第 5－13 页

【内容摘要】影响当代文学批评的有八个理论问题，即当代文学与经典、审美与历史、内部研究与外部研究、文本中心与理论霸权、作品的有机整体原则、文学批评是否科学、作家与批评家和精英主义的困境。如果这些问题始终处于模糊状态而无法获得正视，它们的外在症候必将长期干扰文学批评的质量。这些问题内部包含的二项对立构成了文学批评的理论调节器。没有一个现成的固定公式事先分配二项对立内部的主从关系，文学批评突出什么、强调什么将由历史语境决定。"历史化"的方案表明，批评家如何想象和理解历史将产生重要作用。

【关键词】文学批评；文化场域；二项对立；理论调节；历史语境

文学批评"普遍的历史前提"与批评的公共性

【作　者】郄智毅

【单　位】河北大学文学院；中国社会科学院马克思主义学院

【期　刊】《求是学刊》，第 45 卷，第 3 期，2018 年，第 116－122 页

【内容摘要】文学批评建立于文学批评标准基础之上，批评标准成为批评"普遍的历史前提"之一。从历时性角度看，文学史和文学经典制约着批评标准。文学史是一个民族的公共记忆和集体确证，文学史书写提供了公共知识谱系和精神价值家园。文学经典的建构是长期的过程，它染有民族集体记忆的痕迹，是民族的集体确证和共同书写。从共时性角度看，文化历史语境规导着批评标准，现实文学场域、历史语境、意识形态和权力结构都对文学批评标准的生成起着现实的制约作用。由此，批评标准生成于传统和现实共同构成的公共场域之中，以批评标准为基础的批评阐释行为也就具有了不同于私人阐释的公共属性。

【关键词】文学批评；批评标准；普遍的历史前提；公共阐释

文学批评伦理转向中的他者伦理批评

【作　者】陈博；王守仁

【单　位】陈博：南京大学外国语学院；南京航空航天大学外国语学院
　　　　　王守仁：南京大学外国语学院

【期　刊】《南京社会科学》，第 2 期，2018 年，第 120－126 页

【内容摘要】自 20 世纪末起，在中西方文论重回伦理转向的呼声之下，伦理批评近年发展势头迅猛。在此背景下，法国哲学家列维纳斯的他者伦理思想得以重获关注。本文首先追溯伦理转向的脉络，阐明其中以列维纳斯他者伦理思想为核心的欧陆学派及其定位；其次在总结这一哲

学思想在中西方文学批评实践中运用现状的基础上，尝试结合对后现代文本的具体解读，以"他者之脸""欲望"与"言说"三个关键概念为线索做出系统化构建他者伦理批评视角的尝试。

【关键词】伦理批评；他者伦理；叙事伦理

文学实践与反本质主义和本体论学理问题——西方文论学理研究之二

【作　者】王坤
【单　位】中山大学中文系
【期　刊】《学术研究》，第 3 期，2018 年，第 146－154 页

【内容摘要】从文学中来，到文学中去；文论研究务必透彻阐发理论，亦需贴切解释文学。本质论、反本质主义以及本体论这些重大理论问题，最终都要通过文学实践来检验。在文学领域，本质论的表现有独白、宏大叙事、同一美学；反本质主义的表现有复调、私人叙事、对立美学。独白与复调之间，并非不能相容，新旧可以共存；从学理上讲，同一性并非先在而是建构的产物，本质论是反不掉的。"文学是什么"受制于"世界是什么"。文论研究从自然本体转向社会本体，将形成诸本体并行的新格局。就认识论而言，文学需要追求真实，却不能止于真实，尤其忌讳走向追求抽象概念；以认识论把握文学，易于由开端至中途，难以秉持到底。文学活动中的价值判断是贯穿始终的，艺术所追求的真实，只是价值判断的可靠依据之一而非全部。从价值角度理解文学，比从认识角度更能把握文学与人类精神的关系。审美论对文学的把握同样难以自始至终。审美不是一般地超越现实功利，而是超越主客二分，和宇宙自然同声共气。这是人类的最高境界、最高追求，更是审美超越的真正意义。尚古的审美风气，实质就是追求与大自然融为一体、追求回归人之初。审美就是追求人与生俱来的原初状态，所以，怀旧与思乡，总是艺术中最能持久打动人心的审美情结。后现代思潮对符号的表征与指涉特性有独到认识：从表征角度看，不能略过媒介笼统地谈再现；从指涉角度看，艺术符号既可指向外部世界，也可只指向自身。后者依据今天的符号论否定昨日的认识论。

【关键词】学理研究；反本质主义；本体论；先在性；同一性

文学史中文学的"估值"问题

【作　者】张荣翼
【单　位】武汉大学文学院
【期　刊】《人文杂志》，第 2 期，2018 年，第 53－59 页

【内容摘要】文学史有对历史数据的客观追溯，也有撰者主观立场上的价值评判。文学史描述的真伪、误差值涉及认知水平，也涉及文学史的价值观，即对文学历史状况的梳理是在对相关现象加以认知和估值的交互关系中来进行的。文学史中的估值需要进行深入的探析。首先是探讨文学史是为何和如何来进行估值的，为何是说明此项工作的必要性，如何则是思考它的操作程序。其次是分析文学史中的估值的合理性和所存有的局限，两者分列文学史估值中的正负两端，其实都是为建立文学秩序而得到的报偿。最后，对文学史的价值尺度进行反思，价值评估在审视他物的同时，自身也需要持续进行自我反省。

【关键词】文学史；估值；价值尺度

文学是空间艺术：文学地理学的本体论思考

【作　者】李志艳

【单　位】广西大学文学院

【期　刊】《南京社会科学》，第 3 期，2018 年，第 128－135 页

【内容摘要】当下文学地理学研究中的不足反映在文学基本理论的研究上。重新回归文学本体论的思考，直接面对审美经验的生成运动，辨析时间与空间关系，能够发现文学是空间艺术。以此为基础反思文学地理学的现实基础与逻辑理性、理论元点、研究方法、研究范畴、文学史观等，会有诸多新的启示。

【关键词】文学地理学；审美经验；空间艺术

文学艺术化：德国浪漫主义文学的跨媒介叙事

【作　者】龙迪勇
【单　位】东南大学艺术学院

【期　刊】《思想战线》，第 44 卷，第 6 期，2018 年，第 98－109 页

【内容摘要】虽然西方浪漫主义主要是一场文学运动，但这场文学运动与绘画、雕塑、音乐，以及戏剧表演等艺术形式息息相关。西方浪漫主义文艺最具根本性的特征是，试图成为综合多种艺术门类或多种艺术媒介的所谓"总体艺术"，而实现"总体艺术"的路径，就叙事媒介的使用方式而言，包括多媒介叙事与跨媒介叙事两种。从艺术观念的表达、艺术作品的描述、艺术形式的借鉴等三个方面，考察德国浪漫主义文学的跨媒介叙事现象可以发现，这三种方式从不同方面促成了德国浪漫主义文学的艺术化特征。德国浪漫主义作家并非像勃兰兑斯所说的那样"蔑视"语词这一文学媒介，而是高度尊重语词，试图使语词的表达能力最大化，以便通过跨媒介叙事使文学艺术化，从而创造出他们心目中的"总体艺术"作品。德国浪漫主义作家所开创的跨媒介叙事之法，具有强大的生命力和深远的影响力。

【关键词】文学艺术化；浪漫主义文学；跨媒介叙事；"总体艺术"

文学作为独立的世界形式

【作　者】王峰
【单　位】华东师范大学中文系

【期　刊】《文艺研究》，第 5 期，2018 年，第 5－16 页

【内容摘要】文学与世界的关系一直是一个复杂的问题。艾布拉姆斯将世界放在文学之外的观点具有很强的影响力，但这种观念是文学模仿论的曲折形式，其主要错误一是将文学与世界同样做实在化处理，并将之并列，二是进一步将两者普遍化处理，清除了基本语境，导致了文学与世界的形而上学式对立。只有回归文学这一基本语境，我们才能重新发现世界不是一种实在化的世界，而是在文学活动中被区隔形成的世界形式。由此，文学与世界同样是虚构意义上的文学形式，而不是一般观念中的实在物；将文学与世界区隔开也不是为了确立二元对立，而是为了借助世界形式破入实在世界并在实际生活中形成反应的一种文学实践方式，即具体作品借道世界形式来达到影响实际生活的目的。

【关键词】艾布拉姆斯；世界形式；二元对立

文字和文学中的具象与思想——艺术视野下的文字与图像关系研究

【作　者】赵炎秋

【单　位】湖南师范大学文学院

【期　刊】《文学评论》，第 3 期，2018 年，第 39－48 页

【内容摘要】在构建形象的过程中，文字的能指与所指必须一起转化为具象，但这种转化存在不完全性。其中缘由，从文字的角度看，一是文字是一个独立运作的有意义的符号系统，二是文字与思想的天然联系，三是形象中存在着一定的提示性、交代性的文字；从形象的角度看，则与具象本身的形成方式有关。另外，转化的不完全性与读者也有一定的关系。在形象中，文字的词义与形象的思想之间的关系比较复杂。在视觉性形象中，文字转化为具象比较完全，一般不参与思想的建构。在非视觉性形象中，则存在三种情况：文字直接进入思想的构建，文字参与思想的构建，文字不参与思想的构建。

【关键词】文字；文学；具象；思想

问题、目标和突破口：中西叙事传统比较研究谫论

【作　者】傅修延

【单　位】江西师范大学叙事学研究中心；江西师范大学文学院

【期　刊】《外国文学研究》，第 40 卷，第 3 期，2018 年，第 18－29 页

【内容摘要】20 世纪 60 年代创立于法国的经典叙事学主要植根于西方的叙事实践，西方学者的引征举例极少越出西欧与北美的范围，在此情况下，中国学者应该回过头来梳理自身所属的本土叙事传统，在一个更为广阔的时空背景上展示中西叙事传统各自的形成轨迹以及相互之间的冲突与激荡。本研究的目标是通过比较来深化我们对中国叙事传统的认识，在此过程中发展和建设更具普适性的叙事理论。为了达到这一目标，需要突破中西分隔的治学格局，将主攻对象扩大到各个重要的叙事门类与分支，并从深层去发掘导致中西叙事传统差异的根本原因。

【关键词】中西比较；叙事传统；叙事理论

乌托邦的二重性：审美乌托邦研究的出发点

【作　者】周均平

【单　位】山东师范大学文学院

【期　刊】《山东社会科学》，第 12 期，2018 年，第 105－111、122 页

【内容摘要】乌托邦作为人类最重要的精神现象之一，是一个涉及广泛领域的重大理论和实践问题，也是引发激烈社会和学术论争的重大社会和学术问题，对它的基本认识和价值评价存在着严重分歧甚至否定和肯定的根本对立。笔者认为乌托邦是一种悖论性存在，具有二重性甚或多维多层二重性，主要表现在人学前提、基本语义和原始文本、性质内容和构成要素、功能作用和实践效果或现实化历史化、价值评价和价值取向的二重性等等乌托邦本身及与其不可分割的主要因素上。通过何种途径或方式扬长避短，走出乌托邦二重性的悖论和困境，审美乌托邦独特的性质特征等决定了它似乎是一种最佳选择。在这个意义上，乌托邦的二重性就逻辑且历史地成为审美乌托邦研究的出发点。

【关键词】乌托邦；二重性；审美乌托邦；出发点

物的伦理性：后人类语境中文艺美学研究的新动向

【作　者】张进；姚富瑞

【单　位】兰州大学文学院
【期　刊】《南京社会科学》，第 7 期，2018 年，第 119－126 页
【内容摘要】物的伦理性是技术哲学关注的重要议题。近年随着科学技术的迅猛发展，以及各学科的深度互渗，我们正在面临着一种"后人类"境况。作为回应，当代技术哲学通过对技术道德化的探索，阐发了一种后人本主义技术伦理学，将伦理学扩展到"非人"对象之上，试图超越现代以来的主客二分对立，擘画一种新的伦理主体间性。这种转变推动文艺美学对语言论转向以来"文本主义"的反思批判，展露出新世纪文艺美学研究的新动向：关注物的伦理性，探求我与"非我"的伦理主体间性，基于人－技关系意向性而阐发文艺审美活动的道德内涵。
【关键词】后人类；物的伦理性；文艺美学；伦理主体间性；人－技关系意向性

物的引诱与替代因果：论哈曼的客体诗学

【作　者】谢少波
【单　位】加拿大卡尔加里大学英文系
【期　刊】《文艺理论研究》，第 38 卷，第 5 期，2018 年，第 34－42、49 页
【内容摘要】哈曼的客体诗学挑战主控欧美哲学界几十年的语言学转向，呼吁回归物的世界，确立物的自主性和客体与客体之间的民主平等关系。哈曼不仅将一切形式的存在都看作客体，彼此没有高低贵贱之分，而且赋予整体的构成部分以同等的自主和主权。哈曼铸造了一系列新概念，如"物的引诱"与"替代因果"，引导我们从一个崭新的角度观察世界，思考物的本体生命和意义以及物与人的关系。但是，跟任何其他新崛起的理论一样，哈曼的体系存在显而易见的缺陷或弱点。最有待商榷的地方，是哈曼力倡哲学去批判化，似乎全面否定 20 世纪下半叶以来的整个西方批判传统，会削弱甚至彻底取消对物化和资本逻辑的抵抗。
【关键词】客体导向本体论；"物的引诱"；"替代因果"

西方古典美学的问题谱系及其中国意义

【作　者】王才勇
【单　位】复旦大学中文系
【期　刊】《学术界》，第 6 期，2018 年，第 17－26 页
【内容摘要】从古希腊时期到黑格尔止的西方古典美学虽然有着清晰的时间维度，但从思想史或观念史角度看更重要的是其间的逻辑维度：西方美学及文艺理论基本问题由诞生到展开，再由展开到深入的历史发展脉络。正是这个脉络中的问题谱系成为日后一般美学和文艺学理论建构的框架。我们的西方美学史叙事虽然在各个分期和个人思想研究中已经取得了很大成绩，但在问题关联及谱系的疏离上还有不少工作要做，这涉及美学史叙事的题旨问题：对当下理论建构的切入。当代中国美学和文艺学理论建构的推进应该从思想史资源中获取切实有效的养料。
【关键词】西方古典美学；问题谱系；文艺学理论建构

西方近现代诗歌史上的"戏剧化"诗学

【作　者】胡苏珍
【单　位】宁波大学人文与传媒学院
【期　刊】《西南大学学报（社会科学版）》，第 44 卷，第 6 期，2018 年，第 100－107、191 页

【内容摘要】西方诗学中的"戏剧"美学传统，深刻影响了近现代以来的抒情文学，赫兹利特、勃朗宁、叶芝、庞德、艾略特和布鲁克斯等英美新批评诗家都从不同角度论述了抒情诗的"戏剧化"，主要集中体现于两个方面：一是抒情诗主体"角色"化、"面具"化，间离自我或走向他者；二是吸收"对立""冲突"等"戏剧性"美学精神，使抒情诗歌充满互相矛盾和异质的经验和情思。这些都旨在丰富后起建立的正统"抒情诗"理念。

【关键词】文类融合；抒情诗；戏剧化

西方科幻小说的反技术异化隐喻研究

【作　者】刘春伟；韩晓萍
【单　位】刘春伟：大连外国语大学英语学院
　　　　　韩晓萍：大连外国语大学日本语学院
【期　刊】《外语与外语教学》，第 3 期，2018 年，第 135－141、147 页
【内容摘要】科幻小说的文学特质表现为情节奇幻和前瞻性技术观；其思想特质是通过奇幻的人物和情节安排来折射社会伦理取向、批判现实。科幻小说中作者文化意识和伦理取向的成功映像与对接往往需要隐喻的手段来实现，"所指""能指"的"相似性"是隐喻对接转换的认知基础。本文借分析 19、20 和 21 世纪的三本代表性科幻小说（《弗兰肯斯坦》《万有引力之虹》《羚羊与秧鸡》）中的隐喻手法的使用，论证"隐喻"不是多象征符号的后现代主义表现手段，而是作者控诉技术异化伦理观的明确表述。在科技改变生活并带来多重隐患的时代背景下，重读经典作品并获取文学审美价值以外的技术伦理价值内核对社会绿色发展具有极为重要的意义。

【关键词】隐喻；异化；技术；伦理

西方理论在中国的命运——詹姆逊与詹姆逊主义

【作　者】刘康
【单　位】上海交通大学人文艺术研究院，美国杜克大学
【期　刊】《文艺理论研究》，第 38 卷，第 1 期，2018 年，第 184－201 页
【内容摘要】本文以美国理论家詹姆逊为例，对近 40 年西方文艺理论与中国的碰撞、变异、转化，从思想史和知识社会学的角度来审视。本文分析了"译介开路、借用西方""以西人之话语，议中国之问题"的背景，分析中国的詹姆逊主义，即围绕詹姆逊的后现代主义和第三世界寓言这两大主题，建构出的一种顺应中国学术环境和大背景的新马克思主义理论话语。詹姆逊主义跟詹姆逊的理论本身相差甚远。中国学术界对西方理论选择性的误读和错位，导致了对重要问题的理论遮蔽和对话的缺失。

【关键词】西方理论；詹姆逊主义；误读；错位

西方马克思主义文学批评中的意识形态批评探析

【作　者】王庆卫
【单　位】华中师范大学文学院
【期　刊】《文学评论》，第 5 期，2018 年，第 21－28 页
【内容摘要】在西方马克思主义文学批评中，意识形态批评是一种以"文学是意识形态"的认识为逻辑起点，以"形式的意识形态"为核心问题，旨在探讨文学与意识形态的复杂关系的文

学批评。西方马克思主义对意识形态的理解大体分属人本主义和科学主义两种路径，意识形态批评也相应呈现两种取向。西方马克思主义者未能坚持将理论建立在唯物史观的基础上，未能持守严格意义上的马克思主义意识形态观，但在丰富和发展马克思主义意识形态理论，在开启思路和提供镜鉴方面起了巨大作用。

【关键词】西方马克思主义；意识形态批评；人本主义；科学主义

西方文论关键词：非洲未来主义

【作　者】林大江
【单　位】华东政法大学外语学院；苏州大学外国语学院
【期　刊】《外国文学》，第 5 期，2018 年，第 101－111 页
【内容摘要】马克·戴里于 1993 年创造"非洲未来主义"一词，用以指代致力于发现历史、现在、未来中非裔离散之意义的美学实践。迄今，非洲未来主义已成为一个集美学实践、认识论建设、经典研究为一体的开放性共识平台。非洲未来主义艺术家和学者通过积极的时间政治介入行为，合力建设非洲未来主义经典，恢复被现代性排斥的非裔对抗性未来的历史，探索人类命运共同体建构所必需的新形态伦理纽带。作为黑色大西洋文化复兴计划的延续，非洲未来主义理论和实践能够开启离散人群的多重意识，激发他们塑造更好、更真的自我，从而推动全球合作梦想的实现。

【关键词】非洲未来主义；非裔离散；时间政治介入；黑色大西洋；多重意识

西方文论关键词：复制

【作　者】陶锋
【单　位】南开大学哲学院；南开大学文学院
【期　刊】《外国文学》，第 6 期，2018 年，第 94－102 页
【内容摘要】在西方艺术和文论中，"复制"因为其过于客观和偏重技术，常常被忽视。在柏拉图那里，现实世界就是对理念世界的复制；而亚里士多德则认为，人们不应该只是被动地复制，而应主动模仿。本雅明和阿多诺对于机械复制技术的争论实际上延续了柏拉图与亚里士多德的技术与艺术之争：本雅明看到了影像的复制具有解放性，技术将艺术从宗教中解放出来，从而也让大众有更广泛而平等的机会去接触到艺术。阿多诺则认为，复制会让艺术品变成文化商品，会将人整合进文化工业之中。到了人工智能时代，复制成了人类行为和智能复制，复制的技术和艺术之争还在继续。

【关键词】复制；柏拉图；本雅明；人工智能

西方文论关键词：解辖域化

【作　者】周雪松
【单　位】郑州大学外语学院
【期　刊】《外国文学》，第 6 期，2018 年，第 81－93 页
【内容摘要】"解辖域化"是由德勒兹与瓜塔里基于肯定性差异哲学和对法国五月风暴的反思而提出的概念。它首先是指将被禁锢的欲望释放出来的过程，与再辖域化及公理系统等概念共同从欲望层面揭示了资本主义的运转机制，并因其革命性而被推崇为一种微观的欲望政治运动。

之后，解辖域化的内涵一再得以拓展。在文学批评领域，它概括了弱势文学的特点，指与主流相背离的语言运用方式及其对权力中心的反抗。它还游走于地理学、细胞生物学、动物行为学、语言学、音乐等众多议题之间，并与根茎、游牧民、生成等诸种概念相缠绕，是弘扬差异、反对同一的地理哲学概念。

【关键词】解辖域化；欲望政治；弱势文学；地理哲学

西方文论关键词：介入文学

【作　者】赵天舒
【单　位】巴黎南特尔大学文学、语言与表演博士院
【期　刊】《外国文学》，第 5 期，2018 年，第 112－126 页
【内容摘要】"介入文学"是 20 世纪法国的一个重要文学现象，主张文学应当介入社会，参与政治与意识形态的论争。介入文学诞生于第二次世界大战后，经由萨特的文学理论与实践而发展至顶峰，在 20 世纪 60 年代之后逐渐没落。在萨特的思想中，文学应当服务社会，作品的思想应高于形式，作者应呈现完全在场的状态，并为大众写作。这些特征一方面让文学与社会紧密地捆绑在一起，但另一方面却也消解了文学自身的价值，削弱了作品的文学性。加缪、巴塔耶与阿多诺，分别批判了介入文学的极端政治倾向、功利主义与容易被文化工业所利用的问题；而巴特则在介入文学退潮时期，对其进行了全面而深刻的理论反思，力图重新平衡文学与社会的关系。

【关键词】介入文学；介入；萨特；加缪；巴塔耶；阿多诺；巴特

西方文论关键词：叙述评论

【作　者】刘江
【单　位】对外经济贸易大学英语学院；中国药科大学外语系
【期　刊】《外国文学》，第 4 期，2018 年，第 95－102 页
【内容摘要】叙述评论是叙事学的核心概念之一。作为叙述者或作者干预叙事的主要途径，它不仅是构成完整的叙事框架或流程上的重要一环，更潜藏着叙述者或作者特定的意识形态、行为规范和价值认同。无论是以布斯和查特曼为代表的叙事学或修辞学派，还是以拉波夫和弗莱西曼为代表的语言学派，在致力于叙述评论的概念界定、类型学建构的同时，也更加关注叙述评论在叙事中的功能与作用。相关研究虽然为文学创作和批评提供了重要的理论支撑，但也存在类型划分依据不一、研究重点失衡甚至文类偏见等问题和不足。

【关键词】叙述评论；评价；类型；功能

西方文论关键词：漩涡主义

【作　者】周汶
【单　位】浙江大学宁波理工学院外国语学院
【期　刊】《外国文学》，第 3 期，2018 年，第 81－93 页
【内容摘要】由刘易斯和庞德等人合力推动的漩涡主义是 20 世纪 10 年代唯一发端于英国本土的先锋派文艺运动，该运动及其喉舌刊物《轰炸》以其激进思想和不拘一格将被永远载入现代主义史册。以刘易斯、庞德为首的漩涡主义艺术家们追求艺术自主创新的精神一直为后人所敬

佩和追随；他们提出的漩涡主义理念并借此创作出的漩涡主义文艺作品成为现代主义运动中不可多得的文化财富。新世纪以来，漩涡主义视觉艺术作品展不断启幕，庞德、刘易斯等漩涡主义文学作品研究不断深入，漩涡主义在百年之后大有获得新生之势。

【关键词】漩涡主义；《轰炸》；刘易斯；庞德；现代主义

西方文学源头考辨

【作　者】曾艳兵
【单　位】中国人民大学文学院；天津师范大学文学院
【期　刊】《外国文学研究》，第 40 卷，第 6 期，2018 年，第 153－163 页
【内容摘要】作为西方文学最直接、最古老的源头应当是古希腊文学。然而，这个源头其实并不确定。对于古希腊文学的源头，我们现在所能看到的只是一些断片或片面性的传说。古希腊文化的源头是克里特文化，克里特文化的源头则在东方。希腊文字之前的文字或者不存在，或者不可解读，用这种文字记载的文学自然也不复存在。在以荷马为代表的世俗文学存在之前，还存在着一种宗教文学，但是，对于这种宗教文学我们却无从知晓。古希腊神话应该是西方文学的源头，但是，有关希腊神话的文字记载其实已经很晚。因此，我们推崇"到文学的源头去饮水"，但真正的源头却并不易发现，或者永远不可能被发现。

【关键词】西方文学；源头；考辨

西方文学中现实主义的含义及其嬗变

【作　者】王雅华
【单　位】北京语言大学外国语学部英语系
【期　刊】《国外文学》，第 1 期，2018 年，第 9－18、156 页
【内容摘要】进入 20 世纪以来，世界变得越来越复杂、动荡，小说艺术随着社会的转型和高速发展而经历了巨大的嬗变。现实主义作为一种传统的小说创作手法和范式受到了前所未有的挑战和颠覆。然而，这并不意味着现实主义传统的终结。文学现实主义变得越来越具有包容性、开放性。本文试图从西方学界对现代小说和现实主义的不同观点和争论入手，探讨现实主义的含义及其嬗变，并借助相关理论家的观点对现实主义诗学及其"模仿论"进行重新思考和审视，从而阐明只有超越时代和方法论的局限，将现代作品的新贡献同过去的遗产融为一体，现实主义才能成为经久不衰的文学范式。

【关键词】现实主义；现实；虚构；模仿

系统阐释中的意义格式塔

【作　者】周宪
【单　位】南京大学艺术学院
【期　刊】《中国社会科学》，第 7 期，2018 年，第 163－183、208 页
【内容摘要】如何阐释文学文本的意义？这个问题一直是文学理论中争议颇多的难题。20 世纪有三种最具代表性的理论——文本客体说、作者意图说和读者反应说，它们共同的方法论是意义阐释的单因论。然而，文学乃是一个复杂的文化系统，包含了诸多因素及其相互关系，因此，文学理论和批评对文本意义的阐释及其理论讨论，应提倡从单因阐释向复杂系统阐释的方法论

转变，进而实现从意义实体论向意义建构论转变。为此，可尝试在引入格式塔心理学"整体性在先"原则的基础上，提出"意义格式塔"概念，将文学意义视作在逻辑和时间上结构化的系统，并以复杂系统的视角来探究文学阐释方法论问题，以期达到文学理论和文学批评多元阐释的系统性与协商性。

【关键词】意义；文本生产性；意义格式塔；单因论；复杂系统

现代传媒视域下"文学性"的话语转向与意义生产

【作　者】王婉婉
【单　位】安徽农业大学人文社会科学学院
【期　刊】《甘肃社会科学》，第 1 期，2018 年，第 119－124 页
【内容摘要】作为缘起于俄国形式主义的理论范畴，"文学性"的意义衍化既有对语言本体性的坚守，又有对非文学场域指涉性的扩张，其衍化的主旨离不开对文学研究普遍价值的追逐以及形式主义的潜在规约，而由此引发的人文精神的疏离则愈发常态。传媒时代的到来使"文学性"这一理论范畴的意义转向与价值重构成为可能。在现代传媒的作用下，文学的图像化传播为"文学性"的视觉化对接提供了契机，同时现代传媒也强化了"文学性"的消费化取向，消解了"文学性"本有的精英意识，凸显了其审美内涵的异质化表征。考察传媒时代的"文学性"既不能拘囿于对语言本体化的僵化执守，也不能放任"文学性"散佚文本之外的意义飘忽，谋求"文学性"与传媒时代文学现象与文学实践的现实指涉方才是"文学性"在现代传媒语境中的价值所在。

【关键词】"文学性"；现代传媒；形式主义；话语转向；意义生产

现代短篇小说的空间形式

【作　者】张桂珍
【单　位】福建师范大学外国语学院
【期　刊】《福建师范大学学报（哲学社会科学版）》，第 4 期，2018 年，第 60－67、170 页
【内容摘要】现代短篇小说蕴含着丰富的空间形式，但在论述文学空间形式时，评论者往往更多地关注长篇小说和诗歌等显学，较少关注短篇小说这种边缘体裁形式。事实上，短篇小说文本叙述中所建构的嵌套式、桔瓣式、圆圈式、螺旋式等空间图形都能有效阻止向前发展的时间之流，构筑出碎片化、同时性和共置性的空间叙述。短篇小说中的空间形式积极参与主题意义的表达，能够有效传递缺少历史纵深感、支离破碎的现代生存体验。

【关键词】现代短篇小说；空间形式；图形；主题

现代西方形式主义文论中的二元对立

【作　者】黄念然
【单　位】华中师范大学文学院
【期　刊】《吉林大学社会科学学报》，第 58 卷，第 3 期，2018 年，第 173－182、208 页
【内容摘要】现代西方形式主义文论在其理论构成中充满了一系列的内在矛盾。它们集中表现为以下"二元对立"，即：文学符号构成中的能指与所指的二元对立、文学文本本体构成中内容与形式的二元对立、研究理念中的差异与联系的二元对立以及批评实践中分析与判断的二元对

立。正是这些内在的二元对立冲突使其沿着符号构成→文本构成→研究理念→批评实践的理路自内而外地最终走向自我解构和衰落。

【关键词】现代西方；形式主义文学理论；二元对立；理论构成；自我解构

现代性的生死断裂——1976 年福柯与鲍德里亚视野中的生死边界

【作　者】陶家俊
【单　位】北京外国语大学英语学院

【期　刊】《外国文学研究》，第 40 卷，第 5 期，2018 年，第 105－113 页

【内容摘要】1976 年米歇尔·福柯在法兰西学院的系列讲座"必须保卫社会"与让·鲍德里亚同一年问世的《象征交换与死亡》分别探讨了规训／调节权力技术论和宏大象征交换逻辑论，他们各自在权力与象征交换层面对生命与死亡边界进行了反思重构。福柯与鲍德里亚立足于生命与死亡的现代性批判，阐述了西方哲学的现代性话语与种族、文化、社会、历史意义上的他者之间挪用与排斥的矛盾关系，由此揭示了制约福柯与鲍德里亚现代性哲学话语的双重束缚死局，同时反思了内在的跨文化转化过程涉及的文化边界重构必要性问题。

【关键词】米歇尔·福柯；让·鲍德里亚；象征交换；现代性

现状与关键：论语言对文学精神的建构

【作　者】吴青科
【单　位】福建师范大学文学院

【期　刊】《福建师范大学学报（哲学社会科学版）》，第 1 期，2018 年，第 82－89 页

【内容摘要】当今文学呈现出两种基本特征：一是激进的文学精神仍在继承延续；一是在新的文化境遇中，呈现出去特征化、娱乐化的逃离现象。某种意义上，文学悄无声息地进行着自我的离场，文学创作、评价活动游离文学之外，从而使得文学观念及评价体系发生偏移。基于文学整体性现状考察，预见文学面临某种潜在的精神危机，进而重申语言表述对于文学精神建构的关键性。

【关键词】激进；逃离；语言；建构

象征主义之后的法国诗学与英美自由诗的转型

【作　者】李国辉
【单　位】台州学院人文学院

【期　刊】《浙江工商大学学报》，第 2 期，2018 年，第 11－18 页

【内容摘要】文章反思了英国自由诗理论对法国象征主义诗学的片面解读，梳理了象征主义之后的新生代诗学对英国现代主义诗人弗林特的重要影响，并以弗林特为媒介，研究庞德、奥尔丁顿、洛厄尔等人对法国诗学的接受和调整。文章认为，法国新生代诗学的"节奏常量""调子"理论影响了弗林特的"无韵的调子"说，而弗林特的"无韵的调子"说，又促进了英美现代主义诗人对自由诗节奏特性的寻找。这种影响关系的研究对于理解英美自由诗与法国诗学的复杂关系提供了参考。

【关键词】象征主义；弗林特；"节奏常量"；"调子"；自由诗

新审美主义初探——透视后理论时代西方文论的一个面相

【作　者】朱立元；张蕴贤
【单　位】复旦大学中文系

【期　刊】《学术月刊》，第 50 卷，第 1 期，2018 年，第 116－130、139 页

【内容摘要】"理论之后"，西方文论界出现了回归文学、回归审美的某种新趋势，"新审美主义"就是其中突出的代表。本文尝试初步透视它的若干新面相、新特点：一是它对文学特性的重新思考，即集中探讨文学性对理论的弥散，以及从述行、事件角度对文学性做出新的概括；二是它对"新形式"的反思，集中在对细读的强调、对形式与内容的调和以及形式对历史的开放几个方面；三是它提出"新审美"，意在打通古典美学与现代、后现代艺术之间的鸿沟，重建与政治相包容的审美维度。总体上看，"新审美主义"作为后理论时代西方文论的一种新趋势，刚刚崭露头角，目前要认定其为当代西方文论的新"思潮"或新"流派"，还为时尚早。

【关键词】后理论；文学性；新形式主义；新审美主义

新时代马克思主义文学批评的现实品格

【作　者】孙士聪
【单　位】首都师范大学文学院

【期　刊】《文学评论》，第 3 期，2018 年，第 17－22 页

【内容摘要】马克思主义文学批评具有鲜明的现实品格。当代马克思主义文学批评面临"被边缘化""不及物""休眠化""失语化""理论化""娱乐化"等种种遭际，某种程度上是其现实品格的自我遗忘而至"自我放逐"的表征。在文学实践面前故步自封于与现实化相对立的狭隘"学术化"，既割裂了文学批评与马克思主义的内在统一性，也使文学批评退缩为疏离于文学现实的"文学研究"。马克思主义文学批评传统批判种种"非现实化"，"文学的马克思主义"为其当代形式。回到马克思关于"向现实本身去寻求思想"的深刻思考，立足社会主要矛盾发生重大变化的新时代语境，重铸马克思主义文学批评的现实品格，恰当其时。

【关键词】马克思主义文学批评；新时代；现实品格

新时期文论的变革与反思

【作　者】杨春时
【单　位】四川美术学院设计艺术学院

【期　刊】《云南师范大学学报（哲学社会科学版）》，第 50 卷，第 1 期，2018 年，第 95－99 页

【内容摘要】新时期文论主要反拨了反映论和意识形态论的文学本质观，建立了主体论和审美主义的文学本质观。这是中国文论现代转向的必要环节。同时，主体性文论和审美主义文论也有历史的局限和理论的缺陷，主要是在肯定主体创造性的同时，忽视了主体与世界的同一性；在肯定文学的审美性的同时，忽视了文学的现实性。因此，在后新时期后现代主义语境中，主体性文论和审美主义文论的建立者也进行了反思和理论重建，最终建立了主体间性文论和多重性的文学本质观。

【关键词】新时期文论；主体性；审美主义；主体间性

新时期以来文学审美论的多元建构与中国现代文论的建设

【作　者】谢慧英
【单　位】集美大学文学院
【期　刊】《文学评论》，第 6 期，2018 年，第 156－165 页
【内容摘要】新时期以来，文学审美论成为文论建设的主要流派之一，并形成了多元共生的发展态势，其主要形态有审美反映论、审美形式论、审美意识形态论和审美超越论等。20 世纪 90 年代后，语言论转向在中国发生，后现代主义思潮在中国蔚成主流；21 世纪以来，文化研究热潮兴起，"生活美学""大众美学"不断扩张。文艺理论的话语建构要在对新时期文学审美论进行深入反思的基础上，应对现实变化进行审美论范式更新，以推进中国现代文论的建设。
【关键词】审美反映论；审美形式论；审美意识形态论；审美超越论

新世纪美学的不满与回归——论哈罗德·布鲁姆的崇高美学与文化政治

【作　者】翟乃海
【单　位】山东师范大学外国语学院
【期　刊】《国外文学》，第 3 期，2018 年，第 1－9、156 页
【内容摘要】新世纪以来，美国的多元文化主义逐渐退潮，文学批评实现了新的审美转向。哈罗德·布鲁姆的后现代崇高美学是其中的一个代表，它不仅重申了人的主体性和能动性，而且兼顾了后现代崇高观中自我观念的复杂性和异质性。同时，布鲁姆的崇高观具有明确的社会现实指向性和政治性，它既批判了美国的文化现实，又尝试重塑美国的集体认同。当下的美学回归不是退回到浪漫主义批评，而是要把个人经验与集体认同、审美体验与现实文化政治紧密结合起来，恢复宏大叙事和文学的超越性价值。它具有明显的折中、过渡性质。
【关键词】美学回归；新审美批评；后现代崇高；文化政治；哈罗德·布鲁姆

新世纪文论范式：从语言媒介到物质性融媒介

【作　者】张进；姚富瑞
【单　位】兰州大学文学院
【期　刊】《兰州大学学报（社会科学版）》，第 46 卷，第 5 期，2018 年，第 1－10 页
【内容摘要】随着数字化媒介技术的发展，传统意义上的文学和艺术在赛博空间中进行交合，从而形成了文、艺、技渗透交融的新形态。这使得西方语言论转向以来相关文论的解释效力开始失效，引发了文学理论从语言媒介到物质媒介的范式转换。物质媒介概念全面释放了媒介作为一种技术形式、作为构成性调解和作为生存环境的物质性内涵，从而以一种融媒介态势擘画着新世纪文学艺术传播与发展的后人类景观。
【关键词】语言媒介；物质媒介；构成性调解；融媒介

叙事的双重动力：不同互动关系以及被忽略的原因

【作　者】申丹
【单　位】北京大学外国语学院

【期　刊】《北京大学学报（哲学社会科学版）》，第 55 卷，第 2 期，2018 年，第 84－97 页
【内容摘要】从古到今，中外批评界仅仅关注叙事作品的情节发展，而在不少作品中，实际上存在双重叙事进程：在情节发展背后，还存在贯穿文本始终的"隐性进程"。这一明一暗、并列前行的两种叙事运动互为对照、互为排斥、互为补充，在矛盾张力、交互作用中表达出经典作品丰富深刻的主题意义，塑造出复杂多面的人物形象，生产出卓越的艺术价值。在挖掘出单个作品双重叙事进程的基础上，还需要以整体的视野，在宏观层次回答以下重要问题：情节发展与隐性进程之间存在哪些不同种类的互动关系？它们会以哪些不同方式影响读者阐释，改变作者、叙述者和读者之间的互动？发掘双重叙事动力对理解经典作品的内涵有何意义？究竟有哪些原因造成经典作品的双重叙事运动长期以来被忽略？
【关键词】双重叙事进程；不同互动关系；被忽略的原因；经典重释

叙事空间简论

【作　者】杰拉德·普林斯
【单　位】宾夕法尼亚大学罗曼语系
【期　刊】《文学跨学科研究》，第 2 卷，第 1 期，2018 年，第 26－33 页
【内容摘要】叙事学的奠基者们很少关注叙事空间问题，但是当下叙事空间特征与结构的重要性被广泛认可。我们甚至可以说叙事学产生了空间转向。尽管人们已经对故事空间与叙述对象的空间有所研究，但是对叙事中的其他空间层面——叙述行为的空间或话语，比如对叙述空间或叙述者的空间位置、接受空间或受述者的空间位置等研究不足。此外，不同空间层面之间的关系，包括频率、顺序、比例等也同样遭到忽视。本文以伊万·屠格涅夫《多余人日记》和安德烈·纪德《背德者》为例，讨论了上述四种空间层面及它们之间的内在关系。
【关键词】叙事空间；频率；顺序；比例

叙事学中的听觉转向与研究范式

【作　者】周志高
【单　位】九江学院外国语学院
【期　刊】《外语教学》，第 39 卷，第 6 期，2018 年，第 108－113 页
【内容摘要】长期以来，国内外的叙事学研究几乎处于"失聪"与"聋聩"的状态，与视觉有关的研究大行其道，而对听觉叙事的研究却在灼灼的视觉聚焦下成为盲点。实际上，叙事作品中具有丰富的听觉意象，隐藏着特有的声音景观，运用视觉以及视觉叙事理论难以揭示其中的奥妙与意义。叙事学研究长期忽视听觉，但是人文意识的勃兴与听觉在叙事中泛起的回声最终导致了叙事学研究的听觉转向。听觉是人类感知世界的一种重要的感官，叙事作品中具有丰富的听觉叙事情境与意象，听觉转向必将为叙事学研究发现新的富矿。国内的听觉叙事研究正处于筚路蓝缕之时，具有很大的研究空间。对于听觉叙事研究，既要建构起合适的话语框架和理论工具，使听觉叙事研究具有自身的话语体系和理据性，又要通过聆察叙事作品中的声音，分析声音景观如何丰富对虚构世界的建构，使我们感知的故事与虚构世界更加立体、丰满。
【关键词】叙事学研究；听觉转向；研究范式；听觉意象；声音景观

叙事与奇迹：科幻文本中的人工智能

【作　者】王峰
【单　位】华东师范大学中文系
【期　刊】《南京社会科学》，第 8 期，2018 年，第 128－135 页
【内容摘要】科幻描绘相对于科技发展的时间先行特点，使科幻文本带上一种奇异的预测性质。近年科幻文本中人工智能的描绘与人工智能科技的发展助长了这样的判断，但时间上的先后并不真正构成因果关系，预测性的奇迹不过是叙事的一个后果。人工智能文本通过叙事带给我们有关未来世界的形态，无疑是有其根据的，这虽然不能构成因果性，但毕竟指出了未来的方向，只是叙事并不真正关心未来的实际方向，它关心的是在读者那里造成的惊异效果，未来方向不过是造成这一效果的手段而已。科幻的预测性不过是一颗打中他人靶心的子弹而已。这一错位造成当代人工智能叙事的特殊性，它将未来直接拉入当代，从而铸造了当代文化叙事的一种独特内涵。
【关键词】人工智能；预测；科幻叙事

叙述分层与主体分化——论一种小说叙述传统及其现代意义

【作　者】邓艮；乔琦
【单　位】西安外国语大学中国语言文学学院
【期　刊】《东岳论丛》，第 39 卷，第 12 期，2018 年，第 78－83 页
【内容摘要】叙述分层在中外叙事文学中都有呈现，足够支撑起一种小说叙述传统。学术界目前对叙述分层的表现形式探讨较多，但对分层原因和意义尤其是它与现代主体分化的关系研究相对较少。叙述分层意味着虚构叙述中人物、叙述者、隐含作者等多重主体意见的分歧，这种主体分化呼应着现代文明语境中人的主体性的破碎，因而越到现代，小说越讲究叙述分层，其叙述艺术也更纷繁迷离。分层的深层现代意义在于：对异质文化碰撞中"自我"之谜的揭示，借叙述归还主体一个明确的自我，从而实现文学治疗；在政治、伦理、道德等敏感问题的叙述中实现对责任的规避，平衡或舒缓政治伦理与艺术之间的冲突和紧张；用元小说式的组织故事的方式消弭真实与虚构的界限，打破人与世界的单一关系，揭示人类存在的不确定性和现代人性的幽奥精微。
【关键词】叙述分层；主体分化；主体意见；分歧；"自我"之谜；揭示

叙述－模仿之争与规训机制

【作　者】李启园
【单　位】浙江大学人文学院
【期　刊】《福建师范大学学报（哲学社会科学版）》，第 4 期，2018 年，第 52－59、169－170 页
【内容摘要】柏拉图根据人物话语表达方式的不同分为"模仿叙述"与"纯叙述"。为了规范城邦的教育，他推崇叙述，因其利于传达特定的叙述意图和规训个体。福柯通过谱系学发现规训社会背后的机制正是知识－权力操控的叙述文本。对此，身份政治思潮对叙述采取抵抗式、解构式的阅读策略，而亚里士多德推崇模仿，因其具有挣脱规训牢笼的特质，后理论中的文学转向通过挖掘模仿对想象力和反讽能力的提高为突破规训机制提供更多启示；而具有敏感性、多

义性和隐蔽性的窥破力量的叙述则更可能成为反抗规训的中坚力量。

【关键词】叙述；模仿；规训

寻找新的主体西耶斯、黑格尔与青年马克思的政治共同体构想

【作　者】梁展
【单　位】中国社会科学院外国文学研究所
【期　刊】《外国文学评论》，第 4 期，第 38－86 页
【内容摘要】法国大革命奠定的人民原则是青年马克思政治哲学的灵感来源及其政治共同体构想的出发点和基石。本文通过分析西耶斯对第三等级政治使命的论述与黑格尔从国家形而上学的角度对君主和市民诸等级的规定，探讨 19 世纪 40 年代初期马克思为寻求新的革命和社会主体而付出的种种思想努力，揭示无产阶级政治共同体的思想谱系。

【关键词】马克思；第三等级；共同体

以阅读介入社会——论托尼·本尼特的阅读构型理论

【作　者】李永新
【单　位】南京师范大学文学院
【期　刊】《学术研究》，第 11 期，2018 年，第 169－176、178 页
【内容摘要】英国马克思主义理论家托尼·本尼特提出的阅读构型理论是一种新的文学介入理论。这一理论既强调读者与文本的交互作用，认为读者是受文本建构的读者，文本是经过读者阅读的文本，又展示了马克思主义批评发挥介入性作用的具体过程。从理论渊源来看，本尼特的阅读构型理论受到福柯的生存美学的影响，分析了文本对主体的话语建构以及阅读作为"自我技术"的特点。同时，本尼特受到阿尔都塞和马歇雷关于文本与历史关系论述的启发，将文本与历史语境联系起来。阅读构型理论既阐明了"读者"与"阅读"构成的复杂性，又通过把马克思主义理论与各种后现代理论结合起来促进了文学理论的发展，还在凸显马克思思想当代性的同时构成了一种新型的接受美学理论。

【关键词】阅读构型；托尼·本尼特；介入；马克思主义

艺术如何可能：卢卡奇早期思想的一个主题

【作　者】熊海洋
【单　位】南京大学艺术学院
【期　刊】《文艺研究》，第 9 期，2018 年，第 25－33 页
【内容摘要】"艺术如何可能"是卢卡奇早期思想的主题之一。围绕这一主题，卢卡奇先后依据不同的思想框架进行了两次发问，并给出了两次回答。第一次是在新康德主义的绝对形式的框架下，追问艺术形式在现代生活中如何可能，答案却是艺术形式注定解体，"生活艺术"（life-art）也不再可能。第二次是在黑格尔主义的历史形式的框架下，追问艺术形式如何在没有总体性的现代生活中追逐总体性，答案是现代艺术形式可能性的唯一法则就是反讽，现代艺术只能是一种"半艺术"。在卢卡奇那里，艺术问题与伦理问题同构于形式。作为"半艺术"的形式法则，反讽从侧面证实了良善生活在现代社会失去了自明性的根基。这种道德难题的出现为卢卡奇后来走向马克思主义埋下了伏笔。

【关键词】卢卡奇；艺术形式；注定解体；总体性；反讽

艺术与物性——对一个海德格尔引发的争论的考察

【作　者】汪正龙
【单　位】南京大学文学院

【期　刊】《文艺理论研究》，第 38 卷，第 1 期，2018 年，第 170－176 页

【内容摘要】海德格尔中后期提出了艺术与物性的关系问题，批评了特性的载体、感觉多样性的统一体和具有形式的质料三种关于物的规定方式，认为创作是让某物作为一个被生产的东西而出现，作品把物因素置入敞开的领域中加以显现。海德格尔的思考奠基于其艺术存在论，体现了他对艺术是什么以及人是什么的思考，与 20 世纪艺术的走向相关联，进而成为当代美学以及艺术理论中争论的一个核心问题。虽然其他美学家或思想家大多不是沿着海德格尔本人的思路，而似乎是将其批评过的思路加以改造进行探讨，但是在反模仿论、反形而上学方面却与海氏异曲同工。

【关键词】海德格尔；艺术；物性；质料；反形而上学

艺术自律与审美伦理

【作　者】冯黎明
【单　位】武汉大学文学院

【期　刊】《文艺研究》，第 11 期，2018 年，第 29－38 页

【内容摘要】审美批判理论信奉审美救世主义，而审美救世主义则把审美伦理视作最高的伦理法则。审美伦理是康德的道德理想，它生成于自律性的艺术。实验艺术、先锋艺术等以其对形式自律的诉求而表达了一种自由游戏的生命经验，审美主义者们把这种生命经验提升成为审美伦理，审美批判理论则以审美伦理为坐标审视并鉴定社会实践的意义和价值。20 世纪中期以来，随着非自律性的艺术以及知识界的新思潮的出现，审美伦理在价值和意义的判断方面的合法性逐渐减弱，审美批判理论也日渐式微，而"日常生活的审美呈现"只是一种生活美学，和以审美伦理为救赎之道的批判理论不可同日而语。

【关键词】审美；伦理；康德；批判

意识形态的"声"战——小说中的音乐书写

【作　者】张磊
【单　位】中国政法大学外国语学院

【期　刊】《外国文学》，第 4 期，2018 年，第 134－141 页

【内容摘要】近年小说中的音乐书写愈来愈受到主流批评家的关注。然而，大多数人仅仅关注小说在形式上与音乐"如何"相似。事实上，小说家们"为何"要在小说中直接或间接提及音乐更值得探究。它们就像是特殊的符码一样，既"显示"又"掩饰"了许多不可言说、不被言说的信息。这些信息只有通过音乐这一与语言异质的符号才能最有效地传达。更重要的是，这些信息往往与小说中编／解码者本身的意识形态、立场、观念密切相关，并微妙地参与其身份形塑的过程。编码者、解码者对于音乐话语意义的确认、强化或消解行为使音乐成为一个重要的、不断进行着意识形态争夺的场域。对音乐与意识形态这一复杂关系的探究，为解读与阐释小说文本提供了一种新进路。

【关键词】音乐；意识形态；小说；主流

隐匿的意义：当代美国文学中的摄影描写

【作　　者】邵泽鹏
【单　　位】中国人民大学文学院
【期　　刊】《外国文学》，第 5 期，2018 年，第 158－166 页
【内容摘要】摄影元素在当代美国文学中占据着重要的位置。当代美国小说中的摄影描写，在反映当代美国人现实生活的同时，更具有隐匿的意义，那就是映射当代美国人的隐秘内心世界。这些摄影描写，将摄影机镜头后的人物对于未知与陌生事物的好奇，凝视家庭相册时对于家庭温暖的回忆和留恋，以及他们遭遇人际交往障碍，不得不将情感转移到照片剪贴簿时那种深切的孤独感、障碍感和偏执一一展现在世人面前。它就像是一盏烛照心灵的灯火，照亮了那些埋藏在当代美国人内心深处的隐秘感受。
【关键词】摄影描写；隐秘内心世界；家庭相册；照片剪贴簿

游戏话语的历史转换

【作　　者】王炳钧
【单　　位】四川外国语大学德语系；北京外国语大学外国文学研究所
【期　　刊】《外国文学》，第 6 期，2018 年，第 103－118 页
【内容摘要】如同很多文化现象一样，游戏在历史进程中，被不同的观察视角理解、界定、阐释。游戏或被看作是严肃的对立面，或被理解为有别于劳作的消遣或教育的手段。在不同的历史阶段，游戏或因迎合社会秩序的运作机制而被推崇，或因其非生产性所具有的颠覆性而遭到排斥。在文学领域，它不仅限于文字游戏，同时也被视为生成自由空间、获得审美经验的可能。随着生存的符号化、数码化的不断加剧，游戏波及、占据生活领域的范围更加扩大，对人的生存、感知与交往方式产生了不可忽视的影响。
【关键词】游戏；文学；严肃；劳动；审美

幽暗生态学与后人文主义生态诗学

【作　　者】张进；许栋梁
【单　　位】广东外语外贸大学外国文学文化研究中心
【期　　刊】《中南民族大学学报（人文社会科学版）》，第 38 卷，第 4 期，2018 年，第 95－99 页
【内容摘要】幽暗生态学作为一种深具反思与批判力度的激进生态思想，强调自然去本质化、去审美化和重新背景化，试图恢复物的自在性、能动性和神秘性，重点关注生态系统中悖论式的裂隙、他者和间性。幽暗生态学作为对生态系统中"人－物"关系的重新思考，是一种后人文主义范式的生态思想，但它实际上陷入了一种关于物的乌托邦，同时指向生态学学科本身的内容和形式问题。幽暗生态学需要借助诗性的言说确立自身，这种诗性言说使得幽暗生态学走向了一种后人文主义范式的生态诗学。
【关键词】幽暗生态学；后人文主义；事物间性；生态诗学；深层生态学

幽灵之舞：德里达论拟像

【作　者】董树宝

【单　位】北方工业大学文法学院中文系

【期　刊】《外国文学》，第 4 期，2018 年，第 142－152 页

【内容摘要】"幽灵"问题始终贯穿着德里达的哲学思考。他通过解读马拉美的《模拟》使幽灵、拟像或幻像进入相互游戏，使柏拉图的"临床范式"和模仿论不再发挥作用，开启了与德勒兹"颠倒柏拉图主义"不同的"没有颠倒柏拉图主义及其传统的移位"。通过"哈姆雷特的鬼魂"使幽灵系列与精神系列相互交织，德里达阐释了一种介于生与死、可见与不可见之间的拟像性的"面甲效果"，又以幽灵的重复性阐释了一种指向未来的幽灵性逻辑，最终德里达如马克思一样承继了自相矛盾的柏拉图主义传统，提出了"幽灵性拟像"，开启了拟像研究的幽灵学维度。

【关键词】幽灵；拟像；精神；幽灵学；模仿

再论沃尔海姆的美学思想

【作　者】章辉

【单　位】曲阜师范大学文学院

【期　刊】《南京社会科学》，第 2 期，2018 年，第 46－52 页

【内容摘要】沃尔海姆提出，艺术是生命的一种形式，艺术品以类型和象征作为其不同阶段的存在方式；艺术意义是艺术家的意图、欣赏者的经验和艺术品的特质三者的结合；艺术风格是审美价值和表现的前提，有心理学的现实作为其基础。西方学界对沃尔海姆美学思想的批评具有高度的建设性，值得中国学界借鉴。

【关键词】类型；象征；艺术意义；艺术风格；沃尔海姆美学思想

在神话原型的穹顶之下——原型批评文类思想研究

【作　者】陈军

【单　位】扬州大学文学院

【期　刊】《江苏社会科学》，第 3 期，2018 年，第 212－221 页

【内容摘要】原型批评与文类在承认单个文学作品之间联系的认识上立场相同，文类形式的重要性得到弗莱文学形式观的有力支持。弗莱对于古典主义文类研究传统的反思促使文类研究与原型批评产生耦合效应，致使文类研究构成弗莱原型批评举足轻重的两翼之一。突破西方"三分法"传统的文类划分论、寓有鲜明历史意识的文类发展论、紧扣文学内部程式差异的文类界限论、遭到神话原型程式解构的文类等级论与文类规则论、神话原型移位理论语境中的文类内涵决定论以及批判以某具体文类为对象重心的狭隘文学批评观，构成原型批评文类思想的主要内容。相对于俄国形式主义而言，原型批评的文类理论研究更加自觉和富于主体意识，对于现代文类理论在 20 世纪下半叶进一步开拓新局面意义重大。囿于强烈的唯心主义性质，原型批评文类理论的人为性、先验性特征明显，从而有简单化、机械化、理想化、片面化之虞。

【关键词】文类；原型批评；弗莱；神话原型；俄国形式主义；新批评派

在碎片中渴望无限——论德国早期浪漫派的断片、机智与天才

【作　者】匡宇
【单　位】四川大学文学与新闻学院
【期　刊】《外国文学评论》，第1期，2018年，第177—195页
【内容摘要】断片式文本长期在欧洲文学－哲学书写传统中占有一席之地，德国早期浪漫派也创作了大量的断片作品。本文通过对施莱格尔和诺瓦利斯等人关于断片写作与机智、天才等相关问题的思考和阐释，力图提供一条通向德国早期浪漫派诗学理想与哲学内涵的理解路径。总体而言，机智作为无限性与统一性的散点式闪现，可以被把握为一种具有精神奠基作用的意识逻辑。机智是一种非演绎式的意识构造，并且可以成为各种精神－表达可能方式的根源与指引。天才赋予了机智以化学性，并使得这种意识生成的纯粹形式得以可能。当天才与机智相结合，就是一种断片式的创造天赋。由于天才与自我的实现相关联，所以作为断片式创造天赋，机智可以被理解为某种自我的实现形式。它所涉及的，是人的实现和自我的实现。因而，断片写作、机智和天才都是归属于作为人类精神和活动之目标的自由。
【关键词】德国早期浪漫派；断片；机智；天才

在现代与后现代之间：论"法律与文学"运动的整体思想图景

【作　者】邓春梅；罗如春
【单　位】邓春梅：湘潭大学法学院
　　　　　罗如春：湘潭大学文学院
【期　刊】《中国文学研究》，第4期，2018年，第18—24页
【内容摘要】学界通常认为，探讨文学法学内在关联的"法律与文学"运动，属于后现代思潮的典型产物。这种认识虽非显失妥当，但却失之简单。实际上，"法律与文学"运动是一个非常松散的学术阵营，从其具体理论主张与主要研究方法来看，它既呈现出显著的反理性主义、反基础主义的后现代特性，又承继了"法律何以在更加正义的世界中服务于人类目标"这一现代主义法学的基本意旨；与其说，它是对现代主义法律观念与风格的后现代解构与反叛，毋宁说其是在现代主义法律观念之内的自反性后现代批判。
【关键词】"法律与文学"；后现代；自反性批判

詹姆逊"政治无意识"理论的支点：深层历史、叙事、符码转换

【作　者】林长洋
【单　位】井冈山大学外国语学院
【期　刊】《江西社会科学》，第38卷，第12期，2018年，第107—113页
【内容摘要】深层历史、叙事和符码转换是詹姆逊"政治无意识"理论中有机联系的三个支点。通过这三个支点，詹姆逊阐述了"政治无意识"的实质和形成机制、"政治无意识"的文本投射途径以及文本中潜藏的"政治无意识"的结构分析方法。基于以上支点的"政治无意识"理论巩固了马克思主义历史化阐释的理论基础，有效回应了后结构主义历史观的冲击，并提出了从文本结构回归历史总体、共时分析与历时分析交融的马克思主义文艺批评模式。该理论的相关论述在文学自治性、文学对现实的能动反作用、作家主观能动作用及其表现方式多样性等方面

提出了新见解，为马克思主义文艺批评注入了新鲜血液。

【关键词】"政治无意识"；深层历史；叙事；符码转换

詹姆逊的技术寓言观及其反思

【作　者】黄宗喜；朱宝洁
【单　位】湘潭大学文学与新闻学院
【期　刊】《湘潭大学学报（哲学社会科学版）》，第 42 卷，第 5 期，2018 年，第 119－122 页
【内容摘要】詹姆逊认为技术是社会关系的寓言。在晚期资本主义社会中，以因特网为代表的新技术不仅是社会关系的象征，更创造了人类关系的一种新模式。它在"颠覆主体性"的同时却又拥有"重塑主体性"的力量。詹姆逊之所以认为技术是社会关系的寓言，一方面在于他以技术的革新和进步为标志划分资本主义各阶段，凸显了技术在社会发展中的重要性；另一方面他也注意到后现代文化与新技术的不可再现性之间的密切联系，以寓言的形式凸显技术在后现代社会关系中的隐秘性。詹姆逊避免对技术做出二元对立的价值判断，这也使得他在具体论述过程中呈现出一系列矛盾。在新时代语境中，反思詹姆逊的技术寓言观，有助于促使我们思考当下中国如何使用好和控制好技术这把"双刃剑"的现实问题。

【关键词】新时代中国语境；詹姆逊；技术寓言观；反思

詹姆逊后现代主义文化理论的哲学特征

【作　者】张谡
【单　位】天津商业大学外国语学院
【期　刊】《外国文学研究》，第 40 卷，第 1 期，2018 年，第 157－164 页
【内容摘要】詹姆逊针对以"新批评"为首的保守主义思维，用文学与社会相联系的方法，提出了基于马克思主义"观察点"的后现代主义文化理论。詹姆逊的理论旨趣在于建立马克思主义阐释学，即一种用马克思主义的范式来解释欧美发达资本主义的文化和文学现象的理论。詹姆逊归纳的后现代主义文化的哲学特征主要是：深度模式的消解、历史意识的消解、情感的消解和距离感的消解等等。詹姆逊分析后现代主义文化的哲学特征主要目的是提出资本主义的文化分期理论，即现实主义、现代主义和后现代主义。詹姆逊的现实主义、现代主义和后现代主义分别代表对世界和自我的不同体验，代表资本逻辑下人们不同的生活方式。詹姆逊提出，后现代主义文化风格代表后现代主义文化逻辑，并且后现代主义文化的登场意味着现代主义的危机和衰落。

【关键词】阐释学；后现代主义；詹姆逊；文化政治

占有及其限度——论吉拉尔的模仿理论

【作　者】陈奇佳；王丽
【单　位】中国人民大学文学院
【期　刊】《中国人民大学学报》，第 32 卷，第 6 期，2018 年，第 127－135 页
【内容摘要】模仿论长期以来始终是西方文艺观念的基石之一，而吉拉尔的模仿理论在众多模仿论中独树一帜。吉拉尔将模仿视为构筑人类存在的始基，认为个体只能通过模仿他人的方式获得自我意识。由此，他认为个人自我意识的形成必然是占有性的，人与他人的关系必然是暴力性的。但吉拉尔的这种观念或许忽视了认知冲动和游戏冲动在模仿过程中同样的主导作用，

它们可能与人类的占有意识有所交集，但未必都能被占有意识所涵括。吉拉尔的模仿理论对人类认识自我的根性具有高度的启发意义，但我们亦需对其理论不够自洽之处有所反思。

【关键词】吉拉尔；模仿；占有；认知；游戏

哲学剧场：福柯与德勒兹的拟像之舞

【作　者】董树宝

【单　位】北方工业大学文法学院中文系

【期　刊】《中国文学研究》，第 4 期，2018 年，第 1—9 页

【内容摘要】在早期论拟像的探索中，福柯将尼采的"永恒回归"思想、克罗索夫斯基的"拟像"理论相互交织、相互融合，渐渐地又融入了一股德勒兹式的暖流，催化着福柯的哲学世界绽放出艳丽的拟像之花。通过评论德勒兹的《差异与重复》和《意义的逻辑》，福柯戴着德勒兹的"思想面具"阐发自己的哲学，尤其是他创造性地吸收了德勒兹的拟像理念，基于从意义—事件到幻像—事件的思考路径提出了幻像的形而上学，又以波普艺术家安迪·沃霍尔为例阐述了非范畴的存在，开启了反柏拉图主义的理论立场，形成了独具特色的像论和拟像理论。

【关键词】拟像；幻像；幻像—事件；反柏拉图主义；非范畴的存在

哲学家的原罪——论朗西埃对哲人王理论左翼谱系的批判

【作　者】李三达

【单　位】湖南大学文学院

【期　刊】《天津社会科学》，第 5 期，2018 年，第 123—132 页

【内容摘要】法国当代左翼哲学家雅克·朗西埃一直将平等主义作为其思想的核心部分，这一点在他专攻美学之前就已经体现在其哲学及政治学研究之中，同时，也是他对巴黎高师期间的老师阿尔都塞予以批判的起点。但是，在早年著作中，郎西埃所建构的批判知识分子的理论不只是针对阿尔都塞，还包括政治哲学的鼻祖柏拉图，以及诸多以平等为口号的左翼哲学家、社会学家，包括马克思、萨特和布尔迪厄，布尔迪厄甚至成了他大部分著作批判的重点所在。从这种批判中不难看出他在知识分子问题上持有一种平等主义立场，但是这种立场与葛兰西的思路并不完全一致，而更多地沾染了"五月风暴"所带来的无政府主义思想。

【关键词】哲人王；葛兰西；知识分子；雅克·朗西埃；无政府主义

症候阅读、表层阅读与新世纪文学批评的革新

【作　者】杨玲

【单　位】厦门大学中文系

【期　刊】《文艺理论研究》，第 38 卷，第 4 期，2018 年，第 179—187 页

【内容摘要】21 世纪以来，美国文学界涌现出了一系列新的批评方法，有力地挑战了以症候阅读和"怀疑诠释学"为主导的文学批评范式。本文以贝斯特和马库斯 2009 年提出的表层阅读为中心，梳理了这一阅读模式兴起的背景、核心观点、代表性著述、学术反响和后续发展。表层阅读的提出与美国文学研究近年所遭遇的各种外部和内部危机密切相关。随着当代社会、政治和技术环境的急剧变化，文学研究赖以为生的基础假设和理念也在发生转变。美国学界从症候阅读到表层阅读，再到描述的探索轨迹或有助于我们审视当下中国文学批评所面临的问题，并

反思本土理论建构的焦虑。

【关键词】症候阅读；"怀疑诠释学"；表层阅读；描述；文学批评

知识碎片和理论体系——论关键词作为文学理论知识体系的哲学基础

【作　者】李红波
【单　位】河南财政金融学院文学院
【期　刊】《文艺理论研究》，第 38 卷，第 5 期，2018 年，第 99－105 页
【内容摘要】本文是讨论当使用关键词来建构文学理论知识体系时，文学理论作为一种知识书写有哪些深层变化。文章从学科边界、意义重建和研习接受三个角度来揭示变化背后的知识假定。认为正是由于文学理论学科边界的虚化，使用关键词感知和测绘才成为可能；文学理论知识叙事被质疑，关键词的出场和意义重建才成为必须。同时，关键词型的文学理论知识，也给受众提供了多元化的选择，进而在学习中生成多彩的知识风景。

【关键词】文学理论；关键词；知识体系；学科边界

制造"真正的"差异：文化研究与后马克思主义的"接合"

【作　者】徐德林
【单　位】中国社会科学院外国文学研究所
【期　刊】《外国文学评论》，第 3 期，第 68－84 页
【内容摘要】拉克劳和墨菲所建构的后马克思主义是马克思主义话语在后现代语境中的一种激进理论立场，它始终以一种不可还原的解构主义视角看待社会、历史、文化、主体性以及一切知识和政治范畴，而以霍尔为代表的伯明翰学派文化研究则旨在通过跨学科式介入揭示文化与权力的关系，素有扬弃和挪用各种马克思主义作为自身理论资源的传统。面对"激进的文化变迁"的挑战，伯明翰学派文化研究选择了与后马克思主义的"接合"，以期制造一种"真正的"差异。本文以考察后马克思主义的旨趣为起点，探究后马克思主义的"激进民主政治"之道，阐释后马克思主义对伯明翰学派文化研究的内涵，证明理论也是一种实践，一种比其他实践更为重要的实践。

【关键词】后马克思主义；文化研究；"接合"；领导权；"真正的"差异

致命局限：以"现实主义"解读"古典主义"——20 世纪视域中的文艺症候重审

【作　者】潘水萍
【单　位】四川大学道教与宗教文化研究所
【期　刊】《广东社会科学》，第 3 期，2018 年，第 160－165 页
【内容摘要】综观 20 世纪中国现代多元文艺思潮的悄然递嬗转向，一个至为关键性的疑惑浮出水面：即诸多论著对 20 世纪古典主义在中国的被蒙尘遮蔽之历史命运及其"来龙去脉"之境遇现象，却是甚少论析。当前学界对此学术判断问题似乎至今无人注意且成了盲点。析解以现实主义解读古典主义的现象及其局限性投射；造成以现实主义解读中国古典文学的历史语境内幕；以古典主义概念解读中国古典文学的空缺。给予探究 20 世纪中国文艺理论某种融会贯通的提示或重新照亮，以唤起某种深刻而微妙的学术启迪。

【关键词】20 世纪文艺思潮；古典主义；现实主义；传统与现代；传播与影响

中西同题比较与中国文论话语建构策略说

【作　者】陈军
【单　位】扬州大学文学院
【期　刊】《社会科学研究》，第 5 期，2018 年，第 192－196 页
【内容摘要】当前中国文论话语建构探讨之不足体现为前提论证多于方法探寻、立场纠结多于自我认知、宏观指导多于微观实践。中国文论话语建构命题的提出，背后蕴藏有非常复杂的关乎文化振兴与文论自觉的因素；要瞄准打造人类文论话语知识共同体来正确认识中国文论话语建构的对象范围；中国文论话语建构研究重在建构，旨归在建构，评价标准亦在建构。中西同题比较作为中国文论话语建构在现阶段上的一种策略选择，是由中国文论对于西方文论所处的劣势位置、中西同题比较有助于搭建沟通交流的有效平台、中西同题比较与中国文论话语建构之目标任务相向而行、中西同题比较研究符合时代发展的精细化研究趋向等因素决定的。
【关键词】同题比较；中国文论；话语建构

中西叙事伦理理论研究之辨析

【作　者】程丽蓉
【单　位】浙江工商大学人文与传播学院
【期　刊】《浙江工商大学学报》，第 4 期，2018 年，第 38－46 页
【内容摘要】20 世纪后期，叙事研究的伦理转向与伦理学的叙事转向几乎同时发生而又相互呼应，人文社会科学的跨学科融合推动了文学叙事伦理研究迅速发展。欧美叙事伦理研究发端于现实人文事件，列维纳斯和德里达的伦理哲学对自我与他者关系的重新认识以及女性主义伦理学对个体经验的意义肯定，导致西方伦理哲学研究楔入文学叙事伦理研究之中；此外，以布思为代表的修辞叙事研究也启迪着哲学和文学学者的叙事伦理研究。伦理哲学领域的叙事研究路径与从文学修辞出发的叙事伦理研究路径交织在一起，核心在以叙事建构伦理意义，解构了伦理意义的确定性，具有很强的哲学思辨性。中国叙事伦理研究呈现出古今传承、中西融合的特点，在文学研究诸多领域均产生了广泛影响，其核心乃在以叙事反映或承载伦理意义，显示出中国传统批评的深刻印记。中西叙事伦理研究各有特点，应当相互取长补短。
【关键词】叙事伦理；写作伦理；故事伦理；讲述伦理；阅读伦理

种族冲突还是美学冲突？——以 2015 年美国当代诗坛两次风波为例谈"越界写作"

【作　者】孙冬
【单　位】南京财经大学
【期　刊】《学海》，第 2 期，2018 年，第 210－216 页
【内容摘要】本文通过深度分析 2015 年 3 月和 5 月间美国当代诗坛两次和种族身份与审美冲突相关的风波——肯宁斯·高德史密斯事件以及瓦尼萨·帕雷丝事件——来阐释全球化以及多元文化状态下越界写作问题的核心、可行性以及越界写作的伦理，审美与政治之间的关系等论题。
【关键词】越界写作；概念派诗歌；族裔；身份

主体、结构性创伤与表征的伦理

【作　者】何卫华
【单　位】华中师范大学外国语学院

【期　刊】《外语教学》，第 39 卷，第 4 期，2018 年，第 97－102 页

【内容摘要】20 世纪 80 年代，西方文学批评领域开始出现"创伤转向"的热潮，在批评界引发广泛关注。创伤往往以其强大的破坏力，会给个体和共同体带来巨大伤害，但创伤同样为新的个体和集体身份的重塑及巩固带来了可能性。在这一意义上，创伤的复原实质上同样是主体重塑的过程。与现代社会相伴随的工业化、殖民统治、环境污染、迁徙以及频繁发生的恐怖活动，使得创伤成为日常体验。大众媒体的快速发展，更使发生在世界各地的创伤性事件都能够快捷地传递给每一个人，不断加深大众的创伤体验。在对结构性创伤进行分析的基础上，本文指出创伤表征是一种具有伦理意义的行为，在全球化时代，创伤理论在重构过程中必须充分考虑存在于第三世界和日常生活之中的创伤。因此，在致力于个体或共同体主体性的建构、重塑和巩固的同时，创伤表征还可以成为弱势群体赋权的利器，为构建更为和谐、公平和公正的社会秩序贡献力量。
【关键词】主体；现代治理；结构性创伤；表征；伦理

主体向生存世界的回归——《论反讽概念》中的存在论启示

【作　者】李佳
【单　位】华东师范大学中文系；荷兰乌德勒支大学比较文学系

【期　刊】《中国比较文学》，第 4 期，2018 年，第 55－64 页

【内容摘要】"反讽"（Irony）一直是西方思想界的重要概念。丹麦思想家、诗人克尔凯郭尔在其博士论文《论反讽概念——以苏格拉底为主线》中，对浪漫派反讽、苏格拉底反讽展开了讨论。克尔凯郭尔从反讽的中心环节——主观性问题出发，考察了反讽理论中主体与现实世界之间不同的连接方式，并进一步提出要用"被掌握的反讽"作为直观世界的手段。在这个过程中，克氏原先与黑格尔一脉相承的主观性批判发生了"存在主义式"的转向，并触及了生存与思辨的关系、主体如何认识并融入世界等核心问题。本文试图追踪这一系列过程，以揭示克尔凯郭尔反讽批评背后的真正诉求。
【关键词】克尔凯郭尔；《论反讽概念》；浪漫派反讽；主观性

姿态的诗学：阿甘本的生命政治批评

【作　者】支运波
【单　位】上海戏剧学院艺术研究所；南京大学哲学系

【期　刊】《文艺理论研究》，第 38 卷，第 2 期，2018 年，第 59－68 页

【内容摘要】本文旨在探究阿甘本思想中姿态批评的相关内容，澄清姿态批评何以属于政治与伦理的生命政治理论论域的根据。文章分为三部分：第一部分勾勒阿甘本有关哑口、空无和纯粹媒介的姿态维度，指出其悬置批评传统，重新勘定新的批评边界的革命性批评意义；第二部分阐明姿态也是阿甘本的思想来源者本雅明文学批评的主要概念，并论述中断作为本雅明姿态论的内容及价值；最后一个部分阐释作为生命政治批评范畴的姿态论。本文的结论为姿态论是

阿甘本文学批评的根本思想，并由此标志着其文学批评从美学批评向生命政治批评的深度越界与重大转向。

【关键词】阿甘本；本雅明；姿态；生命政治批评

自发性：马里翁与海德格尔艺术理论的共同旨趣

【作　者】马涛

【单　位】武汉大学哲学学院

【期　刊】《江西社会科学》，第 38 卷，第 5 期，2018 年，第 35—43 页

【内容摘要】事物自身显现是海德格尔以后现象学发展的重要突破，这一突破使得现象学走向了彻底化。艺术现象就是事物自身显现的显著例证，马里翁探讨"纯外观"概念，海德格尔探讨"物性"概念，都表明他们"让事物自身显现"的立场。马里翁用"偶像"的生成，海德格尔用"真理"发生，阐明艺术作品自发性的内在结构。两者都认为，艺术是一种让不可见者和不能见者变得可见的活动，是纯外观和物性的同时显现，也是作为整体的世界的显现，但它们的显现是非对象性的。

【关键词】艺术；自发性；马里翁；海德格尔

自然主义的文学史谱系考辨

【作　者】曾繁亭；蒋承勇

【单　位】浙江工商大学西方文学与文化研究院

【期　刊】《文艺研究》，第 3 期，2018 年，第 35—46 页

【内容摘要】在西方文学史中，既反对浪漫主义的极端"表现"，又否认"再现"能达成绝对的真实，自然主义开拓出一片崭新的文学天地。正如人们常常因为自然主义对浪漫主义的攻击而忽略其对浪漫主义的继承与发展，人们也常常因为自然主义与现实主义的相似而混淆其与现实主义的本质区别。自然主义与象征主义的共同文学背景是浪漫主义，都反对传统理性主义之二元对立，强调主、客体的融通，这种共同的非理性主义思想立场，决定着两者间的相互转化和相互借用。自然主义与象征主义的相互渗透融合，直接孕育和催生了现代主义。

【关键词】原文无关键词

自然准则：狄德罗与文类理论传统的重建

【作　者】陈军

【单　位】扬州大学文学院

【期　刊】《江西社会科学》，第 38 卷，第 7 期，2018 年，第 90—98、255 页

【内容摘要】狄德罗以哲学上的自然观为指导，建立了以自然为最高审美准则的文类理论体系。他认为简单剧本优于复杂剧本，肯定戏剧创作"三一律"；以悲剧和喜剧为界标规划戏剧类型体系图；崇尚"严肃戏剧"，贬抑传统的"悲喜混杂剧"，以古反古的策略削减了反古的力度；对大量文类法则传统的集中性评论，凸显出反思与重建文类理论传统的理论品格。狄德罗把从古希腊、古罗马到新古典主义时期整个文类理论传统皆视作"古"，这种对象上的囊括性为"启蒙"奠定必要的物质基础。狄德罗天才观的两面性为其文类理论体系的危机埋下伏笔，预示着未来文类理论重建工作将面临新考验。

【关键词】自然；"严肃戏剧"；狄德罗；天才观

自我、超越与无限

【作　者】尚杰
【单　位】中国社会科学院哲学所
【期　刊】《学海》，第4期，2018年，第123－129页
【内容摘要】本文旨在一种新启蒙精神下，探讨关于"自我"的问题。首先，使自我回归纯粹的私人感受，而不把它视为一个可以定义的概念，抵制给个人贴上一般性的标签，从而凸显出"不确定性"的主题。然后，文章分析了不可用身份限定的自我所具有的超越性，学理上的根据在于引入了真正的时间因素，集中表现在不再将自我理解为任何一种有现成意思的存在，消解了精神领域中理性与非理性之间的界限，朝向一个没有中心点的无限的世界。"无限"就是开放可能性，放弃起源和目的论的思维模式。文章最后讨论了上述分析在生活实践领域的应用意义，它使我们搁置习惯的心理动机，使精神朝着更为自由开放的方向，揭示了人性新的可能性。
【关键词】启蒙；自我；时间；心灵；动机

自由之病：伊格尔顿的悲剧观念

【作　者】陈奇佳
【单　位】中国人民大学文学院
【期　刊】《文学评论》，第4期，2018年，第205－213页
【内容摘要】伊格尔顿认为，以雷蒙德·威廉斯为代表的左翼悲剧理论家们过于高估了自由价值理论。他指出，现代自由理论与其说是人类普遍的价值追求，还不如说是更多蕴含了资产阶级意识形态的话语陷阱。正是局限于"自由"观念，现代悲剧某种程度上丧失了固有的活力，也背离了其所应承负的文化使命。主体的魔性之维、关爱他者、重新发现替罪羊的文化价值，是当代艺术家突破自由话语陷阱的有效方式。
【关键词】悲剧；自由；魔性；他者；替罪羊

总体的命运——论卢卡奇《小说理论》中的克尔恺廓尔"阴影"

【作　者】李志龙
【单　位】复旦大学哲学学院
【期　刊】《上海交通大学学报（哲学社会科学版）》，第26卷，第5期，2018年，第67－77页
【内容摘要】卢卡奇称自己的《小说理论》是第一部将黑格尔哲学具体运用到美学问题的著作。作为一个黑格尔主义者，卢卡奇对史诗、小说的分析确实带有强烈的黑格尔色彩。然而当时，卢卡奇毕竟不是一个纯正的黑格尔主义者，而是一个处于克尔恺廓尔（又译"克尔凯郭尔"）"阴影"下的乌托邦主义者。就卢卡奇而言，黑格尔奠定了世界的黑色，那么克尔恺廓尔则是其上璀璨的"星空"。卢卡奇揭示了现代人的普遍命运——现代人愈来愈发现自己被束缚在自己所创造的文明之中，试图回到天地人神合一的古希腊世界，却终究无法直面黑暗的事实，剩下的唯有"歇斯底里"。揭示笼罩在卢卡奇头上的克尔恺廓尔"阴影"，不仅有助于解释卢卡奇早期的思想来源，而且有助于理解现代性危机。
【关键词】卢卡奇；克尔恺廓尔；史诗；总体性；乌托邦

作品、市场、社会：文学公共领域形成初探

【作　者】胡振明
【单　位】对外经济贸易大学英语学院
【期　刊】《浙江大学学报（人文社会科学版）》，第48卷，第1期，2018年，第211－221页
【内容摘要】18世纪文学公共领域的形成，为理解欧洲现代文明的发展过程提供了一个既能从社会宏观层面，又能从具体作品的微观层面进行解读的综合视角。文学公共领域形成的核心是作品的文本生产及其社会传播。从作者、作品、读者三者互动关系出发，可以明晰文本生产过程；从作品、市场、社会三者相互建构的过程出发，可以厘清文本传播的社会意义。在印刷技术进步、版权制度确立、图书市场形成这些时代背景下，作者的文本创作开始从阅读市场及社会阅读期待中确定作品的风格及内容；书商的谋利行为借助市场调节手段，促使作者根据读者的阅读期待进行文本创作；读者的阅读消费实况则对作者、书商的相关努力进行直接评断。作者、书商、读者三者身份相互建构，相互影响，最终以谋求个人主体性为出发点，以共同构建社会公共性为终点，合力推动文学公共领域的形成。
【关键词】作品；市场；社会；文学公共领域；作者；书商；读者

作为"文化分析"的文艺研究——米克·巴尔叙事诗学思想概观

【作　者】王进
【单　位】暨南大学外国语学院
【期　刊】《烟台大学学报（哲学社会科学版）》，第31卷，第6期，2018年，第68－75页
【内容摘要】米克·巴尔是世界知名的符号学与叙述学专家，也是阿姆斯特丹文化分析学派的核心理论家。欧美学界关注巴尔的文化分析理论，不够重视其叙事诗学体系；国内学界重视她的叙述学与叙事理论，对其文化分析思想尚缺乏探讨。这种研究现状源自经典叙事学与后经典叙事学之间的理论争议。以叙事诗学与叙事批评的二元区分为基础，围绕作为"文化分析"的文艺研究，从理论背景、批评对象、研究主体、阐释方法等方面探讨巴尔的叙事诗学体系，呈现出的是文化制品的本体阐释、描述诗学的方法重构、流动思想的范式转型，以及博物馆叙事的诗学空间。
【关键词】米克·巴尔；"文化分析"；后经典叙事学；叙事研究

作为冷战产物的西方"文学理论"学科：后冷战时代的批评之声

【作　者】林精华
【单　位】首都师范大学文学院；华东师范大学俄罗斯研究中心
【期　刊】《社会科学战线》，第6期，2018年，第165－182、2、282页
【内容摘要】近年西方文论不断被我国学界一些同仁所诟病，但其目前仍是文学批评的主要方法、基本概念，仍然是我们认识文学的最重要工具。这意味着，我们需要改进认识已经成为自足体的西方文论的思维方式：从欧洲文学批评实践即实用性批评（practice critique），经美国转化为"文学理论"——改造了英国的新批评、发现并激活了俄苏形式主义，创立了结构主义、符号学、后结构主义、解构主义、心理分析、女性主义、后殖民批评、文化研究等批评方法，无论其本身多么荒谬或富有创建性，皆因战后包括反映论在内的苏联各种理论在东方阵营的巨

大召唤力、对西方左翼知识分子的诱惑力，欧美尤其是主导冷战进程的美国，调整学术制度和大学发展方向，使得文学批评方法探索如同经济学、法学、政治学等一样，日新月异，并进入大学的文学教育，通过教材、课程、专门教学团队等方式，发挥着远超出文学史和文学批评实践的作用而成为重要学科。在冷战时代膨胀成自足体的文学理论，因强调专业化和科学性，在事实上伤及文学及文学教育，引发文学研究界的指责声不绝于耳。但政治正确在西方不直接干预理论创新，关于文学理论危机的批评更多是学术界内部的行为，并自然成为文学理论学科发展的一部分，导致问题甚多的文学理论反而充满活力，拥有难以相媲美的自愈能力。这种矛盾，并未随着冷战结束而终结，相反，因西方价值体系在全球化过程中遭遇诸多冲击，在后冷战时代，关于文学理论的危机之论，持续存在并不断加剧。但这种批评性声音，其意义非同小可。

【关键词】文学理论学科；西方文学理论危机；冷战；后冷战时代

作为体裁的史诗以及史诗传统存在的先决条件

【作　者】尹虎彬
【单　位】中国社会科学院民族学与人类学研究所
【期　刊】《民族文学研究》，第 36 卷，第 2 期，2018 年，第 121－127 页
【内容摘要】文章认为在纯粹的形式与对象化的史诗作品之间，创造性的叙述者与受众是必要的前提，它是史诗传统作为历史过程得以延续的不可或缺之条件。史诗作为体裁具有超越性，其意义超越了某一个史诗作品的局限。这种意义是创造性的叙述者与史诗受众的个人经验相互作用而生成的。

【关键词】史诗；体裁；叙述者

作为挑战和伦理问题的世界文学（英文）

【作　者】伊戈尔·沙伊塔诺夫
【单　位】俄罗斯国立人文大学比较文学系；俄罗斯国立人文大学比较研究中心；俄罗斯国家经济和公共管理学院
【期　刊】《外国文学研究》，第 40 卷，第 5 期，2018 年，第 29－38 页
【内容摘要】1827 年，歌德参照赫尔德的世界史模式，提出了"世界文学"这一概念。此后，世界文学引发了学界的激烈讨论，其中不乏对伦理的重视与强调。问题是，开启世界文学纪元的歌德为什么把民族文学贬为"一个无意义的术语"？答案一方面可能在于歌德的历史远见，他惧怕晚期浪漫主义意义上的民族主义，另一方面也可能在于他把自己对古希腊文学理念的喜恶放置于所有时期和所有地方的文化。与歌德同时期的德国学者威廉·冯·洪堡立即表达了其对民族文化的不同意见。洪堡认为，民族文化强调从不同语言视角看到的世界不可能呈现一幅普遍性的画卷。两个世纪之后，世界文化和民族文化之间的对立问题再次引发批评界的关注。"世界历史"也成了一个有争议的概念。例如，弗兰科·莫雷蒂指出"世界文学不是对象，而是一个问题，需要新批评方法，而且没有人能通过阅读更多文本找到一种方法"。莫雷蒂的这个观点作为现行研究世界文学的新路径得到了很多人的认同和响应。如果我们生活在"后民族"的全球化世界，那么如比较研究的"学科之死"固然是不可避免的，但若古巴比伦仍然使用多种语言时，情况又将如何？文学（世界的和民族的）－文化－语言－领土现在是比较研究的动态关系里至关重要的概念，比较研究不是一个对象，而是具有广泛政治－文化－伦理影响力的问题，它们要求批评方法的变革和更新。就此而言，亚历山大·维谢洛夫斯基提出的"历史诗

学"又能否对传统起到推陈出新的作用呢？

【关键词】世界文学；文学（世界的和民族的）－文化－语言－领土；政治－文化－伦理；历史诗学

作为问题导向的世界文学概念

【作　者】王宁
【单　位】上海交通大学；欧洲科学院
【期　刊】《外国文学研究》，第 40 卷，第 5 期，2018 年，第 39－47 页
【内容摘要】"世界文学"这一概念自歌德于 1827 年正式提出并加以阐发以来，已经历了 190 多年的曲折历史。正如美国学者莫雷蒂所言，这一概念不能只是文学，还应该范围更广大些，也即它应该能引发人们围绕这个问题展开讨论甚至争论。实际上，世界文学正是作为这样一个问题导向的理论概念，至少向学界提出了这样几个不断引发人们讨论甚至争论的话题：文学经典的建构与重构；文学史的写作；世界文学的评价标准等等。此外，世界文学也可以作为文学研究的一种方法，起到简单地聚焦民族／国别文学所起不到的作用。总之，作为中国的比较文学和世界文学学者，我们还有另一个独特的任务，也即借助于世界文学这一开放的概念，从中国的立场和视角出发重新审视世界文学的既有地图，为世界文学的重新绘图注入中国的元素并提供中国的解决方案。
【关键词】世界文学；文学史；文学经典；问题导向；中国文学

作为现代性批判模式的悲剧文学

【作　者】肖琼
【单　位】浙江传媒学院
【期　刊】《江西师范大学学报（哲学社会科学版）》，第 51 卷，第 3 期，2018 年，第 50－56 页
【内容摘要】进入现代社会，小说的兴起虽然可以排挤悲剧的地位，却并不能替代悲剧所扮演的角色。悲剧进入现代社会并不是消亡了，而是在形式和叙述上发生了转型。文章由小说的兴起切入，梳理小说与悲剧之间的现代性连接及悲剧在叙述上的现代转型，厘清小说与悲剧之间复杂纠结的缠绕关系。同时将浪漫主义、现代主义和后现代主义都纳入悲剧的框架中，由此可见浪漫主义、现代主义及后现代主义作为不同时代的悲剧性叙述及批判模式，并呈现不同时代现代悲剧意识和悲剧精神等微妙的演变过程。
【关键词】小说的兴起；浪漫主义；现代主义；后现代主义；现代性批判模式

作为直言者的苏格拉底——福柯对《申辩篇》的读解与阐发

【作　者】杜玉生
【单　位】上海交通大学外国语学院；南京信息工程大学文学院
【期　刊】《外国文学》，第 5 期，2018 年，第 148－157 页
【内容摘要】在 1982—1984 年法兰西学院课程讲座《对自我和对他人的治理》和《说真话的勇气》中，福柯围绕着"直言"和"关心自己"这两个概念对苏格拉底的哲人形象及其话语模式进行了细致解读和详细阐发。福柯将柏拉图《申辩篇》中苏格拉底在法庭之上的言说话语描述为一种典型的"哲学直言"，从三个方面对苏格拉底以"关心自己"为旨归的生活及言说方式

加以阐述：首先，苏格拉底是如何将他的言说与原告的修辞相区分的，即哲学直言排斥修辞；其次，苏格拉底是如何实践一种外在但与政治相关的伦理直言的，即哲学直言相关政制；苏格拉底是如何将直言界定为"关心自己"的实践的，即哲学直言操练灵魂与生活、爱慕真理与品性。

【关键词】晚期福柯；苏格拉底；《申辩篇》；"哲学直言"

作者·叙述者·读者——抒情诗中诗人面具之锻造

【作　者】舒凌鸿
【单　位】云南大学叙事学研究中心
【期　刊】《上海大学学报（社会科学版）》，第35卷，第6期，2018年，第103－112页
【内容摘要】不同文体的特征造成了文本中叙述人与作者之间的距离从贴近到疏离的不同变化。与其他非诗文体相比，读者在阅读诗歌的时候，有两方面的原因会影响其阅读：一方面，作者与读者往往将诗歌中的抒情主人公视为作者本人，但实际则是作者在诗歌中塑造了戴着不同面具的"我"；另一方面，尽管读者可对诗歌的意义进行多种解读，但作者仍然可以通过其诗歌修辞，对内部结构进行调整，此外，还可以副文本的题解或注释方式来控制读者对文本的理解维度，展现多个不同的抒情诗人形象。

【关键词】抒情诗；叙述者；作者；修辞；读者接受

（十）比较文学研究论文索引

Double Consciousness in Andrea Levy's *Never Far from Nowhere* and Isidore Okpewho's *Call Me by My Rightful Name*

【作　者】Chibuzo Onunkwo；Andrew Chig
【单　位】Faculty of Arts，Department of English and Literary Studies，University of Nigeria
【期　刊】《世界文学研究论坛》，第 10 卷，第 4 期，2018 年，第 705－727 页
【内容摘要】In *The Souls of Black Folks* (1903) W. B. Du Bois examines the Negro (black) problem of double consciousness. Double consciousness is a psychological condition exhibited by blacks as a result of their interaction with the white race. This concept was originally proper to the social sciences，especially psychology，where the psychological conditions of real human beings were analyzed. With Du Bois，double consciousness describes a peculiar condition common among the blacks in America due to their racial orientation. In order to assert their self-esteem，blacks in America have to resort to the strategy of double consciousness which according to Cook is the "conscious splitting of the inner self in an attempt to create a character that would be accepted into the mainstream society." Contrary to Du Bois' assertion，this paper sets out to discuss double consciousness as it is represented in two novels：*Never Far from Nowhere* and *Call Me by My Rightful Name*. *Never Far from Nowhere* is concerned with the experience of Jamaican immigrants in London and *Call Me by My Rightful Name* with the experience of African American in America. This paper interrogates the phenomenon of double consciousness through the categorization of psychoanalysis of Freud，because double consciousness deals with mind perception. The result of this paper shows that double consciousness is a problem of black man wherever he is in contact with the White race；it is not a peculiar problem to blacks in America as posited by Du Bois.
【关键词】double consciousness；colour politics；identification；displacement

The Detective Novel：A Mainstream Literary Genre?

【作　者】Knut Brynhildsvoll

【单　位】Centre for Ibsen Studies，University of Oslo
【期　刊】《世界文学研究论坛》，第 10 卷，第 2 期，2018 年，第 261－269 页
【内容摘要】It has often been maintained that the detective novel belongs to the category of entertainment narrative and as such has too much in common with trivial literature in order to be considered an equivalent counterpart to the mainstream norms of epic expression. In my article I dispute such assertions and show on the contrary that the modern crime genre has developed new standards of narration，which are comparable to the masterpieces of contemporary novel fiction. Instead of being something of inferior value，the best crime novels have conquered a status of excellence within the broad field of modern narration. I confirm my observations through references to modern Scandinavian crime novels and in so doing I discuss the role of the detective as a modern representative of the spirit of Enlightenment，who intends to elucidate the criminal scenery and bring the perpetrator to justice. Finally，I focus on the occupational understanding of the detective role in modern crime novels，hereby paying attention to questions regarding the ethical understanding of the detective's profession.

【关键词】crime novel；detective story；symptomatological methods；scientific criminology；delight of anxiety；the ethical detective

"白娘子"和"美人鱼"的斯芬克斯之谜与伦理选择

【作　者】张欣
【单　位】广东外语外贸大学英语语言文化学院
【期　刊】《外国文学研究》，第 40 卷，第 3 期，2018 年，第 110－119 页
【内容摘要】古老的"斯芬克斯之谜"使中国传统神话中的白娘子与安徒生笔下的美人鱼显现出高度共生互文的伦理起源和伦理旨归，进而成为中西文学探索人性与伦理建构的经典形象。通过文学伦理学批评的视角和方法对二者进行对比研究，可以赋予"异类恋"文学母题更深刻的伦理意蕴。女主人公"成为人"的伦理诉求在其"去兽形、得人性"的伦理选择过程中，彰显了人类成长历经的伦理混沌和伦理启蒙。白娘子折损千年道行换得"为人""为妻""为母"的伦理身份，皈依中国传统家庭伦理；美人鱼"弃尾""割舌"换取了以"失语"为象征的残缺的人性，最终演绎了其在"得人性"的征程上殉道式的伦理悲剧。婚姻作为爱情神话中两性走向道德共同体最神圣的伦理归宿，体现了白娘子弃恶从善，修炼为人的伦理选择，也使美人鱼再现了希腊文学中自我牺牲的"殉情"情节，成为其追求人性之路的"殉道"之举。她们对天性的抑制和对人性的追求展现了在伦理启蒙中的人性至善。

【关键词】白娘子；美人鱼；斯芬克斯因子；伦理混沌；伦理选择

"诞生"与"出世"：中日幽灵育儿故事比较研究

【作　者】毕雪飞
【单　位】浙江农林大学外语学院
【期　刊】《民族文学研究》，第 36 卷，第 6 期，2018 年，第 109－118 页
【内容摘要】中日两国幽灵育儿故事均分布广泛，其母题链上的核心母题亦大致相同。以"幽灵儿去向"为核心对中国"鬼母育儿"故事进行重新划分，其亚型"诞生型""出世型"与日本基本一致。但在幽灵儿的成长上，中日差异显著，中国幽灵所育孩童长大后非富即贵，日本则

大多成为名僧。究其原因，儒家思想的影响、视死如生的灵魂观念、日本翻案文学的摄取、佛教东渐日本等成为影响中日幽灵育儿故事生成与传播的主要社会背景因素。剖析中日同母题故事的深层流动，有助于对不同国家在传播过程中借由文化实践进行民族文化认同构建的认知。

【关键词】幽灵育儿故事；"诞生"；"出世"；日本佛教

"第三元"与"乌托邦"：弗朗索瓦·于连关于中西文化比较的方法论建构

【作　者】段周薇
【单　位】上海师范大学
【期　刊】《中国比较文学》，第 1 期，2018 年，第 70－80 页
【内容摘要】弗朗索瓦·于连是近年在学界引起广泛关注的一位学者。本文以他的"异度空间"概念作为切入点，集中阐释它在于连建构中西平行研究的"第三元"的价值；并进一步指出，恰恰是中国的"异度空间"构建了中西比较文化实践的"乌托邦"空间。最后通过与钱锺书研究方法的两相观照，指出于连研究路径的独特性。

【关键词】"第三元"；"异度空间"；"乌托邦"空间；平行；比较文化方法论

"近代的文学研究的精神"——莫尔顿《文学的近代研究》与郑振铎的中国文学研究

【作　者】王波
【单　位】国防大学军事文化学院
【期　刊】《文学评论》，第 6 期，2018 年，第 43－51 页
【内容摘要】郑振铎提倡以输入的新方法、新观念、新途径整理和研究中国文学。莫尔顿《文学的近代研究》是其重要理论资源之一。此书倡导的"近代的文学研究的精神"的三个方面，即文学的统一观、归纳的观察、进化的观念，对其有重要的启示和指导意义，具体表现在关注中国文学在世界文学中的位置及中国文学的外来影响、"拿证据来"的文学实证研究、以文体和"故事"两个视角考察中国文学之演变。郑振铎对中国文学研究现代转型有重要贡献，但在不自觉地构建文学研究"科学主义"背后，轻视了传统文学批评以及文学研究中审美、情感等非实证因素的价值。

【关键词】《文学的近代研究》；郑振铎；文学的统一观；文学实证研究；文学进化论

"老鼠嗷铁"型故事及图像在古代亚欧的源流

【作　者】陈明
【单　位】北京大学东方文学研究中心；北京大学南亚学系
【期　刊】《西域研究》，第 4 期，2018 年，第 100－116、143 页
【内容摘要】敦煌研究院收藏的一件敦煌卷子（敦研 256）中，抄录了一则"老鼠嗷铁"的故事。该故事（ATU1592）具有丰富的内涵，从印度分别流传到中国（甘肃敦煌、新疆地区）、波斯与阿拉伯地区、东南亚乃至欧洲的法国和俄罗斯等地，其时间相当悠久，范围相当广阔。本文共找出了 19 个异本，分析了这些不同版本故事的主旨、结构、情节、细节等方面的异同，以及形成异同的原因。该故事流传背后所隐含的商业、贸易流通与诚信原则等社会因素，是促进该故事广泛流传的基本因素。本文还找出了 5 幅该故事的插图，并分析了其图像与文字文本的关系，以丰富我们对古代丝绸之路文学插图本的认知。

【关键词】"老鼠嗷铁";诚信原则;丝绸之路;民间故事

"美学"与"艺术哲学"的纠缠带给中国学术的难题

【作　者】陆正兰;赵毅衡
【单　位】四川大学文学与新闻学院;四川大学符号学－传媒学研究所
【期　刊】《中国比较文学》,第 3 期,2018 年,第 41－51、16 页
【内容摘要】"美学"在发展的历史上,与"艺术哲学"时分时合。哪怕美学讨论的是艺术哲学,行文上也经常用"美学"这个方便的词。这在西语中说得通,因为原词 aesthetics 多义,可以分别理解为对"感性""美""艺术"的研究。中文此词借用自日文汉字,一旦意译就把这学科固定在一个意义上。由此造成的最大困难,是"审美"这个意义明确的术语,与当代艺术研究在一系列问题上难以兼容。二者意义冲突,早就是一个问题,只是在讨论后现代文化时,变得更加尖锐。例如,究竟我们面对的当今社会,是"泛审美化",还是"泛艺术化"?新的社会文化问题,使我们无法再如过去一个世纪那样含混下去。
【关键词】美学;艺术哲学;审美;"泛审美化";"泛艺术化"

"谣曲"的发现:西班牙内战诗体与中国新诗的战时转型

【作　者】曲楠
【单　位】北京大学中文系
【期　刊】《文学评论》,第 1 期,2018 年,第 152－160 页
【内容摘要】全面抗日战争时期,戴望舒曾颇为关注"谣曲"(romance)这一风行于西班牙内战的异域诗体。将"谣曲"引入战时中国诗坛的跨语际译介活动,亦得到了孙用、黄药眠、芳信等译者的响应。对这一诗歌现象的考察,不仅要回到诗体本身之于战争的特质和功能,还要将视域扩展到世界反法西斯战争的国际背景中,讨论彼时共同周旋于战争与革命的中国与西班牙诗坛,在诗史与心史等诸多方面所形成的"共鸣"。实际上,戴望舒等对"谣曲"诗体的"拿来"之举,对应着中国新诗在抗战时期的若干重要转型:内含于诗艺与抒情传统的政治功能借由"谣曲"显身,而从"默读的诗集"到"歌唱的谣曲",中国新诗在创作策略、生产空间、传播装置等方面,也正面临着倾向于听觉的变革。
【关键词】"谣曲";西班牙内战;中国抗战诗坛;新诗转型

"语言学诗学"视野中的俄罗斯汉学民间文化问题

【作　者】张冰
【单　位】北京大学俄罗斯文化研究所
【期　刊】《社会科学战线》,第 2 期,2018 年,第 181－187 页
【内容摘要】文章通过阐释俄罗斯形式主义的语言学诗学、维谢洛夫斯基历史诗学的历史比较语言学诗学和巴赫金超语言学的语言学诗学等理论思想,与俄罗斯汉学的中国民俗、年画、俗文学等中国民间文化研究诸问题,探讨俄罗斯汉学的民间文化研究中,以"语言学诗学"视野展示出的中国民间文化在"异质"语境中的独特样貌。
【关键词】语言学诗学;历史比较语言学;超语言学;俄罗斯汉学;中国民间文化

《六度集经》与中韩民间故事和小说

【作　者】李官福；权辉
【单　位】延边大学朝鲜－韩国学学院

【期　刊】《北京联合大学学报（人文社会科学版）》，第16卷，第3期，2018年，第67－73、115页

【内容摘要】佛经故事所携带的大量文学因子对中国和韩国文学产生了重要的影响。《六度集经》作为一部汉译佛经，包含大量的佛本生故事，因其故事性强，颇受小说史者的关注。中韩两国山水相连，古代同属汉字文化圈，佛经通过中国传入韩国。通过"鲤鱼报恩"型故事、"不要救黑发之兽"型故事、"老鼠求婿"型故事、"善用小钱成巨富"型故事、《兔子传》等中韩古代民间故事和小说，同《六度集经》中的佛经故事比较，旨在探寻中韩古代民间故事与小说的佛经渊源，以及佛经故事在不同文化背景下的变异，进而阐明佛教文化在东亚文学坐标中的重要位置。

【关键词】《六度集经》；佛本生故事；中韩民间故事和小说；佛经

《雅歌》与《长恨歌》王室之恋的跨文本阅读

【作　者】林艳
【单　位】深圳大学饶宗颐文化研究院

【期　刊】《世界宗教文化》，第5期，2018年，第83－88页

【内容摘要】《雅歌》与《长恨歌》是希伯来经典与中国古典文学经典为数不多描写王室之恋的作品，对王室之恋的研究一方面体现了人们的古典审美趣味，另一方面提醒人们它与封建制度本身的依存性。让《雅歌》与《长恨歌》的王室之恋主题彼此对话，相互阐释，可以发现在叙事艺术、情感的公私领域产生的张力，以及王室之恋的超越维度等方面，二者具有很多共同点，同时也折射出中希文化的差异。

【关键词】《雅歌》；《长恨歌》；王室之恋

《妆台百咏》对《玉台新咏》的接受及其在越南的传播

【作　者】朱春洁
【单　位】武汉大学文学院

【期　刊】《民族文学研究》，第36卷，第5期，2018年，第67－74页

【内容摘要】越南汉喃研究院藏越南文人吟咏女性的诗集——范廷煜的《百战妆台》（又一版本名《妆台百咏》）和阮盎庄的《增补妆台百咏》受徐陵《玉台新咏》的影响，但它们并非直接源于《玉台新咏》，而是来自对晚清壮族诗人黎申产《妆台百咏》的模仿。考索发现，黎申产仿《玉台新咏》而作《妆台百咏》，并通过与越使的积极交往，实现了《玉台新咏》在越南的传播。

【关键词】黎申产；《玉台新咏》；《妆台百咏》；越南

《浊江》和《倾城之恋》中戏剧要素的对照分析——借用视点结构相关理论

【作　者】陆洋

【单　　位】名古屋大学

【期　　刊】《南京师大学报（社会科学版）》，第 4 期，2018 年，第 135－144 页

【内容摘要】《浊江》和《倾城之恋》对于戏剧要素的运用，使得其文本呈现出混合小说与戏剧两种不同文学形式的跨界性。在两部作品中，人物对话中出现的戏剧要素主要体现为视点结构的运用。小说通过弱化叙述者的声音，使文本意义的多重建构成为可能，打破了权威性和绝对性的价值判断。这既是基于作家个人对于戏剧的观察和体悟，又体现出非主体叙述这一女性写作的特征和动荡时期话语权分散的历史必然性。

【关键词】《浊江》；《倾城之恋》；戏剧要素；视点结构

18 世纪日本和德国读书文化和伦理观的互动

【作　　者】柳政勋；金容铉

【单　　位】柳政勋：韩国高丽大学 Global 日本研究院

　　　　　　金容铉：韩国高丽大学德文系

【期　　刊】《文学跨学科研究》，第 2 卷，第 1 期，2018 年，第 57－66 页

【内容摘要】书被禁止出版或贩卖有多种原因。这些原因包括违反社会制度与伦理观，传播危险思想等。在 18 世纪的德国与日本，挑战于建立在基督教与幕府的权威之上的社会规范与秩序的书被列为禁书。当时两国具有代表性的畅销书——歌德的《少年维特的烦恼》以及近松门左卫门的《曾根崎心中》——引起了自杀的社会现象，被批评违反了当时的伦理观。然而对模仿自杀与反伦理性内容的批评反而帮助作品成为畅销书，这恰恰说明伦理观与大众需求相互间存在张力，以及读书文化开始分化这一现象。通过考察德国与日本同时出现的"禁书"这一社会现象，论文证明 18 世纪读书文化与当代伦理观的关系应该成为近代化研究的分析对象。

【关键词】读书文化；伦理观；歌德；近松门左卫门；禁书；自杀

阿恩海姆的"太极图"：格式塔艺术心理学中的中国图形

【作　　者】喻宛婷

【单　　位】四川大学文学与新闻学院

【期　　刊】《社会科学战线》，第 2 期，2018 年，第 188－196 页

【内容摘要】鲁道夫·阿恩海姆的格式塔艺术心理学研究了以太极图为代表的众多中国图形，来阐释视知觉的形式动力和"异质同构"现象，并寻找中西艺术理论和美学思想的互通之处。他利用中国思想，尤其是道家学说，来弥补西方思维的不足和短板。在其反思二元对立模式，弥补感知和思维、艺术和科学之裂缝的理论实践过程中，道家学说为其提供了灵感和思路。阿恩海姆既通过西方心理学视角关照中国艺术，也以中国为镜反观西方文化，弥补西方经验的不足，以建立具有普适性的科学美学理论，其"中国问题"路径对中国当下美学和艺术研究具有启示意义。

【关键词】鲁道夫·阿恩海姆；格式塔艺术心理学；中国图形；太极图；中国经验

阿契贝与鲁迅诗学比较

【作　　者】秦鹏举

【单　　位】玉林师范学院文学与传媒学院；四川大学文学与新闻学院

【期　刊】《西南民族大学学报（人文社科版）》，第 39 卷，第 8 期，2018 年，第 169－173 页
【内容摘要】同作为不同国家的"现代文学之父"，阿契贝和鲁迅在文学从传统到现代的转型中表现出了异质文化中的深刻关联性。本文以《阿 Q 正传》与《瓦解》为例，分析二者在文化转型时期的悲剧、现代性主体的塑造和民族文化的道路选择三个方面的异同，突显他们在传统与现代之间的诗学张力。
【关键词】阿契贝；鲁迅；传统；现代

比较文学视阈下的中国俄罗斯文学研究（1978－2017）

【作　者】杨明明
【单　位】上海交通大学人文艺术研究院
【期　刊】《浙江工商大学学报》，第 3 期，2018 年，第 72－77 页
【内容摘要】自俄罗斯文学进入我国学者的视野起，比较文学即被应用于其研究当中。特别是 20 世纪 90 年代以来，比较文学更是以其跨文化性和开放性的特点为我国的俄罗斯文学研究带来了较为丰硕的成果。但是，相较于比较文学在其他国别文学研究中的应用，我国学者在中俄文学关系、俄罗斯文学的中国形象建构研究等问题的研究中，存在着研究思路与话语陈旧、方法运用生硬刻板、中国学者的主体性意识与民族立场弱化、具有国际影响力的高质量成果欠缺等一系列问题。此外，我国学者编撰的俄罗斯文学史著作也折射出其在世界文学眼光与比较文学意识方面存在的欠缺。
【关键词】俄罗斯文学；比较文学；中俄文学关系；俄罗斯文学史

比较文学在中国：历史的回顾及当代发展方向

【作　者】王宁
【单　位】上海交通大学人文艺术研究院
【期　刊】《上海交通大学学报（哲学社会科学版）》，第 26 卷，第 6 期，2018 年，第 110－117、2 页
【内容摘要】虽然不少学者认为，比较文学作为一门学科是从西方引进的，但是从历史发展的角度来看，中国比较文学有着自己独特的历史和发展轨迹。它经历了三个阶段：作为研究方法的前历史阶段（1906—1949）、非学科的边缘化阶段（1949—1977）以及学科化和全面复兴阶段（1978—　）。在这方面，王国维和鲁迅可以说是中国最早的比较文学学者，王国维的《红楼梦评论》和鲁迅的《摩罗诗力说》分别作为早期的开拓性著述为比较文学在中国的兴起以及其后的全面复兴奠定了基础。中华人民共和国成立后，由于受到苏联文艺思想的影响，比较文学在中国被放逐到了边缘。而在改革开放的年代，比较文学真正作为一门独立的学科再度从西方引进，在这方面，笔者亲身经历了这一系列的变革，并从 21 世纪至今连续领衔主办了多次高规格的比较文学国际会议，并借助这个平台努力在国际学界发出中国学者的声音，这一切均有力地推进了中国文学乃至整个人文学科的国际化进程。
【关键词】比较文学；中国；历史及现状；国际化；未来发展

朝鲜诗人对黄庭坚诗歌的接受研究

【作　者】曹春茹
【单　位】曲阜师范大学文学院

【期　　刊】《齐鲁学刊》，第 6 期，2018 年，第 113－118 页
【内容摘要】随着高句丽与宋的文化交流，黄庭坚诗歌传到朝鲜半岛，受到文人和官方的一致认可和推广，在半岛掀起接受热潮，对朝鲜的诗歌创作和诗风改革影响深远。朝鲜诗人认同黄庭坚在宋诗中的领袖地位，对黄诗渊源、特色进行了辩证的探讨，认为其师承杜甫，诗词"皆从学问中来"，能"自成一家"。朝鲜诗人对黄庭坚诗歌的接受不仅表现在形式和诗语方面，更表现在对其诗风的全面学习且效果显著。因此，在域外接受中，朝鲜诗人对黄庭坚的接受最为全面深入。
【关键词】朝鲜诗人；黄庭坚诗歌；接受；诗风改革

此味与彼味——中国与波斯古典诗学味论例说

【作　　者】刘英军
【单　　位】北京大学东方文学研究中心；北京大学外国语学院
【期　　刊】《国外文学》，第 1 期，2018 年，第 47－55、157 页
【内容摘要】中国古典诗学有用味道来评价诗歌的传统。在该传统的影响下，出现一系列提倡诗歌语言空灵含蓄、韵味深远的文论，形成了以"味"为核心探讨诗歌意境美学特征的理论体系。巧合的是，以味论诗的传统也可见于高度发达的波斯语古典诗歌。虽然在伊朗（波斯）没有形成关于这一传统的理论体系或诗论专著，但用甜味、咸味、滋味以及芳香味来评论诗歌的现象大量存在于波斯古诗中。通过考察众多例证，可以发现两国的诗学味论既有相通之处，又存在实质性的差异。
【关键词】味论；以味论诗；中国；波斯；古典诗学

从范式转型看英美现代主义文学在 20 世纪中国的研究

【作　　者】张和龙
【单　　位】上海外国语大学文学研究院
【期　　刊】《浙江大学学报（人文社会科学版）》，第 48 卷，第 2 期，2018 年，第 184－193 页
【内容摘要】英美现代主义文学在 20 世纪中国的研究可分为三个时期，即民国时期、新中国十七年与 20 世纪八九十年代，其中出现过两大批评范式，即心理学批评范式与政治批评范式。心理学批评范式肇始于 20 世纪二三十年代，是民国时期英美现代主义文学研究中的一股重要潮流。新中国早期，文艺批评界将英美乃至西方现代派文学一律贬斥为"反动""颓废""腐朽""没落"的资产阶级文学，政治批评范式由此诞生，并出现了第一次范式转型。20 世纪 70 年代末 80 年代初，国内爆发的现代主义文学大论争是两种批评范式所代表的不同学术理念和价值取向所表现出的公开对立状态，而 90 年代批评界"话语上的改口"是第二次范式转型的标志。在两次范式转型过程中，学术话语的历史传承与"话语平移"发挥了同等重要的作用。而当下对英美现代主义文学评价的"合法化"状态，是学术研究的内因与外因共同作用的结果。
【关键词】英美文学；现代主义；范式；范式转型；心理学批评；政治批评；学术史

都市女性生活的反思——张欣与林真理子小说中都市女性书写的比较

【作　　者】方海燕
【单　　位】海南大学外国语学院

【期　刊】《海南大学学报（人文社会科学版）》，第 36 卷，第 4 期，2018 年，第 142－148 页
【内容摘要】张欣与林真理子分别是当代中国和日本书写都市女性的著名女作家。二位都关注大都市中女性的爱情、婚姻、事业以及婚外恋等主题。她们在各自的创作中，基于共同的视角和不同的社会政治文化背景，塑造出有同有异的都市女性形象。通过她们的创作，不仅能看出都市女性穿越时空的共性，同时也能窥视到中日两国不同社会环境投射在都市女性身上的特征。
【关键词】张欣；林真理子；都市女性；比较

杜甫律诗与当明时期越南七律的繁荣

【作　者】张思齐
【单　位】武汉大学文学院
【期　刊】《广东社会科学》，第 3 期，2018 年，第 176－184 页
【内容摘要】当明时期，越南文人用汉语写作的七言律诗特别繁荣。究其根本原因，乃是越南一直是中国文化的最大受益国。当明时期，越南顺次存在过陈朝、胡朝、后陈和黎朝等政权。中国文学中几乎所有的样式都在这一时期的越南大地上获得了突飞猛进的发展。越南的杜诗研究具有远高于汉字文化圈内中国的其他邻国的水准。在中国明朝，七言律诗受到特别的重视。在越南黎朝，七言律诗绽放奇葩，其中"使臣诗"具有高度的艺术成就，并在外交文学上具有示范意义。
【关键词】杜甫律诗；越南黎朝；汉字文化圈；中国明朝

非主轩轾而力求特性——中西小说叙事传统比较研究断想

【作　者】杨志平
【单　位】江西师范大学文学院
【期　刊】《中国比较文学》，第 2 期，2018 年，第 43－52 页
【内容摘要】中西小说叙事传统比较研究，是比较文学研究领域看似老生常谈、实则并未系统作专题开掘的领域，值得研究者精心耕耘。一方面，有必要将中西小说叙事传统视为独立对象进而加以横向考察，比较两者总体特征之异同，从整体上探讨两者的发生与演变。借此综合考察，可以呈现中西小说叙事传统相应的演进规律，也能够深度审视中西文化交流的差异性及其可行性。另一方面，围绕中西小说叙事传统的若干突出现象，加以专题化审视比较，祛除有关中西小说叙事传统诸多似是而非的认识，进而切实有效地呈现中西小说叙事传统的差异性，此举同样是值得费力的。
【关键词】中西小说；叙事传统；比较

俯瞰灵魂的深渊：从梅特林克到谢阁兰

【作　者】邵南
【单　位】北京外国语大学法语系
【期　刊】《复旦学报（社会科学版）》，第 60 卷，第 6 期，2018 年，第 66－76 页
【内容摘要】法国旅华诗人谢阁兰（Victor Segalen，1878—1919）与中国文化的关系，已渐受海内外研究者的重视，然而他在这方面所受比利时作家梅特林克（Maurice Maeterlinck，1862—1949）的影响，则从未引起学界注意。事实上，谢氏笔下的诸多中国意象，都是从梅氏率先运

用的意象发展而来的，究明梅氏的影响，实有助于理解谢氏选用这些中国意象的出发点。本文尝试以"深渊"意象的变迁为例，通过分析、比较梅氏作品《佩雷阿斯与梅利桑德》（*Pelléas et Mélisande*）与谢氏作品《光绪别史》（*Le Fils du Ciel*）、《勒内·莱斯》（*RenéLeys*）等，阐明两人作品间的紧密联系，进而管窥 19 世纪与 20 世纪之交时期西方文人在非宗教语境中探讨自我"本质"的思路演变史，以及中国文化在其中所起的重要催化作用。

【关键词】谢阁兰；梅特林克；"深渊"意象

公共性：鲁迅对王尔德的接收与转化

【作　者】陈昕；邵丽君
【单　位】陈昕：清华大学外文系；河北科技师范学院外语学院
　　　　　邵丽君：河北科技师范学院外语学院
【期　刊】《外语与外语教学》，第 3 期，2018 年，第 125－134、147 页
【内容摘要】就其思想资源而言，鲁迅具有民族性和世界性的双重底色，这一特征决定了他既坚守传统，同时又向世界敞开，无疑这也构成了他本人积极译介奥斯卡·王尔德的前提和基础。本文通过比较鲁迅的《野草》（1927）与王尔德作品的同中之异，指出：鲁迅在译介王尔德的过程中，不仅接受和借鉴了王尔德唯美颓废主义文学的积极因素（色彩、意象和象征手法的运用），而且立足于中国的实际，在追求文学"公共性"的过程中，大胆地对唯美颓废主义的思想内核进行转化和超越，从而在其文学创作中成功实现了民族性与世界性的融合。

【关键词】鲁迅；奥斯卡·王尔德；接受和借鉴；文学"公共性"；转化和超越

古希腊与中国古代神话谱系及叙事研究

【作　者】余江陵
【单　位】北京邮电大学人文学院
【期　刊】《海南大学学报（人文社会科学版）》，第 36 卷，第 4 期，2018 年，第 128－134 页
【内容摘要】神话谱系与神话叙事是各民族的文化源泉之一，也构成了各民族哲学与文学等文化形式的精神基因。其中，古希腊黑暗时期诗人赫西俄德创作的《神谱》一直被视为神话谱系与叙事相结合的最早期典范。可以借鉴《神谱》谱系学方法和西方神话的他者视角，来研究我国战国时期《楚帛书》甲篇，从而梳理出古希腊主神谱系与中国创世纪神话谱系之发展和叙事的相似特征，亦可以从源流角度考辨古希腊与中国神话各自的精神原型、民族特性与迥异的历史宿命。

【关键词】《神谱》；《楚帛书》；神话谱系；叙事

关键词：中西叙事理论比较研究的新路径

【作　者】刘亚律
【单　位】江西师范大学文学院
【期　刊】《中国比较文学》，第 2 期，2018 年，第 32－42 页
【内容摘要】中西叙事理论比较研究对于推动本土叙事理论建设，构建有中国特色的叙事话语系统具有重要意义，这突出表现为既可有效消除对比双方的理论盲区，又有助于将叙事普遍规律的探索推向深入。中西叙事理论关键词具有"文化印记"与"事件印记"的双重性质，以之

为突破口，是在两种理论之间开展比较的有效方式。关键词比较应该秉持"以西映中"的基本立场，遵循叙事逻辑的基本框架，确立通约优先、彰显本土的择词原则，以及明确历史语义学与谱系学相统一的释义路径。

【关键词】叙事理论；关键词；比较

海外马克思主义美学研究的中西比较和思想建构

【作　者】李松；余慕怡
【单　位】武汉大学文学院
【期　刊】《文艺理论研究》，第 38 卷，第 1 期，2018 年，第 212－216、201 页
【内容摘要】马克思主义美学在 20 世纪中国美学学术史上占有重要地位，对于现代中国的社会改造与思想建设产生了重大影响。研究当代中国马克思主义美学，可以通过西方马克思主义美学这一参照，将其纳入当代中国思想史研究的体系之中。刘康站在中西比较的立场上研究中国的马克思主义美学、关注当代中国的美学问题，为中国的马克思主义美学研究提供了新的视野与方法，也为不断深化参照视角，力图在国际视野中反思中国当代思想与文化提供了重要启示。

【关键词】海外研究；马克思主义美学；刘康

韩国比较文学的概貌和现状——来自一位中国学者的观察

【作　者】赵渭绒
【单　位】四川大学文学与新闻学院
【期　刊】《中国比较文学》，第 2 期，2018 年，第 196－204 页
【内容摘要】以往我国学界在观察他国比较文学研究现状时，更多地将目光投向欧美国家，仿佛学术研究只有中西两极，季羡林批评这种研究是"知西而不知东"。中韩两国有着长久的历史渊源，而各自也在长期发展的过程中形成其独特、深邃、独立的学术研究风格。韩国比较文学是世界比较文学的重要组成部分，对其进行调查和研究可以规避以往研究的两极倾向，形成对世界比较文学更加客观、公正的认识。鉴于此，笔者在 2016 年与 2017 年借赴韩交流之机，对韩国的比较文学概貌与现状进行了调查与研究。

【关键词】韩国；比较文学；概貌；现状

亨利·雷马克与平行研究

【作　者】姚连兵
【单　位】电子科技大学外国语学院
【期　刊】《中国比较文学》，第 1 期，2018 年，第 48－58 页
【内容摘要】本文以比较文学美国学派代表亨利·雷马克比较文学思想为参照，探讨其与比较文学平行研究间的关系。通过分析雷马克所述平行研究的四个维度与实践，解读其在比较文学发展史上的地位和作用，本文认为，雷马克比较文学思想是对比较文学研究传统的反叛，且已经包含着中国学派比较文学"四跨"的雏形，并为中国学派的跨文明比较文学研究铺平了道路；同时，他的平行研究理论与实践为比较文学研究者起到了积极的示范作用，不愧为比较文学的"良心"与比较文学健康发展的守望者。

【关键词】平行研究；美国学派；中国学派；亨利·雷马克

环喜马拉雅史诗比较研究现状与问题分析——以《格萨尔》《罗摩衍那》《摩诃婆罗多》为中心

【作　者】多布旦；仁欠卓玛
【单　位】西藏大学文学院
【期　刊】《西藏大学学报（社会科学版）》，第33卷，第4期，2018年，第79－83页
【内容摘要】藏族史诗《格萨尔》、印度史诗《罗摩衍那》和《摩诃婆罗多》是喜马拉雅文化圈中最具影响力的文学作品，承载了印度和中国藏民族古代宗教、历史和文化等诸多方面的内容。随着比较文学理论在我国的发展，20世纪80年代起我国学者开启了印藏史诗比较研究的先河，成为我国跨境文学研究领域中一个全新的命题。文章对环喜马拉雅史诗比较研究现状进行梳理和归纳，同时对已存在的学术问题做了全新分析。
【关键词】环喜马拉雅；《格萨尔》；《罗摩衍那》；《摩诃婆罗多》；现状；问题

火的化身——毕肖普《渔房》和柯尔律治《古舟子咏》的文体和意象

【作　者】范祎
【单　位】哈佛大学语言学系
【期　刊】《国外文学》，第1期，2018年，第85－91、158页
【内容摘要】尽管伊丽莎白·毕肖普的触景默想诗《渔房》和萨缪尔·柯尔律治的叙事诗《古舟子咏》在形式、长短和风格上好像大相径庭，但是这两首诗在处理大海经历上却极其相似，两部作品的隐含作者有着相近的人格和诗境，两部作品在文体上也有很多相近之处。毕肖普留意平凡之美的精神、她对超自然力量的看法加上她对动物的态度都可能使她成为欣赏老水手故事的理想听众。水作为知识的主题以及汲取知识再到升华的过程在两部作品中产生了共鸣。
【关键词】伊丽莎白·毕肖普；《渔房》；萨缪尔·柯尔律治《古舟子咏》；海；文体；意象

纪实与想象的张力——论安德烈·莫洛亚与欧文·斯通的传记写作

【作　者】徐岱；叶健
【单　位】浙江大学传媒与国际文化学院
【期　刊】《河北学刊》，第38卷，第3期，2018年，第99－104页
【内容摘要】真实与虚构的矛盾在传记小说中体现得异常明显，安德烈·莫洛亚秉持传记的真实性立场，同时也主张传记应该具有一种"小说情趣"，他力图在传记的纪实性材料与小说的自由想象之间寻求一种平衡。欧文·斯通则充分发挥小说家的丰富想象力，作品的"文学性"高于"纪实性"。从这两位作家不同的传记写作特点可以看出，与其无助地困围于"真实与虚构的焦虑"，不如将问题转化为"纪实与想象的张力"，进而从"三位一体"的传记叙事的角度审视传记小说，这对深入探究传记的艺术问题不无裨益。
【关键词】安德烈·莫洛亚；欧文·斯通；传记小说；纪实与想象

江户时代文士与朝鲜通信使的中国诗学讨论——以丈山、林家、木门与通信使的笔谈交流为中心

【作　者】范建明

【单　位】日本电气通信大学
【期　刊】《苏州大学学报（哲学社会科学版）》，第 39 卷，第 2 期，2018 年，第 109－118 页

【内容摘要】江户时代文士与朝鲜通信使交流时留下了很多笔谈集，这些笔谈集大多以写本或刊本的形式被保存了下来。其内容大半是诗文的唱和应酬，其中也有涉及中国诗文论的讨论。这些讨论往往是散见于各笔谈集中的片言只语，还没有做过系统的整理和研究。虽然如此，但它们是江户文士与朝鲜通信使面对面交流的直接记录，是原始的、当事者的、第一手的珍贵资料。把这些一鳞半爪的诗文论钩沉出来，进行比较系统的整理和研究，相信无论是对于我们演绎日本文士与朝鲜通信使的交流史，描述日朝两国汉文学的发展史，还是对于我们研究汉文学之本源的中国诗文论对其周边国家汉文学发展的影响史，或者日朝汉文学对中国文学的接受史，都是有所裨益的。

【关键词】江户时代；朝鲜通信使；笔谈；中国诗学

接受与差异——觉醒、救赎与超人主题在鲁迅和大江健三郎文学中的变奏

【作　者】冯立华
【单　位】吉林大学文学院；长春师范大学外语学院
【期　刊】《东北师大学报（哲学社会科学版）》，第 2 期，2018 年，第 104－108 页
【内容摘要】日本文学界吸收鲁迅的文学理念，并将其用于文学实践，大江健三郎应是其中之一。鲁迅对大江文学的影响究其根底应为思想层面的，不过也有文学形式上的，但不是简单的模仿。大江健三郎 20 世纪 70 年代写的小说《需要献祭之男吗》也是描绘了一个人吃人的世界，与鲁迅的《狂人日记》有很多相似之处，特别是小说所表现的觉醒、救赎的主题，在接受了鲁迅影响的同时，表现了别样的色彩。同时，大江的"重复中存在差异"的文学理念开始出现在小说中。

【关键词】《需要献祭之男吗》；《狂人日记》；觉醒；救赎；接受；差异

经典殖民叙事的时空重构——《鲁滨逊漂流记》与《福》对读札记

【作　者】岳峰；孔建平
【单　位】盐城师范学院文学院
【期　刊】《中国比较文学》，第 1 期，2018 年，第 185－196 页
【内容摘要】J.M. 库切在《福》中，翻转了经典殖民文本《鲁滨逊漂流记》将世界划分为先进与落后、主体与客体构成的二度时空体的时空叙事，帝国男性主体的乐观主义独白也被转换为女性主体的对话和质疑。女性主人公苏珊·巴顿笔下的克鲁索是一个苟且偷生的懒汉，既不具备现代时间意识，也不再作为一个启蒙主体给荒岛带来"进步"和"教化"，男性主体的线性时间叙事结构亦被颠覆。作者进而借鉴女性主义话语，将叙事空间聚焦于屋檐下和床笫之间，让女性声音和身体转向话语编码系统、隐喻话语权力的让渡。黑人星期五非逻辑的、非线性时间的身体表达与殖民话语编码机制不相兼容，其意义在帝国话语时空体中无法呈现。多元的时空叙事才是接近历史全貌及真相的唯一可能。

【关键词】《鲁滨逊漂流记》；《福》；时空体；殖民叙事

科学实证与审美批评的辩证融通——李伟昉《比较文学实证方法与审美批评关系研究》评介

【作　者】赵渭绒

【单　位】四川大学文学与新闻学院
【期　刊】《外国文学研究》，第 40 卷，第 2 期，2018 年，第 173－176 页
【内容摘要】李伟昉的《比较文学实证方法与审美批评关系研究》是从理论的高度纠正人们对法国学派与美国学派的理论认知偏见，客观评价法美两国学者关于实证与审美的论争，科学阐述实证方法与审美批评的辩证融通关系的专著。本专著推进了学界对于实证方法与审美批评辩证融通关系的学术认知。
【关键词】比较文学；实证方法；审美批评；法国学派；美国学派

跨国别生态诗学基础问题谫论

【作　者】叶玮玮；孙宜学；乔尼·亚当森
【单　位】叶玮玮：同济大学外国语学院；美国亚利桑那州立大学
　　　　　孙宜学：同济大学外国语学院
　　　　　乔尼·亚当森：美国亚利桑那州立大学英语学院，美国国家人文中心（NHC）
【期　刊】《江西社会科学》，第 38 卷，第 12 期，2018 年，第 94－100 页
【内容摘要】乔尼·亚当森、卡伦·劳拉·索恩伯、乌苏拉·海瑟等生态批评学者秉承生态世界主义理念，主张将比较视域引入生态批评理论研究，从多元到贯通，打破学科和国别疆域。中美生态诗学研究呈现多元行动主义特征，跨国别生态诗学建构成为本土话语与世界生态话语互鉴交融的必然选择。多元文化生态诗学使生态批评由学院派走向世界环境人文实践的第一线，为跨国别生态诗学建构提供了理论参照。
【关键词】跨国别生态诗学；多元化；块茎性；乔尼·亚当森；环境人文实践

狂人之诞生——明治时代的"狂人"言说与鲁迅的《狂人日记》

【作　者】李冬木
【单　位】日本佛教大学
【期　刊】《文学评论》，第 5 期，2018 年，第 29－42 页
【内容摘要】本论文通过对语汇、社会媒体、尼采、无政府主义、文学创作以及时代精神特征等几个方面的考察，确认了在《狂人日记》诞生之前就有"狂人"言说史的存在，并在此背景下，探寻了"狂人"诞生的足迹。本论认为，周树人是带着一个完整的"狂人"雏形回国的，这个"狂人"是他建构自身过程当中的一个生成物，和他记忆中的"真的人"是血脉相连的亲兄弟。"狂人"之诞生，更宣告"真的人"之必将诞生。就本质而言，《狂人日记》是"人"之诞生的宣言。
【关键词】"狂人"言说；《狂人日记》；鲁迅；尼采；真的人

两个"魔盒"，不同风景——莫言《酒国》与略萨《胡利娅姨妈与作家》比较

【作　者】陈晓燕
【单　位】湖北文理学院文学院
【期　刊】《中国比较文学》，第 1 期，2018 年，第 172－184 页
【内容摘要】2010 年度诺贝尔文学奖得主、秘鲁作家略萨的小说《胡利娅姨妈与作家》对中国作家莫言产生了重要影响。莫言的小说《酒国》不仅借用了《胡利娅姨妈与作家》的"中国套盒"式结构，还在人物设计、"小说中的小说"、元小说叙事等方面都对其多有学习和借鉴。但

是莫言并没有照搬略萨。在学习略萨的基础上，他为小说灌注了鲜明的"自我"元素，打造出独特的《酒国》。《酒国》记录了莫言既要学习外国文学又要挣脱外国文学束缚、创造富有自我特色的文学作品的双向努力；在中国当代文学学习外国文学的大潮中，《酒国》对《胡利娅姨妈与作家》的成功借鉴与改造提供了一份重要的"莫言经验"。

【关键词】莫言；略萨；《酒国》；"中国套盒"式结构

鲁迅与韩国现代诗人李陆史的文学精神

【作　者】洪昔杓
【单　位】韩国梨花女子大学中文系
【期　刊】《东疆学刊》，第 35 卷，第 2 期，2018 年，第 1—10、111 页
【内容摘要】韩国现代著名诗人李陆史在阅读鲁迅文学作品的同时，对鲁迅有关艺术与政治关系的论点及其创作原则进行了梳理，并通过鲁迅走向了逐步把创作和行动统一起来并加强思想性的新方向。李陆史的精神境界建构在彻底的自我认识基础之上，这一点很像鲁迅，或者说与鲁迅相比也毫不逊色。同时，鲁迅作品中那些具有坚强的意志和精神，勇往直前的人物形象以及他们敢于牺牲自己的精神境界同样也出现在了李陆史的作品中。

【关键词】李陆史；鲁迅；自我认识；诗的思想性

论江户诗坛对江西诗派的接受——兼谈此期唐宋诗之争的本质

【作　者】何振
【单　位】中山大学中文系
【期　刊】《文艺理论研究》，第 38 卷，第 4 期，2018 年，第 103—111 页
【内容摘要】以往学者有关江户时期日本诗坛唐宋诗之争的研究，多注重二者在诗风、诗论不同方面的比较。然而通过考察日本江户诗坛流行的诗话、汉籍的刊刻、对中国诗人的接受以及具体的汉诗创作等方面，可以发现日本江户诗坛唐宋诗之争"貌殊神合"的本质，即对"主情"的唐诗的偏尚以及对江西诗派的拒斥，从中亦可以看出日本文化对中国文化的选择性以及日本江户诗坛的本土化特性。

【关键词】日本诗话；江户诗坛；唐宋诗之争；江西诗派

论叙事作品中钟声的功能与特质

【作　者】邱宗珍
【单　位】江西师范大学叙事学研究中心；江西师范大学文学院
【期　刊】《天津社会科学》，第 4 期，2018 年，第 128—133 页
【内容摘要】中外叙事作品中都有对钟铃之声的大量书写，这些书写往往构成叙事作品的华彩乐章，甚至成为点睛之笔。钟声在故事讲述人笔下有许多妙用：有的催促故事中的行动；有的参与事件进程，成为故事中的一个角色；有的在故事的多个空间自由穿梭，起到沟通、联络作用；有的力量强大到能打通幽冥之隔。钟声有一种迥异于其他声音的克里斯玛特质，在传统与非理性思维影响下，许多人相信钟声与某种"终极的、决定秩序的"超凡力量相关联。钟声的神圣性在现代生活中虽有所削减，但诸多与钟声相关的表达仍在突出其"令人敬畏、使人依从"的一面。

【关键词】钟声；叙事；倾听；克里斯玛特质

论中国传统戏剧的叙事性——兼与西方叙事传统之比较

【作　者】欧阳江琳
【单　位】江西师范大学叙事学研究中心；江西师范大学文学院
【期　刊】《中国比较文学》，第 2 期，2018 年，第 65－73 页
【内容摘要】中国传统戏剧长期强调"曲本位"，秉持"曲为诗余"观念，突显戏曲的抒情性，而忽视叙事性的研究。20 世纪末，随着叙事学引入戏剧领域，中国传统戏剧叙事研究取得长足进展，但也存在过多聚焦文本叙事、忽视表演中所蕴含的叙事性等问题。本文力图反思"叙事"隐于"抒情"背后的原因，揭示出传统戏剧表演叙事的本质与形式，并适当参照西方戏剧的叙事传统，彰显中国戏剧叙事传统的独特性。

【关键词】中国传统戏剧；表演叙事；叙事方式；叙事传统

美学视域下的《荷马史诗》与《格萨尔》的文化解读

【作　者】肖燕姣
【单　位】西南石油大学外国语学院
【期　刊】《贵州民族研究》，第 39 卷，第 2 期，2018 年，第 119－122 页
【内容摘要】《荷马史诗》作为西方文化的肇始，向人们呈现出公元前 20 世纪古希腊社会生活；《格萨尔》则是西藏文学与文化的巅峰，反映了部落联盟时期藏族百姓的多元社会生活，这两大英雄史诗巨作包蕴着人类的文化美。史诗作为一部百科全书，依靠其广博丰富的知识，呈现了人类早期的优秀文化，蕴含着浓郁的风俗文化、人本文化与宗教文化。因此，探索美学视域下的《荷马史诗》与《格萨尔》的文化美，具有重要的现实价值。

【关键词】《荷马史诗》；《格萨尔》；文化解读

明代朝鲜诏使诗世界观探析：以祁顺为例

【作　者】廖肇亨
【单　位】台湾"中研院"文哲所
【期　刊】《四川大学学报（哲学社会科学版）》，第 5 期，2018 年，第 166－174 页
【内容摘要】在东亚文化交流中，汉诗文成为东亚知识社群彼此沟通情志最重要的媒介，《皇华集》作为明使节与朝鲜儒臣的酬唱之作，在中朝文化交流史上有其重要地位，其中所收明前期诏使祁顺的酬唱诗，于中朝诗史留下了巨大的投影。通过中国、朝鲜文人笔下的祁顺事迹及其自身的书写，呈现出祁顺出使朝鲜期间的异国经验，特别是他与徐居正那场著名的诗战。祁顺诗作中的时空观念相当程度体现明代诏使诗的共通点，一方面对异国风土民俗保持一定的好奇心；另一方面则特别强调中华文化观念的普遍化。在祁顺的诏使诗中，中华文化与皇明之化具有崇高的地位，但对朝鲜王国的山川风光、纯朴民风、圣君贤臣亦青眼有加。祁顺的诏使诗基本上仍属盛世之音，诗风清雅平和，在馆阁体之外，又多了一点道学气，此固然是个性使然，同时也是时代精神的反映。

【关键词】诏使诗；祁顺；异国经验；文化交流

莫言与马尔克斯小说的叙事风格比较

【作　者】孙艳

【单　位】上海交通大学外国语学院；上海立信会计金融学院外国语学院

【期　刊】《外语教学》，第 39 卷，第 3 期，2018 年，第 110－113 页

【内容摘要】虽然文学作家的人生经历、教育背景及其历经的文学道路各不相同，但是他们作品的叙事风格既有同道相益之处，也有迥然相异之面。将莫言文学置于世界文学史的网构中，试图在叙事风格方面对莫言和马尔克斯进行比较分析，从意象叙事手法、时空颠倒的叙事方式和魔幻现实主义叙事模式三个方面深入探究，梳理两位作家叙事风格的异同。

【关键词】意象；时空；魔幻现实主义；马尔克斯；莫言

纳博科夫小说叙事策略与中国古典小说叙事策略——以《洛丽塔》与《红楼梦》为例

【作　者】邱畅

【单　位】辽宁大学外国语学院

【期　刊】《东北大学学报（社会科学版）》，第 20 卷，第 6 期，2018 年，第 657－662 页

【内容摘要】虽然纳博科夫是一位典型的后现代主义作家，其作品充分彰显后现代主义风格，但是仔细研读不难发现，纳博科夫小说叙事中蕴含了丰富的东方元素，在小说叙事的诸多方面均可以置于东方叙事美学的框架下展开研究。以纳博科夫的经典作品《洛丽塔》和中国古典小说巅峰之作《红楼梦》为例，运用叙事理论创新性地在西方后现代主义小说与中国古典小说之间架起一座桥梁，通过运用点面结合的关联性研究方法，分析《洛丽塔》与《红楼梦》的叙事策略在叙述者、叙事空间和叙事伏线方面的契合之处：两部作品均运用了不可靠叙述，而且运用的手法具有一定对应性；两部作品均运用了三重叙事空间，虽然对于各层空间的指称不同，但其内在含义是相通的；两部作品均运用了叙事伏线，在行文中暗中行走，谋篇布局。

【关键词】纳博科夫；不可靠叙述；叙事空间；叙事伏线

欧美汉学与比较文学平行研究的方法论建构

【作　者】刘耘华

【单　位】上海师范大学都市文化研究中心；上海师范大学比较文学与世界文学中心

【期　刊】《中国比较文学》，第 1 期，2018 年，第 2－19 页

【内容摘要】20 世纪五六十年代，美国学者提出了比较文学平行研究的新理念，但疏于方法论的建构。作为一种探讨没有事实联系的异质文学文化关系之方法范式，平行研究历来饱受质疑，但本文认为，无论从近现代跨文化文学交往的历史事实来看，还是着眼于方兴未艾的东西方文学比较现实，平行研究都有不可轻易抹杀与回避的功能和作用。本文在简要回顾与反思平行研究的方法论问题之后，选择若干欧美汉学家个案，从三个方面入手，对其在平行研究方面的方法论建构情况做出了较为深入的探讨和总结，指出：平行研究并非一个不重视方法的领域，它的方法问题十分复杂，且充满了多样可能性；对平行研究方法论的研究，对于推进比较文学自身的学科建设以及东西方文学比较具有重要的理论意义。

【关键词】欧美汉学；平行研究；方法论

平行研究与阐释变异

【作　者】曹顺庆；曾诣

【单　位】曹顺庆：北京师范大学

曾诣：北京师范大学文学院

【期　刊】《中国比较文学》，第 1 期，2018 年，第 20－31 页

【内容摘要】从阐释的维度进入平行研究将有助于其突破自身的发展困局。学理上，平行研究具有鲜明的阐释内涵。而"求同"阐释、作品与理论互释以及阐发法的实践，更凸显出平行研究就是阐释研究的本质。阐释研究在不同文化或文明的异质性作用下必然会出现阐释变异，具体可分为无意识阐释变异和故意阐释变异两大类。而阐释变异既可能带来失语症，也可以是文化创新的潜在动力。

【关键词】平行研究；阐释研究；变异学；失语症；文化创新

浅谈日本中国现代文学的"实证研究"与"比较研究"——与沈杏培博士商榷

【作　者】藤井省三

【单　位】中国人民大学文学院；东京大学

【期　刊】《文艺研究》，第 12 期，2018 年，第 35－43 页

【内容摘要】沈杏培在《文艺研究》2018 年第 4 期发表《中国现当代文学研究中的"强行关联法"指谬》一文，批评笔者的文章存在不确认刊物封底就臆断鲁迅《狂人日记》的发表时间等低级错误。其实，笔者已于《上海鲁迅研究》2010 年春号上发表了基于详细考证提出观点的论文《鲁迅的〈孔乙己〉与芥川龙之介的〈毛利先生〉》。因此，沈杏培的批评乃是出于误解。沈杏培在尚未充分把握鲁迅研究的相关论文的情况下，便轻易进行批评，或许是由于对海外中国文学研究的传统缺乏了解。日本中国文学研究重视考据的传统其实源自中国。东京大学中文系创始人盐谷温教授于 1910 年师从叶德辉等人，继承了清代的考据学研究方法，其重视严谨的实证研究的传统一直延续至今。

【关键词】原文无关键词

人文交流"深度"说——以 19 世纪西方文学思潮之中国传播为例

【作　者】蒋承勇

【单　位】浙江工商大学

【期　刊】《外语教学与研究》，第 50 卷，第 4 期，2018 年，第 608－618、641 页

【内容摘要】19 世纪西方文学思潮的传播是新文化运动得以展开的重要原因之一。20 世纪特定的中国社会历史状况，决定了西方文学思潮传播境遇的特殊性。接受主体对西方文学思潮的选择性接纳，导致了它们在中国传播与研究的非均衡性，也留下了许多认识误区和有待发掘的学术空间。本文对浪漫主义、自然主义和文学史的延续性等方面的误区做了深层反思，以期准确把握 20 世纪现代、后现代文学与传统的关系，理解中外人文交流的历史价值和现实意义。

【关键词】人文交流；西方文学思潮；传播与接受

日本路径与 20 世纪早期中国文艺功能观念的发生

【作　者】王德胜；尹一帆
【单　位】首都师范大学文学院
【期　刊】《郑州大学学报（哲学社会科学版）》，第 51 卷，第 6 期，2018 年，第 90－96、156 页
【内容摘要】在 20 世纪早期中国文艺功能观念的发生过程中，"日本路径"主要作为域外思想观念、学术思潮的转移和接受中介而存在。而在实际过程中，这一路径的具体实践形态又区分为"西—日—中"和"苏（俄）—日—中"两种路径模式。正是基于对改变中国社会和生活现状的共同需要，以人生生活、社会现实为维度的生活改造取向和以革命功利主义、社会现实主义为观照的革命鼓动取向，共同构建了日本路径下 20 世纪早期中国文艺功能观念发生的基本面貌。
【关键词】20 世纪早期；日本路径；文艺功能；观念发生

日本明治文学与老庄思想

【作　者】邱雅芬
【单　位】中国社会科学院外国文学研究所
【期　刊】《学术研究》，第 10 期，2018 年，第 170－176 页
【内容摘要】中国传统文化对日本文化的影响广泛而深入，持续时间漫长，中国文化的部分精髓已成为日本文化的重要组成部分。明治维新后，在东西文化剧烈碰撞之际，中国成为日本西化过程中的重要参照系，汉学或汉文学亦深刻地介入了明治新文学的建构，老庄思想为诸多日本明治知识分子提供了相对化的文明批判视角。从日本明治文学与老庄思想这一视角，探讨传统汉学在日本明治新文学建构过程中所发挥的作用，可以补充日本近代文学史的惯常叙事，纠正其对汉学传统领域的遮蔽。
【关键词】明治维新；日本文学；汉学；老庄思想

日本诗话的文体史料与文体批评——兼与中国古代文体学进行比较

【作　者】任竞泽
【单　位】陕西师范大学文学院
【期　刊】《学术界》，第 10 期，2018 年，第 181－198 页
【内容摘要】日本诗话中蕴含着丰富的文体史料和系统的文体学思想，并与中国古代文体学思想有着极深的渊源。"辨体"是中国古代文体学理论中的基本范畴，关于"体制为先"的辨体尊体论，在日本诗话中多有论述，最具代表的就是长野丰山的"辨体之为急务"观点。辨体理论指导下的辨体批评实践也极为丰富，包括辨同异、真伪、工拙、清浊、是非、高下、雅俗、体用以及唐宋诗体之辨、四唐体格之辨等。关于破体变体论，包括正熟而奇出、常极而变生、变体中变体、定体与不定体、定法与不定法等观点。通过全面阅读辑录、分类评析日本诗话中浩繁的文体史料，与中国诗话文体学进行比较研究，一方面可以整体勾勒和深入了解日本诗话中的文体学思想概貌，另一方面也可以看到日中诗话及其文体学之间的影响关系与"和而不同"的自身特色，这无论对于日本诗学批评还是中国古代文体学研究来说都具有重要的文学史和批评史意义。

【关键词】日本诗话；体制为先；辨体破体；唐体宋体；中国古代文体学

日本文论中的"俳谐"及"狂"范畴与中国"俳谐"

【作　者】王向远
【单　位】北京师范大学文学院
【期　刊】《广东社会科学》，第 3 期，2018 年，第 166－175 页
【内容摘要】中国古代文学及文论中的"俳谐"及"俳谐诗""俳谐文"的文体概念传入日本后，逐渐取代了平安时代以降以优美、喜感为主要内涵的形容词"哦可嘻"（をかし），而成为一个独特的文论概念，并产生了"俳谐歌""俳谐连歌"和"俳谐"。它的次级概念"滑稽""狂"等也对日本文学及文论有较大影响，造就了"狂诗""狂歌""狂文""狂句"等一系列概念。中日两国"俳谐"的趣味点和笑点各有不同，前者着眼于社会性，后者多着眼于人性自然及男女情色。"俳谐"在中国基本上被摒弃于正统文学之外，只用来标注诗文词曲诸种文体的风格特点，本身并未成为独立的文学样式或文体的概念，日本"俳谐"却逐渐由题材、风格的概念，最终成为一种独立的文学样式概念。
【关键词】中国古代文论；日本古代文论；"俳谐"；"狂"

莎士比亚戏剧与中国电影文学中的病态美学比较研究

【作　者】徐群晖
【单　位】浙江大学传媒与国际文化学院
【期　刊】《中国现代文学研究丛刊》，第 5 期，2018 年，第 177－185 页
【内容摘要】莎士比亚戏剧中的身心病态美学对于中国电影具有重要的启示意义。中国当代电影通过身心病态现象呈现的美学价值不仅体现在对非理性的社会秩序的反叛上，也深刻体现着对人的生命感性为内核的主体性的向往，同时也是表达非英雄化、相对主义价值和怪诞美学等审美现代性内涵的重要载体。此外，由于中国当代电影中的身心病态美学与现代主义、后现代主义中的非理性意识不谋而合，因此某种意义上也表达了全球化语境中的社会文化危机，并成为创新中国电影美学的重要契机。
【关键词】莎士比亚；中国电影；病态；美学

上海犹太难民自传中的文化记忆与身份策略

【作　者】高晓倩
【单　位】复旦大学中文系；上海应用技术大学外国语学院
【期　刊】《人文杂志》，第 4 期，2018 年，第 69－77 页
【内容摘要】20 世纪 80 年代以来不断涌现的上海犹太难民自传为上海犹太研究提供了新的见证材料，自传本身涉及的记忆问题为研究开启了新的视角。本文拟从文化记忆理论出发，从他者和自我两方面考察上海犹太难民自传开启的记忆空间，解读犹太难民在上海特殊环境下所面临的身份问题及应对策略。
【关键词】上海犹太难民；自传；文化记忆；身份

试论俄国象征派对瓦格纳"综合艺术"思想的接受

【作　者】郑体武；牧阿珍
【单　位】郑体武：上海外国语大学文学研究院
　　　　　　牧阿珍：上海政法学院
【期　刊】《中国比较文学》，第 3 期，2018 年，第 157－170 页
【内容摘要】"综合艺术"思想是德国作曲家、音乐家理查德·瓦格纳艺术理论的精髓。19 世纪末 20 世纪初，瓦格纳的艺术理论在俄国文艺界广泛传播并掀起接受高潮，其"综合艺术"思想对俄国象征派，尤其是对年轻一代象征派的主要代表人物维·伊万诺夫、安德烈·别雷和亚·勃洛克的影响巨大：伊万诺夫建立"聚合性"戏剧和对"创造神话"的尝试、别雷对"艺术分类"的探讨和进行"文学交响曲"的创新、勃洛克对"艺术与革命"的思考以及对"音乐精神"的延续，都是将瓦格纳"综合艺术"思想内化的结果。对瓦格纳"综合艺术"思想的接受，不仅成为俄国年轻一代象征派理论架构的关键，也极大地丰富了象征派的文学创作。
【关键词】瓦格纳；"综合艺术"；俄国象征派

苏轼转世故事的异域回响：日本五山禅僧对文人僧化典故的引用及误解

【作　者】张淘
【单　位】四川大学中国俗文化研究所
【期　刊】《四川大学学报（哲学社会科学版）》，第 5 期，2018 年，第 175－183 页
【内容摘要】转世故事源自佛教里的"三生观"，唐代开始出现文人主动猜测并声言自己前身或后世的现象，宋代禅宗以及《太平广记》等记载志怪书籍流行，前身后世说法受到了持续认同和关注。日本五山时代，禅僧们不遗余力地从诗文集、笔记类书中筛选出有关苏轼、黄庭坚与禅学的关系当作话头，关心的是文人与佛禅有关的典故故事，其中苏轼的前身后世之说尤为流行。相对于文学成就，五山禅僧更看重苏轼等宋代文人与佛禅的关系，涉及对宋代文学的评价体系问题；其背后是借此为桥梁证明文字与禅的关系，也反映了儒释论争这一关乎禅林兴衰的重要问题。而僧人的转世故事中将自我文人化，也彰显了他们希图与宋代文学平等对话的姿态。
【关键词】三生观；日本五山禅僧；佛禅；苏轼

他山之石与本土之根：故事类型学在中国的译介与研究

【作　者】漆凌云
【单　位】湘潭大学文学与新闻学院
【期　刊】《民族文学研究》，第 36 卷，第 4 期，2018 年，第 46－55 页
【内容摘要】类型研究源于西方。但尼士率先用西方故事学方法对中国民间故事进行分类。钟敬文是故事类型理论的引进者和实践者，其《中国的天鹅处女故事》成为中国民间故事类型研究的典范之作。詹姆森将历史地理学派方法译介到国内并运用于灰姑娘型、狐精故事的研究，但民间文学界应者寥寥。20 世纪 80 年代以后，类型研究逐渐成为中国民间故事研究的主要方法，中国故事学人积极将西方故事学理论本土化，形成"故事生命树""故事文化学"等研究范式及类型丛、类型核、情节基干、母题链、中心母题、功能性母题、节点等具有中国特色的故

事学话语体系。

【关键词】故事类型；历史地理学派；故事学话语

太宰治与卡夫卡"罪"意识探源

【作　者】何双
【单　位】华中师范大学文学院

【期　刊】《江西师范大学学报（哲学社会科学版）》，第 51 卷，第 6 期，2018 年，第 29－34 页

【内容摘要】太宰治和卡夫卡这两位生活在不同国家、不同地域、不同民族的作家间并无明显联系，也不存在相互影响的确切证据，但他们两位思想中共同存在明显的"罪"意识。"审父"的恐惧、存在的根本性不安、人之"原罪"的审视、时代罪行的反思，是两位作家"罪"意识的共同表现。同时两位作家"罪"意识的产生都与他们的家庭背景、身份意识、民族文化和时代病症有着密不可分的联系。运用比较文学的方法探讨两位作家"罪"意识根源所在，有助于我们以更开阔的视野掘进作家创作的灵魂和他们生命的深处。这既能揭示两位作家"罪"意识根源的相同因素，又能呈现不同民族的思想文化和伦理价值的差异。

【关键词】太宰治；卡夫卡；"罪"意识

体性与风格

【作　者】党圣元；朱忠元
【单　位】党圣元：中国社会科学院外国文学研究所
　　　　　朱忠元：兰州城市学院文史学院

【期　刊】《江海学刊》，第 1 期，2018 年，第 184－194 页

【内容摘要】中国文论中的体性和西方文论中的风格（style），均是产生于各自文化母体的、标示文学整体风貌的重要范畴，分别在中西文学理论批评中发挥了关键词的作用。中国文论中的体性范畴是由"体"与"性"两个概念组合而来的，用以专指文学风格与作家个性之间的关系。"体性"范畴定型于《文心雕龙》，同时形成概念群。西方文论中的"风格"范畴也有复杂的理论历程，不同学科领域对风格一词的用法有所不同，指涉多样。体性论和风格论体现了中西文论对于同一理论问题进行阐释时，在思维方式、范畴运用和逻辑推演方面的重要差异，不可轻易地比附和互用，更不可强制阐释。但是，体性与风格之间也存在着明显的可通约性，而在分析两者异同的基础上，寻找它们之间可能存在的会通点并融通之，正是中西文论关键词比较研究中需要特别关注的地方。

【关键词】体性；风格；文如其人；风格即人；会通融合

文化的彩虹之桥——论布鲁姆斯伯里文化圈和京派文学的跨文化交流

【作　者】文学武
【单　位】上海交通大学人文学院

【期　刊】《社会科学》，第 2 期，2018 年，第 163－172 页

【内容摘要】在当今的世界，随着不同国家、民族之间的联系日益密切，跨越不同种族、国家、文化之间的交流已经成为不可逆转的历史趋势。在这样的过程中，不同文化和文明之间的对话显得尤为必要和迫切，彼此尊重，互相借鉴和学习应该成为人类的共识。在 20 世纪上半叶，中

国的京派文人集团和英国布鲁姆斯伯里文化圈之间进行了卓有成效的文化交流和对话，他们通过观察、思考对方的文化、文学、艺术、宗教等传统，以此来反思本民族的文化精神，为东西方文化的汇聚和交融架起了一道彩虹。本文详尽论述了布鲁姆斯伯里文化圈和京派文人的个人交往、布鲁姆斯伯里文化圈作者作品在中国的译介、阐释以及布鲁姆斯伯里文化圈对于中国文化的异域想象。布鲁姆斯伯里文化圈和京派文学的文化、文学的交流实践，客观上证明了跨文化交流在现代世界中不可抗拒的趋势和普遍意义。

【关键词】布鲁姆斯伯里文化圈；京派文学；跨文化交流；文化阐释

文学伦理学批评视角下儿童文学中"反抗"元素的比较研究

【作　者】徐德荣；赵一凡
【单　位】中国海洋大学
【期　刊】《文学跨学科研究》，第 2 卷，第 1 期，2018 年，第 100－112 页
【内容摘要】中西方儿童文学创作对于"反抗"元素的表现有着较为明显的差异。本文以文学伦理学批评为视角，试从"反抗"元素出现的频率、反抗深度及反抗结果等方面分析比较中西儿童文学作品中"反抗"元素不同的表现，从中西方具有区别性的伦理环境、伦理价值观以及儿童观等方面探析形成这诸多不同表现的具体动因，最终揭示"反抗"这一元素之于儿童文学的伦理构建意义与其具有批判性的道德教诲作用，并提出中国儿童文学实现"反抗"的理念与创作突破的建议。

【关键词】文学伦理学批评；儿童文学；"反抗"元素；比较研究

吴汝纶与日本明治时期汉诗人交游考论

【作　者】高平
【单　位】台州学院和合文化研究院
【期　刊】《苏州大学学报（哲学社会科学版）》，第 39 卷，第 3 期，2018 年，第 149－158 页
【内容摘要】1902 年，桐城派后期大师吴汝纶赴日考察教育期间，与日本各阶层的汉诗人广为交流，这对双方都产生了积极影响：一方面激发了对方的竞争意识，另一方面深化了自己作品的意境。他将对明治维新、中日关系的评判与对清朝统治者的愤懑融入诗歌，或直抒胸臆，义正词严，或托物言志，含蓄隐晦，使其诗歌感情沉郁深厚，艺术风貌绚丽多姿，开辟了中国近代诗歌的新境界。在《答客论诗》的笔谈中，吴氏贬斥日本流行的性灵派诗风，主张学习黄庭坚诗歌以矫正其轻俗之弊，这可从吴氏诗学渊源与日本民族文化的角度加以考察。

【关键词】吴汝纶；日本汉诗；性灵诗风；笔谈

西方汉学中沃尔夫林中国艺术研究的影响——兼论高居翰的视觉研究方法

【作　者】吴佩烔
【单　位】上海师范大学比较文学与世界文学研究中心
【期　刊】《南通大学学报（社会科学版）》，第 34 卷，第 4 期，2018 年，第 112－118 页
【内容摘要】20 世纪前半期西方文艺理论的理性现代性思潮，催生了各种以艺术语言学取向和作品本体论为根本特点的形式主义流派。沃尔夫林的形式分析和艺术风格学也是构成这一思潮并反映其特点的一部分，不但奠定了现当代西方艺术研究的一些基本面，也符合了西方汉学领

域的中国艺术研究的一些特定需求，从而在这一领域构成了基础性的影响。高居翰以作品和画面分析为中心的视觉研究方法，即是沃尔夫林理性化的艺术语言学取向与西方汉学中艺术研究需求相结合的一个典型例证。

【关键词】沃尔夫林；高居翰；理性化；艺术语言学；作品本体论

西方理论与俄罗斯大众文学事实之矛盾

【作　者】林精华
【单　位】首都师范大学；华东师范大学国际关系与地区发展研究院，教育部基地俄罗斯中心
【期　刊】《国外社会科学》，第 4 期，2018 年，第 93－102 页
【内容摘要】为强调民主及其在审美实践中的合法性，冷战时代西方建构了大众文化理论。自此，用这种理论旨在说明城市化和（后）工业化时代文学艺术生产和消费，成为潮流，至今不绝。在这种理论观照下，俄国是没有大众文学的，即便有，其价值也无足挂齿。实际上，自 18 世纪伊始，俄国开始推动欧洲城市化，使以彰显正教信仰和斯拉夫民间美学的古罗斯文学，向面向市民的现代俄罗斯文学转化，文学生产者和消费者充满着俄罗斯认同感。如何认识那些未被纳入经典序列、消失于文学史叙述中的俄罗斯大众文学现象是个难题。把俄罗斯文学之生产、流通和消费机制问题，置于俄国城市化进程中考察，是正确认识大众文学实质之可能的方法。

【关键词】大众文学；大众文学理论；城市化；俄罗斯认同

新移民女作家小说中的两性叙事与伦理诉求

【作　者】刘红英
【单　位】浙江越秀外国语学院中国语言文化学院
【期　刊】《中国现代文学研究丛刊》，第 9 期，2018 年，第 202－212 页
【内容摘要】两性伦理是人类文化中最基本的伦理关系之一。新移民女作家关于两性叙事中多维面相的书写，揭示出当代社会中人性的复杂内涵与思维方式的变迁。她们处于文化与性别的边缘地带，一面触碰现实，呈现出先锋探险的姿态；一面回溯历史，重估传统。她们勾勒一些令人匪夷所思的婚恋形态，诸如对"出轨""单亲妈妈"等持肯定见解，我们需要把它们放置于现代性进程中性别伦理场域中进行考察。其中关于性别解放、差异与平等的伦理诉求，为我们思考多元文化背景中的社会伦理关系与生命价值取向提供了典型的文学范本。

【关键词】新移民女作家；两性叙事；伦理诉求

要素与关系：中西叙事差异试探

【作　者】赵炎秋
【单　位】湖南师范大学文学院
【期　刊】《外国文学研究》，第 40 卷，第 3 期，2018 年，第 43－54 页
【内容摘要】叙事作品的内容可以从两个方面考察。一是这些内容所包含的人物、情节、环境、事件、场景、细节等要素以及这些要素的多寡，二是这些要素之间的相互联系与组织。西方叙事侧重要素的具体呈现，中国叙事侧重要素之间的关系。这表现在三个方面：其一，从内容上看，西方叙事文学侧重要素的细度，中国叙事文学侧重要素的密度；其二，从形式方面看，西

方叙事技巧主要是围绕要素的呈现而设置与展开的，中国叙事技巧则主要围绕要素的关系而设置和展开；其三，从内容与形式的关系看，相比而言，中国古代叙事作品内容对形式的影响与制约程度要高许多，而西方叙事文学形式对内容的影响与选择则更为突出。

【关键词】中西叙事；要素；关系；差异

以形式之美跨越文化鸿沟——论伦敦现代主义运动对中国艺术的借鉴

【作　者】杨莉馨；白薇臻
【单　位】南京师范大学文学院
【期　刊】《南京师大学报（社会科学版）》，第 4 期，2018 年，第 145－152 页
【内容摘要】本文通过以罗杰·弗莱和克莱夫·贝尔为代表的"布鲁姆斯伯里团体"美学思想与中国艺术关联的分析，探讨英国现代主义运动生成中的中国元素，认为弗莱和贝尔以形式审美作为进入中国艺术的门径，同时从自身艺术变革的需要出发再度阐释了中国艺术，使之成为西方现代主义形式美学观念形成的重要资源。弗莱和贝尔首先从重主观表现的美学思想出发，推崇中国艺术的散点透视与平面构图，进而还借鉴了韵律、留白的观念与技巧，使中国美学词汇成为现代主义的有机组成部分。与此同时，弗莱和贝尔对中国文化的阐释并未真正从中国语境出发，而与英国现代主义的发展相连，这就使得他们表面上非政治性的审美主义背后，又体现出隐含的政治性。

【关键词】中国艺术；"布鲁姆斯伯里团体"；罗杰·弗莱；克莱夫·贝尔；现代主义

英国现代主义者对中国古典文明的美学阐释

【作　者】陶家俊
【单　位】北京外国语大学英语学院
【期　刊】《国外文学》，第 3 期，2018 年，第 35－42、157 页
【内容摘要】本文从跨文化视角研究 20 世纪初英国现代主义文化精英人物 G. L. 迪金森、劳伦斯·宾雍、罗杰·弗莱对中国古典文明的现代主义美学阐释。以中亚考古大发现和中国典籍文物博物馆化为文化物质和文献基础，以中国古典文明的精神观念为滋养，它们分别形成了英国现代主义美学三类崭新的母题：G. L. 迪金森迪金森的跨文化唯美主义、劳伦斯·宾雍的人本美学、罗杰·弗莱的古典形式主义美学。他们的美学思想中共同沉淀下中国古典文明以人为中心的精神观念，表征了文明精神化运动的跨文化纬度。

【关键词】现代主义美学；中国古典文明；跨文化唯美主义；人本美学；古典形式主义美学

藏族民间故事《斑竹姑娘》的生成及其与《竹取物语》关系谫论

【作　者】李连荣；高木立子
【单　位】李连荣：中国社会科学院民族文学研究所
　　　　　高木立子：北京外国语大学日语系
【期　刊】《民族文学研究》，第 36 卷，第 5 期，2018 年，第 163－170 页
【内容摘要】文章主要从藏族民间故事的演成规律出发，通过对《斑竹姑娘》的分析，指出其故事结构、故事特点、人物设定等并不符合藏族的故事讲述与传承的传统；并进一步将其与日本小说《竹取物语》进行比较，得出这仅是一篇来源于《竹取物语》，根据时代需要加工和改写

而成的"有藏族风味"的新故事。

【关键词】《斑竹姑娘》;《竹取物语》;藏族民间故事;新故事

早期中国马克思主义文论家的传统教育背景及其对"左翼"文论的影响

【作　者】泓峻
【单　位】山东大学马克思主义文艺理论研究中心
【期　刊】《四川大学学报(哲学社会科学版)》,第1期,2018年,第48－55页
【内容摘要】中国第一代左翼理论家青少年时代接受的教育当中,传统教育占了很大的比重,由此形成的艺术观念与文学修养,是他们接受、理解从国外传来的马克思主义文论时无法排除的前见。"革命文学"论争过程中,面对年轻的革命家宣扬的"马列主义文学理论",鲁迅与茅盾最初很大程度上是凭着从小培养起来的艺术直觉提出质疑,然后再为这种质疑寻找理论根据的;瞿秋白能够在指导"左联"工作时尊重文艺规律,并成为鲁迅的"知音",进而对中国马克思主义文论与批评的建设做出突出贡献,其青少年时期所接受的艺术教育起了重要作用。中国传统文学观念以及在国外形成的马克思主义文学观念,都是十分复杂的存在。前者影响后者的具体过程因此也就表现得极为复杂。但是,这种影响的存在,却是一个不容忽视的事实。

【关键词】左翼文学;马克思主义文论;传统文化;鲁迅;瞿秋白

置身名流:燕卜荪对中国现代派诗歌和诗论的影响

【作　者】曹莉
【单　位】清华大学人文学院外文系
【期　刊】《外国文学》,第6期,2018年,第163－172页
【内容摘要】威廉·燕卜荪是20世纪后结构主义兴起之前最有影响的批评家之一,1937—1939年在西南联大讲授英美现代派诗歌和批评理论等,由此在中国一批年轻的"学术名流"之中播下了现代诗歌和现代诗论的种子,这笔弥足珍贵的学术遗产已然成为中国20世纪外国文学批评和研究,以及中国现代学术地图的重要组成部分。本文以西南联大诗人群、中国现代诗评论以及新中国外国语言文学研究的奠基者王佐良、穆旦、袁可嘉等人为例,阐述燕卜荪对中国现代派诗歌和诗论在20世纪中期的萌芽所产生的现实影响和当代意义。

【关键词】威廉·燕卜荪;西南联大;现代派诗歌和诗论

中国比较文学复兴四十年学科方法论整体观

【作　者】纪建勋
【单　位】上海师范大学人文与传播学院
【期　刊】《学术月刊》,第50卷,第10期,2018年,第140－149页
【内容摘要】中国比较文学学科自1978年复兴以来,已经取得了40年的长足进展。但也出现了一些值得注意的现象和偏失。本文首先结合西方比较文学学科史与国内比较文学研究新趋势,归纳与中国比较文学发展相生相伴的两种不良倾向,那就是影响研究难免影响解读的囿限,造成所谓"影响研究的神话化",同时注意文学理论和文学作品美学品格共时研究的平行研究,也因选题随意、不注重可比性原则、失去文学性底线等原因而被"妖魔化"了,影响研究和平行研究有被对立起来的趋势。文章进而在梳理影响研究与平行研究两者间辩证关系的基础上,对

比较文学的几种主要研究类型进行综合论述，重新界定了比较文学的"可比性"与"知识装备"两个重要概念；最后则尝试展望全球比较文学第三阶段样态与特点，表明中国比较文学历经 40 年跨越式发展，相对于比较文学教学和研究实践的蓬勃发展，我国学界在比较文学方法论建构上依然任重道远。

【关键词】中国比较文学；学科方法论；影响研究的神话化；平行研究的妖魔化

中西悲剧表现手法的差异——《安提戈涅》与《窦娥冤》之比较

【作　者】高建为
【单　位】成都大学文学与新闻传播学院；北京师范大学文学院
【期　刊】《清华大学学报（哲学社会科学版）》，第 33 卷，第 1 期，2018 年，第 51－57、194 页
【内容摘要】《安提戈涅》是古希腊著名悲剧，《窦娥冤》则是中国元杂剧中的优秀悲剧。二者在故事的母题或题材、主人公的性格和精神境界、戏剧情节的组织结构等等方面有不少相似之处，但因古希腊戏剧和元杂剧各自产生于不同文化背景，有不同的文学渊源，因而在人物的精神境界、表现手法和表演方式上呈现诸多不同。

【关键词】《安提戈涅》；《窦娥冤》；题材；文化背景；文学渊源；人物

中西民间叙事传统比较谫论

【作　者】曾斌
【单　位】江西师范大学文学院；江西师范大学叙事学研究中心
【期　刊】《中国比较文学》，第 2 期，2018 年，第 74－83 页
【内容摘要】中西民间叙事传统都非常悠久。民间叙事往往与文人叙事、官方叙事等相对应，融汇了本民族的经验和智慧，以口头、文字或图像等为载体，反映民众日常生活、价值观念、审美旨趣等。中西民间叙事形式繁多，样态丰富，地方性知识是民间叙事的根本特性。本文以叙事载体为标准，将中西民间叙事划分为口传叙事、文字叙事与非语言文字叙事三种形态。民间叙事长期受到本民族文化的滋养，叙事传统必然蕴藉着本民族文化、思想观念，而民族文化观念往往影响着中西民间叙事传统的形成和发展。在某种意义上，中西民间叙事传统是中西文化自证的一种体现。

【关键词】民间叙事传统；叙事形态；地方性知识；文化自证

中西身体叙事传统中的身体形象比较论

【作　者】廖述务
【单　位】湖南师范大学文学院
【期　刊】《湖南师范大学社会科学学报》，第 47 卷，第 4 期，2018 年，第 108－113 页
【内容摘要】中西身体叙事传统中的身体形象有显见差异。中国叙事传统中的常态性身体形象经过了一重"形"的抽象，强调传神写照。这种形象书写易程式化，进而影响人物的个性化呈现。而这方面，西方尚实，人物身体形象个性特征鲜明。中西差异之缘由在于身体哲学观念与人伦观念的不同。建基于中国文化精神的传神写照是身体叙事的大传统。同时，还并存有一个"形"不为"神"所完全宰制的小传统。非正常人、边缘人或妖魔鬼怪自然与德性无缘，而他（它）们恰恰是中国身体叙事传统中最栩栩如生的一个族类。在非常态性身体形象塑造方面，西

方拘于写实，形式略显单一；而中国之叙事则动静相宜，形式变幻多样，展现出丰沛的想象力。

【关键词】中西叙事传统；身体形象；比较

中西神话构形特征与叙事传统

【作　者】张开焱

【单　位】厦门大学嘉庚学院；福建省人文社科重点研究基地"语言应用与叙事文化研究中心"

【期　刊】《外国文学研究》，第 40 卷，第 3 期，2018 年，第 55－66 页

【内容摘要】《山海经》与《神谱》在叙事话语和内容组织上，分别呈现出强化空间性和时间性的明显差别，这一差别也体现在中国与希腊上古其他神话传说和史诗文本之中。总体上看，中国神话叙事话语和内容组织偏重空间形态，西方神话叙事话语和内容组织偏重时间形态。两种神话叙事形态中积淀着不同的时空优势构形心理，这种构形心理深刻地影响了各自后世文学，尤其是叙事文学构形传统。西方叙事文学经历了一个漫长的以时间为主、以时统空的形态转化为以空统时的形态，而中国叙事文学则经历了一个从以空间为主、以空统时的形态转化为以时间为主、以时统空的形态的发展过程。但即使在以时统空阶段，中国文学叙事中，空间要素依然具有重要的结构性作用。

【关键词】《山海经》；《神谱》；中西神话；构形特征；叙事传统

中西诗歌叙事传统比较论纲——兼及中国文学抒情叙事两大传统共生景象的探讨

【作　者】周兴泰

【单　位】江西师范大学叙事学研究中心；江西师范大学文学院

【期　刊】《中国比较文学》，第 2 期，2018 年，第 53－64 页

【内容摘要】受传统诗学观念的影响，学者们多认为中国诗歌长于抒情，并由此形成了源远流长的抒情传统。若深入中国诗歌的原生状态，便不难发现，中国人在诗歌中不仅擅于抒情，同样也工于叙事，在抒情传统光辉下潜藏着一条与之并行的叙事传统。西方诗歌的叙事传统早在古希腊罗马时期就得以确立，并以史诗形式占据着诗歌发展史的主流。中西诗歌比较，是比较文学研究的热点，但学界多从题材、语言、手法等方面着手，往往难脱窠臼。从叙事传统角度对中西诗歌进行比较，应该是切实可行且大有可为的，这将有助于彰显中国诗歌叙事传统的本土特色。

【关键词】诗歌；叙事传统；抒情传统

中西文论的普遍与特殊之辩

【作　者】张聪

【单　位】南开大学文学院博士后流动站

【期　刊】《天津社会科学》，第 1 期，2018 年，第 132－138 页

【内容摘要】当前文学理论的中西之争，均着眼于中西文论的特殊性局限，却忽略二者所表现出的交互适用性。中西文论虽在知识结构与价值系统等方面存在诸多差异，却并不具有根本的对立冲突。文学理论的中西之争，在很大程度上是一场由主观焦虑引起的、论争目标发生偏移的误读性论战。因此，我们应采取多元分层的"对话主义"立场，摒弃文学理论普遍主义与特殊主义的偏执，在普遍性的基础上寻求特殊性的保全方案，使各方文论资源在多层视域有机结合，且保持彼此之间的张力关系，进而构建可以与异域的"他者"、历史的"自我"进行对话的中国当代文学理论。

【关键词】中国文论；西方文论；普遍主义；特殊主义

自由诗的"韵律"如何成为可能？——论哈特曼的韵律理论兼谈中国新诗的韵律问题

【作　者】李章斌
【单　位】南京大学中国新文学研究中心
【期　刊】《文学评论》，第 2 期，2018 年，第 79－88 页
【内容摘要】美国学者哈特曼的《自由诗的韵律》是一本重要的韵律学著作。哈特曼明确地区分了格律、韵律与节奏，并从时间体验的操控角度，提出了一个较有包容性的"韵律"定义，由此论证自由诗也是一种"韵文"，具备韵律。他分析自由诗的分行、语法对其韵律的重要影响，进一步讨论了韵文中的"对位法"形式。哈特曼理论的不足在于，他对传统韵律学所强调的复现性的节奏组织缺乏重视，更多地从心理－认知的角度分析韵律问题，有偏离"韵律学"而走向"阅读学"的危险。对哈特曼的理论进行深入探讨，取长补短，可给中国的韵律学研究带来启发，为新诗的节奏分析带来新思路。
【关键词】哈特曼；自由诗；韵律；节奏；对位法

宗教文化对文学创作的影响——基于对基督教与萨满教的比较

【作　者】邢楠
【单　位】西北政法大学外国语学院
【期　刊】《贵州民族研究》，第 39 卷，第 12 期，2018 年，第 137－140 页
【内容摘要】文学创作受到了多种因素的影响，而宗教文化对于文学创作的影响最广，作用最深。基督教文化对于西方文学创作的影响源远流长，而萨满教文化对我国东北当代少数民族文学创作也产生了重要的影响。论文探讨基督教文化对西方文学的影响以及萨满教文化对东北当代少数民族文学的影响，并进而比较了这两种宗教文化对文学创作影响的异同。研究发现，两种宗教文化在对文学创作的素材选择、创作手法运用、创作观念表达方面的影响相同，相比较而言，基督教文化对西方文学创作范式影响更大。萨满教文化的影响则带有明显的地域性与民族性，是东北当代少数民族文学创作者民族心理的反映。
【关键词】宗教文化；民族文学创作；基督教；萨满教

作为封印的词语——阿甘本与诗的终结

【作　者】蓝江
【单　位】南京大学哲学系
【期　刊】《文艺理论研究》，第 38 卷，第 2 期，2018 年，第 49－58 页
【内容摘要】在阿甘本那里，存在着奥秘之火与语言叙事之间的张力关系。而诗性语言，尤其是从基督教颂歌中承袭下来的诗歌形式本身封印了天国与大地之间的奥秘。里尔克的《杜伊诺哀歌》和荷尔德林的诗歌正是这种奥秘封印下的产物。然而，对封印的解决，绝不是像马拉美的《骰子一掷》中一样直接让诗歌词句碎片化，在打破封印的时候，也消除了封印背后的奥秘。阿甘本主张从让词语安息的渎神方式入手，将封印所固化的政治秩序和语言秩序转化为新的潜能。而菲利普·贝克的诗正是一种渎神之诗，通过让词语的安息，被诗封印的奥秘以全新的形式实现了它的潜能。
【关键词】阿甘本；封印；诗

（十一）翻译文学研究论文索引

"后文革"语境中的文学翻译：以巴金对《往事与随想》的译介为中心

【作　者】姚孟泽

【单　位】北京师范大学文学院

【期　刊】《中国比较文学》，第 2 期，2018 年，第 96－117 页

【内容摘要】"文革"结束之后，巴金作为赫尔岑《往事与随想》的译者复出，通过对它的介绍对"文革"展开反思。巴金对赫尔岑的选择和解释，实际上是他的文学生命、20 世纪中国历史与"后文革"语境三者交织的产物。巴金试图通过对赫尔岑的译介，来调用他无政府主义中重视个体和伦理的批判性因素，然而，当他的解释被导入反封建的话语通道时，这种批判即面临着普泛化和失效的危险，其思想和文学能量也就被封闭在这个局促的空间之中。将这项译介视为发生在复杂语境中的事件，可以为理解"后文革"时代与历史经验的关联，翻译文学与本土语境的关联，以及文学与政治的关联提供个案和路径。

【关键词】"后文革"；巴金；赫尔岑；《往事与随想》；无政府主义；反封建

"反世界文学"的特洛伊木马：洋泾浜与克里奥尔话语

【作　者】方汉文

【单　位】苏州大学文学院

【期　刊】《广东社会科学》，第 6 期，2018 年，第 168－172 页

【内容摘要】美国"反世界文学"的学者阿普特将马克思"世界文学"看作"权力中心"的概念，主张以"克里奥尔"与"洋泾浜"等殖民主义时代的话语作为全球化时代翻译研究的"第三方话语"，用以解构这个"权力中心"。"反世界文学"虽然自称"解构批评"，但实际有一定程度的反全球化"民粹"倾向。"第三方话语"不过是其以退为攻的"特洛伊木马"，而洋泾浜作为"后殖民再现"则是解构"世界文学"的新手段。其实马克思世界文学强调不同民族文学之间的"互相交往与互相依赖"是全球化翻译的正道。世界翻译史上克里奥尔与洋泾浜话语作为殖民主义语言现象从来不可能成为主体语言与正规的翻译语言。

【关键词】"反世界文学"；洋泾浜；克里奥尔；"民粹"倾向

"以逗代步"：王东风翻译诗学研究

【作　者】张广奎；邓婕
【单　位】深圳大学外国语学院
【期　刊】《外语研究》，第 35 卷，第 1 期，2018 年，第 65－69 页
【内容摘要】诗歌翻译实践中格律诗的翻译一直困扰着译者们。要使译文达到与原诗对等的格律之美，必须遵循一定的格律对应的翻译原则。本文通过研究王东风"以逗代步"的诗歌翻译理论，认为这种翻译诗学观在指导英语格律诗翻译成汉语的实践过程中，可以保证诗歌译文与原诗格律美的高度对应，从而证明"以逗代步"的诗歌翻译观是目前英语格律诗汉译的最佳原则和理论，值得借鉴和推广。
【关键词】"以逗代步"；诗歌翻译；王东风

《爱的教育》：从意大利到日本

【作　者】颜淑兰
【单　位】中国社会科学院文学研究所
【期　刊】《东岳论丛》，第 39 卷，第 10 期，2018 年，第 125－134 页
【内容摘要】在现当代中国教育界产生重要影响的夏丏尊译著《爱的教育》，以日本教育家三浦修吾译《爱的学校》为底本，其原作是意大利作家艾德蒙托·德·亚米契斯的 Cuore。聚焦该文本从意大利到日本的旅行过程，Cuore 诞生于意大利民族国家形成期，小说提倡"尊王爱国""为国献身"等精神，形塑了意大利读者的民族想象。三浦修吾将该小说翻译到日本时，为了迎合新的语境，培养儿童的"国民精神和忠君爱国的至情"，把故事背景中的意大利因素模糊化，并将儿童和教师统合于作为"国民精神之父"的天皇的权威下。《爱的学校》中的爱国故事曾被多次收入日本的小学教材，在《爱的学校》的阅读实践中"忠君爱国"的价值取向得到了贯彻和深化。
【关键词】三浦修吾；《爱的学校》；《爱的教育》；国民教育；"忠君爱国"

从汉化到欧化——西方小说书名中译策略演化例考

【作　者】李小龙
【单　位】北京师范大学文学院
【期　刊】《北京社会科学》，第 12 期，2018 年，第 41－49 页
【内容摘要】西方小说译入中国之初，译者往往会为译作改拟一个中国式书名以规避读者的文体不适，林译小说即为其代表。此后，随着中国读者对西方小说文体的接纳，书名的翻译逐渐从汉化回归欧化，但一些已然经典化的译名则成为早期汉化译名的遗存。而当下仍有一些欧化译名因使用了人名、地名等专有名词或源自诗句而与当下读者的接受参差，即被译者策略性改拟，或出自商业性考虑。总的来说，还原西方小说从汉化到欧化的译名演化，亦可看到中国小说观念的欧化历程。
【关键词】西方小说书名中译；汉化；欧化

从系统功能语言学视角论《红楼梦》的"译味"

【作　者】司显柱；程瑾涛
【单　位】司显柱：北京第二外国语学院高级翻译学院
　　　　　程瑾涛：北京交通大学语言与传播学院
【期　刊】《外语研究》，第 35 卷，第 2 期，2018 年，第 65－70、112 页
【内容摘要】金岳霖把翻译分为两种：一是译意，一是译味。从系统功能语言学角度，本文认为译意是指翻译出原文的经验意义，而译味则是再现原文的"人际意义"。从形式对功能体现的角度，尤其是从体现人际意义的词汇－语法系统在英汉语中的差别出发，文章讨论了《红楼梦》一些段落及其翻译案例所承载的人际意义，论述了根据系统功能语言学关于语气、情态、评价、人际意义、语旨等概念以及形式、功能、语境三者关系的阐述，译者和译学研究者就能找出一条破解"译味"难题的路径，通达语篇承载的人际意义之彼岸。
【关键词】系统功能语言学；译味；《红楼梦》

德国对中国文化的认知的现代重构——以"诗歌中国"的发现及译介为例

【作　者】李双志
【单　位】复旦大学德语系
【期　刊】《德国研究》，第 33 卷，第 4 期，2018 年，第 105－120、143 页
【内容摘要】19 世纪末 20 世纪初，德国学术界重新认知了中国文化的结构与特质。因欧洲汉学学科的建制发展，曾经单一的中国形象变得多元，中国诗歌备受推崇，成为中国文化影响力的核心元素之一。克拉邦德、布莱希特等德国的重要现代作家、诗人纷纷加入翻译、讨论中国诗歌的行列，并将中国诗人视为自己的精神偶像，翻译行为本身成为感知、认同中国美学精神的重要渠道。这段特殊的文学交往史显示出中国认知的转型对中国文化输出的积极作用。
【关键词】中国认知；中国诗歌译介；中德文化交往

蒂斯黛尔与中国新诗的节奏建构

【作　者】王雪松
【单　位】《华中师范大学学报》编辑部
【期　刊】《湖北大学学报（哲学社会科学版）》，第 45 卷，第 6 期，2018 年，第 146－153 页
【内容摘要】对于中国新诗来说，蒂斯黛尔是一个具有特别意义的诗人。胡适、闻一多、郭沫若、罗念生等人都翻译或改译过她的诗歌，为我们研究白话语体诗歌的节奏建构提供了一个有典型意义的样本。细读这些译作，可以发现中国现代诗人对于英文原诗的接受和改变情况，特别是在意义节奏、情绪节奏、声音节奏、视觉节奏方面进行了各自建构，呈现的节奏效果也有差别。胡适翻译的策略是按己所需选择诗料、裁剪诗意，追求明白晓畅的意义节奏，在声音节奏上创造性运用"阴韵"方式，注重新旧之别；闻一多注重音、意、形的和谐，在视觉节奏上细心经营，同时又注意利用声音节奏来引导和节制情绪节奏；郭沫若的译诗中主体情绪外化，因借鉴西方的语法句式而显得意义节奏紧密严谨；罗念生在翻译中特别注重"轻重"节奏的运用，较好传达了原诗的意蕴和情调。
【关键词】蒂斯黛尔；新诗；节奏；胡适；闻一多

俄苏美学及文论在 20 世纪 80 年代的译介与研究

【作　者】曹谦
【单　位】上海大学文学院
【期　刊】《学习与探索》，第 1 期，2018 年，第 149－155 页
【内容摘要】20 世纪 80 年代，在思想解放、改革开放的新时期语境中，中国文论界放眼世界，最先展开了对俄苏美学、文论及文艺思想的译介与研究，成果丰硕；其数量之巨大、内容之丰富，堪称继 50 年代以后引入俄苏文论的第二次热潮，足以成为当时一个非常引人注目的文化事件，也可以说是中国文论学习借鉴外国文论本的开端，在新时期外国理论译介史上具有承前启后的重大意义。
【关键词】俄苏文论；俄苏美学；20 世纪 80 年代；译介研究

翻译的向度

【作　者】汤富华
【单　位】武汉纺织大学
【期　刊】《中国翻译》，第 39 卷，第 4 期，2018 年，第 21－27、129 页
【内容摘要】翻译在语言、诗学等方面的向度对中国诗歌的流变起了决定性的影响。文章甄别了中西诗学与诗话的渊源与异同，强调了翻译作为语言的诗学功能及文学的互文性特质，阐述了诗歌翻译对中国新诗在主题、语言、结构及文本的重构。文章认为翻译不仅带来了新的抒写方式，创造了新的语言、"新诗"及新的"诗人"，同时也重构了中国诗歌的当代诗学意义。
【关键词】诗歌翻译；语言向度；诗学向度

风格再现与语际差异的化解和语内差异的体现

【作　者】覃学岚
【单　位】清华大学
【期　刊】《中国翻译》，第 39 卷，第 2 期，2018 年，第 98－105 页
【内容摘要】梁实秋、本雅明、德里达等在对文学翻译中原作风格的再现问题上的认识与林语堂、王佐良、余光中等存在着较为明显的分歧。本文梳理和分析了造成这种分歧的原因，认为根本原因在于双方是否忽略了语际差异与语内差异之别，以及对语际差异或曰语言差异的化解与语内差异或曰言语差异的体现是否有一个正确的认识。指出原作风格的再现是以语际差异的化解为前提的。
【关键词】原作风格；再现；语际差异；语内差异

功能翻译观视域下的中英诗歌翻译批判模式构建

【作　者】张丹丹；刘泽权
【单　位】张丹丹：齐齐哈尔大学
　　　　　刘泽权：河南大学
【期　刊】《中国外语》，第 15 卷，第 1 期，2018 年，第 103－111 页

【内容摘要】《红楼梦》中香菱学诗的故事，被广泛选编入初高中语文教材，成为传播锲而不舍、天道酬勤正能量的经典励志名篇。本文从功能语言学视角尝试界定出中英诗歌文体翻译批评路线图，并以香菱"所作"的三首诗及其四个英语译本的翻译进行检验。本文提出诗歌的翻译应采取自上而下的视角且具有优先等级选择，即先做到语篇对应以诗译诗，再着眼于诗歌语篇的形式特征，然后下移至诗句（及以下层面）的元功能对应。
【关键词】功能等效；诗歌翻译；批评；模式

关露与汉译小说《虹》的传播

【作　者】朱佳宁
【单　位】西安电子科技大学人文学院
【期　刊】《中国现代文学研究丛刊》，第 8 期，2018 年，第 213－222 页
【内容摘要】《虹》在最初发表时就已经受到我国翻译者的关注。《虹》的广受欢迎，主要源于其思想内容在很大程度上契合了战时鼓舞民心的迫切需要。《虹》是关露接任刊物《女声》主编后刊载的唯一一部汉译文学作品，将这样一部世界反法西斯文学的名篇刊载到沦陷区刊物上本就冒险，她在刊物中特意针对这部作品进行了一些"隐蔽式"处理：借用了苏联与日本尚未正式宣战的契机发表作品；巧妙运用《女声》杂志本身的特点为《虹》的刊出打掩护；通过与"编者按"的配合，将作品的重点模糊化；还突出强调翻译作品的来源是日本。
【关键词】《虹》；关露；《女声》；沦陷区文学

关于"变化"的观念碰撞和知识生产——全球史视域下的汉译《斯宾塞尔文集》

【作　者】彭春凌
【单　位】中国社会科学院近代史研究所
【期　刊】《中国现代文学研究丛刊》，第 8 期，2018 年，第 172－193 页
【内容摘要】汉译《斯宾塞尔文集》关涉着译者章太炎早期整个知识图景的建构。作为跨语际实践的结果，《斯宾塞尔文集》原文与译文的差异，能体现在 19 世纪中后期，同时被"进步"的现代经验所裹挟的英、中两国的代表性知识人，跨越 40 年的观念碰撞和心态抵牾。而作为全球知识生产的一个环节，《斯宾塞尔文集》位于自马戛尔尼使团访华以来英国认知中国，与鸦片战争后中国通过接触英国来认知世界这两条接触线的交汇点上。此外，《时务报》"东文报译"的日译新词及其传播的世界知识，也影响《斯宾塞尔文集》的汉译。章太炎 1902 年东渡日本后，更经受了日译斯宾塞著作或反思斯宾塞浪潮的洗礼。全球史视域——这里具体指从 18 世纪末到 20 世纪初，英、中、日三地及它们所辐射的三种语言圈交叉和互动的历史，乃是观察《斯宾塞尔文集》及其后续知识效应时必要的方法论视域。
【关键词】《斯宾塞尔文集》；章太炎；斯宾塞；全球史视域

论《罗密欧与朱丽叶》双关修辞的藏语翻译——以斋林·旺多译本为例

【作　者】白玛德吉
【单　位】西藏大学旅游与外语学院
【期　刊】《西藏大学学报（社会科学版）》，第 33 卷，第 2 期，2018 年，第 92－100 页
【内容摘要】莎翁戏剧《罗密欧与朱丽叶》中使用了大量双关语，增加了语言的表现力，丰富了作

品的表现形式，给人以很高的艺术享受。文章运用现代翻译理论探讨斋林·旺多先生《罗密欧与朱丽叶》剧作藏文译本中双关语的翻译方法，为莎剧乃至其他外文剧作中双关语的藏语翻译提供借鉴。

【关键词】《罗密欧与朱丽叶》；斋林·旺多；双关修辞；藏语翻译

论夏丏尊对芥川龙之介《中国游记》的翻译

【作　者】颜淑兰
【单　位】中国社会科学院文学研究所博士后流动站
【期　刊】《中国现代文学研究丛刊》，第 4 期，2018 年，第 224－239 页
【内容摘要】本文主要讨论了夏丏尊《中国游记》的翻译及其在中国的接受和意义。论文对将夏丏尊的翻译视作自我殖民行为的论点提出异议，通过对原文和译文的比较和分析，重新定位夏丏尊翻译的性质。同时参考先行研究中未曾论及的同时代批评，分析夏丏尊的翻译态度和译文的取舍对中国读者的接受所产生的影响。最后，考察芥川和中国读者之间认识上的龃龉，呈现译本在目标语境中的新意义。

【关键词】夏丏尊；《中国游记》；芥川龙之介；翻译

论叙事干预与译者主体性——以《欧美名家短篇小说丛刊》为例

【作　者】孔庆荣；秦洪武
【单　位】曲阜师范大学外国语学院
【期　刊】《烟台大学学报（哲学社会科学版）》，第 31 卷，第 3 期，2018 年，第 71－77 页
【内容摘要】《欧美名家短篇小说丛刊》这部译著的译者通过不同的方式和途径实施了对文本的叙事干预，使得这部译著的文本在故事和话语这两个层面既有明显的西方现代小说的质素，又兼具中国传统小说的叙事特征，符合了这一时期读者群的阅读习惯和审美期待。叙事干预对于显示译者的主体性存在、分析这一时期小说译著的叙事特点和中国传统小说叙事模式的转型有较强的解释力。

【关键词】译著；叙事干预；译者主体性

略论《民族文学》的世界眼光

【作　者】申旗；罗宗宇
【单　位】湖南大学文学院
【期　刊】《民族文学研究》，第 36 卷，第 4 期，2018 年，第 80－87 页
【内容摘要】《民族文学》杂志自创刊以来就呈现出一种世界眼光，体现在译介国外民族文学作品和研究成果、刊发具有世界性因素的作品、探索民族文学的世界性理论、开展对外文学交流等方面。《民族文学》的世界眼光体现了民族文学走向世界的文学、文化自觉与自信，为民族文学如何不忘本来、吸收外来、面向未来提供了文学传媒维度的启示。

【关键词】《民族文学》；世界性；民族性；世界眼光

美国华裔文学文化翻译的差异性伦理

【作　者】周文革；范雨竹

【单　位】湖南科技大学外国语学院
【期　刊】《湖南科技大学学报（社会科学版）》，第 21 卷，第 1 期，2018 年，第 141－145 页
【内容摘要】美国华裔文学由于其边缘性和跨文化性而备受国内外学者关注，作品中对中国文化的重新表述使得华裔作家担当起文化译者的职责。文化翻译的过程不仅迅速构建起他们的文化身份，也是华裔作家对翻译伦理的选择过程。分析美国华裔文学作品中普遍存在的文化翻译现象，能揭示美国华裔作家改写和翻译中国文化背后的差异性伦理。
【关键词】美国华裔文学；文化翻译；差异性伦理

诗译莎剧滥觞：新月派的新文学试验

【作　者】黄焰结
【单　位】安徽工程大学外国语学院
【期　刊】《外语与外语教学》，第 3 期，2018 年，第 88－97、145－146 页
【内容摘要】20 世纪二三十年代的中国莎学探索期，莎剧的白话散体翻译盛行，但邓以蛰、徐志摩、孙大雨、朱维基等新月同人先后以白话诗体形式翻译了莎剧片段，开创了诗译莎剧的先河。本文首先从文体、形式、语言等层面描写分析新月派翻译的诗体莎剧，然后结合副文本材料与当时的历史文化语境，探讨新月派诗译莎剧的目的与策略。研究发现，新月成员诗译莎剧的滥觞活动既是反思反拨"五四"以来"浪漫式"的文学翻译与创作，亦是用中文试验新文学的文体与诗体，以丰富中国新剧与新诗的题材内容和表现形式，从而建设成熟的中国新文学。本研究不仅揭示了诗译莎剧的源头，而且进一步透视了新月派的翻译文化。
【关键词】新月派；莎剧；诗体翻译；新文学建设；文化考量

外国诗歌形式的误译与中国现代新诗形式的建构

【作　者】熊辉
【单　位】西南大学中国新诗研究所
【期　刊】《中国现代文学研究丛刊》，第 6 期，2018 年，第 136－146 页
【内容摘要】学界往往从内容的维度去关注翻译过程中的误译现象，而对诗歌翻译而言，形式上的误译同样不容忽视。诗歌形式翻译的难度、时代语境和中国新诗的形式诉求等因素决定了外国诗歌形式误译的发生；而外国诗歌形式的误译与中国新诗形式的建构之间互为因果关系，二者相互之间会产生积极的触动作用，但与此同时，前者对后者也会带来消极影响。如何处理好诗歌翻译过程中的形式问题，不仅关涉译诗的质量和形式艺术，也关涉中国新诗形式的建设与发展。
【关键词】诗歌形式；误译；时代语境；形式建构

文学翻译、文化交流与学术研究的互动——以我和勒克莱齐奥的交往为例

【作　者】许钧
【单　位】浙江大学外国语言文化与国际交流学院
【期　刊】《外语教学》，第 39 卷，第 3 期，2018 年，第 71－77 页
【内容摘要】本文系法国文学翻译家许钧应邀在北京大学人文工作坊的演讲。演讲者以其与2008 年诺贝尔文学奖得主勒克莱齐奥 40 年的交往为线索，结合高校外语学科教师的主要任务，

尤其是结合外语教师参与大量翻译实践工作的实际状况，就翻译的内涵、译者的追求做了阐述，指出译者不能止于翻译活动，应该有发现的目光和探索的精神，以文学翻译为入径，在文字、文学、文化等多个层面展开积极的探索，在学术研究、文化交流、人才培养的融合与互动中履行好一个人文学者的职责和使命。

【关键词】文学翻译；学术研究；文化交流；人才培养；互动

西方文论研究与翻译视野

【作　者】曹丹红
【单　位】南京大学外国语学院
【期　刊】《浙江大学学报（人文社会科学版）》，第48卷，第1期，2018年，第146－154页
【内容摘要】近期，国内的西方文论研究开始出现反思趋势，西方文论本身也成为反思对象之一。反思过程中出现了对西方文论的一些误读，原因之一在于部分研究者可能忽略了自身研究奠基于译文之上的事实，将译文直接等同于原文，因而也可以说是翻译视野的缺失。在西方文论研究中引入翻译视野，即意味着基于译本进行的文论研究须与译本拉开一定的距离。翻译视野又包括转换意识、语境意识、差异意识三重内涵。转换意识即意识到译文是语言转换的结果，同时意识到由转换所导致的信息不对称性；语境意识是指意识到西方文论扎根的特定时空的文化形态及理论家的认知形态；差异意识是指对原作与译作所处时空差异的意识。翻译视野促使我们主动去了解西方文论在原语语境中的起源及发展，辩证地探讨其在译语语境中的适用性，有助于我们在西方文论译介热持续上升的今天，真正深入地理解与反思西方文论的内涵，更好地吸取其精华，批判其糟粕，推动中国文学与文化研究的发展，建构中国自己的理论体系。

【关键词】西方文论；翻译视野；转换意识；语境意识；差异意识

系统中的竞争、冲突与创造：当下世界文学视域中的翻译研究模式

【作　者】林嘉新；李东杰
【单　位】林嘉新：广东外语外贸大学翻译学研究中心
　　　　　李东杰：广东外语外贸大学高级翻译学院
【期　刊】《外语教学》，第39卷，第6期，2018年，第90－95页
【内容摘要】当下世界文学研究的勃兴凸显了翻译的核心地位，展现了翻译在世界文学与民族文学关系中的建构性作用。有鉴于此，本文将对当下世界文学视域中的翻译研究模式进行评介，主要包括卡萨诺瓦（Pascale Casanova）、莫莱蒂（Franco Moretti）、阿普特（Emily Apter）、达姆罗什（David Damrosch）与韦努蒂（Lawrence Venuti）等学者的研究模式。以上学者从政治经济学、诗学、哲学与传播学等角度对翻译的世界文学性问题进行了探索，提出了一系列新的、基于翻译实践的、而非原文的世界文学理论或概念，进一步将语境因素纳入翻译研究范畴，突出了翻译研究之于世界文学的重要性，强调了尊重异域性的世界文学的价值，引导学界在世界文学观念中对翻译进行重新定位，其核心在于探究翻译对文学、文化关系的意义与作用。该研究模式丰富了比较文学翻译研究的研究范畴，拓展了翻译与国别文学关系等影响研究领域的维度，这对于中国文化外译战略，以及思考文学跨文化传播的人文性、传承性与共享性，也具有一定的启示意义。

【关键词】世界文学；翻译研究；民族文学；文学关系；跨文化传播

译者人格与择译之本——以翻译家苏曼殊与诗人拜伦的翻译姻缘为例

【作　者】廖晶；李静
【单　位】廖晶：宁波大学外国语学院
　　　　　　李静：常州工学院外国语学院

【期　刊】《外语教学》，第 39 卷，第 4 期，2018 年，第 92-96 页

【内容摘要】文章试图揭示译者人格与翻译选材的内在关联。把近代翻译家苏曼殊（1884—1918）与英国浪漫主义诗人拜伦（1788—1824）之间的一对完美翻译姻缘从人格视角予以审视，认为苏曼殊对拜伦的翻译是拜伦人格在苏曼殊身上的传承与发展，是苏曼殊人格在拜伦身上的张扬与凸现。文学翻译不是消极的、无情的语符交换，而更是译者人格与作者人格的契合促成的心灵对话。

【关键词】苏曼殊；拜伦；译者人格；翻译选材

英美文学作品中《圣经》引文的汉译问题

【作　者】曹明伦
【单　位】四川大学外国语学院

【期　刊】《四川大学学报（哲学社会科学版）》，第 2 期，2018 年，第 114-121 页

【内容摘要】用现代汉语翻译英美文学作品，对其中引自英语《圣经》的文字，中译文应该与英语《圣经》原文的内容和风格保持一致，而不应该仅拘泥于某个权威中译本，如教会印发的"和合本"。英语《圣经》语言与现代英语有天然的亲缘性和兼容性，援入英美文学作品显得珠联璧合，相得益彰；而中文"和合本"《圣经》的语言与现代汉语的兼容性不高，许多字句都难与英美文学作品现代翻译的语言风格契合。《圣经》有不同的英语版和中文版，要求读者或译者仅遵从一个版本，即便是具有权威性的版本，都是脱离了语言文学实际情况的不合理要求，不过中文"和合本"《圣经》仍值得文学译者参考或借鉴。

【关键词】英美文学；《圣经》引文；英语《圣经》；"和合本"《圣经》；汉译

政治意识形态与学院知识分子话语的互动——《文艺月刊》（1930—1937）汉译文学研究

【作　者】熊婧
【单　位】南昌大学人文学院

【期　刊】《中国现代文学研究丛刊》，第 8 期，2018 年，第 194-212 页

【内容摘要】1930 年南京国民政府时期创办的《文艺月刊》，是 20 世纪 30 年代刊载汉译文学数量最多且质量精美的刊物之一。这一方面缘于南京国民政府提倡"民族主义文艺"、以欧美文学对抗苏俄文学的诉求；另一方面也得益于以国立中央大学师生为主的学院知识分子的合作。政党借助学院的文化资本树立权威、宣传"民族主义"意识形态，使《文艺月刊》具有学院化的文化立场和审美取向。同时，学院知识分子也在"文化民族主义"的共识下践行"学术救国"的理想。《文艺月刊》呈现了文学场内意识形态、美学观念、象征资本的互动，考察其汉译文学的面貌，更可呈现政党意识形态与学院知识分子的复杂关联。

【关键词】《文艺月刊》；汉译文学；"民族主义"

忠实而又灵活的中国文学译介：《汉学家的中国文学英译历程》述评

【作　者】陈开举

【单　位】广东外语外贸大学国际商务英语学院

【期　刊】《文学跨学科研究》，第 2 卷，第 1 期，2018 年，第 155－161 页

【内容摘要】"中国文学走出去"是实现"中国文化走出去"工程的核心组成部分。朱振武教授等著的《汉学家的中国文学英译历程》填补了对汉学家中国文学译介研究的空白。该著评介的英、美、澳汉学家在中国文学英译历程中的主要工作环节如作品选择、中西文化融通、译文标准和传播效果等方面展现了相似的显著特点，值得中国的文学外译者关注和借鉴。该著高度赞誉了汉学家们在中国文学英译方面的卓越贡献，强调文学翻译工作中必须贯穿着主动的文化自觉和翻译自觉，在忠实于原文学作品所反映的中国文化精髓／精神的原则下，在具体的翻译实践中充分发挥译者的自主性、创造性，以提高译作在目标读者群中的接受性，使文学翻译成为文化交流的桥梁，促进中西文化的融通。

【关键词】汉学家；中国文学；英译；文化自觉；文化融通

左翼文学视野里的创造社同人之厄普顿·辛克莱汉译

【作　者】咸立强

【单　位】华南师范大学文学院

【期　刊】《山东社会科学》，第 2 期，2018 年，第 171－178 页

【内容摘要】最早向国人介绍辛克莱的是郑振铎和鲁迅，而在现代文坛上真正引发剧烈反响并产生深远影响的却是创造社同人的译介活动。《文化批判》第 2 号上，李初梨和冯乃超的辛克莱译介引发了左翼文坛关于"文学"与"宣传"关系的热烈讨论。此后，创造社同人再没展开阐述"文学是宣传"的观点，他们是"宣传"的实践者，无意于辛克莱文学思想的细腻阐述和辨析。郭沫若等创造社同人对辛克莱小说的译介，是 1949 年前辛克莱小说汉译最重要、最有影响的收获，其重要意义有二：首先为中国现代左翼文学的发展注入了国际因素；其次就是与胡适、梁实秋等对美国文化与文学的译介相比，为国人呈现了不同的美国面相。

【关键词】创造社；辛克莱；译介；宣传

二、专著索引

"非主流"英语文学研究

【作　者】李奕
【出版信息】成都：四川大学出版社，2018 年第 1 版
【内容简介】本书以几部具有代表性的非英美国家的英语文学作品为研究对象，分析这些作品如何以及在何种程度上将各自民族的历史与记忆、对自己民族文化传统的继承和发扬等与小说的语言、创作技巧等文本形式相互结合，提炼出它们在总体上呈现出的共同的美学特征，探究它们在艺术品格的凝练和铸造、精神价值和思想价值建构方面的相同之处。

《外国文学评论》三十周年纪念特辑

【作　者】《外国文学评论》编辑部
【出版信息】北京：社会科学文献出版社，2018 年第 1 版
【内容简介】本书汇编了《外国文学评论》成立三十周年以来的每一期目录、编后记的内容，并根据每一年编辑部的建设情况，撰写了三十年大事记。

悖立与整合

【作　者】杨乃乔
【出版信息】福州：福建教育出版社，2018 年第 1 版
【内容简介】本书针对中国诗学和西方诗学进行了比较研究，作者从"经"入手分析研究中国的古代诗学，又从中国哲学的源头儒家与道家方面来观察，并用"内儒外道"的概念分析中国诗学的理论基础以及儒道之间的悖立与整合。同时作者又从"逻各斯"入手分析西方诗学渊源，对西方诗学的特质进行理论剖析。

当代英国流散小说研究

【作　者】张峰；赵静
【出版信息】北京：外语教学与研究出版社，2018 年第 1 版
【内容简介】本书以后殖民主义及流散文学和文化理论为支撑，在梳理英国流散小说发展历史的基础上，以 15 位小说家的 40 余部小说和 10 多部文集为研究对象，从核心主题、典型形象和意象、叙事策略和语言风格、小说家的流散和文学思想四个方面解读当代英国流散小说，探讨流散身份、流散写作、流散美学等重要命题。

反摹仿论

【作　者】汤姆·科恩
【出版信息】北京：外语教学与研究出版社，2018 年第 1 版
【内容简介】本书提出了位于西方传统中的文本语言的物质性问题。作者在书中揭示刻写的事件历史如何控制了阐释传统的概念棱镜，从而形成了关于文学的虚假"历史"，反摹仿论返回文本自身，通过对构成美国主义身份的经典文本的细读，去寻找其中的刻写事件，再现一些经典的场景和误读。

复旦外国语言文学论丛（2017 年秋季号）

【作　者】复旦大学外文学院
【出版信息】上海：复旦大学出版社，2018 年第 1 版
【内容简介】本书分语言学、文学、翻译三个部分，收录了《俄语情态情境成分的认知研究》《中国学习者英语通用语能力的构建》《奥斯维辛灾难与美国后现代主义诗学的发生》《西方库柏研究综述》《〈金瓶梅〉芮效卫译本的"入俗"与"脱俗"》等文章。

改革开放 30 年的外国文学研究

【作　者】罗芃
【出版信息】北京：北京大学出版社，2018 年第 1 版
【内容简介】本书内容包括：英美文学研究、德语文学研究、法语文学研究、西班牙语文学研究、俄罗斯文学研究、阿拉伯文学研究、日本文学研究、南亚文学研究、撒哈拉以南非洲文学研究、西方文论研究。

后理论

【作　者】马丁·麦奎兰
【出版信息】北京：外语教学与研究出版社，2018 年第 1 版
【内容简介】本书对文学理论在当下的功能及未来的发展方向进行了反思，不少观点颇引人深思，对在国际上推广中国文学理论批评更是不无启发。

后殖民理论

【作　者】巴特·穆尔－吉尔伯特
【出版信息】北京：外语教学与研究出版社，2018 年第 1 版
【内容简介】本书是 20 世纪 90 年代后殖民研究风生水起、横扫英美学界并反哺亚非拉学界之际有代表性的后殖民理论研究成果之一。我们可将它作为阿基米德支点，宏观加深对后殖民理论的批评认知，有效澄清后殖民研究涉及的问题、对象、学科和方法，并且了解把握后殖民研究内在的分歧、争议、争论以及边界的商榷，是对该领域一次全面、直观的概览。

华裔文学及中国文学在西语国家的译介

【作　者】王晨颖

【出版信息】北京：对外经济贸易大学出版社，2018 年第 1 版

【内容简介】本书主要对比研究华裔文学和中国文学的西语译介情况。作品分为五章：第一章概述华裔文学的发展概况；第二章从文学的角度分析华裔文学的创作特点；第三章从宏观上分析、比较华裔文学和中国文学的西语译介情况；第四章从微观上对具体作品的不同版本的译文进行文本分析，研究译者翻译策略的选择；第五章进一步探讨更为有效的文化翻译策略并得出结论：翻译不是简单的归化和异化的问题，称职的翻译要能够调整好这两种翻译策略的"度"才能有效地传递文化信息。

简单的形式

【作　者】安德烈·约勒斯

【出版信息】石家庄：河北教育出版社，2018 年第 1 版

【内容简介】本书作者研究了前文学形式或"简单形式"（即圣徒传说、传说、神话、谜语、格言、案例、回忆录、童话或笑话，实际上就是民间文学的体裁形式）的形态学和类型学。

解构批评的形态与价值研究

【作　者】苏勇

【出版信息】北京：中国社会科学出版社，2018 年第 1 版

【内容简介】本书主要对解构批评的基本形态及其价值进行了较为系统的研究探讨。具体包括对解构内涵的分析研究、对解构批评"史"和"论"两个层次上的把握、对解构批评范式的探究，并相对集中地探讨了解构批评的文学观、文本观、批评观、语境观等等。书中还结合一些具体的作品对其进行阐释或说明。另一个重要的部分，集中体现在对这一批评理论的评判，以及对这一批评形态之理论价值、现实意义及其应用可能性方面的探究。可以说，还是体现了较强的问题意识，具有较为突出的当下意义，对我国当代文学批评形态的建构，能起到一定的推动作用。

里德与文化多元主义

【作　者】王丽亚

【出版信息】北京：外语教学与研究出版社，2018 年第 1 版

【内容简介】本书围绕作家提出的"新伏都"与"文化多元共存"两个命题，重点分析了里德的 10 部小说，参照作家在不同时期对美国社会种族歧视与文化排他主义的抨击，对作品主题、叙事体裁与语言方式进行了分析。

利维斯文学批评研究

【作　者】孟祥春

【出版信息】苏州：苏州大学出版社，2018 年第 1 版

【内容简介】本书深潜历史与文化语境，全面系统地细读、还原、阐发、甚至构建利维斯的文化批评、诗歌批评与小说批评这三大互持互彰的批评体系，并深度阐发其理据、内容、维度、性质、得失、历史地位及当下意义。

论解构

【作　者】乔纳森·卡勒
【出版信息】北京：外语教学与研究出版社，2018 年第 1 版
【内容简介】本书是对解构主义的经典性分析之作。作者将解构主义置于更大的哲学层面上，侧重对欧陆解构哲学的来龙去脉进行梳理，对结构主义之后的理论和批评进行整合归纳，并就德里达在学理层面上对索绪尔的结构主义语言学理念所做的解构进行了分析。

论现代主义文学

【作　者】弗雷德里克·詹姆逊
【出版信息】北京：中国人民大学出版社，2018 年第 1 版
【内容简介】本书通过讨论 19 和 20 世纪的现代主义文学作品，体现了弗雷德里克·詹姆逊对形式和内容以及诗学的理论见解。本书内容丰富，既有文本分析又有理论阐发，论及许多现代主义经典作家，如波德莱尔、兰波、马拉美、华莱士·史蒂文斯、乔伊斯、普鲁斯特、托马斯·曼、威廉·卡洛斯·威廉斯、格特鲁德·斯泰因、大江健三郎、夏目漱石和彼得·魂斯等。全书始终贯穿着詹姆逊的辩证法和历史现，直接或间接地联系到政治、文化和社会，对以前的现代主义文学研究提出了挑战。

美国梦，美国噩梦

【作　者】凯瑟琳·休姆
【出版信息】北京：外语教学与研究出版社，2018 年第 1 版
【内容简介】本书是一部当代美国小说史。作者通过大量阅读当代美国小说，就"丧失梦想的一代"小说家对美国的批判进行了深入的讨论，分析巧妙，结论可信。本书以主题为纲来组织小说，书中涉及的小说超过了 100 部，不仅数量大，而且种类多、覆盖面广，是一部难得的概述当代美国小说及其社会文化背景的专著。

魔鬼合约与救赎

【作　者】胡一帆
【出版信息】北京：中国社会科学出版社，2018 年第 1 版
【内容简介】本书对魔鬼合约母题进行综合性的研究：一方面从魔鬼合约的源起、发展纵向看母题本身的变迁，并对同一文学时期的魔鬼合约文本进行横向比较，探索同一母题在不同作家的演绎下呈现出的多样化；另一方面，本书以歌德的《浮士德》、沙米索的《彼得·施莱米尔卖影奇遇记》和戈特赫尔夫的《黑蜘蛛》为例，对魔鬼合约的基本组成元素魔鬼形象、签约者、合约内容、签约形式、合约的结局等进行分析解读，重点讨论魔鬼合约故事中的救赎话题。

纳博科夫文学讲稿三种

【作　者】弗拉基米尔·纳博科夫

【出版信息】上海：上海译文出版社，2018 年第 1 版

【内容简介】本书由《文学讲稿》《俄罗斯文学讲稿》《〈堂吉诃德〉讲稿》组成。其中《文学讲稿》专注于欧美作家，对简·奥斯丁、狄更斯、福楼拜等七位大师的七部名著进行了深入的解析与探讨。《俄罗斯文学讲稿》则聚焦俄罗斯的六位重要作家果戈理、屠格涅夫、陀思妥耶夫斯基、托尔斯泰、契诃夫和高尔基，以此绘出 19 世纪俄罗斯文学的辉煌光谱。《〈堂吉诃德〉讲稿》阐述了对塞万提斯其人其文，以及这部传世巨著的独到见解。

女权主义理论与文学实践

【作　者】德博拉·L.马德森

【出版信息】北京：外语教学与研究出版社，2018 年第 1 版

【内容简介】本书是一部阐释与应用女权主义理论各主要流派的作品，其内容包括对女权运动史、女权主义流派和女权主义文本的介绍，并通过女权主义理论对于美国女性文学经典文本的解读，从不同侧面探讨了文学理论与文学实践的内在关系与协和作用。

女性书写文化

【作　者】露丝·贝哈；德博拉·A.戈登

【出版信息】上海：上海交通大学出版社，2018 年第 1 版

【内容简介】本书通过自传、小说、历史分析、实验性文章，以及评论性文字等，为我们反思性别政治、种族历史以及写作文化中的道德两难提供了全新的视角。全书共分四部分十二章：第一部分包括短篇小说、实验话剧和个人日记，作者以亲身经历表达了女性人类学者在事业、家庭与亲情之间的艰难抉择；第二部分是对人类学经典作品和对知名学者的重读与全新发现；第三部分主要是对被边缘化了的另类文化的发掘与书写；第四部分收录了流散中的中国女性的故事。

女性主义文论与文本批评研究

【作　者】王冬梅

【出版信息】武汉：武汉大学出版社，2018 年第 1 版

【内容简介】本书分为两部分。第一部分为前两章，主要从文论的角度探讨了女性主义批评家的思想。第二部分从第三章到第九章，主要从文本批评的角度，用女性主义理论解读文本和文人写作风格。

欧美文学论丛

【作　者】韩加明

【出版信息】北京：人民文学出版社，2018 年第 1 版

【内容简介】本书分为欧陆18世纪文学、英国18世纪文学、北美18世纪文学三部分，收录了《从身体的展现到展现的身体——试析启蒙运动时期德国的戏剧表演理论与实践》《人物与景物：菲尔丁小说的视觉性》《两难中的智者：本杰明·富兰克林与18世纪》等文章。

帕特·巴克尔小说创伤记忆主题研究

【作　者】朱彦
【出版信息】苏州：苏州大学出版社，2018年第1版
【内容简介】本书以帕特·巴克尔20世纪90年代和21世纪初的六部作品作为主要研究对象，运用创伤理论，探讨了这些作品的创伤记忆主题，揭示了作家的创作特色和独特的历史观、艺术观，并指出其创伤书写的当代意义。

庞德《三十章草》中的女性形象研究

【作　者】晏清皓
【出版信息】北京：科学出版社，2018年第1版
【内容简介】本书构建了庞德《诗章》的赋格结构模式，对《三十章草》的女性形象做了系统的归类研究，对其中的典型形象做了具体分析。全书概括了《三十章草》中全部的女性——共151位，并且依据其所属的历史、文化、生命三个维度划分为22种类型，对每个类型都做了系统的建构性探究。

祛魅

【作　者】穆杨
【出版信息】北京：知识产权出版社，2018年第1版
【内容简介】本书以五个经典童话《白雪公主》《灰姑娘》《小红帽》《睡美人》《蓝胡子》为主线，选取具有代表性的英美当代女性主义童话改写文本与经典文本进行互文性阅读，阐述改写作品之间的内在联系和共同目的，分析这一文学现象背后的社会、文化及哲学思潮，提出当代女性主义童话改写的本质是后现代女性主义改写。后现代女性主义童话改写以女性身体为考察视角，以重塑具有自主性的女性主体为目的，总体而言是针对父权主导的经典童话权力话语的一种抵抗话语。

神话意象

【作　者】叶舒宪
【出版信息】西安：陕西师范大学出版总社，2018年第1版
【内容简介】本书以"神话意象"为题，综合多年来神话研究的成果，突出近百年来神话研究和文化研究的新动向——从书写文本到图像文本，从文字叙事到图像叙事的范式拓展。结合热点文化现象，辨析华夏狼图腾说的误区，充分利用考古材料，进行跨学科、跨文化的神话研究新实践，彰显图像叙事相对于文本叙事的超越性和丰富性，以及二者之间交融与互动的张力。

世界华文微型小说综论

【作　者】龙钢华
【出版信息】北京：中国社会科学出版社，2018 年第 1 版
【内容简介】本书初步对世界华文微型小说进行了一次综合的检阅，探讨了世界华文微型小说的生发机制、群体概貌、美学价值，尤其是作家作品的个案研究，对华文微型小说进行了初步的把脉定位，有利于促进微型小说文体的健康发展，有利于更好地发挥华文微型小说在世界范围内"使得华人回复对中华文化的认同和自信心，并使微型小说，不但成为推动整个华文文学的一股力量，而且成为超越国境实现中华文化向心力的世界大团结的力量"。

托尼·莫里森小说中的母性研究

【作　者】毛艳华
【出版信息】杭州：浙江大学出版社，2018 年第 1 版
【内容简介】本书研究托尼·莫里森小说中的母性书写，以文本细读的方式，审视莫里森对重构当代母性身份的思辨式主张，进而考察其对西方母性研究的回应与反思。在文本选择上，研究依循小说故事发生的时间背景，依次选择《慈悲》《宠儿》《秀拉》《最蓝的眼睛》《家》《爱》《上帝救助孩子》等七部作品进行分析和解读。

外国文论核心集群理论旅行问题研究

【作　者】张进；周启超；许栋梁
【出版信息】北京：中国社会科学出版社，2018 年第 1 版
【内容简介】本书收录了《第二次世界大战时期的布拉格语言学小组》《从文化学的角度看雅各布森诗学方法》《洛特曼与当代文论新视角》《舍斯托夫论梅列日科夫斯基的"新宗教意识"》等文章。

外国文论与比较诗学

【作　者】周启超
【出版信息】杭州：浙江大学出版社，2018 年第 1 版
【内容简介】本书设有"前沿视窗""理论旅行""名篇新译""佳作评点""名家访谈"等栏目，收录了《世界文学的定位》《作为比较文学家的巴赫金》《世界文学的语文学》等文章。

外国文学经典重译的动因

【作　者】高存
【出版信息】天津：南开大学出版社，2018 年第 1 版
【内容简介】本书共分 4 章，选取了当前重译研究中较为薄弱却又至关重要的动因研究作为课题，借鉴描写学派翻译理论与皮姆的历史研究方法，建构了重译动因研究的理论框架，确定了具体的动因研究视角与研究方法，并对《老人与海》在中国的重译动因与历史进行了透彻的案例分析。

外国文学通览

【作　者】金莉；王丽亚

【出版信息】北京：外语教学与研究出版社，2018 年第 1 版

【内容简介】本书通过盘点和梳理 2017 年一年中世界各国（区域）异彩纷呈的文学成果，为读者描绘了一幅 2017 年的世界文学版图，见证了世界文学的发展进程。

威·休·奥登诗歌中的绘画艺术研究

【作　者】龚晓睿

【出版信息】上海：上海交通大学出版社，2018 年第 1 版

【内容简介】本书主要考察广泛呈现于奥登诗歌中的一系列绘画造型元素，包括光影、色彩、透视、空间、构图等，以及奥登对于西方美术史上一些主流画派的美学借鉴。本书深入探讨了奥登如何运用各种绘画艺术技法来营造其诗歌的画面感，以及如何汲取不同画派的艺术风格来增强其诗歌的视觉表现力。

维系与反思

【作　者】申劲松

【出版信息】北京：科学出版社，2018 年第 1 版

【内容简介】本书从根植于犹太大屠杀这一历史事件的"后大屠杀意识"入手，对菲利普·罗斯"朱克曼系列小说"中的相关问题进行分析、解读，指出作为一个生长在美国的犹太作家，菲利普·罗斯的创作具有较为深切的"后大屠杀意识"，它直接影响和决定了其创作不仅表现出对犹太性的维系，更表现出对后大屠杀时代美国社会的后大屠杀话语构建趋向的反思，也证明了菲利普·罗斯确实是一个立足于美国现实进行创作的美国作家而非囿于其族裔身份的美国犹太作家。

文化自信与中国外国文学话语建设

【作　者】王春雨

【出版信息】北京：社会科学文献出版社，2018 年第 1 版

【内容简介】本书分为中国话语建构理论研究、宏观文学现象研究、外国文论研究、作家作品研究、中外文学交流与比较研究五个部分。本书就文化自信问题与中国外国文学话语建设展开多维讨论，展示了学会近年来的学术成果。

文学的疗愈作用

【作　者】张莉

【出版信息】济南：山东大学出版社，2018 年第 1 版

【内容简介】本书以文学的疗愈作用为研究对象，系统地介绍了文学的疗愈理论的发展及其实践过程，通过案例展示文学阅读对读者心灵带来的治疗、辅助作用，进而对文学疗愈法在高校

的实践与应用做了深入研究语言简洁凝练，具有一定的理论价值，适用于高校教师及心理辅导师学习使用。

文学史写作中的现代性问题

【作　者】李杨

【出版信息】北京：北京大学出版社，2018年第1版

【内容简介】本书跳出"重写文学史"的怪圈，将文学史问题置于"知识考古／谱系学"的视域，其关注重心不是"历史本身"，而是构造"历史本身"的解释、工具和方法。通过探询各种以"文学"或"文学史"为名的话语之所以产生的条件，追问我们的文学史写作是在哪些潜在的框架中展开的。

文学世界与族群书写

【作　者】梁昭

【出版信息】北京：中国社会科学出版社，2018年第1版

【内容简介】本书分为四部分。第一部分"族群书写"研究中国西南少数民族的族群文学。重点以广西壮族的"刘三姐叙事"和贵州苗族的"蚩尤叙事"为对象，运用文化人类学的方法，在田野调查和文献分析的基础上，研究壮族和苗族的口承文化具有何种表述价值和结构。第二部分"世界文学"以中西方的作家作品和文学史为研究对象，分析美国的多族群文学史建构以及英国、中国的作家作品中的身份认同、地域认同。第三部分"学科交叉"梳理、评述和反思了文学人类学这一新兴交叉学科的研究方法和范式。第四部分"述评对话"评论了文学与人类学研究的学人专著。

文学与人类学

【作　者】叶舒宪

【出版信息】西安：陕西师范大学出版总社，2018年第1版

【内容简介】本书从"知识全球化"的大视野，系统梳理20世纪以来，文学与文化人类学两大学科之间的互动、融合与创新，探讨世界文学创作中的"人类学想象"的由来与发展，阐发知识全球化时代的学科整合与重构的前景，为"后文学时代"的文学研究与文化研究提供系统的理论参照，对文学人类学研究在中国本土的实践经验及发展前景做出描述，并为本土文学人类学的理论建构、研究方法和跨学科拓展，提供前瞻性的见解。

西方文学"人"的母题研究

【作　者】蒋承勇

【出版信息】上海：华东师范大学出版社，2018年第1版

【内容简介】本书共分九章，从西方"人"与文化起源的"两希"文学与文化一路梳理下来，经中世纪的人文走向，文艺复兴对中世纪的人文传承与变异到古典主义对浪漫主义的人文指引，再到现实主义对人性的拷问及由此对人的重新定位，一直清理到20世纪现代主义文学人心中"上帝的失落与对新上帝的追求"。全书从宏观上梳理了西方社会、西方文明的历史变迁

与文学史人文观念的演进，发掘与阐释了西方文学深层的人性意蕴及其与社会价值观念演变的关系。

西方文学另类女性形象书写

【作　者】甄蕾

【出版信息】天津：天津社会科学院出版社，2018年第1版

【内容简介】本书极力把那些被文学史、批评史推挤为非主流，排斥为非重点的一群"另类女性形象"进行分类归列，加以梳理盘点，并且作为挖掘探索的重点，意图从她们身上发现影响时代变革的文学价值。

西方文学与现代性叙事的展开

【作　者】张德明

【出版信息】上海：华东师范大学出版社，2018年第1版

【内容简介】本书内容包括：现代性叙事与主体的建构、现代性叙事的断裂与危机、后现代世界的文学叙事、全球化时代的新人文精神。

现代悲剧与救赎

【作　者】刘文瑾

【出版信息】杭州：浙江大学出版社，2018年第1版

【内容简介】本书聚焦于在文艺复兴和启蒙运动中登场，有着强烈主体意识、自我意识的个体。从鲁迅作品《伤逝》的全新阐释，到卡夫卡"洞"的寓意解析；从诗歌与哲学的古老争论，到不可能的"宽恕"，作者严肃探讨了现代人的焦虑与现代性带来的悲剧。

现代性的颤栗——在文学与电影之间

【作　者】杨光祖

【出版信息】上海：上海人民出版社，2018年第1版

【内容简介】本书以现代性为话题，分两部分，分别探讨文学与现代性、电影与现代性。文学与现代性主要探讨西部文学、散文的语言与人文精神、当下后现代艺术与传统艺术、后现代主义、都市文学等，并以莫言等作家作品为个案分析；电影与现代性主要探讨大众文化与当代文艺、当代中国影视创作中的人文精神、文学与电影、全球化时代的新美学，并以张艺谋、小津安二郎等导演作品为个案分析。

现实主义的二律背反

【作　者】弗雷德里克·詹姆逊

【出版信息】北京：外语教学与研究出版社，2018年第1版

【内容简介】本书是一部特殊形式的19世纪现实主义小说史。作者从社会和文化历史切入，结合左拉、托尔斯泰、加尔多斯、艾略特等具体作家的作品，将它们置于与现代主义和后现

代主义的对照之中，论述了现实主义的形成、发展和特点，以及它与意识形态和社会历史的关系。

小说与海洋

【作　者】玛格丽特·科恩
【出版信息】上海：上海译文出版社，2018 年第 1 版
【内容简介】本书分析了英国小说《鲁滨逊漂流记》如何通过对无人岛、暴风、船难、海盗等的诱人描写而成为当时最畅销的海洋文学作品，探讨了美国小说家库柏如何使后殖民背景下的美国海洋冒险小说焕然一新，如何改变了 19 世纪描写海外探险的文学作品的诗学形态，剖析了法国小说家凡尔纳如何将冒险小说改变为科幻小说，展示了麦尔维尔、雨果、康拉德等如何在语言和思想的迷雾波涛中独步前行，揭示了侦探小说如何运用海洋小说中解决问题的方法等等。

虚构的权威

【作　者】苏珊·S. 兰瑟
【出版信息】北京：外语教学与研究出版社，2018 年第 1 版
【内容简介】本书是一部以女性主义和叙事学交叉的视野和方法建构"女性主义叙事学"理论的学术力作。作者对简·奥斯丁、乔治·艾略特、托妮·莫里森等欧美主要女性作家的叙事文本进行深度解读，在结构主义的经典叙事学形式分析方法中注入了女性主义文学批评有关政治的、性别的、社会历史的和意识形态的内容。

叙事、文体与潜文本

【作　者】申丹
【出版信息】北京：北京大学出版社，2018 年第 1 版
【内容简介】本书分为上、下两篇。上篇为理论探讨，梳理叙事学和文体学质检既相异又互补的复杂关系，揭示叙事学核心概念和分析模式的实质性内涵，廓清涉及的不同分类与研究视角，为文本分析做出铺垫。下篇为本书重点，聚焦于作品阐释，选择有代表性的英美经典短篇小说（美国短篇为主）进行文内、文外、文间的"整体细读"，挖掘其中的潜藏文本或深层意义。

亚裔美国文学

【作　者】金惠经
【出版信息】北京：外语教学与研究出版社，2018 年第 1 版
【内容简介】本书是一部系统评论亚裔美国文学作品的专著，探讨了 19 世纪晚期至 20 世纪 80 年代华裔、日裔、朝裔及菲裔美国人用英语创作、发表的作品，是公认的亚裔美国文学评论经典，也是了解、研究亚裔美国文学的入门必读之作。

译作序跋

【作　者】朱灵慧
【出版信息】武汉：武汉大学出版社，2018 年第 1 版
【内容简介】本书分六章阐释了序跋的学术思想、序跋的特性、之于译作的解读，并辅助大量史料和例子探讨了翻译作品中序跋的研究意义。

三、译著索引

"百事"一代

【作　者】维克多·佩列文
【译　者】刘文飞
【出版信息】北京：北京十月文艺出版社，2018年第1版
【内容简介】本书以准作家塔塔尔斯基在苏联解体前后的生活经历为线索，再现了20世纪70年代喝着百事可乐长大的一代苏联人在社会剧烈转型时期的心路历程。

"艺术"

【作　者】雅丝米娜·雷札
【译　者】宫宝荣
【出版信息】上海：上海译文出版社，2018年第1版
【内容简介】本书讲述了皮肤科大夫塞尔吉的故事。他近来迷上了现代派艺术，用20万法郎买下了一幅著名画家全白的油画。这件事在他与老朋友马克和伊万之间引发了一场出人意料的感情风暴。全剧一气呵成，刻画了三个男人情感的一系列微妙变化，诙谐、讽刺，令人捧腹。

《日瓦戈医生》出版记

【作　者】保罗·曼科苏
【译　者】初金一
【出版信息】桂林：广西师范大学出版社，2018年第1版
【内容简介】本书作者保罗·曼科苏教授通过在意大利、东欧、美国、俄罗斯和南美洲众多档案馆的寻访和调查，呈现了冷战和文学传播双重语境下《日瓦戈医生》在西方、东欧和南美的出版史，其中包括大量第一次曝光的档案和作者亲自收集的20世纪五六十年代各种语言版本的《日瓦戈医生》封面。

《堂吉诃德》讲稿

【作　者】弗拉基米尔·纳博科夫
【译　者】金绍禹
【出版信息】上海：上海译文出版社，2018年第1版
【内容简介】1951年至1952年，纳博科夫收到哈佛大学的讲学邀请，专门花时间编写了关于《堂吉诃德》的讲稿，作为哈佛通识课程人文学科二的讲授内容，讨论小说发展的起点。该门

课程的讲稿经过资料汇总、编辑整理后出版，名为《〈堂吉诃德〉讲稿》，与《文学讲稿》和《俄罗斯文学讲稿》一同构成"纳博科夫文学讲稿三种"。

1973 年的弹子球

【作　者】村上春树
【译　者】林少华
【出版信息】上海：上海译文出版社，2018 年第 1 版
【内容简介】本书描述一位青年为了寻找少年时代的弹子机，又返回到无边的孤独之中的故事。这也是一部关于"寻找"的小说。一方面叙述者讲述了"我"和"鼠"如何努力摆脱异化，寻求人生的出口；另一方面叙述者通过讲述这段往事，也在为自己现在的生活寻找出口。

阿加莎·克里斯蒂阅读攻略

【作　者】霜月苍
【译　者】张舟
【出版信息】北京：新星出版社，2018 年第 1 版
【内容简介】本书站在当代读者的立场，分类评析了阿加莎·克里斯蒂的全部作品，结合写作顺序、背景及阿加莎的个人生活，全面展现出侦探小说女王恢宏的创作历程。

阿金

【作　者】威廉·萨默塞特·毛姆
【译　者】叶尊
【出版信息】杭州：浙江文艺出版社，2018 年第 1 版
【内容简介】本书是威廉·萨默塞特·毛姆生前亲自编选的单行本短篇小说集，收录了根据其在 20 世纪 20 年代初两次游历马来半岛及周边地区时的见闻写成的六篇短篇小说，包括《丛林中的脚印》《行动的时机》《遭天谴的人》等。

阿姆斯特丹

【作　者】伊恩·麦克尤恩
【译　者】冯涛
【出版信息】上海：上海译文出版社，2018 年第 1 版
【内容简介】本书讲述两个好朋友相遇在一场葬礼上，他们曾经共同拥有过这个死去的女人。两人无法想象这个充满魅力的女人生前怎会与对方发生瓜葛，他们对她死前遭受的痛苦深感痛惜，于是达成协议：如果一方不能有尊严地活下去，另一方可以随时结束他的生命。

埃涅阿斯纪

【作　者】维吉尔
【译　者】杨周翰

【出版信息】南京：译林出版社，2018 年第 1 版
【内容简介】本书是拉丁语文学的巅峰之作，再现了埃涅阿斯跌宕起伏的一生，刻画了生命的骄傲、悲怆与庄严。

爱，以及其他

【作　者】朱利安·巴恩斯
【译　者】郭国良
【出版信息】上海：文汇出版社，2018 年第 1 版
【内容简介】本书讲述了斯图尔特、吉莉安和奥利弗的故事。十年前，斯图尔特迎娶了吉莉安，她却爱上了斯图尔特的挚友，浪漫的奥利弗。两人婚姻破裂，斯图尔特远遁美国。十年后，斯图尔特功成名就，重回英国发展。他重新遇见了吉莉安和奥利弗。随着三人的成熟，他们之间的关系也不像曾经这般纯粹。除了爱情，他们还需要考虑更多。奥利弗依旧浪漫却不切实际，一切生活的重担都落在了吉莉安身上。斯图尔特为奥利弗提供了工作，为他们找了一间住宅，理所应当地渐渐融入他们的生活，却发现自己一直爱着吉莉安。随着现实和压力的压迫，奥利弗抑郁症复发，而吉莉安和斯图尔特开始思考，对方是否还爱着自己。

爱伦·坡诗集

【作　者】埃德加·爱伦·坡
【译　者】曹明伦
【出版信息】长沙：湖南文艺出版社，2018 年第 1 版
【内容简介】本书收录了埃德加·爱伦·坡留存于世的全部 60 余首诗作，包括《帖木儿》《亡灵》《模仿》《阿尔阿拉夫》《孤独》等诗歌名篇。

爱情一叶

【作　者】埃米尔·左拉
【译　者】马振骋
【出版信息】北京：人民文学出版社，2018 年第 1 版
【内容简介】埃莱娜是名寡妇，她的爱女雅娜体弱多病。有一次，雅娜疾病发作时，亨利医生让其起死回生。在照料雅娜的过程中，埃莱娜和亨利也互生情愫，但亨利其实是有妇之夫。他们的理性没有战胜对彼此的情欲。最终雅娜还是急病夭亡，埃莱娜认为这是上帝对其行为的惩罚，于是结束了这段情感再婚后离开巴黎，在无尽的悔恨和回忆中度过余生。

爱无可忍

【作　者】伊恩·麦克尤恩
【译　者】郭国良；郭贤路
【出版信息】上海：上海译文出版社，2018 年第 1 版
【内容简介】风景如画的伦敦郊野，五个陌生人一道赶去救助一起热气球事故，但或许只是一瞬间的犹疑、自私，一个大活人就在眼前殒命。生命的脆弱易逝点燃了主人公疯狂而执着的爱，

由此也导致了另两人的世界彻底混乱失序。

爱因斯坦的梦

【作　者】艾伦·莱特曼
【译　者】童元方
【出版信息】北京：人民文学出版社，2018 年第 1 版
【内容简介】1905 年是历史上重大的一年，在瑞士专利局工作的爱因斯坦将要创造出惊天动地的理论，却陷入了一段又一段的梦中。30 个各自独立的梦境，留下了无数个关于生命的问号。

奥瑞斯提亚

【作　者】西蒙·戈德希尔
【译　者】颜荻
【出版信息】北京：生活·读书·新知三联书店，2018 年第 1 版
【内容简介】本书古典学家戈德希尔教授在这本篇幅极短的导读作品中，围绕经典巨作《奥瑞斯提亚》诞生时的社会背景与思想状况，通过古典语文学的方法细致阐释剧中关键词语的复杂性和含混性，抓住"我们如何理解正义、复仇、暴力以及人们对社会、对彼此的责任"这样一个核心问题，深入挖掘了作品本身蕴含的能量。

奥威尔杂文全集

【作　者】乔治·奥威尔
【译　者】陈超
【出版信息】上海：上海译文出版社，2018 年第 1 版
【内容简介】本书收集了迄今所能搜集到的奥威尔一生中所创作的所有政论随笔，囊括了多个脍炙人口的奥威尔名篇，如《论英国人》《政治与英语》《英式谋杀的衰落》《艺术与宣传的界限》《回首西班牙战争》《我为何写作》《作家与利维坦》等，呈现奥威尔杂文的全貌。

巴尔扎克中短篇小说选

【作　者】巴尔扎克
【译　者】郑克鲁
【出版信息】北京：商务印书馆，2018 年第 1 版
【内容简介】本书收录了《刽子手》《长寿药水》《沙漠里的爱情》《恐怖时期的一段插曲》《红房子旅馆》《不为人知的杰作》《无神论者望弥撒》《大望楼》等小说。

白色城堡

【作　者】奥尔罕·帕慕克
【译　者】沈志兴
【出版信息】上海：上海人民出版社，2018 年第 1 版

【内容简介】本书讲述的是 17 世纪的奥斯曼帝国，一名博学的威尼斯青年被俘虏到伊斯坦布尔，成为土耳其人霍加的奴隶。二人外貌极度相像，霍加命令威尼斯人教他所有的科学文化知识，并与他交换人生所经历的一切细节。他们联手对付了席卷土耳其的一场瘟疫，霍加晋升为皇宫的星象家，威尼斯人则成了苏丹的倾诉对象。为了攻打西方的一座白色城堡，二人携手发明了一件战争武器。然而战争失败，他们中的一人也在浓雾中不知去向，留下的另一人写下了他们所有的故事。

碧空中的金子

【作　者】安德烈·别雷
【译　者】郭靖媛
【出版信息】成都：四川人民出版社，2018 年第 1 版
【内容简介】本书分碧空中的金子、灰烬、瓮、星星、其他等五个部分，收录了别雷的《致巴尔蒙特》《金羊毛》《太阳》《晚霞》《不是》《教学中》等诗歌作品。

便携式文学简史

【作　者】恩里克·比拉－马塔斯
【译　者】施杰；李雪菲
【出版信息】北京：人民文学出版社，2018 年第 1 版
【内容简介】本书讲述 20 世纪 20 年代，马塞尔·杜尚、瓦尔特·本雅明、乔治·安太尔、司各特·菲茨杰拉德、乔治亚·欧姬芙、曼·雷、保罗·克利这些杰出的艺术家、哲学家和作家都是"项狄社"的成员。加入"项狄社"需满足两个条件：首先，其全部著作不得沉重，应轻易就能装进手提箱；其次，申请者须是完美的光棍。从苏黎世镜子街 1 号（伏尔泰酒馆前）到布拉格、塞维利亚，项狄们走得越来越远。

伯格的女儿

【作　者】纳丁·戈迪默
【译　者】李云；王艳红
【出版信息】北京：北京燕山出版社，2018 年第 1 版
【内容简介】本书的主角是伯格的女儿罗莎，她的父母因参加反种族歧视的斗争而先后入狱。她的家庭和经历施于她巨大的影响，使她身不由己地卷入了黑人的解放斗争。罗莎经历了挣扎与痛苦，也曾远赴欧洲寻求自我，最终她还是回到了南非和黑人运动中。

尘世以上的爱情

【作　者】米拉·洛赫维茨卡娅
【译　者】汪剑钊
【出版信息】长沙：湖南文艺出版社，2018 年第 1 版
【内容简介】本书收录俄罗斯著名女诗人米拉·洛赫维茨卡娅的爱情诗 100 多首，包括《着魔的灵魂梦见蔚蓝的远方》《春天》《你们重新回来了》《晨曲》等。

沉默的影子

【作　者】玛利亚·卡拉吉娅尼

【译　者】赵婧

【出版信息】上海：上海人民出版社，2018 年第 1 版

【内容简介】本书讲述 1997 年 12 月的慕尼黑，赫克托回到父母家度圣诞假期。终日抱病的母亲向他解开了一个守护 50 多年的惊人秘密。由此，赫克托开始寻求家庭历史的真相。

重读契诃夫

【作　者】伊利亚·爱伦堡

【译　者】童道明

【出版信息】北京：北京燕山出版社，2018 年第 1 版

【内容简介】本书作者爱伦堡以大量资料对比分析了契诃夫的个性和创作，解答了一个读者好奇但很多研究者并没有说到点子上的问题：为什么契诃夫的作品能够跨越文化、穿越时代一直受到世界读者的喜爱？如果契诃夫没有这样少有的善良，他就写不出他的那些作品。

川端康成·三岛由纪夫往来书简

【作　者】川端康成；三岛由纪夫

【译　者】许金龙

【出版信息】太原：北岳文艺出版社，2018 年第 1 版

【内容简介】本书收录了 1945—1970 年间川端康成与三岛由纪夫的往来书简 94 封。通过这些几乎涵盖三岛由纪夫整个创作生涯的书简，读者不仅可以了解其文学创作的脉络，更可了解二战后日本文学界的生态及进程。

纯真告别

【作　者】杰奎琳·苏珊

【译　者】马爱农；蒯乐昊

【出版信息】北京：北京联合出版公司，2018 年第 1 版

【内容简介】本书讲述三个年轻女孩的故事。安妮，一个独立的女孩，善良坚定，是爱情的虔信者。那个曝烈夏日闯入她生命的英国气质的男子身上，有她一生受困的真爱之谜。詹妮弗，拥有睥睨一切的美貌，却无法摆脱家庭的阴影。从青春懵懂的欧洲到生活安稳的美国，再到她功成名就的法国，她渴望完美的家庭和婚姻，却一生流离。尼丽，一个火焰一样的女孩，拥有璀璨的天赋和与娇小身形不相称的旺盛生命力。名利的焰火一次次绽放，她却坠入无尽循环的寂寞和空虚。在纽约这个巨大繁荣的命运舞台上，三个初出茅庐、白纸一张的年轻女孩，在梦想与现实的碰撞中各自成长。

纯真年代

【作　者】伊迪丝·华顿
【译　者】吴其尧
【出版信息】上海：上海译文出版社，2018年第1版
【内容简介】本书以19世纪70年代末80年代初的纽约上流社会为背景，讲述了贵族青年纽兰·阿切尔在传统女性梅·韦兰和自由奔放的奥兰斯卡之间艰难抉择并最终走向成熟、实现自我的故事。

达·芬奇笔记

【作　者】莱奥纳多·达·芬奇
【译　者】周莉
【出版信息】南京：译林出版社，2018年第1版
【内容简介】本书内容包括对光影和绘画艺术的探索、对自然景物和人物的观察、天文地理现象、人体结构解剖、建筑工程研究、武器和机械构造、飞行器和潜水装置设计，以及寓言笑话、人生感悟等。

大江健三郎论

【作　者】黑古一夫
【译　者】徐凤；陶晓霞
【出版信息】杭州：浙江工商大学出版社，2018年第1版
【内容简介】本书以一直贯穿于大江健三郎多部文学作品中的森林思想为主线，探讨了大江文学世界里森林思想的实现形式——构建乌托邦世界、森林思想的精神价值——灵魂的救赎、森林思想的生存原理——死亡与再生、森林思想的原点——大江父子的共生、森林思想的生存价值——作为民主主义者，不断追求人类在核时代下的新的生存方式。

戴维·洛奇文论选集

【作　者】戴维·洛奇
【译　者】罗贻荣
【出版信息】北京：中国社会科学出版社，2018年第1版
【内容简介】本书收录了《十字路口的小说家》《什么是文学》《两类现代小说》《隐喻和转喻（节选）》《现代主义，反现代主义与后现代主义》《当今小说——理论与实践》《现代小说的模仿与叙述》《劳伦斯、陀思妥耶夫斯基和巴赫金》《现代小说中的对话》等文章。

但丁的女人

【作　者】安德烈亚·卡米雷利
【译　者】昭冰

【出版信息】北京：中国友谊出版公司，2018 年第 1 版
【内容简介】本书书写了 39 个女人，她们几乎涵盖了女人的所有类型：但丁的初恋情人、古埃及王后、圣女贞德、卡门、失忆女孩、外祖母、初恋少女、女大学生等。对作者来说，她们有的是与他交往过的，有的是他在书中读到的，有的是他听说的，有的是他想象的——她们都在作者的生命中留下了深刻的印记。在作者眼里，她们都是诱人的谜、美丽的诗，都是"但丁的女人"。

地下鲍勃·迪伦与老美国

【作　者】格雷尔·马库斯
【译　者】董楠
【出版信息】上海：上海译文出版社，2018 年第 1 版
【内容简介】本书以美国著名民谣歌手鲍勃·迪伦为入口，讲述了一个奇异的老美国的故事。书中不仅剖析了美国著名民谣歌手鲍勃·迪伦及其乐队 1967 年地下室录音带中珍贵歌曲的创作过程及深刻意义，还使读者得以一窥 1960 年代末期作为另类文化偶像的鲍勃·迪伦的思想转变过程，以及古老而奇异的美国在那个时代的暗涌中是如何起伏跌宕。

第一人

【作　者】阿尔贝·加缪
【译　者】李玉民
【出版信息】桂林：漓江出版社，2018 年第 1 版
【内容简介】本书讲述生长于阿尔及利亚贫民窟的雅克·科尔梅里 40 岁时已功成名就，应母亲之命寻觅死于战争的父亲的坟墓，并走访了曾经与父亲有过接触的人。然而，谁也不能给他提供完整的信息，因为他的父亲早已被人遗忘。雅克对那个曾经是自己父亲的男人一无所知，却在这次寻根过程中，找回了自己成长过程中的点点滴滴：童年生活的艰辛与欢乐如一幕幕影像扑面而来。雅克终于明白，那片曾滋养自己的土地、那土地上的人们，为着贫困的原因，终将湮没在没有过去也没有未来的无名无姓之中，"这里每个都是第一人"。

东京女子会

【作　者】柚木麻子
【译　者】陆求实
【出版信息】北京：中国友谊出版公司，2018 年第 1 版
【内容简介】本书讲述事业有成的荣利子和普通主妇翔子是两个永远无法交到同性朋友的人。她们都因为把握不好人与人之间的距离以至劳而无功，最后输得狼狈万分。她们互相依恋又互相厌恶，她们有时被彼此的光芒所吸引，有时又因为嫉妒与虚荣恨不得对方永远消失。她们都是被现实社会蛛网似的潜规则伤害的失败者，最终只能像尼罗河鲈鱼一样潜在黑漆漆的水底，相互残杀，相互扶持。

动物农场

【作　者】乔治·奥威尔

【译　者】辛红娟

【出版信息】北京：人民文学出版社，2018 年第 1 版

【内容简介】本书讲述了"动物主义"革命酝酿、兴起和最终蜕变的故事：农庄中的一群动物不堪人类压迫，奋起反抗并建立自己的家园，然而这场革命由于领导者猪的独裁和动物们的愚昧盲从而变质，农场升级成为一个更不平等、更残酷的专制社会。作者借助寓言的叙述方式，通过简单易懂的故事揭示辛辣而深刻的政治和社会现实。

断头台

【作　者】艾特玛托夫

【译　者】冯加

【出版信息】北京：华文出版社，2018 年第 1 版

【内容简介】本书讲述母狼阿克巴拉生下几窝狼崽儿，都没能逃脱人类的浩劫，她只能对着月亮哭诉自己的不幸，而人类最后也受到了这只母狼的疯狂报复。新宗教主义者阿夫季打入黑组织，为反贩毒、反吸毒而斗争，结果却像耶稣一样被钉死在十字架上。作者揭示了当今社会人文生态和自然生态被破坏所带给人类的灾难，提出一系列引人深思的问题。

俄罗斯文学讲稿

【作　者】弗拉基米尔·纳博科夫

【译　者】丁骏；王建开

【出版信息】上海：上海译文出版社，2018 年第 1 版

【内容简介】本书分别对俄罗斯的六位重要作家果戈理、屠格涅夫、陀思妥耶夫斯基、托尔斯泰、契诃夫和高尔基及其代表作品做了讲解和分析。

恶医

【作　者】久坂部羊

【译　者】杜海清

【出版信息】南京：译林出版社，2018 年第 1 版

【内容简介】本书讲述因癌症晚期已毫无治疗希望的病人——52 岁的小仲辰郎与怀着义务感要让病人有尊严、有意义地度过余生的医生森川良生之间发生的纠葛故事。围绕病人和医生因立场不同而产生的矛盾、分歧，毫不隐讳地展开情节进行叙述。

飞鸟集｜园丁集

【作　者】泰戈尔

【译　者】冰心；郑振铎

【出版信息】北京：人民文学出版社，2018 年第 1 版

【内容简介】本书收录了泰戈尔的两部诗作，分别是关于爱情和人生的抒情诗《园丁集》，以及富有哲理的散文诗集《飞鸟集》。体现了泰戈尔对于生活的思考和对人生的感悟。

风格练习

【作　者】雷蒙·格诺
【译　者】袁筱一
【出版信息】北京：人民文学出版社，2018 年第 1 版
【内容简介】本书以 99 种不同的叙述方式，讲述了同一个故事：公共汽车上，有个年轻男子，衣着外貌有些乖张，与人发生争执，但很快就离开原地抢了个空座；之后不久，他又出现在圣拉萨尔火车站，与另一年轻人在一起，两人在讨论外套上衣扣的事情。

伏尔泰小说精选

【作　者】伏尔泰
【译　者】傅雷
【出版信息】上海：文汇出版社，2018 年第 1 版
【内容简介】本书收录了伏尔泰的七篇知名中短篇小说，包括《老实人》《天真汉》《查第格》《两个得到安慰的人》《一个善良的婆罗门僧的故事》《白与黑》《小大人》。每篇小说针对不同主题，如关于时间、幸福、理性、认知的局限、乐观主义精神等。

浮华世界

【作　者】萨克莱
【译　者】伍光建
【出版信息】上海：上海三联书店，2018 年第 1 版
【内容简介】本书描绘了一幅 19 世纪英国贵族资产阶级上层骄奢淫逸、钩心斗角的生活图景，无情地揭露了封建贵族荒淫无耻、腐朽堕落的本质和资产阶级追名逐利、尔虞我诈的虚伪面目。

符号帝国

【作　者】罗兰·巴尔特
【译　者】汤明洁
【出版信息】北京：中国人民大学出版社，2018 年第 1 版
【内容简介】在本书中，巴尔特把日本人生活的诸多方面均看作日本文化的各种符号——语言、膳食、游戏（柏青哥）、城市、文具店、诗歌（俳句），甚至眼皮，这些"能指符号"背后都有着丰富的意义。在巴尔特看来，日本文化现象的精髓便是具有禅宗意味的空无性。追随巴尔特独特的思想脉络，在全书 26 篇随笔式的叙述中，读者不仅可以领略巴尔特作品中鲜有的文学格调，体会苏珊·桑塔格所说的"巴尔特也是位唯美主义理想者"，也可以对日本社会及其背后的文化本质有崭新的认识。

哈尔滨

【作　者】叶夫格尼·安达史凯维奇

【译　者】陈玉增；邢淑华

【出版信息】哈尔滨：哈尔滨出版社，2018 年第 1 版

【内容简介】本书作者站在特殊的视角，立体地、侧面地为人们再现了那一段岁月生活在哈尔滨，包括俄国人、日本人在内的人们的种种经历，感受 20 世纪 20 年代至 50 年代间这座城市的味道。

哈尔滨：鲜为人知的故事

【作　者】叶莲娜·塔斯金娜

【译　者】吉宇嘉

【出版信息】哈尔滨：哈尔滨出版社，2018 年第 1 版

【内容简介】本书讲述了俄罗斯侨民在哈尔滨的那些鲜为人知的历史事件与故事。作者叶莲娜·塔斯金娜通过回忆思考并经查阅大量珍贵资料，分别从文化、历史、教育、音乐、戏剧、绘画等领域，展现了在哈尔滨的俄侨在异国他乡的生活以及他们与来自世界各地的其他国家的市民之间的互动与融合。

韩国古典小说世界

【作　者】李相泽

【译　者】李丽秋

【出版信息】北京：社会科学文献出版社，2018 年第 1 版

【内容简介】本书解读了关于韩国古典小说研究的各种问题，总结了学界相关研究成果。探讨了韩国古典小说的概念、形成、子体裁与类型、作者与读者、主题与母题、作品构成原理、世界观、标记形式与流通方式、与相邻体裁的关联、批评情况以及现代意义。

基督山恩仇记

【作　者】大仲马

【译　者】郑克鲁

【出版信息】北京：商务印书馆，2018 年第 1 版

【内容简介】本书描写了基督山伯爵复仇的经历。水手邓蒂斯航海归来，准备与女友美茜蒂丝结婚。嫉妒邓蒂斯才能的会计邓格拉司联合邓蒂斯的情敌弗南诬告他是拿破仑党人。检察官维尔福为了一己之私，尽管明知邓蒂斯清白无辜，还是将其打入死牢伊夫堡。在牢中，邓蒂斯遇到了神父法利亚，获得了对生活的勇气和智慧。后来，邓蒂斯逃离伊夫堡，取得基督山岛上的宝藏。他化名基督山伯爵，重返人世，开始了自己的复仇计划。

加缪中短篇小说集

【作　者】阿尔贝·加缪

【译　者】郭宏安

【出版信息】北京：现代出版社，2018 年第 1 版

【内容简介】本书收入法国哲学家、作家阿尔贝·加缪的两部中篇小说《局外人》《堕落》及短

篇小说集《流放与王国》（含六个短篇）。

江南之旅

【作　者】比尔·波特
【译　者】朱钦芦
【出版信息】成都：四川文艺出版社，2018年第2版
【内容简介】本书是美国著名汉学家、作家比尔·波特探访中国千年文明中心——江南的一本旅行文集。比尔以独特的视角和思索解析江南这一特质文化区域的人文遗迹，充分展示了中国传统文化的巨大魅力及旅行的真正意义。

竞艳

【作　者】永井荷风
【译　者】谭晶华
【出版信息】上海：上海译文出版社，2018年第1版
【内容简介】本书主人公是一位名叫驹代的艺妓。她结婚之后曾一度引退，却因丈夫的离世，时隔七年又重回花界。

卡斯蒂利亚的田野

【作　者】安东尼奥·马查多
【译　者】赵振江
【出版信息】北京：外语教学与研究出版社，2018年第1版
【内容简介】本书辑选了马查多一生最具代表性的诗集《孤独、长廊及其他诗篇》《卡斯蒂利亚的田野》《新歌集》。《孤独、长廊及其他诗篇》揭示了作者自己的内心世界，他通过在诗中与自然景物的对话，投射出自己的精神追求。《卡斯蒂利亚的田野》是诗人对卡斯蒂利亚乃至整个西班牙的过去、现在和将来进行了一系列的反思。《新歌集》是马查多的最后一本诗集，其中的诗篇或深刻，或幽默，或平淡，或神秘，都包含了诗人的人生感悟和哲学思考。

克苏鲁神话

【作　者】H. P. 洛夫克拉夫特
【译　者】姚向辉
【出版信息】杭州：浙江文艺出版社，2018年第1版
【内容简介】本书收录了"克苏鲁神话"中的四部经典中短篇小说，即《疯狂山脉》《印斯茅斯小镇的阴霾》《墙中之鼠》《超越时间之影》。

快乐影子之舞

【作　者】艾丽丝·门罗
【译　者】李玉瑶

【出版信息】南京：译林出版社，2018 年第 1 版

【内容简介】本书是短篇小说大师艾丽丝·门罗的处女作和成名作，收录了 15 篇短篇小说：《沃克兄弟公司的牛仔》《闪亮的房子》《影像》《谢谢送我们回家》《办公室》《一盎司良药》《死亡时刻》《那天的蝴蝶》《男孩子和女孩子》《明信片》《红裙子——1946》《周日午后》《海岸之旅》《乌得勒支和约》《快乐影子之舞》。

蓝色吉他

【作　　者】约翰·班维尔

【译　　者】戴从容

【出版信息】北京：人民文学出版社，2018 年第 1 版

【内容简介】奥利弗是一位小有名气的画家，而私下里，他还是一个从来没被抓过现行的小偷。他偷窃不为钱财，只求刺激。他最恶劣的偷窃行径，是从好朋友那里偷了他的妻子。如今，他的绘画生涯遇到瓶颈，已多日未曾拾起画笔。不巧的是，他的秘密恋情也被人发现，他只得仓皇出逃，逃离他的情人、妻子和他的家。可最终，他不得不重新认识自己，踏上救赎之路。

浪漫派的艺术

【作　　者】夏尔·波德莱尔

【译　　者】郭宏安

【出版信息】北京：商务印书馆，2018 年第 1 版

【内容简介】本书是波德莱尔的一部重要的文艺批评集，囊括其对文学、戏剧、绘画、雕塑、音乐、舞蹈等多领域的评论和批评，是"对同时代人的思考"。本书展现了作者对艺术、文学甚至人生的思考。

恋爱中的女人

【作　　者】D. H. 劳伦斯

【译　　者】冯季庆

【出版信息】北京：中国华侨出版社，2018 年第 1 版

【内容简介】本书说以厄休拉与伯金、古德伦与杰拉尔德的恋爱故事为发展脉络，从男人与女人的关系、男人与男人的关系、女人与女人的关系出发，探讨独立的个性和完满的性关系的本质作用，从生命的精髓和肉体的信仰中寻找永恒的价值。

罗马尼亚当代抒情诗选

【作　　者】卢齐安·布拉加等

【译　　者】高兴

【出版信息】广州：花城出版社，2018 年修订版

【内容简介】本书收入四十几位罗马尼亚当代最有代表性的诗人的作品，包括《村庄的心》《潘》《安慰》《今天，我们告别》《光的通道》《万花筒》《平庸的生存》等，基本上体现了罗马尼亚当代诗歌的已有成就和发展轨迹。

螺丝在拧紧

【作　者】亨利·詹姆斯
【译　者】黄昱宁
【出版信息】上海：上海译文出版社，2018年第1版
【内容简介】本书讲述圣诞前夜，几个朋友围坐炉旁，百无聊赖地讲起了自己听到的鬼故事。其中一个人说到郊外一个家庭女教师受到鬼怪困扰的故事。只有家庭女教师能够见到"它们"；只有她怀疑先前的女教师因为某种邪恶的动机正在控制着庄园当中的两个孩子。所有的人都认为她疯了，两个孩子却对此讳莫如深。为什么小女孩始终不承认清清楚楚立在湖岸边的人影，是小女孩儿被迷惑了，还是女教师在妄想？故事就此展开……

旅行述异

【作　者】华盛顿·欧文
【译　者】林纾；魏易
【出版信息】上海：上海三联书店，2018年第1版
【内容简介】本书共分为四章：第一章是神经质先生讲述的关于几幅画像的离奇故事；第二章描写了伦敦文学界的生活圈子，其中既有潦倒落魄的穷文人，也有去戏班子体验生活的爱冒险的诗人；第三章讲述了意大利强盗对旅客的骚扰，通过几个旅人的不同遭遇，描写了强盗的可恨及可怜之处；第四章是欧文借自己虚构的人物尼克伯克来讲述故事，有魔鬼和贪财人的纠葛，有在自己家门口一夜暴富的滑稽庄园主挖宝奇遇。

旅宿

【作　者】夏目漱石
【译　者】丰子恺
【出版信息】南京：江苏凤凰文艺出版社，2018年第1版
【内容简介】画家为了摆脱俗世的羁绊来到深山，一路沉醉于绝美的春光和秀丽的风景。到达落脚的旅宿后，或主动或被动地卷入了当地人的生活，形形色色的人物命运和各种离奇的故事让画家在"非人情"的世界流连忘返。一环扣一环的故事情节中充满了夏目漱石关于艺术论、美学观和东西方文学的深刻见解。这既可以说是一本精彩绝伦的小说，也可以说是一册辞藻华丽的游记散文，更可以说是一部充满了真知灼见的艺术论著。这部由夏目漱石、丰子恺合著的《旅宿》丰子恺译本出版60周年纪念版中特别收录丰子恺深情致敬《旅宿》的5篇散文。

美食，祈祷，恋爱

【作　者】伊丽莎白·吉尔伯特
【译　者】何佩桦
【出版信息】长沙：湖南文艺出版社，2018年第1版
【内容简介】本书讲述了30多岁的她从哭泣中醒来，发现一切都毫无意义。漂亮的房子、体面的工作、温柔的丈夫、蒸蒸日上的事业、甚至盘中的美餐——都让她不知所措。她从来没做过

自己，一直都活在别人的羡慕和期许中。一狠心，她从混乱中脱身。离婚、抑郁、失恋、落魄，在 34 岁那年，她终于踏上了寻找自己的旅途。

蒙田随笔全集

【作　者】蒙田
【译　者】马振骋
【出版信息】北京：人民文学出版社，2018 年第 1 版
【内容简介】本书收录了蒙田的随笔作品。在书中，日常生活、传统习俗、人生哲理等无所不谈，特别是旁征博引了许多古希腊、罗马作家的论述。作者还对自己做了大量的描写与剖析。

民间传说与日本人的心灵

【作　者】河合隼雄
【译　者】范作申
【出版信息】北京：生活·读书·新知三联书店，2018 年第 1 版
【内容简介】含蓄、幽默的日本民间故事及传说，极具想象力和神秘色彩，同时蕴含着深刻的象征内含。本书作者以其独特方式解读精彩的日本民间故事，比较日本与世界各国神话传说的异同，从深层心理学的角度探讨日本特有的文化、日本人的深层心理结构，以及人类普遍相同的心理意识及其意义。本书是作者的代表作之一，曾获日本第九届大佛次郎奖。

明（又译名：发光体）

【作　者】埃莉诺·卡顿
【译　者】马爱农；于晓红
【出版信息】南京：译林出版社，2018 年第 1 版
【内容简介】本书讲述雨夜中的一场神秘聚会。一个意外的闯入者，分属黄道 12 星座的 12 个男子，交织出一场错综复杂的命运大戏。结盟与背叛、秘密与谎言、幸运与不幸，令人发指的罪行、近乎荒谬的痴恋，宛如迷雾，却又如星空隐然有序，牵一发而动全身的棋局中，最后的真相即将浮现。

魔沼

【作　者】乔治·桑
【译　者】郑克鲁
【出版信息】北京：商务印书馆，2018 年第 1 版
【内容简介】本书收录了《侯爵夫人》《玛泰娅》《魔沼》三部小说作品。

纳博科夫在美国

【作　者】罗伯特·罗珀
【译　者】赵君

【出版信息】广州：花城出版社，2018 年第 1 版

【内容简介】本书带你跟随纳博科夫当年的脚步，寻访纳博科夫旅行、捕蝶、教学、写作、交往的历史痕迹，从纳博科夫住过的汽车旅馆、写作过的工作间、讲过课的教室中，发现他当年的真实生活，揭示美国对于纳博科夫的真正意义。

凝视太阳

【作　者】朱利安·巴恩斯

【译　者】丁林棚

【出版信息】北京：外语教学与研究出版社，2018 年第 1 版

【内容简介】本书讲述婕恩·萨金特的故事。婕恩出生在二战前。幼年时，她对万事万物都充满期待与憧憬。每天让她惊奇想笑的舅舅是她长大要嫁的那类人。17 岁时，人类史上最残酷的战争开始了，婕恩结识了因为违反军纪暂驻在她家的飞行员日出普罗瑟。普罗瑟阴郁又偏执，他告诉了婕恩那些自己冒着死亡危险在无人高空才遇到的极端体验与壮丽奇迹。18 岁，婕恩坠入爱河，与看起来平实靠谱的迈克尔结了婚，却发现无论是性，还是婚姻本身，都与她少女时的憧憬大相径庭。她开始迷茫，质疑自己过去对每件事的看法，疑惑现在是不是该像身边所有女子一样安分守己面对现实，在温顺窒息的夫妻生活中度完余生。

七十年代西行漫记

【作　者】海伦·斯诺

【译　者】安危

【出版信息】北京：北京出版社，2018 年第 1 版

【内容简介】本书讲述 1972 年到 1973 年海伦·斯诺来华访问两个月的故事。1978 年秋，应中国人民对外友好协会的邀请，海伦·斯诺率电视摄影小组来华拍摄电视片，历时六周。在北京，她会见了我国党和国家领导人；10 月 6 日至 10 日，在西安拍摄了她和斯诺先生 30 年代活动过的地方、革命纪念地和名胜古迹，并会见了王震同志；10 月 11 日至 14 日访问了延安、志丹；此外，还访问了我国其他几个城市。

乔治·斯沃德的勇士叙述

【作　者】德尔菲娜·瑞德·舍特

【译　者】王焱；王喆

【出版信息】海口：南海出版公司，2018 年第 1 版

【内容简介】本书共分七章。第一章说明研究目的，第二章涵盖口头叙述的实践和形式，第三章描述乔治·斯沃德的生平，第四至六章则展示对于斯沃德叙述文本分析的结果，第七章总结其文化意蕴的相关内容并进行讨论。本书最终要展示拉科塔人的口头叙述方式书面记录形式，从而使其区别于其他印第安叙述故事。

且听风吟

【作　者】村上春树

【译　　者】林少华

【出版信息】上海：上海译文出版社，2018 年第 1 版

【内容简介】本书描写"我"在酒吧捡到一个醉倒的少女，在她的家中度过了醉意朦胧的一夜，成了一对情人。短短 18 天的恋情，结束的又似没头没脑，又似包含无限。

青鸟

【作　　者】莫里斯·梅特林克

【译　　者】郑克鲁

【出版信息】北京：商务印书馆，2018 年第 1 版

【内容简介】本书讲述在平安夜，樵夫的两个孩子上床睡觉后做了一个离奇的梦，在梦里他们同光神一起前往怀念国、夜宫、未来国等，经历了无数的考验。历尽千难万险后，他们意外地在自己家中找到了青鸟。

犬心

【作　　者】伊藤比吕美

【译　　者】丁楠

【出版信息】杭州：浙江大学出版社，2018 年第 1 版

【内容简介】这是一本笔触平淡却带有异常强烈感情的散文集，描写人与宠物各自衰老与老后的看护，各自因年老而患上的疾病以及这些问题给生者带去的沉重负担。时间不可抵挡，生命本身仍然在渐渐逝去，在日复一日的苦痛之中，人与动物的生命一样沉重，一样让生者不得不去面对。

人间喜剧

【作　　者】巴尔扎克

【译　　者】傅雷；罗新璋

【出版信息】上海：文汇出版社，2018 年第 1 版

【内容简介】本书收录了巴尔扎克的小说作品《高老头》《欧也妮·葛朗台》《贝姨》《邦斯舅舅》《猫球商店》《于絮尔·弥罗埃》《赛查·皮罗多盛衰记》《搅水女人》《幻灭（上）》《幻灭（下）》共计 10 篇。其中《猫球商店》一篇译者为罗新璋，其余篇目译者为傅雷。

人类灭绝

【作　　者】高野和明

【译　　者】汪洋

【出版信息】南京：江苏凤凰文艺出版社，2018 年第 1 版

【内容简介】本书讲述在 20 世纪 70 年代，美国智库提出了一份《海斯曼报告》，列举了人类灭绝的五种可能性。除了核战争、超级病毒、小行星撞击，以及地球磁场逆转，还有一种是出现智慧凌驾于人类的新物种。如今新物种竟然真的出现了。得知消息后，美国政府派遣了一支特种兵小分队前往非洲，实施代号"涅墨西斯"的捕杀计划。出乎意料的是，人类的攻击找来了

对方的强力反击，新物种与人类的争斗一触即发。面对这场生死存亡的危机，人类能有多少胜算呢？

人类之子

【作　者】P. D. 詹姆斯

【译　者】于素芳

【出版信息】上海：文汇出版社，2018年第1版

【内容简介】本书讲述地球上已经25年没有新生儿诞生，人类失去了未来，成为濒危物种。人类眼睁睁看着自己的同胞一个个发狂、衰老、死去。政府还在运作，却在独裁者的掌控下，用骇人听闻的黑暗手段维持社会表面的和平。

日本俳味

【作　者】正冈子规

【译　者】王向远；郭尔雅

【出版信息】上海：复旦大学出版社，2018年第1版

【内容简介】本书讲授了俳句的学习方法与创作要领，详细列举了各种类型的俳句作品并进行品评，讨论俳谐创作中应该注意的问题，意在给俳句初学者提供入门书。

萨特

【作　者】弗雷德里克·詹姆逊

【译　者】王逢振；陈清贵

【出版信息】北京：中国人民大学出版社，2018年第1版

【内容简介】本书的原型是弗雷德里克·詹姆逊在耶鲁大学写成的博士论文。全书分为三部分：事件、事物、人类的现实。这部书不仅从美学的视角分析萨特的作品，而且从文学史的角度来确立萨特的地位。作为对萨特作品的研究。本书清晰地表达了现代主义传统与萨特叙事风格之间的对抗性。从更广泛的方法论的角度看，詹姆逊以辩证的方式阐发了既定社会结构中叙事与叙事完成、各种经验与讲述的可能性、社会与存在等等之间的关系，体现了他对形式内容和风格意志的看法。

三个火枪手

【作　者】大仲马

【译　者】周克希

【出版信息】南京：江苏凤凰文艺出版社，2018年第1版

【内容简介】本书讲述了来到巴黎的外省青年达德尼昂，结识了国王的三个火枪手：阿托斯、波尔多斯、阿拉密斯，并与他们成为生死之交。四个朋友在风云变幻的宫廷斗争背景下，展开了一系列的冒险之旅。

鼠疫·局外人

【作　者】阿尔贝·加缪

【译　者】李玉民

【出版信息】天津：天津人民出版社，2018 年第 1 版

【内容简介】本书收录了文学大师加缪的两部著名的小说：《鼠疫》和《局外人》。《鼠疫》描写了北非一个叫奥兰的城市在突发鼠疫后，以主人公里厄医生为代表的一大批人面对瘟疫奋力抗争的故事。《局外人》是加缪的成名作，堪称 20 世纪西方文学界具划时代意义的小说之一。

锁闭之城

【作　者】森村诚一等

【译　者】徐明中

【出版信息】上海：文汇出版社，2018 年第 1 版

【内容简介】本书精选了三位日本推理小说大家的名作，包括森村诚一的《锁闭之城》、大石值纪的《黄雀的盛宴》和赤川次郎的《邻家小屋》。

探访大灰熊

【作　者】埃诺斯·米尔斯

【译　者】董继平

【出版信息】西宁：青海人民出版社，2018 年第 1 版

【内容简介】本书由 15 篇自然随笔组成。大灰熊在荒野中生活，由于人类的不断进逼而变得机智，面对突发事件，它们始终会用智力来应对，屡屡逃脱危险。大灰熊母子之间充满亲情。大灰熊母亲抚育幼大灰熊，为保护幼大灰熊而跟敌人进行殊死搏斗，幼大灰熊自小喜欢模仿母亲，从而提升今后独自生活的能力。深入探索大灰熊的家园，记录大灰熊跟家园的生死相依和对家园的热爱、依恋和利用，在自己的领地上来回奔走，避开种种危险。最后，面对数量日益稀少的大灰熊，作者列举了众多事实，呼吁人类应该竭尽全力保护大灰熊。

特别的猫

【作　者】多丽丝·莱辛

【译　者】邱益鸿

【出版信息】南京：译林出版社，2018 年第 1 版

【内容简介】本书故事从多丽丝·莱辛在非洲的童年开始，讲述了人与猫之间的动人故事。

天可汗：唐太宗李世民

【作　者】熊存瑞

【译　者】毛蕾；黄维玮

【出版信息】北京：华文出版社，2018 年第 1 版

【内容简介】本书是一部建立在文献研究基础上的严肃历史小说。唐太宗李世民，出生于贵胄之家，隋末随父李渊在太原起事，南征北战，为唐朝的建国兴邦立下了汗马功劳。随后他杀太子及四弟，逼父李渊退位，成为唐朝第二代君主。即位不久，李世民征服了称霸蒙古高原的东突厥，一跃成为北方、西方诸国所敬仰的"天可汗"，进而掌控丝绸之路东段。遵循谏臣魏徵的建议，李世民在位期间"偃武修文"，实现了"贞观之治"的太平盛世。晚年大举征伐高丽，最终未果而返。后因大量服用道教金丹和天竺秘药过早辞世。

天路归程

【作　者】C.S. 路易斯

【译　者】邓军海

【出版信息】上海：华东师范大学出版社，2018 年第 1 版

【内容简介】本书分别描写了启蒙、弗洛伊德主义等种种现代思潮，也描写了未来主义、达达主义、野兽派等先锋派艺术，以寓言形式揭示了种种现代潮流的戕害。

甜蜜的死亡气息

【作　者】吉勒莫·阿里加

【译　者】刘家亨

【出版信息】北京：中信出版集团，2018 年第 1 版

【内容简介】本书讲述在墨西哥的一个偏僻小镇上，一具赤裸的少女尸体被人发现。流言当即传开，拉蒙被错认为是少女的男友。而拉蒙也在阴差阳错中认定了这段情愫，在幻想中爱上了这个死去的姑娘。众人在酒后的闲言碎语中，一致认定吉卜赛人是杀害少女的凶手，拉蒙在众人的怂恿下，决定用最原始直接的方式，来寻回自己的尊严，证明自己对少女的爱。一场素不相逢之人的复仇就此展开。

童年 在人间 我的大学

【作　者】高尔基

【译　者】曾冲明

【出版信息】长沙：湖南文艺出版社，2018 年第 1 版

【内容简介】本书取材于作家高尔基的真实成长经历，共三册，包括《童年》《在人间》和《我的大学》。

偷书贼

【作　者】马库斯·苏萨克

【译　者】陶泽慧

【出版信息】北京：北京十月文艺出版社，2018 年第 1 版

【内容简介】二战期间，九岁的德国姑娘莉泽尔和弟弟被送往寄养家庭。弟弟不幸病死在火车上。在埋葬弟弟的荒原上，莉泽尔捡到了一本对她意义非凡的书《掘墓人手册》。来到慕尼黑贫

民区的寄养家庭，莉泽尔夜夜抱着《掘墓人手册》入睡。养父为安慰她，每晚给她朗读手册的内容，还教她阅读。莉泽尔发现书的诱惑比食物更难抗拒，忍不住开始偷书。书里的世界帮助她熬过了现实的苦难，她也开始为藏在地下室的犹太人和在防空洞避难的邻居读书，安慰那一颗颗惶惶不安的心，然而，无情的战火终于摧毁了这一切。

瓦尔登湖

【作　者】亨利·戴维·梭罗

【译　者】潘庆舲

【出版信息】上海：上海译文出版社，2018 年第 1 版

【内容简介】本书是美国作家亨利·戴维·梭罗独居瓦尔登湖畔的记录，描绘了他两年多时间里的所见、所闻和所思。

文学上的失误

【作　者】斯蒂芬·里柯克

【译　者】莫雅平

【出版信息】北京：人民文学出版社，2018 年第 1 版

【内容简介】本书收录了 40 个幽默故事，包括《我的金融生涯》《琼斯先生的悲惨命运》《怎样成为百万富翁》《五十六号》《A、B 和 C：数学中的人性成分》等名篇。这些故事在戏说芸芸众生，以笑的方式针砭人性的种种可笑与可怜的同时，也倾注了作者对人类的深切同情，实现了喜剧精神与悲剧意识的完美融合。

文字世界和非文字世界

【作　者】伊塔洛·卡尔维诺

【译　者】王建全

【出版信息】南京：译林出版社，2018 年第 1 版

【内容简介】本书是伊塔洛·卡尔维诺一生从事写作、出版、翻译事业的经验之谈。卡尔维诺为文字世界和非文字世界重新划定了边界。文字始终在突破沉默，敲击着牢狱的围墙，影响着这个非文字世界。

显义与晦义

【作　者】罗兰·巴尔特

【译　者】怀宇

【出版信息】北京：中国人民大学出版社，2018 年第 1 版

【内容简介】本书是有关多种艺术——概括说来是关于图像和音乐——的义章集结。全书包括两大部分内容。第一部分，是对于视觉艺术的符号学阐述；第二部分是对音乐符号学的阐述，共收七篇文章。

小说家与小说

【作　者】哈罗德·布鲁姆
【译　者】石平萍；刘戈
【出版信息】南京：译林出版社，2018 年第 1 版
【内容简介】本书评价了近 80 位有影响的小说家和 100 多部长篇小说。从 16 世纪的塞万提斯到 20 世纪后期美国华裔女作家，风格多种多样，反映了 400 多年间小说艺术的流变。布鲁姆教授以资深读者的品位和独到眼光，带领我们走进小说家笔下那一个个异彩纷呈的世界，点评其艺术价值，分析各位作家所受影响和流派渊源，将阅读体验引向更深层次。

心理游戏

【作　者】安杰拉·马森斯
【译　者】吴晓真
【出版信息】长沙：湖南文艺出版社，2018 年第 1 版
【内容简介】本书讲述出狱不久的强奸犯被孱弱的女孩刺死于暗巷。寡言的前拳击手突然杀害前妻，随后跳楼。温柔的母亲三番两次试图谋杀出生不久的儿子。仿佛有只看不见的手在指引：杀死那个人，你就能重新回到光亮中。这些可怜人仿佛加入了一个变态的游戏，自己却浑然不觉。金·斯通警探隐隐悟到，不只是这些新近的凶手，就连她自己，都被拉进了这个游戏。有人似乎洞悉了她心底最深处的秘密，如同嗜血者看见了伤口。这个人了解她的每一个弱点，预知她的每一步行动。凭着敏锐的直觉，她盯上了一位嫌疑人。

新开端：18 世纪英国小说实验

【作　者】帕特里夏·迈耶·斯帕克斯
【译　者】苏勇
【出版信息】上海：华东师范大学出版社，2018 年第 1 版
【内容简介】本书通过对多种多样 18 世纪小说文本的分析，将小说分成七种类型（冒险小说、发展小说、意识小说、感伤小说、社会风俗小说、哥特小说、政治小说），挑战了以现实主义解读小说起源的传统观点。

学做中国人

【作　者】白露娜
【译　者】甄权铨
【出版信息】北京：中译出版社，2018 年第 1 版
【内容简介】本书既是作者一路从斯特拉斯堡、巴黎、好莱坞再到北京的成长故事，也是她探索东方世界的旅行笔记。白露娜凭借她独一无二的"密钥"——勇敢无畏的性格与对待陌生世界的好奇——为我们呈现一位外表精致如花、内心坚定勇敢的年轻女性。

英格兰文学

【作　者】乔纳森·贝特
【译　者】陆赟；张罗
【出版信息】南京：译林出版社，2018 年第 1 版
【内容简介】本书既分别论述了什么是"英国／英格兰"和什么是"文学"，又勾勒出了"英国／英格兰文学"的全貌——英格兰文学是英国文学的发端和核心，它以极强的开放性和包容性使后来的"英国文学"成为熔炉，融入多种成分，呈现出多元、多样、多彩的风貌。

英国的黄金时代

【作　者】乔纳森·贝特；多拉·桑顿
【译　者】刘积源；韩立俊
【出版信息】北京：中国友谊出版公司，2018 年第 1 版
【内容简介】本书向读者提供了解读莎士比亚所处时代的奇特历史画卷的新思路。书中细致研究了从英国和其他地方挑选而来的非凡器物，透过莎士比亚戏剧的视角，不仅审视了莎士比亚本人，同时也审视了他的戏剧所反映的各种真实或虚构的人物、地方和事件。

与父亲的最后道别

【作　者】乔伊·科穆
【译　者】温迪安
【出版信息】南昌：百花洲文艺出版社，2018 年第 1 版
【内容简介】本书讲述桑德的父亲治疗癌症失败，想要回到从小长大、充满与妻子的回忆的故乡度过余生。相较于父亲对于死亡的坦然自在，桑德和家人却无法自在地面对这一切。对于父亲的提议，桑德和家人们一致同意，只因为他们想和父亲一起共度最后的时光，不论父亲想要去哪里。

语言的牢笼

【作　者】弗雷德里克·詹姆逊
【译　者】钱佼汝
【出版信息】北京：中国人民大学出版社，2018 年第 1 版
【内容简介】本书是詹姆逊较早的一部专著，发表于 1972 年，和前一年出版问世的《马克思主义与形式》形成鲜明的对照。本书从俄国形式主义和法国结构主义的理论基础和思维模式入手，力图澄清索绪尔语言学提出的共时方法和时间与历史现实可能发生的各种关系。俄国形式主义和法国结构主义虽然都源于索绪尔的语言理论，但二者的研究对象和方法却不尽相同，作者在本书中对二者分别加以评述，对两种理论的积极方面给予了充分肯定，对它们的固有缺陷也进行了尖锐批评。

知识分子们的那些荒唐事

【作　者】阿纳托利·格恩里霍维奇·奈曼
【译　者】黄晓敏
【出版信息】北京：中国人民大学出版社，2018 年第 1 版
【内容简介】本书讲述世界分成 Б. Б. 的与其他人的世界。Б. Б. 在这里学会了模仿其他人的品质，这样的技能结合着他的智商、冒险精神、坚定的目标等，使得他成了一个几乎坚不可摧之人。小说引起了不小的争论：有些人在主人公身上认出了自己，但是他们的自尊心并没有因此而得到满足。对于 Б. Б. 来说，生活只是由"想要"和"不想要"构成。与其说他没有道德，不如说他不具备一般人所具有的品质。但他也并非人生赢家，那些相对并不自由的其他人却相互包庇，彼此团结，以此来与他对抗，使他最终孤立无援。

中国在反击

【作　者】艾格尼丝·史沫特莱
【译　者】江枫
【出版信息】北京：北京出版社，2018 年第 1 版
【内容简介】本书以日记的形式，记载了史沫特莱 1937 年 8 月 19 日从延安出发，到 1938 年 1 月 9 日抵达汉口的全部过程。

四、外国文学大事记

（一）国家社会科学基金项目

国家社会科学基金 2018 年度项目立项名单

编号	课题名称	负责人	项目类别
18ZDA284	中国外国文学研究索引（CFLSI）的研制与运用	王　永	重大项目
18ZDA285	北美汉学发展与汉籍收藏的关系研究	杨海峥	重大项目
18ZDA286	印度古典梵语文艺学重要文献翻译与研究	湛　如	重大项目
18ZDA287	拜占庭文学的文献翻译与文学史书写	刘建军	重大项目
18ZDA288	拉丁语诗歌通史（多卷本）	李永毅	重大项目
18ZDA289	威廉·莫里斯艺术社会主义思想的文献译介与理论阐释	杨金才	重大项目
18AWW001	文学达尔文主义与进化论批评思潮研究	金　冰	重点项目
18AWW002	意象派与中国新诗	陈　希	重点项目
18AWW003	战后日本文学界的战争责任论争及其思想史位相	王升远	重点项目
18AWW004	中国诗学在古代朝鲜半岛的流播之文献整理与研究	蔡美花	重点项目
18AWW005	俄罗斯小说发展史	吴　笛	重点项目
18AWW006	两次世界大战时期英国文学中的社会变迁主题研究	胡　强	重点项目
18AWW007	希腊化时期的欧洲文学转型研究	杨丽娟	重点项目
18AWW008	英国文艺复兴文学中的"魔法"理念与科学精神研究	徐晓东	重点项目
18AWW009	当代苏格兰诗歌研究	何　宁	重点项目
18BWW001	"后理论"背景下当代西方文论热点研究	陈后亮	一般项目
18BWW002	"世界文学新建构"中"反世界文学"观念研究	陈李萍	一般项目
18BWW003	"物"叙事理论建构与批评实践研究	唐伟胜	一般项目
18BWW004	保尔·克洛代尔诗学研究	周　皓	一般项目
18BWW005	当代西方空间批评关键词及其影响研究	毛　娟	一般项目
18BWW006	法国理论在美国的创造性误读与重构研究	周　慧	一般项目

18BWW007	法兰克福学派的流亡情结研究	张　芳	一般项目
18BWW008	福柯文学思想研究	郑　鹏	一般项目
18BWW009	西方美学传统与艾柯的美学思想研究	李　静	一般项目
18BWW010	20世纪英美文论的法国资源研究	张璟慧	一般项目
18BWW011	当代欧美女性主义忧郁理论研究	赵　靓	一般项目
18BWW012	后人类语境下的叙述声音研究	刘碧珍	一般项目
18BWW013	威廉斯图像诗学的中国文化渊源及生成语境研究	梁　晶	一般项目
18BWW014	西方马克思主义审美乌托邦研究	李晓林	一般项目
18BWW015	英国文化研究的谱系学和现代转型研究	何卫华	一般项目
18BWW016	华美协进社与中国现代文学之关系研究	陈　倩	一般项目
18BWW017	藏族诗歌《米拉日巴道歌》英译研究	何正兵	一般项目
18BWW018	弗朗索瓦·于连文学理论中的中国问题研究	吴　攸	一般项目
18BWW019	近代法语期刊与"中国西南表述"研究（1800—1940）	佘振华	一般项目
18BWW020	五四前后诗歌汉译文献集成与研究	蒙兴灿	一般项目
18BWW021	英语世界的中国神话研究	刘　曼	一般项目
18BWW022	"中国情趣"与日本中国学京都学派的知识生产研究	李　勇	一般项目
18BWW023	汉字文化共同体视阈下的谶纬与日本说话文学关系研究	司志武	一般项目
18BWW024	基于与中国文化之关系的佐藤春夫研究	张　剑	一般项目
18BWW025	日本江户时代中国唐诗选本的传播与接受研究	刘芳亮	一般项目
18BWW026	日本五山文学中的杜甫形象研究	王京钰	一般项目
18BWW027	20世纪中后期日本诗论研究	金雪梅	一般项目
18BWW028	当代日本华裔作家群的文化身份认同研究	张　瑾	一般项目
18BWW029	平成时代日本女性文学研究	叶　琳	一般项目
18BWW030	平野启一郎的创作及其"分人主义"思想研究	周砚舒	一般项目
18BWW031	日本现代小说个体叙事与伦理建构研究	兰立亮	一般项目
18BWW032	日本战后"第三新人"作家的战争书写与日常认知研究	史　军	一般项目
18BWW033	马来西亚华裔流散作家英文创作中的文化认同研究	乔　幪	一般项目
18BWW034	印度布克奖小说研究	尹　晶	一般项目
18BWW035	20世纪初以来俄罗斯纪实戏剧研究	王丽丹	一般项目
18BWW036	俄罗斯大型文学期刊与当代俄罗斯文学批评关系研究	朱　涛	一般项目
18BWW037	弗·索罗金小说中的中国形象研究	任立侠	一般项目
18BWW038	洛谢夫人文思想的宏大叙事及其宗教精神研究	刘　锟	一般项目
18BWW039	屠格涅夫文学创作的艺术价值研究	王立业	一般项目
18BWW040	道家思想对厄苏拉·勒奎恩文学创作的影响研究	李学萍	一般项目
18BWW041	冯内古特小说中的科技伦理思想研究	徐文培	一般项目
18BWW042	科伦·麦凯恩的命运共同体书写研究	曾桂娥	一般项目

续表

18BWW043	美国"甜菜一代"作家研究	刘文霞	一般项目
18BWW044	美国当代小说家唐·德里罗研究	史岩林	一般项目
18BWW045	纳博科夫小说的科学思想与诗学建构研究	吴娟	一般项目
18BWW046	辛克莱·刘易斯小说的文化政治叙事研究	杨海鸥	一般项目
18BWW047	狄更斯小说中的城市"褐色景观"研究	马军红	一般项目
18BWW048	乔治·艾略特小说的日常生活书写与民族认同研究	赵婧	一般项目
18BWW049	苏格兰启蒙时代文学研究	吕洪灵	一般项目
18BWW050	伍尔夫印象主义文学批评研究	胡艺珊	一般项目
18BWW051	叶芝文学创作与爱尔兰国民教育研究	胡则远	一般项目
18BWW052	詹姆斯·霍格的边境记忆与苏格兰城乡书写研究	郑荣华	一般项目
18BWW053	珍妮特·温特森的解构主义故事观及其文化语境研究	偅康	一般项目
18BWW054	朱利安·巴恩斯小说实验与现实主义研究	李颖	一般项目
18BWW055	《爱丁堡评论》与现代苏格兰文学问题研究（1802—1929）	宋达	一般项目
18BWW056	20世纪三四十年代英国政治小说的政治伦理研究	聂素民	一般项目
18BWW057	加拿大左翼文学批评史研究	魏莉	一般项目
18BWW058	美国革命时期的文学话语生成与国家形象建构研究（1750—1800）	袁先来	一般项目
18BWW059	维多利亚时代英国文学的服饰叙事研究	吴东京	一般项目
18BWW060	新世纪美国小说的国家认同研究	朴玉	一般项目
18BWW061	英国浪漫主义文学中的地方书写研究	龙瑞翠	一般项目
18BWW062	奥地利二战反思文学记忆史研究	刘颖	一般项目
18BWW063	伯恩哈德戏剧研究	谢芳	一般项目
18BWW064	德意志民族主义与德语故乡文学研究	张芸	一般项目
18BWW065	赫尔曼黑塞文学文化评论研究	马剑	一般项目
18BWW066	记忆诗学视野下的莫迪亚诺小说研究	翁冰莹	一般项目
18BWW067	让·艾什诺兹视觉叙事研究	孙圣英	一般项目
18BWW068	约瑟夫·罗特与奥地利文学中的"哈布斯堡神话"研究	刘炜	一般项目
18BWW069	中国文学在17—18世纪德国的传播与"中国故事"的多元建构研究	谭渊	一般项目
18BWW070	21世纪诺贝尔文学奖得主的全球圆形流散特征研究	王刚	一般项目
18BWW071	阿里斯托芬《和平》的译注与义疏	刘麒麟	一般项目
18BWW072	北欧《萨伽》《埃达》与英国文学传统研究	陈彦旭	一般项目
18BWW073	博尔赫斯作品中的西方话语研究	陈宁	一般项目
18BWW074	古代晚期圣徒文学研究	张欣	一般项目
18BWW075	文化冷战视阈下的拉美文学与中国研究	魏然	一般项目
18BWW076	19世纪美国改革文学研究	方成	一般项目

18BWW077	21世纪美国科幻电视剧叙事研究	金晓聚	一般项目
18BWW078	当代美国女性环境书写的左翼思想研究	韦清琦	一般项目
18BWW079	当代美国奇卡诺女性小说中的"跨界"研究	袁雪芬	一般项目
18BWW080	美国文学中的沙漠书写与国民教育研究	闫建华	一般项目
18BWW081	爱尔兰文艺复兴戏剧在现代中国的译介及其对早期中国现代戏剧的影响研究	欧光安	一般项目
18BWW082	莎士比亚戏剧的早期版本研究	彭建华	一般项目
18BWW083	《风行》杂志与象征主义自由诗的发生、演变研究	李国辉	一般项目
18BWW084	20世纪美国诗歌中先锋画派影响研究	朱丽田	一般项目
18BWW085	比较文学视野下二十一世纪普利策诗歌奖获奖作品研究	曾 虹	一般项目
18BWW086	客体派诗学导引下的20世纪中叶美国诗歌转型机制研究	杨国静	一般项目
18BWW087	认知生态批评视野下的朱迪思·赖特诗歌研究	毕宙嫔	一般项目
18BWW088	20世纪非洲裔美国左翼文学研究	陈法春	一般项目
18BWW089	从失语彷徨到经典重构：后殖民语境下当代英国少数族裔作家研究	牛宏宇	一般项目
18BWW090	当代非裔美国文学中的城市书写研究	刘 白	一般项目
18BWW091	当代英国重要移民小说家民族身份问题研究	俞曦霞	一般项目
18BWW092	帝国文化霸权视阈下的现当代英国流散文学研究	徐 彬	一般项目
18BWW093	美国本土裔文学学术史	陈 靓	一般项目
18CWW001	阿甘本与西方语文学研究	赵 倞	青年项目
18CWW002	皮尔斯学术手稿中的关键概念整理与研究	赵星植	青年项目
18CWW003	晚清日语译才培养机制与中国翻译文学近代化进程关系研究	汪帅东	青年项目
18CWW004	西南联大诗人群翻译活动与中国新诗翻译理论建构研究	张 强	青年项目
18CWW005	日本古代冥界观的变迁与中国古籍受容关系研究	潘 宁	青年项目
18CWW006	日本假名草子文学对中国古代文学的接受研究	蒋云斗	青年项目
18CWW007	日本江户时代汉学家读书札记整理与研究	刘菲菲	青年项目
18CWW008	梵语戏剧家跋娑作品研究	张 远	青年项目
18CWW009	"大改革"时期俄罗斯文学中的西方旅行书写研究（1855—1881）	龙瑜宬	青年项目
18CWW010	茨维塔耶娃长诗创作与民间文学关系研究	李 莎	青年项目
18CWW011	陀思妥耶夫斯基《作家日记》研究	马文颖	青年项目
18CWW012	安·兰德小说研究	孙 旭	青年项目
18CWW013	约翰·厄普代克长篇小说叙事研究	任菊秀	青年项目
18CWW014	玛丽·雪莱对孤儿形象的文学重构研究	虞春燕	青年项目
18CWW015	石黑一雄小说的记忆伦理研究	王 飞	青年项目

续表

18CWW016	19 世纪美国哥特文学与杂志文学市场研究	李宛霖	青年项目
18CWW017	勒克莱齐奥短篇小说研究	樊艳梅	青年项目
18CWW018	勒克莱齐奥与中国文化研究	张　璐	青年项目
18CWW019	中国戏剧典籍在法国的译介与传播研究（1900—2017）	张　蔷	青年项目
18CWW020	加拿大法语文学女性写作研究	冯　琦	青年项目
18CWW021	卡尔维诺的文学创作与批评思想研究	许金菁	青年项目
18CWW022	21 世纪西方科幻小说研究	王一平	青年项目
18CWW023	20 世纪 60 年代以来的尼日利亚戏剧转型研究	程　莹	青年项目
18CWW024	非裔流散视角下的托妮·莫里森作品研究	韩　秀	青年项目
18XWW001	北美明清小说评点研究	李金梅	西部项目
18XWW004	朝鲜朝歌辞对中国古典文学的接受与书写研究	安海淑	西部项目
18XWW003	东方美学的当代化与国际化会通研究	麦永雄	西部项目
18XWW005	卡夫卡与 20 世纪南非文学的现代主义转型	李忠敏	西部项目
18XWW006	冷战时期英国戏剧中的暴力书写与红色记忆研究	刘明录	西部项目
18XWW002	沈从文与乔伊斯乡土叙事比较研究	蒋林平	西部项目
18XWW007	伊丽莎白·毕晓普文学世界的跨越与融通	张跃军	西部项目
18FWW001	百年普利策小说奖研究	史鹏路	后期资助
18FWW002	美国女性文学史	金　莉	后期资助
18FWW003	后乌托邦语境中的莫斯科概念主义研究	刘胤逯	后期资助
18FWW004	庞德中国文化原典创译研究	彭水香	后期资助
18FWW005	美国 20 世纪小说中的旅行叙事与文化隐喻研究	田俊武	后期资助
18FWW006	中国现代文学语境下的耶稣话语研究	孟令花	后期资助
18FWW007	英国短篇小说的空间研究	张桂珍	后期资助
18FWW008	语言哲学视域下文学翻译的意向性重构研究	刘　彬	后期资助
18FWW009	文学视域下的美国中产阶级文化史研究	郝蕴志	后期资助
18FWW010	五四时期儿童文学译作研究（1917—1927）	王　琳	后期资助
18FWW011	日本侠文学变迁与中国传统文化之关系	吴　双	后期资助
18FWW012	莎士比亚《李尔王》与现代思想的兴起	娄　林	后期资助
18FWW013	个性与文体——论塞维尼夫人的生活及书信世界	王蓓丽	后期资助
18FWW014	威廉·福克纳与莫言生态伦理思想研究	王秀梅	后期资助
18FWW015	比较文学个体性向度研究	林玮生	后期资助

（二）教育部人文社科基金项目

教育部人文社科研究 2018 年度项目立项名单

编号	课题名称	负责人	项目类别
18YJA752021	文化记忆视角下澳大利亚和解小说批评和多元话语体系研究	詹春娟	规划基金项目
18YJA752016	美国非虚构生态文学的对话性研究	王玉明	规划基金项目
18YJA752015	后人类主义视角下的美国海洋小说研究	王　泉	规划基金项目
18YJA752014	"后学"视阈中《安提戈涅》批评思潮研究	王　楠	规划基金项目
18YJA752010	批评意识与对话伦理：李健吾对域外文学的引介与转换研究	马晓东	规划基金项目
18YJA752020	战后日本文学对近代日本国家主义的认知研究	刘　研	规划基金项目
18YJA752011	作为哲学的文学批评：卡维尔文论研究	秦明利	规划基金项目
18YJA752001	保罗·利科象征诗学研究	丁　蔓	规划基金项目
18YJA752013	圣·埃克絮佩里作品中的空间构建与趋变研究	王　牧	规划基金项目
18YJA752005	澳大利亚华裔英语文学对中华文化的书写和身份认同研究	胡　戈	规划基金项目
18YJA752007	阿米里巴拉卡诗学研究	李鸿雁	规划基金项目
18YJA752026	托多罗夫人文思想研究	邹　琰	规划基金项目
18YJA752004	玛丽莲·罗宾逊小说的共同体诗学研究	胡碧媛	规划基金项目
18YJA752018	英国小说中的评价读者研究（1719—1818）	魏艳辉	规划基金项目
18YJA752025	雪莉·哈泽德的跨国写作及其世界主义思想研究	朱晓映	规划基金项目
18YJA752002	十九世纪美国改革小说研究	方文开	规划基金项目
18YJA752009	当代日本儿童文学殖民叙事研究	刘　迎	规划基金项目
18YJA752023	《西游记》在日本的传播、接受与影响研究	张　丽	规划基金项目

续表

18YJA752003	21 世纪日本文学主题研究（2000—2018）	侯冬梅	规划基金项目
18YJA752019	福克纳创作思想与骑士文化的互动研究	项丽丽	规划基金项目
18YJA752008	美国西部自然文学的地方叙事研究	李晓明	规划基金项目
18YJA752022	德国女性文学史论研究	张 帆	规划基金项目
18YJA752024	拉马扎尼跨国诗学研究	周 航	规划基金项目
18YJA752006	南非左翼文学期刊《搭车者》的生成、演变和历史作用研究	蒋 晖	规划基金项目
18YJA752017	亨利·詹姆斯书信研究	魏新俊	规划基金项目
18YJA752012	福克纳小说的文学地理学研究	王海燕	规划基金项目
18YJC752053	威·休·奥登戏剧创作研究	赵 元	青年基金项目
18YJC752013	阿里斯托芬《阿卡奈人》研究	黄薇薇	青年基金项目
18YJC752022	从《原样》到《无限》——法国"原样派"的中国观研究	刘宇宁	青年基金项目
18YJC752017	日本女性作家战争记忆、战争责任与历史认知研究（1931—1995）	李晓霞	青年基金项目
18YJC752033	technology 与 phusis 之争——赫胥黎科幻小说中的技术伦理思想研究	王 爽	青年基金项目
18YJC752002	加缪原创戏剧研究	陈 娟	青年基金项目
18YJC752025	石黑一雄小说的人文主义思想研究	任 冰	青年基金项目
18YJC752032	莎士比亚与美国十九世纪公民教育研究	王丽娟	青年基金项目
18YJC752016	城市中的保留地：当代美国印第安小说中的城市书写研究	李 靓	青年基金项目
18YJC752054	19 世纪英国文学中的阿拉丁形象演变研究	郑鸿升	青年基金项目
18YJC752003	当代美国本土裔作家文学归家范式研究	陈 征	青年基金项目
18YJC752035	生态批评视域下的 17 世纪英国玄学诗歌研究	王 卓	青年基金项目
18YJC752037	当代爱尔兰移民戏剧变迁研究（1964—2012）	向丁丁	青年基金项目
18YJC752051	诺斯罗普·弗莱在西方的经典化问题研究	张文曦	青年基金项目
18YJC752049	互文与对话理论视野下的尤瑟纳尔作品研究	张 璐	青年基金项目
18YJC752046	古希腊哀歌全集翻译、注疏与研究	张芳宁	青年基金项目
18YJC752009	弗吉尼亚·伍尔夫日记研究	何亦可	青年基金项目
18YJC752050	威廉·莫里斯对五四前后中国思想界的影响研究	张 锐	青年基金项目
18YJC752001	文学伪装与英国文艺复兴戏剧经典化研究	曾 绛	青年基金项目
18YJC752006	莱斯利·费德勒文化批评思想及其影响研究	傅婵妮	青年基金项目
18YJC752011	唐·德里罗小说中的后现代伦理观研究	黄佳佳	青年基金项目
18YJC752008	"潇湘八景"文化在韩国的流播与潇湘八景诗之比较研究	韩 燕	青年基金项目
18YJC752030	平安时代和歌敕撰传统研究	隋源远	青年基金项目

18YJC752045	莎朗·奥兹的自白诗研究	张冬颖	青年基金项目
18YJC752036	北非女性文学：杰巴尔笔下的"间隙"与身份建构研究	吴丹婷	青年基金项目
18YJC752019	米歇尔·图尼埃作品的生命现象学研究	廖　敏	青年基金项目
18YJC752024	可能世界理论视域下的叙述学研究	邱　蓓	青年基金项目
18YJC752026	创伤记忆下的寻路之旅—阿拉伯新生代小说研究	沙　敏	青年基金项目
18YJC752007	《六谕衍义》在日本的传播与接受研究	高　薇	青年基金项目
18YJC752052	美国当代女性小说的共同体意识研究	赵　岚	青年基金项目
18YJC752048	尼古拉斯·周思的跨文化叙事研究	张丽丽	青年基金项目
18YJC752023	19世纪《诗经》在德国的译介及影响研究	孟珺捷	青年基金项目
18YJC752034	美国混血族文学研究	王增红	青年基金项目
18YJC752044	玛格丽特·阿特伍德生态文学研究	张传霞	青年基金项目
18YJC752029	美国记忆的后世俗化：唐·德里罗小说新究	沈谢天	青年基金项目
18YJC752028	当代西方儿童文学批评与儿童文学研究的性别视角	沈　矗	青年基金项目
18YJC752020	莎剧在当代中国的跨文化戏曲改编研究	刘　昉	青年基金项目
18YJC752021	当代美国科幻小说家雷·布拉德伯里研究	刘　义	青年基金项目
18YJC752004	文化符号视域下的莎士比亚传记形象研究	党　伟	青年基金项目
18YJC752042	英语世界中亚文学研究考论	岳文侠	青年基金项目
18YJC752005	萨冈小说研究	段慧敏	青年基金项目
18YJC752027	美国后现代诗歌在中国的旅行图谱研究：译介、传播与汉化	尚　婷	青年基金项目
18YJC752031	基于叙事学视角的大江健三郎未收录作品研究	田　泉	青年基金项目
18YJC752012	文学伦理学批评视域下的高尔斯华绥戏剧研究	黄　晶	青年基金项目
18YJC752018	故事体小说叙事理论之俄国学派研究	李　懿	青年基金项目
18YJC752043	雅克·朗西埃跨体系文学理论研究	臧小佳	青年基金项目
18YJC752015	朱利安·巴恩斯后期小说中的历史记忆研究	李婧璇	青年基金项目
18YJC752010	英语世界陀思妥耶夫斯基批评研究	侯朝阳	青年基金项目
18YJC752039	东亚视阈下的文化接触与文化认同研究	徐丽丽	青年基金项目
18YJC752038	美国犹太作家第三代大屠杀文学的后记忆和非自然叙事研究	邢葳葳	青年基金项目
18YJC752040	现代性视域下韩国近代文学的儒家文化书写研究	许　赛	青年基金项目
18YJC752041	当代德语文学中的中国形象演变研究	尹岩松	青年基金项目
18YJC752047	当代英国黑人小说中的"历史书写"研究	张建萍	青年基金项目
18YJC752014	日本"物哀"美学范畴史研究	雷　芳	青年基金项目
18XJC752003	石黑一雄小说中的日本禅文化研究	彭　威	西部项目
18XJC752004	厄休拉·勒奎恩科幻作品中的生态美学思想研究	肖达娜	西部项目

续表

18XJC752005	种族政治与叙事伦理：乔伊斯·卡罗尔·欧茨种族题材小说研究	肖　旭	西部项目
18XJC752001	英国儿童文学叙事伦理研究	郭　星	西部项目
18XJC752002	英国维多利亚时期文学中的"家庭"政治研究	黄伟珍	西部项目
18XJJC752001	苏联文学框架下的哈萨克斯坦俄语长篇小说研究	蒙曜登	新疆项目
18JHQ004	美国 20 世纪小说中的旅行叙事研究	田俊武	后期资助（重大项目）
18JHQ040	欧里庇得斯《酒神的伴侣》研究与笺释	罗　峰	后期资助
18JHQ041	纳博科夫小说的诗性科学与文化反思研究	吴　娟	后期资助

（三）学术会议

1. 国际性会议

【会议名称】东北亚语言、文学与翻译国际学术论坛

【会议时间】2018 年 6 月 23 日至 24 日

【会议地点】内蒙古工业大学

【主办单位】**主办**：东北亚语言文学与翻译国际学术论坛组委会

　　　　　　承办：内蒙古工业大学

　　　　　　协办：American Scholars Press

【主要议题】1）语言、文学、翻译界面研究；2）语言、文学、翻译的教学与测试；3）翻译与社会、政治、经济、生态、符号等的跨界研究；4）学科史：语言、文学、翻译；5）语言理论应用与人工智能；6）语言、文学、翻译批评；7）少数民族语言、文学、翻译专题；8）其他相关研究。

【会议名称】"东正教与俄罗斯文学"国际学术研讨会

【会议时间】2018 年 7 月 10 日至 13 日

【会议地点】大连外国语大学

【主办单位】**主办**：国家社会科学基金重大项目"东正教与俄罗斯文学研究"课题组

　　　　　　承办：大连外国语大学俄语学院

【主要议题】1）东正教与俄罗斯文学研究；2）东正教精神性与俄罗斯民族语言；3）俄罗斯文学经典中的东正教精神；4）其他相关研究。

【会议名称】2018 年叙事学暑期高端研讨会

【会议时间】2018 年 7 月 16 日至 18 日

【会议地点】上海交通大学外国语学院

【主办单位】上海交通大学外国语学院、国际学术期刊 *Frontiers of Narrative Studies (De Gruyter)*、美国俄亥俄州立大学"叙事研究所"

【主要议题】1）叙事学基础理论与发展流变；2）叙事学前沿理论与焦点话题；3）叙事学研究课题与基金申报。

【会议名称】中国比较文学学会中美比较文化研究会第十一届年会暨国际学术研讨会

【会议时间】2018 年 7 月 27 日至 30 日

【会议地点】云南师范大学

【主办单位】**主办**：中国比较文学学会中美比较文化研究会、北京大学、南京大学、南京师范大学

　　　　　　承办：云南师范大学

【主要议题】**主题**：新时代中美文学文化研究

　　　　　　分议题：1）新时代中美文学文化经典翻译与传播；2）中国文化海外传播与外语人才培养；3）人类命运共同体视域下的中美文学与文化；4）翻译与国家形象的建构与重构；5）多元文化与美国族裔文学研究；6）数字时代的中美文学文化教学理论与实践；7）中美教育理念的共性与差异；8）中美语言文化研究的其他课题。

【会议名称】语言、翻译与比较文学跨学科研究国际研讨会

【会议时间】2018 年 9 月 15 日至 17 日

【会议地点】大同大学

【主办单位】**主办**：大同大学许渊冲翻译与比较文化研究院、《解放军外国语学院学报》

　　　　　　协办：辽宁省翻译学会、山西省翻译协会、大连外国语大学翻译学院、《语言文化研究辑刊》编辑部、河南大学《外文研究》编辑部

【主要议题】1）中外翻译史、语言学史、比较文学史、海外汉学史研究；2）语言、翻译、比较文学理论与教学研究；3）语言、翻译理论本土化与应用研究；4）比较文学视角下的翻译与海外汉学的反思性研究；5）北方宗教的语言、翻译与比较文学研究；6）中国传统语言学、翻译与比较文学思想研究；7）翻译符号学的理论构建与应用研究；8）许渊冲译本与译论研究；9）其他相关研究。

【会议名称】新时代现实主义文学研究国际研讨会

【会议时间】2018 年 10 月 26 日至 28 日

【会议地点】南京大学鼓楼校区

【主办单位】南京大学外国语学院、当代外国文学与文化研究中心

【主要议题】1）现实主义诗学；2）中外现实主义研究；3）不同地域的现实主义文学；4）新时代现实主义作品研究。

【会议名称】第五届族裔文学国际学术研讨会

【会议时间】2018 年 10 月 27 日至 28 日

【会议地点】山东师范大学

【主办单位】**主办**：华中师范大学、山东师范大学、杭州电子科技大学

　　　　　　承办：山东师范大学

【主要议题】**主题**：跨学科视域下的族裔文学

　　　　　　分议题：1）族裔文学的跨学科视角研究；2）族裔文学理论研究；3）族裔文学与非洲英语文学研究；4）族裔文学与流散文学研究；5）族裔文学的伦理视角研究；6）美国族裔文学研究；7）英国族裔文学研究；8）加拿大族裔文学研究；9）亚裔英语文学研究。

【会议名称】第七届中美诗歌诗学国际学术研讨会

【会议时间】2018 年 12 月 7 日至 9 日

【会议地点】华中师范大学

【主办单位】**主办**：华中师范大学外国语学院、江汉大学

　　　　　　承办：华中师范大学英语文学研究中心

　　　　　　协办：上海外语教育出版社、《外国文学研究》《外国语文研究》《诗歌诗学国际学刊》

【主要议题】1）中美诗歌诗学协会的历史、发展、意义：一个跨文化视角；2）中外诗歌交流与传播；3）声音、视觉、表演：诗歌文本研究；4）诗歌的伦理维度；5）诗歌与族群经验；6）诗歌与现代科技；7）诗歌理论：传统与现代；8）诗歌翻译的艺术；9）其他。

【会议名称】"身体美学与中国文化"国际学术研讨会

【会议时间】2018 年 12 月 14 日至 16 日

【会议地点】华东师范大学

【主办单位】华东师范大学身体美学研究中心，华东师范大学中文系，美国佛罗里达大西洋大学身体、意识与文化研究中心

【主要议题】1）中国古典文化中的身体美学思想；2）中国当代文化中的身体美学理论与实践；3）中国对亚洲文化在身体理论和实践上的影响；4）西方文化中的身体美学；5）其他相关议题。

2. 全国性会议

【会议名称】纪念查良铮（穆旦）诞辰百年暨诗歌翻译国际学术研讨会

【会议时间】2018 年 4 月 5 日

【会议地点】南开大学外国语学院

【主办单位】南开大学外国语学院、南开大学文学院

【主要议题】1）"一颗星亮在天边"：追念查良铮（穆旦）先生；2）查良铮的外国诗歌翻译艺术；3）穆旦与中国现代诗歌；4）穆旦诗歌的外译与阐释；5）英美诗歌研究；6）俄罗斯诗歌研究；7）南开大学的诗歌翻译传统与诗歌翻译研究。

【会议名称】山东省外国文学学会第十一届年会

【会议时间】2018 年 4 月 20 日至 22 日

【会议地点】山东师范大学千佛山校区

【主办单位】主办：山东省外国文学学会

　　　　　　承办：山东师范大学外国语学院

　　　　　　协办：《山东外语教学》

【主要议题】1）经典外国文学研究；2）现当代外国文学研究；3）比较文学研究；4）外国文学翻译与教学。

【会议名称】重庆市莎士比亚研究会第十一届年会暨莎士比亚 454 周年诞辰纪念大会

【会议时间】2018 年 4 月 21 日至 22 日

【会议地点】重庆交通大学

【主办单位】主办：重庆市莎士比亚研究会

　　　　　　承办：重庆交通大学外国语学院

　　　　　　协办：西南大学莎士比亚研究中心

【主要议题】主题：莎士比亚与互联网

　　　　　　分议题：1）莎士比亚在线教学与研究；2）莎士比亚与媒体进化；3）莎士比亚与影视；4）舞台上与书斋里的莎士比亚；5）莎士比亚与通识课教育；6）"一带一路"语境下的莎士比亚研究；7）中国儿童世界中的莎士比亚；8）跨学科的莎士比亚：地理学、拓扑学与传统宇宙论。

【会议名称】"游戏与文学"全国学术研讨会

【会议时间】2018 年 5 月 11 日至 13 日

【会议地点】广东外语外贸大学

【主办单位】《外国文学》编辑部、广东外语外贸大学英语语言文化学院

【主要议题】1）历史语境中的游戏；2）游戏的文化建构作用；3）文学中的游戏与历史话语；4）文学叙事的游戏特征；5）影视及其他媒介中的游戏；6）与游戏相关的其他文学研究话题。

【会议名称】2018 全国高校英国文学研究方法与课程教学高端论坛

【会议时间】2018 年 5 月 18 日至 20 日

【会议地点】北京

【主办单位】北京大学外国语学院、《国外文学》杂志、北京大学出版社

【主要议题】1）宏观的文学理论的讨论；2）文学作品的个案文本细读；3）英国文学研究的方法论；4）文学概念以及文学与其他学科的交叉关系。

【会议名称】"比较文学与跨文化研究的中国话语"学术专题全国研讨会
【会议时间】2018 年 6 月 8 日至 10 日
【会议地点】华中师范大学
【主办单位】中国外国文学学会比较文学与跨文化研究会、华中师范大学外国语学院、《外国文学研究》编辑部
【主要议题】1）中国人文学术期刊国际化；2）中国文学与文化的跨文化阐释；3）比较文学理论的中国话语建构；4）外国文学研究的中国视角；5）中国文学的翻译与传播；6）流散文学研究；7）中国文学理论的世界贡献；8）经典作家作品研究；9）国际视野中的文学伦理学研究；10）文学与文化热点话题研究；11）比较文学与世界文学研究；12）跨文化研究的中国立场。

【会议名称】中国朝鲜－韩国文学研究会 2018 年年会
【会议时间】2018 年 6 月 10 日
【会议地点】对外经济贸易大学外语学院
【主办单位】主办：中国外国文学学会朝鲜－韩国文学研究分会
　　　　　　承办：对外经济贸易大学外语学院
【主要议题】主题：改革开放 40 周年中韩文学对话：人类命运共同体语境下的朝鲜－韩国文学研究
　　　　　　分议题：1）朝鲜古代文学研究；2）朝鲜近现代文学研究；3）文学教育与朝鲜－韩国当代文学研究；4）文化与传播研究。

【会议名称】2018 美国亚裔文学高端论坛
【会议时间】2018 年 6 月 23 日
【会议地点】中国人民大学
【主办单位】中国人民大学科研基金重大规划项目"美国亚裔文学研究"课题组
【主要议题】主题：跨界：21 世纪的美国亚裔文学
　　　　　　分议题：1）美国亚裔文学中的跨洋书写；2）美国亚裔文学中的跨国书写；3）美国亚裔文学中的跨种族书写；4）美国亚裔文学中的跨语言书写；5）美国亚裔文学中的跨文化书写；6）美国亚裔文学的翻译跨界研究；7）美国亚裔文学的跨媒介研究；8）美国亚裔文学的跨学科研究。

【会议名称】新世纪外国语言与文化学术研讨会
【会议时间】2018 年 6 月 29 日至 7 月 1 日
【会议地点】湖南师范大学
【主办单位】主办：《外国语言与文化》编辑部

承办：湖南师范大学外国语学院

【主要议题】1）比较文学与跨文化研究；2）新世纪以来的重要文学现象；3）世界文学中的中国性；4）中国文学作品的外译；5）外国儿童、科幻、网络文学及其翻译研究；6）大数据背景下的语言文化传播研究；7）"一带一路"背景下的国家语言教育政策研究；8）新时代外语教育与国民教育。

【会议名称】"世界文学语境中的俄罗斯文学"全国第八届《俄罗斯文艺》学术前沿论坛
【会议时间】2018 年 7 月 6 日至 8 日
【会议地点】中国石油大学（华东）
【主办单位】中国石油大学（华东）文学院、中国俄罗斯文学研究会、《俄罗斯文艺》编辑部
【主要议题】1）纳博科夫研究；2）"世界文学"语境中的俄罗斯文学；3）西伯利亚文学研究；4）苏联文学被遗忘的角落：儿童文学、科幻文学等；5）诗学研究：俄罗斯诗学、比较诗学等；6）俄罗斯经典文学外译研究；7）中国文学作品俄译研究。

【会议名称】河南省外国文学与比较文学学会 2018 年年会
【会议时间】2018 年 7 月 14 日至 15 日
【会议地点】南阳师范学院
【主办单位】主办：河南省外国文学与比较文学学会
　　　　　　承办：南阳师范学院外国语学院
【主要议题】颠覆与超越：新时代背景下的外国文学与比较文学研究。

【会议名称】第八届全国英美文学研讨会暨外国文学暑期研习班
【会议时间】2018 年 7 月 15 日至 17 日
【会议地点】杭州师范大学外国语学院仓前校区
【主办单位】杭州师范大学
【主要议题】1）英国小说研究；2）美国小说研究；3）英美诗歌与戏剧研究；4）文学教学及其他。

【会议名称】中国外国文学学会教学研究会 2018 年年会暨"理论－思潮－经典重估与外国文学教学研究"学术研讨会
【会议时间】2018 年 7 月 28 日至 29 日
【会议地点】广西大学
【主办单位】主办：中国外国文学学会教学研究会
　　　　　　承办：广西大学外国语学院
　　　　　　协办：浙江工商大学西方文学与文化研究院
【主要议题】理论－思潮－经典重估与外国文学教学研究。

【会议名称】中国比较文学青年学者论坛
【会议时间】2018 年 7 月 30 日至 8 月 1 日
【会议地点】大连外国语大学
【主办单位】**主办：**中国比较文学学会青年委员会
　　　　　　承办：大连外国语大学文化传播学院、大连外国语大学中华文化海外传播研究中心、《中国比较文学》杂志社
【主要议题】**主题：**世界文学语境中的比较文学
　　　　　　分议题：1）中国文学与文化的海外传播研究；2）世界文学理论与比较文学学科发展；3）文学翻译与中外文学关系研究；4）数码人文与比较文学跨学科研究。

【会议名称】博雅大学堂——第三届全国高校比较文学与世界文学研究方法与课程教学高端论坛
【会议时间】2018 年 8 月 2 日至 8 月 4 日
【会议地点】黑龙江大学
【主办单位】中国比较文学学会、中国外国文学学会、北京大学比较文学与比较文化研究所、黑龙江大学俄语学院、北京大学出版社
【主要议题】由著名专家学者报告比较文学与世界文学学科的发展现状，以介绍和解析当前国际比较文学与世界文学的前沿理论与研讨比较文学、世界文学课程为中心，旨在充分汲取国内外比较文学与世界文学研究的最新理论和成果，讲授先进的教学研究方法，交流与沟通近年来我国比较文学与世界文学课程教学方面的教学经验与心得。围绕高校比较文学与世界文学、文化课程进行培训授课，切实提高教师的教学能力，推动课程的建设与发展，从而提高教学质量。

【会议名称】中国外国文学学会文学理论与比较诗学研究分会第十一届年会
【会议时间】2018 年 8 月 9 日至 10 日
【会议地点】山东威海
【主办单位】中国外国文学学会文学理论与比较诗学研究分会、山东师范大学文学院、哈尔滨工业大学（威海）语言文学学院
【主要议题】**主题：**改革开放四十年与新时代外国文论
　　　　　　分议题：1）国外马克思主义文论回望与反思；2）英美文论回望与反思；3）欧陆文论回望与反思；4）斯拉夫文论回望与反思；5）比较诗学回望与反思。

【会议名称】江苏省比较文学学会 2018 年年会暨学术研讨会
【会议时间】2018 年 8 月 25 日
【会议地点】淮阴工学院
【主办单位】**主办：**江苏省比较文学学会
　　　　　　承办：淮阴工学院
【主要议题】1）比较文学的跨学科研究；2）文学翻译与国家形象的建构／重构；3）跨文化

视野中世界文学经典的重读；4）全球化背景下的华文文学；5）世界文学与理论的热点问题。

【会议名称】第十三届广东省外国文学学会青年学者论坛
【会议时间】2018 年 10 月 13 日
【会议地点】广东技术师范大学
【主办单位】**主办**：广东省外国文学学会
　　　　　　承办：广东技术师范学院外国语学院、《广东社会科学》编辑部
【主要议题】学科交叉与外国文学研究。

【会议名称】中国外国文学学会英语文学研究分会 2018 年专题研讨会
【会议时间】2018 年 10 月 13 日至 14 日
【会议地点】安徽师范大学
【主办单位】**主办**：中国外国文学学会英语文学研究分会
　　　　　　承办：安徽师范大学外国语学院
【主要议题】1）城市化、工业化与文学再现；2）各英语国家社会巨变与文学再现；3）各前殖民地社会巨变与文学再现；4）一战、二战引发的社会转型与文学再现；5）后帝国时代与文学再现；6）信息时代与文学再现；7）现代性、后现代性与文学再现；8）社会转型与文学批评。

【会议名称】全国美国文学研究会第十九届年会
【会议时间】2018 年 10 月 19 日至 21 日
【会议地点】浙江大学
【主办单位】**主办**：全国美国文学研究会
　　　　　　承办：浙江大学外国语言文化与国际交流学院
【主要议题】**主题**：新时代美国文学与中国
　　　　　　分议题：1）美国文学批评的中国视角、中国方法和中国理论：回顾与反思；2）中国美国文学研究史的回顾与反思；3）中国的美国文学教学与研究；4）中国美国文学史研究的新视角、新方法、新观点；5）中国诗学和文化精神对美国文学家和思想家的影响；6）美国经典文学和文论对中国现当代文学创作的影响；7）美国文学批评和文论对中国美国文学研究的影响和作用；8）中美文学交互影响研究；9）中国诗学与美国文论对话研究；10）中国美国文论研究新视角、新方法、新观点；11）中国美国经典文学研究新视角、新方法、新观点。

【会议名称】中国高等教育学会外国文学专业委员会 2018 年理事扩大会暨"外国文学研究与中国话语建设"学术研讨会
【会议时间】2018 年 10 月 19 日至 21 日
【会议地点】江苏理工学院

【主办单位】**主办**：中国高等教育学会外国文学专业委员会
　　　　　　承办：江苏理工学院
【主要议题】**主题**：外国文学研究与中国话语建设
　　　　　　分议题：1）外国文学理论的中国话语建构；2）外国文学批评的中国话语建构；3）外国文学作家作品的创新研究；4）外国文学史教材建设的创新研究；5）外国文学教学方法的创新研究。

【会议名称】第十二届上海市比较文学研究会会员大会暨学术年会
【会议时间】2018 年 10 月 20 日
【会议地点】上海大学
【主办单位】**主办**：上海市比较文学研究会
　　　　　　承办：上海大学文学院、上海大学中国语言文学高原学科、上海大学文学院比较文学与世界文学学科
【主要议题】1）中外文学关系；2）中西比较诗学；3）翻译研究；4）比较文学跨学科研究；5）比较文学学科理论探讨；6）海外华人文学与海外汉学；7）世界文学与国别文学研究；8）旅行写作研究。

【会议名称】浙江省比较文学与外国文学学会 2018 年年会暨浙江省社科界第四届学术年会分论坛"改革开放四十年与外国文学经典生成与传播研究"学术研讨会
【会议时间】2018 年 10 月 26 日至 28 日
【会议地点】杭州
【主办单位】浙江省比较文学与外国文学学会、浙江省作家协会外国文学委员会、浙江大学世界文学与比较文学研究所
【主要议题】1）外国文学经典再阐释；2）现当代外国文学经典阐释；3）外国诗歌及诗学研究；4）比较文学与文学经典传播研究；5）其他相关研究。

【会议名称】2018 北京十月学术论坛
【会议时间】2018 年 10 月 27 日至 28 日
【会议地点】北京
【主办单位】**主办**：北京第二外国语学院研究生处、北京第二外国语学院科研处、《跨文化研究》杂志、《中美比较文学》杂志
　　　　　　承办：北京第二外国语学院跨文化研究院
【主要议题】**主题**：跨文化研究与中西人文命脉
　　　　　　分议题：1）*Sino-American Journal of Comparative Literature* Round Table；2）跨文化视野下的文化认同；3）古典研究与当代人文转向。

【会议名称】中学西传与欧洲汉学暨第三届中国南京典籍翻译与海外汉学研究高层论坛
【会议时间】2018 年 11 月 2 日至 4 日

【会议地点】南京农业大学

【主办单位】**主办**：中国文化对外翻译与传播研究中心、《国际汉学》杂志社、南京农业大学典籍翻译与海外汉学研究中心、南京农业大学外国语学院

承办：南京农业大学外国语学院、南京农业大学典籍翻译与海外汉学研究中心

协办：全国高校海外汉学研究学会、北京外国语大学比较文明与人文交流高等研究院

【主要议题】**主题**：中学西传与翻译史。

分议题：1）早期来华传教士汉学家翻译活动人物 / 译作个案研究；2）"中学西传"翻译原则、策略和方法研究；3）中西"礼仪之争"中的翻译问题及其影响研究；4）早期传教士诠译儒家经典普适价值与中国文化对启蒙运动的影响；5）索隐派传教士对儒释道经典的诠释与莱布尼茨和黑格尔的易学研究；6）早期传教士翻译西传中医药文化及其在欧洲影响；7）早期传教士的中国形象解读与欧洲早期汉学兴起；8）基于欧洲汉学三大巨著的中国文化经典翻译传播轨迹和影响研究；9）明清之际中西文化交流翻译活动与中国翻译史研究创新；10）明清之际中西文化交流的现代启示与中国特色对外话语体系构建。

【会议名称】"英爱文学"高端论坛暨学术研讨会

【会议时间】2018 年 11 月 3 日至 4 日

【会议地点】山东大学（济南）

【主办单位】**主办**：山东大学外国语学院

承办：山东省外国文学学会

【主要议题】1）英爱文学研究的回顾与反思；2）爱尔兰文学理论研究；3）爱尔兰文学史研究；4）英爱文学经典作品研究；5）英爱文学作品中的民族问题研究；6）英爱文学作品在中国的接受；7）黄嘉德先生与英美戏剧研究；8）其他相关问题研究。

【会议名称】"外国文学的命运共同体书写"专题研讨会

【会议时间】2018 年 11 月 8 日至 10 日

【会议地点】上海大学宝山校区

【主办单位】**主办**：上海市外国文学学会

承办：上海大学外国语学院、上海大学英语文学文化研究中心

【主要议题】1）比较文化视野中的"命运共同体"：理论溯源、研究与建构；2）"命运共同体"与后 9/11 文学；3）外国文学中"命运共同体"的表征与想象；4）外国文学中的"命运共同体"与民族国家意识；5）"命运共同体"视域下的西方乌托邦文学研究；6）"命运共同体"视域下的西方生态文学研究；7）"命运共同体"与外国文学中的跨国书写；8）其他。

【会议名称】"现当代俄罗斯文学跨学科研究"国际会议暨中国俄罗斯文学研究会年会

【会议时间】2018 年 11 月 9 日至 12 日

【会议地点】浙江大学

【主办单位】主办：浙江大学

协办：中国俄语教学研究会、中国俄罗斯文学研究会

【主要议题】主题：现当代俄罗斯文学跨学科研究

分议题：1）现当代俄罗斯文学与诗学；2）现当代俄罗斯文学与艺术；3）现当代俄罗斯文学与语言学；4）现当代俄罗斯文学与文化学；5）现当代俄罗斯文学与其他学科。

【会议名称】中国英语诗歌研究会第六届年会暨"英语诗歌在中国的研究、翻译与传播"学术研讨会

【会议时间】2018 年 11 月 24 日至 25 日

【会议地点】北京师范大学

【主办单位】主办：中国英语诗歌研究会

承办：北京师范大学外国语言文学学院、北京师范大学外文学院外国文学研究所

【主要议题】1）经典英语诗歌的研究：回归文本与理论创新；2）当代英语诗歌的研究与英语诗歌研究的当下走向；3）英语诗歌的汉译与在中国的传播；4）中英诗歌比较研究；5）诗歌创作与诗歌表演；6）多媒体时代的英语诗歌教学。

【会议名称】"对话与潜对话：外国文学跨界面研究前沿"论坛

【会议时间】2018 年 12 月 1 日至 2 日

【会议地点】曲阜师范大学

【主办单位】曲阜师范大学外国语学院

【主要议题】1）外国文学跨界面研究：问题与方法；2）对话主义与外国文学研究；3）比较文学与翻译研究；4）数字人文与外国文学研究。

【会议名称】全国外国语言文学博士研究生论坛

【会议时间】2018 年 12 月 7 日至 9 日

【会议地点】黑龙江大学

【主办单位】黑龙江大学外国语言文学学院、黑龙江大学研究生院、黑龙江大学俄罗斯语言文学与文化研究中心、《外语学刊》编辑部

【主要议题】新时代背景下的外语博士教育：机遇与挑战。

（四）精品课程

2018 年国家精品在线开放课程——外国文学类

序号	课程名称	课程负责人	主要建设单位	主要开课平台
1	文艺复兴经典名著选读	朱孝远	北京大学	智慧树
2	莎士比亚戏剧赏析	刘洪涛	北京师范大学	爱课程（中国大学 MOOC）
3	英美诗歌名篇选读	黄宗英	北京联合大学	爱课程（中国大学 MOOC）
4	西方文论原典导读	窦可阳	吉林大学	爱课程（中国大学 MOOC）
5	诺奖作家英文作品赏析	黄芙蓉	哈尔滨工业大学	爱课程（中国大学 MOOC）
6	英美诗歌	薛家宝	盐城师范学院	爱课程（中国大学 MOOC）
7	西方现代化视野下的英美文学	李成坚	西南交通大学	爱课程（中国大学 MOOC）

（五）奖励计划

2018 年国家级教学成果奖一等奖

序号	成果名称	完成人	完成单位
1	高素质外语人才跨文化能力培养体系创新与实践	王守仁、杨金才、刘云虹、何宁、张俊翔、陈民、王奕红、崔昌芴	南京大学

2018 年度"长江学者奖励计划"文学类

特聘教授

北京大学	陈明
南京大学	杨金才
西南大学	文旭

青年学者

南京大学	刘云虹
山东大学	马文

五、本书条目索引

本索引中英文分别排序。英文条目按首字母顺序编排；首字母相同的，再按第二个字母顺序编排，以此类推。以标点符号（引号）开头的条目排在最前面，其内部排序规则同前。中文条目按汉语首字拼音顺序编排；首字相同的，再按第二个字拼音顺序编排，以此类推。以标点符号（引号与书名号）开头的中文条目分块排在所有条目的最前面，其内部排序规则同前；以数字开头的中文条目紧随其后，按数字1—9排序；再后是英文字母开头的中文条目，按首字母顺序编排。

图书在版编目（CIP）数据

中国外国文学研究年鉴. 2018 / 聂珍钊，吴笛，王永
总主编. —杭州：浙江大学出版社，2021.9
　　ISBN 978-7-308-21704-0

　　Ⅰ. ①中… 　Ⅱ. ①聂… ②吴… ③王… 　Ⅲ. ①外国
文学－文学研究－中国－2018－年鉴 　Ⅳ. ①I106-54

　　中国版本图书馆 CIP 数据核字(2021)第 174891 号

中国外国文学研究年鉴（2018）
聂珍钊　吴　笛　王　永　总主编

责任编辑	诸葛勤
封面设计	周　灵
责任校对	董　唯
出版发行	浙江大学出版社
	（杭州市天目山路 148 号　邮政编码 310007）
	（网址：http://www.zjupress.com）
排　　版	浙江时代出版服务有限公司
印　　刷	杭州高腾印务有限公司
开　　本	889mm×1194mm　1/16
印　　张	29.75
插　　页	4
字　　数	900 千
版 印 次	2021 年 9 月第 1 版　2021 年 9 月第 1 次印刷
书　　号	ISBN 978-7-308-21704-0
定　　价	128.00 元